读书随笔 II

叶灵凤 著

生活·讀書·新知 三联书店

Simplified Chinese Copyright © 2022 by SDX Joint Publishing Company. All Rights Reserved.

本作品简体中文版权由生活·读书·新知三联书店所有。
未经许可，不得翻印。

本书中文简体字版本由三联书店（香港）有限公司授权生活·读书·新知三联书店在中国内地独家出版、发行。

图书在版编目（CIP）数据

读书随笔.2／叶灵凤著.—北京：生活·读书·新知三联书店，2022.1（2023.10 重印）
（三联精选）
ISBN 978-7-108-07212-2

Ⅰ.①读… Ⅱ.①叶… Ⅲ.①随笔-作品集-中国-现代 Ⅳ.① I266.1

中国版本图书馆 CIP 数据核字（2021）第 143492 号

责任编辑	崔　萌
装帧设计	鲁明静
责任印制	董　欢

出版发行　生活·讀書·新知 三联书店
（北京市东城区美术馆东街 22 号 100010）

网	址	www.sdxjpc.com
图	字	01-2021-4557
经	销	新华书店
印	刷	北京隆昌伟业印刷有限公司
版	次	2022 年 1 月北京第 1 版
		2023 年 10 月北京第 2 次印刷
开	本	850 毫米 × 1168 毫米　1/32　印张 20.25
字	数	416 千字
印	数	5,001－7,000 册
定	价	59.00 元

（印装查询：01064002715；邮购查询：01084010542）

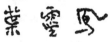

(1905—1975)

《读书随笔》三卷本

出版说明

叶灵凤先生是著名作家、画家、藏书家。作为作家，叶灵凤很早就写小说，20世纪40年代以后写的多是散文、随笔，其中绝大多是读书随笔。《读书随笔》《文艺随笔》《北窗读书录》和《晚晴杂记》是发行过单行本的。未结集成册的《霜红室随笔》《香港书录》《书鱼闲话》和一些有关的译文，只是在香港的报刊上发表过。这些随笔足可证明叶灵凤读书之杂，古今中外，线装洋装，正经的和"不正经"的书，他都爱读。杂之中也自有重点：文学的、美术的和香港的——前两类显出他作家和画家的本色，后一类正是他下半生生活所在的地方特色。

《读书随笔》曾于1988年在我店以三卷本的形式初版。后于2008年出版过选编本。此次三联精选版将单独发行过文集的篇目合为第一集，未结集成书的篇目放入第二集，共两册。叶灵凤文字浅近易懂，笔触冲淡，娓娓道出赏读书画之乐，兼具知识性与趣味性，更流露其对读书、文艺、生活和家国的爱。

本版对1988年版中的错漏予以订正，与现今通称不相符的地名、书名等，加编注进行了说明，行文中有些标点和字词，用法与现在规范有所不同，一仍旧贯。此外，书末附译名对照表，收录书中出现的外国人名、外国作品名与现行通译有别者，以兹读者参考。

生活·讀書·新知 三联书店

2021年2月

目录

霜红室随笔

我的书斋生活　2

琉璃厂的优良传统　4

气氛不同的书店　5

为书籍的一生　7

《新俄短篇小说集》　9

歌德的一幅画像　11

读《郁达夫集外集》　14

达夫先生的气质　16

达夫先生和吉辛　18

郁达夫的《迟桂花》　19

读《诗人郁达夫》　21

版画图籍的搜集功臣
　　——悼郑振铎先生　23

西谛的藏书　26

死得瞑目的望舒　28

《堂吉诃德》的全译和望舒　30

悼张光宇兄　32

夜雨悼家伦　34

袁牧之与辛酉剧社　37

乔木之什　38

爱书家谢澹如　41

老朋友倪贻德　44

读《韬奋文集》　46

曹聚仁先生和他的新著　48

《万里行记》的读后感　50

蒙田三书　51

《南星集》及其他　57

小谈林语堂　58

一个第三种人的下落　60

作家们的原稿和字迹　62

一本书的礼赞　64

关于《永乐大典》　66

《永乐大典》的佚散经过　68

《永乐大典》与国际友谊 71
久存美国未还的居延木简 73
木简和我国的书籍式样 74
简册缣帛和书籍名目 76
唐人写经和西洋古抄本 80
谈宋版书 81
德国书展和我们得奖的图书 83
我国书籍式样的新面目 85
鲁迅捐俸刊印《百喻经》 87
读《光孝寺志》 88
读《遐庵谈艺录》 90
《新安县志》里的香港 92
《番鬼在广州》及其他 95
《美国船在中国海》 96
额尔金的掠夺世家 98
英国人笔下的额尔金 102
马可孛罗笔下的卢沟桥 104
龙和谣言的故事 106
读《三冈识略》 107
读《杜工部集》 109
马克思和达尔文 111
高尔基的信 114

高尔基的托尔斯泰回忆 116
《震撼世界的十日》 118
伟大的讽刺作家果戈理 119
果戈理的《死魂灵》 125
契诃夫诞生一百周年 127
契诃夫故居的纪念博物馆 130
契诃夫的《打赌》 133
托尔斯泰逝世五十周年 135
萧洛霍夫和《静静的顿河》 137
歌德的《浮士德》 140
席勒诞生二百周年 143
托玛斯·曼的《神圣的罪人》 145
雨果和《悲惨世界》 148
乔治·桑和萧邦的恋爱史 152
巴尔扎克和《人间喜剧》 155
莫泊桑的杰作 158
纪德的《刚果旅行记》 160
纪德的自传和日记 164
纪德和高克多 165
纪德谈法国小说 167
罗曼·罗兰的杰作 169

布封的《自然史》和
　　毕加索　171
马尔罗和中国　173
培根的随笔集　174
培根的点滴　176
关于莎士比亚的疑问　178
从王尔德到英外次　179
王尔德案件的真相　181
王尔德之子　183
王尔德笔下的英国监狱　185
王尔德的说谎的艺术　187
弥尔顿的《阿里奥巴奇
　　地卡》　189
毛姆等到了这一天　191
老毛姆的风趣　193
老而清醒的毛姆　194
毛姆的札记簿　196
狄福的《荡妇自传》　198
福尔摩斯和他的创造者　202
《查泰莱夫人的情人》的
　　遭遇　204
《寂寞的井》的风波　207

西点军校的革退生　209
爱伦·坡的小说　211
马克·吐温逝世五十周年　213
马克·吐温的笑话　215
《黑奴吁天录》的故事　216
想起海明威　220
诗人但丁的机智　221
《十日谈》的版本谈　223
《堂吉诃德》的译本
　　和原作　225
青鸟与蜜蜂　227
支魏格的小说　228
奥地普斯家族的悲剧　230
萨迪的《蔷薇园》　232
杂忆诗人泰戈尔　234
关于果庚　236
果庚的《诺亚诺亚》　238
《诺亚诺亚》一脔　241
马谛斯的故事　243
罗丹与诗人里尔克　245
毕加索的青色时代　246
毕加索的情妇　248

诚实的赝造家故事 250

耶稣与犹大 252

麦绥莱勒的木刻故事集 254

关于比亚斯莱 256

比亚斯莱的画 259

比亚斯莱的散文 262

比亚斯莱书信集 264

诗人画家布莱克 266

纪念布莱克诞生二百周年 271

寂寞的亨利·摩尔 273

欧洲木刻史序论 275

美国老画家肯特的壮举 277

《喜玛拉亚山的呼声》 279

火炬竞走 281

伽利略的胜利 283

丽丽斯的故事 285

《圣经》的新译本 287

关于"发光的经典" 289

吸食鸦片的英国作家 291

高克多与《鸦片》 298

英国人的同性恋 300

纪德的《哥莱东》 302

接吻的起源和变化 303

《性心理研究》作者霭理斯 305

霭理斯的杂感集 307

求爱的巫术 312

光荣的手 314

关于诺贝尔奖金 316

贝克特的作品和诺贝尔奖金 318

关于《日瓦哥医生》 321

《罗丽妲》 322

禁书一束 324

两部未读过的自传 326

字字珠玑的名家散文选 328

外国的新人新作品 329

应译未译的几部书 331

没有纯文艺这种东西 333

奥·亨利与美国小市民 335

乔治·吉辛的故事 336

王尔德所说的基督故事 338

美国邮局海关对艺术品的无知 340

禁书的笑话 342

《狗的默想》 344

白薇——我们的女将 346

拜伦援助希腊独立书简 347

歌德和《少年维特之烦恼》 370

插图本的《塞尔彭自然史》 373

枕上书 375

吉辛小品集的中译本 380

香港书录

香港书志学 384

《中国书目提要》和香港 387

《香港的诞生、童年和成年》 392

《香港的序曲》 394

《东印度公司对华贸易编年史》里的香港 396

《"复仇神"号航程及作战史》 401

《鸦片快船》 404

十九世纪《泰晤士报》的香港通信 405

《在中国的欧洲》 408

《芬芳的港》 413

《一个东方的转口港》 415

英格雷姆斯的《香港》 417

安德科的《香港史》 420

《香港历史教材》 422

《香港历史与统计摘要》 424

《香港之初期发展》 426

《早年香港人物略传》 427

"洋大人"的回忆录 429

《香港沦陷记》 431

《勇敢的白旗》 432

英国殖民统治时期的香港的标志 433

《香港的三合会》 435

《香港植物志》 437

《香港的树》 440

《香港的鸟》 442

《香港蝴蝶》图谱 444

《香港的海洋鱼类》 445

《香港食用鱼类图志》 446

《香港的郊野》 447

《香港漫游》 449

《新安县志》和香港　451

关于《澳门纪略》　458

书鱼闲话

书籍式样的进化　462

中国雕版始源　464

中西爱书趣味之异同　471

读书与版本　479

藏书印的风趣　481

借书与不借书　490

借书与痴　499

书斋之成长　501

《书斋随步》　505

《纸鱼繁昌记》　507

爱书家的小说　509

蠹鱼和书的敌人　511

脉　望　513

焚毁、销毁和遗失的原稿　515

梵谛冈的《禁书索引》　520

译文附录

斯蒂芬·支魏格　《书的礼赞》　532

威廉·布列地斯　《书的敌人》　537

汤麦斯·弗洛奈尔·狄布丁　《爱书狂的病征》　578

欧文·布洛温　《有名的藏书家》　584

赫利·亚尔地斯　《书的护持和糟踏》　590

克里浦·鲍台尔　《不能忘记的损失——一些原稿遗失的故事》　596

芬桑·史塔勒特　《赝造的艺术》　604

荷尔布洛克·杰克逊　《人皮装帧》　623

附录：译名对照表　631

霜红室随笔

我的书斋生活

这个题目看来很风雅,其实在实际上未必如此。第一,我久已没有一间真正的书斋,这就是说,可以关起门来,不许任何人闯进来,如过去许多爱书家所说的"书斋王国"那样的书斋。在许久以前我很希望能有这样的一间书斋,可是现实早已闯了进来,面对着我,使我不得不同它周旋。从此我的书斋成了家中的休息室,成了会客厅,成了孩子们的游乐场;有时甚至成了街上小贩的货物推销场,他们会从窗外伸手进来向我招呼:"先生,要不要这个?"

最初,我还想挣扎,想在我的四周筑起一谙藩篱,就是无形中的也好,至少可以守护着自己的一个小圈子。后来渐渐地知道这也是徒然的,现实是无孔不入的,只好自己走了出来。

没有了藩篱,也就没有了界限,从此我不再与现实发生冲突,我的书斋天地反而变得更宽阔起来了。现在,我所说的书斋,就是这样的一个书斋:四壁都是书,甚至地上也是书,是一间不折不扣的书斋,可是这间书斋却是没有门户和藩篱的,谁都可以走进来,我也可以自由地走出去。

就在这样的一间书斋里,我在这里写作,我在这里读书,我在这里生活。

书斋的生命,是依赖书的本身来维持的。一间不是经常有新书来滋养的书斋,那是藏书楼,是书库,是没有生命的,是不能供给一个人在里面呼吸生活的。我的书斋生命，就经常用新书来维持。这是书斋的生命，也就是我的写作生命了。

作家的书斋，随着他的作品在变化；他的作品，也随着他的书斋在变化。

我不能想象，一个没有几本书，一个没有一间书斋的作家，纵然他的这间书斋，只是一只衣箱，一张破板桌也好，他必须有一个工作场。不然，他从什么地方将他的生活制造成作品，供给他的读者呢？

我更不能想象一个不读书的作家。读书，是作家生活的一部分。他从书本上，为他的写作生命汲取滋养，使他的生活更加充实，也就给他的作品增加了光彩。

就这样，我就经常在买书，也经常在读书，使我的书斋维持着它的生命，也使得我的写作生活获得新的滋养，希望我有一天能够写得出一篇较充实的富有新生命的作品。

这就是我的书斋生活。我坐在这间撤了藩篱的书斋里，将我的写作、读书，和我的生活打成一片。虽然，有一时期，我很想使我的书斋成为禁地，不让别人走进来，我自己也不想走出去。

现在我就这么生活着，生活在我的这间没有门户，撤去了藩篱的书斋里。

琉璃厂的优良传统

去年我到北京,在琉璃厂的古籍书店里买了一部《金陵丛刻》。我想买《金陵遗书》买不到,买《日下旧闻》也买不到。今年又去了,当然仍是由阿英兄陪我去的,到了内部楼上的那座大书库里,接待我们的仍是去年见过的那位服务员。我一直走到史地部门的书架前,还不曾动手翻书,那位服务员已经笑嘻嘻地对我说:

"仍是只有去年的《金陵丛刻》,没有别的什么新的……"我不觉一怔,这位服务员的记忆力可真惊人。他不仅还记得我,更记得我去年曾经买过什么书,以及想买什么书而买不到。

"那么,《日下旧闻》仍是没有?"

"没有,没有《日下旧闻》。也没有《金陵遗书》。这类大部头的掌故书,近年愈来愈不容易得了。"

从前人都说北京琉璃厂旧书店的店员记忆力好,对于汗牛充栋的架上藏书,只要一经过目,就能说出它的版本流源、优点和缺点。不仅如此,对于那些常来的顾客,更记得他们喜欢买哪一类的书,以及曾经买过一些什么书。所买的是什么版本,书价如何。能够侃侃而谈,如数家珍。现在根据我自己的经验,知道这优良的传统,在今日的琉璃厂不仅被保存下来,而且更发扬光大了。

以我这样的顾客来说,去年去过一次,逗留的时间也不过一小时,东翻翻、西看看,随便买了几册价钱很便宜的书,当然也同他们随口聊过几句,留下的印象至多是这个外来的顾客还不是门外汉,其他就不该还有什么值得他记忆之处。但这位服务员今年一见了我,不仅记得我在去年同一时期曾经来过,而且还记得我买过什么书,以及想买什么书而买不到,这就不简单了。

北京商店的店员,一向以对人和悦,服务殷勤周到闻名全国。今日新北京各行各业的服务员,对这光荣的传统作风,更懂得郑重地加以保存。忠于所职,勤于所事,为顾客服务,也就是为人民服务。这一点道理,他们一定早已搞通了。因此在琉璃厂的书店里,这才可以遇到将自己的职务发挥得这么出色的好店员。

在同一条街上的荣宝斋画店,那里的风格又全然不同。因为书画是要仔细欣赏的,一切布置得十分舒服宽敞,你到了里面,随意四处走动,仿佛在自己家里一样,他们也不来陪伴你。除非你向他们询问什么,否则总是没有人跟在你的身边,扰你的清兴的。

气氛不同的书店

香港最近开设了一家专售外文书刊的书店:和平书店,日前我特地去参观了一下。由于是新开张,陈列的书刊种类还不算多,而且要买的大都早已买了。但是沿着书柜四周看了一下,从古典文学、美术语文以至社会科学，毕竟气氛有点不同，因为在香港一般外文书店里见惯了的东西这里见不到，这里所见到的有许多却是别家书店所没有的东西。

这样别具风格的外文书店，在世界各大都市大都总有一两家，如巴黎的环球书店，伦敦的柯列特书店，英法的读者，如果想看看新中国的书刊，就一定要去光顾它们。这样的书店，虽然不是"同人"性质，但是总像是同人办的一个小刊物或是出版社一样，你一走进去，就有一种分外亲切的感觉。

北京的国际书店也是一家这样的书店，规模可大得多了。我曾经去买过一次书，那真是名副其实的国际性质的书店。有些语文虽然是我不能读阅的，但无论是瑞典文的也好，波兰文的也好，埃及文的也好，只要是书，而且是内容健康的书，我总要忍不住拿在手里摩挲一下，这就好像见了言语不通的外国友人一样，即使无法表达自己的心意，但是热烈地握着手，友情的温暖仍是互相可以沟通的。我当时就曾经将我看不懂的一些外文书刊，一再从架上取下来，揣摩它们的书名和内容，同样地觉得不忍释手。

从前上海也有一家这样的书店，起初开在北四川路桥邮政总局附近，面对苏州河，后来又搬到静安寺路，是一位德国老太太开的，我已经记不起这家书店的名称了，它是当时上海唯一专门出售进步外文书籍的书店。当时上海虽然已经有美国人和英国人开设的规模很大的西书店，可是它们是不卖这种书籍的，而且里面的店员势利得惊人，除了老主顾以外，面生的中国人走进去，他们就像防贼一样地跟在你的身边，甚或直率地吩咐你不要乱动架上的书。鲁迅先生就遇过这样的事,以致不得不从怀里拿出一叠钞票放在桌上,表示是带了钱准备来买书,不是来偷书的,这才使得店员刮目相看了。

这家德国老太太开的书店,给我的印象很深。因为正是在那小小的橱窗里,我第一次见到珂勒惠支的版画原作。这一批版画,后来都给鲁迅先生买去了。我有机会看到《资本论》的英译本和《震撼世界的十日》一类的书,都是拜这家书店之赐。至今我的书橱里还存有一本德文版的墨西哥大画家里费拉的画集,就是从这家书店里买来的。适才我取出来翻了一下,书页上还记着"一九三二年除夕前二日购……",使我又重温了一遍这些可爱的记忆。

为书籍的一生

《为书籍的一生》!

对我这样的人来说,这是一个多么富于吸引性的书名。在新波的书架上见了这本书,忍不住立即取了下来。我感到了脸红,未曾读过的新书实在太多了。不仅未曾读过,就是连这书名也未曾听过。

这本书的装帧非常好。全黑的书面,字和封面画的色彩是白红两色。红色用得极少,只有"为书籍的一生"的一个"为"字是红的,大约是强调这一生为的是什么,夸张和装饰的效果都极好。

书脊也是全黑色的,作者的名字是红字,书名是白字,用的全是普通的粗体铅字,简单大方,这是德国派的装帧手法,很容易引人注意,因此在书架上一眼就被我见到了。

取下来一看,原来是一本翻译。原作者译名"绥青",是旧俄的出版家。不用说,《为书籍的一生》一定是他的自传了。旧俄的社会,很有点像是我国解放前的黑暗时代。在那样的时代里,从事出版工作,依据我自己的经验来说,一定是有许多恢奇的遭遇,像童话一样地令人不会忘记的,这本书的内容一定很丰富而且有趣,我为什么竟不曾读过呢?不禁拿在手里翻来覆去地看,舍不得放回架上。

新波看出了我的心意,爽快地问:你喜欢这本书吗?就送给你吧。

"那么,我就不客气了。"这正是我的私衷,只是不好意思说出口。他既然看穿了我的心思,我自然也不再客气了。于是这本《为书籍的一生》就放进我的行囊,跟着我一起回到我的家里,这个几乎一生也是为了书籍的家。

《为书籍的一生》是内地三联书店出版的,译者是叶冬心,出版年月是一九六三年的七月,初版印了二千册。这样的书销路是不会怎样大的,因此二千册的印数恰到好处。大约也正因为印得并不多,我在这里的书店里竟不曾见过。若不是在新波的书架上无意中发现,几乎要失之交臂了。

原作者已在一九三四年去世。他的出版工作,是跨着俄罗斯新旧两个时代,新旧两个社会的。仅是这样的经历,已经有许多事情值得他回忆了。我国也有不少出版工作者,是有这样经历的,他们之中如果有人肯写,同样也可以写得出一部《为书籍的一生》。

《新俄短篇小说集》

在最近一次的长途旅行中,无意在一家旧书店里买得一本小书:《新俄短篇小说集》,一九二八年上海光华书局出版。这是我自己翻译的几篇苏联短篇小说的结集,出版日期距今已经三十年,难怪若不是无意见到它,连我自己也忘记曾经出版过这样的一本书了。

回来查阅张静庐先生编辑的《中国现代出版史料》甲编,在记录到一九二九年三月为止的《汉译东西洋文学作品编目》内,果然见到有这本小书的著录,而且在年份上说,除了曹靖华先生的《烟袋》以外,竟是国内出版最早的第二本苏联短篇小说的中译本。然而,这是一本多么草率的译本,翻阅一遍,实在使我忍不住脸红。

这也难怪,当时的我还是个二十二三岁的青年,不要说在外国语文上的修养不够,就是本国语文的运用也很幼稚,只是凭了一股热情,大胆地尝试了这工作,用来填补了当时出版界的这一类空虚,同时也暂时满足了我自己以及当时同我自己一样的许多文艺青年对苏联文艺的饥渴。因为当时是不大有机会能读到苏联文艺作品的,就是我这本小小的短篇作品翻译集,出版后没有几年,也就被禁止了。

《新俄短篇小说集》是一本三十二开,一百八十六面的小册子,其中一共包括了五位作家的作品:迦撒洵的《飞将军》,爱罗索夫的《领袖》,比涅克的《皮的短衫》,伊凡诺夫的《轨道上》,西孚宁娜的《犯法的人》。最后一篇占了一百页以上的篇幅,实际上是个中篇。在曹靖华的《烟袋》里,也收了西孚宁娜女士的这篇作品,题名为《犯人》。

除了译义之外,卷前还有一篇介绍文:《新俄的短篇小说》,共有四千多字。我看了一下末尾的文字:"一九二八,二月二十下午,灵凤于听车楼",不觉依稀记起了当年翻译这些小说的情形。听车楼是我们当时在上海霞飞路(今日的淮海中路)所租赁的一家商店的二楼,是《幻洲》半月刊的编辑部,因为面临电车路,从早到夜车声不绝,所以给它题了一个"听车楼"。这几篇小说的译文,其中有一两篇一定是先在《幻洲》和稍后的《戈壁》半月刊上发表过的。封面画和里面的衬纸图案,也都是我自己当年的"大作"。

不用说,这本小说集是根据英文译本重译的,前面的那篇介绍文,大约也参考了英文书上的材料,因为我实在不敢相信当时的我,对于苏联文艺,能有那些虽然幼稚,可是在今天看来还不过分谬误的解释，而且能洋洋洒洒地写出四千字之多。

一九二七年，正是苏联革命的第一个十周年纪念，在我的那篇介绍文里，曾写下了这样的几句话：

"自一九一七年至现在（指当时的一九二八年），有了苏维埃政府十载的经营，在各样的事业粗具规模之中，新俄罗斯的文学便也应运而生了。这些新时代的天才，经了革命的炉火悠久的锻炼，终于替代了旧的位置而产生了。……"

今天，已经到了我们来庆祝伟大的十月革命四十周年纪念的日子了，苏联作家们在文艺建设上早已产生了许多无可比拟的更光辉的杰作，我仅以这一篇谈谈三十年前自己一本小书的短文，作为参加这个人类最喜悦的节日的献礼。

一九五七年十一月七日

在香港

歌德的一幅画像

有一幅歌德的画像，据说是最为人喜爱的他的画像之一，画着他在意大利作考古旅行的情形，坐在露天旷野的一张石床上，身边有许多断碣残碑，远处山上还可以见到一些罗马古建筑。歌德头戴阔沿的毡帽,斜坐在石床上,悠然出神,好像沉湎在思古的幽情中,确是一幅画得好,也是一幅令人见了喜爱的画像。

三十多年前,我在上海的一家旧书店里,从一册德文杂志上见到了这幅画像,而且是用彩色印的。当时就十分喜欢,又因为那时的彩色印刷品是不多见的,买回来后就一直当作自己心爱的一件艺术品,慎重地夹在画夹内,因此从上海只身来到南边时,成千上万的书册都舍弃了,这一幅歌德的画像却被夹在一叠画页中带了出来。我最初从那册德文杂志上撕下这幅画像时,并不曾去留意这是谁的作品。后来多读了几册关于歌德的研究和传记,又在无意中买到了一部歌德画册,这才知道是歌德同时代的一位德国画家约翰·威廉·第希宾的作品。

这幅画像作于一七八六年,是在歌德到意大利去作考古旅行时所画。当时第希宾已经旅居意大利,歌德到了意大利后,两人就结下了友情。第希宾正是那些无数的歌德崇拜者之一。由于歌德在罗马与他成了邻居,两人不仅经常相见,而且第希宾还成了歌德的向导,陪了他去参观罗马古迹。这一幅画像就是在这期间画的。

第希宾在这年(一七八六年)十二月九日写给友人的一封信上,叙述他有机会结识歌德的喜悦之外,曾提到了这幅画像,说他正在着手为这位伟大的人物作一幅画像,要画得等身那么大,画他坐在古罗马废墟之中,缅想人类行为的命运。

歌德在他自己写给朋友的信中,也提到了在这次意大利旅行中,第希宾给他的帮助之大。

这幅第希宾的歌德画像复制品,就这么一直被我珍藏着。虽然复制品的尺寸很小,不过三十二开书页那么大,而且时间久了,彩色也有些暗淡起来,但是仍一直受到我的珍爱。

一九四六年左右,郭老来到了香港,最初住在九龙尖沙咀附近的乐都公寓,后来迁居到山林道的一层楼上,有一次林林同我谈起,说是郭老的新居墙上缺少装饰品,希望我能找一点什么给他挂挂,我听了就灵机一动。想起自己珍藏多年的这幅歌德画像,若是能送给他,真是物得其所,当下就答应了林林,说是让我想一想,迟几天一定有所复命。

我回家后赶紧将这幅画像找了出来,虽然陈旧了一点,仍不失为一幅可爱的艺术品。郭老是歌德作品的中译者,他自己现在也对考古工作发生了兴趣,将这幅歌德作考古旅行的画像送给他,实在再适合也没有。于是我就拿到玻璃店里去配镜框。又因为这幅画太小,便将另一幅弥盖朗琪罗壁画的复制品:《上帝创造亚当》,也拿去配镜框,准备一起送去。

我记得从前郭老住在上海民厚南里时,在楼下的墙上曾挂着一幅悲多汶的画像,还有一幅仿佛是诗人雪莱的画像,他曾在一篇文章里写过这两幅画,文章是早已读过了,后来有机会亲眼见了挂在墙上的这两幅,仿佛是谒圣者亲身到了圣地一般,真有一种说不出的高兴。

他再次从日本回到上海,住在法租界法国公园附近的一个弄堂内,楼下墙上有一幅许幸之临的拉斐尔圣母子像,大约还是在日本送给他,由日本带回来的。画幅很小,是圆形的,直径不过五六寸。因此我又将自己所画的那种比亚斯莱风的装饰画,选了两幅配了框子送给他,使他见了很高兴。

对于他家中墙上装饰品的关心,我可说是很有渊源的了。

两幅画的框子配好后,我便约了林林一起送去。恰巧那一天郭老不在家,等了一会儿仍不见他回来,我们便在墙上找了两个适当的地位给他将这两幅画挂好了才走。我想他回家发现墙上多了两幅画,一定会十分诧异。

可惜后来他离港北上,这两幅画的下落如何,尤其是那幅我珍藏多年的歌德画像的下落,已经不大容易知道。我但愿他能一直带在身边,甚至至今仍挂在他的书房里,那才使我高兴哩。

记得有一年,我偶然从一本外国杂志上见到一幅雨果的照像,是他被放逐到国外,坐在一块崖石顶上,遥望故国的情形。当时郭老避祸在日本,过的正是这种生活,我便剪下寄给他,他回信表示很高兴,而且很感慨,后来好像还写过一首诗。

最近,歌德的意大利旅行记有了新译本出版,附有许多插图,其中就有这一幅画像,使我想起了这些往事,遂缕述如上。

读《郁达夫集外集》

友人从南洋寄赠了一本当地新出版的《郁达夫集外集》,里面收集了他的作品三十篇,有小说、散文、日记,还有信札遗嘱等等,都是未曾收进过单行本的。达夫生前在上海北新书局虽曾出版过全集的零本《鸡肋集》《敝帚集》《日记九种》等等，但后来所写的文章，散见各刊物上的，大都未出过单行本，在南洋报章上发表的更不用说，这些都是将来为他编印全集的人应该注意的资料。

自一九三三年以后，达夫所写的文章似乎很多，但我看过的实在很少。因为从那时开始，由于王映霞的关系，达夫同许多老朋友，都渐渐地疏远了，他所往来的，都是当时喜欢结交文人雅士的新贵。这些人将达夫夫妇看作一对才子佳人，拼命地拉拢，达夫也不得不与他们周旋，因此诗酒征逐，所写的文章，不是看花，就是游山。而在这样与他的身份不相称的交际活动中，也就种下了日后他们夫妇仳离的祸根。

在当时许多较年轻的朋友中，包括我自己在内，大都是对王映霞不满的，认为是她害了达夫，逼他结交新贵，逼他赚钱。这种反感，不仅王映霞知道，就是达夫自己也知道。因此几个年轻的朋友，不仅在口头上，就是在文字上，也狠狠地挨过了他的几次骂。然而当时大家却一片热情和天真，认为新文艺作家整天地同有闲阶级诗酒唱和，替铁路管理局写沿途风景名胜的介绍文章，甚至还想"造房子"，实在都是开始腐化落伍的表示，因此很气忿，不觉都归咎于王映霞的身上。

后来大家才知道，达夫当时生活上虽然很悠闲，内心实在很苦痛，不是这样，他也不致"万里投荒"了。

到了南洋以后的达夫所写的东西，我看的机会更少。现在看来，似乎是旧诗居多，其他的文章很少见，不知是当时确是写得少，还是未经搜集。我想他在《星洲日报》编辑副刊期内，自己一定也该动笔写过一些文章的。

我很喜欢读达夫的旧诗。这种趣味，是我们在年轻时候所无法领受的。达夫很喜欢黄仲则、龚定盦的诗，早年曾用黄仲则的故事写过一篇《采石矶》，对这位诗人倾倒备至。可见他对旧诗久已下过功夫了。

达夫自负曾读过一万本以上的外国小说。这话虽不免有一点夸张，然而读书之快和读书之多，确是很少人能及得上的。往往头一天见他买了一叠德文日文的书回来，放在床头，第二天问他，却已经一夜全看过了。当时实在使我见了佩服得五体投地。我现在的喜欢买书的习惯，可说多少受到了一点他的影响。可惜我买椟还珠，不曾学到他的那种一目十行的本领。

达夫先生的气质

吴令湄兄读郁达夫先生的游记和旧诗，不满意他称自己的诗为打油诗和哼哼调。

明明是很规矩的七律七绝，为什么硬要说是打油诗和哼哼调呢？自谦也不必这么谦法，这简直有一点近于糟踏自己。其实，这正是达夫先生的一种特性，也可以说是那种旧文人的气质，喜欢在文字上自怨自艾，自暴自弃；一时认为生不逢辰，潦倒穷途；一时又认为天降大任，国家兴亡都挑在他这个匹夫的肩上。

更好的例子，是他同王映霞反目以后，一定要发表自己的"毁家诗"，将自己说成是"曳尾涂中"，同时又刊登启事，说王映霞卷逃，称她为"下堂妾"，尽量地发挥自己的这种自暴自弃和任性的气质。

不过，达夫先生的为人，并非一生都是如此的。后来就不是这样，而在创造社的全盛时代，他的创作欲最旺盛的时期，也不是如此的。

这种气质的出现，是与他结交浙江官场中人有关，同时也与认识了王映霞有关。鲁迅先生曾有《阻郁达夫移家杭州》诗，我觉得是十分有见地的。达夫先生在杭州建"风雨茅庐"，全是为了取悦于王映霞。可是自己手上没有钱，全靠王映霞向那些炙手可热的官僚去挪借。他们对这一对"才子佳人"的夫妻，倾盖相交，其实是"醉翁之意不在酒"。结果，达夫先生的物质上的"风雨茅庐"虽然建成了，可是他的精神上的"茅庐"却挡不住"风雨"，发生了"毁家"的悲剧了。

在这一段期间，达夫先生经常同当时浙江省政府、杭州市政府、建设厅、铁路管理局诸权要往来。诗酒征逐，游山玩水。他的那些游记和纪游诗，都是这一时期所写。他以前是从不曾写过这样东西的。这一时期的达夫先生远离故旧，日益与那些"新贵"往来，使得许多朋友暗中为他扼腕。大约正是有鉴及此，鲁迅先生才委婉地写了那首阻他移家杭州的诗。

可是不曾阻得住。移家之后，很快地就发生了"毁家"的悲剧了。

这时达夫先生的心情，简直有点反常，因此使他喜欢那么对自己自暴自弃。幸亏接着"抗战"就发生了，形势比人强，这才挽救了他，将他从"沉沦"的路上拉回来，献身于抗日救亡工作。战争虽然加速地使他毁了家，同时却救出了他自己。

达夫先生和吉辛

书店里送来了一部乔治·吉辛的评传。这是英国前年出版的，是一部有三百多页篇幅的很详尽的传记。吉辛的研究资料不多见，偶然从刊物上见到这本新书的广告，就托书店去订了来。

买这本书的动机，又是为了郁达夫先生。当时读到一篇文章，说他在上海卖文为活时，怎样穷愁潦倒，同英国的薄命文人吉辛的遭遇相同云云。达夫先生的生活，我是知道一点的。他当时在上海，事实上所过的并不是全然的"卖文为活"的生活。那时上海的出版界的经济条件，实在还不能使一个作家可以维持生活。达夫先生和鲁迅先生一样，初期都是要靠教书和兼差来维持生活的。直到后来新书店开设得多了，文艺刊物也有好几种，他的稿费和版税的收入，才勉强可以生活。

达夫先生是很会花钱的,但不善于理财。因此他每月的收入虽然不少,但是一有钱到手就花光了。他当然不能说是"富有",但是像他当时那样的生活,却绝对说不上是"穷愁潦倒"。创作里所写的人物,不一定十足地就是作者本人。因此我读到有些人在文章里随便说他怎样怎样穷,觉得实在有点好笑。

达夫先生一再提起英国的吉辛和他的那部有名的散文集,自然是事实。但是吉辛的生平怎样,达夫先生自己也未必仔细研究过。那么,吉辛的生活究竟怎样呢?由于关于他的资料很少见,因此可以供我们认真去研究一下的机会就不多了。

这就是我忽然去买了这部新出版的较详细的吉辛评传的原因。

原来吉辛倒是真正"卖文为活"的,而且也确实穷得厉害。他的生活收入,全靠给当时英国刊物和书店写长篇小说,酬报很低,因此终年劳碌而收入菲薄。这是由于他的小说全是以伦敦的贫民窟为题材,爱看的人不多,读者的范围很小。但他宁愿书店付的酬报小,不肯写佳人才子的流行小说。这一点,倒表现了他的骨气,但是就不免长期地过着"穷愁潦倒"的生活了。

郁达夫的《迟桂花》

最近有一个新创刊的纯文艺刊物的编者,要我给他们推荐一篇新文艺作品里面最优秀的短篇创作。我想，如果要我举出一篇我所喜欢的新文艺短篇创作，那就容易得多，因为我至少不必考虑"短篇小说作法"一类书籍里所提出的一篇好的短篇小说必具的那些结构描写主题等等条件，可以任随我个人的爱好来选择。

如果这样，达夫先生的这篇《迟桂花》便是可以当选的作品之一。我不知这篇小说现在收在他的哪一种集子里，相信喜欢它的人一定不很多，因为我从前也是不喜欢它的，但作者当时却非常重视自己的这篇小说。

这是达夫的后期作品之一。那时他正认识了王映霞，两人的感情已渐达到成熟阶段，一同从杭州旅行回到上海，便写成了这篇小说。杭州秋天的桂花本来是有名的，在西湖上一个名叫满觉陇的地方，更是桂树成林，香闻十里。这其中有一种开得最迟的，但也香得愈浓，这便是达夫取作这篇小说题名的迟桂花。大约那时达夫因为自己已经不是青年，王映霞也不是少女，便用迟桂花来象征他们两人的"迟恋"。因为《迟桂花》的故事很简单，是描写男女两人到女的家乡去旅行，男的游山时在山中发现了一株迟桂花的心情上的喜悦和兴奋而已。

达夫当时很重视自己的这篇小说，认为是自己的成熟作品之一。当他将这篇小说送来交给《创造月刊》发表时，曾经很郑重地表示了这意见。但我那时还太年轻，很不以他的意见为然。这里面一大半也因为当时我们那一群年轻人，根本对王映霞没有好感。觉得我们所崇拜的达夫先生，竟爱上了一个梳横S髻穿平底软缎鞋的女子，太像我们想象中的"爱人"了。这种不满后来还形诸言辞和行动,以致我在他后来收入《敝帚集》《寒夜集》[1]的几篇文章里重重挨了几次骂。

但后来我们终于和好了,我也理解了《迟桂花》的好处,并且至今还认为是我喜爱的短篇小说之一。

读《诗人郁达夫》

"南苑文丛"又出版了一本新书,是颜开先生的电影文学剧本《诗人郁达夫》。

时间过得快,达夫先生在日本军战败投降之后,不明不白地在南洋失了踪,不觉已经二十年了。说他是"失踪",那是在最初几年,朋友们还希望他会突然地归来,不忍遽作绝望的结论。后来事实已不容大家再幻想,早已证明他的"失踪",是出于日本特务的绑架;换句话说,达夫先生已经被日本特务谋杀了。这是日本宪兵队有预谋的罪行,他们在自己战败投降之后,不想使深知道他们所作所为的达夫先生有机会指证他们的罪行,特地先行下手,杀了他来灭口!

颜开先生的这部《诗人郁达夫》,在这方面搜集了许多可靠的

---

[1] 应为《寒灰集》。——编注

资料，将日本宪兵队的这种罪行，描写得最为确切明白：铁证如山，不容狡辩。因此达夫先生的死，正如颜开先生在"写在后面"里所说的那样：他是用他的生命，为中华民族守了大节！

今天，距达夫先生殉国已经二十年了，我们读着颜开先生以达夫先生在南洋最后一段可歌可泣生活为题材的电影剧本。实在令人不堪回首。尤其是我个人。达夫先生对于我，义兼师友，在文艺写作上曾劝导过我，在私人生活上曾照顾过我。虽然曾经有过一个时期，对我和其他几个年轻的朋友很生气，但是一旦事过境迁，终于肯原谅了我们。现在想来，我们当时实在过于任性，少不更事，干涉到他的私事，以致激起他的气忿，实在是我们的不是。至今想来，犹觉不安，可惜已没有机会能向他道歉了。

颜开先生的《诗人郁达夫》，是从一九四二年新加坡沦陷到日本人手中以后，达夫先生和他的一群朋友向南撤退写起，一直写到一九四五年九月，日本投降之际，他被日本宪兵杀害为止。在这中间，以他所写的一些旧诗为穿插，将他这几年的流亡战斗生活，编织成这个电影剧本。

达夫先生的这一段生活，除了当时同他经常在一起的几个患难朋友之外，国内的朋友是很少清晰的。颜开先生写这个电影剧本，其中有若干情节，诚如他自己所说，未必是"真人真事"，但是材料的运用非常恰当，而且也可以看出，很费了一番苦心。

我们期待着，这个剧本能早日有人开拍，以便有机会可以在银幕上看到《诗人郁达夫》。

版画图籍的搜集功臣
——悼郑振铎先生

郑振铎先生在我国新文化运动上的贡献很多：他是文学研究会发起人之一，主编《小说月报》多年，早岁从事西洋文学介绍和翻译工作；中年出国，开始注意到我国元明戏曲与俗文学的搜集与整理。在这期间，他发掘并且刊行了不少明清珍本小说和剧本。"九一八""一·二八"事变发生后，他鉴于敌人摧残我国文化，掠夺文物之惨，惊心怵目，就注意到我国古文物的抢救与保护工作，因此他的研究重心又侧重到考古学方面来了，他将我国流落到域外的名画书法铜器陶瓷等艺术品，辑成图谱多种，借以唤起大家的注意。抗战期间，他仍留在沦陷了的上海工作，隐名改姓，进行抢购流落到市上的公私藏书，他在这几年的工作当中收获极大，为国家保存了不少文化财宝，尤其是发现脉望馆旧藏的元明杂剧二百多种，更是可遇而不可求的盛事，因为这一批经过名家抄校的元明戏剧，许多年以来久已被藏书家认为已经佚亡，现在竟由于他的努力，又被发现而且归之国家了。全国解放后，他更能得展抱负，负责我国文物保护整理和考古研究工作，极有成绩。有不少行将流落到外人手中的我国艺术财宝，都是由于他的努力，又得以重归祖国宝库。

郑振铎先生对我国古代木刻版画和书籍插图的搜集，也极努力。他曾影印复制了好几种罕见的木版画谱，如《顾氏古今画谱》[1]等，又与鲁迅先生合力雇工，在北京复刻了《十竹斋笺谱》，又搜集北京当时流行的各种木版水印信笺，辑成《北平笺谱》。这在提倡我国固有的木版艺术上，都是划时代的盛举。今日北京荣宝斋木版复制画能够享誉中外，固然由于我国木版艺术悠久的光荣传统，在国家的大力支持下得以发扬光大，但当年首先提倡之功，实不得不归功于鲁迅先生和郑振铎先生。因为在当时的环境中，实无人注意及此，有之，也不过视作文房清玩。没有人肯将它们当作正经的东西，并且认为对于我国新兴的版画艺术会有帮助的。振铎先生和鲁迅先生两人，怎样函件往返磋商，集资刊印《北平笺谱》和《十竹斋笺谱》的经过，可以在收在《鲁迅书简》中的鲁迅先生信上看得出，将来若是有机会能读到郑振铎先生这一时期写给鲁迅先生的遗信，当可以使我们更明白他们筹划此举的苦心孤诣的经过了。

郑振铎先生并不是一个有钱人。他除了用公家的钱为公家收购的藏书以外，他私人对于珍本小说戏曲和版画图籍的收集，全是靠了自己教书卖文所得，有时甚至出之借贷，或是卖出另一部分藏书来收购这一部分。这些经过，我们只要一读他的《劫中得书记》，就可以明白地知道。而他这么节衣缩食，甚至不惜借钱去买书的动机，除了由于自己的爱好之外，并不是"为藏书而藏书"，实在因为这是先民的宝贵文化遗产，在当时兵荒马乱之年，若不及时抢救，不仅会流落到国外，甚或会永远湮没消灭了。

他的刊行版画图籍，也是采用一面向印刷者暂时赊欠，一面

---

[1] 应为《顾氏画谱》。——编注

用预约方式去进行的，如那几套域外所见的历代中国画、明器等等图籍，历史参考图谱，以及最有名的《中国版画史图录》，都是采用这方式进行的。这些珍贵的图录出版的时期，大都是在上海已沦陷在日本人手上，或是法币正在疯狂贬值之际，使他在经营上受到了许多意外的困难和损失，但他仍在坚韧的努力之下去继续进行。除了《中国版画史图录》未能全部出齐之外，其他各种图谱差不多都能依期完成了。

郑振铎所印行的这些图录之中，我认为最值得重视的是《中国版画史图录》。虽然他在这部历史的文字叙述方面并没有完成，但在图版的整理工作上，可说已经大部分完成了。这是一件以前从未有人做过，一切全靠自己力量从千头万缕之中去搜爬整理的工作，所以也最为难得。他的这部《中国版画史图录》，在文字叙述和图版选录方面，规模都很大，一共要印成线装本六开二十四大册，其中文字部分不是用铅字排印，而是全部用木版雕版来印刷的，图片则全是用珂罗版和彩色套印的木版印成：文字占四册，包括唐宋元版画史、明初版画史、徽派版画史、近代版画史四个部分，其余二十册全是图片，共选录了我国历代版画一千七百余幅，包括各种书籍的插图，小说戏曲的绣像，民间年画风俗画，以至信笺宗教祭祀用品等等。他自己在本书的"编例"上曾记：

> 本书图录，所收者凡一千七百余幅，除自藏者外，殆集我国藏书家之精华，凡公私书库所得之秘籍孤本，有见必录，随时假印，隆情盛谊，永铭不忘。其间有已遭兵燹

者，有已沦陷故都者，有已深藏锢键不能复睹者，有已辗转数家，流落海外者，幸存片羽，弥痛沉沦！

图录中的彩印部分，尤其是这部版画史的精华，因为它全是用木版依照原画复刻，再用水墨彩印，有的要套印十多次才完成的。这不仅使得当时行将湮没的北京木版彩印艺术获得一线生机，而且也正是由于积极的提倡，为今日有名的北京木版水印画开辟了一条新的道路。

我们的木刻版画，今天正在摆脱西洋木刻的影响，努力向原有的民间木刻版画去学习，郑振铎先生所编的这部《中国版画史图录》，给我们提供了一份最丰富的参考资料。

郑先生搜集整理我国珍本图籍和保护文物的成就，本是多方面的。但我一向是喜爱版画艺术的，觉得仅是从这一方面来说，对于这位突然离我们而去的文化功臣，实在不胜悼惜之至！

一九五八年十一月于香港

西谛的藏书

北京图书馆不久就要出版《西谛书目》，已见预告，共收录西谛的藏书七千余种,还附有若干题跋。

西谛就是郑振铎先生。"西谛"是他的笔名。这两个字看起来很古雅,其实是"振铎"英文拼音起首两个字母C.T.的中文译音,最初只是在《小说月报》上偶然用一下的,像茅盾先生的"玄珠"一样,后来才正式当作了自己的笔名。

振铎先生的藏书,最初多是外文书,这是他翻译泰戈尔诗集,编译《文学大纲》《希腊神话中的恋爱故事》[1]时代的事,后来趣味发展到中国俗文学、版画和戏曲作品,就开始搜购中文线装书。起初还中西并重,后来简直就将西书束之高阁了。

在抗战初期,在"八一三"淞沪会战初起之际,他住在静安寺的庙弄,我们经常到他家中去夜谈。客厅四壁架上虽然仍是西书,可是书脊尘封,看来平日已经很少去翻动,桌上和地上则堆满了线装书:这些都是新买来的,这才是他的趣味中心。

当时在上海搜集线装书,机会极好。因为许多好书都集中在上海,北京和其他内地的好书,也纷纷汇集到上海来争取市场。像振铎先生这样的老主顾,他平时喜欢收藏什么书,那些古书店的老板是久已知道的,一旦有了他喜欢的书,总是先送来给他挑选。甚至货品还在运沪途中,或是知道某处有一批什么书,拟去采购,也会事先通知他,使他获得选购的优先权。同时又可以随便将准备想买的书先拿回家中,慢慢地再议价。议价成交之后,也不必立即付款。由于有这样的方便,当时振铎先生虽然并非富

---

[1] 应为《希腊罗马神话与传说中的恋爱故事》。——编注

有，也居然买到了许多好书。

后来上海沦陷，他受到学术机关的委托，暗中抢救流到市上的好书，以免流入日本人手上。他这时买得的好书更多。但这样购得的书，由于是用公款购买的，后来自然也归之公家了。这一阶段所购得的书，详见他所写的那部《劫中得书记》中。

解放后，他自然更有机会买到更多的好书。这一批先后苦心搜集起来的藏书，在他去世后，都捐给了公家。现在要出版的这部书目，就是经过整理后编印起来的。

这七千多种书，不说别的，仅是其中关于我国版画木刻史料的部分，就已经是国内仅有的一份丰富收藏，没有第二个人能及得上的。

死得瞑目的望舒

在《中国学生周报》上一连读了两篇纪念望舒的文章，在"下午茶座"上也读到了一篇，听说台湾还有人写了一篇，我未读到。读了这些文章，才知道今年已是他去世的十五周年。我怎么不曾记得这事？时间真是过得太快了！

这里还有人记得望舒，无论是哪一方面的，无论在文章里是讲他什么的，都使我读了感动。在这里，我们是共同度过了那"苦难的岁月"的，他虽然已经躺在地下十五年了，我相信那些记忆一定仍铭刻在他的骨骼上。

去年秋天，我在离港北上之际，心里也曾想到，这一次到北京，一定要抽暇到他的墓上去看一看。可是到了北京以后，在那一派欢乐的气氛之中，说老实话，没有时间，也不易唤起那一份心情再去做这样的事，只好又放过了一次机会。

记得一九五七年去的时候也是如此。当时虽然曾向几个朋友说出了这愿望，他是葬在八宝山烈士公墓的，大家说去一次几乎要费一天的时间，我哪里能腾得出一整天的时间呢？安排了几次，也终于没有去得成。

后来路过上海，见到蛰存，我将这情形讲给他听，他送了我一张照片，是在望舒墓上拍的，墓碑简单朴素，题着"诗人戴望舒之墓"几个字。从那笔迹看来，我认得出是茅盾先生的手笔。

就这样，我至今还不曾去上过望舒的坟。倏忽之间已过了十五年了，套一句老话说：故人的墓上想必墓木已拱了。

望舒的一生，正像我们这一辈知识分子的一生一样，是"生不逢辰"的。但他的死，却"死得其所"。在他苦难多挫折的一生之中，这该是唯一能令他瞑目的事。他的生命如果不被病魔夺去，在这十多年中，以他的外国语文造诣，以他对于通俗小说戏曲兴趣之浓，当然有机会好好地做一番工作的。可惜天不假年，以致不能为我们文坛多作出一点贡献。但他到底能幸福地看到了新中国的诞生，而且死在自己的工作岗位上。所以我说他是死得瞑目的。

他的遗著，已经有专人在负责整理；几个女儿，也由国家在负责教养。大女儿咏素，已经长大成人，是学舞蹈的，近年在空军政治部文工团工作。前次去看空军文工团演出的《江姐》，我还特地去打听了一下，以为她会在这一团工作，后来才知道是在别的一团。

接班人已经长成了，"苦难的岁月"已经一去不复返了，望舒有知，还有什么会不满足的呢？

《堂吉诃德》的全译和望舒

西班牙塞万提斯的杰作《堂吉诃德》的全部中译本，最近已出版了，包括第一部和第二部。一本外国古典文学作品译本的出版，被看得如此隆重，这也是今天才有的值得高兴的现象，因此使我不禁想起亡友戴望舒生前未能完成的志愿：《堂吉诃德》的中译。

我还不知道现在出版的这部译本，是谁所译，但是从报上电讯中的几句看来："我国只翻译出版过堂吉诃德第一部，第二部一直没有译本。……堂吉诃德第一部中译本现在也经过修订，和第二部一起成了合译本重排出版。"看来第二部现在是谁所译虽无从知道，但是第一部显然是指傅东华的译本。因为除了从前林琴南有过一部用文言译述的《魔侠传》以外，这书一直就只有傅东华所译的第一部。

傅东华的译文，虽然十分流畅，但却是从英译本重译的。英译《堂吉诃德》的彼得·莫都氏的译文，虽然久已被人奉为是标准的译文，但是这样一部名著，若是译本不是根据原文直接译出的，似乎总有美中不足之感。因此我一见到《堂吉诃德》全译本出版的消息，就不禁想起了望舒，因为他一直将翻译堂吉诃德当作自己一生一个最大的志愿。

望舒的西班牙文，是在法国学的。他立志学西班牙文，虽然并非完全为了想翻译《塞万提斯》，他是为了阿索林、巴罗哈，也为了洛尔伽，但是塞万提斯无疑也是引诱他去学西班牙文的重要目标之一。他在法国曾经一再打电报回来托朋友预支稿费，目的就是想筹一笔从法国到西班牙去的旅费。后来如愿以偿，到了马德里以后，他还在塞万提斯的铜像下面拍了一张照，可见他那时早已有了这志愿了。

回国以后，中英庚款委员会曾接纳他翻译这部书的计划，并按月供给他生活费，他立即开始工作。可惜进行了不久，就爆发了抗日战争，他从上海来到了香港，庚款委员会的译书计划自然也停顿了。但是十多年来，他仍一直在继续这件工作，有时抽暇修改旧稿，有时又新译几节，虽然进行得很慢，但是我知道他从未将这件工作完全停顿过。一九四九年后，他离港北上之日，《堂吉诃德》译稿也随身带着北上了。

望舒去世后，他的遗稿已经有朋友们在负责保管和整理。我不知他的《堂吉诃德》究竟已经译成了多少，但是毫无疑问他对这一份译文是花了不少心血的。国内通西班牙文的文艺人才并不多，我希望现在新出版的这部《堂吉诃德》，即使不曾采用他的译文，也该是利用他已有的遗稿校勘过的，这样就使他的半生心血不致白费。望舒有知，也该含笑九泉了。

悼张光宇兄

今天从朋友处得到了一个不幸的消息：张光宇兄已经在北京去世了！

光宇自从有一年夏天在青岛休假，在海边游泳不慎得了中风症，至今已经五年。起初病势很严重，朋友们都替他很担心。以为一定无望恢复了，但是在医生悉心救治之下，终于度过了危机，有一时期还可以执笔工作。前年《文汇报》报庆，他还画了一幅画寄来祝贺，这里的朋友们见了他的画，知道他一定好了许多，心里都为他高兴。去年秋天我到北京去，特地到他家里去看他，他端坐在椅上。虽然说话的机能还不曾完全复原，但是神志是非常清明的，见了老朋友就点头微笑。大家都希望在当局悉心照顾，最周全的医药治疗之下，他的病况可以逐渐消失，恢复健康，没有想到别后半年，在今天竟听到了这可痛的消息。

他是本月四日在北京医院里去世的，享年六十五岁。这次病况又发生变化的经过，现在还不知道。他本来是在北京中央美术学院工作的，五年以来，因病在家休养，一直受着当局的特别照顾，在医药治疗方面更尽了最大的努力，满心希望在国家建设需才之际，能为美术界抢救这样难得的人才，不料仍给残酷的病魔攫走了他的生命！

我同光宇，可以说得上是老朋友了，相识已近四十年。大家在一起编过杂志，在同一个出版社里工作过，又先后在好几个地方共过事。他和正宇、浅予、少飞诸人创办《上海漫画》时，我就每一期给他们写一篇小品文。我们曾经比邻而居，甚至后来到了香港也是如此。在当年上海那样牛鬼蛇神的洋场社会中，能够出污泥而不染，终于献身于人民美术事业的，光宇可说是其中佼佼的一个，而且由于他在朋友之中年纪较大，大家都尊他为老大哥，在这方面更起了领导作用。

一般的美术爱好者，将因了《西游漫记》的连环漫画和孙悟空闹天宫的动画电影，永远记得他的名字，也忘不了他的作品。那些构思、构图、造型和色彩，恢奇变幻而又不脱离现实的妙处，可说是前无古人的。

关心我国新工艺美术设计、书籍装饰和插画的人，因了失去了他，更要一时觉得不知用什么来填补他留下来的这一块空白。我在灯下捧着他在大前年寄给我的《张光宇插图集》，细看了一遍，仅是那一辑《杜甫传》的插画，我觉得他已经在我国书籍插画史上奠定了不可磨灭的地位。

作为朋友，我想凡是他的朋友，都将因了突然失去这位可亲可贵的老朋友，心中感到说不出的哀痛。

夜雨悼家伦

夜雨，峻急而且绵密，挟着风势，沙沙地打着窗上的玻璃，衬着窗外桃树和榕树上的响声，显得室内特别寂静。虽是初夏，但我的心上充满了凉意。

夜已经很深了，我仍在灯下对着几张报纸出神，将家伦的讣告和田汉先生的追悼短文读了又读。自从望舒死后，我又再次尝到丧失一位知己朋友的落寞了。

盛家伦是音乐家，我的音乐知识可说等于零，书架上偶然买回来的几册初级音乐史和悲多汶、萧邦等人的传记，正好说明我的音乐知识的贫乏，在音乐方面我是没有资格同他做朋友的，但我们另有一个投契的原因，那就是彼此对于书的共同爱好。有用的书，无用的书，要看的书，明知自己买了也不会看的书，无论什么书，凡是自己动了念要买的，迟早总要设法买回来才放心。——他自从知道我也是一个有这样癖好的人以后，我们就一见如故，成为朋友了。在这小岛上的另一座小楼里，在我执笔写这篇短文的这间大厅里，每逢他到香港来的时候，他就常常是我的不速之客,每一次来了,总要摸着架上的书,上天下地地谈一阵,一直要很迟才走。

有两个不能磨灭的记忆现在就涌现在我的眼前:一次是他向我谈起随了摄影队到塞外去的经验,蒙古少女骑在马背上的矫捷姿势,以及她们悠扬的歌声,他说他在这一次的旅行中曾第一次见到了佛经上所说的"五体投地"的膜拜姿势。说着,就在客厅的地毯上跪下来,伸直了双手磕着响头,向我表演喇嘛们朝圣时的五体投地情形。

另一次,那是一九四六年前后的事,我偶然在路上见到他,告诉他想到书店里去买新出的《抗战八年木刻选集》和陈叔亮编的《窗花》,由于那时上海的新出版物运到香港来的数量很少,去迟了一步,一本也不曾买到。我当时本是随便提起的。哪知过了几天,在一个下午,他忽然来到我的家里,将一包书向我桌上一放,"啦,都给你找到了!"我打开一看,竟是一本《窗花》和《抗战八年木刻选集》。虽然事隔多日,但我知道这正是他对我那天在路上所说的那几句话的回答,因为在爱书的世界中,对一本书动了意念而又不曾将它得到以前,在这一段期间,时间是静止的,历史也是空白的。

我自然不会问他这是借给我的,送给我的,还是替我买的,因为这些话都是多余的。我高兴地翻阅着,知道他在一旁也同我一样地高兴,这就够了。这正如现在放在我手边的一篇追悼他的短文里所说的那样:"你尽力使寻求知识的朋友得到满足,因为那也是你最大的欢乐。"

这两本书至今还放在我的书架上,许多年没有去动它,已经尘封了,但今夜在灯下想起这段往事,我心上的记忆还是新的。

家伦的健谈和对人的热情,在朋友之中可说是少见的。我有时是说话很少的,但这丝毫不妨碍他那种令人神往的谈风。他有时向我谈着民族音乐的乐器形式和腔调的变化时,一面说一面又仿效那声调给我听,还怕我听多了感到厌倦,往往又将话题转到木刻和书籍装饰插图方面来,因为知道我对这些话题会有更大的兴趣。

家伦不仅健谈,而且知识范围很广博,因此他的谈话决不是无谓的"饶舌",但他下笔却非常谨慎,我几乎不曾读过他写的文章,这不仅因为我平时很少读有关音乐的出版物,实在因为他不轻易下笔,写了也不轻易发表。报上说从他的遗物中发现了约四万字的《漫谈古琴》和《印度音乐的初步研究与印度最古乐书》两稿,这怕是他唯一的遗著了。

家伦的面貌有一个特征,除了那一对圆眼睛以外,他的左腮比一般人略为突起,像是嘴里含了什么一样,我们曾戏呼他为"含着橄榄的人"。正宇的那幅速写,可说非常成功,完全捉住了家伦的面貌特征和平日的那副神情。这个相貌是没有一点不寿的朕兆的,然而竟忽然被病魔攫去了生命,这不仅是朋友们料不到,我想大约也是他自己料不到的。

袁牧之与辛酉剧社

由于袁牧之导演的《马路天使》，这几天正在这里上映，许多人时常提起他，使我也想起了当年的这个年轻人。

我认识袁牧之很早，他那时不仅还未投身电影界，连话剧生活也还是刚刚开始，年纪大约还不到二十岁，还是上海东吴第二中学的学生。

当时上海有一个话剧团体，称为"辛酉剧社"，主持人是朱穰丞。这是上海早期的一个话剧团体，它的形成可能比南国社更早。今日的应云卫、马彦祥，都是参加过这个剧社的。我那时也不过二十几岁，刚在美术学校毕业，却已经主持着几个刊物的编务，也参加了这个剧社，担任着舞台装置工作。袁牧之则是社里的主要演员，他从一开始就在舞台上露头角了。

辛酉剧社是一个业余剧团，主持人朱穰丞可说是这个组织的灵魂。他是吃洋务饭的，是一家经营茶叶出口的洋行买办。这个位置看来一定是由他家世袭的，这才不仅有余力，也有余闲来从事话剧工作。他的年纪比我们大了许多。我们当时都是二十岁左右的青年，他却早已有了家室，而且已经是几个孩子的父亲了。

除了袁牧之以外，这个剧社的活动分子，还有一位女演员顾震，是一个卡门型的热情豪放女性，此外还有早几年与我同事的沈颂芳，以及现在在美国的袁伦仁，都是辛酉剧社的参加者。

每逢到了星期六或是星期天，朱穰丞的那家设在法租界的洋行放了工,洋人也走了,写字间的钥匙是由他掌管的,于是那里就成了辛酉剧社社员的聚会处,排戏的时间很少,总是在一起海阔天空地乱谈。写字楼的架上有许多小玻璃瓶,里面盛的全是茶叶样品,因此我知道这家洋行是经营茶叶出口的,可惜当时一直不曾留意是一间什么洋行。

若是不在朱穰丞的洋行里聚会,大家有时便到我的听车楼来闲谈。这是面临霞飞路的一间很宽敞的前楼,来的时间总是晚上居多。只要站在楼下一望,那有名的浅紫色自由布的窗帘后面有灯光透出,就知道楼上有人,于是大家一哄而上,总要一直玩到夜深才散。

袁牧之对于舞台表演艺术,不仅富于天才,而且是下过苦功的。他为了要研究化装,曾经经常同我讨论油彩的性质和色调配合方法,又将他画的静物写生拿来要我批评。这种刻苦认真学习精神,就奠定了他后来在舞台和电影上的成功基础。

乔木之什

这里是南边,我在这里要说的乔木,当然是指早几天报上谈起的"南乔",也就是乔冠华。

乔木本来是个笔名,而且是他到了香港以后才用开来的。在抗战初期,他在广州就一直用的是乔冠华这个名字。不过在朋友之间,无论是在当面或是背后,我们总惯称他"老乔"。只有当你连叫他三声老乔,他都不答应你,那时你才喝一声乔木或乔冠华,他必然抛下书本或是从沉思中惊醒,皱起两道浓眉,笑嘻嘻地走过来了。老乔就是这样一个有趣的人物。

报上说他与杨刚的哥哥杨潮一文一武。我不知杨潮学的是什么,但老乔在德国学的却是军事。也正因为这样,在抗战初期,他是四路军总部的参谋,那时四路军的政治部,是比较开明的,朋友之中如钟敬文、郁风、黄新波,都在那里任职。我们那时正在广州经营一家从上海搬过来的小型报,因此老乔很快地就同大家成了朋友了。

老乔到香港来,是在广州沦陷以后的事。大约余汉谋因为敌人一在大鹏湾登陆,自己没有几天就丢了广州,实在无法下台,为了和缓百粤父老的责难,便拨了一笔经费到香港来办报,继续鼓吹焦土抗战,这便是《时事晚报》。社址就在今日摆花街近荷李活道处。老乔是主笔,编港闻和负责采访的是梁若尘,我则承乏了副刊。

《时事晚报》每天出纸一大张,编辑部和门市部都设在楼下,另在隔壁的楼上设有办事处和宿舍。老乔就住在这楼上。就是在这期间,我同他每天一定要见面了。楼上的宿舍本来是统间的,但主笔先生显然受到了优待,他的小铁床旁边多了一张小写字台和一座藤书架,用一架屏风拦着,构成了另一个小天地。就在这小小的桌上和书架上,愈来愈多地堆满了英文、日文、俄文和德文的书刊。老乔的外国语知识是相当广博的，除了本科德文以外，他又能读阅英文、法文、日文和俄文。那时英国还没有同德国宣战，香港还有一家德国通讯社海通社，老乔有时为了打听欧洲战事的新发展，时常用德语打电话到海通社去询问，这时我们在旁只听得出"呀，呀"之声，其余就什么都不懂了。有时，他高兴起来，也会双手揿着藤椅背，模仿日本军阀或德国纳粹首领的演说声调，用日语或德语高声读着他们"大放厥辞"的演说。

也正是在这个小天地内，在那张小小的书桌上，老乔开始写他的"如所周知"的时评，开始用了"乔木"这个笔名。当时《时事晚报》并不是一张销路很好的晚报，但乔木的时局和国际情势分析文章却很快地不胫而走，不仅使得许多有眼光的读者刮目相看，就是华民署的新闻检查老爷也头痛起来，因为当时英国还没有同日本和德国宣战，一篇社论送检回来，平空就添了许多××和□□。只要时间许可，老乔总是就了被删去的部分加以弥补，送去再检，如果仍不通过，就再改再送，直到送稿的人跑得满头大汗，发行部的人在楼下催着"埋版"，老乔才悻悻地放下了今日已成为"如所周知"的那枝风雷之笔。

爱书家谢澹如

瞿秋白先生在上海时,除了住在鲁迅先生家中以外,有一段时间,是住在谢澹如先生家里的。

谢澹如的家,在上海南市。在当时上海鹰犬密布之下,瞿秋白先生的安全,是随时会发生问题的。他不住在租界上,偏偏要住在南市。这个抉择,不仅够大胆,而且是十分明智的。因为澹如家中富有,在南市有自己的房屋,四壁图书,人又生得文静,戴了一副金丝眼镜,俨然是一位"浊世佳公子",没有人会注意到他家里的往来人物。因此瞿秋白先生住在他的家里,虽然地点是在当时中国官厅范围内的南市,反而比外国人管辖下的租界更为安全。

澹如不仅曾隐蔽过瞿秋白先生,有一批很重要的革命文献,也是由他经手收藏,得以逃过劫难。解放后完整无恙地交还给有关方面,曾经受到了褒奖。

澹如在解放后任上海鲁迅纪念馆馆长。[1]一九五七年我经过上海,特地到大陆新邨去找他。大家本是年轻时代的朋友,曾经朝夕相见,这时一别二十年,一见了面,岁月无情,彼此都改变了,几乎认不出,但是细看了一眼,随即相对哈哈大笑,喜出望外,想不到仍有机会可以见面。当时澹如的身体很不好,说患着

---

[1] 谢澹如曾担任鲁迅纪念馆副馆长。——编注

很严重的胃病。因此后来参观鲁迅故居，要楼上楼下地跑一阵，为了不想辛苦他，特地辞谢了他的陪伴。

澹如是一位爱书家。自从有新文艺出版物出版以来，不论是刊物或单行本，他必定每一种买两册，一册随手读阅，一册则收藏起来不动。这当然很花钱，可是当时他恰巧有这一份财力。他又喜欢买西书，不论新旧都买，尤其喜欢买旧的，因此当时上海旧书店中人，没有一个不认识他的。

我们的交情就是这样定下来的。他当然是创造社出版部的股东，又是通信图书馆的支持人。凡是有关"书"的活动，总有他一份。我也正是如此。在当时上海那几家专售外国旧书的书店里，若是架上有一本好书被人买了去，那不用问，不归于杨，即归于墨，不是他买了去，就一定是我买了去。

有一时期，他自己还在虹口老靶子路口开了一家专售外国书的旧书店。从爱跑旧书店到自己下海开旧书店，澹如的书癖之深，可以想见了。

澹如在上海南市紫霞路的家，也就是瞿秋白先生曾经寄居过的地方，在"八一三"抗日战争中，已经毁于日军的炮火。他的那一份藏书，不知可曾抢救出来？可惜那次在上海再见到他时，不曾向他问起这事。

他买新出版的书，和买定期刊物一样，也是照例每一种买双份，而且有新出版物必买，这样继续了有十多年。这十多年，是一九二五年到一九三七年那一段时期，这时正是上海新文艺出版事业最蓬勃的时代，也是革命高潮迭起的时代。澹如所购存的这一份单行本和期刊,是非常完整的,因此在参考资料价值上极大。尤其是当时各地出版的进步刊物,他购藏得最完整。这在其时还不觉得什么,时间一久,就成了重金难觅,非常可贵的文献。因此他的这一份藏书若是不曾抢救出来,且不说在金钱上的损失,在文献参考价值上的损失,就已经无法估计了。

前几年仿佛在报上读过,他曾经将自己收藏的一批早期秘密发行的进步刊物,捐献给国家。也许他的藏书曾有一部分免于兵燹之厄,那将是不幸之中的大幸了。

他当然也藏有不少西书,但在文献价值上,当然不能与他那一份完整的期刊和新文艺书相比。

至于我自己的那一份藏书,后来却在那一次战争中完全失散了。我在一九三八年春天离开上海,经过香港到广州,是只身出走的,几乎一本书也没有带。后来再过了几个月,家人也避祸到香港,只是将我书桌上平时经常参考或是新买的几十本书,给我顺手带了来,其余都留在上海。

在这几十本带到香港来的书籍,全是西书,而且多是关于书志学的。我从广州到香港来接家人和孩子,将他们安顿好,再回广州去时,曾经从这几十本书之中,挑选了十几本带到广州去。后来日军在大鹏湾登陆,广州瞬即沦陷,这十几本书连同我的全部衣物,又在广州丧失了。

我留在上海的全部藏书,后来也完全失散。失散的经过,我至今仍不大清楚。总之是,我们离开上海时所拜托保管的亲戚,他们后来也离开了,再转托给别人。在那兵荒马乱的时代,这么一再转手，下落遂不可问。后来有许多朋友曾在上海旧书店里和书摊上买到我的书，可知已经零碎地分散，不可究诘了。

老朋友倪贻德

在最近一期的《美术》里，读到艾中信谈论油画的文章，其中提到了老朋友倪贻德，说"老前辈也是兼攻理论的油画家倪贻德，他早期影响很广的许多油画有简洁之长。他的近作《秋晴》，发挥了简明的特点，意境更加清新，用笔更加老到"。

读了真使我瞿然一惊，在我的记忆中，他始终仍停留在三十岁上下的阶段，对人总是那么诚恳而且热忱，性情有点拘谨朴讷，可是一遇到谈得来的合适的朋友，很快就毫无拘束，展开了爽朗的笑声。

在上海美专校门上的那间过街楼上，他已经是回到母校来教书的先生，我则仍是每天提了画箱来学画的学生，可是我们两人在那间小楼上谈得多么起劲。绘画、文学、恋爱，两人的意见都十分融洽，同时遭遇又有点相近，再加之彼此都穷得可以，这就更促进了大家的友情。他的八块钱一个月的包饭，有时也分一半出来招待我。

这一切情景如在目前，年轻的倪贻德怎么也被人尊为"老前辈"了？可是屈指一算，这已经是三十多年前的事。贻德现在的年纪,想来也该在六十上下了。凭了这一把年纪,凭了他在国内美术界的那一身经历,也确实够得上称为"老前辈"了。

年纪和资历会老,有些人的心和精神是不会老的,贻德就是这一种人。艾中信说他的那幅近作《秋晴》意境更加清新,我翻开画页一看,觉得这评语可说十分恰当。他的油画,一向是最佩服塞尚的,因此画风总有点相近,现在对着这幅《秋晴》,对我来说,简直是"如对故人",画风仍是同从前差不多,可是笔触显得更加老练有力,粗枝大叶,别人要用几笔才表现得出的,他一笔就达到了。在概括之中又能照顾到细处,这就看出他的功力了。而这一切表现的恰好是一个晴光柔和的秋天,一点也没有暮气。

前几年到北京去时,他恰巧也在北京,曾经叫人打电话来,可惜抽不出时间,错过了见面的机会。听说他的头发也白了,但是用功很勤,除了作画之外,又在研究我国画家的作画理论,这一期的《美术》就有他的《读苦瓜和尚画语录的一点体会》[1],难怪现在有人要说他"兼攻理论"了。只不知现在还写小说、散文否?这一点情形可说与我恰恰相反,因为我早已抛开画笔了。

在战前的一个夏天,贻德曾来香港小住过,住在当时利园山上的岭英学校,曾给岭英在校舍的甬道墙上画过一幅壁画。现在利园山都铲成了平地,那幅壁画当然更不用说了,香港的美术界朋友大约很少会知道这件事的。

---

[1] 应为《谈〈苦瓜和尚画语录〉的一点体会》。——编注

读《韬奋文集》

在救国会的七君子之中,我最熟的是李公朴先生,因为我们是中学时代的同学,好几年同用一张书桌,同住一间寝室的;其次便是邹韬奋先生了,那是因为自一九二五年以后到一九三七年的这十余年间,我一直在上海望平街四马路那几家书店里工作,不仅目睹了韬奋先生手创的《生活》周刊和生活书店的长成,而且在出版业务和稿件方面也经常同他有接触,就是在那些讨论时局和文化工作的座谈会上,也时常同他见面。韬奋先生在这一期间所感到的兴奋和喜悦,所遭受的屈辱和患难,我差不多也都亲身经历到了。为了创造社出版部被反动势力所封闭,我也曾在南市公安局前身的警察厅拘留所内,被拘押过七天。

读着三联书店最近出版的三大卷《韬奋文集》时,这些往事的影子又都一一掠过我的心头。韬奋先生所生活的那个时代,正是现代中国最伟大的一个时代,一面是荒淫和无耻,一面是严肃的奋斗和牺牲;从北伐,"五卅""九一八""一·二八",一直到"八一三",接着是全面抗战和第二次世界大战的爆发。这一连串惊天动地的事情,都发生在那短短十几年内。生活在这时代的人,尤其是当时集中在上海的知识分子,所经历的磨折和动荡,实在是不幸的,然而也是幸福的,因为大家从失望绝望之中看出了新生的希望,从黑暗的挣扎摸索之中意识到了新的黎明。并且,正是在这时期,才播下并培养了新中国的种子。

在这一个时期，多少人动摇、幻灭、临阵脱逃、中途变节，或是壮烈地牺牲了，韬奋先生却锻炼得愈加刻苦坚韧，沉着应战，脚踏实地同那些阻挠进步和民主力量的反动势力周旋。曾经读过当年出版的《生活》和信箱的年轻读者们，实在是幸福的，因为每隔一星期就可以获到他们所关心的和切身问题的正确详尽的热情解答。

韬奋先生不幸在一九四四年就给病魔夺去了他正在壮年的生命，这三卷文集所辑录的文字，就是他的一部分战绩。现在重读起来，就我个人来说，除了第一卷的那些小言论和信箱通信文字以外，我特别喜欢读的是包括在第三卷里的《经历》和《抗战以来》两部分。前者是他二十年经历的自述，从求学时代、离校就业，创办《生活》和生活书店，一直到因"救国罪"被捕为止，都在这里叙述到了。这是他的自传，同时也可说是那个时代的缩影。因为他所叙述的事情，多数是我们所目睹发生和亲身经历过的，如他自己和救国会六君子的被捕，卢沟桥事件发生后当时手忙脚乱地不得不将他们释放，这些遭遇实在是同当时每一个爱国分子的心弦紧扣着的；还有生活书店代办部的发展，一车一车邮购的书籍包裹，用黄包车从四马路弄堂口车往邮政总局付邮的盛况，生活书店成立后的小伙计服务精神，都是我这个当时整天的生活都消磨在书店街的人所目睹的，现在读着《经历》，这些往事又重现在我的眼前了。

《抗战以来》部分的文字，最使我感到兴趣的是那些图书杂志审查老爷的笑话，以及党老爷老羞成怒地摧残进步文化事业的丑态。我自己是有过送审的稿件无故被涂抹，被删改，被扣留；所办的杂志无故被禁寄，被封闭；办得好好的书店被强迫加入官股终至关门大吉的惨痛经验的。读着韬奋先生的叙述,才知道《生活》所遭遇的更惨痛,所受的摧残也更辣毒,而韬奋先生的不屈不挠的抗争和奋斗,也显得更动人和伟大!

我诚恳地向青年读者们推荐这部《韬奋文集》。今日年青的一代,他们在生活、职业和读书上,都比韬奋先生所生活的时代,不知要幸福多少倍了,但是先辈的刻苦奋斗和做人做事的诚恳作风,都是值得年青的一代珍视和学习的。没有像韬奋先生那样的苦干先驱者打下了基础,今日的青年们怎能坐享其成?

曹聚仁先生和他的新著

曹聚仁先生是一位有名的忙人。三十年前,他在上海办《潮声》,提倡"乌鸦主义",受到鲁迅先生的喝彩,我那时见到他在望平街上出入于各书店之门,就觉得他已经很忙。昨晚在大会堂看向群的《孔雀东南飞》,他坐在最前面,一场戏未完,我见他手提布袋,已经从我面前来回走过了五次。他本来还要第六次再从我面前走过的,恰巧我后面有一个空位,又见到有几个熟人在一起,这才坐下来同大家低低谈了起来。

归来在灯下读了他新寄来的《小说新语》,这才知道他的忙不是"白忙",忙得很有收获。

《小说新语》的篇幅不算多，十多篇小论文和札记所涉及的范围，却广博得可以。从《文心雕龙》到《红楼梦》《儒林外史》，以至李劼人的现代小说，都谈到了，他更从柳敬亭、吴敬梓、曹雪芹一直谈到托尔斯泰、歌德和鲁迅；从文学批评到创作小说；从说书到采访战地新闻，他都发生了兴趣，这叫他怎样不要数十年如一日地忙个不停呢？

聚仁先生对"红"学特别感到了兴趣，《小说新语》里有好几篇是完全谈论《红楼梦》这部小说的作者和故事人物的，我推荐给爱读这部小说的读者。至于我自己，我细细地读了《素材与想象》《史事与历史小说》《传记文学》那几篇。第一篇里面提到了歌德和他的《少年维特之烦恼》，我一向喜欢歌德，也喜欢他的这部小说。看来聚仁先生在年轻时候与我也有同好了。所不同的是我至今仍爱读这部小说，他大约未必还保存着当年这兴趣吧？

《小说新语》的最后一篇，作者题为《余论》，共包括了五篇小文章。我不知作者为什么要称这一组文章为"余论"。我觉得这正是全书最精彩的一部分，是作者的读书心得，最为难得的好文字。他所提到的《大公报》译载的那一条小新闻，放到莫泊桑、奥·亨利这些杰出的短篇小说作家的笔下，都可以写成动人的短篇。就是放到毛姆的《小说家札记》内，也是极好的题材。可惜我现在已经没有做"小说家"的野心了，否则我也想用这个题材来一试。

聚仁先生自己也写过不少小说，他"改变了主意"，将自己所吸收的养料再供给别人，我想这项工作较之满足几个小说爱读者，造益文坛一定更大了。

《万里行记》的读后感

曹聚仁先生出版了一部新书:《万里行记》。这是收集他近年所写的旅行忆旧文字而成。

将近五百面的篇幅,内容可以说得上够丰富。以我的推测,年轻的读者,也许对这本书的兴趣不会太大。可是对于中年人和老年人,这部书的吸引力一定很大。且不说他在书中所写到的那些地方和人物,有不少都是你我所走过所认识的,更关切的乃是他由少而壮,由壮而老所生活的那个时代,也正是我们自己所生活过的时代。而这个时代,由新趋向旧,眼前正要被一个更新的革命时代所替代。在这更换新天地之际,我们读着像《万里行记》这样的一本书,抚今思昔,回想每个人自己身历其境的一切,自不免会有一些感慨。但是若能将过去与现在作一个对比,明白历史进展的轨迹,知道要过去的一定要过去,会发生的一定会发生,那就不仅能用乐观的眼睛看新的事物,就是对自己的余年也会充满了自信和兴趣。

因此这是一本可以供我们这一辈的人温习一下过去的一切,并且趁这机会检讨一下自己的一本好书。我们怎样打发了我们自己的光阴,我们在自己所生活的这个时代中有过什么功过?对于眼前的这个时代,我们是躲在一边,站在一旁,还是鼓起余勇跟着一起前进呢?这似乎都是我们这一辈的人现在应该考虑的一些问题了。

也许这样的问题,有时会觉得并不迫切,可是一旦读了像《万里行记》这样的书,你就会感到这都是一些迫不容缓的问题了。

就作者曹聚仁先生自己来说,他读过万卷书,行过万里路,壮年有志于史地之学,注重边事,想做顾亭林,想做斯文·赫定,羡慕鸟居龙藏,推崇宋明理学家。可是历史的车轮将他个人的人生计划辗碎了,一场抗战将他带上了战场,粉碎了千万人的家园,也粉碎了无数人的人生蓝图,他的那一份自然也不会例外。接着一个又一个的历史高潮,席卷了全中国,使他的那些壮志,都成了他现在笔下的回忆资料了。他自己感慨地说:

"到了如今,万事莫如睡觉好,什么都付之卧游;所以这几年,我的笔下,差不多都是回忆的东西呢。"

曹先生近年的身体不大好是事实,若说到年纪,还说不上老。他已经读过万卷书,行过万里路,我希望他在眼前的饱睡卧游之际,能开始读他的一万零一卷的书,走他的一万零一里的路。

蒙田三书

一

读了黄蒙田兄新出版的《抒情小品》,有一件事情使我对他十分羡慕:那就是他曾经到过四川,而我则遥望着三峡和锦城,向往多年，至今还未能达到这个愿望。

四川确是一个迷人的地方。历史、风景、人物、物产，在在都足以使人看不完、说不完也写不完。难怪作者在他的这部《抒情小品》里承认对这个地方很有感情，一再回味当年在那里的生活。他在那一篇《蜀道》里，就谈到自己在这"难于上青天"的地方，只身行旅的苦和乐。现在的"蜀道"早已是坦途了，可惜我仍是只能在这里读着他的文章作卧游。

作者是一个很注意生活趣味，而且很喜欢独来独往，独自悄悄地去领略人生趣味的"观察家"，因此他喜欢单独旅行，独自一个人上茶楼、逛街。书中的《旅行》《街景》《早点》《消夜》等篇，都是抒写他自己对于这些生活情趣的体验和见解的。在那篇《消夜》里，他又提到了四川，回味到重庆深夜街头卖"炒米糖开水"的凄清滋味。

这种叫卖声我最近总算听到了，那就是在歌剧《江姐》第一幕。那个时代，也正是作者旅居四川的时代。

作者不仅到过四川，也到过江南。使我高兴的是，他虽然不是江南人，却对江南的一切深具好感。江南风景之好，固然是有口皆碑了，难的是有些日常生活习俗，这是很有地方色彩的，作者也能接受。在那篇《早点》里面，他就表示不惯于本省人每早的"一盅两件"，而是喜欢用我们外省人的油炸花生和热油条来吃粥，或是"长期用两块方形的烧饼夹油条，或者一只烤白薯作为早点而吃得相当滋味"。

最使我读了高兴的，是作者在食品爱恶方面，有许多地方与我相同。在那篇《萝卜》里面,作者叙述他非常爱吃萝卜,不论生熟都喜欢。这使我读了非常高兴。据我的经验,广东人对萝卜是不大有好感,至少是不爱吃,更不会生吃的,而我则恰恰相反,熟的固然喜欢,更喜欢的是生吃。街上有卖"上海青萝卜"的,我总喜欢叫住买一两个,并且趁机对卖萝卜的小贩加以"训话",告诉他这是天津的特产,并不是上海的,主要的是买来生吃,或者用盐腌,从没有"上海人用青萝卜煲猪肉汤"这一回事。家中的孩子们见惯了,每逢我在门外买青萝卜,他们就在里面窃笑,知道那个小贩又要听我的"训话"了。

《抒情小品》共收了小品四十五篇,接触的方面颇广,作者自谦这不过是抒写个人兴趣之作,然而正因为如此,才使我们读来倍感亲切有趣。

二

新年收到的意外礼物,一是某先生送来的两瓶中国名酒,另一便是黄蒙田先生的这册《花间寄语》了。

我不是酒客。开了那一瓶三花酒,浅尝了一口,只觉得有一股暖意,像一根线一样地从喉咙口缓缓地浸染下去,我只好劝那位来拜年的朋友多喝一杯,自己却对着盛酒的精致白瓷瓶,作买椟还珠之想,希望能有人帮忙我早点喝完这瓶酒,剩下的这只酒瓶就可以作案头清供。那时对着像《花间寄语》这样的谈论花木的小品散文集,就更可以增加读书的情趣了。

从前年以来,我就在报章刊物上连续读到黄蒙田的许多花木小品。我正在诧异他的雅兴大发,现在才知道他原来胸有成竹,不似我们这样地整天跑野马,很快地就写成这部《花间寄语》了。

这部小书里所谈到的花木果品,从北方的一直到南洋的都有。对于爱好花木的人,能够住在南方,实在是幸福的,因为这里不仅有四时不断的花果,而且在北方只有短时期可以欣赏的花,一到了南边,差不多一年四季都有。

从前苏东坡初来南方,不知道这里的花序季节,认为"菊花开时即重阳",曾为广东人所笑。因为江南和北方,菊花只有在九月才盛开,一到秋末冬初,就变成"菊残犹有傲霜枝"了。可是在南方却不然,这里差不多一年四季都可以看到菊花,不仅在夏天就有,而在农历新年前后,菊花更同桃花争妍。这对于初来此地的江南人,确是一种眼福。

记得我在二十多年前初到广东时,那时正是夏天,同朋友们到碧江去玩,住在一位姓苏的旧家园林里,晚上站在小轩的阶前,觉得夜风送来一阵阵袭人的香气,可是庭院里并没有什么花。朋友指着院中一角的一株合抱大树说:"你觉得很香吗?就是这棵白兰香。"

白兰花?我听了有点不相信。因为我们在苏州花园里所见的白兰花,栽在盆里只有一二尺高,哪里会有一人合抱的白兰花。后来在白天里看清楚了,这才知道是自己的少见多怪。现在,就是蒙田在那篇《白兰花及其他》里所说的本港那棵两人也合抱不来的大白兰,我也见惯不怪了。

对于爱好花木的人,南方唯一的缺点就是没有梅林和竹林。还有,南方人不曾见过高过人头的万紫千红的大牡丹花丛,也正像我当年不曾见过成树的白兰花一样。

三

上海书局新近出版了一册黄蒙田的《美术杂记》。正如书名所示,这不是枯燥刻板的书评,而是对于一些画家和他们作品的欣赏和介绍,是谈论美术作品的散文。

我一向不喜欢看画评文字,同时也很少见过写得好的画评。有时觉得有一篇画评倒写得不错,后来往往发现那不过由于作者的意见和我自己的偶然相近而已。尤其是有些应酬之作,画的本身既有问题,写画评的人自身欣赏能力也有问题,但却在那里一幅一幅地胡乱推荐(因为这类的"画评",事实上就是一篇"捧场"文字),将这两者结合在一起,实在是文字的灾难,是最要不得的。

艺术作品的产生,到底是供人欣赏而不是供人批评的。因此我觉得对于一位画家或一件艺术品的介绍,最好是介绍一下他们的历史、个性和作品的特点,然后说一说自己的意见,这样已经很足够,已经能适合一般美术爱好者的要求了。肯定地断定某一件艺术品的"价值",那是书画商人的推销伎俩,而真正严正的艺术批评文字,却又不是一般人所能够写得出,也不是一般读者有兴趣去读的。

黄蒙田近年在报章刊物上所发表的一些美术杂记文字，我觉得就颇能适合一般美术爱好者的要求，帮助他们对于一位画家，或一些美术作品，获得一些在美术欣赏上必须具备的知识。他们若是事先已看过了那些画家作品的，会增加一点了解。若是不曾看过的，读了之后也会引起想要看看这些作品的兴趣。

现在收集在这册《美术杂记》里的，共有二十多篇，就是他这几年散见在刊物报纸上的这类文字。其中有几篇好像不曾见过，不知是我自己当时不曾见到，还是有些是他未曾发表过的新稿。

作者这几年用功甚勤，对于美术的爱好愈来愈深入，同时欣赏的范围也逐渐扩大，这是极可喜的现象。正因为这样，他才可以从外国的比亚斯莱、蒙克、列宾、达文西，谈到我们自己的陈老莲、苏仁山、齐白石、黄宾虹，又谈到他自己认识的当代画家和他们的作品。

黄蒙田在《美术杂记》里所表示的一些意见，虽然有些不是我完全赞同的，但他所谈到的那些画家、版画家和他们的作品，大都也是我自己所喜欢的。也许正因为如此，才能够使我很高兴地读完了这册《美术杂记》。

《南星集》及其他

上海书局又出版了一部新的散文小品合集:《南星集》,集合了张千帆、辛文芷、黄蒙田、夏果、叶林丰五人的散文随笔,再加上阮朗的一篇小说而成。前面还有陈凡的一篇自谦为"零感"的序。

近两三年,几个人凑合在一起的诗文合集,已经出版过好几种。有《新雨集》《新绿集》《红豆集》,再加上这部新出的《南星集》,已经有四种。此外还有两种规模更大的合集:《五十人集》和《五十又集》。

这种情形,好像说明了两种现象:一是在香港这地方要出版一本书,有点不容易,尤其是文艺书。出版家接纳了一本文艺书的出版,总好像要表示是一种"牺牲",不是为了图利,使得有兴趣写一点正经文艺作品的人也感到自怯,不好意思向出版家开口,怕出版了会使他赔本。结果只好几个人凑在一起,壮壮声势,使得出版家可以安心一点。因为不归于杨,即归于墨,可以多吸收几个读者。

另一现象,就是说明在这地方,至少已经有一些人志趣相投,不甘于这里的文艺园地一直这么荒芜下去,挤出一点时间和精力来,一颗种子一颗种子地播下去,希望有一天不仅能开花结子,而且能蔚然成林。

就是凭了这一点热情,这样的合集才可以一本又一本地出了下去。

这本新出的《南星集》，内容可说比以前的几种更为广泛。同是散文随笔一类的短文，张千帆的《山居散记》，可说是文物小品；辛文芷的《春城小集》，则是旅游小品；黄蒙田的《读画录》和夏果的《艺苑小撷》，都是艺术小品；叶林丰的《香海丛谈》，则是史地小品；只有阮朗的那篇《欲倾东海洗乾坤》有点不同，用陈凡在本书的序文里的话来说："这一回他作了新的尝试，选的是历史题材。"这是为了纪念诗人杜甫诞生一千二百五十周年而写的一篇"故事新编"。

这虽是合集，事实上仍是像以前已出版的那几部一样，内容是各人有各人的面目，是"和而不同"的。我想这可说是这种合集的一个特色，买了一本书，等于买了五本书。可是它的每一部分的分量比单独一本书轻一点，读起来容易；同时又比一本文艺刊物重一点，可以同时一口气多读几篇。

小谈林语堂

我看过一些好书，也看过一些坏书；但是有一本书始终引不起我一看的兴趣，那就是林语堂的《生活的艺术》。因为，我知道他所提倡的那种生活的"艺术"，实在令我太不敢领教了。

林语堂是靠了《论语》起家的，我曾经参与过几次《论语》的筹备会议，所以知道一点"内幕"。这个刊物最初能够办得很有点生气，实在应该归功于陶亢德，根本不关林语堂的事。陶为人精明干练，很有点办事才干，正是一个当时那种典型的"生活"小伙计。当他还在苏州一面做小店员，一面用"徒然"的笔名向上海各杂志投稿小说的时候，我就已经认得他了。《论语》的编务和事务，全是由他一手包办，弄得井井有条，林语堂不过坐享其成，每期伸手向邵老板拿钱而已。可是这个钱却拿得十分"紧要"，每期要由出版者时代公司带了稿费和编辑费去，才能够向林语堂取得那一束稿件。不要说没有钱不给稿，就是开一张远期的支票也不行，一定要现钱交易，一手交钱，一手交货，少一个钱也不行。这时我们的"幽默大师"就十分现实，毫不"幽默"。他住在极司非尔路的一幢小洋房里，门口本有"内有恶狗"的木牌，时代公司的职员恨他的态度过于"犹太"，提议替他在木牌上续两句："认钱不认人，见访诸君莫怪。"——这类的小故事实在太多了，"时代"的邵老板现在正在上海从事西洋文学介绍工作，他如果能抽暇写一篇《我所知道的林语堂》一类的文章，一定比任何人的更精彩。

　　林的英文已经不很高明，中文简直更差。偶然写几篇"幽默"短文，事先托人润饰一下，还看不出什么马脚。可是后来跟了人家提倡"袁中郎"，要写那种"晚明小品"式的散文，那就露出本相来了。亏他聪明，知道自己的文言文不行，白话文也不行，简直不能同苦雨老人那种冲淡洗练的散文相比，打油诗更不用说了，不要说没有风趣，就是要凑韵也凑不上，只好走偏门，来标榜宋人的"语录"体，不知道朱夫子的语录体文章，简直比白话文和文言文更难，因此曾被鲁迅先生在那篇《玩笑只当它玩笑》（见《花边文学》）里，将他"幽"了一"默"。

林语堂现在正在台湾唱他的反共老调子，这是重抱琵琶，不值一嘘。我对他唯一的"好感"，就是他还不曾放弃中国国籍，申请去做美国人。这里面也许有两重苦衷，一是美国人要不要他，二是他如果入了美国籍，那就连《吾国与吾民》也卖不成了。

一个第三种人的下落

最近参加了一个纪念鲁迅先生的集会，使我想起了一个当年被称为"第三种人"的人：苏汶即杜衡。

主张"死抱住文学不放"的苏汶，在当时虽被目为"第三种人"，但他自己一面以进步文艺理论家自居，一面又在写创作。这本来也并无不可之处，可是问题就在他写理论用一个笔名，写小说又另用一个笔名，两个笔名互相为用。恰如鲁迅先生在那篇《化名新法》里所说：

> 杜衡和苏汶先生在今年揭破了文坛上的两种秘密，也

是坏风气：一种是批评家的圈子，一种是文人的化名。……

化名则不但可以变成别一个人，还可以化为一个"社"。这个"社"还能够选文，作论，说道只有某人的作品，"行"，某人的创作，也"行"。

例如"中国文艺年鉴社"所编的《中国文艺年鉴》前面的"鸟瞰"。据它的"瞰"法，是：苏汶先生的议论，"行"，杜衡先生的创作，也"行"。

这里所说的杜衡的"创作"，就是一本题名《再亮些》的小说。这个小说题名的出典，本是德国大诗人歌德临终所说的一句话，也许是诗人觉得死神的阴影遮住了他的视线，所以一再喊着"再亮些！再亮些！"。杜衡就借用这个典故，暗示他的主人公的环境还不够光明，所以要求"再亮些"！

第三种人本来是以"同路人"自居的，可是走着走着，不知怎样，我们的苏汶先生忽然在文坛上失踪了，只剩下了杜衡先生，并且也变成"另一种人"了，躲在陶希圣的办公室里，成了枪手的枪手。接着就进了《中央日报》，终于到了台湾。

前几年从台湾传来的消息，杜衡因为一篇社论碰了钉子，已经打破了饭碗，只好又去"死抱住文学不放"了。

今年的鲁迅先生逝世纪念日，台湾也有人在那里"做文章"。说到当年曾经同鲁迅先生有过往还的人，今日台湾原也是大有人在的，除了苏汶即杜衡之外，还有当年申报《自由谈》的编者黎烈文。鲁迅先生晚年所写的那许多辛辣锋利的杂文，都是发表在

《自由谈》上的。

我不知今日台湾许不许看《鲁迅全集》。若是幸而还有这福分,杜衡如果翻一翻《鲁迅全集》,回想一下自己所走的道路,能有勇气提笔写下怎样的纪念文章,倒是一个很有趣味的问题。

(作者按:杜衡在一九六四年冬去世。)

作家们的原稿和字迹

当代我国作家的原稿,写得最整齐干净的,据我所见过的看来,怕要算茅盾先生的了。他的作品有时就写在练习簿上,不大爱用原稿纸,但是无论是用毛笔或钢笔,他的字总是写得小而劲道,虽然不是楷书,却写得非常整齐,字体扁扁的,有一点唐人写经体的味道,而且原稿上很少涂改的地方。茅盾先生写稿写得很慢,字句想定了才落笔,无须修改,笔画又丝毫不苟,所以他的原稿最干净容易认识。

有一位女作家的字迹是很难认的,这便是彭子冈。她是女作家,但是你给她写信或是编排她的稿件,如果在她的名字下面加上小姐或女士二字,往往就要挨骂。她的文章写得清新漂亮,可是那一笔钢笔字却实在写得难认。并不是写得不好,而是写得怪。字体是一种一面倒的新文艺字体,笔画都是向右斜的,好像又写得很快,因此不看惯的人看起来就非常吃力。在她还是女学生的时候,我就认识她了。她在苏州一家规矩很严的教会女学校里念书,但是一面却偷偷地写文章向上海各杂志投稿,这在校方看起来,该是大逆不道的行为,勇敢的子冈却一点也不怕,而且还很顽皮地在信上说这是她的"关不住的春心"。

在女作家里面,前辈女作家白薇女士的字,也是写得很别致的。她是惯用钢笔写字的,每一笔的起头和终点都要用力地捺一捺,形成两头粗中间细,再加上笔画有点颤动,我们戏呼之为"蝌蚪体",因为确实有点像是三代以上的那种古书法。

乔木(编者按:这是乔冠华用过的笔名)的字也是自成一派的,使你一看就认得出是他的笔迹。字体也有点向右斜,但是很刚劲,富于棱角。他下笔千言,又喜欢修改,写到兴酣之际,满纸淋漓,就要使得手民先生叫苦了。

喜欢将原稿改了又改的作家,田汉先生怕要算是数一数二的了。他写文章要"逼",一个夜工,往往就是洋洋万言。他是爱用毛笔的,字迹很小,字体有点像柳亚子先生那样,尤其是的字之字之类,往往以意为之,随便那么绕一下,你若是将它们隔离起来看,往往就不知道这究竟是字还是标点。老大(他排行最大,大家都跟着他的弟弟们这么称呼他)对于自己的文章很负责,因为是赶出来的,总是要求由他自己校对,可是这就苦了编辑先生和手民先生,因为经他校对过的校样,就像是巴尔札克传记上所说的巴尔札克校稿那样，那简直不是校对，而是修改原稿，有时甚至是改作和重写。老大也是如此，从他那里拿回来的校样，往往改了再改，勾了又勾，涂去一大段，又另外加上一大段，红笔黑笔，满纸密密麻麻的小字，结果等于要重排一次。这就是老大的校样。但无论从哪一方面说，他的这些精神都不是白费的。因为他的文章愈改愈好，愈改愈精彩。《田汉戏曲集》里那些长长的序文和后记，都是这样产生出来的，而且都是当时在反动势力压迫下躲在旅馆里漏夜赶出来的。你去读一下，你就知道他有些地方写得多么悲愤郁抑，有些地方又多么慷慨淋漓。

一本书的礼赞

我在这里要介绍的是一本题为《中国》的画册，这是一本大得可以的大画册，是去年（一九五九年）为了纪念新中国成立十周年在北京出版的。这是一种属于特种版本的出版物，在香港的书店里是买不到的，但是在这次的中国图书展览会中，却可以任你看个痛快了。

去年秋天，我第一次见到这本画册时，就被它的巨大开本，五百多页的篇幅，以及像长城那样沉重的分量所吓住了。何况它的装帧、制版、编排、印刷,可说都已经达到了国际的第一流水平,并且全部材料都是我们自己的国产。这确是一个最好的说明十年来成就的"立此存照",因此不用序言,不用长篇大论的说明,事实摆在眼前,已经足够比什么都更雄辩地说明一切了。

可是,要编印像《中国》这样内容的一部画册,不说别的,仅是内容的分配,图片的选择方面,就已经要使负责编辑的人呕尽心血了。我自己是对于这类工作有过一点经验的,因此知道其中的甘苦。举个例来说,揭开了这部《中国》画册,在毛主席肖像之后,紧接着就是一幅横过两面的《柏树与儿童》:在参天的古柏树林中,一群儿童正在欢天喜地地走来。略为粗心的读者,也许不理解,为何一开始要选用了这样的一幅图片?其实这是经过了一番苦心安排的。因为这幅柏树与儿童的摄影,正象征了古老的传统与新生力量的结合。这正是今日的新中国,它秉承着过去先民的光荣优秀传统,以活跃的新生力量,向着光明的未来走去。因此这幅《柏树与儿童》,可说象征了我们这个国家的过去、今日和未来,同时也正概括了这部《中国》画册的整个内容。

明白了这样的安排,我们才可以领略这五百多幅图片,看来好像是没有系统,其实是极有系统,并且经过精心编排的。它显示了我们这个新国家的来龙和去脉。

本来,有关文物的图片,该是特别能吸引我兴趣的,但是这部画册里那些关于各地建设和人民生活新面貌的图片,那么富于新鲜的气息,能令人见所未见,因此反而令我觉得那些古文物的图片有点冷冰冰的了。这是我个人少有的一种经验。

我很高兴现在我也拥有一部《中国》画册了。我相信在围绕我身边的近万册的图书之中,无论从它的内容还是分量来说,这本画册毫无疑问是"压卷"之作。

关于《永乐大典》

报载中华书局要进行影印《永乐大典》了。这部残佚已久的大类书,许多人都是只听过它的名字,从未见过这部书究竟是怎样的。现在虽然仅是残存七百余卷,但是一旦影印出来,至少可以使一般人能够赏识这部古今大类书的本来面目;同时,"七百余卷"这数字,同《永乐大典》本身原有二万余卷的数字比起来,固然只占百分之三四,但是若就普通书籍来说,一部七百卷的著作已经是了不起的大部书,因此这里面所包括的五花八门的资料,由于它所根据的原书有许多现在早已失传了,所以其中所采录的虽是这些书中的一句话或是一小节,在今天看起来,在学术上的价值仍是极大的。

所谓《永乐大典》,它的内容是辞典性质,像现在的百科全书那样。这样性质的书,我国古时称为"类书",与"丛书"不同,因为"丛书"是将许多整部书籍编印成一套,"类书"则是根据各个不同的项目(如天文、地理、美术等),将所有各种著作中有关这一项目的材料收集在一起,加以编纂而成,同时更注明这些材料的来源是什么书。现存的《四库全书》就是丛书,《古今图书集成》则是"类书"。《永乐大典》就是同后者一样的。

《永乐大典》是在明朝永乐元年,由明成祖下令儒臣编纂,经过五年的时间编成,原本定名为《文献大成》,后来因为是在永乐年间修纂的,又改名为《永乐大典》。全书共有二万二千九百三十七卷,分订成一万一千零九十五册。这部书像后来清乾隆所编纂的《四库全书》一样,并不曾刻印,而是全部用人工抄录成的,所以一共只有一正一副两部。当时负责收集材料的儒臣,以至从事抄写的国学和县学的生员,一共动员了三千余人,经过五年的时间才完成。它的内容分类方法很特别,是按照做诗的"诗韵",依平上去入为先后,按着韵目各个字,将所搜罗的同类材料,都抄录在这一个字下面的。如卷二千二百七十一,是以诗韵"六模"的湖字为单位,于所有关于我国各地的湖名,以及有关于湖的事情,都聚在这一个字下,并注明这些湖在哪里,曾见于何种书籍记载。这种材料分类方法,由于我们现在对"诗韵"不熟悉,查起来当然有点困难,但是当时读书人谁都熟于"诗韵",因此根据韵目来查所需要的材料,就像我们现在查《辞源》《辞海》一样,实在是很方便的。

《永乐大典》正本早已在明末某年的一次大火中烧光,一本也不剩。现在所存的残本,是副本,是在嘉靖间重抄的。

《永乐大典》的佚散经过

二万二千九百三十七卷，分订一万一千零九十五巨册的《永乐大典》，自明永乐六年（一四〇八年）纂修缮写完毕后，隔了一百多年又再录副本一部。可是时至今日，不过四百多年，这一部空前庞大的我国古代百科全书，正本固然早已只字不存，副本残存者，据最近的统计，包括现藏国内的原本及向外国抄录影印得来的副本在内，一共也不过七百余卷。比起原来的二万二千余卷，佚散者已达百分之九十七了。

这部大书佚散的经过，自非一朝一夕之事。一般说来，可以归纳成三个原因，即自然的灾祸、人为的盗窃和外国侵略者的劫夺和毁坏。

《永乐大典》本来是在南京开始编纂的。完成后就贮藏在南内文渊阁，后来永乐皇帝在北京新建的宫殿落成了，迁都北京，《永乐大典》这时也从南京迁去，这样就一直贮藏在北京，直到嘉靖三十六年，宫内三大殿火灾，这部《永乐大典》几乎被连带烧掉。幸亏嘉靖喜欢这部书，半夜闻火警再三传谕抢救，这才幸免。经过这场教训，他决定将《永乐大典》再抄一部，分贮两处，以便损失一部还有一部。这重录的工作在嘉靖四十一年开始，继续了五年，直到他自己去世，他儿子继位后的隆庆元年才完成。

这一正一副的两部《永乐大典》，根据当时可靠的记载，正本贮大内文渊阁，副本贮皇史宬。可是自嘉靖以后，明朝国势已衰，边疆多事，几个皇帝又昏庸不喜文事，从此《永乐大典》就束之高阁，无人过问。宫内每年虽有晒书之举，也不过是具文。这样直到明末，李自成入京，《永乐大典》正本便在这次兵燹中被毁了。姜绍书《韵石斋笔谈》记当时文渊阁藏书被焚情形云："内府秘阁所藏书甚寥寥，然宋人诸集十九皆宋板也。书皆倒折，四周外向，故虽遭虫鼠啮而未损。但文渊阁制既庳狭，而牖复暗黑，抽阅者必秉炬以登。内阁辅臣无暇留心及此，而翰苑诸君世所称读中秘书者，曾未得窥东观之藏。至李自成入都，付之一炬，良可叹也。"

这里虽未说及《永乐大典》，然而《永乐大典》正本既藏在文渊阁，自然也连同被毁无疑。这事郭伯恭所著《永乐大典考》一书曾有所考证。因此清朝入关以后，只发现藏在皇史宬的那部《永乐大典》，无人再提起文渊阁的《永乐大典》，可见正本一定是在明末动乱之际付之一炬，否则决不会没有一本流传下来的。后来乾隆时编辑《四库全书》，要用《永乐大典》来校勘，所用的也全是嘉靖年间所抄的副本，更可见《永乐大典》正本的丧失，一定是在明末清初易代之际。

《永乐大典》正本的佚散，虽然各家的记载颇有出入，但到了清朝，已不再有人见过正本，所见到的只是藏在皇史宬的嘉靖副本，却是各家一致的说法。而且事实上，这时藏在皇史宬的副本，也早已残缺不全，不知在什么时候已失去一部分了。

清初藏在皇史宬的副本，到了雍正年间又移置翰林院。张廷玉在所著《澄怀园语》卷三曾提及此事。他说："此书原贮皇史宬，雍正年间，移置翰林院。予掌院事，因得寓目焉。书乃写本，字画端楷，制饰工致，纸墨皆发古香。"

当时翰林院诸人肯留意这书的极少，何况是公家之物，卷帙又多，更无人去点查。直到乾隆准备编纂《四库全书》，有人献议从《永乐大典》中辑录遗书，这才认真地派员将它加以点查，这时才第一次发现存在翰林院的《永乐大典》早已失去二千多册了。据当时负责办理此事的大臣于敏中等所奏云："查《永乐大典》一书，系明永乐初年所辑，凡二万二千九百余卷，共一万一千九十五册，旧存皇史宬，复经移置翰林院典籍库。扃贮既久，卷册又多……臣等因派员前往库内逐一检查，据称此书移贮之初，本多缺失，现存者共九千余本，较原目数已悬殊……"

一万一千余册与九千余册比起来，虽然已经少了二千余册，然而在当时（乾隆二十八年，即一七七三年）可知仍存九千余册。可是经过修纂《四库全书》时对于《永乐大典》的一番利用，这书竟渐渐引起当时词臣的注意，这一来反而促成《永乐大典》的厄运了。由于《永乐大典》是存在翰林院的，当时堂堂的翰林院诸公竟成了风雅的偷书贼，专偷《永乐大典》。常熟秉衡居士所著《荷香馆琐言》，曾记当时翰林院诸人偷盗《永乐大典》的情形云："《永乐大典》原本万余册，陆续散出，光绪乙亥（光绪元年）检此书，不及五千。至癸巳（光绪十九年）仅存六百余册。相传翰林入院时，使仆预携衣一包，出时尽穿其衣，而包书以出，人不觉也。又密迩各国使馆，闻每《大典》一册，外人辄以银十两购之，馆人秘密盗售，不可究诘，致散亡益速……"

光绪十九年是一八九三年，这时《永乐大典》所存者不过数百册，再过七年是一九〇〇年，即庚子之役，八国联军攻入北京，清宫精华在劫夺之余更被付之一炬，于是残存的《永乐大典》，有的被洋兵劫运回国，有的被焚毁糟踏，从此剩下来残存在国内的只有几十册了。

《永乐大典》与国际友谊

我国现在所藏《永乐大典》，据最近为了要进行影印所披露的数字，包括原本和复制本，共有七百一十四卷。按照《永乐大典》原本每册所包括的卷数，每册自一卷至三卷不等，最常见者为每册二卷，因此从七百一十四卷的数字看来，所藏至少已有三百余册。这比起原有的全部一万一千零九十五册，当然所缺尚多，但当清末时，经过庚子之乱以后，学部将残存的《永乐大典》移交给京师图书馆（即今日北京图书馆前身）时，仅得六十册，现在居然已经五倍于此，实在是可喜的现象。这里面固然有不少是同国内外收藏者所交换的摄影复制本，但自人民政府成立以来，除了私人捐献了若干册以外，还有兄弟国家先后慷慨地送还了几十册，这是伟大的国际友谊的收获，这才使得我国现藏的《永乐大典》卷数可以增加到七百余卷。

首先送回《永乐大典》给我们的是苏联。列宁格勒大学东方语学系图书馆在一九五一年三月间,将该馆所藏《永乐大典》十一册,运到中国驻苏大使馆给我们送了回来。接着在一九五四年,列宁图书馆又将得自原藏日本满铁图书馆的五十二册,也送回给我们。在这一年,中国科学院访苏代表团到了苏京,苏联科学院又将所藏一册《永乐大典》送给该团作礼物,计先后三次一共送回了六十四册。

接着,一九五五年十二月,德意志民主共和国代表团到中国来访问,团长格罗提渥总理带来了德国人民送给我们的许多宝贵礼物,其中就有三册原藏德国莱比锡大学图书馆的《永乐大典》。当时格罗提渥曾在北京的欢迎会上这么讲道:"在公元一四〇七年明成祖时期,曾完成了一部世界上最大的百科全书之一。这部中国大百科全书的残页,在一九〇〇年八月北京翰林院的火灾中烧毁了,只抢救出一部分,并且也零散了,其中有三本落到我国的莱比锡大学图书馆。在苏联将它所获得的那一部分交还中国之后,请允许我们把我们所获得的三本也交还给你们。……"(见《文物参考资料》一九五六年第一期)

为了表扬这种伟大的国际友谊,北京图书馆曾在一九五一年八月间举办过一次《永乐大典》展览会,将当时苏联送回的十一册举行了公开展览。会场上所陈列的,除了该馆自己所藏的数十册以外,还有商务印书馆董事会所捐献的二十一册,周叔弢个人所捐献的一册。这一份我国珍贵的文化遗产,能够有机会集中在一起给大家认识,这一次可说还是第一次。

久存美国未还的居延木简

由于抗战关系，由我国当时学术机关寄存到美国国会图书馆的我国文化国宝，至今尚不肯归的，除了有从前北京图书馆和南京中央图书馆的大批善本珍本图书以外，还有前中央历史语言研究所寄存的一大批木简。这是一九三〇年由西北科学考察团在西北古居延边塞遗址中所发现的汉朝木简，数量非常之多，共有一万余枚。在当时是哄动世界学术界的一件大事。

这一批国宝，在抗战初期间道运来香港，由专人从事摄影制版编号工作。太平洋战争爆发前夕，为了安全关系，又仓猝由港运美，希望逃脱日本军国主义的魔掌。不料日本的魔掌逃过了，这一批文化宝物又陷在另一双贪心的手中。

这一批木简运到香港时，是交由香港商务印书馆摄影制版的，当时由内地派来主持这项工作的是中央研究院的沈仲章先生。他借住在当时在香港大学教授法文的玛蒂夫人家里，她的家在薄扶林道，是一座负山面海的三层楼洋房，环境非常好，玛蒂夫人住在楼下，让了一间房给仲章，二楼住的就是戴望舒。因此那里也成了我时常去的地方。仲章的为人很健谈，富于风趣，他在从事这项主要工作之余，还留意香港史地问题。我们当时实在羡慕他的工作清闲和安定。有时也见到他从北角商务工厂带回来整理的木简照片，可惜从不曾跟了他去参观这一批木简实物，现在想来真是交臂失之了。

所谓木简，就是在我国纸张未发明通行以前，人们用来作书写之用的那种木片和竹片。因为这是汉朝的遗物，一般都称作"汉简"。本来，在居延木简未大批发现以前，史坦恩和伯希和早已在敦煌一带也发现了一些，他们捆载到欧洲以后，曾将所得的材料交给法国汉学家沙畹去研究，沙畹曾在一九一三年写了一部专书，这是研究我国古文字和书写工具的第一部专著。不过当时所得的材料很有限。等到西北科学考察团在居延边塞一带的遗址中，一连发现了多批木简，总数在一万枚以上以后，这才掌握了丰富无比的研究资料。

这些木简上所写的东西，全是当时屯军戍卒的往来公文簿据、私人信简，以及抄录的书籍、账目契约等等。当时还没有纸张，也没有我们今日所谓"书籍"，书写和阅读工具全是这些木片和竹片，将这些木片用牛皮绳和草绳贯穿在一起，便成了所谓"册"。这些木简上所书写的东西，是极宝贵可靠的研究我国古代社会经济文化生活的资料，同时这些木简本身，也是研究我们书籍和书写工具进化过程的重要资料。

木简和我国的书籍式样

在抗战时寄存到美国，至今仍未归还的那一批居延木简，抛开简上所记载的那些有关我国古代社会经济文化生活的贵重史料不说，仅就这些木简本身来说，在我国文化发展史上已经有了不起的价值，因为木简乃是我国最古的书写工具之一，是我们今天所读所用的书籍的老祖宗。

我们时常见到今人所画的关公读《春秋》图，觉得好笑，因为这些画家所画的关公手中所拿的那本《春秋》，竟是我们今日常见的线装书模样。其实，在三国时代，那时候大家所读的书，不论是《春秋》也好，《诗经》也好，当时的书籍形式还未进化到我们今日所用的线装书这样，而是像我们今日的手卷那样，是写在一幅长而狭的纸或是丝织品上，然后卷成一卷的。有时，它也会像今日的佛经或是裱好的碑帖那样，折成一叠一叠。关公当年在烛光下所读的那本《春秋》，多数是这模样，因为三国时代的书籍还是这种样子的。

不过，若是关公所看的是一本古本《春秋》，那就可能还是像居延木简那样，是用一片片的木片贯穿起来的书籍了。因为我国书籍形式的进化程序是这样的：先有写在木片竹片上的"简册"，然后才有写在纸张和缣帛上的"卷子"。等到纸张的生产普及而且价廉了，就配合着那时发明的雕版艺术，出现了我们今日称为古书的宋版书那样的书籍形式。

所以在书籍形式进化过程上来说，木简正是我们的书籍老祖宗。

这种木简从春秋战国时代开始使用，一直用到东汉（约二世纪），才渐渐地被那时新发明的纸张所淘汰。木简是用木片削成的，有一尺多长，宽则不到一寸。有时也有用竹片削成的，就称竹简。字就写在这上面。那时所用的"笔",较今日的毛笔较硬,"墨"则是漆一样的东西。所写的字体则是介乎篆隶之间的,有时匆促之间,也会来几笔"急就章",在书法上说,这就是我们今日行草的起源了。

木简因为狭长,能容纳的字数不多。一张便条,或是一笔账目,固然可以用一枚简片写完,但是如果是一篇公文,一篇契约,或是要抄录一段著作,那就要用好几片或是数十片木简才够应用了。这时这些木简就要在上下穿几个洞,用牛皮索或是草绳贯穿起来,叠在一起,称为"简册"。"册"字是象形的,象征许多木片穿在一起的情形,因此我们至今仍称一本书为一"册"。所以木简实在是我们书籍形式的老祖宗。仅是这一点,它在我们文化发展史上就有极大的史料价值。

简册缣帛和书籍名目

提起木简,使我想起我国还有一件极贵重的先民文化遗物,现在也流到美国去了,那就是在长沙战国楚墓出土的一幅有文字又有绘画的丝织品,称为"帛书"或是"绘书"。试想,汉朝人亲笔写在木片和竹片上的文字,已经是我们极可宝贵的文物了,这幅战国时代写在缣帛上的文字,又比汉朝早了许多年,而且还是以前从未发现过的仅有的一幅,它在我国文化史上的价值简直是无可估计的。

本来,在这幅楚墓帛书未发现以前,一般研究我国古代书写工具和书籍式样进化过程的人,都以为以缣帛作书,是在竹木之后,或是与竹木并用的。《汲冢周书》虽是写在竹简上的,但仅见诸记载,未见过实物。能见到实物的,乃是汉人遗留下来的木简,即现在被留在美国未归还的所谓"居延汉简",使我们能见到汉朝的书写工具和书籍簿据实物的形状。至于写在缣帛上的文字,则从未发现过。长沙战国楚墓出土的这幅帛书,还是第一次,而且竟是秦汉以前的。这不仅使我们见到了春秋战国时代人亲笔的书画和"缣帛"的实物形状,而且还纠正了前人的错误,使我们知道在秦汉以前,当时人除了用竹简木简之外,也早已用缣帛作书了。

竹简、木简、缣帛,是我们未有纸张和未曾发明印刷术以前的原始书写著述工具。我们今日关于书籍上的一些名目,许多都是由这上面而来。日子既久,这些名目已经视为当然,渐渐地被人忘记它们最初的含义了。

如我们今日称一本书为一"册",这个字是象形字,就是表示在使用竹简木简的时代,一篇较长的文字,在一块木简上写不下,要写在许多块木简上。这种木简每一块仅有几分阔,尺余长,古人将它们上下用绳索连贯地编穿在一起,就称为"册",又称"简册",这正是我们今日称一本书为一"册"的由来。

另有一种方形的木简,可以一次在上面写较多的字,这是专门用来写文书或信件用的,当时称为"牍",以别于"简",因此后人就称公文为"公牍",称书信为"尺牍",因为这种方形木简的制度是一尺见方的。

用竹简的时代,新砍下来的竹简上面有竹青,写字写不上,一定要将它剖开刮削干净,或是放在火上烘去青汁,于是就出现了"杀青"和"汗青"一类的名词。我们今日表示一本著作写完或是印好了,就称为"业已杀青"。自己谦逊地说自己文章不好,不值得印书,便说"徒累汗青",用的都是来自竹简时代的典故。

木简上的字,写错了可以刮去重写。已用过的竹简和木简,若是削去一层,将上面的字迹完全削去,这样就可以当作新的来使用了。因此我们今日作诗写文章,拿去请别人指教改正,总是说请"斧削"或是请"斧正",这也是"简册"时代留下来的典故。

在竹片木片上写字著书,字数一多,篇幅一长,就要将许多竹片木片连缀成叠,翻阅起来未免不方便。尤其是贯穿简片的绳索如果弄断了,弄得次序凌乱,那就大为麻烦。而且可能是常有的事,特别是对于读书人或是负责处理文件的公务员,会时常遭遇这样尴尬棘手的场面。古书上说,孔夫子整理《易经》,一再反复翻阅,以致"韦编三绝"。这就是说,那些贯穿《易经》简片的皮索,因为他翻阅得过于勤力,曾经先后断了三次。

我国的丝织品缣帛,是比棉布先被人应用的。等到缣帛也被人用作写作工具后,它就比竹简木简方便多了,因为长短可以随意剪裁，而且也不必一片一片地要用绳索贯穿了。

等到缣帛被用作书写工具后，就我国书籍形式来说，就大大地起了一次革命，因为缣帛写好后只须卷在一起就可以收藏，不必要用绳索贯穿了。这样一来，在书籍形式上就出现了一个新名词："卷"。因为这些"帛书"是可以一卷一卷地卷起来的。从此一本书就称为一"卷"。这种形式，直到纸张发明以后，仍在应用，因为抄在纸上的书，可以许多幅纸连接在一起，卷成一卷。这种形式的书籍，直到唐朝仍在流行。在敦煌的古藏经洞里就曾经发现了许多这样形式的抄本，称为"卷子"。

书籍到了"卷子"时代，那形式极像我们今日所见的手卷。当时为了使得这些成卷的书便于舒卷，在起头处用一根木棒做轴，将纸张贴在上面，因此古人描摹藏书丰富，便称为"插架万轴"。

有时，一卷纸还写不完一本书，要分别写在许多卷纸上。将这许多卷纸集中在一起，用一幅布包了，这种包书的布，古人称为"帙"。帙有时也用竹帘一样的东西做成的。我们现在称一函书为一帙，就是因此而来。

直到这时为止，我们的书籍还没有"页"。书籍进化到一页一页订成一册的形式，是随着印刷术的发明而产生的。在这以前，我们的所谓书，全是手抄的，还没有一本是印的。

读书随笔 2

唐人写经和西洋古抄本

最近报载德意志民主共和国将要在他们以出版事业著名的莱比锡市举行国际书籍艺术展览会。这使我想起我国文字的形式，在基本上虽与欧洲文字不同，书籍形式也大有差异，但是对书籍艺术的爱好来说，中外爱书家的趣味趋向，他们的搜集范围和目标，有些地方却不谋而合，殊途同归，实在是很有趣的现象。

中国藏书家特别爱好宋版书，西洋藏书家也特别珍爱他们十五世纪的初期印本书，因为这些除了是从抄本进化到印本的最初产物外，它们在内容本身，以及纸张印刷和装帧上，都具有特长，所以值得爱书家的珍视。

中国藏书家对着一本纸墨精良，字大如钱的宋椠精本摩挲不忍释手的神往情形，恰如西洋藏书家对着格登堡的四十二行本《圣经》，反复数着行数，用鼻嗅着羊皮纸的古香气，一再点头赞叹的神情一般。

还有，对于抄本的重视，中外爱书家的趣味也可说是一致的。中国藏书家所最看重的是在敦煌石室所发现的那些唐代和五代抄本，西洋藏书家心爱的也是他们中世纪僧院中所绘制的古抄本。一般被称为敦煌卷子的唐人抄本，所抄的大都是佛经，这与西洋中世纪僧院的抄本，也都是宗教著作这件事，实在是很有趣的对照。

唐人写经，多是卷子式，开端处多绘有佛像，西洋中世纪的古经抄本，虽是用羊皮纸散页抄写的，其上也有装饰，而且十分华丽。这种特殊讲究的古经抄本,西洋称为"illuminated manuscript",以示与一般的抄本不同。这名词可以译作"金碧彩绘古抄本",因为它除了本文是用红黑两色墨水抄在羊皮纸上以外,本文四周和每行每句有空隙的地方,还要添绘五彩装饰花纹,而开端第一行第一个字的头一个字母,必定用花体字写得特别大,有时要占到一页书的半面或全面的地位,字母四周除用五彩绘成花纹装饰以及人物鸟兽虫鱼之外,在主要部分更要涂上泥金或贴上金箔和银箔,非常绚烂夺目,所以该称为金碧彩绘古抄本。

唐人写经的出现年代,和西洋金碧彩绘古抄本的出现年代,先后极为接近,都是第八世纪到第九世纪的产物。不过,在我国来说,到了宋朝(十一世纪),书籍已经刻本盛行,手抄本便退居次要地位,写经更成为一种特殊的虔敬许愿行为。但在欧洲,由于他们有印本书籍比我们迟了几个世纪,彩绘本的写经到十五世纪还在盛行。而欧洲有名的第一本印本书《格登堡圣经》,它的设计,乃是在模仿古抄本,当作廉价的抄本来出售的。

谈宋版书

我国是首先发明印刷术的国家。在书籍方面来说,自从有了印刷以后,我们就采用木版雕印的方式。经过了隋唐间的初期发展阶段后，我们的刻书艺术到了宋朝就达到了发展的高峰。这正是宋版书值得看重的原因。因为它是我们刻书艺术全盛时期的产物。由于流传日见稀少，现在已经被不少人当作古董来玩赏。不过，将宋版书看作古董，正与将我们先民流传下来的其他许多艺术品看作古董一样，乃是最糟踏的看法。因为宋版书除了由于它们日见稀少，值得宝贵以外，在学术上和书籍印制上，都是另有价值的，而且都是至今还是有用的，所以并不仅是古董而已。

在学术方面说，宋人自己的著作和宋朝人以前的著作，除了更古的抄本以外，它们都是现存最早的刻本，因此在内容和字句方面都比以后的刻本更完整、更少错误。尤其是先民的科学技术著作，一字之差出入甚大。这是宋版书在学术上的价值。

其次，宋版书在刻版、字体、纸张墨色和印刷方面，都是水平极高，一直成为我们木版印书最高楷模的。仅就字体来说，我们现在印刷书报所用的铅字，这种字体就称为"宋体"，就是根据宋版书变化而来，可见宋版书对于我们书籍印刷影响之大。

不过，我们目前一般印刷所用的铅字，那字体虽然称为"宋体"，但与原来的宋版书字体却已经有了很大的出入。这种"横轻直重，四方整齐"的"宋体"，事实上是到了明朝中叶，才在刻版方面盛行起来的。这是刻书的工匠从宋刻字体逐渐变化成的，因为字画平整，整齐划一，刻起来方便，所以一下就盛行起来了。这实在是一种"刻体"，不是"写体"，用毛笔写不出，只有用刀在木版上才能够刻得这么整齐划一的。

至于原来的"宋版书",当时所用的全是"写体",这种字体,同我们今日用毛笔所写的楷书差不多,不过笔画较细。现在铅字中有一种称为"仿宋体"或"仿古活体"者,就是比较接近宋版书字体的。

我国的藏书家和讲究版本的人,一向对于宋版书的字体,极为推崇,如叶德辉在《书林清话》中云:"北宋蜀刻经史及官刻监本诸书,其字皆颜柳体,其人皆能书之人……笔法齐整,气味古朴。"再加上书页阔大,纸墨精良,摊开放在眼前,赏心悦目,所以宋版书本身就是一种艺术品。

宋版书的字体,北宋时候刻的比南宋更好,因为它行款疏朗,更为字大悦目。最近北京出版的《毛主席诗词十九首》木版精刻本,从报载的书影看来,所采用的就是北宋本风格。

德国书展和我们得奖的图书

德国的书籍艺术在欧洲是一向负有盛名的,而且具有光荣的传统,并且同我们中国有极深的渊源,因为我国发明的印刷术,从中东一带逐渐传入欧洲以后,首先接纳的就是德国。欧洲活版印刷术的策源地是在德国,最先采用活版印刷技术的德国人格登堡,是十五世纪人,比我们的活版印刷技术发明人毕昇,不仅迟了将近五百年，而且有种种理由可以证明他是受了中国这位先辈的影响的。

具有这样光荣传统的德国书籍印刷艺术，在欧洲一向是执牛耳的，因此去年在他们的出版事业中心，有书籍城之称的莱比锡市所举行的国际书籍展览会，自然是世界文化活动中的一件大事，而我们送去参加的一些新出版物，在评选的结果能够获得那么大的光荣，虽然自是意料中事，也使我们听了很感到高兴。

请注意我在上面所作的一句说明：这次送去展览的乃是我们近年新出版的一些图书。我想若是将我们的宋版书，世界现存最早的经咒图像版画送去展览，以雕版艺术和印刷术发明者的身份去参加，使他们见到欧洲许多国家还在游牧草创时代，我们的文化已经达到了怎样高度的成就，只怕那些评选委员都要避席致敬，拱手不敢妄赘一辞了。

因此这次这些在装帧印刷排版插画方面得奖的图书，还不过是我们的艺术家小试牛刀罢了。以目前国内出版事业发达和工业建设猛进的速度来说，十年的成就已经如此，再过十年，秉承着印刷术发明者这光荣传统的我们，世界另一座有名的印刷城和书籍城，不难就在我们中国出现，那才更值得我们高兴哩！

这些得奖的图书，从这次陈列在展览会上的那几种看来，我认为其余那些未送去参加的图书，在书籍艺术上的成就，有些并不会低过它们。以最受人称赞的那本《中国货币史》的装帧来说，封面图案的取材虽是中国的，但是装饰方法仍是外国的，利用凸凹版和大致相同的图案，构成方格或是圆圈来装饰书面的方法，实在是很常见的书面装饰方法。再有，我对于这本书的书脊装饰也有点意见，觉得与其用花枝图案，何不仍采用我国古代货币形象，如泉刀、泉范等等来构成书脊装饰，岂不更为调和。

我对于这一批在德国得奖图书所感到的高兴，与其说是为了它们眼前的成就，不如说是为了我所预感到的未来更大更光辉的成就。

我国书籍式样的新面目

现在的中国出版物形式，归纳起来不外三种，即线装、平装和洋装。线装本是我国原有的木版书装帧式样，是承继古代的蝴蝶装而来的。平装和精装的形式，则是在清末时期受了日本新出版物的影响。本来，日本原有的书籍装订式样，也是采用我国线装书式样的，后来到了维新时期，新的出版物渐渐采用了欧洲书籍纸面或硬布面的装订式样，这时我国也正在展开了清末的思想启蒙运动，因此所有的新出版物在式样上也受了日本新出版物的影响。

现在，经过了半个世纪的消化和改革，我国的书籍式样已经形成了自己的新面目。除了古典的线装形式之外，一般都采用了软纸面的平装方法。至于从前所说的"洋装"现在则经过改良,一般通称精装了。

"五四"以后的新文化运动,对于我国书籍式样的革新是有过很大作用的。当时所有的新出版物,从刊物以至单行本,都不再采用线装的方式(我国在清末所出版的一些画报期刊,虽用铅印或石印,有许多在装订式样上仍是采用线装的,如《点石斋画报》等等),一律改用软纸面的平装方式,并且在封面画、里封面、版权页以及内文的排印上,开始打破常规,尝试种种新的安排,这就奠定了我国书籍新装帧风格的基础。

近十年以来,国内的新出版图书,就在这样的基础上,一面为了适应广大读者的要求,在印刷速度和出版数量上,展开了前所未有的规模,往往一印就是几十万册。同时在排版和装帧方面,为了适应不同的需要,有的力求朴素撙节,有的则不惜刻意经营,务求印得尽善尽美。文艺书如新版精装的《鲁迅全集》,理论书如《毛泽东选集》,美术画册如《苏加诺藏画集》[1]《宋人画册》《上海博物馆藏画集》,还有巨型的《中国》画册,在排印、制版、印刷、装帧各方面,都达到了国际最高水平,同时还表现了应有的民族风格。

---

[1] 应为《苏加诺总统藏画集》。——编注

鲁迅捐俸刊印《百喻经》

《百喻经》是一卷简短的佛经，我国六朝僧人所译，里面共有一百个小故事，像《伊索寓言》那样，读起来很有趣味。一九一四年，鲁迅在当时北京教育部任职时，曾捐俸银洋六十元，由金陵刻经处用木刻刊印过一百部。这事现在当然有许多人知道了，但在过去则知道的人很少，见过这书的人更少。因为他用的名字不是鲁迅，而是"会稽周树人"，版本又是木版线装的，因此一般爱好新文艺的人大都不知道这书。

我至今还不曾见过鲁迅原刻的这种版本的《百喻经》。第一次知道有这件事情，已是他用种种笔名在上海《申报·自由谈》写杂文的时期，为了施蛰存提出年轻人不妨读读《庄子》与《文选》，以增加作文的词汇问题，鲁迅曾写了许多短文加以抨击，施蛰存也有答复，都发表在《自由谈》上，十分热闹。在有一篇的答复里，施蛰存忽然说：既然叫青年读《庄子》与《文选》是有罪的，我只好不再开口，低头去欣赏案头的精刻本《百喻经》了。（大意如此）

我起先不懂。后来才知道，这一箭就是暗射鲁迅捐资刊刻《百喻经》的。

其实，《百喻经》在当时早已有过排印本，不过许多人都像我一样，不曾去注意罢了。这是由北京的北新书局出版的，年代大约是一九二五年左右。虽是排印本，装订却仍是瓷青纸封面、白宣纸题签的线装书。内文是用铅字排印的,而且加上了标点。书名也改了,不叫《百喻经》,改叫《痴华鬘》。据说这正是《百喻经》的本名。大约就由于这么将书名一改,许多人更不知道两者原是一书了。

北新版的《痴华鬘》,前有鲁迅写的介绍,可知排印此书出版,他也与闻其事的。此外好像还有钱玄同的序言。标点者是品青或章衣萍。由于手边没有原书,这一切都说不真切了。

前几年,文学古籍刊行社曾将这书加以重印,用的就是标点断句本,再将书名改为《百喻经》。我买了一册,年轻时候不大喜欢看的书,这一次却看得津津有味了。

《百喻经》里的小故事,有许多很富于人情味。我最喜欢的是那个嫉妒的妻子,从镜里见了自己的影子,以为是丈夫买了妾回来,怪他即使买妾,也该买个年少的,为什么买了一个同她一样老的回来云云,读之可发一噱。这书对于我国六朝以来的传奇笔记文学颇有影响。可知鲁迅当年捐俸刊印这书,并非只是为了"印送功德书"而已。

读《光孝寺志》

光孝寺为广州有名古寺之一,寺与禅宗六祖慧能的关系很深。寺中那株有名的菩提树,相传就是六祖祝发受戒处。又有六祖发塔，是瘗藏他剃下来的头发的地方；又有风幡堂，更是纪念六祖因风幡飘动与众僧辩论大道的处所。还有六祖殿，则是后人为纪念他而建的。六祖慧能是南方禅宗的祖师，所谓东山法门，即是由他而开。他后来虽然驻锡曹溪南华寺，但羊城光孝寺却是他受戒传法的根本地，因此在光孝寺留下来的六祖遗迹也最多。

据清人顾光等的《光孝寺志》所载，六祖慧能与光孝寺发生渊源之始，是在唐高宗龙朔元年，六祖在江西黄梅县东禅寺五祖宏忍座下，受得禅宗衣钵，隐于猎者家，韬光敛彩，一十五载。后来忽然感到弘法度人的时机已经成熟，遂南下来到广州光孝寺。

当时光孝寺为南方名刹，寺志记载六祖因辩论风幡为众僧所认识的经过情形道："值印宗法师讲涅槃经，偶风吹幡动，一僧曰风动，一僧曰幡动；六祖曰，风幡非动，乃仁者心动。满座惊异，诘论玄奥，印宗契悟作礼，告请西来衣钵出示大众，时仪凤元年丙子正月八日。是月十五日普会四众，为六祖薙管。二月八日，集诸名德，授具足戒，乃于菩提树下开东山法门，显示单传宗旨，一如昔谶风幡堂由此名焉。"

所谓"一如昔谶"，是说远在南北朝时，有梵僧求那跋陀三藏，在光孝寺诃子树下创立戒坛，预言"后当有肉身菩萨受戒于此"。后来在梁天监年间，另一梵僧智药三藏法师，携来一株菩提树种在光孝戒坛，也立碑作预言道："吾过后一百六十年，当有肉身菩萨来此树下，开演上乘，度无量众。"后来慧能到了光孝，大家都认为这些预言都在他身上实现了。

六祖发塔就在菩提树下，最初建于唐仪凤元年，有僧法才的碑记，记瘗发建塔的经过道："遂募众缘，建兹浮屠，瘗禅师发。一旦落成，八面严洁，腾空七层，端如涌出。"

不过我们今日所见的六祖发塔，早已不是原塔，而是明崇祯九年所重建，据说规制仍是依据唐塔。这是用砖石砌成的实心塔，高约二丈，八角七级，每级有檐和斗拱，都是用石砌的。各层有佛龛，内供佛像。据传塔基下埋有无数小陶塔，时有出土。塔旁旧有六祖像碑，正面刻六祖半身像，碑阴刻达摩像。衣褶线条古拙可爱，颇与南华寺六祖真身坐像相似，为元人所立。

读《遐庵谈艺录》

叶誉虎先生的《遐庵谈艺录》本是在内地出版的，大约由于初版印数不多，不够分配，在香港不容易买得到，最近在这里重行排印，这才有机会可以读到了。

本书是由别人给他辑录的，但是辑录者没有署名，仅称"录者"，卷首有小识云："此为叶遐庵先生近二三十年关于艺文之随笔札记，兹经披集成帙。虽未必尽惬先生之意，且事实抑或有迁变，然足供艺林参考，则无疑也，故录焉。其续辑所得，当归续录。录者谨识。"

遐庵先生今年已经八十一岁了，一生经历丰富，又爱好文物书画,所见所藏甚广。他是广东人,对于乡邦文物特别留意收集,因此集中文字,有关广东书画文物的特别多。有许多名迹,或是有关保存文物的措施,都是由他经手经眼,或是首先提倡的。现在事过境迁,后一辈的人已经不容易知道当时的经过真相了,但是遐庵先生在这些地方能够娓娓而谈,如数家珍,给我们提供了不少极可宝贵的资料。

《遐庵谈艺录》中,有关粤中重要文献故实的文字,有"明袁崇焕祠墓碑"。袁氏是有关明清易代因果的重要历史人物,墓在北京市内,近年由遐庵先生等人发起修葺,并且撰书了新的墓碑,记载保存墓址经过。还有他自己所藏的"明末南园诸子送黎美周北上诗卷"的题跋,这也是一卷有关广东乡邦的重要文献,他显然十分重视,在这些题跋中很多感慨之词,有一则云:"余以重乡邦文献,喜得此卷,然恒以托付无人为虑。今年七十七矣,偶展此卷,感怀万端,因题一律。后之览者,当知余书此时心绪之何若也,遐翁叶恭绰。"

他在这些题跋中,还提起了一件恨事,就是想保存张二乔的百花冢而未能如愿,原墓在广州白云山麓,近几十年已日就湮没。等到他托人去查调时,"始知其迹已迷于新建筑中"。他在送黎美周诗卷题跋中提起这事,是因为卷中也有张二乔的一首诗,二乔的诗集刊本《莲香集》已经很难见,何况是她的墨迹。因此他说:"此卷中名人手迹,固皆可珍,然可信尚有存者,独二乔之诗字,必为孤本,则无可疑者,以其早慧早死也。"

所以遐庵先生认为未能及时保存张二乔的百花冢,是一件恨事。

《新安县志》里的香港

新安县即今日之宝安县。港九新界各地，在从前都是隶属于新安县的。鸦片战争时期，仍名新安，入民国后始改名宝安。

其实，宝安之名，比新安更古。据县志《沿革表》所载，宝安之名，始于六朝东晋，隶东官郡。东官就是现在的东莞。到了唐初，就废了宝安县，并入东莞，直属广州都督府。这样一直到明朝初年，都是称为东莞。到了明万历元年，将东莞县分析为二，增设了一个新县，其地就是从前的宝安县，改称新安，与东莞分治。所以新安之名，是在明万历初年才有的，比宝安迟得多了。

到了清朝，在康熙五年，又将新安县并入了东莞，废了新安之名。可是到了康熙八年再将新安县恢复，隶属广州府。这样就一直称新安县，直到民国，因新安县名在别的省份内有同名的，遂恢复古名，改称宝安。

由于今日港九新界各地，在从前也曾经一再隶属于东莞县，因此有关今日香港范围内的一些事迹，在《东莞县志》上也有记载。

新安县辖下的村庄，旧载共有五百多座。今日新界及港九两地，在当时都是属于新安县巡检官富司辖下。在县志的《都里志》内，官富司巡检所管属的村庄，村名有不少至今仍沿用未改。如锦田村、屏山村、东头村、屯门村、厦川村、石冈村、隔田村、粉壁岭、石湖墟、大步墟等等，都是今日习见的，不胜枚举。

属于今日港九市区内的，如衙前村、蒲冈村、牛池湾、尖沙头、土瓜湾、深水莆、二黄店村、九龙寨、黄泥涌、香港村、薄寮村、薄凫林、扫管莆、赤磡村，皆见于记载。其中尖沙头即今日的尖沙咀，二黄店村的"黄"字当是"王"字之误，即宋王台附近的二王殿村，薄凫林就是薄扶林，赤磡村即红磡，薄寮村即薄寮洲。香港村就是今日香港仔的香港围，也正是今日香港岛命名的原来根据。

除本地人的村庄之外，《都里志》另列有客籍村庄的名称。如今日的大坑、九龙塘、长沙湾、浅湾、沙田、深水埗、吉澳，都是隶属于官富司巡检辖下的客籍村庄。

今日的香港仔，旧名石排湾，其名称见于县志卷八《田赋》栏："叶贵长、吴亚晚、吴二福、徐集和领耕土名石排湾一百一十丘，税二十五亩七分四厘，每亩岁纳租录八钱。"

香港岛之名，不见于新安县志。这不足异，因为"香港"一名，是在道光初年，才由往来在零丁洋一带的外国商船船员们叫出来的。《新安县志》修于嘉庆二十四年，所以只有"香港村"之名，无香港岛之名。

香港这一座小岛，在未被外国船员称为"香港"之前，土人或以岛上局部的地名名之，称之为"石排湾"或"赤柱"。有时又称之为"红香炉""群带路"。

"红香炉"是山名，指今日铜锣湾天后庙一带的群山。相传曾有一座红石香炉自海上漂流到那里的岸边，渔民以为天后显圣，就建庙以祀，并称庙的后山为"红香炉峰"。

在嘉庆年间，红香炉设防，驻有水师兵勇，称为"红香炉汛"。

"群带路"之名更古,在明修《东莞县志》的粮册上,就有群带路之名。后来林则徐等人的奏章,提到香港这座小岛,也屡称其地"土名群带路"。由此可知本地人所说群带路一名,系由"阿群"其人为英国人带路而来,是毫无根据之谈。群带路实是岛上原有的土名。其得名由来,不外岛上山腰自西往东的小路,在九龙对岸望来蜿蜒如群带,所以称为"群带路"。

《新安县志》卷一所附的舆图,仅有红香炉之名,无群带路及香港之名。红香炉位置在鲤鱼门炮台之下,屯门汛、大奚山、急水门之东,这位置当是今日的香港岛无疑。可是令人不解的是,图中除著名为"红香炉"的小岛之外,在它的东南角又有两座小岛,较上的一座注明为"仰船洲",较下的一座注明为"赤柱"。这一来,就令人如堕五里雾中了。

"仰船洲"即昂船洲,按照实际位置,应该在香港岛(红香炉)之上,不该在它的东南角。至于赤柱,更是香港岛的一部分,图中将它与红香炉各绘成一座独立的小岛,而且相距颇远,更令人费解。

图中有独鳌洋,是一座小岛,位置在佛堂门外大海中,在蒲台之上,塔门之下。"新安八景"之一的"鳌洋甘瀑",就是指这地方,说其上有飞瀑,水质甘芳,如自天而降,所以称为"鳌洋甘瀑"。旧时颇疑"鳌洋甘瀑"的甘瀑,是指香港岛上南端近薄扶林处的大瀑布,现在依据县志所附舆图看来,完全是另一处地方。

不过,以"红香炉""赤柱"等处的位置为例,这幅舆图画得是不甚可靠的。那么,"独鳌洋"是否真的远在香港之东,那又有待考证了。

《番鬼在广州》及其他

《番鬼在广州》(*The Fan Kwae at Canton*)的著者亨脱(William C. Hunter)是美国人,是很早很早就到中国来经商的美国人之一。据柯宁在《中国辞书》上说,亨脱于一八二五年从纽约来到广州,服务于美商旗昌洋行,于一八九一年去世。著过两本书,一本就是《番鬼在广州》,另一本是《古老中国的点滴》。前者出版于一八八二年,后者出版于一八八五年。

著者在广州经商的时期,还是所谓公行制度时代,远在清朝被迫与各国正式订立通商条约以前。因此关于当时外国商人在广州经商的情形,中国市民对于他们的印象,他们对于中国的理解,在亨脱的著作里都有丰富的资料。因了是作者亲身经历的回忆,所以书中即使有若干夸张或曲解之处,但在今天读起来,对于了解鸦片战争前的洋商在广州的情形,仍然是十分有用的。

从《番鬼在广州》一书里我们还可以发现一个值得注意的人物,这人名叫富勒登,据他自己说是东印度公司的职员,已经先后来过中国多次,与亨脱一同乘"市民"号来中国,船到零丁洋后,他就一人先乘了快艇到澳门去。后来据说他从中国带走了两个小脚妇人,带到加尔各答,然后又同她们前往伦敦,将这中国的"金莲"献给乔治四世去看。这段逸闻在其他外人关于中国见闻的著作中时常提及,它的出处就在本书。

《番鬼在广州》的叙述直至一八四四年为止。著者说,等到经过鸦片战争,清朝同外国订立五口通商条约之后,外商在中国已经争得平等甚或优势的地位,不再是昔日来进贡天朝的"番鬼",所以"番鬼"的时代便过去了。

亨脱的另一本书《古老中国的点滴》,出版于一八八二年,是由六十余篇短文集合成的,篇幅比《番鬼在广州》多,内容则是叙述当时外人在广州所见到的中国人情风俗,以及广州市民对于"番鬼"的印象。从这本书里,我们可以获得一些中国最原始的"买办"和"西崽"的画像。两本书里都有不少关于广州商馆和十三行的叙述,至今已成为研究这问题的最可靠的资料。

《美国船在中国海》

一七八四年,"中国皇后"号,美国第一艘往来远东的帆船,从纽约港出航,准备穿过苏伊士运河来到中国的广州。这时美国独立战争已告胜利,远洋的航业已不再为英国所独占,于是这从殖民地站起来的新兴国家，便急于向拥有远东航运专利权的英国东印度公司挑战，也来染指这条航线了。

从那时开始，星条旗的船只，包括战舰在内，便经常在中国口岸出入了。

《美国船在中国海》（*Yankee Ships in China Seas*）的著者是丹尼尔·韩德逊，他便以这些进出中国口岸的美国船只为题材，从第一艘到中国来的帆船叙起，直说到太平洋战争爆发为止。

作者说本书全部以史料为根据，没有半点虚构成分在内，若是有些部分过于浪漫，那是当时冒险家自己的幻想，结果，作者并不能负责。因为他自称这书是根据当时人的书信、日记、航海记录，以及航海家的回忆录写成，有些还是以前未曾公开过的外交档案。

在这本小书里，作者曾说起一个美国冒险家的故事。这人名叫麦克格芬，是美国海军军官学校出身，毕业后没有事做，那时正是甲午前后，李鸿章正在建设中国新海军，他竟投奔到李氏手下，当了一名顾问，被派到英国去监督当时正在建造中的四艘铁甲舰。后来中日开战，他在提督丁汝昌的麾下，是一艘鱼雷艇的艇长，参加了那次海战，直到北洋海军全军覆没，丁汝昌自杀，麦克格芬身负重伤，从旅顺逃上了一艘美国战舰。

这位冒险家回到美国，神经受了刺激，有点失常。据他的朋友们说，麦克格芬整天不停地向别人谈论他在中国这次海战中的遭遇。他极力称赞中国水兵的勇敢，丁汝昌也知道尽职，可是却将中国海军军官骂得一钱不值。

著者韩德逊说，这个率领鱼雷艇帮助中国同日本打仗的美国冒险家，可说是美国海军同日本海军作战的第一人，正因了这次战胜，日本海军燃起了狂妄的幻想，后来不仅向帝俄挑战，并间接促成了后来的珍珠港事件。

著者很为美国的门户开放政策辩护，说美国自从派了第一艘帆船来航行中国海岸起，美国的政策始终是和平的巡逻者，是门户开放和领土完整的监视人。

当时还不曾发生朝鲜战争和美国第七舰队驻守台湾海峡的事，否则看他怎样自圆其说，倒是很有趣的。

额尔金的掠夺世家

香港坚道附近有一条横街，名伊利近街。这是一条不大受人注意，很少有人提起的一条古老的街道。但是我们若是看一看那块中英文对照路牌上的英文名字，有一点中国近代史知识的人就不免要愕然一惊。因为这个"伊利近"不是别个，就是继第二次鸦片战争之后，由英国派来主持对清朝侵略战争的英法联军统帅额尔金。

当年率军攻打大沽炮台的是他，攻打北京城的也是他，下令抢劫焚烧圆明园的更是他！

这是每一个中国人永远会记住的名字，这是每一个中国人永远不会忘记，曾在我们中国土地上作过大恶的外国人。

当时额尔金以特使的身份，被派到香港来主持侵略清朝的军务，他的头衔已经是伯爵，而且已经任过英国殖民地牙买加和加拿大总督，是个侵略老手。同时，额尔金这个家族，在英国也是以掠夺著名的世家，尤其在古文物方面。伦敦大英博物馆的雕刻馆，所珍藏的那一份最精美的古希腊雕刻，就称为"额尔金室"。这是这个侵华的额尔金的叔父汤玛斯·额尔金，从希腊雅典的万神庙里拆下来的。

大英博物馆所藏的这一批自雅典万神庙拆卸下来的古希腊大理石浮雕，非常精美，在西方古典美术史上的评价很高，通常就称为"额尔金大理石雕刻"，是其他各国大博物馆最羡慕的一份收藏。可是，一提到这一份收藏的来历，英国历来的艺术考古家就无法不感到脸红，千方百计要找理由为当年额尔金的行为辩护。

因为当时汤玛斯·额尔金，以英国驻土耳其大使的身份，不顾一切，公然拆毁了雅典的这一项希腊文明古迹，凿取有雕刻的大理石，一船又一船地运回英国去。这不是偷窃古物，简直是明火执仗的掠夺行为。

据说，后来英国大诗人拜伦，到希腊去参加援助希腊独立战争，曾到雅典参观希腊古迹，见到万神庙被额尔金拆毁破坏的情形，非常愤慨，曾在残壁上题了这么一句痛心话：

蹂躏罗马帝国的野蛮民族所不曾做的事情，这个苏格兰人竟敢做了！原来额尔金是苏格兰人，他从希腊拆毁这些大理石运回英国去，全然是一种自私的行为。他想在苏格兰乡下起一座大屋，竟荒唐地掠夺这些大理石运回去作新屋的装饰。

这个掠夺希腊古雕刻的汤玛斯·额尔金，一七六六年出世，是个世袭的伯爵。他要将这些古希腊雕刻运回苏格兰去装饰他的新屋，是为了想实践对他新婚妻子的诺言，说要在苏格兰乡下建一座宏伟的大宅第给她作新婚礼物。建筑师设计的图样是古典式的，因此额尔金要采用希腊古雕刻来装饰他的新屋。恰巧在一七九九年被任命为英国驻土耳其大使，带了新婚妻子去上任，同时也带了建筑师和一批考古家同去，于是他的艺术品掠夺工作就开始了。

这时的希腊，正在土耳其占领之下，雅典的万神庙等等古迹，又在土耳其防军的炮台范围内，本来是一般人无法接近的。可是在这时欧洲的军事风云中，土耳其帝国在非洲和欧洲的势力，受到了拿破伦的侵袭，英国军队却在埃及击败了法国远征军，因此土耳其的奥图曼政府为了拉拢英国，竟特别讨好这个新上任的英国大使，由皇帝签署了一道敕令给他，允许他和他的授权人在军事地带内随便"调查"希腊古迹。

额尔金有了这一道护身符，他在雅典的希腊古雕刻掠夺工作就可以肆无忌惮地开始了。前后继续有十年的时间，最多时每天要雇用工人三百名，将矗立在雅典郊外山头上的古希腊建筑，恣意地破坏。有时,为了要拆下屋檐下的浮雕,竟将完整的屋顶无情地先加以破坏。

仅就最有名的万神庙这一座古希腊建筑物来说,据后来的统计,被额尔金拆走的大理石雕刻,计有三角形顶墙上的人物雕像十七件,石柱间的装饰雕刻十五件,有浮雕的墙顶饰带五十六件。这都是巨型的大理石石板,其上刻有诸天万神出巡的浮雕,衔接起来共达二百五十余尺长。这是古希腊雕刻的一大杰作,也是额尔金掠夺的重点。将这些精美的大理石浮雕从柱顶上、屋檐下拆走后,这座古希腊艺术建筑剩下的只是骸骨了。

这一批掠夺物,现在都成了伦敦大英博物馆认为最珍贵的收藏品了。

额尔金伯爵当时不顾众议,一船又一船装运回去,准备拿到苏格兰乡下去建大屋讨好妻子的这些古希腊雕刻,后来怎样又落到了大英博物馆手上呢?原来当一八〇六年,额尔金任满回到英国时,他的妻子竟向他提出了离婚要求,并且表示不接纳他的这份结婚礼物。额尔金受到这打击,取消了回乡建大屋的计划,决定将这一批古希腊雕刻出卖,并且建议由政府收买,索价七万四千二百四十镑,说这只是薪工运费等等开支,并非这些古物本身价值。可是英国政府趁额尔金精神颓丧之际,杀了他一个半价,用三万五千镑全部买了下来。这就是额尔金的这批掠夺品会成为大英博物馆"国宝"的原因。

英国人笔下的额尔金

前两天,我从坚道附近的那条纪念额尔金的伊利近街,谈到他的家世,愈谈愈远,欲罢不能,只好率性将他家的掠夺家史揭露了一下,指出现在伦敦大英博物馆所珍藏的一批古希腊雕刻,就是他的叔父将希腊雅典万神庙古迹拆毁后盗运回去的。当时倒也有不少明理的英国人,对额尔金伯爵这种擅自摧毁别的国家文化古迹的不法行为,大加责难。大诗人拜伦除在现场题字加以指责之外,后来又写过好几首诗谴责额尔金的这种野蛮行为,其中有一首题为《米娜瓦的咒诅》,借这位希腊神话中司文艺女神之口,对额尔金大加咒诅:

> 先对干这件事情的人的自身。
> 我的咒诅将降落在他和他后裔的身上。
> 他们将没有智慧的火光,
> 所有的子孙将无知得像他们的老子一样。

我不会译诗,不免译不出英国这位浪漫大诗人对此事义愤填膺的气忿。大意却是如此。拜伦当时是为了要援助希腊民族解放战争,不惜倾家荡产去资助希腊义军的经费,更不惜献出了自己的生命(拜伦后来是死在希腊军中的)。因此当他在雅典亲自看到额尔金破坏希腊古迹的罪行,叫他怎不愤慨。他在另一首诗里,以浪漫诗人的手法，吁请雅典女神降罚给破坏她的庙宇的人，但是请她留意，不要怪错了人，真正的"英格兰"人是不会干这种事情的，干这件事情的虽是"英国"人，却是个"苏格兰"人！

当时额尔金不仅恣意拆取雅典万神庙的这些古希腊雕刻，而且自己还以"英国大使"身份，恃了有土耳其皇帝的敕令为护符，不许别人染指。据美国格兰女士在她所著的《艺术的掠夺》第七章里说：当时有一个英国游客，想在现场拾取一点希腊雕刻碎片带回去作纪念品，却被制止，这人写信回英国告诉他的朋友说：

> 由于我们的大使对这类物品所颁布的禁令，除了搬运到他的仓库去的以外，任何东西不许移动，因此我不能拾取。看来我们的大使已经攫得所发现的每一块雕刻。

另一位英国旅客，则说得更为沉痛。他说：目睹万神庙被尸解的情形，实在令人有难以言说的羞愧。回想起来这真是一件苦痛的事，这些人类天才的杰作，历经沧桑二千余年，经过多次异族和野蛮的侵略，尚且幸存，现在却终于逃不脱全部被破坏的命运！

这就是英国人自己笔下的焚毁我们圆明园的额尔金先人的罪行。

马可孛罗笔下的卢沟桥

有名的《马可孛罗游记》,其中曾提到了卢沟桥。马可孛罗是在一二七五年抵达中国的,这时正是南宋恭帝德祐元年,也是元朝至元十二年,马可孛罗这时才二十一岁。这个威尼斯的旅行商人世家子弟,是跟了家人来向元朝通商,并代表罗马教皇来修好的,但他自己最大的目的还是到东方来观光。因此在中国各地果然见到了许多新奇的事物和风俗,使得他眼界大开。在他留给世人的那部游记里,记他当时游历中国的见闻,在我们今日读起来,有的固然荒唐可笑,有的却又正确得令人可惊。他的笔下所记的卢沟桥就是属于后者的。卢沟桥始建于金明昌年间(一一八九年至一一九四年间)[1],马可孛罗在一二七五年抵达燕京后,曾在中国继续逗留了二十年,因此他所见到的卢沟桥,已是筑成后将近百年的了。他在游记第二卷里,这么描写这座桥道:

> 离开京城后再行十里,你就来到一条名叫普乙桑干的河上。这条河一直流入大海,航海商船运载货物就从这里驶入内河。在这条河上有一座非常精美的石桥,它可说是举世无匹的。它长达三百步,宽达八步(按一步约三尺);因此可以容纳十骑并列,宽畅地从桥上驰过。它有二十四

---

[1] 金明昌年间应为一一八九至一一九六年间。——编注

道桥拱，由筑在水中的二十五座桥墩支持着，全是用青石建成，建筑得非常精巧。

在桥上两旁，从这一端到另一端，有一道美丽的桥栏，是由石板和石柱构成，排列得非常壮观。从桥身开始处，有一根石柱，柱下有一石狮，背负此柱，柱顶另有一只石狮，体积都很庞大，而且雕刻得非常美丽。在距离此柱有一步之处，又有另一根石柱，同样有两只石狮，一切皆与前者相同，两柱之间则嵌有石板，用以防止行人堕入河内。就这样，每隔一步就有石柱和石狮，全桥两侧都是如此，所以看起来十分壮观美丽。

《马可孛罗游记》的稿本共有好几种，因此至今流传的几种版本，字句之间不免有大同小异之处。这书在我国也已经有了译本，这里不过根据通行的玛尔斯敦氏译文随手译出来的。马可孛罗所说的那条河名"普乙桑干"，据有名的《马可孛罗游记》研究专家玉尔注释说，此字原本是波斯语，即"大石桥"之意。它的发音颇与原来的河名"桑干"相近，可能是他有意这么写的。

今日的卢沟桥只有十一孔，是经过清朝重建的。马可孛罗说它有二十四孔，可能当初原是如此。这座成为抗战圣地的名桥，自金明昌年间建筑至今，由于水患，已经重修改建过几次，到现在已有七百多年历史了。

龙和谣言的故事

曾经在北洋军阀时代,任过我国工商部矿务顾问的瑞典人安特逊,他是地质学家,更在一本题为《龙与洋鬼子》的书里,讲过一个很有趣的谣言的故事,这个故事是与"龙"有关的。

这是民国四年冬天的事情。正当袁世凯决意要做皇帝的时候,北京和上海的报纸上,忽然竞载一条消息,说是湖北宜昌发现了真龙遗蜕。由于早已有人受了袁世凯的收买,准备向他捧场,这时看见机会难得,便表示这乃是应时的祥瑞,可见"改制"之事,实在"上应天心"云云。接着又有人向袁世凯献议,应该按照我国历朝故事,改湖北宜昌县为龙瑞县,并敕封石龙为应瑞大王。袁世凯当然高兴极了,一面派"钦差"到宜昌去实地视察,一面又发表通电,说是"天眷民悦,感应昭然"。

当时这件事情轰动一时,称为"宜昌真龙"。安特逊说,这条"真龙"的发现者,最初不是中国人而是外国人,是当时驻宜昌的英国领事许勒德夫妇和他们的友人欧阳温夫妇所共同发现的。发现"真龙遗蜕"的地点是在宜昌江边俗名神鼋子的三游洞内。许勒德和欧阳温对这种发现很高兴,而且很自负,曾在当时的英文《远东杂志》上发表一篇报导,说他首先解决了中国传说中的"龙"的疑问。因为这遗蜕即使不是"真龙",最低限度也是被古代中国人传说为"龙"的那种大爬虫的化石。他当时很高兴,曾写信给袁世凯,劝他务必要设法保存这宝贵的发现物。

这篇文章后来曾载《东方杂志》十三卷第四号上,作者俨然以"中国龙的发现者"自居了。

可是,最煞风景的事情,就在这时连续地发生了。据安特逊说,经过地质专家的实地查勘后,证实所谓"宜昌真龙",不仅不是"龙"的遗蜕,连古代大爬虫的化石也不是,只不过是一些奇形怪状的石灰质的石笋和钟乳石而已。接着,洪宪大皇帝也"升遐"了,"中华帝国"也倒了台,"上应天心"之类的谣言不攻自破,连带许勒德和欧阳温两人想做"中国龙的发现者"的好梦也破灭了。

安特逊说,这是一个关于谣言的由来,附会传播,以及后来在真实面前终于被消灭经过的一个很好的实例。当时不仅袁世凯希望自己果真是"上应天心"的真龙天子,就是洋鬼子也希望自己是中国龙的发现者,可惜在科学的真实面前都栽了筋斗,实在十分有趣。

读《三冈识略》

前些时候,我曾说过,不曾读过董含的《三冈识略》,并且久觅此书不得。伯雨先生见了,说他有《说铃》丛书本,愿借给我一读。并说此书又名《莼乡赘笔》,见谢国桢所著《明清笔记谈丛》。

我当然很高兴,日昨将书借了来,亟亟在灯下展卷快读。这

《说铃》丛书本的《三冈识略》，就作《莼乡赘笔》，分上、中、下三卷，巾箱本。但是据谢氏在《明清笔记谈丛》里所说，本书另有申报馆铅印巾箱本，则分十卷。此外还有传抄本，除正编之外还有续集，又另有康熙初年的刻本，此外还有多种传抄本，内容颇有出入。看来董含的这部笔记的版本是很多的，而且不知既名《莼乡赘笔》，为何又称《三冈识略》，孰先孰后，这里面有没有特别原因，一时却无从知道，这只好怪我自己的腹俭了。

《三冈识略》是明末清初很有名的一部笔记，时常见到今人谈明清掌故的文章里引用它。初初以为一定是一部体例很严谨的书，现在翻阅一遍，虽有一些谈南都和清初故实的，但多数仍是谈狐说鬼、果报异闻一类的记载，未能摆脱清人笔记的一般窠臼，不知何以这么得享盛名？

我最初注意到《三冈识略》这本书，还是由于想搜索一点有关喇嘛教的欢喜佛资料，见萧一山在《清代通史》里引用了他有关这资料的记载，一直就想直接找这本书来看看。不料直到现在才如愿，可是我对于这个问题的兴趣早过去了，人生的际遇有时就往往这么不能由自己做主的。

书中自然也有些较有价值的记载，如卷中的"三吴风俗十六则"，卷下记松江修海塘，以及"海溢""风变"的情状，都是可供参考的。

关于郑成功的资料，卷上《海寇入犯》条，称郑成功为郑芝龙的"孽子"。董含身历"甲申"之变，照理对郑氏不致如此的。不知这是由于当时文网太严，还是经过后来刊刻者的删改。

《海寇入犯》记郑成功进兵长江失利事,末后说"成功遇飓风,失亡十七八,愤恚死,其子锦窜入台湾",也与史事完全不符。

作者在自序上说,本书是他"栖迟里门,自少迄老,取耳目所及者,绩书于卷……积成三卷,取名莼乡赘笔",看来《三冈识略》一名该是后来另取的了。

读《杜工部集》

今年是我国诗圣杜甫诞生一千二百五十周年纪念,从报上读到许多纪念文章和举行纪念会的消息。我一向喜欢读诗而读得不多,杜诗也是如此。现在为了机会难得,特地从书橱里将一部《杜工部集》搬了出来。

杜甫诗集的版本当然很多,我所有的一部是同治重刊的玉勾草堂本。这在杜集之中不能算是好的版本,但也有几种长处,第一是开本不大,是袖珍版,同今日的三十二开书差不多大;其次是字大,字体好,墨色也好,读起来清楚悦目;再其次就是全是白文,没有注解,读起来很方便。

当然,五百家笺释音注的杜诗,自有它的好处,但是我认为读诗读词有时是不必过于"求甚解"的,注释太多,读起来反而会妨碍了对于诗的本身的欣赏。"家家养乌鬼",什么是乌鬼,考证起来可以写成一篇长文章,但是若是知道既然是家家所养的,总不外是一种动物,也就可以过去,不必细究其他。读诗就是读诗,不是研究诗,有时对于某些注解是可以放过的。

因此我觉得玉勾草堂本就有这种好处,读起来方便,不致被太多的注解分了心。

在灯下随手翻着这部《杜工部集》,真是"开卷有益"。仅是诗题,就可以使我们懂得了不少东西。有些诗题只有一个字,雷、火、雨,有些诗题则特别长:"暇日小园散病将种秋菜督勒耕牛兼书触目"。还有那些赠人寄人、咏物、纪事,仅是看看诗题,就知道诗与他的生活是打成一片的,什么都可以入诗,而且随时都在作诗。称他为"诗人",称他的诗为"诗史",真是再恰当没有的了。

我已经说过我的杜诗读得不多。记得前些日子谈到韩干画马,曾提起杜甫在《丹青引》里说韩干画马不画骨,实在我也只是记得这首诗而已。现在翻了一遍他的诗集,才想起还有咏曹霸画马的《韦讽录事宅观曹将军画马图》,题韦偃画马的《题壁画马歌》。更使我感到意外的是,在卷十九的表赋记说部分,还有一篇《画马赞》。这是我以前不曾读过的。以前读杜诗,总是随手翻几卷就放了下来,这一次总算从头翻到底,这才有机会读到了这篇《画马赞》。

他在《丹青引》里说"干惟画肉不画骨,忍使骅骝气凋丧",但是在《画马赞》里,却说"韩干画马,毫端有神",可见评价大有不同。若是不曾读遍,遽说杜甫不喜欢韩干画马,就未免武断了。

马克思和达尔文

《资本论》的第一卷在一八六七年第一次出版时,马克思本拟在卷首的献辞上,将这本著作献给达尔文,表示自己对于这位科学家在自然科学上伟大成就的敬意的。他事先写信给达尔文,征求他的同意。可是达尔文回信婉辞谢绝了。他说他对于经济科学一无所知,不敢掠美,但是希望大家能从不同的道路上推进彼此的共同目标——人类知识和幸福的进展。

于是马克思就将《资本论》的第一卷献给他的好友和工作助手:威廉·乌尔夫,如我们今日所见到的那样。

乌尔夫是马克思在工作上得力的助手之一,追随他已经多年。据保尔·拉法格的回忆,在马克思的工作室内,有一座壁炉架,那上面的东西是从来不许别人乱动的。在烟丝缸和火柴盒的杂乱之中,放着许多他心爱的人的照片,有一帧便是乌尔夫的。第一卷《资本论》出版时,乌尔夫在曼彻斯特刚去世不久。马克思将他毕生的大著献给他,正不是偶然的。

乌尔夫有一个有趣的绰号,朋友们都戏呼他为"红狼"。由于他是在巴黎生长的,不免沾染了一些都市的气习,脾气鲁莽冒失,同时又患着很深的近视。据说有一次,当他同马克思一家人都住在伦敦的时候,他有一天在街上散步,见到前面有一个很窈窕的妇人的身影,忍不住追上前去。因为自己是近视,无法看得清晰,便不得不绕到她的前面,凑近去看她的脸。不料不看犹可,一看便吓得狼狈地回身逃走了。原来这妇人不是别人，正是马克思夫人。

第二天，马克思夫人将这遭遇当作笑话讲给大家听，从此乌尔夫就获得了一个"红狼"的绰号。

达尔文虽然辞谢了马克思要将《资本论》第一卷献给他的动议，可是当一八七三年第二版发行时，马克思曾送了一本给他，达尔文有一封答谢的信，见莱雅沙诺夫所编的那本《马克思：人·思想家·革命者》。这封复信是这样写的：

亲爱的先生：

我谢谢你将你伟大的著作《资本论》送给我所给予我的荣誉；我诚挚地希望，我能更透彻地了解政治经济学的深湛而重要的一些问题，使我更为值得接受这本书。虽然我们的研究是十分不同的，但是我相信，我们双方都在热切地企求知识的扩展；而这个，终究，必定可以增加人类的幸福。

我永远是，亲爱的先生，你的忠实的查理·达尔文

马克思与达尔文两人的交情，除了《资本论》卷首献辞的逸话以外，还可以从许多方面看得出。

他自己就曾经这么说过："达尔文的著作，是非常有价值的东西，它适合于作为历史的阶级斗争之自然科学的支柱。"读完了《物种起源》之后，马克思曾写过一封信给恩格斯，表示他对于这

部著作的意见。其中曾说:"虽然那解说是英国风的,而且有点粗杂,但是这本书对于我们的见解给了一个自然史的基础。"

因此后来马克思去世,一八八三年三月十七日,恩格斯在海洛特墓场上的葬礼演说中,就曾经特别提到了这一点。他说:"正如达尔文曾发现有机自然界的进化规律一样,马克思也发现了人类社会的进化规律。"

恩格斯的褒辞并不是随便说的。因为研究生物进化的达尔文,与研究社会进化的马克思,两人会发生深厚的友谊,而且可以相提并论,乃是因为他们两人的工作目标是相同的,大家都是为了人类社会的向上;不过一个是从生物学的观点去阐明过去,一个是根据人类的经济生活去指示将来。

贫困的折磨,马克思自己就切身体验够了。据他的传记所载,他侨居伦敦的时期,也正是他潜心从事《资本论》的写作时期,他的生活上的贫困真是惊人的。他住在湫隘不堪的贫民区内,除了零星写作的稿费和友人偶尔的馈赠之外,毫无其他固定收入。他时时没有钱买面包,房租费用更不用说。有三个孩子都因营养不良而先后生病死去,女儿死时更穷得无以为殓。马克思夫人曾在一封信中提起过这种悲惨的遭遇。

有时,当家中什么东西都典质一空,而又告贷无门,邻近的伙食店又拒绝再赊欠时,他们一家便会真正地挨一天饿。入夜,没有钱买煤油,黑暗无灯火,马克思夫妇在楼上默然相对,孩子们坐在楼下的门口玩,每当讨账的来了,他们照例回答一句:"马克思先生不在家。"

这种生活曾使得他自己一再感慨。但他知道,这是"贫困"在作祟。而贫困的原因,乃是由于社会应该给予他的工作酬报,已经中途被人剥削。由于这种切身的体验,使得他更坚持自己的学说研究,终于在伦敦博物院的图书室里完成了他的《资本论》的初稿。

高尔基的信

一九二六年春间,高尔基正寄住在意大利的奈勃尔斯,从事他的人著《克里姆·桑姆金》的写作。他在给祖国某工厂的文学团体的一封信上这么说:

> 同志们,谢谢你们的来信,我很高兴你们喜爱我的著作。我现在又在写一本书,是很长很长的一部书。我想从其中表示俄罗斯民众,从八十年代到一九一九,怎样在这时代中生活,思想,而且行动。并且想显示他内在的世界。你们大约再隔一两年便能读到这书,也许它对你们能有点作用。
>
> 我的健康并不如报纸上所传那样的坏,虽然去冬我确是相当病了。现在我好了许多,能够一天工作十小时,起床十五小时。

高尔基很佩服斯坦尼斯拉夫斯基的演技。

"你是一位伟大的而且有才能的人物。真的，你的心是一面镜子，"他曾经这么说，"你多么伶俐地捉住了生活的微笑，在她严酷脸上的那种忧郁的微笑。"

另一封在革命之前写给斯坦尼斯拉夫斯基的信，是在警探监视之下写成的，他要求这位大演剧家替他向特利波夫——当时莫斯科的总督疏通，允许他到莫斯科来。高尔基很幽默地说，他保证决不在街上或公共场所露面，他只在夜晚外出，并且会穿上黑袍，戴上面具。

远在一九一六年，高尔基就在称赞年轻的革命诗人玛耶诃夫斯基的天才。他的《战争与和平》那首诗，就是发表在高尔基当时所编的一种刊物上的。高尔基曾在一封信上提起他和这位青年诗人初次见面的情形道："玛耶诃夫斯基在一九一四或一九一五的夏天，到墨斯达姆雅基（在芬兰）来看我……朗诵他的《穿裤子的云》的断片，以及一些其他的抒情诗。我很喜欢这些短诗，而他也朗诵得非常之好。"

关于契诃夫，高尔基曾说，契诃夫的短篇小说好比许多小玻璃瓶，容积虽小，里面装着的却尽是从生活中提炼出来的酒精。他曾对人谈起契诃夫的那篇《盒子里的人》道：

> 你们都记得契诃夫的小说《盒子里的人》吧，大家都知道，这位主人公永远穿着套鞋，穿着棉大衣，带着一把伞，不管暑天或冬天都是如此。请问你在这七月天气，在

这炎热的日子,为什么要穿套鞋和棉大衣呢?人家都这样问别里阔夫。以备万一呀,他回答说,难免要发生什么事情呀,譬如忽然冷起来,那又怎么办呢?——他就这么害怕一切新的东西,一切超出灰色庸俗生活的日常圈子里的东西,就像害怕黑死病一样。

高尔基的托尔斯泰回忆

在高尔基的札记和回忆录里,有这样关于托尔斯泰的回忆:

有一个热天,他在乡下的大路上追上了我。他骑在一匹小而安静的鞑靼马上,向利瓦地亚方面行着。白发蓬松,戴着一顶白色的冬菇形的轻便毡帽,看来很像一个侏儒。

勒住马,他招呼我,我便走在他的一旁,在许多旁的事件之中,告诉他刚收到一封科洛连科的来信。托尔斯泰愤怒地摇着他的胡须。

"他信仰上帝吗?"他问道。

"我不知道。"

"这就是说,你不知道关于他的最重要的事情。他是信教者,但是他在无神论者面前不敢承认。"

他用一种忿忿不平的埋怨的声音说着,从他半闭的眼帘下愤怒地望着我。这是很明白的,他不似准备同我谈话。可是我表示拟离开他时,他却阻止了我。"你要到哪里去?"他问道,"我不曾走得太快吧,是不是?"

于是他又喃喃地说道:

"你的安特列夫也怕无神论者,但是他也信仰上帝的——上帝使他表示敬畏。"

当我们走到罗曼洛夫大公爵的别庄近旁时,我们见到有罗曼洛夫家的三个族人站在路上谈话,彼此站得很近。其中一个是亚托多尔的主人,一个是乔治,另一个,我想是来自都尔伯的彼奥多·尼柯拉维支。三人都是魁梧壮大的家伙。路面给一辆单马的马车阻住,一旁又有一匹配了鞍的马。托尔斯泰无法从他们之间通过。他严厉地期待地注视着这几个罗曼洛夫族人。可是他们在他不曾走近之前就让开了。后来,那有鞍的马儿也不安地跳着,闪到一旁让托尔斯泰的马走过。

沉默地走了几分钟之后,他说道:"他们认得是我,这些蠢货。"过了一刻,接着又说,"那匹马也知道必须给托尔斯泰让路。"

高尔基又曾经这么记下托尔斯泰所说过的几句很有意思又有趣的话道:

有一天,托尔斯泰正在整理着他的信件。"他们对于我议论纷纷,"他这么说,"在文字上和口头上。可是到最后,当我死了,一两年之后,人们会这么说:托尔斯泰吗?哦,就是那个自己制皮靴的伯爵,后来他又遭遇了一些奇怪的事情,你所说的就是他吗?"

《震撼世界的十日》

在外甥家里小坐,他从书架上取出了一本小书递给我说:

"舅舅,你看,你从前存在上海的那么多的书,这是由我保存下来的唯一的一本。"

我一看,是一本英文本约翰·李德的《震撼世界的十日》。这是美国版,想来是我在三十年代所买的。那时年纪轻,读书比现在认真,或者可以说比现在热情。我拿在手里翻了一下,第一页上写了几时开始读的日期,几时读完,在最末一页上也有记载,书中有好些地方还画了记号,写下了自己的意见,在最末一页上还写了许多口号。

外甥指着那些口号向他的爱人说:

"舅舅在年轻时候是非常热情的。"

我脸上一红,赶紧将那本书合了起来,递还给他说:"还是由你保存作纪念罢。"

我本来很想向他要回这本书的,或是买一本新的同他交换。但是想了一下,还是还了给他。当年成千上万的书都失散了,每一本都有一个故事,每一本都有我的青春岁月的痕迹,现在既然都风流云散了,偶然留下来的这一本,拿回到手上,徒然增加自己的精神担负,还是留在下一代的年轻人手上罢,留在他们的手上会比留在我的手上更有意义。这正是我终于将这本书还给他的原因。

约翰·李德是目睹十月革命的人,他是美国新闻记者,一九一七年正在俄国,因此有机会亲身经历了那惊天动地的一幕,《震撼世界的十日》就是他亲身见到的十月革命过程的记录。他是列宁的朋友,列宁很推重这本书,曾为他写过一篇序,成了革命报告文学的经典著作。在三十年代,这是时常被人推荐的一本好书,因此当时我也读了。

约翰·李德的这本书完成于一九一九年,第二年他就因病去世,死在苏联,当时他还很年轻,只有三十四岁。死后葬在红场,这是葬在红场的唯一的一个美国人。他死在十月十七日,今年(一九六五年)是他逝世四十五周年纪念。

这几天莫斯科正在举行十月革命四十八周年纪念,像约翰·李德这样伟大的国际主义先知先觉,是特别值得我们怀念的。

伟大的讽刺作家果戈理

俄国伟大的古典现实主义讽刺文学大师果戈理,生于一八〇九年四月一日,一八五二年二月十一日去世,只活了四十三岁。前几年(一九五二年)我们刚纪念过他的逝世一百周年,现在(一九五九年)又再逢到他的诞生一百五十周年纪念了。

果戈理的最主要两部作品,《钦差大臣》和《死魂灵》,在我国都早已有了译本。《钦差大臣》的写作年代较早，完成于一八三五年年底，他才二十六岁，第二年四月间首次上演，立时获得舞台上惊人的成功。他自己说："我决定在这个剧本中将我所知道的俄罗斯全部丑恶聚在一起，同时对这一切加以嘲笑。"果戈理确是将赫列斯达科夫和其他的蠢货嘲笑得痛快淋漓，可是从此也给他带来了麻烦。

《死魂灵》的开始写作，则在《钦差大臣》完成后的第二年。这一部伟大的讽刺小说，可说是果戈理下半生心血的结晶，他在这上面花费了十六年的光阴，他的下半生全部光阴。但他在一八五二年去世时，他的计划中的《死魂灵》第二部，仍未能写完，只留下四章残稿。

鲁迅先生的《死魂灵》中译本，更是残本中的残本，因为他译到果戈理的原作第二部第三章时，已经因病搁笔不能再译。第三章的译文在刊物上刊出时（一九三六年的十月号《译文》上），先生已经去世了，因此我们的《死魂灵》中译本，是没有第二部残稿第四章的。

果戈理的同时代者屠格涅夫，曾在他的回忆录里，描写有一次参加果戈理为《钦差大臣》的演员们所举行的朗诵会的情形，可以使我们了解果戈理本人的性格和他对这个剧本的态度，是很难得的第一手好资料。这个朗诵会是在果戈理去世的前一年，一八五一年十月下旬，在他的莫斯科家里举行的。屠格涅夫这么回忆他参加这个朗诵会的情形道：

两天之后,《钦差大臣》的朗诵会,在果戈理家里的一间会客室里举行了。我获得允许也参加了这个朗诵会。果戈理的这个朗诵会,本是为那时正在上演的《钦差大臣》的演员们举行的,因为他对有些演员在戏中的表演很不满意,说他们失去了气氛,因此很想将全部台词从头到尾读一遍给他们听。使我十分惊异的是,参加《钦差大臣》演出的演员,并不曾全体接受果戈理的邀请。他们有些人生了气,认为果戈理要教训他们。更有,女演员竟一个也未到。据我观察,果戈理当时对他们对于他的提议的反应竟这样冷淡,心里很不高兴。他的个性一向是非常留意这些小节的,他的面部不免流露出一种冷淡阴郁的表情。他的眼中带着一副猜疑的神色。这一天,他看来简直像是一个有病的人。剧本朗诵开始后,他才渐渐有了生气。他的面颊微微有了颜色,眼睛也睁大,而且光亮起来。我这天从头到尾听了他的朗诵。

据说,英国小说家狄根斯,也是一个极好的朗诵家,能够将他的小说当众朗诵。他的朗诵是戏剧性的,而且几乎像舞台上的表演一样。仅是在他的脸上,就仿佛已经有好几个第一流的演员在那里做戏,能令你笑,能令你哭。但是,果戈理却与狄根斯不同,使我觉得他的朗诵技术非常单纯,而且态度很拘谨,所采用的是一种严肃,有时又近于天真的认真态度。他似乎毫不措意是否有人在听他,以及他们对他的反应如何。果戈理所关心的,似乎只是他自己怎样能够将他的印象更深刻地表达出来而已。这种效果是不容忽视的，尤其是读到那种滑稽令人可笑的句子。它使人无法不笑——这是一种健康的欢畅的笑；可是读这些对话的人，却并不被这种广泛的欢笑所惊扰，仍是声色不动地读下去，而且好像内心感到有一点惊异，愈来愈专心于自己的朗诵，只是偶然在他的唇边眼角上露出一丝隐约的笑意而已。当果戈理读到那有名的短句，市长对于那两只老鼠所发表的高见时，果戈理的表情是表示了一种怎样的诧异和怀疑！这是在《钦差大臣》剧本的开头处，市长这样说："它们来了，它们嗅着，然后它们又走了！"果戈理这么读着时，他甚至还缓缓地抬起眼来望着我们，好似对于这古怪的遭遇要向我们寻求解答似的。

正是直到这时，我才明白一向在舞台上演出的《钦差大臣》，都是怎极错误地而且只是寻求表面的效果。演员们只是急着向观众讨一些迅速的哄笑而已。我坐在那里完全被一种喜悦的情绪所笼罩了：这对于我实在是一种真正有益的遭遇。不幸的是，好景不常：果戈理还不曾有时间读完第一幕的一半，房门忽然大声地被人推开了，一个还是很年轻的可是已露疲态的作家，匆匆地走了进来，急促地向大家点点头，然后就是一笑。他一言不发，匆促地在一角找了一个地方坐下。果戈理突然停住了朗诵，用力地敲着桌上的叫人铃，向闻声走进来的仆人发怒地质问道："我不是已经吩咐过你不要放任何人进来吗？"那个年轻作家在椅上移动了一下，但是似乎一点也不感到难堪。

果戈理喝了一口水，又继续读了下去。但是已经完全不同了。他开始读得匆忙，含糊吞吐，又读漏了字。有时他将整句都读漏了，只是挥挥手略作表示而已。那个突然出现的年轻作家，已经使他分了心。他的神经显然经不起轻微的激刺。这要直到读到赫列斯达科夫开始那有名的谎话时，果戈理才恢复勇气，提高了声音，他想向那个扮演赫列斯达科夫的演员表示，怎样处理这真正难演的场面。在果戈理的阐释之下，使我听来觉得十分自然而且真实。

赫列斯达科夫被自己的地位和环境的古怪所迷惑，他知道他自己在说谎，但是同时却在相信自己的谎话。这乃是一种狂乐，一种灵感，一种说故事者的热忱。这并非普通的说谎，不是一般的欺骗。他是说谎者，但是他自己也被这谎话所迷惑了。"请求者在大厅里闹哄哄的，三万五千侍从正在以没命的速度前进，而这些蠢货却在这儿倾听着，竖起了耳朵，仰望着我，羡慕我是一个怎样聪明的有趣的大人物！"这就是果戈理读着赫列斯达科夫的独白给我的印象。但是，就整个来说，这天果戈理的《钦差大臣》朗诵，正如他自己所表示的那样，不过只是一种速写，对于那真实的东西略示一斑而已。

而这一切，就因为那个不请自来的年轻作家，他一点也不在乎,独自留下来同面色灰白疲倦的果戈理在一起,甚至还跟着他走进他的书房。

　　我就在进门处向果戈理告别,以后就不曾再有机会见过他。……

在第二年的二月间,果戈理就去世了。那时屠格涅夫正在彼得堡。他得到了这不幸的消息,曾寄了一篇哀悼文给《莫斯科新闻》,其中曾沉痛地说:"果戈理死了!谁说俄罗斯人的心里,不被这样的几个字所深深地感动呢?他已经死了。我们的损失太惨重了,太突然了,以致我们不敢相信这会是真的事实。是的,他已经死了,这个我们现在有权称呼他为伟人的人,而这种心痛的权利却是由于他的死才赋给我们的。这个用他的名字在我们的文学史上已经划出一个时代的人,这个被我们骄傲地视为我们荣誉之一的人,他已经死了……"

就为了这篇短文,屠格涅夫曾被检查当局说他破坏检查条例,将他拘捕,先将他在警局里关了一个月,然后再押送他到乡下的田庄上去悔过。当时沙皇和他的手下就这么不喜欢果戈理,正因了他的死而暗暗地高兴,并且在暗中要着手毁灭他留下来的一切遗稿,因此就迁怒于这么称赞他的屠格涅夫。

果戈理的《死魂灵》

果戈理生于一八〇九年四月一日,今天正是他诞生一百五十周年纪念日,趁这机会谈谈他的那部《死魂灵》。

这部伟大的讽刺小说,在我国已经有了鲁迅先生的译本,可是还差一点未译完,鲁迅先生就已经去世了。事实上果戈理的原作,后面的第二部,也是未写完的残稿。

果戈理写《死魂灵》,先后一共花了十六年的时间,但是还未写完。他开始决定写这部小说,是在一八三五年。他用了六年的时间,到一八四一年,写完了第一部。可是第二部的写作,旋写旋辍,写成的原稿被毁了几次,直到他在一八五二年去世时,仍未写完,后人将他烧毁的残稿加以整理,共得四章。鲁迅先生的译文,第二部仅译至第三章,据许广平的回忆,这一章是在一九三六年五月译完的,后来因身体不好搁置,同年十月间拿出来整理交《译文》发表,这一章译文刊在《译文》的新二卷第二期上。出版时先生已经去世了。许广平曾在全集本《死魂灵》译文的附记后面很感伤地说:

> 到十月间,先生自以为他的身体可以担当得起了,毅然把压置着的译稿清理出来,这就是发表于十月十六日的译文新二卷二期上的。而书的出来,先生已不及亲自披览了。人生脆弱及不到纸,这值得伤恸的纪念,想读者也有

同感的。而且果戈理未完成的第二部，先生更在翻译上未为之完成，真非始料所及，或者也算是一种巧合罢。

果戈理的《死魂灵》的第一部，并不是在俄国本国写的，而是在外国写的。他从一八三六年开始出国，到德国、法国、瑞士去旅行，后来又到了意大利，在罗马住下来，集中精力从事《死魂灵》的写作。一八四一年八月离开罗马，漫游德国各地，十月间回到莫斯科，将这部小说第一部的最后几章重加修改。直到次年五月才第一次出版。

一八四五年夏天，果戈理烧毁了他的《死魂灵》第二部业已写好的几章。在他临死之前，即在一八五二年二月初旬，他将重行改写过的第二部几章又付之一炬。因此至今只剩下残稿四章。

果戈理对于《死魂灵》第二部的写作，显然遭遇了许多困难，所以一再将已写好的原稿焚毁。据屠格涅夫的回忆，他第一次去拜访果戈理时，陪同他前去的希讫普金曾再三警告他，叫他不可向果戈理问起《死魂灵》续编的写作，说他不愿同别人谈起这事。

所谓"死魂灵"，是指一批已死去的农奴的名单，被投机商人乞乞科夫用贱价买了来，当作活人连同土地向银行去抵押借款，这是十九世纪俄罗斯的一宗黑暗奇闻。

契诃夫诞生一百周年

契诃夫是在一八六〇年一月二十九日出世的[1]，一九六〇年的一月底，正是他的诞生一百周年纪念日。

远在五四运动以前，我国就已经有人翻译介绍过契诃夫的小说。最初他的名字被译作乞呵甫，后来又作柴霍甫，但是现在已经统一地采用契诃夫这个译名了。他的短篇小说共有一千篇以上，我国当然还不曾有全译本，但是他的最有名的一些短篇，差不多都已经译过来了。至于戏剧，他的最重要的几个剧本，如《三姊妹》《海鸥》《万尼亚舅舅》《樱桃园》等都已经有了译本，而且都曾经在我们的话剧舞台上演过。

契诃夫的全名是安东·巴夫洛维支·契诃夫。他本是学医的，在学生时代就喜欢写文章，用的名是安东沙·契洪蒂的笔名。他准备在读完医科大学以行医为职业时，将写文章当作他的副业，哪知渐渐地发现自己的才能和真正的兴趣都是在文学方面，于是毅然把全部精力放在文艺写作上面，并且改用契诃夫这名字发表作品。

契诃夫是一八六〇年在旧俄面临黑海的一个小城市塔干罗格出世的。这座小城就在有名的顿河河口上。家庭的上代本是农奴出身，后来摆脱了农奴的身份，到他父亲手上，已经是一个经营

---

[1] 契诃夫，生于一八六〇年一月二十九日。——编注

杂货买卖牲口的小商人。父亲虽然是商人，平时也很爱好诗歌音乐，因此契诃夫从小就有机会得到一点艺术陶养。可惜在他还只有七岁的时候，父亲因为营业失败，不得不离开故乡，到莫斯科去避债，因此契诃夫从这时候起，就开始尝到了孤独困苦的生活滋味。他刻苦自学，勉强读完了中学，就依靠自己的力量到莫斯科去投考医科大学，居然给他考取了。这正是契诃夫未成为作家以前，曾经行医的由来。他在医科学生的时候，就开始用契洪蒂的笔名，写一些幽默讽刺的短篇，投稿到各报刊上，用这来补助他的读书费用。他是一八七五年（十六岁）考进莫斯科医科大学的，一八八四年毕业。这时他的文学作品虽然已经有了一些好评，但他还不曾放弃以行医为活的计划。直到一八八七年，他的小说集出版后，获得当时批评家的激赏，帝俄学士院把这一年的普希金文学奖金授给他。契诃夫受到这鼓励，这才决定以文艺写作为他的主要事业，开始把行医放在一边了。

契诃夫虽是医生，但是他自己的健康很不好。一八八四年，也就是他从医科大学毕业的那一年，这年他二十五岁，就开始咯血，而且验出已经染上了肺结核症。这虽是他在自己家庭里传染来的，但是青年时代的生活太穷苦，一面读书一面又要从事其他副业来维持自己和补助家庭生活，大大地损害了他的身体健康，使他的肺结核症成了不治之症，在他文学创作才能发挥得最辉煌的时候，便短命死去，仅仅活了四十四岁（一九〇四年去世）。

契诃夫的文艺写作生活，只有短短的二十年。他前期的作品，都是短篇故事，这使他成为近代最负盛名的短篇小说作家。与他同时代的法国莫泊桑，虽然同样以短篇小说著名，但是在现实生活的反映和艺术成就上是及不上他的。

晚年契诃夫的写作中心放在剧本上，因此他同时也是在近代舞台上最成功的一个戏剧家。他的名作如《三姊妹》《海鸥》《樱桃园》，是特别适合小型舞台演出的。当年莫斯科的有名艺术剧场，在丹钦诃和斯坦尼斯拉夫斯基两人领导之下，就是以擅演契诃夫的剧本而获得国际的盛名。《樱桃园》就是专为这剧团写的。契诃夫在一九〇一年与奥尔嘉·卡尼勃女士结婚。她就是莫斯科剧场的有名女演员，以擅演契诃夫的剧本著名。在契诃夫去世后，她仍继续从事舞台生活，成为剧坛有名的女演员之一，尤其擅演《樱桃园》里的拉尼夫斯基夫人一角。

契诃夫的临死前几年，生活情形较好，他预支了一笔版税，在南方的避寒胜地雅尔达，购地建造了一座小小的别墅，全家搬到那里，住在那里养病。这座别墅，现在已经成为契诃夫纪念博物馆，常年不断地吸引着各地文艺爱好者去参观。

契诃夫与托尔斯泰和高尔基都是同时代人，彼此有很深的友情。托尔斯泰对契诃夫的短篇小说非常赞赏，高尔基受到沙皇警察追踪的时候，曾到契诃夫的雅尔达别墅避难，在那里住过几天。

契诃夫故居的纪念博物馆

风光明媚的雅尔达[1],坐落在克里米亚的黑海边上,是苏联有名的避寒胜地之一。契诃夫曾在这里住过,他的故居被保存下来,现在已经辟为契诃夫纪念博物馆了。

契诃夫在雅尔达的故居,是一座小小的别墅。这座别墅对契诃夫自己以及爱读他的作品的人来说,都有特殊的意义。因为这里不仅是这位可爱的小说家在晚年曾经住过的地方。而且这座小小的别墅还是他用自己的版税所得购地建筑的,屋内的布置和陈设又由他自己亲手设计布置。

这是一八九八年的事情,契诃夫的父亲去世了,他自己为了健康关系,遵照医生的嘱咐,决定迁移到南方去住,至多在夏季才回到莫斯科去。本来,契诃夫自己是医生,他所患的肺结核症不适宜在冬天住在寒冷的莫斯科,他自己是早已知道的,但是环境和经济情形向不许可他作转地疗养。直到这时,由于他的写作收入较好,趁了旅行克里米亚之便,才用不很多的钱,在雅尔达的郊外买了一块荒地,实现自己心中渴望已久的愿望,建造一座别墅。这是契诃夫生活中的一件大事,因此他立时着手一切,邀请建筑家里夫·沙波瓦洛夫为他设计房屋的式样,他自己则亲自负责内部布置,又接洽建筑工程,到这年十一月中旬,别墅的建

---

[1] Yalta,现译为雅尔塔。——编注

筑已经正式开始了。

契诃夫的经济情形本来并不很好，为了购买建筑别墅的地皮和支付建筑费用，他的版税积蓄已经用光了，这时就不得不向出版家订立新的契约，将他已经出版的和以后的新著出版权，完全委托给一个人，这样预支到一笔钱，又将别墅的地皮抵押给人，这才筹足建筑所需的一切费用。

这座新居差不多建筑了一年，在一八九九年九月间，契诃夫就将他母亲和弟妹们接到新居来住了。他这时还未结婚，仍是个单身汉，直到一九〇一年才同莫斯科剧场的著名女演员奥尔嘉·卡尼勃结婚，婚后就住在这里。他在晚年所写的几个著名的剧本，如《三姊妹》和《樱桃园》，都是在这里写成的。

许多契诃夫同时代的作家，都曾经到这里来拜访过他，高尔基还在这里住过几天。库布林、布宁、安特列夫，都曾经来过。最大的盛举，乃是莫斯科剧场的全体演员，在大导演斯坦尼斯拉夫斯基和丹钦诃的率领之下，特地到雅尔达来做客，将契诃夫自己所写的剧本《海鸥》和《万尼亚舅舅》演给他看。也正是在这时，他同女演员奥尔嘉发生了感情，后来终于成为夫妇。

由于疾病的磨折，契诃夫于一九〇四年七月十五日，在旅居德国的疗养期中去世，仅仅活了四十四岁。他的这座由自己辛苦筹借来的钱建成的别墅，自己一共不过住了几年，他在遗嘱上将这座产业送给他心爱的妹妹玛丽亚。玛丽亚·契诃夫，比她哥哥小了三岁，她不负哥哥的重托，努力使这座房屋的一切保持她哥哥生前所布置的原状。也正是由于她和契诃夫一些好友的努力，这座故居才有机会保存至今,并且正式辟成契诃夫纪念馆。馆长一职,一直由玛丽亚担任,直到她在一九五七年去世为止。

现在雅尔达这间契诃夫故居纪念博物馆,共辟有纪念陈列室三间,这就是他当年所用的书房、卧室和餐厅。一切布置都按照他生前所用的原状摆在那里,常年开放,供人参观。另外还有一间陈列室,陈列契诃夫生前所用的衣物,所藏的书籍,以及一切有关他的照片。馆长玛丽亚在一篇纪念文字里说,这里的一切可说都保持了契诃夫在世时的原状,唯一的不同之点,乃是一些珍贵易损坏的陈列品,如手稿照片等等,都放在玻璃柜里了。

契诃夫是深得各阶层人士爱好的一位作家,在博物馆里的来宾纪念册上,可以看到来自苏联本国各地以及世界各地的他的作品爱读者的签名和题词。他们都深深地对这位作家在小说和戏剧上的成就,对人生的指示,以及对现代文学的影响,表示了推重和感激。由于今年(一九六〇年)是他的诞生一百周年纪念日,专程来此的参观者更多了。

这座别墅的地段,在契诃夫当年购买时,本是一块贫瘠的荒地,经过多年的开辟和种植,现在四周已经成为一座美丽的花园了。契诃夫自己本来也非常爱好自然的,他在当时不过因为这一块荒地售价不贵,适合他的经济能力,这才能够买了下来。他在新居的建筑工程进行时,除了经常亲自来视察以外,并且同时着手种植花木的工作。今日纪念博物馆花园里的许多树木,有些都是契诃夫当年亲手种植的。小说家库布林,在一篇回忆文字里,曾记下契诃夫当年对他所说的在别墅四周种植树林的计划道:

这里的每一棵树,都是我亲自种植的,因此对我非常亲切。但是最重要的还不是这事。在我未来到这里以前,这里是一片生满荆棘的荒地,但是我将这荒地变成了经过垦植的美丽园地。试想,再过三四百年,这里将全部是一片美丽的花园,那时人们的生活将多么更舒服更美好。

契诃夫的《打赌》

契诃夫有一个短篇,使我读过了几十年之后还念念不忘,这篇小说名为《打赌》。

这是一个非常巧妙而寓意深刻的故事:

有一个银行家与人打赌,要这人关在一间房里独居十五年,足不出户,不许接见任何人,不许同任何人说话。他若是做得到,十五年期满之后就输给他二百万元。但是一定要满足十五年才算数,少一天少一小时也不算。

这人接纳了,双方订了契约,就在这个银行家花园里特别建筑的一个小房间里,闭关住了下来。房里设了一个小窗口,以供递送每日三餐及其他生活上必需用品。这人关在里面虽不许同别人说话,但是他如果有什么需要,可以写了字条放在窗口,服侍他的人会替他照办。

同时，门窗并不设锁，他要走出来随时可以出来。自然，他一旦走出房，就算输了。

这人住到里面以后，果然能够遵守一切条件，从不出外，也不曾与任何人谈话，他只是用字条索取书籍，整日躲在里面读书消遣。

这样不觉就过了十年，这人从没有一次犯过规则。一切可说没有什么变化。唯一的变化，就是他索取的书籍愈来愈多，而且书的种类也渐渐有了变化。他最初所要的全是侦探娱乐一类的消遣书，渐渐地他阅读文学作品了，从现代的读到古典的，从小说散文渐渐地读到戏剧诗歌，后来又读传记和自然科学，接着要的是数学逻辑等枯涩的理论书。到了住满了十年以后，他索取的书便渐渐地趋向于空虚出世的一方面，都是哲学书和宗教书。

时间过得快，不觉十五年将满了，这人始终谨守双方约定的规则，一次也不曾犯过规，看来他一定能够挨满约定的十五年，赢得这一场打赌，取得银行家所答应的两百万元了。

两百万元虽是个巨大的数目，但是这银行家有的是钱，本不在乎。哪知到了十五年期限将满之际，市场上突起的金融波动，使他的企业崩溃了，眼看到期已无法付出约定的那两百万元。银行家焦急了几天，忽然把心一横，决定偷偷地去杀死那个人，这样就不用付钱了。

在十五年满期的前夜，银行家在黑夜潜入那间小房内，要下手行凶。发现房里已经没有人，只是窗口有一张字条，是这人留下的，说他经过十五年的独处深思，饱读万卷，已经悟彻人生的真谛和大道。为了不愿取得那无用的两百万元,他决定在十五年期满之前的一瞬间,破窗逃走,借以毁弃那协定。

就这样,契诃夫深刻地嘲弄了人生和金钱。

托尔斯泰逝世五十周年

今年(一九六〇年)是托尔斯泰逝世五十周年纪念。

一九一〇年的十月二十七日深夜,八十二岁高龄的托尔斯泰,突然弃家出走,单独离开家庭。事前知道这计划的只有他的小女儿阿历克山大娜。托尔斯泰夫人是被瞒住了的,因此第二天早上,当她知道这消息以后,曾经气得投水自杀,幸亏由家人救了起来。至于托尔斯泰自己,则在离家几天之后,因为路上受了风寒,已经开始生病,停留在一个小车站上,在十一月七日去世,这时距离他离家出走的时间仅有十天,临终时只有他的小女儿随侍在侧。托尔斯泰夫人虽然已在几天之前闻讯赶来,但是为了提防她的出现会刺激托尔斯泰的病体,医生和亲属都劝阻她不要同托尔斯泰见面。直到托尔斯泰断气之后,她才被允许走进他的病房。

托尔斯泰同他妻子的不睦,不仅是感情上的冲突,也是思想上的冲突。他以八十二岁的高龄,终于弃家出走,凄凉地在旅途中去世,可说是一大悲剧。

关于托尔斯泰的作品和生平,以及晚年促成他的家庭发生悲剧的原因,有关的著作可说汗牛充栋,真是说起来话长,在这里实在无从说起。我手边有一册他的小女儿阿历克山大娜所写的回忆录,她是在托尔斯泰离家之后赶去,一路随侍在侧的,现在将她所记的老人临终的情形摘译出来。这是十一月六日晚上和七日早上的事情,这时托尔斯泰在一度危急之后,由医生注射了樟脑镇静剂,又好转了许多,大家遂又放心起来。阿历克山大娜这么写道:

> 在那几天内,我从不曾宽过衣服,也几乎不曾睡过,因此这时我觉得非常渴睡,竟不能再控制自己了。我在一张躺椅上躺下来,并且立即入睡。在半夜里,我被人叫醒。这时所有的人都来到了房里。父亲又再恶化了。他在呻吟着,在床上转侧,他的心脏几乎停止了跳动。医生们给他注射了吗啡,他就入睡了。他这么一直睡到十一月七日清晨的四点半钟。这时医生们仍在给他注射。他仰天躺着,呼吸迫促。他的脸上有一种严厉的表情,因此在我看来几乎是一种陌生的表情。
>
> 有谁说应该让夫人进来。我俯身去看父亲,他的呼吸几乎没有了。于是最后一次,我吻了他的脸和他的手。母亲被领进来了。他这时已经不省人事。我离开他的床畔,在躺椅上坐了下来。几乎所有在场的人都在抑制着自己的呜咽。母亲在说话,又在哀哭。有谁要求她不要出声。一

声最后的叹息——于是房里就像死一样的静默。突然，希朱洛夫斯基用高而尖锐的声调说着什么，母亲在回答他，接着就大家开始一起高声说起话来。

我明白他这时已经不能再听到我们了。

萧洛霍夫和《静静的顿河》

萧洛霍夫的长篇巨著《静静的顿河》这部小说本身已经够长，中译本有厚厚的四大本，根据原著郑重拍摄的彩色电影，也是长得惊人的，若是一口气看下去，要六小时才看完，但比起要看完这部小说，已经快得多了。

《静静的顿河》是一部地方色彩很浓、富于乡土气息的小说，它的篇幅虽然可以同托尔斯泰的《战争与和平》，罗曼·罗兰的《约翰·克里斯多夫》相比，但是故事的范围则小得多，这也正是这部小说的特色和它成功之处。萧洛霍夫自己就是顿河流域的人，他描写自己家乡的故事，亲身见闻，自然写得有声有色，也有肉有血，所以成为真正的第一部苏联文学作品。直到今天，萧洛霍夫仍住在顿河边上。我曾译过一篇一个外国作家所写的萧洛霍夫访问记，说他的写作室就在顿河边上一座庄园的小楼上，站在窗口就可以饱览顿河的景色。他常常开着窗门在深夜写作。顿河的农民远远地望着萧洛霍夫的窗口灯光不熄,就互相点头微笑,知道他们引以为荣的那位作家又在那里工作了。

萧洛霍夫不仅写过《静静的顿河》,他也写过顿河咆哮愤怒起来的情形,那是在苏联人民卫国战争中,顿河农民抵抗希特拉和芬兰白军疯狂进攻时的事情。萧洛霍夫以《汹涌的顿河》为题,一连发表了许多短篇报导,像他在准备写《静静的顿河》之前,所写的那些顿河的故事那样,描写顿河的老哥萨克和年轻的一代怎样英勇地抵抗外国侵略者的进攻,保卫自己家乡的情形。

有一期的苏联《鳄鱼画报》,就以萧洛霍夫这几篇报导作题材,画了一幅漫画作为封面,画上画着一个哥萨克骑马,挥着马刀向一个陷在泥潭里的纳粹侵略者砍去,标题是《静静的顿河淹没了多瑙河》。

萧洛霍夫所写的这些生动的报导,我在当时曾译出过两篇,发表在一个刊物上。这已是将近二十年前的事了。最近看了《静静的顿河》影片,要想再将那些旧作找出来看看,可惜已经找不到了。

萧洛霍夫是在一九○五年出世的,今年(一九五九年)已经五十四岁了。他的这部大著,是在一九二六年开始执笔的,这时他还是个青年作家,但在上一年已经出版了一部短篇小说集《顿河的故事》,接着在这一年又出版了另一个故事集《蔚蓝的草原》。

《静静的顿河》第一卷在一九二八年完成。接着他又写了三卷,一共花费了十四年的时间。因此在二十一岁时开始写这部作品的他，等到全部写完，已经三十五岁了。在这期间，在一九三二年到一九三三年间，他还完成了另一部小说，那就是今日已同样为人爱读的《被开垦的处女地》。这是关于哥萨克农民生活的，描写那些古老的农民为了要参加集体农场生活，所要克服的困难和经过的斗争。这部小说已经成为苏联从事经营集体农场工作人员的经典读物。

《静静的顿河》的完成，不仅奠定了萧洛霍夫的作家地位，同时也使世人对社会主义的现实主义苏联文学作品刮目相看，因为这部大著是不能用旧的西方文学批评尺度来衡量的。就是高尔基的《克里姆·桑姆金》和它比起来，也不免逊色，因为只有《静静的顿河》才是从苏维埃的新土地上，发芽生根长出来的新文学作品。

《静静的顿河》在苏联早已被改成了歌舞剧，是由伊凡·地萨辛斯基改编的，并且一再拍摄成电影，先是黑白片后是彩色片。

萧洛霍夫的母亲在一九四二年希特拉疯狂进攻时，牺牲在纳粹的炸弹下。她也是哥萨克农民出身，本来不识字，为了要同儿子通信，这才开始学习读书识字。因此萧洛霍夫对于她的死，感到非常地伤心。

歌德的《浮士德》

歌德是十八世纪德国最伟大的诗人。他的长篇诗剧《浮士德》不仅是他的一生文艺工作的代表作,更是世界不朽的古典文学作品杰作之一。可是由于原作是韵文的,篇幅又很长,是一首一万六千行的长诗,里面所引用的希腊神话和德国地方传记典故,十分复杂难解,描写的词汇又丰富;又因为所采用的是诗的形式,往往一句话要用几种譬喻来婉转地表达出,因此在我国虽然早有了忠实流畅的译文,但是一般文艺爱好者因了这书的内容深奥,往往没有勇气和决心去读它。只是耳熟《浮士德》这部古典名著的大名,多数不知道它的内容究竟是怎样。

歌德,一七四九年生于德国佛朗克府[1]。他是诗人、小说家、戏剧家和哲学家。享寿很高,活了八十三岁,一八三二年逝世。因此他一生所产生的文学作品,和他自己的生活一样,非常丰富复杂。他的作品包括了长篇叙事诗、诗剧、短诗集、小说、论文、自传等,共有六七十种之多。今日最为文艺爱好者所熟知的,除了《浮士德》之外,还有他的长篇小说《少年维特之烦恼》。这两部书都有了中译本。此外他的另一部长篇小说《威廉·弥斯特》,也为许多人所爱读。他的自叙传《诗与真实》,是他早年生活的回忆。这书也有了中译本。

---

[1] Frankfurt,现译为法兰克福。——编注

诗人歌德可说是一位天才，同时也是幸运儿。他生于富有的家庭，环境极好，自幼就才华焕发。著名的《少年维特之烦恼》出版于一七七四年，他那时还不过是一个二十五岁的青年，但这书出版后风靡德国，使歌德在一夜之间成了欧洲的名人。他一生出入公卿，成为魏玛公爵的上宾，又被任命为魏玛公国的首相。就由于歌德长期住在魏玛，这个城市成为当时欧洲文艺活动的中心。在文学史上，一个作家能过着这样繁华富贵的生活，一面又能继续生产这许多文学作品的人，除了歌德以外，可说是找不出第二个人的。

歌德的《浮士德》是一部长篇诗剧，共分两部，第一部不分幕，除了短短的序剧和《天上序幕》之外，第一部共分二十五场；第二部则分为五幕。《浮士德》是歌德集中毕生精力所产生的一部作品。他活了八十三岁，但是这部《浮士德》的写作，在他八十多年的岁月中，却占了近六十年。文学史上很少有一部作品是要花费这样长久的时间才完成的。据歌德的传记所记载，歌德蓄意要写这部作品，开始于一七七三年，一七七五年完成了初稿大纲，直到一七九〇年才写了若干断片。但又毁稿重写。我们今日所读的《浮士德》，第一部在一七九七年动笔写，写了九年，直到一八〇六年才写成。第二部则继续写了二十多年，直到一八三一年才脱稿。这部开始于二十三岁的作品，直到八十二岁才正式完成。《浮士德》全书出版后一年，我们这位大作家便去世了。

由于《浮士德》是经过了这样长久时间写成的，所以第一部与第二部在故事结构和思想上，有着极大的差异和变化。第一部是青年浪漫思想的流露，第二部则已经是老年哲理的沉思。《浮士德》虽是一个追求人生真理的幻想故事，但在精神上有些地方可说也是诗人歌德自己的写照，他热爱"真理"和"善"，虽然有时为"恶"所诱，一时离开了正路，但是从不真正地爱"恶"，到底必然仍回到"善"的路上来的。这是《浮士德》的遭遇，也就是歌德一生努力的所在。他曾说这部作品是他"文学生活的伴侣"，放在身边写了又改，改了又写，继续了几十年还不舍得将它问世，实在是真话。

歌德的《浮士德》故事大概是这样的：

浮士德本是德国古代传说中的一个魔术家，在德国各地民间传说中，都有关于他的不同传记。在歌德的这部《浮士德》诗剧中，浮士德则以一个精研人生哲学的老学者的姿态出现。他因为不能理解人生的奥秘，思想苦闷，几乎想自杀。春日偶然出游，在街上见到一条黑狗，带它回到书斋。不料这条黑狗竟是魔鬼莫菲斯特菲勒斯的化身。他曾在天上与天帝打赌，一定有办法能将浮士德诱入魔道，因此下凡来诱他。这时到了浮士德的书斋，莫菲斯特菲勒斯便现了真身，向浮士德引诱，说他有法力能解决浮士德的苦闷，使他在任何方面获得满足。但是有交换条件，即在浮士德对世上一切感到满足之后，他自己就要卖身给魔鬼。浮士德答应了这条件，魔鬼莫菲斯特菲勒斯就使浮士德喝了一种法水，返老还童，成了一个美少年，然后魔鬼就驾了云头，偕了浮士德到各处去游玩作乐。由于有魔鬼用法力在一旁保护他，因此他可以神出鬼没地到处乱闯。在这中间，他爱上了一个少女玛加丽。可是因为要同玛加丽恋爱，竟弄死了她母亲和哥哥，并且同玛加丽生了一个私生子。结果玛加丽被判死刑,并且拒绝浮士德的援救。

《浮士德》第一部至此终结。第二部又是另一个世界,浮士德同了莫非斯特菲勒斯,上天下地经历了许多人天的奇事,场面恢奇怪异之极,发挥了歌德高度的想象力。后来浮士德盲了双目,但心中这时不禁发出了满足的欢呼。按照他同魔鬼订立的契约,他这时就应该属于魔鬼所有。魔鬼正拟胜利地将他带走,但忽然为已登仙界的玛加丽将他救走,使他终于脱离了魔鬼的掌握。

这就是《浮士德》全部故事的大概。但这部杰作,它的伟大之处是在于通过了浮士德思想上的动摇苦闷,成功地表现人性上善与恶的斗争,以及歌德在这部诗剧中所表现的诗人才华。仅是知道一点《浮士德》的故事概略,是未能接触到这部作品的真价值的。爱好文艺作品的读者们,还是设法去读一下这部伟大的作品罢。

席勒诞生二百周年

歌德的好友,历史剧《强盗》《华伦斯坦》《威廉退尔》的作者,德国大诗人约翰·席勒,生于一七五九年十一月十日,今年(一九五九年)十一月正是他诞生二百周年纪念。北京为了纪念这位诗人,上演了他的《阴谋与爱情》,这是诗人早期另一部重要的剧本,曾被恩格斯誉为德国第一部有政治倾向的戏剧。因为一对纯洁青年男女的爱情，竟在贵族统治者和封建制度的压迫下，活活地被扼杀了。

约翰·克利斯多夫·斐特烈·席勒，这位德国十八世纪伟大诗人和戏剧家，是一个军医家庭出身的孩子。父亲虽然是军官，可是家境很穷，席勒先被送到军官学校学习军法，后来又要求父亲让他改学军医。但这两种学科都不能使他发生兴趣。他在军事学校期间偷闲看课外读物，读到了莎士比亚、庐骚和当代大诗人歌德的作品，使他决定要成为一个诗人和戏剧家，于是暗中开始学习写作。他的第一个剧本《强盗》，就是在军事学校里写的，这个剧本于一七八一年出版，第二年开始在各处上演，这时席勒已经离开军事学校了。由于这个剧本的主题是劫富济贫、反抗暴政，对人道、自由、平等的热烈歌颂，因此在法国受到的欢迎，比在德国更大。当时法国共和政府曾以荣誉公民的头衔赠给席勒。这时席勒不过是个二十几岁的青年，他在国外所获得的这种声誉使得乌尔登堡公爵大怒，他乃是席勒父亲的上司，这一领地的统治者，认为席勒是个叛徒，便下令将他监禁十四天，并且不许他以后再写东西。

因此席勒一开始就和封建制度不能两立，他只好逃离故乡，避到外地去，在朋友和同情者的援助下，在当时德国那些不同统治者的封建领域中过着流亡生活。他在一七八八年第一次会见了歌德，此后两人就成了终身好友。席勒的一生，受到歌德的影响最大。他的作品受到歌德的鼓励，晚年的生活更受到这位大诗人的照顾。歌德可说是席勒一生最大的知己。

席勒在戏剧方面最著名的作品，除了早年所写《强盗》外，三部曲《华伦斯坦》完成于一七九九年，《威廉退尔》完成于一八〇四年。在《威廉退尔》里，农民英雄退尔被迫用箭射他自己儿子头上一枚苹果的故事，今日已是尽人皆知的有名戏剧场面。

在完成《威廉退尔》的次年，一八〇五年五月间，我们的诗人便去世了，他这时正在写作一个新的剧本《德米特里乌里》，不幸未写成就被病魔夺走了生命。

托玛斯·曼的《神圣的罪人》

在报上读了那篇报导新近在西德发生的伦常惨变新闻，使我想起寄居美国的德国小说家托玛斯·曼，在晚年曾经写过一篇以一个中世纪乱伦传说为题材的小说，情节比那个新闻更富于传奇性，也更可怕。而结局却大大出人意料，那个犯了母子乱伦罪的男子，后来竟被推选为教皇！

托玛斯·曼的这部小说，早已有了英译本，而且有了廉价的"企鹅丛书"版。书名就是《神圣的罪人》(*The Holy Sinner*)，编号为该丛书第一六二五号。只要花几块钱，随处可买。

曾经得过诺贝尔文学奖金的托玛斯·曼，因了他是犹太籍的德国人，在希特拉的纳粹政权兴起时，就流亡到美国，过着受庇护的生活，在普林斯顿大学讲学，后来又到了加里福尼亚。他的这部《神圣的罪人》，就是在这时所写的。一九五一年德文本第一次出版，第二年就有了英译本，一九六一年有了"企鹅"的廉价版。

《神圣的罪人》主要情节，是说在中世纪时，佛郎德斯有一对贵族孪生兄妹，发生了乱伦关系，生下一个男孩，弃置海中，却不曾死，被人救起抚养成人。那乱伦的兄妹两人，在父亲去世后，先由哥哥承袭了公爵封位，后来哥哥又去世，便由妹妹承继，成为女公爵。这时有世仇觊觎女公爵的封地，发生战争，有一个效忠的英雄杀败了敌人，保全了女公爵的封地，于是女公爵就按照辖下民众的愿望和传统风俗，将这英雄入赘为丈夫。

没想到这英雄就是他们当年所遗弃的乱伦关系的私生子，于是就发生了可怕的双重乱伦关系。那个女公爵本是早已同自己的哥哥犯了乱伦罪的，这时竟又与自己的儿子成为夫妇，更犯了母子乱伦罪。

经过了好几年，这可怕的关系，由于当年留给孩子的一件凭记，才无意中被发现。可是这时两人早已生下了一男一女。

她的第一个儿子，这就是说，她的丈夫，同时又是搭救她的英雄，发现了这可怕的罪恶关系后，弃家出走，到异乡荒野隐名改姓，过着苦痛忏罪自咎的生活。经过十七年之后，他竟成了德高望重的圣人，终于在许多"神迹"和"梦兆"的启示之下，被选为教皇。

他成了教皇后，那个既是他妻子又是他母亲的女人，自然不知道这一切，她为了自己心上的罪过，特地到这新选的教皇面前来忏罪。教皇听了她的自白后，才知道她是谁，便向她说明了真相。

托玛斯·曼的这部《神圣的罪人》，故事取材于德国中世纪诗人哈达曼·封·亚伊的史诗《格利哥里奥斯·封·史坦恩》。格利哥里奥斯就是那个乱伦关系所生，后来成为教皇的那个孩子的名字。而诗人亚伊的题材所本，又出自法国民间传说。

托玛斯·曼的《神圣的罪人》，是采用讲故事的方法，由一个第三者的笔下写出来的。当然，托玛斯·曼的主题，不是要写一个兄妹母子乱伦的故事，而是想借这个故事来说明人性的罪恶，在神的眼中，不论性质怎样严重，都是可以原谅的，只要看犯了罪的罪人肯不肯虔心去忏悔。当然，他是强调宿命论的，认为一切全是出于神的安排，无论善恶，同样都是神的恩典。因此犯了母子乱伦罪的格利哥里奥斯，经过长期沉痛的悔罪生活后，就在德行上成为十全十美的圣人，可以获选为教皇。而他的获选，更是经过神迹和神的启示来促成的。这就说明了最善和最恶，在神的眼中看来，只是一念之差而已。

托玛斯·曼在《神圣的罪人》最后，描写身为教皇的格利哥里奥斯向他母亲揭露自己身份的真相后，母亲向他问：儿子、丈夫、教皇，这三种不同的身份，他愿意继续同她保持哪一种？他认为应该保持的乃是"丈夫"，因为他们的结合是在教堂里经过神的祝福的，而"母子"的关系则是出于非法结合所产生。

母亲又要求儿子以教皇的特权，宣布解除他们的可怕婚姻关系，可是儿子也拒绝了，认为这应该任由神的意志去安排。他提议他们今后不妨以"姊弟"相称。

母亲又领了他们两人所生的两个儿女来与他相见，格利哥里奥斯就按照"姊弟"的关系,称他们为自己的侄儿女。就这样,关系这么复杂的一家人,就在神的意志安排下,团聚在一起了。

这个乱伦故事的要点:自幼被遗弃的格利哥里奥斯,由于搭救了不知是自己母亲的女公爵,同她发生乱伦夫妻关系的经过,颇与最古的希腊乱伦故事,奥地普斯除了人面狮身怪兽之害,遂入赘是他母亲的王后为王夫的情节相似。可能是那个法国中世纪的传说,就是由古希腊悲剧变化而来。在古代埃及和希腊,王族为了保持自己血统的纯粹,防止王位落入外姓手上,乱伦的婚姻关系是认为无可避免而且合法的。

雨果和《悲惨世界》

爱好文艺和爱看电影的人,我想他如果不曾读过或是看过《悲惨世界》(又译《孤星泪》),他一定会读过或是看过《钟楼驼侠》。如果两者都不曾,他至少会知道这两部名著的名字。因为这都是雨果的名著,已经不止一次被搬上银幕,改拍成电影。

维克多·雨果是法国十九世纪浪漫主义文学大家,是诗人、戏剧家,同时更是小说家。我们翻译雨果的作品很早,不过从前不是将他的名字译成雨果,而是译成嚣俄。

当年林琴南与别人合作翻译外国小说,就译过雨果的名作《悲惨世界》。不过当时的书名不是用《悲惨世界》,而是用《哀史》。就是《钟楼驼侠》也曾经译过。雨果这两部小说都很长,林译都是节译的。但是无论如何,我们对于雨果的作品,总不算陌生了。

雨果生于一八〇二年,正是拿破伦不可一世的时代,也正是法国多事的时代。雨果在文学上的成就,虽以小说为世人所知,但是他的性格可说是诗人的性格,热情、冲动,富于正义感、富于同情心,对于爱情又十分看重。他可以为真理而死,又可以为爱情而牺牲,所以具有典型的诗人气质,同时也是典型的浪漫主义作家。

雨果出身于军人家庭,他父亲是拿破伦部下的军人。他虽然出身在这样的家庭环境中,但是很小就有文学天才。十三岁时,他在学校里就动手翻译拉丁古典诗人维吉尔的《牧歌》,结果给老师打了一顿,并不是责他翻译得不好,而是老师自己也恰巧翻译了这首诗,他怪这孩子竟胆敢同他竞争。雨果只好噙着眼泪回家,但他并不气馁。他瞒了这位老师参加校中的诗歌竞赛,毫不费事地就获得首选。到了十七岁,他已经是一位受人喝彩的青年文人了。

他的名作《钟楼驼侠》,作于一八三〇年,这时雨果已经二十八岁。他在这年九月开始动笔,在整个秋天和冬天勤力地写着,到了第二年一月,这部大著就已经脱稿了。

《钟楼驼侠》的原名该是:《圣母院的驼背汉》。这是以法国巴黎那座有名的圣母院为背景,描写该院一个司钟的驼背汉的故事。这个驼背汉被人目为废物,讥为白痴,指为怪物。可是在他的心里不仅有善有恶,还有正义感,还有爱情。因此中文译名称他为"驼侠",可说十分恰当。雨果的小说,写来场面大,故事曲折,情节紧张,有笑有泪,有愤怒有幽默,是典型的浪漫主义文学作品。《钟楼驼侠》正是如此。所以一共拍过几次电影,每一次都很能吸引观众。

《悲惨世界》的篇幅比《钟楼驼侠》更长,场面也更伟大。这可说是文学史上伟大作品之一,比起托尔斯泰的《战争与和平》也毫无逊色。雨果仅凭了这一部小说,在法国文学史上已经可以获得不朽的声誉。

《悲惨世界》出版于一八六二年,这时雨果已经六十岁,可说是他千锤百炼的精心作品,未出版以前已经先有了九种语文的译本,同时在巴黎、伦敦、布鲁塞尔、纽约、玛德里[1]、柏林、圣彼德堡、吐伦等地出版,可说是当时世界文坛的一件大事。据雨果的传记说,《悲惨世界》在巴黎出版的第一天,在清晨六时,读者就包围了书店门口,等候开门后抢先购买。据说在仅仅几小时之内,就销去了五万册。

《悲惨世界》共分五大卷,以若望·瓦尔若望的一生为故事中心。他本来是个善良的农民,为了偷一块面包救济他姊姊挨饿的孩子,结果以偷窃罪被判入狱五年。由于想越狱逃走,刑期更被加重到十九年。这就是《悲惨世界》的开端。瓦尔若望刑满被释后,历尽辛酸,无以为生,幸得一位主教收容他。可是他的心里受尽了人世的冤屈,有点激愤反常。主教待他那么好,但他临走时竟偷了主教家中的银器逃走。途中被警察捉到了,带到主教家里来认赃,善良的主教竟表示这些银器是他自己送给瓦尔若望的,

---

[1] Madrid,现译为马德里。——编注

要求警察释放了他。这一来，真正地感动了瓦尔若望。他认为自己虽然受尽了世人虐待，但是世上到底仍有真正的善人，他自己也仍有机会为善。于是他决定重新做人，报答这位好主教。

《悲惨世界》就是叙述瓦尔若望在这一念之下所干出的许多可歌可泣、令人感动的事情。这小说是以巴黎为背景的，雨果描写了巴黎那些贫民窟的居民、流浪者、亡命之徒的生活，又描写了滑铁卢大战，还有革命暴动的场面，少男少女的纯洁爱情场面，五光十色，令人目不暇给。紧张处令人透不过气来，但是又不忍释卷。

瓦尔若望立志为善后，在社会上一帆风顺，成为富有的实业家，后来更当选为市长，俨然一个重要人物。但是有一个警方的密探，知道他的底细，不时威胁他，甚至要捕他入狱，这里面就产生了许多紧张动人的场面，其中有一处描写瓦尔若望为了要拯救一个孤女，在巴黎地下的大沟渠内逃避警探追捕的经过，是令人读了怎样也不会忘记的。后来瓦尔若望有点爱上了这一手抚养大的孤女，但当他知道另一个有为的青年也爱上了她时，他便牺牲了自己，成全了这一对年轻人的姻缘。

《悲惨世界》实在是一部不朽的杰作。

雨果享寿很高，活了八十三岁，到一八八五年才去世。八十岁生日时，全欧洲文坛为他举行了盛大的庆祝。但他临终时，却遗言要求以他的遗产分赠巴黎穷人，并且不要举行盛大的葬仪，该用简单朴素的枢车送往坟场。

雨果的一生都是同情生活在巴黎的"悲惨世界"里面的那些人物的。

乔治·桑和萧邦的恋爱史

十九世纪法国女作家乔治·桑,和波兰大音乐家萧邦的一段恋爱史,文学与音乐的结合,可说是法国文艺史上最为人爱谈的一段佳话。

乔治·桑(George Sand)女士原来的姓名是艾洛内·杜特凡(Aurore Dudevant)。杜特凡是她丈夫的姓,但他们结婚后就彼此感情不谐,终于分居。乔治·桑是个很有丈夫气的妇人,她宁可不要丈夫的赡养费,自己到巴黎去靠一枝才笔来写作谋生。由于不愿被人嘲笑为闺秀作家,她特地选用了"乔治·桑"这个完全男性的姓名来作自己的笔名。她平时也喜欢作男装打扮,长裤窄衫,口衔雪茄,出入文艺沙龙,与当时作家往还,加之她的才华不凡,写作是多方面的,小说尤其写得很动人,因此不久就享了盛名。

她和波兰音乐家萧邦的一段恋爱史,开始时乔治·桑已经是三十四岁的中年妇人了,但是那位波兰大作曲家却比她年轻,比她小了七岁,而且已经患着严重的肺病。因此有人认为乔治·桑对萧邦的爱,除了普通男女之爱以外,还隐有一种母爱潜藏着。因为在他们两人的恋爱期中,富于丈夫气的乔治·桑,对衰弱文雅的萧邦,竟看护得十分体贴,无微不至,充满了女性的母爱精神。这时乔治·桑早已同她的前夫杜特凡离了婚,同小说家缪塞的一段短暂罗曼史也结束了,便将她的万丈情丝缠到萧邦身上,她已经有了两个儿女,大的是儿子,已经十五岁,小女儿也有十岁。但是乔治·桑仍不避物议，带了前夫留下来的这一对儿女，同萧邦去同居。

他们为了避免在巴黎过于遭受物议，便选定法国南部地中海的玛佐卡岛[1]作为他们"爱情蜜月"生活的地点。他们本来都是住在巴黎的，但是从巴黎出发往玛佐卡岛去时，却故意分道而行，以免过分引起别人的闲话和议论，到了目的地以后再在约定的地点聚首。

玛佐卡岛是地中海的一座阳光普照、风景明媚的海岛。出生在北国波兰的萧邦，住惯潮湿寒冷的巴黎的乔治·桑，两人一来到这海外胜地的玛佐卡岛，不觉愉快异常。因为岛上有的是油绿的棕榈树，蔚蓝的天空，浅碧的海水，天上白云缓驰，阳光温暖。这时虽然已经是十一月，但是岛上的气候还煦和如春，使他们一来到以后就沉醉起来了。

可是，他们很快就遭受到意外的麻烦，使他们的恋爱美梦遭受了创伤。原来玛佐卡岛上的自然环境虽然很美丽，可是居住条件却很差。他们两人在一八三八年十一月的一个早上抵达玛佐卡的首府伯尔玛[2]以后，人地生疏，首先在住处方面就发生了问题。两人找来找去，才在海边一家小旅店里租下了两个小房间，一切设备很简陋，床上所铺的床褥，用乔治·桑自己的话来说，"又硬又薄，简直像是一块石板"。房外的窗下就是几个木匠的工作场，

---

[1] Majorca，现译为马约卡岛。——编注
[2] Palma，现译为帕尔马。——编注

整天地在那里敲着铁锤，钉造木桶，使得这一对情人不能休息，只好搬家。

乔治·桑和萧邦两人在玛佐卡岛上，不过享受了三个月的甜蜜同居生活，可是在这三个月内，却搬了四次家，住到一座古老的别墅内，这时天气已入冬季，岛上的气候变得阴冷潮湿，多雨又多风，对于萧邦的病体非常不利。空洞的古屋连生火取暖的壁炉也没有，只好用炭盆取暖，烟气弥漫，经常惹得萧邦终夜呛咳不能安睡，更妨碍了邻居的安眠。邻人知道萧邦是患有传染病的，便向屋主提出抗议，屋主只好请这一对巴黎来客搬家。由于乡下地方小，消息传得快，大家怕传染肺病，当地人谁也不肯租屋给他们，甚至女仆也辞职不干。于是这一对小说家和音乐家情侣，竟一筹莫展，只好求救于驻伯尔玛首府的法国领事，蒙他招待他们在自己家里住了几天，以便有时间可以慢慢地找住处，这次已经是乔治·桑和萧邦两人来到玛佐卡岛上后，在短期内所换的第三个住处了。

找来找去好容易才找到一家公寓肯租屋给他们，这是用一座古老的僧院改建的，那些古堡式的屋宇已经有三四百年的历史，正厅上面有宽阔的地下室，都是当年僧侣习静的静室，辟作公寓供人居住。他们两人租用了这样一间地下室，里面分成三个房间。这座古僧院现在还存在，萧邦和乔治·桑当年住过的地方，现在已成为古迹名胜，来到岛上游览的旅客都要来参观一下。

乔治·桑和萧邦两人，带着乔治·桑跟前夫所生的一对儿女，总算在这座古僧院的地下室里过了一段安定的日子，不再被迫搬家。

　　住处虽然很不好，但是环境却很好，因为从僧院的庭院里就可以望见蔚蓝的海。萧邦的身体虽然愈来愈不好，但他仍不肯放弃工作，租了一架钢琴，支持病体来努力作曲。就是在这岛上古僧院的地下室里，同乔治·桑同居的期间，这位伟大的波兰作曲家创作了许多首出色的作品，这里面包括几首序曲，一首马叙尔卡舞曲，一首F调的谣曲，一首朔拿大，还有两支波格奈斯舞曲。就是乔治·桑自己，一面要照顾萧邦的病体和两个孩子，一面又要亲自上街去买菜，回来再入厨，在这样百忙之中，她也用这座古老的僧院作背景，写了那部小说《斯毕列登》。

　　后来，萧邦的病况更严重了，岛上的冬季气候实在对他太不利。两人只好结束了在玛佐卡岛上的同居生活，乘船回巴黎去。这样就结束了他们的好梦，同时也结束了这一段短暂的恋情。

巴尔札克和《人间喜剧》

　　我很喜欢读巴尔札克的传记。虽然他的那一枝笔几乎是没有第二个人能够比得上的，但他在当时那个法国不公平的社会里所过的生活，却和我们现在许多人所过的差不多。

　　巴尔札克的写作时间，总是在深夜至黎明之间。他发狂一样地赶着写，披着道袍似的大睡衣，喝着苦涩的浓咖啡，头上缠着冷毛巾，东西也忘记吃，就这么不停地赶着写。他这么紧张地工作，不仅是因了创作的冲动，同时也为了印刷所在催稿，又有债主在等着他用作品去换钱来还债。有时直写到天已经亮了，还未能写完他要写的东西，往往要放下百叶窗遮住黎明的阳光，在油灯下继续写下去，仍当它是黑夜一样，使得自己可以写得安心一点。

他虽然这么拼命地写，作品的销路也不错，而且声誉也很好，但是他的经济情形始终弄不好，老是生活在拮据困难、濒于破产、债主登门坐索的窘况下。他的小说里有许多描写借债和躲债的苦况，写得非常精彩，这都是根据他自己这样的亲身经验写成的。

每一个作家在写作上都有自己的愿望，或大或小。但是巴尔札克的写作愿望却与一般作家不同，他的野心真大得惊人，因为他在作品中要反映的竟不是他所生活的时代的一部分，而是想反映整个时代，用万花筒的办法将他的时代各方面五花八门地反映出来。为了实现这个野心，他便定下了《人间喜剧》的写作计划。这部作品要由一百多部长篇小说、短篇小说和人物特写来构成。

由于生活上所受的磨折，巴尔札克的寿命活得不很长，只活了五十二岁。在他去世时，他的这个空前的伟大写作计划距离完成还很远，但他写下的长篇小说和短篇小说集已经有六十多种，这都是要构成他的《人间喜剧》的一部分。不过，虽然尚未完成，大革命后的整个法国社会，已经生动如实地出现在他的笔下了。

巴尔札克写得很快。但他在执笔动手写作之前，搜集资料要花费很多的时间，有些背景还要实地去观察，事前还要读许多纵横有关的参考书。写好之后还喜欢修改，有时全篇已经付排，他在印刷所送来的校样上改了又改，改得连自己也看不清楚了，他往往会全部涂去，重新另写一遍。当他拟好了《人间喜剧》的写作计划，同出版家签订合同时，出版家曾在合同上要他答应一个附带条件，如果校样时修改太多了，便要他担负改版的费用。结果巴尔札克所预支的一万五千法郎版税，在原稿排成后竟要贴补五千多法郎给印刷所。他的经济情形就始终是这样的一团糟。

《人间喜剧》得名的由来，是由于但丁的《神曲》这题名的暗示。巴尔札克想给自己的小说题一个总名，想了许久想不出一个恰当的，因为他的计划是要描写一个时代，这时代的各种面貌，并且要加以分析和批判。后来偶然有一位友人从意大利旅行回来，谈起意大利文学和但丁的《神曲》，巴尔札克忽然灵机一动，想到了这个题名。但丁的《神的喜剧》(《神曲》的原名如此) 既是描写天堂和地狱的，那么，他的描写现世的小说，自然可以题作《人间喜剧》了。巴尔札克对于这个题名很喜欢，自己还写了一篇序文来加以解释。

他的《人间喜剧》写作计划，预定将他所要描写的人物，分成数组，分为私生活、外省生活、巴黎生活等等，有些以小孩和青年男女为主题，有些则写乡下人外省人，有些则写糜烂的巴黎人生活。此外还有军事生活、政治生活及哲学研究部门，后者是分析那些决定社会上各种形态人物的性格的根本因素。最后他还要写《社会生活的病理学》《改善十九世纪的哲学和政治的对话》等等——而这一切并非论文,乃是用小说体裁用人物来构成的——巴尔札克要将整个法国社会包括在他的《人间喜剧》里。

依据巴尔札克拟定的计划,他的《人间喜剧》将由一百四十四部作品构成,预定出场的人物在四千以上。他虽然不曾完成这件空前的大创作,但他已经写下了六十多部,创造的人物典型也在二千名以上——仅是这一点,已经值得我们佩服了。在法兰西文学流派上,承继巴尔札克伟大传统的乃是左拉。他的《鲁贡·马尔加家传》的写作计划,便是直接得自《人间喜剧》的启示。

莫泊桑的杰作

我在这里要说的是莫泊桑的杰作,不是托尔斯泰在一篇序文里特别夸奖过的《水上》,而是莫泊桑的老师福楼拜肯定的认为可以不朽的那篇《脂肪球》。这是与《项链》一起时常被人提起的他的两篇代表作。《项链》已经有过鲁迅先生的译文,[1] 载在他所译的《苦闷的象征》卷末。《脂肪球》也早已有过好几种中译,不过题目有时又译作《羊脂球》。

---

[1]《苦闷的象征》附后的《项链》,为鲁迅的学生常惠所译。——编注

《项链》里的讽刺意味较淡。莫泊桑虽然在这个短篇里讽刺了小市民阶级的主妇爱虚荣要挤入上流时髦社会所受的痛苦，但是却对她们的善良本质和诚实性格予以赞扬和同情。写得非常和缓冷静，是典型的自然主义手法。

可是在《脂肪球》里却不同了。莫泊桑的那一枝笔已经忍不住有点激动，不再那么冷静了，已经有点接近批判现实主义文学的手法了。他在这篇小说里，不仅发扬了爱国思想，还无情地嘲弄了当时法国上流社会绅士淑女的虚伪和自私。

《脂肪球》是一个中篇（按：一集称短篇）。他有意地在这篇作品里，使一个一向受"社会"唾弃的妓女，与一群一向受"社会"尊敬的绅士淑女对立起来，唱了一出对台戏。结果在爱国思想，对人类的同情心，甚至在道德标准上，败下阵来的却是那些假仁假义而又卑鄙自私的绅士淑女。

在香港的街上，我有时见到有些自命高贵的太太对路边的国际女郎投以不屑的眼光，我就忍不住要想起这篇小说。我当然不敢断定那些被侮辱者之中是否也有"脂肪球"，但是对于那些自命高贵的太太，我却觉得正如耶稣在处理那个"淫妇"的事件中所表示的态度那样："你们之中谁在心里没有犯过奸淫的就可以动手打她！"

所谓"脂肪球"，是一个私娼的绰号。因为她生得丰腴肥胖，所以被人称为"脂肪球"。她同一群巴黎的上流社会男女一同乘马车往某地去，当时正是普法战争时期。那些绅士淑女起初瞧不起她，可是车上除了她以外，没有人携带食物，他们为了肚饿，这时就不嫌"秽"地将她的食物大吃特吃,后来路上有驻防的普鲁士军官留难这批旅客,要求以"脂肪球"伴宿一宵为条件,才让车子通过。脂肪球痛恨普鲁士人,不肯答应,那些绅士淑女为了自身安全着想,却怂恿,甚至恳求她去。可是当第二天早上她回来时,那些人见到难关已过,便又一起摆出高贵的脸色不理睬她了。

莫泊桑就这么毫不留情地讽刺了当时法国上流社会的自私虚伪和缺乏爱国思想。

纪德的《刚果旅行记》

这是法国文坛有名的逸话之一:安得烈·纪德年轻时候曾想到刚果去采集蝴蝶标本,当时他只有二十多岁,不料这愿望迟迟未能实现,直到他在一九二五年终于有机会去刚果旅行时,他已经五十多岁了。这个延迟了三十多年才能够实现的愿望,虽然已经将他当初要到刚果去采集蝴蝶标本的热忱大大地打了折扣,但却使他获得了另外的一种收获,那就是见到了在当年法属刚果和比属刚果的区域内,殖民主义者对刚果土人所施行的榨压手段,以及种种暗无天日的残暴和不公正事件。这使得纪德不能无动于衷,因此在他回国后所写的那部《刚果旅行记》里(一九二七年出版），其中虽然也提到了刚果那种色彩瑰丽的大蝴蝶，但是大部分的篇幅都是叙述刚果土人的生活，在殖民主义者榨压磨折下的悲惨苦痛生活。

一到刚果，纪德就旁听了一个年轻的法国军官被控虐待下属案。从案情中透露，这个军官要他属下的土籍兵士的妻子，每晚轮流陪他睡觉。兵士们起初敢怒而不敢言，但是一有机会，就联名控告他虐待。这个军官后来被判了一年徒刑，但是随即又宣布缓刑。纪德说："我无法想象在场听审的许多土人，对于这次审判的观感如何，桑布莱所获的处分能够满足他们的正义感吗？"

在旅行途中，纪德和他的同伴被一个土人村长在半夜里吵醒，村长向他控诉，说是有一个白人军官带了两名兵士，到某处村上执行集体惩罚，因为曾经命令村人要迁移到另一个新的垦植区，他们由于舍不得离开自己的种植物，又由于新的地区的居民部落与他们不同，要求免除徙置。不料被认为违抗命令，因此派兵来执行集体惩罚。这个黑人村长告诉纪德，当那个白人军官和两个兵士抵达村中后，就将村上的十二个男人抓住，捆缚在树上，然后开枪一起打死，随后又用刀将所有的女人一起杀死，最后捉住五个孩子，将他们关在一间茅屋内，然后放火将茅屋烧了。村长说，这一场惩罚一共杀死了三十二个人。

这人所以半夜里赶来控诉的原因，是因为见到纪德一行人坐了当地长官的汽车，知道一定是要人。他知道天亮以后就不会有机会容他说话，所以趁夜唤醒他们。

果然，纪德说，这个村长第二天就被捕入狱，并且连同他的家属也一起被捕。虽然纪德曾写了一封信给他带在身边,要求当地总督保护这人,可是并不生效。

纪德在刚果旅行了不久,就发现在白人之间有一种极占势力的见解,认为对待黑人,一定要用暴力,使他害怕,然后才可以建立自己的威信。一个比籍的医生就向纪德力言这是唯一有效的办法,认为不仅要用棒头,有时就是流血亦所不惜。他说他自己有一次就打死一个黑人,不过赶快声明,这并非为了他自己,而是为了搭救一个朋友,因为如果不这么做,这个朋友就完蛋了。

纪德说,在刚果的白种人,不仅官员如此,就是商人也是如此;不仅男人是如此,就是女人也是如此。他们对于所雇用的黑人没有一句好话,当面叫他是"浑蛋",骂他是"贼"。纪德见到一位太太当面叫她的黑种仆人是"贼",十分表示诧异,可是这位太太说:"这是这里的习惯。你如果住久了也要如此。你等着瞧罢!"

纪德说,他在刚果住了十个月,始终未更换过他的仆人。他从不曾骂过他们一句,也从不曾遗失过任何一件小东西。他认为这两者是有关联的。

白种人不仅垄断了刚果市场,将欧洲无法销售的次货运到刚果来,用高价卖给黑人(纪德在船上曾发现有一批过了期的欧洲坏罐头,正运到刚果来卖),并且在刚果市场上,压低土人生产品的市价。也许有人以为白种人在非洲殖民地买东西,一定比土人所付的代价为高。不料情形恰恰相反。纪德说,一只鸡的价钱,如果黑人自己买,要三法郎;但是如果是白人买,只需一个法郎；因为法律规定白人向土人购物应享受优待。有一天，纪德所雇用的刚果仆人就请求纪德给他去买一只鸡，这样他就可以便宜二个法郎。

在刚果最使纪德惊骇的现象是：白种殖民主义者对于黑人童工的虐待。他曾见到一群驮物的童工，都是十一二岁的孩子，脸上没有一点笑容。纪德给他们每人一块面包干，他们伸手接了便往嘴里送，一句话也不说，一点表情也没有，完全像是"家畜"一样。询问结果，这一群童工已经五天没有正式吃过东西了，据说他们都是逃犯。

又有一次晚上，他们发现卫兵的营地上锁了一群孩子，男女都有，年纪不过八九岁到十二三岁。纪德找了一个通译去问这一群孩子，知道他们是从不同的村庄上抓来做工的，没有工资，而且六天没有正式吃过东西了。纪德决定第二天去继续调查这事。可是到了第二天早上，这一群孩子已被急急送往别处，那个土人通译也被捕入狱。

这是纪德三十多年前在刚果所见到的情形。三十多年来，殖民主义者在刚果的压迫只有变本加厉。直到最近，民族自觉的火花才照亮了黑暗的非洲，这醒觉将是任何高压力量不再阻挡得住的。

纪德的自传和日记

安得烈·纪德是一个喜欢在作品里暴露自己的作家,因此他的自传和日记就成了他的最重要作品的一部分。

他的那部自传,题了一个很古怪的名字:《如果这粒种子不死》。

大诗人歌德的自传,取名为《诗与真实》。诗的世界是想象的、空虚的,可是却是美丽的;真实的世界虽然是现实的,同时不免是虚伪和丑恶的。歌德就采用了这句富于哲理的词句来命名了他的自传。

纪德的《如果这粒种子不死》却用了一个更偏僻的典故,而且以这样一句话来命名自传,颇有点自负之意。因为这句话是出自《圣经·新约》上的。大意是说一粒种子(麦子)落在土中,如果不死,它就始终仍是一粒种子;如果死了,它就能发芽长成,开花结实,化身成为无数的麦子。纪德用这来命名他的自传,说明他的生活意义,乃是在"殉道"和"播种",可说很自负。

《如果这粒种子不死》是一部很大胆的自传。纪德在里面很坦白地暴露了自己一些生活上的隐秘,年轻时候的一些放荡行为,也如实地写了出来。因此他的自传译本在美国初出版时,就因为其中有关于男色的描写竟被列为禁书,出版者受了罚。后来虽然开禁了,但是仍只许印行数目有限制的限定版。

我最初所读的,就是花了相当贵的代价买来的这种限定版。

不仅他的自传是如此，纪德在他所写的那些小说里面，有好多地方都是很明显地在写他自己。

他的日记，在晚年才整理出版。已经出版的分量已经相当多，未出版的恐怕仍有不少。比起他的自传和那些回忆录文字来，纪德的日记说理的成分太多，叙事的成分太少。他努力在分析自己，暴露他的内在的我，显然事先已经准备是要发表的。因此这些日记是研究纪德的思想和作品的好资料，却不是好读物。

要想从纪德日记里读到像龚果尔兄弟日记里那样的当代作家交游逸闻，那是要失望的。

要读这样的文字，该读他的关于王尔德的回忆。这只是一个小册子，但是作为一个作家对于另一个作家的友情的追忆，这是一篇美丽而且令人感动的作品。尤其在王尔德出狱之后，受到举世唾弃之际，悄然住在法国乡下的一个小旅店里，只有纪德不忘旧情，仍将他看成自己的朋友，这是最难得的。

纪德和高克多

安得烈·纪德的《刚果旅行记》的最后一章里，有一段记叙他在途中船上所得的一次这样的经验：

同船有几个孩子，最大的十四岁，最小的只有十一岁；有一次，这最大的一个同另一个女孩子谈天。他说他长大起来，希望成为一位"文艺批评家或者在街上拾烟头的人"，他说，"一切或者什么都不是，没有折中，这是我的格言。"

纪德说，他这时正躲在船上客厅里一堆杂志的后面，听得很为感动。

纪德的思想一向有点英雄主义的倾向。他到刚果去旅行时，年纪还很轻，可是从这回忆看来，他的英雄思想从那时起已经在发芽了。

晚年的纪德，在见解上到处充满了固执和成见，几乎要淹没了他早年在文艺上的成就。

纪德曾教人要尊重青年。他在《新的食粮》里说：

> 我相信真理是属于青年的。我相信他们有理由反对我们。我相信，我们不仅不应企图去教导他们，相反地，我们成人应该向青年人去学习……

可是，这位素来主张一个人应该忠实于自己青年时代的作家，到了老年，竟愈老愈背叛自己年轻时代的信仰。

纪德已于一九五一年去世，活了八十一岁。从死后发表的那些日记上看来，他的思想简直比他的年岁老迈得更快。以他同时代的作家来说，活了九十多岁的萧伯纳，他的思想直到最后还是很年轻的，也可以说是"愈老愈辣"。纪德则逃不脱一般老年人难免的悲剧：变得固执而趋向神秘，背叛了自己的青年时代。

法国还有一个在老年背叛了自己青年时代的作家，那就是若望·高克多。他在年轻时代，处处都表现得是个叛徒，并且教年轻人不要买稳当的股票（这句话曾受到鲁迅先生的喝彩），可是到了晚年，竟逐鹿法兰西学士院的名席。一旦当选之后，穿起那一身峨冠佩剑的礼服，一再拍照留念，沾沾自喜，使得他的老友毕加索也看不过眼，画了一把法兰西学士院院士要佩的那柄长剑，说这就是诗人若望·高克多的新画像。

纪德谈法国小说

我一向很喜欢读安得烈·纪德的作品。

我并不完全同意他的世界观和人生观，不知怎样却一向喜欢读他的作品，读他的小说、散文、日记，以及批评文字。我是先读了他的作品然后才知道他的。在三十年前，读了当时新出版的他的《赝币犯》的英译本，第一次才知道纪德的名字，从此他一直成了我所喜欢的一个作家。他曾劝人如果要读巴尔札克，就该在二十五岁以前去读，过此就怕不容易接受。我正是在这样的年纪读纪德的，一读就爱上了，可见他的话果然有一点道理。

最近读了他的谈论十部法国小说的文章。这是他答复《法兰西新评论》记者的询问，要他举出十部所喜欢的法国小说，这才写下来的。后来有别的地方转载，说这是纪德所推荐的十部世界有名的小说杰作。纪德见了很生气，连忙写文章声明，说当时《法兰西新评论》记者所问，只是以法国本国的小说为限，并未包括法国以外的其他国家作家在内。他接着更指出：

> 如果我被放逐，又只许我仅带十本书，这十部小说大约没有一部会入选。

这样的谈吐，正是纪德最迷人之处。

在他所举出的十个法国小说家之中，包括了斯坦达尔、巴尔札克、左拉、福楼拜、普利伏斯（《曼侬摄实戈》的作者）等人。但他一再声明，如果并不规定一定要选择他们的小说，他是宁可推荐这些人的散文、随笔、书翰、日记等等，不拟选择他们的小说的。

纪德对于法国小说家的成就，看得并不很高，这是有点令人感到意外的。他说，法国有哪一个小说家能比得上英国的费尔丁，能比得上西班牙的塞万提斯？他甚至说，在朵斯朵益夫斯基的面前，巴尔札克又算得什么。

为了法国没有一个小说家比得上狄福，没有一部比得上《摩尔·佛兰德丝》（我国中译本改名《荡妇自传》）的作品，他这才勉强推荐了普利伏斯的《曼侬摄实戈》。他说：

> 这部作品虽然写得很有热情，不过，我对它仍然不大放心。它的读者太多，而且有些还是最糟的读者，因此我

不大喜欢它。

读者多的作品,未必一定就是好作品,同时读者之中的欣赏力和理解力也大有高低。这些都是至理名言。

纪德当然不曾将他自己的小说也列入要推荐的十部之内。但是如果要我推荐我所喜欢的十个作家,他可能是其中之一。不过,到时我就不免也要像他对待别的作家那样,我宁可选取他的散文、日记,不选他的小说了。

罗曼·罗兰的杰作

英国的一家书店,最近重印了罗曼·罗兰的《约翰·克里斯多夫》。这部二十世纪最伟大的小说之一,许多年以来已没有通行本可以买得到,因为它那厚厚的十大卷的篇幅,已经不是现代一般的小说读者所能够消化的,因此许多书店老板都缩手不敢尝试。但是现在终于有人有勇气肯将这部大著来重印出版了,在好战分子疯狂备战的今天,这位保卫世界和平的文化战士的杰作,能有机会使得许多人可以容易读得到,实在是值得高兴的。

罗曼·罗兰这名字,值得被人纪念,不仅因为他是《约翰·克里斯多夫》的著者。诚然,这是二十世纪最伟大的文学作品之一,但是罗曼·罗兰除了曾经写下过这样不朽的作品之外,他自始至终还是一位战士,人生的战士,正义与和平的战士。

罗曼·罗兰是法国人,可是从法国的保皇党所制造出来的特莱费斯大尉的卖国冤狱事件起,经过第一次世界大战,罗曼·罗兰始终头脑清醒地站在一旁,提醒本国的那些战争狂热者,叫他们不要毁灭自己,不要毁灭国家。他写信给托尔斯泰,发表《超越战争之上》的宣言,发表公开信给当时正在与法国作战的德国作家们,要求他们共同制止战争。这些举动使得当时正在战争狂热中的许多法国人对他不谅,群起对他作盲目的攻击,使得他不得不离开本国,避居到瑞士去。直到第一次大战之后,战胜的法国人对着疮痍满目的家园,目睹巴黎和会的分赃丑态,这才知道他们所侮辱的乃是一位先知。

在我国对日抗战时期,罗曼·罗兰曾一再在国际宣言上签名,反对日本对中国的侵略暴行,在精神和行动上支持中国,成为我们的友人。

在第二次大战期间,巴黎沦陷后,避居瑞士的罗曼·罗兰,他一面愤恨纳粹的暴行,一面目睹法兰西的光荣传统葬送在几个懦夫手里,真是愤慨万分。这时他已经七十多岁了,已经老了,忍受不下这黑暗苦痛岁月的煎熬,在一九四四年年底去世,来不及见到法西斯蒂的崩溃。他的死,也许是不能瞑目的。可是,他如果活到现在,眼见新的好战分子疯狂地叫嚣,威胁整个世界的和平和安全,他也许更要感到新的愤慨吧。

《约翰·克里斯多夫》久已有了中译本。若是不曾读过这部小说的，我希望他们能找机会读一下。对于文艺爱好者，这样的好书是不宜放过的。若是觉得卷帙太多，就是先读一下描写约翰·克里斯多夫童年时代的第一卷《黎明》也好。

布封的《自然史》和毕加索

去年秋天，北京人民文学出版社出版了一册薄薄的一个外国作家选集：《布封文钞》。不仅这个作者的名字对我们很生疏，就是内容也很生疏，因为我们从来不曾见到有人提起过这个人和他的著作。

布封是法国十八世纪的自然学家，在生物学的见解上可说是达尔文的进化论学说的先驱。他生于一七〇八年[1]，去年正是他的诞生二百五十周年纪念，《布封文钞》的出版，就是想趁这机会对他的作品作一点简单的介绍。

布封以他的那部内容复杂的《自然史》，为他同时代的人和后世所推重。这部共有三十六分册的巨著，包括了地球本身和人类以及其他生物的演变历史，虽然在学术上是启蒙的经典著作，但是在今天读的人恐怕已经不多，我就是连这部书的面目是怎样

---

[1] 布封，生于一七〇七年。——编注

不曾见过的。我有机会知道布封的名字和他的这部《自然史》，全是由于毕加索为这本书所作的插画。

一九三五年，毕加索接受了出版家伏拉尔的委托，为布封的这部大著作一批插画。他在五月间从外省回到巴黎，开始工作，一共作了三十一幅版画，都是铜刻，根据布封《自然史》里叙述的禽兽和昆虫部分，如黄蜂、鸵鸟、火鸡等等，各画了一幅。

这一批版画，是毕加索的动物画的杰作。他在不求写实之中，扼要地把握了他所描写的这些动物的特性，是想象的，同时也是写实的。一个曾经在一旁见他创作这些版画的毕加索的朋友这么写道：他工作时，好像他要画的这些动物都站在他面前一样，他一笔不苟、一丝不漏地将所要求的形象生动地描画了出来。

据诗人萨巴蒂斯说，毕加索的这一辑版画，画得很快，每天至少可以完成一幅。

委托他为布封《自然史》作插画的出版家伏拉尔，是当时法国有名的精本书出版家，他在以前已经委托过毕加索为巴尔札克的小说《未完成的杰作》作过插画。这种附有名家插画的精印限定版书籍，定价都十分昂贵，但是由于印数有限，往往供不应求。

毕加索的《自然史》插画完成时，伏拉尔已经去世了，因此附有他的插画三十一幅的这部布封《自然史》选集，在一九四二年出版时，已经改由马丁·法比亚尼发行。这书一共只印了二百二十六册，现在不仅贵得惊人，就是有钱也不一定买得到。

马尔罗和中国

现在正在应邀到我国来访问的法国文化部长安得烈·马尔罗（André Malraux），报上说他这几天到延安去参观了。他对中国，对中国革命，是熟悉的，许多中国人对他也是熟悉的。

马尔罗是文化工作者，是小说家和艺术评论家，同时也是革命家和战士。在一九二五年前后，在我国北伐军事初期，他曾以国际主义者的革命分子身份，参加了我国革命活动，那正是鲍罗廷在我国活跃的时期，马尔罗随同其他国际主义者，曾在广州参加了暴动和大罢工，在国共合作时期，又曾在上海参加过宣传委员会的工作。

马尔罗是研究东方语文出身的，学过梵文、安南文和中文。他生于一九○一年，二十多岁就到了那时还是法国殖民地的安南，在高棉吴哥窟一带进行考古工作，目睹法国殖民主义者在安南的压迫剥削政策，使他同情了安南人，参加了当地青年知识分子的反法活动，从此对东方被压迫民族的反殖民主义和反帝的斗争感到了兴趣。他会到中国来投身于当时的革命活动，也正是出于这样的动机。

马尔罗是一个热忱的"革命家"，但不能说对革命有怎样正确的认识，他是属于那一种喜欢以"国际纵队"形式来参加外国革命活动的国际主义冒险家。没有"战争、暴动、屠杀"的革命，对他便失去了兴趣。他参加了我国北伐时期的革命战争，后来又参加了西班牙的反弗朗哥内战，以及法国反纳粹的地下活动，可说全是出于这样的动机。

马尔罗离开我国后，在一九三四年曾用自己在我国的经历为题材，写过两部小说，即《人的命运》和《上海的风暴》。这两部小说似乎都有了中译本。写得很有才气，不过却不是严格的现实主义的革命文学作品，浪漫主义和英雄主义的气氛非常浓厚。

在第二次大战期间，马尔罗与戴高乐合作，参加法国沦陷区的地下军事活动，胜利后就担任了文化部长，一直是戴高乐的一个得力助手。

马尔罗又是有名的艺术评论家，曾采用新的观点写过好几部艺术史。他是反对将艺术品锁在博物院里不动的，他称博物院是艺术品的坟墓，主张将有名的艺术品经常拿出来作流动展览。《蒙娜丽莎》到美国展览，《维纳丝女神像》到日本展览，似乎都是他在实行自己这样的主张。

培根的随笔集

英国哲学家佛郎西斯·培根，诞生于一五六一年，今年（一九六一年）正是他的诞生四百周年纪念。

培根一生的活动范围和成就，很广阔很多。他是政治家，做过大官，又是法学家、实验科学家，更是文章家和哲学家。他的官职虽然做到当时英国执政内阁大臣之一，但是在后世被人所推崇的，却是他的哲学思想，即对于人类社会和自然的一种新的思考方法，提倡直接观察自然，以这为人类的知识基本，然后再来从事政治和社会改革。他很有野心地拟定了一套著作计划，要将人类一切过往的思想学说，给以批判和整理，然后再依据自己的哲学思想建立新的体系。

他将自己的这一套著作计划，拟了一个总题，称为"伟大的重建"，曾写出了《学识的进展》《新的方法》《自然历史》等几个部分。他的这些作品，有的是用拉丁文写的，有的是先用英文写成，然后再译为拉丁古文，在内容和书题上，也一再补充和改变，因为这正是当时的著作风气。若不是对哲学思想史特别感到兴趣的，我们还是不必去过问这些罢。

对于我们一般读者，尤其是文艺爱好者，培根使我们特别感到兴趣的，是两件事情，一是他的那部写得很不错的随笔集，另一是他和莎士比亚之间的一种古怪的传说。

培根写文章，喜欢采用短句、格言和警句。他的随笔集，就是这样的短小精辟的散文。最初出版于一五九七年，内容只有十二篇短文，后来一再增订，到一六二五年定本出版时，已经共有短文五十八篇。题目都是抽象的，如论荣誉与名誉、论真理、论友谊、论婚姻之类，可是谈得却十分实际，针对当时英国社会提出了扼要的批判和指示，十分切实精辟，并不是玩弄词句的空论，是一部颇值得咀嚼的小书。这些随笔多被选为今日英文课本，也有一部分已经有过中译。

关于读书,培根曾写下了这样的警句:有些书只宜略加尝试,有些是不妨囫囵吞下去的,另有一些则是应该细细地咀嚼,加以消化的。

他自己的这部随笔集,可说就是属于后者。

培根于一六二六年去世。得病的原因是因为他在冬天想试验用雪来防止肉类腐化的效果如何,因而受凉生病致死。他可说是以身殉他自己所提倡的实验科学精神了。

培根的点滴

培根一生有一个野心,要想做一个成功的政治家,同时又是一个伟大的哲学家。也许他自己认为这个野心已经实现了,至少已经实现了前一半;可是后世所看重的只是他的后一半,而且认为他的政治上的成就,只有减低了他的作为哲学家的声望。

在希腊哲学方面,他所崇拜的是柏拉图和苏格拉底。他自己说得好:"没有哲学,我就根本不想生活。"

有时,培根也有一点所谓犬儒和诡辩的倾向。他就很坦白地说过:"对于一个人自己最有用的智慧,乃是老鼠的智慧。这就是说,在一座房子将倾之前,能够懂得预先离开它。"

关于"真理",他说:"寻求真理,好似向它表示恋爱;理解真理,乃是对于它的称赞;真理的信仰,乃是对于它的享受,这乃是人类优秀天性的顶点。"

关于读书,他说:"如果我们懂得书的选择,我们便好像和智者在谈话。有些书只宜小作尝试;有些可以吞下去,另有一些只宜细细地咀嚼,加以消化。"

培根主张智慧应与行动联结。这也许就是他想做哲学家又想做政治家的原因。他轻视不能付诸行动的学识,这么说:"人类应该明白,在人类生活的舞台上,只有上帝和天使们才是旁观者。"

关于婚姻生活,他的见解倒有点风趣。如"一个人在结婚的第一天,他在思想上可说就老了七年","这是常有的事,坏丈夫时常会有好妻子"(这可说与我国"巧妇常伴拙夫眠"相似),"独身生活对于教士是有益的,因为在一个有池塘首先需要注满的地方,慈善的水是较少有机会注入别处的"。

培根对于友情,看得比爱情更重。不过,他对于友谊的存在,也是抱着怀疑态度的。他说:"世上的友谊并不多,在彼此相等者之间更少。"

在《青年与年纪》那篇随笔里,他对于年轻人的见解可说最为精辟。他说:"年轻人对于创造与判断,他可说更适宜于创造;对于磋商与执行,年轻人可说更适宜于执行;对于稳定的事业,他更适宜于推行新计划。"

最后,培根在他的遗嘱上曾经这么傲然地写道:"我将我的灵魂留给上帝,我的躯壳随便埋葬。我将我的名字留给下一代和外国。"——上帝的意见不知如何,至于他的下一代和外国,显然很高兴地接纳了他的赠予。

关于莎士比亚的疑问

莎士比亚固然是英国的国宝,使英国人提起了他的名字就要感到光荣,可是有时又不免有点头痛,会暗暗地叫苦。因为莎士比亚的作品虽然具在,可是有关他的生活资料却十分缺乏,使我们不知道他什么时候生,也不知道他什么时候死。今日他的坟墓虽然在威斯敏斯特大寺,可是里面所埋的究竟是不是莎士比亚,也曾经有人提出过疑问。

也许有人认为这未免有点亵渎了莎士比亚,未免太荒唐了。其实一点也不如此,这正是使得有些英国人提起了莎士比亚,就要头痛的一个原因。休说对他的葬处表示怀疑,就是对莎士比亚本人,是否果有其人,也有人表示过怀疑。

不仅如此,就是那些剧本,从《哈姆莱脱王子》以至《罗密欧与茱丽叶》,甚至也有人怀疑,认为不是莎士比亚的作品,甚或是莎士比亚剽窃他的朋友的著作。

这些关于莎士比亚的疑问,也不是从近年才开始的,远在十八世纪,就有人提出疑问了。最有名的是莎士比亚与培根两人的纠缠，英国甚至有人组织了培根学会，出版刊物，专门指摘莎士比亚抄袭培根的真相。

近年更有一个名叫霍夫曼的人，搬出种种证据，证明莎士比亚虽实有其人，却是将姓名借给别人去顶替。不仅作品不是他的，甚至我们见惯的那幅莎士比亚画像，所画的也是别人，这真叫人见了吃惊。霍夫曼还写了专书揭露这个秘密，又嚷着要掘开一个贵族的坟墓，说有关莎士比亚的最大秘密，可能就埋藏在这座坟墓内。近两年已不见有人提起这件事了，不知是否已经开棺看过，还是看了毫无结果。

就这样，莎士比亚就成了一个箭垛人物，许多古怪的传说都集中到他的身上，使得想研究莎士比亚的人，除了要应付那些专家们在字句上的浩瀚注释外，还要应付这些愈来愈奇的真伪问题。难怪有些英国人提起了莎士比亚就要头痛。

从王尔德到英外次

最近英国外次在伦敦公园里同皇宫卫兵所干的勾当，使我想起近代英国文学史上有名的王尔德被控入狱事件。所不同者，王尔德因有碍风化问题而惹出诽谤案，终至被判入狱，可说是他个人的悲剧；这次英国的堂堂外交部次长，竟因了同一个皇宫卫兵在公园里所干的不道德行为被拘控，与"野鸡"一同出现在法庭上的犯人栏里，简直是官场的丑闻了。

王尔德当年的案子，内情十分复杂。起初碍于各当事人尚有生存者，为了法律和习惯问题，许多有关文献无法公布和引用，因此过去依据王尔德的传记和一般涉及这案件的记载所获得的印象，总以为是王尔德同他的好友道格拉斯爵士有了同性恋关系，以致受控被判有罪的。现在看了近年新出版的王尔德传记，以及由于道格拉斯爵士已在一九四五年去世，始终未获准出版的王尔德《狱中记》全文，终于在一九四九年与世人相见，许多过去不便公开的真相，现在始逐渐向世人透露出来了，原来王尔德的这件案子内幕竟是这么复杂的！

要简略地叙述一下这个英国文学史上有趣的案子，也不是这样的短文所能胜任的事，因此我只好仅是说一说以前不大为人所知道的几个要点：第一，王尔德的入狱，并非因为他同道格拉斯爵士犯了什么风化罪。道格拉斯的家人虽控告王尔德，但是罪名并未成立。王尔德与道格拉斯始终维持友好关系。有名的王尔德的《狱中记》，事实上是王尔德在狱中写给道格拉斯爵士的一封长信。王尔德刑满出狱后，流亡到法国，他们两人仍继续见面。第二，王尔德入狱的原因，是因为第一次被判无罪后，受了道格拉斯的怂恿，告了道格拉斯父亲昆斯白利侯爵一状，结果被昆斯白利侯爵反告他诽谤，罪名成立，因而被判入狱。而道格拉斯所以怂恿王尔德告他父亲毁坏名誉的原因，是因为他们父子根本不睦。昆斯白利侯爵恨王尔德引坏了他的儿子，所以一定要用尽方法使他入狱，身败名裂为快。

所以王尔德的入狱，实在是一个悲剧。他虽然毫无疑问地同一些同性的年轻人闹着"希腊式的恋爱"，但这行为在当时英国是不会入狱的，因为只要不在公共场所，而且当事者不告发，法律是不过问的。最近在英国负责调查同性恋问题的乌尔芬登委员会，向英国下院就这问题所作的报告，也仍继续维持这主张，认为在私室内实行同性恋不算犯罪。

不过，像这次英国外次在公园里的行为，显然与王尔德不同，已经触犯刑章了。

王尔德案件的真相

有一部以王尔德的生活为题材的电影，据说在英国曾经被禁。我不知道这部影片的内容怎样，但是既然还有禁映的问题发生，里面一定牵涉到了当年哄动英国朝野的那件控案。这件事情已经相隔多年了，为什么还会触犯忌讳呢？这实在是令人不解的。

依据一般的记载，当年这位才华盖世，机智的谈吐倾倒英国上流社会的唯美主义作家，他在声誉正盛的时候忽然被控判罪入狱，是因为有一位老贵族控告他，指责王尔德和他的儿子有同性恋的关系，结果罪名成立，王尔德被判入狱两年。于是在当时英国那个社会里,这一代文豪从此就身败名裂,什么都完了。

这就是英国在十九世纪末,轰动一时的所谓王尔德与道格拉斯爵士的同性恋案件。一般的记载都是这样,因此一般人也认为这件事情就是如此。有的人为王尔德的文名惋惜,有的人骂他罪有应得。

可是在近十年以来,英国方面关于王尔德的这个不名誉的案件,一连出版了好几本新书,还有几种他的新的传记,披露了大批新材料。虽然并非替王尔德翻案,但是已经足够使世人知道所谓"王尔德与道格拉斯的控案"真相原来是如此,而且并不像过去所记载的那么简单。

这种新资料的来源,是因为主要有关人物之一的道格拉斯爵士,已经在一九四五年去世了。本来,王尔德本人早已在一九〇〇年去世,早已可以"盖棺论定";可是道格拉斯爵士还活着,为了法律和习惯问题,有许多有关文献还不便公开。尤其是王尔德自己在狱中所写的那部《出自深渊》(*De Profundis*),由于其中所指责的一些人物,有的还活着,因此这部原稿始终未曾全部发表。五十年来,世人所读的只是一个不完全的删节本(这书在我国也早已有了译本,系由张闻天等在早年所译,书名《狱中记》,为当年商务印书馆所出版的文学研究会丛书之一)。这样直到一九四九年,依据有关方面认为此书应该保守秘密的年限已满,第一次将全文发表,再加之道格拉斯爵士本人也去世了,于是许多过去不便引用的资料,这时开始可以自由引用,因此这事的真相这才渐渐地弄清楚了。

原来道格拉斯父子根本不睦，第一次老爵士控告王尔德引诱他儿子时，罪名根本不曾成立，王尔德被判无罪。可是王尔德受了小爵士的怂恿，反过来以诽谤罪控告老爵士，不料失败了，被老爵士反诉获胜，证实王尔德平日有"不道德行为"，这才被判入狱两年的。至于小道格拉斯爵士和王尔德，他们始终是好朋友，两人从未"公堂相见"。

王尔德之子

费夫扬·荷兰（Vyvyan Holland）这个人的姓名，依我们看来，在英国人的姓名之中，可说是少见的。他在前几年出版过一部自传，书名是《王尔德之子》。若是仅凭姓名来看，我们实在无法知道他就是大名鼎鼎的王尔德的后人。一九四九年，王尔德的遗著《狱中记》未经删节的全文第一次出版时，也由他写了一篇序文。我不明白这是由于怎样的婚姻关系，他既是王尔德的儿子，为何不曾采用父亲的姓氏。

最近读到他在英国《书与读书人》月刊上发表的文章，才知道他除了写作之外，正式职业乃是律师。据说他已是王尔德现存的唯一后人。王尔德是在一九〇〇年去世的，因此这位"王尔德之子"费夫扬·荷兰先生，至少也该是六十以上的人了。他在这刊物上所发表的两篇文章，全是谈论法律与文艺问题的。一篇评论英国目前所采用的取缔猥亵出版物的法例。他认为这类条文实在太陈旧过时，应该及早加以修改或废弃了。最近伦敦有一位初级法庭的裁判司，下令要销毁一家书店所出版的《十日谈》，说它是淫书。后来被告不服，上诉得直，撤销初审原判。这件禁书案曾引起英国出版界和言论界的攻击。荷兰在他的文章里引了这件案子作证，指出英国这一套法律早已陈旧过时，应该快点修改了。

另一篇文章是关于英国版权法的，其中就提到了他父亲的著作权问题。原来英国法律规定，一位作家的作品，在他去世五十年之内，享有版权的保护权。如非获得这位作家的后人或遗产保管人的同意，别人是不许将他的作品随便出版的。但是满了五十年后，这位作家的遗著专利权便消失了，任何人都可以将他的作品随意出版甚或删改。费夫扬·荷兰指摘这条版权法对待作家最为苛刻不合理。他说，任何人的财产权在法律上只要纳了税而又不曾犯法，便可无限期地传之子孙，决不会过了若干年限便丧失，可是作家的作品乃是一位作家最宝贵最主要的财产，为何传了五十年之后便要从他的子孙手中夺去而充公呢？

他举出他父亲王尔德的版权问题为证。他说，他父亲与萧伯纳是同时期的作家，可是王尔德短命，萧伯纳长命。王尔德在一九〇〇年去世，因此他的遗著专利权到了一九五〇年便已经丧失。可是长命的萧伯纳活到一九五〇年才死，因此他的著作专利权便可以保持到二千年。荷兰说，同一时期的两位作家，他们的作品在身后所受到的待遇已经如此差异。这条法律不公平和不合理之处,可想而知了。

王尔德笔下的英国监狱

这两天我在利用一点余暇读王尔德的传记。这是因为由于比亚斯莱的画,在这几年又流行起来,我在重温青年时代的爱好,为了一点参考上的需要,便找了一本比较晚出的王尔德传记来重读一下。两人之间是有许多关系的。

我们知道,王尔德曾因了一项罪名,被判入狱两年。他当年因而获"罪"的行为,在现在的英国已是合法的"享受",不再是"罪"了。

萧伯纳这老头子真够眼光。二十多年前,有人想写王尔德传,向他找材料。萧伯纳向这人说:你还写这劳什子干什么?我告诉你说,王尔德所干的那件事情,在当时令人轰动,令他入狱两年。可是最近我有一个朋友也犯了同样的罪名,只被判入狱五个月,而且报上连他的名字提也不提。看来我们的时代一过,这种事情就不会再有人理会,你还是不要写罢。

萧伯纳的"预言",在英国现在已经完全兑现了,然而当年的王尔德,却因此吃了大亏。可是他的"亏"也不是白吃的。他出狱以后，曾用短暂的余生竭力暴露英国监狱的黑暗。这从他在狱中和出狱以后写给朋友的许多书信中可以看得出来。

他出狱以后，到法国去休养，曾在写给朋友的信上这么说：

> 我不认为我还可以再写什么。我的内心有什么已经被杀死了。我不再有写作的意念，我已经不再感觉到这种力量。当然，狱中生活的第一年，已经摧毁了我的身体和灵魂。这是无可避免的。

他在狱中给他的好友洛伯罗斯所写的一封信上，也这么说，"监狱生活使人能见到人们和许多事物的真面目。这就是它会令人成为石人的原因"。

他所住的监狱里面闹鬼，同狱的难友很害怕，王尔德向他们说："没有什么害怕的必要。你看，监狱并没有什么古老的传统可以使得鬼生存。你们要看鬼，最好到那些古老的贵族堡垒里去，它们往往随同祖传的珠宝一同被承继下来了。"

最动人的是，有三个小孩因为偷兔，被判罚款。因为缴不出罚款，就要坐监。王尔德在狱中知道了这事，写纸条向狱卒要求说："请你给我看看'A2，11'号的名字是什么，还有那几个偷兔小孩的，以及他们罚款的数目。我可否给他们代缴罚款，使他们获释？如果可以，我在明天就可以使他们获释。亲爱的朋友，请你为我做好此事。我一定要使他们获释！试想，我如果能有机会帮助三个小孩，该是一件多么好的事。这将令我高兴得难以言说。

如果我可以代缴罚款，请你就去告诉那三个小孩，说有朋友给他们缴了罚款，他们明天就可以获释了。叫他们高兴，并且不必告诉任何人。"

王尔德的说谎的艺术

安得烈·纪德曾写过一册短短的关于王尔德的回忆。这本小册子不仅是最亲切最能理解王尔德的文字，同时也是纪德自己早年所写的优美可读的作品之一。他第一次见到王尔德，是在一八九一年。当时这位风靡了英国的天才作家，声誉正在峰巅状态。王尔德来到巴黎后，巴黎文坛和社交界便纷纷传说这个来自伦敦的了不起的英国天才的故事，说他怎样抽金头的纸烟，手执向日葵在街上散步。这时纪德便请求朋友介绍与王尔德相识，从此两人就发生了很好的友谊。后来王尔德被控入狱，出狱后许多老朋友多洁身远避，纪德却是始终同他保持往来的那少数知己之一。他的这本小册子出版于一九一〇年，距王尔德之死已经十年，其中充满了这位自命最懂得谈话艺术的天才作家所遗留下的珠玉谈吐。纪德曾提起王尔德所讲过的一个小故事，这是关于仅存在于想象中的艺术世界的故事：

有一个人,因为他善于说故事,为全村的人所爱戴。每天早上,他离开村庄去工作,晚上回来时,全村的工人,在一整天的劳役之后,这时便围着他向他说:"来,讲给我们听,你今天见到些什么?"他于是便会这么说,"我见到一个小神仙在树林中吹牧笛,一群林中的仙人应着乐声围了他跳舞。""还有什么呢?你还见到些什么呢?"那些人说。"当我到海滨去的时候,我见到三条美人鱼,她们浮沉波浪间,用黄金的梳子梳着她们碧绿的头发。"于是那些人都非常欢喜他,因为他讲故事给他们听。

　　这样,有一天早上,正如每一天早上一样,他离开村庄——可是当他来到海边的时候,看哪,他真的看到海边有三条美人鱼,用黄金的梳子在那里梳着她们碧绿的头发。当他继续往前走,走近树林的时候,一个仙人正对着围绕着他的一群仙人吹牧笛。这一晚,当他回到村中,正如平日一样,大家向他问:"来,讲给我们听,你今天见到了什么?"他回答道:"我今天什么也不曾见到。"

纪德回忆说,王尔德说这个故事时,说到这里便停顿一下,以便纪德有足够的时间将故事的发展加以领略,然后继续这么说:

　　我不喜欢你的嘴唇,它们太直率了,像那些从不曾说过谎的一般。我想教导你如何说谎,以便你的嘴唇可以变得美丽,曲扭得一如那些古雅的面具。

将谈话、说谎和艺术联结起来,这就是王尔德所提倡的玩世不恭的哲学,然而他终于因此惹了祸。他有一部批评随笔集,就直率地题名为《说谎的艺术》。

弥尔顿的《阿里奥巴奇地卡》

英国诗人弥尔顿,大家都知道他是英国十七世纪大诗人,是长诗《失乐园》和《复乐园》的作者,好多人已经写文章介绍过了,但是很少人提起在反对宗教迫害和书报检查,在争取言论自由方面,他乃是当时英国最勇敢的一位文化斗士。

一六四三年,英国国会通过建立检查出版物和统制印刷所的法规,严厉地钳制了当时著作和出版自由。第二年十一月,诗人弥尔顿便发表了他那篇有名的雄辩散文《阿里奥巴奇地卡》("Areopagitica"),对于国会上年所通过的议案,表示了强烈的抗议。他从宗教上、政治上、历史上和文化本身上,引经据典地辩明这种法案对于国家政治到文化进步上的有害。弥尔顿针对着当时英国顽固的政治力量,特别指出印刷出版物的检查制度,是黑暗的中世纪宗教裁判制度发明的苛政之一。他说,既然宗教改革运动正在进行,这黑暗时代遗留下来的苛政更不能容忍它复活。

所谓"阿里奥巴奇地卡",是诗人借用古希腊雅典审判罪犯的阿里奥巴古斯法庭,来嘲笑当时英国要推行的这种"文化裁判"制度的。

法姆在一篇介绍弥尔顿的这篇《阿里奥巴奇地卡》的序文上说:

> 在弥尔顿的时代,人们进步的获得,大都寄托在宗教和道德观念上。那时代的任务是在继续韦克里夫和马丁·路德所开始了的工作;更进一步去改革"改革运动"的自身。在这任务上,弥尔顿比他任何一个同时代者都有更大更可观的收获和成就。他不使自己囿于争议某一种或一项特殊的信条;而是,用他使对方无可置喙的理由和辉煌的雄辩,拥护着被当时许多人认为可厌恶的原则……

弥尔顿说,"宗教裁判"对于文化的迫害,可以从有些流传下来的古稿本上看得出。有一位达梵沙帝的著作稿本,其上留着五个宗教机关审查过的批语和印鉴。弥尔顿说,这位达梵沙帝先生的著作,大约很合法,所以在当时才可以被批准付印,同时也有机会使原稿留存下来,否则早已在焚烧"异端著作"的火焰中被销毁了。

毛姆等到了这一天

九十一岁（一九六五年）的英国老作家毛姆，由于病后跌了一跤，处于昏迷的弥留状态中者已经好几天，医生早已断定他没有康复的可能。乃电讯传来，他已经在家中安然去世了。

毛姆生病后本来是送进了医院的，但他在晚年一再向他的家人和秘书表示一个愿望，希望有一天要死的时候，最好任他死在自己的家里。这一次在他弥留之际，医生曾允许将他由医院再搬回家中，大约是知道他已无生望，特地成全他这人生最后的一个愿望。

毛姆晚年的家，是在法国避寒胜地尼斯。他自己建了一座别墅，可以眺望地中海。他自己对于这个家很感到满意，除了出门旅行之外，就住在这地方，这次也就是在这里"寿终正寝"的。

他近年的健康已经不大好，因此对于这样在病魔侵扰中继续活下去，早已感到有点不耐烦。毛姆在晚年是非常明智达观的，对于"死"的问题，他曾经这么说过：

> 生命的终结，这好像在黄昏时读着一本书。你继续读下去，不觉得光线愈来愈暗。可是当你停了一会儿再读时，你便突然发觉已经黑了；这时天色已暗，你即使再低头看书，你将不再看到什么，书页已经成为全无意义的东西。

他在七十岁生日时，曾说自己的心情好像一个"整装待发"的旅客一样，什么都准备好了，只要一接通知，随时就要起程。他在这样的心情下不觉又等待了二十年，直到现在才接到"起程"的通知，难怪他要说有点要感到厌倦了。

毛姆曾写过以香港为背景的小说，也写过以中国为背景的小说。他到过内地和香港，前几年还又来过香港一次。他是路过这里到日本去的，因此逗留的时间不长，许多爱读他作品的人都不曾有机会见到他。

在当代英国作家之中，毛姆是一个享盛名最久，拥有大量读者的作家，他在舞台和银幕的观众也很多。可是他的作品译成中文的却不多，许多人知道他的名字，还是由于他有好几种作品改编摄成了电影。

有些批评家说他的剧本比他的小说写得更好。他在舞台上的成功倒是事实，但我个人反而喜欢他的短篇和散文。他是服膺契诃夫的，因此短篇很有契诃夫的风味，是一个说故事的能手。

毛姆去世后，英国文坛上老成凋谢，要再举出一个像他这样拥有广大读者，文字平易，为人冲谦明智，有个性而不怪僻的作家，已经很不容易了。

霜红室随笔

老毛姆的风趣

英国老作家毛姆,今年(一九六一年)已经八十七岁了,是当代极少数作品畅销而又写得很不错的作家之一。他的单行本销售的总数,据说已超过六千万册。苏联也有他的市场,而且拥有广大的读者群。英国人说,外国作家能够进入苏联去赚版税的,为数极少,毛姆就是其中之一。

毛姆老得并不糊涂,而且仍有风趣,这是最难得的。最近有记者去访问他,想同他谈谈对于"死亡"的感想,被他挖苦了几句。他说"生"的问题还未料理清楚,哪里有时间谈"死"?颇有孔老夫子"未知生焉知死"之慨。

毛姆说了一个笑话。他说,在他八十岁那年,有一家寿险公司的经纪向他兜生意,寄给他一份人寿限数的统计表。他因为自己已经八十岁,就查看八十岁项下有什么解释,见他们所注的数字是,平均仍有五年零九个月可活。他说,他今年已经八十七岁了,超出他们的预算将近两年,实在很对不起那位统计专家。

毛姆说,他现在有一件事情已经终止不做了,那就是不再去参加别人的葬仪,他准备将这权利保留给自己。

毛姆的一生很喜欢旅行。他说旅行除了本身有乐趣之外,对于一个从事写作的人来说,还可以汲取写作的题材。他最初不到印度去旅行,因为那时认为印度所有可供写作的题材,一定已经被吉百龄写完了,因此他不想去。后来他终于去了,但又懊悔不曾早去，直到自己老了才去，因为他发现印度还有许多可供写作的题材，吉百龄连碰也不曾碰过。

他说，有一次，吉百龄在西印度旅行，写信给他说，当地有很多可供写作短篇小说的题材，但是不在他的写作范围内，因此他不想写，劝毛姆去看看。毛姆后来果然去了，但是发觉那些题材也是他写不来的。

毛姆不久以前收到了一封女读者的来信，十分有趣。这位年轻的女读者告诉他说："我读了你的作品，觉得你一定是一个了不起的大情人，很想爱你。后来我查阅《名人大辞典》，发觉你比我的祖父年岁更大，我只好放弃这意念了。"

毛姆说，由此可知，爱情决不是属于精神的，而是与肉体分不开的。

老而清醒的毛姆

英国当代老作家毛姆是一位很成功的作家，他写小说也写剧本，他的剧本不仅在舞台上很成功，就是改编成电影后也很成功；他所写的许多小说销路也很大，有的也已经改拍成了电影。他正在漫游各地，享受优裕的晚景生活。

毛姆曾经写过几本以中国为背景的小说，又写过一本描写画家果庚在南太平洋岛上生活的传记小说，都很成功，这里不想细说。我想说的只是，从他的一些零星短文里，可以看得出他虽然有许多作品已经成为"畅销书"，是一个很成功的作家，但是仍很不"俗"，保持胸襟旷达、头脑清醒的态度。这是很难得的。有许多作家，在成名之后或是尚未成名，往往年纪不大就已经很糊涂了。像萧伯纳当年那样老而清醒的作家，实在是极值得敬佩的。看来八十五岁的毛姆颇有在英国成为他的后继者的可能。所不同者，毛姆的态度一向冲谦和易，不似萧伯纳那么愈老愈辣而已。

毛姆的短篇小说也写得很好。他很喜欢契诃夫，因此他的作品很有点欧洲大陆意味，没有浓重的英国乡土气息，颇适合我们外国读者读阅。他也写过一些回忆录和散文，充满了人情味和机智，我觉得是比他的小说更令我喜欢的东西。他有一篇回忆七十岁生日那天情形的散文，写得很有趣。他一开头就这么回忆道：

> 当我三十岁生日的时候，我哥哥对我说：现在你已经不再是一个少年了，你已经是成人了，你就一定要好好地做人。当我四十岁生日的时候，我对我自己说：这已经是年轻时代的终结了。在我五十岁生日那天，我说：不必再欺骗自己了，我已经到了中年，我应该老老实实地接受这事实。在六十岁生日时，我对自己说：现在是应该将自己的事情料理一下的时候了，因为现在就要走进老年的门口，我该结算一下我的账目。因此当时我决定退出舞台生活，写了那部"总结"，在其中回顾我过去从生活和文艺

中究竟获得了什么,我究竟做过了些什么,它们给我带来了一些什么满意。……

对于七十岁,毛姆觉得这已经是人生的余年,"到了七十岁,你已经不再是跨入老年的门口。你已经干脆是一个老人了"。他觉得他的心情好像一个"整装待发"的旅客一样,什么都准备好了,只要一接到通知,随时就要起程。但是他在这样旷达的心情下又过了八十岁,又写了几部书,现在(一九五九年)已经八十五岁了。

毛姆的札记簿

毛姆在一九四九年曾出版过一部很有趣的书,题为《一个作家的札记簿》(*A Writer's Notebook*)。当时他已经七十五岁了,他自己说从十八岁起就开始有随手记札记的习惯,记下的札记已经有厚厚的十五大册。这部《一个作家的札记簿》,便是他自己从这些材料里选出来的,自一八九二年起,到一九四九年止,包括了他五十七年间所记下札记的一部分,内容范围非常广博。

毛姆的札记,所记的全是他偶然见到和听到的一些事情,以及零碎的感想和意见,都是在当时认为对于自己的写作上有用,便随手记下来的。这些材料,有的早已被编织入他后来所写的作品里，有的更已经从一句话或是一个小故事发展成了一部书。但是有好些却是始终未曾被运用过的，《一个作家的札记簿》所选的便是这些，虽然都是没有系统的随手记载，但是这些写作的素材读起来非常有趣，有些更是极好的小故事。这下面便是其中的两则，都是一九三九年所记的：

旅馆的房间：在其中的一间之内，有一个男子将旅馆的房间看作自由生活的象征。他想着在这些房间内所经历的奇遇，那些令人愉快的冥想；由于他这时的心情过于安静和快乐，认为人生决不会有比这更幸福的时刻，便服了过量的安眠药。在另一个房间里，另有一个妇人，她整年地从一家旅馆流浪到另一家旅馆。对于她，这种生活是一种苦难。她无家可归。如果她有时不曾住在旅馆里，乃是由于有可耻的男朋友曾要求她同他们同住一两星期。他们是由于可怜她才要她的，见她走了便松下了一口气。她觉得自己无法再忍受这种生活的磨折了，也服了过量的安眠药片。这两件事情在旅馆当局和新闻记者的眼中成了一个难解的谜。他们怀疑其中可能有罗曼司存在。他们竭力想使这两件事情发生联系，但是终于什么也不能发现。

另一则是：一个男子，是退伍兵士，同一个在工厂中做工的女子疯狂地爱上了。这男子是已婚的，有一个饶舌的嫉妒的妻子。两人私奔了，到某处租屋秘密住下。从报纸上，女子吃惊地发现这男子原来是杀了妻子再逃出来的。他早迟无可避免地会被寻获，因此在藏匿期间，为了避免自己被捕，已决定到时杀了她再杀自己。她骇极了，想逃走，但是爱他过甚，拿不下决心。当她终于拿下决心时,时间已经迟了。警察已经来到,他在自杀之前,一枪先打死了她。

狄福的《荡妇自传》

丹奈尔·狄福是一个怎样的作家?也许有些文艺爱好者对这个名字不大熟习。可是我们若是说他乃是《鲁滨逊漂流记》的作者,大家对他就一定有一种亲切之感了。是的,这部从少年人以至老年人都爱读的航海沉船,孤岛冒险生活的传奇故事,正是这位英国十七世纪小说家的杰作。

我在介绍他的这部小说之前,先将他的生平和其他著作介绍一点给读者诸君知道。

丹奈尔·狄福,生于一六六〇年,去年正是他的诞生三百周年纪念。全世界爱读他的作品的人士,包括我们中国人在内,都曾经为这位《鲁滨逊漂流记》的作者举行了热烈盛大的纪念会,并且发表了许多介绍他的作品的文章。

狄福虽因了《鲁滨逊漂流记》一书而名垂不朽,可是事实上他写小说写得很迟。在不曾改行写小说以前,他已经写过很多其他文章。他一生遭遇,极富于戏剧性,可说变化多端,发达过,也倒过霉,还坐过监,甚至有一次被判戴枷站在街头示众。他从事过的职业,包括商人、政治运动家、皇家顾问、间谍在内。直到晚年才改行写小说,终于写出了那部风行一时的《鲁滨逊漂流记》,使他名垂不朽,成为英国十七世纪最享盛誉的小说家。

狄福本是小市民家庭出身,父亲是肉商,他们的家庭是不信奉英国国教的,因此在社会上有许多地方都受到歧视。偏偏他又喜欢参加政治活动,时常写了小册子,发表一些反对当局和宗教的言论。一七〇三年,他这时已经四十多岁了,因了一本小册子得罪了国会的议员,法院要拘捕他,他藏匿起来,因此当局又悬赏五十镑通缉他,后来终于被捉获,审讯结果,被判戴枷站在街头示众三天,还要再监禁若干日。

狄福除了喜欢搅政治之外,又喜欢做生意,其实两者对他的性格都不适合,因此不断地给他带来了麻烦,也差不多耗费了他的大半生的精力。直到快要六十岁了,一事无成,这才改行写小说。一七一九年,《鲁滨逊漂流记》出版,使他一举成名,于是就专心一意地去写小说。一七二二年,他又出版了《荡妇自传》。就是这两部小说,使他在英国文学史上获得了不朽的声誉。

《荡妇自传》的产生经过,对我们这位作家说来未免太惨痛,因为这是他从监狱里获得的资料。

狄福曾入狱多次,他是因了钱债和政治活动而入狱的。在当时只要成为一个犯人,不管张三李四,都关在一起,而且几乎是男女同狱,因此狄福在狱中不仅结识了不少强盗、小偷和骗棍,同样也结识了不少可怜的被凌辱、被磨折的女性。正是从她们的口中,使他获得了《荡妇自传》的资料。

《荡妇自传》出版于一七二二年。在这部小说的封面上,作者这么写道:"这是关于那个有名的摩尔·佛兰德丝,她的幸遇和不幸。这个妇人在新门监狱出世,在她三十多年的生活中,迭迁变故,除了孩童时代之外,十二岁就做了妓女,结婚五次,有一次竟是同她自己的兄弟;做过十二年的窃贼,八年的流放生活,终于富有了,过着正经生活,并且悔罪而死。本书是根据她自己的回忆写成。"

《荡妇自传》这部小说的原名,直译起来是《摩尔·佛兰德丝》。这是一部暴露和控诉性非常强烈的小说,有一时期在美国和英国都被列为禁书,这书暴露社会黑暗和监狱腐败太厉害了,使得许多人见了头痛。

本书的女主人公摩尔·佛兰德丝是妓女又是女贼。但是她果真坏得如此吗?那又不尽然。摩尔虽然又是妓女又是女贼,但是她的心地仍是善良的,而且仍有自尊心。可是生活使她没有机会好好地做人,社会甚至不许她改过自新。他们认为:若是摩尔·佛兰德丝也会成为好女人,这世界还成什么世界。

狄福的这部小说,就是以第一人称的体裁,描写这个不幸女人的一生,她的被迫的堕落,无望的挣扎,以及社会道德不许她改过做好人的经过。

狄福自己曾两次被关入新门监狱,使他亲身接近了许多"摩尔·佛兰德丝",这才写出了这部动人的小说。

狄福在新门监狱内,可能真的见过摩尔·佛兰德丝,因为据她在这部小说一开始的自叙,她乃是在监狱里出世的。女犯人唯一占便宜的地方,就是在她被判充军或吊刑时,她可以申请说是自己有孕，请求缓刑。这是对女犯人唯一的恩典，因为她腹中的胎儿也许来历不明，但他还未出世，到底是清白无罪的，不能使他随同母体一同去受苦或是死亡。因此女犯人一旦被检验真的有了孕，她就可以苟延残喘，在狱中生了孩子之后再去受死刑或是充军。

摩尔·佛兰德丝的母亲，就是这样在监狱里养下一个女儿。这在当时十七世纪的监狱里是常有的事，因此狄福因了债务被判入狱后，他在新门监狱内自然有机会能目睹这样的事情。虽然谁也不知道摩尔·佛兰德丝究竟是谁，因为这是一个假名，但是我们不难想象，狄福一定有机会见过这种一出世就被烙上罪恶的印记，注定要终身受侮辱的不幸女孩子。

狄福在他《荡妇自传》前面有一篇自序，表示这部小说所叙述的乃是真的事实，不过隐去了真实的姓名和有关的环境，以免被人认出，改用了摩尔·佛兰德丝这姓名。他又表示原来这女子所叙述的，所用的字句，有些难于登大雅之堂，因为她乃是在新门监狱内说的，所用的全是监狱内所通行的口吻，他不得不略加修饰，使得某些读者读了也不致脸红。

作者要求读者谅解，说是像摩尔·佛兰德丝这种女子，一出世就与罪恶为伍，甚至根本就是从罪恶中诞生的，很难希望她所叙述的自己的生活会是很"干净"的，因为社会根本不容许她干净，就是她本来是干净的，也很快地有人给她涂上了污秽。

狄福虽然这么一再表示他的这部小说已经修饰得"干净"，可是出版之后，仍遭受许多人的非难。有些人认为狄福自己曾经在新门监狱里被监禁过,他的笔下所描写的监狱不人道和黑暗,未免有主观的成分在内,故意低抑这部小说的控诉性。可是到了今天,这种成见已经完全消除了。

福尔摩斯和他的创造者

一九五九年是大侦探福尔摩斯的创造者,柯南·道尔爵士诞生百周年纪念。他生于一八五九年五月二十二日,一九三〇年去世。

也许有人不知道这位英国著名侦探小说作家的名字,但是他笔下所创造出来的大侦探福尔摩斯,却是无人不知的。这是一个无中生有的最著名的"近代人物"。有些时候,甚至有人怀疑柯南·道尔的存在,认为他乃是假设的人物,福尔摩斯才是真有其人的,是这位大侦探自己用"柯南·道尔"的笔名将自己的侦探奇遇写出来的。倒因为果的笑话,可说无逾于此者,可见柯南·道尔的侦探小说迷人之深。就是我们中国,也有不少福尔摩斯迷,除了有自称为"东方福尔摩斯"之外,据说还有一位英国留学生回国后曾经在俱乐部里吹牛,说他在伦敦留学时曾经见过福尔摩斯。

柯南·道尔是医生,在他的侦探小说不曾成名以前,一直是行医的,他曾经参加过英国的南非战争,在那里当军医,一九〇〇年还出版了一部从军的回忆录,但这时他早已一面也在写侦探小说，因为他的第一部《福尔摩斯探案》，在一八八二年就出版了。柯南·道尔在一九〇二年被封为爵士，我不知道是由于他行医功绩，还是由于《福尔摩斯探案》的成功，或者两者皆是也说不定。他除了侦探小说之外，本来还写过好多种其他冒险小说和历史小说，甚至还写过诗。但是除了侦探小说以外，谁也不理会他是否还写过别的什么。读者们甚至只关心福尔摩斯，根本不过问它的作者。这种情形，实在是少有的。连莎士比亚笔下的哈姆莱脱和罗密欧、茱丽叶，比起福尔摩斯来，也逊色多了。

有一时期，由于福尔摩斯在读者心目中造成的声名太大，柯南·道尔竟对自己笔下创造的这个人物发生反感，悔不该写侦探小说，几次想将福尔摩斯弄死，可是总是给读者反对中止了。最有趣的一次，是一八九三年所发表的那部探案《最后的问题》，他描写福尔摩斯与匪党领袖纠缠，从悬崖之上一同堕下万丈瀑布之中。哪知读者读了之后纷纷抗议，不许大侦探这么死去，联名写信请求柯南·道尔救他回来，那情形比签名挽救一宗冤狱更恳切。柯南·道尔无奈，只好在续编中说福尔摩斯平日怎样喜欢研究日本的"柔道"，这时施展出来，摆脱了敌人的纠缠，从悬崖上爬回来逃生。

福尔摩斯在伦敦的住址是贝克街二百二十一号 B，这是他的好友华生时常来同他讨论案情的地方。今日伦敦就有一个俱乐部，是"福尔摩斯之友"组织的，里面的布置完全按照柯南·道尔笔下所描写的一切，这位大侦探所爱用的烟斗和显微镜都陈列在那里，还有他的家谱和世系表，一切比一个"真人"还更真实。

《查泰莱夫人的情人》的遭遇

有一本小说,已经出版了三十多年,为了内容是否正当,在外国一直引起问题,这便是英国小说家劳伦斯的那部《查泰莱夫人的情人》。劳伦斯本人早已在一九三〇年去世了。

劳伦斯的这本《查泰莱夫人的情人》,当然不是淫书。但它的内容,有些地方确是有不少猥亵的描写。不过,一本书的内容有若干猥亵的描写,并不能就断定这本书是诲淫的著作。这种区别,我想我国读者最容易看得明白,因为我们有一部《金瓶梅》的好例子在。在法国也是如此,因为法国人对于艺术与色情的区分,是看得很清楚的。

可是在英国和美国,由于清教徒的观念在作怪,伪善的封建道德观念在作怪,《查泰莱夫人的情人》便一直在这两个国家不断地发生问题,有时禁止,有时又许出售,一直闹到现在,闹了三十多年。

最近,从报上见到美国纽约州曾裁定这书不是淫书,否决美国邮局对于本书禁止邮递的决定。其实,这类把戏,在美国已经演过多次了,这一州的法院裁定开禁,另一州又不许入境;许人在家里看,又不许书店公然出售。就这么闹个不清,实在近于无聊。真的,在当前美国色情空气那么猖獗的对照之下,劳伦斯的小说里关于一对情人性行为的几句描写,实在显得有点过于古板正经了,这大约正是那位纽约州地方法院法官慨然将此书开禁的原因。

至于这书一向在英国被列为禁书的原因，动机又另有所在，并非单纯地为了"色情"问题。因为劳伦斯这本小说题材的本身，已经触犯了英国没落贵族阶级的尊严，抓到了他们的痛脚。我想也正是由于这样的原因，劳伦斯才将身为贵族夫人的"查泰莱夫人"，同那个园丁的幽会情形，写得那么痛快淋漓。因为劳伦斯就是痛恨那些人的伪善和清教观念的，他已经不止一次地在自己的作品里暴露了他们的专横和伪善面目。

然而这样可触怒这些人了，因此劳伦斯的作品在当时被禁止的还不止这一部《查泰莱夫人的情人》，而且用种种方法攻击他，简直活活地将他气死了。

一千册初版的《查泰莱夫人的情人》一九二八年在意大利的翡冷翠印成后，欧洲大陆的预约发行自然不生问题，可是寄到英国国内，问题立刻就发生了。这本书在国内的预约代理人，劳伦斯本来委托他的好友奥尔丁顿办理的，哪知第一批进口的书，就给海关和邮局的检查人员扣留，伦敦警察又不断地到嫌疑经售这书的各书店去搜查，不过只是见了就没收，还不曾提起控诉。有些稳健一些的书店，不愿为了寄售这书惹出麻烦，纷纷将存书退回给劳伦斯，因此只有少数几本在英国流传着。

可是以劳伦斯在文学上的声誉，再加之文坛上窃窃私议的书内关于两性关系的大胆描写，区区一千册的销路倒是不愁没有的，因此英国本国虽然不许进口，虽然定价两镑，这种限定版的翡冷翠本很快就卖完了。接着劳伦斯又在巴黎出版了一种售价较廉的普通本，但是英美两国依旧不许入境，见到了就没收，并且对出售这书的书店提出控诉。

由于这书在英美成了禁书，劳伦斯无法在本国取得版权注册证，因此遂不能获得国际版权法的保障。牟利的书贾们就利用了这弱点，在巴黎大量翻印这书，以较廉的售价向欧洲大陆各国和英美推销。奥尔丁顿写信给劳伦斯说：

> 英美两国的官员都纷纷没收这书，带回家中当作礼物送给自己的妻子或情妇，同时书贾的翻印本也在暗中到处流行……

这种情形自然使得劳伦斯很生气，再加之这书在国内的批评反应，虽然有萧伯纳等人撑腰，但是猛烈抨击的人也不少，有些人平时还是劳伦斯的好友，这给他的打击很大。他本来是有肺病的，这时就病势转剧，在这书出版的第三年，一九三〇年三月间，就在法国南岸一个小村里去世了，仅仅活了四十六岁。

《查泰莱夫人的情人》在我国早已有了中译本，这是多年以前在北京出版的。前几年香港也有过这译本的翻印，却号称是在日本出版的。至于这书的英文原本，在我国也有过几种翻印本，最早的一种在一九三四年（民国二十三年）就出版，是由北京文艺研究社翻印的，印得很不错，定价大洋一元五角，预约仅一元。我手边还藏有这书的预约广告，他们用"人生乐事，雪夜闭门读禁书"来号召，广告上注明当时北大、清华、师大、燕京的门房都是这书的预约代理处。后来上海有些专门翻印外国文书籍的书店，也翻印过这书，不过却印得模糊简陋，不堪卒读了。

《寂寞的井》的风波

有一本小说，在英国被禁了二十年之久，虽然美国版一直风行无阻，而且早已译成了欧洲其他各国文字的译本，但是英国却一直维持着对它的禁令，直到一九四九年，有一家英国书店冒险将它印了出来，居然平安无事，这才知道禁令已经在无形中取消了。这本在英国禁了二十年之久的小说，就是拉地克莱菲·哈尔（Radclyffe Hall）的《寂寞的井》（*The Well of Loneliness*）。

拉地克莱菲·哈尔是一位女作家，她的这部《寂寞的井》，是一部不好也不坏的小说。若任其自由出版，也许至多不过销一个几千册或一万册，然后接受时间的淘汰，渐渐地被人忘记。可是现在则不然，这本英国小说已经有了许多种外国语译本，它的英文本历年已销一百万册以上。以后读它的人即使会渐渐地少起来，但这部小说和它的作者已在现代英国文学史上占得了一席地位，而这一切全是拜法院检察官之赐，由于它成了"禁书"之故。

《寂寞的井》被禁的原因，是由于它所写的主题是"女子同性恋"，即所谓"里斯波主义者"。人物是一群第一次世界大战期间在前线服务的女司机。一九二八年夏天,这本小说第一次在英国出版,起初并没有什么。由于主题的大胆和新奇,而且是出自女作家之笔,有几位批评家对这书颇给以好评。本来,哈尔女士并不是新作家,早已出版过几本小说,而且还得过一次布莱克纪念奖金。可是由于她一向喜欢扮"男装",而《寂寞的井》所描写的又是一群有同性恋倾向的女子,因此许多人不免对它和它的作者特别发生兴趣,在报上给她捧场,这一来就惹出风波来了。

詹姆斯·道格拉斯在《星期快报》上发表了一篇文章,力指这本小说的猥亵,他说他宁可犯谋杀罪拿一瓶硝酸给少年男女去喝,他也不愿拿这本小说给他们去看。这一来就恼怒了小赫胥黎,他站起来打抱不平,向道格拉斯挑战,他说他敢负责向少年男女推荐《寂寞的井》,问道格拉斯敢不敢也拿一瓶硝酸去推销。道格拉斯只好王顾左右而言他了。

这样一吵,这书就引起英国当局的注意,审查结果,出版《寂寞的井》的书店被命令停止发售这书。后来他们拿到巴黎去出版,可是当巴黎版运回到英国来时,立时就被英国海关扣留,并且对英国代售这本小说的书店提起控诉,结果判罚二十镑,没收的书销毁,从此就一直不许《寂寞的井》在英国治下销售,直到一九四九年才无形中取消了这禁令。现在,不经删节的《寂寞的井》,已经在任何一家英文书店里可以随便买得到了。

西点军校的革退生

一八三一年一月二十八日,美国西点军官学校当局,召开了一次军事法庭,宣布革退了入校仅仅六个月的一个学生,罪名是两次在指定的操演中缺席,疏忽按时报到、守卫和术科的种种职守,又一连两次直接违反了值日官的命令。这一措置,对西点军校历史上不算什么,不过少了一名未来的军官;但是对美国文学史上却是一个了不起的决定,因为这样一来,便使贫弱的美国文学史上平添了一位大诗人和小说家。

这个西点军校的革退生不是别人,就是爱伦·坡。他是出色的抒情诗人,第一流的短篇小说家,此外还是现代侦探小说的创始人。以《福尔摩斯探案》驰名世界的英国柯南·道尔爵士就承认,没有爱伦·坡的作品给他的暗示和启发,他也许根本写不出《福尔摩斯探案》。

爱伦·坡生于一八〇九年一月,今年(一九五九年)正是他的诞生一百五十周年纪念。爱伦·坡的文学声誉,在欧洲比在美国更大。法国大诗人波特莱尔就最爱读爱伦·坡的作品,曾翻译过他的诗,又为他写过传记。爱伦·坡所写的诗论曾深深地影响了法国象征派的诗人,从波特莱尔、马拉美,直到法国现代大诗人梵乐希,他们对于写诗的理论,都是祖述爱伦·坡的。

苏联人也是爱伦·坡作品的爱读者,为了纪念他的诞生一百五十周年,今年一开头就为他举行了纪念会,并出版了新的译本。

爱伦·坡的一生，是贫苦多挫折的。他在三岁就已经父母双亡，成了孤儿，由一位富有的烟草商人爱伦先生抚养。今日爱伦·坡姓名上的"爱伦"，就是由此而来。爱伦·坡从小就爱好文学，并且才华毕露。养父要他学习商务，他宁可脱离这个富有的家庭，单独去生活，以写作糊口，过着纵情诗酒的不羁生活。爱伦·坡替当时美国许多报纸刊物写文学评论和小说，有一时期甚至去当雇佣兵，靠了"粮饷"来维持生活。

他在一八三七年同小表妹薇琴妮亚结婚。当时薇琴妮亚只有十三岁，不足结婚法定年龄，在牧师面前不得不说了谎。两人恩爱非常，可是薇琴妮亚身体衰弱，爱伦·坡的贫穷和放浪不羁生活又给她增加磨折，她在一八四二年就染上了肺病，冬天家里没有燃料，只能裹了丈夫的旧大衣，抱了一只猫儿取暖，终于年纪轻轻地在一八四七年就去世了。

爱妻的死亡，对于爱伦·坡是最大的打击，他愈加沉迷醉乡。两年以后，留下了一首哀艳的悼亡诗：《安娜贝尔·李》，也在一八四九年冬天去世了。

爱伦·坡的小说

爱伦·坡的文学生活很短,他一共只活了四十岁,但是他的文学才能范围却很广,在他留给后人的数量不多的作品里面,包括了抒情长诗和短诗、短篇小说、文学理论和批评文字。而这些作品,从任何一方面来看,它们的质量都是属于第一流的。

近代法国诗坛主流的象征派,从波特莱尔、费尔伦、马拉美等人起,都受过爱伦·坡作品的影响。在一八五〇年发表的他的那篇遗著《诗的原理》更成为后来有名的梵乐希《诗论》的根据。英国诗人但尼逊、小说家狄根斯,他们的作品都是由爱伦·坡首先在刊物上介绍,才为美国文艺爱好者知道的。同时代的霍桑,所写的那些有名的短篇故事,爱伦·坡也曾经再三为文加以赞扬。

爱伦·坡不曾写过长篇小说,但是留下来的几十个短篇,其中包括描写一瞬间心理和感情变化的纯粹短篇小说,以及惊险恐怖的故事,和科学分析的短篇侦探故事,都是在美国文学史上以前从没有人尝试过的,而且他所采用的独创手法,至今尚为后人所仿效,并且没有人能超越他的。

这些故事一共有七十多篇,使得爱伦·坡在现代批评家的笔下,获得了两个令人羡慕的荣衔:一个是"现代短篇小说之父",另一个是"现代侦探小说的创始人"。

爱伦·坡所描写的这些短篇"故事",有的其中有完整的故事,有的只是主人公一段心理变化的描写,或是一阵幻象发生过程的叙述，同他以前的作家所写的"故事"完全不同。这是从整个人生中切下的一个断片，是一瞬间的现象的把握，不必有头有尾，但是却可以暗示出整个人生的某一种面貌。这就是现代短篇小说和前人所说的"故事"在基本上的差异。《十日谈》是故事集，并不是短篇小说集；巴尔扎克的那些短篇，有些虽是了不起的杰作，但它们全是短篇故事，并不是"短篇小说"；只有爱伦·坡的那些短篇，他虽自称它们是"故事"，但实际上已经是现代的"短篇小说"。从契诃夫、莫泊桑，直至海明威，这些现代短篇小说大师，都是从爱伦·坡开辟出来的这条道路出发的。

在侦探小说方面，爱伦·坡在他几个短篇恐怖谋杀故事中所采用的布局结构方法，和出现在这些故事中赖以破案的"业余侦探"和他的助手或友人，都为现代侦探小说写作方法开了先河。柯南·道尔笔下的业余天才侦探家福尔摩斯，和他的助手华生医生，就是从爱伦·坡所创造的业余侦探"杜宾"脱胎而来。还有，在侦探小说里用"我"这个人物来叙述，再插入报纸上的新闻记载（如那篇有名的《验尸所街谋杀案》），都是由爱伦·坡首创出来的。

马克·吐温逝世五十周年

马克·吐温是世界和平理事会今年选定要纪念的世界文化名人之一。他于一九一〇年四月二十一日去世,今年(一九六〇年)正是他逝世的五十周年。

对于这位美国作家,我们虽然已经熟知他的名字,可是对于他的作品,实在介绍得不够。一般人都以为马克·吐温是幽默作家,其实他的笑不仅是嘲笑,有时简直是苦笑。在十九世纪的美国作家之中,能够从现实生活中取材,并且采取批判态度的,马克·吐温可说是仅有的一个,并且是异常成功的。尽管许多美国人将他的作品只是当作滑稽小说来读,但是一旦发现书中的人物,有一个很像他们的邻人,甚或很像他自己时,同时描摹得又那么淋漓尽致,他自己也只好苦笑了。这就是马克·吐温作品的成功处。

马克·吐温是一个成功的作家,可是一生的生活很苦,尤其是内心的苦痛,不幸的事情连续不断地来袭,给他的打击很大,差不多使他的一生没有多少安宁的日子。这种情形,颇有一点与巴尔札克相似。然而就是这种一连串的不如意之中,他终于写下了那许多作品,这种努力和奋斗精神是极可佩服的。

马克·吐温生于一八三五年,在美国米苏里州的一个名叫汉尼拔的小城里出世。他的本来姓名该是撒米耳·郎荷·克莱孟斯。后来写文章,才采用了"马克·吐温"这笔名。这是他在密西西比河的轮船上当水手时,听着同伴用铅锤测量水深,时常喝着"马克吐温,马克吐温",表示水深若干度;他听得有趣,后来就用了"马克·吐温"(Mark Twain)这两个字做了笔名。至今世人也只知道马克·吐温,很少记得他原来的姓名了。

马克·吐温的故乡汉尼拔城,就在美国这条有名的大河密西西比河边上。出身不很富裕的家庭,又值父亲早死,马克·吐温从小就对这条河流发生了深刻的感情,因为这正是他的生活教师。后来他的作品,曾一再用这座小城和这条大河作题材,可见他对于它们的感情之深。他的名作《汤姆沙雅的奇遇》,几乎就是用他自己童年生活来写成的。在这个小城里,在这条河上,他看见过,并且也遭遇过许多令他毕生难忘的可感动的,以及可怕的事情:一个黑人活活地被人打死,一只轮渡突然气锅爆炸沉没了——他将这一切都写在他的书里。

马克·吐温做过印刷学徒,做过水手,做过新闻记者,做过矿商,赚了不少钱,也被人骗了不少钱,到头来仍是靠了笔杆生活,并且维持他的"乡下佬"的本色,对那些看不顺眼的人物和事情毫不留情地加以嘲弄,这正是他的最可爱处。

马克·吐温的笑话

马克·吐温是一个充满了"人性"和风趣的人，是一个很可爱的作家。他的为人和谈吐，是同他的作品一样"幽默"的，因此关于他的笑话很多。自然，这些笑话未必全是真的。据说美国一位指导学生"如何获得成功的讲演"的教授，曾经这么传授一个成功秘诀给他的学生说："每逢发现你的观众有一点坐立不安，不肯耐心听你的演说的时候，你就赶快讲一个关于马克·吐温的笑话给他们听。"

自然，关于他的笑话就愈来愈多了。可是他本人早已去世，没有机会可以否认。但是在他生前，有许多人就不免要"撞板"了。据说，有一个喜欢在宴会上讲笑话的人，讲来讲去总是那几个。但他也有一手，他一开始总是先说："我希望你还不曾听我讲过这个笑话……"有一次，马克·吐温遇见了这位先生，他有礼貌地听这人讲完了他的老笑话以后，然后才说："对不起，我不仅早已听过这个笑话十多次，而且这个笑话根本是我自己编造出来的。"

马克·吐温早年曾在米苏里的一家报馆任职。据说有一天，有一个订户写信来询问，说他今天打开他们派来的报纸，发现里面有一只蜘蛛，他想知道这对于读者是吉兆还是凶兆。马克·吐温这么答复他道："在我们的报上发现一只蜘蛛，既非吉兆亦非凶兆。这只蜘蛛是另有任务的。它是在调查我们报上的广告客户，看看有谁家商店不曾在我们的报上刊登广告，以便就到那家商店的门上去做窠结网,可以不致受到惊扰。"

马克·吐温很不喜欢银行家,时常要"幽默"他们。他对于银行家所说的最有名的警句是:"银行家是这样的一种人,他在大晴天借伞给你,可是天色一变就立刻要收回。"

他曾说过一个挖苦银行家的笑话。据说有一位大银行家,花了极大的代价装了一只玻璃假眼。银行家有一天向马克·吐温说:"我敢同你打赌,你一定看不出我的两只眼睛,哪一只是真,哪一只是假,你若是能看得出,我可以输你五千元。"马克·吐温指着他那只假的左眼说:"这不用打赌,我一看就辨得出,因为只有你的这只眼睛闪耀着人性慈善的光辉。"

马克·吐温也时常讲他邻人的笑话。据说有一次,他向他的邻人借一本书。邻人说:"我的藏书是从来不离开我的藏书室的,你如果要看,请在这里看罢。"后来有一次,这个邻人来向马克·吐温借用花园里的刈草机。马克·吐温也回答他说:"我的刈草机是从来不离开我的花园的。你如果要借用,请在我的花园里用罢。"

《黑奴吁天录》的故事

美国斯托夫人的著名小说《汤姆叔叔的茅屋》,在我国很早就有了译本,是林琴南和魏易两人合译的,出版于一九〇一年,书名没有根据原名来翻译，改用了更文雅，也更切题的《黑奴吁天录》作书名。

斯托夫人的这部反对美国人蓄奴制度的小说，最初是在一个周刊上连载的，单行本出版于一八五二年，在连载时，这部小说已经吸引了读者，尤其是那些主张解放黑奴的人。印成单行本后，更立即风行畅销起来。

一八五二年三月二十日，《汤姆叔叔的茅屋》单行本出版，分印成上下二册。这时在刊物上的连载还未完毕，但是双方的销路都不曾受到影响。初版的《汤姆叔叔的茅屋》一共印了五千册，在出版的第一天，读者抢购，一口气就销去了三千册。到了三月底，再版本也卖光了。

本来，那位出版家是提议与斯托夫人合作，各人担负一半印刷出版费用，将来有了利益就对分，在这样合作的条件下来出版这部《汤姆叔叔的茅屋》。出版人之所以要这么做，是因为对这小说的出版没有什么大信心，所以要采用这种与作者合资出版的办法，以便减少可能的损失。可是由于斯托夫人根本没有力量担负一半的印刷费，经过再三商议，出版家终于答应由他一人出资印刷出版，改用抽版税的办法，作者抽取百分之十的版税。

由于这书一出版就畅销，三月二十日初版问世，一再再版，到了这年八月间，作者所抽得的版税已超过一万元。本来，斯托夫人是希望这部小说的出版，能多少有一点收入，可以贴补家用，使她有时间和安定的心情坐下来再写一部。她完全不曾料到《汤姆叔叔的茅屋》竟这么好销。因此仅是这一万元的版税收入，已经足够她长期写作,在经济上不必再有什么顾虑。

到了这年夏天,《汤姆叔叔的茅屋》已经销到了十二万册。据说出版时间未满一年之际,仅在美国本国就已经销去了三十万册。这个数字,有人曾经统计,若是以人口作比例,一八五〇年的三十万册销路,事实上可以抵得上现今的一百五十万册。

《汤姆叔叔的茅屋》,是美国小说译成外国语文最多的一部。连我国在一九〇一年都已经有了译本。可见这书的流传之广。可是关于这书的作者,这位斯托夫人,知道她的生平故事的却不多。

斯托夫人生于一八一二年[1],是美国人,丈夫是大学教授。她的写作生活,最初是业余的。着手写《汤姆叔叔的茅屋》时,已经是六个孩子的母亲了。但她对小说写作发生兴趣,同时又受到丈夫的鼓励,再三劝她摆脱家务去安心写作,并且对她鼓励,这才使得斯托夫人有勇气写出了像《汤姆叔叔的茅屋》这样的作品。

当时美国正在展开解放黑奴的高潮,但是阻力也很大,尤其是那些奴隶贩子,这是他们的衣食所系,而奴隶贩子的大头目又都是在社会上和政治上具有潜势力的人物。斯托夫人的兄弟爱德华,是主张解放黑奴最力的一个人,后来就被人所暗杀。

斯托夫人不仅是一向主张解放黑奴的,而且对于美国黑人所过的非人生活,知道得最详细。关于她着手写《汤姆叔叔的茅屋》的经过,她儿子查理在那部给母亲所写的传记上这么说道:

当时母亲正在礼拜堂里参加祈祷会。突然,像是在她的眼前

---

[1] 斯托夫人生于一八一一年。——编注

展开了一卷图画一般,汤姆叔叔死的情景涌现在她的心中。这情形将她感动得太厉害,她要再三忍住,才不至当众大哭起来。她立即赶回家中,摊开纸笔,将自己心中所得的印象写下来。然后,将家人孩子们召集在一起,她将自己所写下的读给他们听。她的两个最小的孩子,一个十岁,一个十二岁,听了哭得呜咽不止,其中一个在呜咽中说:

哦,妈妈,奴隶制度乃是世上最残酷的一件事情!

斯托夫人就在大家这样热心鼓励之下,开始执笔继续写下去。一八五一年六月,这部小说虽然还不曾写完,就开始在一些刊物上连载。斯托夫人本来只想连载几期就将它写完。哪知一开始之后,读者的反应非常热烈,她的写作兴趣也提高,就以控诉残酷不人道的奴隶制度为主题,放开手往下写,几乎连载了一年,直到第二年四月才刊完。可是在连载未完毕以前,她就已经出了单行本。

斯托夫人将这部小说交给刊物去连载,所得的发表费,一共只有三百元。可是出版后却销路大畅,如前面已经说过的那样,半年不到,她所得的版税已经超过一万元。

初版的《汤姆叔叔的茅屋》,是黑布面装订的,分订上下两册。这种初版本,虽然印了五千册,但是由于销路好,读的人多,至今能保存下来的反而极少了。

读书随笔2

想起海明威

这几天在报上读到海明威堕机不死的消息,使我阒然想起,十余年不读他的小说,我几乎忘记他了,心中不觉有点歉然。

我的歉仄并不是没来由的,因为第一个将海明威的名字介绍给中国读者的怕是我。那该是二十多年前的事了,那时海明威在美国不仅是新作家,而且还没有出版家肯接纳他的著作,当亡友望舒从巴黎将他买到的一册海明威在巴黎一家小书店出版的短篇集寄给我以后,我就立时对他那种简练的对话和清新的句法发生了兴趣,于是在我那时所写的短篇创作里,我的男主人公不久就在公共街车上从高高举起的海明威短篇小说集的背后,偷看他的"第七号女性"了。

我对海明威的作品一直很有好感,译过他的几个短篇,又写过好几篇介绍,直到他以西班牙内战为题材的《丧钟为谁而鸣》(这就是现在被人庸俗地译成《战地钟声》那本小说)出版以后,我觉得以他对于西班牙内战情形那么熟悉,却写得那么歪曲,显然是有意"装痴",我就写了一篇《海明威的路》(刊在当时杨刚编的香港《大公报》的"文艺"上),从此不再看他的小说了。

十多年以来,虽然时常在美国刊物上见到他的新书出版广告,以及那一帧胸口丛生着黑毛的照片,但是始终不再有看他小说的兴致,直到这两天读到他堕机不死的消息,才又想起过去的事:原来他还是我的老朋友,我几乎将他忘了!

诗人但丁的机智

意大利十五世纪,以善说笑话逸闻著名的波吉奥,在他那部有名的笑话集里,收集了不少与诗人但丁有关的笑话逸闻,显示这位《神曲》的作者平日为人,是怎样的机智幽默,在谈笑酬答之间怎样的富于风趣。

据说,佛罗伦萨的王子加奈兄弟,有一次邀请但丁宴饮。王子兄弟和他们的仆人,大家商量好要捉弄这位大诗人一下。他们在进餐过程中,将大家吃剩的肉骨头,都悄悄地抛掷在但丁的脚下。起先还有台布遮掩着,所以看不出什么,及至餐毕撤去台布,他人的脚旁皆空无一物(当时欧洲上流社会的宴饮习惯,皆用手取肉大嚼,吃剩的肉骨头随手抛掷桌下喂狗),唯独但丁的脚旁堆了一大堆肉骨头。主仆皆莞尔而笑,嘲弄他是一个贪嘴的老饕。

见了这种情形,但丁神色不动地回答道:"诸位不必惊异,这情形恰好证明了一件事情:如果狗是喜欢吃骨头的,这恰好证明我不是狗。"

又有一次,诗人因了政见不同,被放逐至西埃拉。某日,他满怀幽愤,独自坐在一座小教堂里沉思,有一个俗人认得他是大诗人但丁,便走过来同他不三不四地兜搭,向他乱问一些很愚蠢可笑的问题。但丁敷衍了几句,实在不耐烦了,突然向这人问道:"请你告诉我,你认为世上最蠢的动物是什么?"

"大笨象。"那人回答道。

"好了,大笨象,"但丁说,"请你饶了我,因为我正有许多心事,不愿受别人打扰。"于是那人狼狈而去。

但丁由于与教会的意见不合,不能在佛罗伦萨安居,只好周游各地。这时奈勃耐斯[1]王洛伯,仰慕诗人盛名,便修书托人邀请但丁到他的朝中来做客,但丁应邀前往,到了奈勃耐斯。由于他是诗人,而且旅途劳顿,他抵达奈勃耐斯后,也不曾换衣服,就穿了旅行的敝袍,随了使者去朝见洛伯王。这时恰值洛伯王大宴群臣,在座的全是锦衣绣服的王公大臣,使者见到但丁衣服破旧,便招呼他在末座坐下。但丁知道奈勃耐斯王瞧不起他,本要拂袖而去,但他想到既然来了,而且肚里又饿,便一声不响地吃了个饱,然后不别而行。

奈勃耐斯王宴会已毕,才想起但丁,叫人去请他来相见,才知道他已经走了。他知道是自己适才待慢了他,连忙派人去将但丁追回来,向他致歉,然后另设盛宴款待他,请他坐了首席。

这一次,但丁早已换上了一件簇新的锦袍,可是在宴会进行时,但丁一再将自己吃剩的食物搁在身上,又用袍袖揩手拭嘴,又将酒倒泻在身上,好像毫不留意宴会礼节似的。这时陪座的群臣皆抿嘴窃笑,笑他徒负虚名。洛伯王起先不言,后来实在忍不住了,便问但丁何故如此糟踏自己的新衣。但丁正色回答道:

"陛下,我并非糟踏我的新衣。我是因为先前穿了破衣前来,被人瞧不起;现在换了锦袍,却受到盛宴招待,可见受重视的实在

---

[1] Naples,现译为那不勒斯。——编注

是这件衣服，因此我应该也给它尝尝陛下所赐的丰肴美酒的滋味。"

奈勃耐斯王闻言大惭，当筵谢过，从此以上宾之礼款待但丁。

《十日谈》的版本谈

最近香港重印了《十日谈》的中译本，译者是黄石。这个译本，是多年前曾由上海开明书店印行过的，这次在香港重印，不知内容可有什么修改和变动。

《十日谈》的中译，除了这一本以外，一九五八年上海的新文艺出版社还出过一部方平、王科一两人合译的另一个译本，附了译自俄译本的什提恩所写的序言，还有译者的后记，又附了许多插图和饰画，译笔很忠实流畅，装帧也不错，是一个很理想的译本。只是印得不多，听说现在就是在内地也很难买到了。

《十日谈》有许多不同的外文译本。版本也有多种，有选译本，有净本，有全译本。我们现在所有的这两种中译本，所根据的外文译本就各不相同。

本来，依据国外一般爱书家的经验，要检查一下某种《十日谈》译文是否完整，只要翻阅一下本书所述的第三天第十个故事，是否被收入，或者是否被译出，就可以断定。因为对于这一个故事，有些版本删除了其中的大部分，仅存首尾概略，有的则保存意大利原文照排,不加译出。许多英文译本就是这样。

前年国内新出的译本就不曾删节这个故事,并且全译了出来。从前开明所出的黄石译文,因为是在上海租界内出版的,就经过删节。这一次在港重印,不知怎样了。

《十日谈》的作者卜迦丘是很喜欢嘲弄修道士,揭发他们伪善面目和藏匿在那一件道袍下面的肉欲活动的。《十日谈》内所述的第三天第十个《魔鬼进地狱》的故事,便是这类故事的一个典型杰作,因此最为教会中人所忌,尤其是旧派教士。《十日谈》这书,至今在许多国家仍被视为禁书,尤其是未经删节的全译本,还时常要闹出官司。前几年英国还有过一宗,新加坡也有过一宗,虽然后来都是出版商胜诉了,但可以知道这书至今还能够令有些人头痛。因为自十五世纪以来,被卜迦丘所嘲弄过的这类人物,他们的嘴脸至今仍没有多大的改变。

《十日谈》的作者卜迦丘,可说是古今第一流的讲故事能手。在这本书里,他的态度冷静庄重,不作无谓的指摘和嘲弄,也不抛售廉价的同情。他不故作矜持,也不回避猥亵。他在《十日谈》里从十个避疫男女的口中所讲出的一百个故事,可说包括了人生的各方面,有的诙谐风趣,有的严肃凄凉。但他从不说教,也不谩骂。不过,在他的故事里,有时娼妇会比闺秀更为贤淑,蠢汉会比聪明人更占便宜,而道貌岸然的"圣者"却时常会在凡夫俗子面前暴露了自己的真面目。正因为这样,这书自出版以来,虽然受到无数读者的喝彩,可是至少仍令少数人见了要头痛。

《堂吉诃德》的译本和原作

《堂吉诃德》近年在我国已经有了一个新出的译本，是傅东华译的。在这以前，我们本来早已有了一个文言文的译本，收在从前商务出版的说部丛书内，名为《魔侠传》。这个题名倒也很典雅贴切。将风车当作巨人，将酒囊当作武士的吉诃德，岂不是不折不扣的着了魔的侠士吗？可惜《魔侠传》只是节译的。

《堂吉诃德》在我国本来可以有一个十分理想的中译本，那就是诗人戴望舒从西班牙文原文精译出来的一个译本。他在法国留学时曾到西班牙去小住过，学会了西班牙文，又曾在建立在玛德里的塞万提斯铜像下面照过一幅像。可见他对这位作家和他的杰作是非常崇拜的。他对于《堂吉诃德》的翻译曾花费了不少心血，可惜在抗战和香港沦陷期间一直无法安心工作，时译时辍。解放后携稿北上，满以为这一次可以安心地完成这笔心愿了，不料又因哮喘症夺去了天年，只留下了一部残稿。目前国内精通西班牙语文的人才很多（拉丁美洲几乎是全部通行西班牙文的），听说正在将他的遗稿加以整理补充，也许不久就可以另有一部根据原文译出来的《堂吉诃德》中译本出现了。

《堂吉诃德》是一本好小说，只可惜原著的篇幅太长，使现代读者要从头至尾将它读完，实在很不容易。尤其是原著有许多地方根本不必那么冗长。有人说，如果将《堂吉诃德》的篇幅缩短一半，它的精彩一定更可以增加一倍。这并非随便说说的，实在也有点见地。因为塞万提斯写作《堂吉诃德》时的环境很困难，而且心情极不好。有一部分是在狱中写成的，写了就算数，似乎并未经过修改，甚至连重看一遍也似乎未看过的。原作重复和"摆乌龙"的漏洞很多。桑丘的毛驴被人偷走了多次，可是一次也未曾经过任何说明，这位大骑士的侍从又跨着他的驴子跟在那匹"如迅雷电"后面了。又有一次，公爵邀请吉诃德主仆晚上到他府中去吃晚饭，吃了又谈，谈了又吃，照时间算来，至少也该是半夜了，可是塞万提斯突然插入了一句："这时的天色已渐渐地晚了。"

凡此种种，虽是小疵，无伤大雅，更不足妨碍《堂吉诃德》本身的价值。但是若能去芜存菁，对于现代一般读者一定会特别方便一点。我敢说许多文艺爱好者虽然都知道塞万提斯这部大杰作的名字，但是能够从头至尾将第一部第二部全部读完的，一定不多。此无他，篇幅实在太多，有些地方的叙述和描写也太冗长了。

完成于十七世纪初年的《堂吉诃德》，一方面由于当时小说读者所要求的乃是这样的长篇巨制，一方面又由于作者的生活不安定，根本无法细细琢磨，同时也不容许他这么做，这才有这样的缺点留存下来的。

青鸟与蜜蜂

八十八岁高龄的梅特林克,在法国尼斯的别墅中逝世了。这位被称为"比利时的莎士比亚"的老戏剧家,在这次大战时曾避难到美国,携带着他心爱的一笼青鸟同行。为了美国海关条例,禁止外国鸟雀入境,所以即使是梅特林克的青鸟,也终于被海关没收,当时梅特林克曾为了这事对美国大大地不满。因为在梅特林克的眼中,正如在他的作品中所显示的一般,"青鸟"乃是"幸福"的象征。庸俗的美国人竟一面招待他一面又扣留了他的青鸟,不仅煞风景,简直煮鹤焚琴了。

梅特林克的《青鸟》出版于一九〇八年,我国也早已有了译本。无疑地,因了这一个剧本,梅特林克将永远被人记忆着。一个作家只要有一本书能读了使人不能忘记,他就可以不朽,恰如他在这部童话剧中所写下的名句一般"死人是活在活人的记忆中的";死了多年的老祖父,终日在阴间昏睡不醒,但是当孩子们偶然在心上忆起他时,他便立时清醒年轻起来了。

梅特林克的另一本使人爱好的书,是他的《蜜蜂的生活》,这是将科学、文学和哲学联合在一起的一部作品。很多人曾作过这样尝试,但是至今还没有人达到像他在《蜜蜂的生活》中所达到的成就。这本书有科学的正确,文学的描写,更包含着哲学思想。使人于获得知识与享受之外,对于自己所生活的社会忍不住要发出反省。在《婚礼飞行》一章中,梅特林克描写无数的雄蜂在飞行中追逐蜂后，蜂后只需要一只雄蜂交配，因此，仅有体力最强的一只能有机会在飞行的最高峰接近蜂后，而且本身将因此丧命，其余落选的雄蜂，因为蜂后不再需要它们，在蜜蜂的社会组织中已成为只会消耗食物不能劳动生产的废物，便由工蜂毫不留情地一一加以处死。这办法虽近于残酷，但谁能指责它的处置不合理呢？

无怪乎他认为蜜蜂的许多举动，有些并非只是本能的冲动，而是有意识的有计划的社会改进工作了。

支魏格的小说

斯谛芬·支魏格，早已在一九四二年去世了，而且是很悲惨地在第二次世界大战期间，夫妇两人在旅居巴西的流亡生活中，一起自杀的。

支魏格是奥国作家。在现代德语系统的作家中，他不仅是极有才华的重要作家之一，而且是一位有国际声誉、极受人喜爱的作家。他的作品有三十种文字以上的译本。

支魏格写诗，写小说，也写传记和剧本。他的传记以分析人物心理精辟入微见长，是一种现代的新体传记。他曾写过托尔斯泰、巴尔扎克、狄根斯、罗曼·罗兰等人的传记。他的小说有长篇，也有中篇和短篇。没有一般德国小说那种沉重的气息，写得深刻而又生动，尤其是小说的故事好，写得又美丽。

我最喜欢读他的中篇和短篇，如《一个不相识妇人的情书》《阿猛克》《看不见的收藏》《布哈孟台尔》等篇，不仅一读再读，而且都忍不住译了出来。逢人就推荐。凡是爱读小说的人，读了他的这些作品，无不同意我的介绍，认为支魏格的小说，不仅每一篇的故事都好，而且写得又好。

就我个人的爱好来说，我特别喜欢《看不见的收藏》和《布哈孟台尔》。这两篇都是以艺术收藏家为题材的。《看不见的收藏》写的是一位版画收藏家的故事。《布哈孟台尔》写的是旧书店老板的故事。两篇所写的都是令人难忘的人生悲剧。

搜集版画和搜集旧书，都是我的爱好，因此这两篇小说读了使我特别感动。支魏格身历第一次世界大战和第二次世界大战。他是人道主义者，饱受战祸的苦痛，因此在这两篇小说中，描写好像与世无争的版画收藏家和旧书商，也逃不脱战争的灾难。写得沉痛极了。

《一个不相识妇人的情书》是一篇充满了抒情气息的恋爱故事。高手自是高手，这一个中篇恋爱故事，可说是二十世纪小说杰作之一。

支魏格在第二次大战初年，不容于纳粹。一直过着流亡生活，先避居英国，后来又逃到南美。他在临去世的前一年，曾写过一篇《象棋的故事》，暴露了纳粹对于人类精神生活的威胁。可惜他即使写下了这样的小说，终于自己也忍受不住精神上的种种打击和绝望,竟夫妻双双自杀身死了。

奥地普斯家族的悲剧

奥地普斯王的故事在文学上产生了不少杰作。其中最有名的,是希腊戏剧家索伏克里斯留下给我们的三个悲剧:《奥地普斯王》《奥地普斯在科罗鲁斯》,以及《安地果妮》,据说索伏克里斯一生写过一百多个剧本,但是留传下来的只有七个。这三个以奥地普斯王的故事为题材的悲剧,就是七篇作品之中的三篇。

这三个悲剧,描写了奥地普斯王怎样自己发觉了自己所犯的弑父乱母大罪的经过,以及以后所过的苦难日子,直到由于乱伦关系所生的四个子女完全被毁灭为止,这样就结束了奥地普斯这个罪恶家族的历史。

三部曲的第一部《奥地普斯王》所描写的,是他杀了斯芬克斯,成为地比斯王,自己在不知的情况下娶了自己的母亲约嘉丝妲为王后,并且生了四个子女以后的事。地比斯在奥地普斯王的治理下,富庶繁昌,百姓生活得十分幸福,因此一起歌颂新王的德政。不料过了十五年的安稳日子后,国内忽然天灾人祸相继发生,百姓大起恐慌,以为第二个怪物斯芬克斯又出现了,他们就一起列队到王宫的外面来向奥地普斯王请愿,认为奥地普斯王在十五年前曾救过他们一次，希望这一回再拯救他们一次。

索伏克里斯的悲剧第一部就是在这背景下揭幕的。奥地普斯王接纳了民众的请愿，向天神去请示，希望知道使得地比斯人遭获天谴的原因。哪知不问犹可，一问就将自己在不知不觉之中所犯的可怕的罪行揭露了。这一来，就使得他从自以为十分光荣的王座上倒了下来，悲剧就接二连三地发生：约嘉丝妲王后羞愧自缢而死，他自己也抉出双目，弃国出走。

悲剧的第二部《奥地普斯在科罗鲁斯》，所写的是上述事件发生以后二十年的事，奥地普斯既盲且老，由他的女儿安地果妮陪伴着，在荒野漫游，过着流浪生活。地比斯王位由国舅克里安摄政，可是两个王子却开始在争夺王位了。

第三部《安地果妮》是奥地普斯王悲剧的大结束。他的两个儿子因争夺王位，互相残杀而死。这时国舅又当权了，他因了安地果妮姊妹违抗他的命令，下令将她们两人活埋而死，毁灭了奥地普斯由于乱伦关系所生的全部子女。

以奥地普斯王的故事为题材的作品很多，但是最有名的自然要算希腊戏剧家索伏克里斯留下给我们的这三个悲剧了。奥地普斯的悲剧命运，虽然是天神早已预言过的，但是却由于他猜中了人面狮身怪物斯芬克斯的谜语而起，这可说是有关人面狮身像的一个最有名的插曲了。

萨迪的《蔷薇园》

伊朗古代诗人萨迪,是今年要纪念的世界三位文化名人之一。在上月二十日,北京刚为他举行了一次盛大的纪念会。

萨迪生于十三世纪(一二〇〇年,一说生于一一九三年),他的真姓名该是穆斯里·奥德·丁。他是古代中东那种近于圣者和先知的伟大诗人之一,笔下文辞单纯美丽,富于明彻深邃的智慧,可是并不抹煞人性。他生于伊朗的希拉兹,因此有"希拉兹的夜莺"之称。萨迪遗留下来的作品,最为人传诵的有两部,一是《古里斯丹》,即《蔷薇园》;另一是《布斯丹》,即《果树园》。这都是韵文诗与散文诗的混合集,内容包括了寓言诗、小故事和含有教训的警句。现代黎巴嫩诗人纪伯伦的作品,显然就是受了他的影响。

我没有读过完整的《蔷薇园》译本,只是在一部英译古代东方文学作品的选集里,读到了一些。这里试译几段于下:

> 财富乃是为了生活的舒适,并非生活乃是为了搜集财富。我问一位智人,谁是幸运者,谁是不幸者。他回答道:"曾经撒种而又收割的人是幸运的,那些死了不曾享受的人是不幸的。那些一生之中只知道收集财富而不懂得运用的人,可说是无用的废物,你不必为他们祈祷!"

有两种人是徒劳辛苦,费力而无所获益:一是有了财富而不知道享受的人,另一是有了学问而不懂得运用的人。无论你已经拥有了怎样多的知识,如果你不加以实用,你就仍是一无所知。你在牲口背上驮了几本书,你并不能使它成为学者,或是哲学家。那个空洞的头脑能够懂得什么呢,不论它驮的是珍贵的书籍还是木柴?

当一件事情能够用钱来解决时,那就不必冒生命的危险;除非一切方法都已运用失败之后,不应乞灵于刀剑。

事情往往成功于忍耐,躁急的结果总是失望。我曾经亲眼在沙漠中见过,行走缓慢的人赶上了快捷的人,健步如飞者因力竭而倒下,缓慢的赶骆驼伕子却能够支持到终点。

只知道死读书而不知道运用的人,就如驱牛耕田却不撒种。

如果每一夜都是权力之夜,权力之夜就要丧失它的价值。如果每一粒石子都是宝石,宝石就要与石子同价。

对于无知的人,最好的事情是沉默。不过,他如果能懂得沉默,他就已经不是无知了。

萨迪的这部《蔷薇园》,最近在国内已经有了中译本,不过也是选译。

杂忆诗人泰戈尔

今年是印度大诗人泰戈尔诞生一百周年纪念。对于这位大诗人，我们该不是生疏的，他到过我国来游历和讲学，他的主要作品，包括诗、散文、戏剧、小说、论文在内，差不多都已经有了中译本。翻开一九五四年中华书局出版的《中国现代出版史料》甲编，在一九二九年为止的《汉译东西洋文学作品编目》内，他的作品译成中文的，那时就有了二十种。以后出版的自然还有。不过，近二十多年来，我们对于这位诗人似乎有点冷淡了，我相信年轻的文艺爱好者里面，读过当年郑振铎先生翻译的《新月集》《飞鸟集》的人，一定不很多了。

泰戈尔已在一九四一年去世，这正是日本发动太平洋战争的那一年。诗人不曾见到日本军阀这一次疯狂野心的暴露，对他来说可说是幸福的。因为在我国开始对日抗战以后，诗人对于日本军阀侵略我国的阴谋，侵华军队在我国领土内的野蛮行为，曾一再愤慨地指斥。因此他如果再见到日本军阀暴露了他们更大的狂妄野心，他真不知道要气成怎样了。

一九三八年秋天，正是我国抗战最吃重的时候，日本有名诗人野口米次郎，忽然发表了一封公开信给泰戈尔，为日本军阀的行动作辩护，说这是"造福中国民众"之举，是一个"新的亚洲人的亚洲"的开始。当时泰戈尔看到了这封信十分生气。他平日与野口米次郎很友善，这时就一面宣布与野口米次郎绝交，一面也一连发表了两封公开信,答复野口米次郎,指斥他这荒唐的见解。这两封复信当时都有过中文译文,发表在香港的报纸上。我们这位将近八十高龄的老诗人,在一封复信上曾经这么严正地宣示道:

> 中国是不会被征服的。她的文化,表现了可惊异的资源;她的民众的决绝的忠诚,空前的团结,已经给这国家创造了一个新的时代……

所以这位诗人实在是我们难得的一位好朋友。同时也使我们知道,他还是一位热爱和平的,人道主义的战士。

除了支持我国抗战之外,他的生平还有一件事情可以一提的:一九一三年,他获得了诺贝尔文学奖金,这是印度人从未有过的光荣,英国为了这事,特地授他以爵士勋位。可是几年之后,为了抗议英国军队在印度开枪杀人,他毫不踌躇地宣布摒除了这个头衔。

泰戈尔到中国来讲学时,曾经在当时北京的清华大学住过。后来徐悲鸿到印度去举行画展时,也得到诗人的特别推荐,因为诗人自己同时也是画家。徐悲鸿的那幅泰戈尔画像,大约就是这个时期的作品。

关于果庚

南太平洋的塔希提岛,与画家保尔·果庚的名字几乎是分不开的。没有果庚,塔希提岛在今天决不会这么有名。没有塔希提岛,我们虽不致没有果庚这个画家,他至少可能没有机会画出我们现在所见到的那许多迷人的异国情调作品。

果庚到过塔希提岛两次。第一次是一八九一年,他离开法国和家庭,单身一人到南太平洋的这个岛上住了两年零四个月。回去后曾将在岛上所画的作品,举行了一次个展。那些充满异国趣味、色彩强烈、形象新鲜的画面,虽使巴黎人对这些作品刮目相看,可是对于他的穷困生活并没有什么帮助。

在南太平洋群岛上住了两年多的果庚,回到巴黎以后,对于当时欧洲大陆的糜烂文明生活,愈加起了憎恶。因此在法国住了两年之后,他又重赴塔希提岛。这一次,果庚下了决心,决定要终身住在南太平洋,不再回到那冷酷丑恶的巴黎。他果然兑现了自己的决心,从一八九五年以后,就一直住在塔希提岛上,后来又迁移到另一个小岛上去住,直到一九〇三年去世为止,不曾再回过巴黎。就在南太平洋的这些小岛上,消磨了他的贫病寂寞的岁月。

住在海外的果庚,曾不断地与远处国内的朋友们通信。这些遗留下来的信件,最能表达作为艺术家的果庚个性和思想生活。尤其是最后几年所写的,最能使人理解他的作品和他的生活的关系。

在一封信上,讲到自己的生活,他曾经埋怨有些朋友对他所作的不公正的指责。他说:

> 你一定知道,人家是不赞成我的作画方式的。然而,我对于这些,毫不在乎。我只选择我自己所喜欢的去画。用色今天薄一点,明天厚一点……艺术是非自由不可的。如果不这样,就不能算是艺术家了。

果庚在这里所要求的艺术上的自由,是对于学院束缚的解放。

由于贫困,塔希提岛的生活虽滋润了果庚的艺术,却损害了他的健康。他在一八九七年九月一日写信给蒙费莱说:"我也说不出原因,头和胃都不行了。前途异常黑暗,已无任何希望,唯有死可以解决一切。本月份负债一千八百法郎,信用借款还不在内,真是蠢事,大家都说这是可悲而又无意义的冒险生活。"

同他同时代的梵·谷诃一样,这两位画家所遗留下来的信件,是理解他们作品和为人的最可靠的资料。果庚的信写得最真实,也比梵·谷诃写得更好,因为他本是写散文的能手,那一部《诺亚诺亚》,已经足够令他当得起一位散文作家而无愧了。

果庚的《诺亚诺亚》

保尔·果庚是我所喜欢的画家之一,他所写的那部《诺亚诺亚》也是我喜欢的书之一。

很少画家能写文章,能够画得好而又写得好的自然更少,果庚就是这样难得的天才之一。他的文章也许比不上他的画,但是从《诺亚诺亚》和遗留下来的书信札记日记看来,他的文字同他的画一样,富于一种真率的趣味。虽然有些地方写得很粗野,但是随处又可以看出有一种迷人的光彩和奇趣。

《诺亚诺亚》是果庚第一次到南太平洋的塔希提岛小住时,所写下的一部旅行记。他是在一八九一年四月间自巴黎起程去的,住到一八九三年八月又回到巴黎。《诺亚诺亚》就是这次旅程的产品。

"诺亚诺亚"(Noa Noa)是塔希提岛的土语,即"香呀香呀"之意。由于果庚在塔希提岛时,写下了这些札记,随手就寄给了他在巴黎的好友查理·摩里斯,摩里斯加以整理和修改后,用他自己和果庚合著的名义,先在刊物上发表,然后又印成了单行本。这事使得果庚很不满意,便将留在自己手上的另一份底稿,加以改写和扩充,又由自己加上插图,另出版了一个单行本。所以果庚的这部《诺亚诺亚》,是有好几种不同的版本的。

最好的一种版本,不是排印本,而是根据果庚的原稿来影印的。因为他一面写、一面随手加上插画,画与文字合而为一,很像英国诗人画家布莱克自画自印的那些诗画集一样。而且这些插画有些是单色的,有些更是彩色的。有一种完全按照原稿来复制的版本,最为可贵。

果庚最初本是业余画家,他的正式职业是股票经纪。在巴黎的股票市场上,是一名很活跃的经纪,收入很不错。但他对巴黎的生活、对欧洲人的文明生活,忽然感到了厌倦,决定要找一个世外桃源去逃避,不仅要放弃他的巴黎生活,而且要放弃他的股票经纪生活,正式去做一个画家。这就是他离开巴黎来到塔希提岛的原因。这个巴黎股票经纪,这时已经是一个有了妻子儿女的中年人,已经四十三岁了。但他抛下这一切,只身离开了巴黎。

果庚这次到塔希提岛去,前后住了三年,又回到巴黎。《诺亚诺亚》就是这一次的旅行记。他是抱了寻觅世外桃源的目的去塔希提岛的,哪知到了岛上一看,虽然有些地方还保持着自然和原始的美丽,但是欧洲人的丑恶文明,也早已侵袭到岛上了,这使果庚很感到失望。

原来这时的塔希提岛,早已是法国的殖民地。因此果庚见了岛上的情形,很气愤地写信给巴黎的朋友说,这里简直仍是欧洲,是他想摆脱的欧洲,再加上狂妄自大的殖民主义,以及对于欧洲人的罪恶、时髦和可笑之处的不伦不类的模仿。

怎么,我不远千里而来,在这里所得到的竟是我正想逃避的东西吗?

果庚在塔希提岛住了三年,又回到巴黎的原因,并非由于对于塔希提岛完全幻灭了,而是看出在白种人的脚迹和势力还未达到的其他小岛上,仍保全着他所憧憬的人间天堂。因此他回到法国去料理了一下家事,在一八九五年又回到塔希提来。这一次重来是下了大决心的:他要深入土人中间去生活,同时永不再回欧洲。

对于后一点,果庚可说完全做到了。因为他在岛上一共住了八年,直到一九〇三年五月八日,在玛尔卡萨斯群岛[1]的一个小岛上,身上的毒症迸发,在贫病寂寞之中死去。

果庚自己是白种人,但是却痛恨在这些海岛上作威作福的白种人。对于当地的土人则有极大的好感。在一封写给朋友的信上,他这么说:

> 这些人被称为野蛮人……他们喜欢唱歌,但是从不偷窃,我的屋门是从来不关的;他们从不杀人……

在《诺亚诺亚》里,对于初到塔希提岛时的印象,他这么加以歌颂道:

> 静默!我开始在学习去领略一个塔希提之夜的静默。在这样的静默中,除了我自己的心跳之外,我听不到别的任何声音。

---

[1] Marquesas Islands,现译为马克萨斯群岛。——编注

他在一封家书上,也提到了这样的静默:

> 塔希提岛夜间的静默,乃是一件比任何更古怪的事情。它静默得令你可以感觉得到。就是夜鸟的啼声也不能将它打破。

《诺亚诺亚》的篇幅并不多,内容却很复杂,有一部分是抒情散文,有一部分是日常生活的记录,更有一部分是他采集的岛上传说和神话。在果庚以前和以后,也有不少人写过用塔希提岛作题材的书,但是他的这部《诺亚诺亚》仍是最受人欢喜的一部。

我不知果庚的这本小书在我国是否已经有过中译本。多年前我在一本杂志上曾见过一则预告,但是后来是否真的出版了,我却不知道。

《诺亚诺亚》一脔

静默!我开始学着去领略一个塔希提岛之夜的静默。

在这个静默之中,除了我自己的心跳之外,我听不到别的什么。……

在我和天空之间,除了高高的脆弱的芦兜叶的屋顶之外,那是蜥蜴做窠的地方，没有别的什么。

我已经远远地，远远地离开着监狱似的欧洲人的家屋。

一座摩亚里的草屋并不将人从生活，从空间，从无垠的世界分开……

同时，我却觉得我自己在这里十分寂寞。

这区域的居民和我之间，正在互相监视，我们彼此之间的距离仍是一样。

到了第二天，我的食物已经完了。我要怎么办呢？我想象以前只要有钱，我就可以获得生活所需要的一切。我被自己骗了。一旦远离了城市，我们如果要生存，唯有面向自然。自然是丰富的。她是慷慨的，她对于向她的财富要求分润一份的人，从不拒绝，而她在树上，在山间，在海中所贮藏的财富，却是取用不竭的。但是，你至少要懂得怎样爬上高高的树，怎样上山去，然后你才可以满载而归。你一定先要懂得怎样去捕鱼，怎样去潜入水底，从海底的礁石上将贴附得紧紧的贝类撕下来——一个人一定先要懂得怎样去做，而且一定要自己动手去做。

可是我这个人，我这个文明人，在这些事情方面远远不及这些野蛮人。我羡慕他们。我望着他们在我四周的快乐和平的生活，除了日常生活必需之外不再去追寻其他一切，一点也不必为了金钱而烦恼。

当自然的赠予使得每一个人都唾手可得的时候，他们可以向谁去兜售呢？

我就这么空着肚子坐在我的草屋门口，凄凉地考虑着我自己的处境，想到自然为了要保障她自己，特地在她与来自文明世界的人们之间所设下的这种不可逾越的障碍的时候，忽然发现有一个土人向我做着手势，说着什么。他的手势说明了他的言语，使我懂得我的邻人正在邀我去分享他的午餐。我摇一摇头，向他拒绝了。然后我就走回草屋，并且感到惭愧。我相信这是一面由于有人曾经向我施舍，一面我又拒绝了之故。

几分钟之后，有一个小姑娘，一句口也不开，在我门前放下了一些煮熟的菜蔬。一些整齐地包在新摘下的树叶里面的果实。我正在肚饿，于是我也一句口不开地接纳了这赠予。

马谛斯的故事

偶然读到一篇马谛斯的访问记，其中记载老年的马谛斯住在尼斯的别墅里养病，终日很少下床，但是并不空闲，整天拥被坐在那张特制的大床上，用剪纸这工具来进行他的装饰设计。记者问他近年的目力如何，他说已经差了许多，但是还不错。说罢就请服侍他的女看护从床底下拿出枪靶和射击枪来，叫她将枪靶竖在远处的墙边，马谛斯就坐在床上发枪射靶，居然能枪枪中的。

我起初读了，有点觉得古怪，为什么画家的床底下会有射击枪和枪靶，而且可以随时拿出来，说开枪就开枪，仿佛一个军人一样。

后来继续读下去，才知道是怎样一回事。原来马谛斯为了要追求画上的线条准确而且稳定，许多年以来，就经常练习打靶，寒暑不辍，借此练习腕力和目力，甚至到了暮年，终日坐在病床上，还不放弃这锻炼工作，仍要时时继续练习射击，这才会从床底下随时拿得出枪靶和枪来。

马谛斯的线条，是一向受到他的同辈画家羡慕和钦佩的。就是我们一般人欣赏他的素描，尤其那些人体素描，往往一笔就画下了半个人体，线条稳定，圆润而且准确，简直令人忍不住击节赞赏。大家只知道他的笔下功夫好，没有想到这功夫是这么刻苦练出来的，而且是用这样的方法练出来的。

马谛斯的素描，线条不仅准确，而且简单。据说有一次，他见到有些年轻的美术学生模仿他的素描，他就向他们谈起如何能达到线条单纯的途径，他说莫小觑他的画上那些简单的线条，这是他三十多年来，将所画的许多线条，减之再减，直到减得无可再减，剩下最重要的一条，这才构成他的那些线条简单的画面。他说若是一开始就想模仿他的这些线条简单素描，不从由繁入简来着手，那就是背道而驰了。

有些人认为像马谛斯那一派的画，都是大刀阔斧、一挥而就的，读了他的这两个小逸闻，就知道其实大大地不然。他是下过苦功，过得硬，而且自始至终都如此的。这就像我们齐白石的花果草虫，看似墨沉淋漓，一挥而就，其实他在平时观察自然，从一片花瓣的形色变化，以至一只蚱蜢的须，丝毫也不肯放过，看得像显微镜一样地精细，然后才可以一笔代表十笔、一百笔的。

罗丹与诗人里尔克

罗丹的传记和关于他的作品的批评,世上已经有很多人写过了。写得最亲切、同情而又正确可靠的,是法国克劳台尔所写下的那两本。不过,如想更进一步理解这位大雕刻家的思想和艺术,倒是另有一本小书,这便是里尔克所写的那本《罗丹论》了。

里尔克是诗人,年轻时曾经任过罗丹的秘书,是著名的罗丹崇拜者之一。他以探索人类内心秘奥的诗人观察方式,分析罗丹各期作品形成的过程。因此他所写的《罗丹论》虽然仅是一篇六十页的短短论文,已经能够使我们更完整地认识整个的罗丹。

诗人里尔克和罗丹结识的经过是很有趣的。一九〇五年左右,这位捷克籍的青年诗人,受了一位德国出版家的委托,要写一部介绍罗丹雕刻的著作,于是来到巴黎访问罗丹,同这位大师谈话并开始研究他的作品。罗丹一见了里尔克,就觉得这青年人的谈吐和人品都很可爱,便邀他住在自己的家里,接着便更进一步请他做了自己的秘书。罗丹的这个决定可说来得有点奇突,因为其时里尔克连法文也不曾学得好。但这也正是罗丹的一贯作风,他的脾气很古怪,不肯信任本国的年轻人。在里尔克之前,他已经请过一位英国人卢都维西做他的秘书。

可惜这种奇突的结合往往不能维持得很长久。罗丹的脾气愈来愈暴躁独断,许多好朋友都被他得罪了,秘书里尔克也不能例外。幸亏这位青年诗人很能忍耐,他们不久又和好如初。

里尔克在他的那本小册子里分析罗丹的性格说:他的内心始终是寂寞的,未成名时是如此,成名之后,他的内心寂寞也许更甚。这是因为他未成名时,世人不理解他的作品;成名之后,世人却仅仅知道崇拜他的名字,忘记了他的作品,更忘记了他本人,因此他的内心依然寂寞。里尔克说,罗丹成就的伟大,已经不是一个名字所能包含,他的作品像海一样,像森林一样,自有其自身的生命,而且随着岁月继续在生长中。这几句评语可说对罗丹推崇备至。

里尔克虽是诗人,自己却学过画,很喜欢研究美术,除了罗丹之外,他对于塞尚、马奈、梵·谷诃等人的作品,也研究过,写过对这些画家作品的印象。他对于罗丹的雕刻,最倾服的是那件《手》,象征人类崇拜未知的自然的那件像戈谛克教堂建筑一样的微合着的双手。里尔克说这是可以媲美上帝创造能力的作品。

毕加索的青色时代

寒夜灯下,读毕加索的传记。

毕加索名巴布罗,姓毕加索。这个姓并不是他父亲的姓,而是他母亲的姓。毕加索的父亲是西班牙的山地民族巴斯克,姓里兹;母亲是世代侨居意大利的西班牙人,姓毕加索。根据西班牙的习惯,孩子除了自己的名字外,长大后的姓氏,可以从父,也可以从母。毕加索因为喜欢母亲姓氏的发音,长大后遂采用母姓。他自己的名字是巴布罗,因此幼时还叫"巴布罗·里兹",读书时在父姓之后又加上母姓,成为"巴布罗·里兹·毕加索"。二十岁后,开始放弃父姓,就成为今日我们所熟知的"巴布罗·毕加索"了。

毕加索的父亲也是画家。他自幼跟父亲学画。十六岁时就考入了巴塞隆纳[1]的省立美术学院。入学试的考试科目非常繁重,要画许多幅画,通常规定考生可以用一个月的时间来完成这些应试的作品。可是毕加索竟用一天的时间就交卷,并且被录取。几个月后,他又去参加京城玛德里的国立美术学院入学试,同样也只用一天的时间就完成各项试卷,同样也被取录。

从二十岁起,他的作品已经卓然成家。这些少作,被人称为"青色时代"的作品,开始于一九○一年,继续至一九○四年年初,都保持着同一风格,是他从二十岁到二十三岁时期的作品。

所谓"青色时代",是指他在这个时期所作的画,画面上总是以青色为主调,有时整幅画全用深浅不同的青色来画成。这些画的题材都是人物,画面的情调非常忧郁沉重。

这个现象怎样解释呢?研究毕加索作品的美术批评家和为他作传的人,对这现象有种种不同的理论和考证。可是在毕加索的朋友之中却有两种富于人情味的传说。一说这时期的毕加索很穷,

---

[1] Barcelona,现译为巴塞罗那。——编注

买不起多种颜料,不知从哪里弄来大批青色颜料,因此只好一直单纯地用青色来作画。另一个传说,说他这时为了穷,只能在夜晚作画,灯光微弱,无法使用多种颜色,因此只好单纯地使用青色。

后一说的由来,是根据毕加索的自述。因为在所谓"青色时代"这一时期,他已经到了巴黎,住到蒙巴特区的一间小房里,夜晚点不起油灯,吃的是霉烂的香肠;为了取暖,不得不焚烧自己成叠的画稿。后来为了单独付不起房租,只好搬出与诗人麦克斯·若可勃合租一间房。诗人白昼外出,他就在房里睡觉;夜晚诗人回来,他就起身让出床铺,开始在灯下作画。所谓"青色时代"的作品都是成于灯下之说,就是从这里而来。

毕加索的情妇

偶然在书店里见到一本毕加索的画册,那书名若是译出来,仿佛是《毕加索的妇人》,或是《毕加索笔下的女性》之类。我因为赶着要去办理别的事情,不曾将画册取过来看,但不难想象里面所收的作品,一定都是在别的毕加索画册里可以见到的那些以女性为题材的作品。

毕加索的这类作品,有一项很特殊的背景,那就是出现在他的作品上的那些妇人，大多数都是他的情妇。有的是做了他的模特儿之后，渐渐地关系密切，终于成了他的情妇；有的是先做了他的情妇，然后再供他作画，成为他的模特儿。

如那个有名的D.M.女士，他大约曾经给她画过上百幅的画像和素描，还有版画。有的是十分写实的画像，有的却是自由想象的创作，将她的鼻子、嘴巴和眼睛都搬了家。两只眼睛生在一起，嘴在脸上的另一个部分，手掌也变了形。但是奇怪的是，虽然如此，你一看仍认得出这就是D.M.女士。

还有那位梳马尾装的少女，由他一口气画了几十幅素描的，后来也成了他的情妇。

更有那幅有名的《镜前的女子》，色彩灿烂得像宝石，是他一九三〇年的大杰作之一，画中的那个模特儿也是他的情妇，称为"玛丽·华脱"女士。两人的关系可能一直到现在仍在维持着。

毕加索的这些情妇，在以前是别人不大清楚的，可是自从那位同他同居了十年，生了两个孩子的佛郎索娃·吉纳女士同他分手，写了那本《同毕加索在一起的生活》后，揭露了许多过去少为人知的毕加索私生活内幕，这才为世人所知了。因此毕加索对这本书很生气，曾在它未出版之际，向巴黎法庭提出控诉，要求禁止这本书的出版，可是他的请求被法官驳斥了，只好徒呼奈何。

吉纳女士既然同毕加索有过同居十年的历史，自然知道不少事情，尤其是关于毕加索私生活方面的。这可说是一部从另一角度来描绘这位大师的传记。

毕加索同新认识的女朋友在一起，或是他如果想追求一个女子，他是怎样向她们入手，同她们谈情说爱的？一般人也许认为这位当代大师一定与一般人有所不同。读了吉纳女士的《同毕加索在一起的生活》后，才知道并不如此。欧洲有一句俗谚：在小使的眼中，没有一个主人是大人物，很可以为毕加索解嘲。

诚实的赝造家故事

关于达文西的那幅杰作《蒙娜丽莎》，有趣的故事和传说真是太多了。这里且叙述一个自称"诚实的赝造家"的故事。

在巴黎塞纳河的左岸，那无数的无名画家的杂乱画室中，其中有一间住着一位工作极为辛勤的意大利籍画家，这人在巴黎已经旅居了四十多年，以临摹名画为业，专临达文西的这幅《蒙娜丽莎》，据说已经临过了一百三十一幅之多。

这位画家名叫安东尼奥·布林，自称是"诚实的赝造家"。他早已立誓将毕生的精力都贡献给临摹目前正挂在巴黎卢佛美术馆，以神秘的微笑为世人所欣赏的达文西的这幅肖像画。

布林对于模仿这位文艺复兴大师的笔路，其完善程度，据说已经使得他的临本，除了少数独具慧眼的专家以外，一般的美术鉴赏者都无法辨认得出，外行更不用说了。因为他不仅已经研究出古代画家配合颜料的秘诀，甚至对于达文西作画的许多特点，如他以左手作画的那种特有笔触，布林都能够模仿得非常酷肖。

据这位肥胖的意大利临摹专家对人表示，他认为达文西生前未能充分发挥他的天才，他是他的同国人，因此有义务将他的杰作加以发扬光大。因此，在一九一一年的某一天，布林带了画布和调色板，到卢佛美术馆将达文西的这幅杰作加以细心临摹。从那天起，他就成了《蒙娜丽莎》这幅画的临摹专家了。

布林自称"诚实的赝造家"的原因，因为他临摹达文西的这幅杰作，并非制造假古董来鱼目混珠，而是适应各国美术博物馆及私人收藏家的需要，为他们临摹一个副本，以满足那些不能亲身到巴黎来欣赏这幅杰作的无数美术爱好者的要求。因为精印的原色复制品虽有的是，但是临本总比印刷品更令人有一种真实感（北京出版的印尼苏加诺总统藏画集，其中就有一幅《蒙娜丽莎》的临本，注明是总统府的藏品）。

由于布林是《蒙娜丽莎》临摹专家，凡是希望获得一幅这杰作临本的人，总是来委托他担任这工作，因此他的生意滔滔不绝。不过，因为顾客的口味不同，有时这工作也会带给他不愉快和烦恼。因为有些一知半解的美术爱好者，或是附庸风雅的暴发户，他们一面要拥有一幅《蒙娜丽莎》的临本来骄人，一面又不喜欢画中人那种"忧郁的微笑"，有的甚至嫌恶画的色调太暗，吩咐他临摹时要改得明亮一点。

布林说，为了生意经，迎合顾客的口味，他有时不得不忍痛照改。他说，这样改变的结果，使得有些《蒙娜丽莎》的临本简直成了现代剪贴女郎，完全丧失原画的面目了。

布林回忆他的某一次有趣的遭遇。他说,有一天,他照例在卢佛潜心临摹这幅杰作,忽然有人在背后向他问道:"请问这画中人是谁?"

布林向这个观众怒目望了一眼,怪他对于艺术太没有常识,勉强这么答道:"怎样,你居然不晓得吗?这就是达文西的《蒙娜丽莎》,全世界第一幅的名画呀。"

但是,那个观众似乎既不知道达文西,也不知道蒙娜丽莎。这更使得布林生气了,他故意开玩笑地向这人解释道:

"我告诉你,这个画家爱上了这个女人,因此为她画了这幅画像,可是她不肯嫁给他,因此画家失恋了,将这幅画带到巴黎,然后自己纵身从艾菲铁塔上跳下来自杀了。"

"愚蠢的家伙,"那个观众自以为是地摇头太息,"她一点也不漂亮!"

耶稣与犹大

达文西的《最后的晚餐》一共画了十几年才完成。他将这幅壁画画得这么缓慢,据为他作传的洛玛佐说:他下笔非常审慎,有时一清早就到教堂里来,爬上木架去画,一直要画到天黑才歇手,连吃东西也忘记了。可是有时却一连三四天一笔也不画,自己抱着双臂站在这幅画前,像是观察别人作品似的一声不出地细看。

相传使得达文西迟迟未能完成这幅作品,还另有一个大原因,乃是他一时找不到两个适当的人选,可以供他作为画上的耶稣和犹大这两个人物面貌的模型:一个是那么的善良仁爱,一个却是那么的贪婪卑鄙。据说他就为了这个困难,搁笔多年无法画下去,以致圣玛利僧院的管事有点不耐烦了,到米兰公爵的面前去说达文西的坏话,说他偷懒不肯作画。达文西听了便向这个管事的僧人开玩笑,说他正找不到一个适当的可以充作犹大模型的人,所以无法下笔,现在他觉得这位管事僧人的相貌颇合理想,拟将他的面貌画作画中的犹大云云。这管事僧人一听达文西要将他画成《最后的晚餐》里的犹大,那不啻遗臭万年,便吓得再也不敢催他了。

但是达文西后来终于找到了邦地尼利给他作耶稣的模型,不过一个像他想象中的犹大的人物始终找不到,这样一直耽搁了多年,直到有一天,达文西偶然在路上见到一个乞丐,觉得这人贪婪猥琐的模样,俨然是理想中的犹大,便雇用他作模特儿来写生,完成了《最后的晚餐》上面所需要的那个犹大的造型。

最骇人的发现就在这里:据说直到这乞丐任达文西将他的画像画完了以后,他才向达文西表示,他不是别人,正是昔日的邦地尼利。因此耶稣也是他,犹大也是他!

许多研究达文西传记的人,都说这只是一个传说,不是事实,是好事家编造出来的。但我觉得即使是事实,那也不足为异,因为当落魄的邦地尼利为了希冀骗取一点工资,不惜向这位大师隐蔽自己的真相时,他的贪婪卑鄙,已经与为了一点点金钱就将他的拉比出卖的犹大差不多了。

麦绥莱勒的木刻故事集

当代比利时老版画家弗朗士·麦绥莱勒的作品,我们该是不陌生的,因为他的四部木刻连环故事:《一个人的受难》《我的忏悔》《没有字的故事》和《光明的追求》,早在一九三三年就介绍到中国来了。

一九三三年夏天,我在上海一家德国书店里买了几册麦绥莱勒的木刻故事集,给当时良友图书公司的赵家璧见到了,这时良友公司正在除了画报以外,转向印行新文艺书籍。赵家璧想翻印这几本木刻集,拿去征求鲁迅先生的意见,鲁迅先生认为可以,并且答应写一篇序,于是这项工作就正式进行了,这就是当年这四本麦绥莱勒木刻故事集在中国出版的由来。当时由鲁迅先生选定了那部《一个人的受难》,由他自己写序,将《我的忏悔》交给郁达夫先生作序。我因为是这几本书的"物主",我自己又一向喜欢木刻,便分配到了一本《光明的追求》,也写了一篇序。剩下一本《没有字的故事》没有人写序,因为赵家璧是良友的编辑,便由他自告奋勇地担任了这一册的写序工作。

原本每一册的前面有一篇介绍，是用德文写的，鲁迅先生和郁达夫先生两人都懂德文，看起来不费事。我不懂德文，这可吃了苦头，自己查字典，又去请教懂德文的段可情，再参考其他资料，这才勉强写成了那篇序。但是后来还是不免被鲁迅先生在一篇文章里奚落了几句，说我只知道说了许多关于木刻历史的话，忘了介绍《光明的追求》本身。

至于那四册木刻集的原本，本来是由我借给良友公司的，后来赵家璧说制版时已经将每一册都拆开了，不肯还给我。当时在上海买德文书又很难，虽然赔偿书价给我，可是已经不再买得到，于是我便失去那四册原本了。好在已经有了翻印本，而且印得很不错，我也就无话可说了。

这四册麦绥莱勒木刻故事集，绝版已久。直到去年，大约得到麦绥莱勒要来中国访问的消息，上海才进行重印，先印了有鲁迅先生序文的《一个人的受难》，后来又续印了郁达夫先生作序的那一本《我的忏悔》。

在《鲁迅书简》里，有三封写给赵家璧的信，就是讲到这四本木刻故事集的。

关于比亚斯莱

为了想了却年轻时候的一项心愿,近来在挤出一些时间来阅读比亚斯莱的传记资料和有关他的作品评论文字,以便编写一部附有他的作品的评传。过去花费了很多钱购置的他的作品大型图册,都在上海失散了,不知道已经落在谁的手上。但愿能像我一样,也是比亚斯莱作品的爱好者,不然就不免要引起煮鹤焚琴之叹了。

幸亏比亚斯莱这几年忽然又在英国流行起来,一连出了好几种新写的他的传记,他的作品集也有人在重印,更有新编的版本,收入了过去不曾选入的作品。虽然近年英国币值贬低,物价高涨,新出版的书籍定价一再涨价,但是我仍忍痛去买了来。重要的有关比亚斯莱的新书,可说都买全了。

看来要了却这一个心愿,剩下来的只是时间问题了。

大前年(一九六六年)秋天,英国曾举办了一次比亚斯莱作品展览会,在伦敦的维多利亚与亚尔伯博物院举行,公开展览,会期从五月直到九月,一共继续了五个月之久。这次的比亚斯莱作品展览,许多作品都是向国内外博物院和私人收藏家那里征借来的,因此规模很大,内容非常丰富。而且,维多利亚与亚尔伯博物馆是国立的美术博物馆,这次出面来主办这次画展,态度也显得十分隆重,对这个仅仅活了二十多岁就死去的英国十九世纪的"世纪末画家",可说也是一种异数吧!

要解释这种"异数",可以举出两种理由:一是比亚斯莱虽然死得太早，而且他只是一个以书籍插画为主的黑白装饰画家，但他在英国艺术上留下来的影响愈来愈大，他的近于"鬼才"的作品也愈来愈受人赞赏和爱好，这就使得英国"庙堂"中人对他也不得不刮目相看了。

另一理由是：近年在英美和欧洲流行的"普普艺术"，那种五光十色、令人目眩的招贴画，以及时髦妇女的新装设计，披发长须的"嬉癖士"的怪装束，都是直接间接受到了比亚斯莱的影响，使得他的作品近年突然又流行起来，因此趁这机会为他举办了一次大规模的画展。

还有，这是英国人自己"心照不宣"的，近年英国国势没落，凡是有什么可以壮壮"声威"的总不肯放过。因此连"披头四"也晋封"爵士"，原因就是他们曾经扬名海外，赚回了大批外汇。现在见到比亚斯莱忽然走红起来，可说在英国艺术上爆出了"冷门"，自然要大大地利用一下了。

维多利亚与亚尔伯博物院举办比亚斯莱展览会的期间，同时还编印了一本纪念画册，在第二年（一九六七年）年初由"女王文房局"出版，编辑人就是负责筹备这次展览会的布里安·里德。我见了广告写信去买，回信说已经卖完了，可见注意这个展览的人倒不少，当时不无有点怅然。哪知隔了半年多，忽然有信来说又有书可以供应了，只是售价已经涨了一先令，当下再写信去买，最近已经寄到了。

这本纪念比亚斯莱展览会的画册，编印得颇有点令人失望，一共只选印了他的作品五十多幅。大约是为了普及读者，限于售价所致，因为即使涨了价，每册仍只售八先令六便士。这比起里德自己为另一家书店所编印的选用了五百多幅作品的大型比亚斯莱画册，真是小巫见大巫了。不过，这薄薄的纪念画册也有它的长处，那就是有好多幅作品都是根据比亚斯莱的原作直接制版的，有许多墨水的污渍和铅笔起稿的痕迹都可以看得出。想到这都是这个"鬼才"画家，拖着肺病已经很沉重的身体，每夜在烛光之下来完成的，令人有一种特别真切之感。

这些原作，有一部分曾经由一个收藏家捐给了美国哈佛大学图书馆。为了举办这次展览会，特地去借了来。因此展览会在伦敦闭幕后，接着又移到美国纽约"近代美术"画廊去展览了一次。

比亚斯莱在一八九六年的夏天，曾画过一辑古希腊戏剧家亚里斯多芬尼斯的喜剧《莱西斯特娜妲》的插画，共计八幅。由于亚里斯多芬尼斯这个大喜剧的主要剧情，是描写雅典的妇人为了反对长年与斯巴达人作战，倡议大家一致拒绝与出征的丈夫同房，来迫使双方男子不得不停战，因此比亚斯莱的这一辑插画，画得有些地方很色情。画好后一直不曾公开发表，后来在临终之际（一八九八年）曾写信要求保管他的这些作品的出版家，给他毁去。不料这人不曾照办，在比亚斯莱去世后曾复印了一些暗中流传。但是在过去公开印行的比亚斯莱作品集里，是从未见过他的这些作品的。

在伦敦举办的这次比亚斯莱作品展览会上，这一辑插画也从一个私人收藏家那里借了来，公开陈列。维多利亚与亚尔伯博物院虽是国立机构，但是议会里既可以公开辩论通过了"同性恋"合法的提案，国立博物院展览比亚斯莱的几幅有色情意味的插画，实在也不算什么。不料驰名世界的"苏格兰场"警探竟"蒙查查",在展览期间没收了伦敦一家美术品商店所出售的这些展品的复制品,还要控告这家商店老板"妨碍风化"。老板要求法官先到维多利亚与亚尔伯博物院看看那个展览会再来审案。法官接纳被告要求,看了后连忙宣布销案放人,成了这次展览会的一个有趣插曲。

比亚斯莱的画

最近读到木刻家张望先生编印的《比亚斯莱画集》[1]。这是远在祖国东北的一角,目前正在冰天雪地之下的沈阳辽宁画报社出版的一本新书。为了纪念鲁迅先生逝世二十周年,国内美术界正在将他介绍推荐过的艺术家的作品整理出版。这本《比亚斯莱画集》就是其中之一。因为一九二九年鲁迅编印《艺苑朝华》时,曾印过一本《比亚斯莱画选》。但当时仅选印了十二幅,这次张望先生所选印的,却是六十幅的一巨册了。

我一向就喜欢比亚斯莱的画。当我还是美术学校学生的时候,我就爱上了他的画。不仅爱好,而且还动手模仿起来,画过许多比亚斯莱风的装饰画和插画。为了这事,我曾一再挨过鲁迅先生

---

[1] 应为《比亚兹莱画集》。——编注

的骂,至今翻开《三闲集》《二心集》等书,还不免使我脸红。但是三十年来,我对于比亚斯莱的爱好,仍未改变,不过我自己却早已搁笔不画了。

我久已想编一部比亚斯莱画集,附一篇关于他短短二十几年的生涯和艺术的详尽介绍。这个志愿,正像我的许多其他写作志愿一样,一拖一年又一年,一直就搁了下来。为了筹备这个工作,我曾买了英国出版的他的作品集,这是最完善的版本,是像百科全书那样的三巨册,分成早期作品、晚期作品和后来新发现的作品。这些书都留在上海,早已在抗战期间失散了,至今仍使我耿耿于心,未能忘怀,因为现在即使再到英国去买,大约也要用重价在旧书店里搜寻好久,才可以再得到这样好的版本了。好在比亚斯莱的画,这几年在英国也时常被人提起,因为他是在一八九八年逝世的,一九四八年正是他的逝世五十周年纪念,英国曾一连出版了几种他的作品的新选集,连有名的《黄面志》也连带复印了一册出来。这些新出版的《比亚斯莱画集》,我差不多一本不曾放过地都买齐了。虽然比不上当年所出版的那么隆重齐全,但已经足够填补这一方面的空虚,而且如果用来编一本选集和写一篇评传,材料也绰绰有余。可惜眼前的生活,看来仍不能有剩余的时间给我做这样的工作。好在现在已经有了张望先生所编印的这一本,我倒可以索性暂时搁起这个志愿了。

中国最早介绍比亚斯莱作品的人,该是田汉先生。他编辑《南国周刊》时,版头和里面的插画,用的都是比亚斯莱的作品,而且他所采用的译名很富于诗意,译成"琵亚词侣"。后来他又翻译了王尔德的《莎乐美》，里面采用了比亚斯莱那一辑著名的插画，连封面画和目录的饰画都是根据原书的。同时，郁达夫先生也在《创造周报》上写了一篇《黄面志及其作家》，介绍了比亚斯莱的画和道生等人的诗文，于是比亚斯莱的名字和作品，在当时中国文坛上就渐渐地为人所熟知和爱好，而我这个"中国比亚斯莱"，也就在这时应运而生了。我当时给《洪水》半月刊和《创造月刊》所画的封面和版头装饰画，便全部是比亚斯莱风的。

但是使得比亚斯莱的作品，在当时给一般人印象甚深的，倒是靠了另一部畅销书，那便是张竞生先生所编辑的《性史》第一集，因为他选用了比亚斯莱所作的《莎乐美》插画第一幅《月亮里的女人》作这书的封面。

比亚斯莱（Aubrey Beardsley）生于一八七二年八月二十一日，一八九八年三月十六日便因肺病不治去世，这位英国十九世纪末的画苑天才，仅仅在人世活了二十五年零七个月便死了。他所遗留下来的为今日无数艺术爱好者所爱好的那几百幅作品（几乎全是黑白画，仅有极少数是油画、铜刻和铅笔水彩），全是他短短的不到十年的艺术生活中的产品，这正是提起比亚斯莱的作品，就令人不能不刮目相看的原因。

十九世纪末的英国文坛，今日文学史家都称这个时期为"比亚斯莱时代"，便是以这位短命的天才画家为中心，将先后以《黄面志》为发表作品中心的那一批画家、诗人和散文家，作为反映这时代精神的代表。这些人物，除了比亚斯莱之外，画家方面还有惠斯勒、麦克斯比尔·波姆，诗人有道生、史文朋、西蒙斯，散文小说家有王尔德、乔治·摩亚等等。因此十九世纪的"世纪末",在英国文学史上虽不是一个怎样伟大的时代,但是却是一个才华横溢、百家争鸣、充满了艺术生气的特殊时代。一面是旧时代的结束,同时也是新时代的开始。

对于这阶段的英国文坛特别有研究的杰克逊,曾经这么评论比亚斯莱的出现,在当时和在后头所产生的影响道:这位天才画家,踏上画坛前后不满十年,像彗星一样地突然出现,又像彗星一样地突然殒灭,但他的成就和留下的影响却是不灭的。没有一位艺术家曾经像他这样一夜之间就获得普遍的盛誉。

作为纯粹的装饰画家,比亚斯莱是无匹的。他的黑白画,给予现代艺术影响之深,真使人吃惊。只要留心观察一下,就可以发现,现代画家差不多每一个人都曾经直接或间接受过他的线条和装饰趣味的影响,就是毕加索也不曾例外。

比亚斯莱的散文

比亚斯莱在他短短六年不到的艺术创造生活中,虽然以他的黑白装饰画在英国十九世纪艺术史上留下了不朽的声誉,但除了在绘画上表现他稀有的天才之外,他对于自己在文艺上的才能,也很自负。他自幼就学会了法文,因此法国文学作品给他的影响很深。曾写过剧本、小诗,都带有明显的法国影响。

比亚斯莱不仅为王尔德的《莎乐美》作过插画,还曾经将王尔德的这个剧本由法文译成英文。原来王尔德的《莎乐美》是用法文写的。先在法国以法文上演后,英国出版家有意想将这个剧本用英文上演,并且出版单行本,王尔德的好友道格拉斯爵士担任翻译工作,从法文译成英文,王尔德看了英译稿后,表示不满,认为有许多地方要修改。道格拉斯不同意,表示若是为他的译稿加以修改,他将否认这是自己的译文。这事给比亚斯莱知道了,便自告奋勇地表示自己也愿意试译一下,因为他对于自己的法文研究很有自信。哪知译完以后,王尔德看了译稿愈加不满意。终于仍采用了道格拉斯的译文,只是在若干地方加以修改。

比亚斯莱对于自己的文字写作,一向比绘画感到了更大的兴趣。有一次,朋友介绍他到伦敦大英博物馆去参观藏品时,他填写表格,在职业项下,坚持要填写是"作家"。虽然这时他的装饰画已为人所知,但他宁愿自己成为作家,不想成为画家。

他有一部散文作品流传下来。题为《在山丘下》(*Under the Hill*),是一篇传奇故事,未曾写完就已经去世了。写的是德国传说中的谭胡塞骑士风流故事。据说他是德国十三世纪的一个风流骑士。在神秘的维纳丝堡内,与下凡的维纳丝女神过着荒唐放荡的恋爱生活,后来悔悟了,到教皇面前忏悔,乞求净罪。教皇说他的罪孽深重,除非木杖开花,否则无可饶恕。谭胡塞失望而去。哪知过了三天,教皇发觉自己的手杖忽然发芽抽叶,想起曾经对谭胡塞说过的话,大吃一惊,连忙派人去找谭胡塞,一直找到维纳丝堡所在地的山丘,发现谭胡塞已经回到堡内,重过他的荒淫生活去了。

比亚斯莱运用许多堆砌的词藻和猥亵的字眼来写这篇《在山丘下》,自己誉为是得意之作,并且特地作了几幅插画,并且将已经写下的几章在刊物上发表过。

比亚斯莱在一八九八年去世时,这篇散文故事仍未完成。由于他将一些宴饮酗酒的场面写得很荒诞,在当时被认为是猥亵的作品,不能公开发表,因此这篇遗作一直被认为是禁书,不便公开印行。直到近年,时移世易,像比亚斯莱的《在山丘下》这样晦涩的散文,已引不起一般读者的兴趣,早已可以随便印行,不再受到法律的干预了。

巴黎的亚令配亚出版社,是专印禁书以高价出售来取利的。他们曾将比亚斯莱这篇未写完的作品,请人按照谭胡塞的故事发展,将比亚斯莱的未完稿代为续完,附以原来的插画,在一九五九年印成一种三千册的限定版出售。虽然印得很精致,事实上是画蛇添足了。

比亚斯莱书信集

去年英国的"全年精本书五十种"年选的展览会,其中有一本是比亚斯莱给斯密司莱斯的书信集。伦敦讫斯威克出版部出版,每册十五先令。

莱奥拿德·斯密司莱斯（Leonard Smithers）是伦敦的一位律师，戴着一枚单眼镜，很风流倜傥，专好与伦敦的贵妇人和文艺界人士交游。著名的《天方夜谭》英译者理查·褒顿就是他的好朋友之一，他为褒顿编过孟买版的《天方夜谭》，褒顿去世后，他又担任了褒顿夫人的法律顾问。

斯密司莱斯自己开了一家小书店。生意很好，他专门搜罗一些禁本书和色情文学，卖给当时英国和美国的富豪收藏家。据说他有一位常年老主顾是某高等法院的法官，这老法官去世后，他的夫人发现丈夫生前收藏的竟都是这类作品，恐怕旁人传出去当笑话，暗中嘱咐斯密司莱斯赶快将这些书扫数收回去。斯密司莱斯当然很高兴，因为他又可以再做一笔好买卖了。

除开这种不名誉的交易以外，斯密司莱斯在文艺上另有两件值得称许的功绩。第一，在当时英国出版界当王尔德出狱后没有一家敢接受他的原稿的时候，他大胆地印了王尔德的《狱中之歌》。第二，他是第一个发现比亚斯莱天才的人。

斯密司莱斯很赏识比亚斯莱的画，为他介绍了许多工作，而且酬报很好。比亚斯莱的作品有许多带有一点猥亵成分，说不定就是斯密司莱斯给他的影响。斯密司莱斯虽然和比亚斯莱很要好，据说一面又在家里雇了一个同业，暗中模仿比亚斯莱的作品卖给人，这类赝品，在比亚斯莱生前和死后发现的很多。

比亚斯莱，这短短地活了二十几岁的画苑鬼才，在书籍插画和装饰趣味上留下的影响极大。现代装饰画家几乎没有一个不直接或间接受到他的影响。这册书信集对于研究他的作品的人贡献了许多新资料。

比亚斯莱为王尔德的《莎乐美》所作的插画,可说是和王尔德这作品媲美的杰作。他一共画了十六帧,可是当时的出版家却删去了四帧。前几年美国的限定版俱乐部重印《莎乐美》,将这十六帧插图全部收入。王尔德这剧本的原作是法文,英译本是由他自己和道格拉斯爵士合译的。限定版俱乐部的《莎乐美》除了英文译文和比亚斯莱的全部插图外,又附了法文原作,另请名画家特朗作了几幅水彩的插画。这插画带着浓厚的讽刺画意味,与王尔德的悲剧风格不相称。有一位爱书家开玩笑地说,如果当日莎乐美在希罗底面前的跳舞是像特朗所表现的这样,希罗底不仅不肯将约翰的头给她,恐怕反而要她的头了。

诗人画家布莱克

威廉·布莱克生于一七五七年十一月二十八日,这位富于天才和理想的英国诗人和画家,一生遭遇坎坷寂寞,不为当世人所认识,甚至还受到冷嘲和排挤,可说是在十八世纪英国顽固守旧的社会里,一位有才华有理想的文人所受到的典型的遭遇。

布莱克的身世和气质,可说是纯粹的伦敦人。出身于一个手工业的小家庭，父亲是个袜商，布莱克已经是他的第二个孩子。他从小就喜欢冥想和观察，这正是诗人和画家的基本天赋。父亲当然希望他将来能承继衣钵，但是小布莱克对于商业显然毫不发生兴趣，他爱好的就是画片和穿街插巷地去接近普通人的生活。他的仅有的零用钱，都节省下来购买那些廉价的大画家作品的复制品，尤其是意大利文艺大师的那些作品。我们从布莱克的传记资料里，找不出他从小就喜欢的这些艺术品的名目，但是不难想象在这些意大利文艺复兴期的大师之中，最多的必然是弥盖朗琪罗的作品，因为我们的诗人画家一生所最崇拜的就是他，而且他的作品也深深受到了这位大师的影响。

布莱克虽然出身贫困，但是难得有一个好父亲，一个不顽固的父亲，因为父亲看出孩子对自己的业务不感兴趣，便放任他，任随他向自己的兴趣方面去发展，从不加以阻挠。当他到了要决定去正式读书，以便决定将来的职业时，小布莱克便表示不愿读书，而是去学画，但他所采取的学画途径，却不是进美术学校，而是投身到一个绘画雕版师的门下去当学徒。他说这样可以节省父亲的家庭负担，甚或很快地就可以挣一点钱帮助父亲。这样，布莱克就开始学会了这一门精细的专门手艺。后来不仅令他能发挥他的插画和书籍装饰天才，而且他的半世生活也就依靠了这一门手艺来维持。一位布莱克的传记家曾这么写道：

> 布莱克从不曾失去与一般平民，以及依靠手艺来生活的人们的联系。虽然他的想象有时飞翔得很高，但是终

他的一生，他始终是依靠他的手艺来换取生活的一个低微的雕版师。据说，每当他的简单家庭开支所需用的那一点钱也没有了的时候，他的太太便在吃饭的时候将一只空餐盆放在丈夫的面前，于是他就立时离开对于另一个世界的憧憬和预言（但是仍忍不住要骂一句"该死的金钱"！），拿起他的刻板刀来从事一点可以糊口的工作。

布莱克是在一七八二年结婚的，他这时才二十五岁，妻子凯赛琳是比他出身更穷困的农家女。由于当时英国平民教育非常不发达，凯赛琳连读书识字的机会都被剥削了。因此在他们的结婚仪式中，当新娘要在结婚登记册上签上她的姓名时，她只能用不惯握笔的手，在登记册上颤抖地打了一个"×"记号。这动人的情形是由亚历山大·吉尔克利斯特在他那部最详尽的布莱克传记里记录下来的。

凯赛琳虽然目不识丁，但是却是个贤妻，因为她不仅能料理家务，而且能帮助丈夫。他们的夫妇生活非常恩爱，在布莱克的帮助和指导下，凯赛琳不仅渐渐地能识字读书，而且从她丈夫手下也学会了雕版技术，成为他的得力的助手。吉尔克利斯特曾记下了一个这么动人的逸诒：

布莱克想出版他的诗画合集，没有一个出版商人肯替他出版，于是有一天，布莱克太太就拿了一枚五先令的银币，这是他们夫妇在这世界上的全部财产了，从其中动用了一先令十便士，出去采购为了实验这工作的一切必需材料。就靠了这一先令十便士的投资，他们夫妇居然获得了以后主要的赖以生活的方法。为了自行制版、自行印刷、自行装订和出版，诗人和他的太太担任了完成一本书的全部必需工作：他们自己抄写，自己绘图制版，自己印刷。除了不曾自行制纸之外，一切其他材料都是夫妇两人动手自己制造的，因为所使用的印书和着彩的油墨和颜料，也是他们自己制造的。

布莱克夫妇这么自己合作印刷的诗画集，包括了诗人早年的著名作品《天真之歌》《经验之歌》和《天堂与地狱的结婚》等等，在当时只是诗人的亲友们，为了卖情面才向他们买一两本的，现在早已成了艺术上的瑰宝。在当时，这些诗画集就根本不成其为一本"书"，因为并非正式出版，只是有人要的时候，就印一两本，再用手工着色的，而且也没有定价；或是别人先送了钱来，布莱克就"画"一本诗集给他；或先向别人借了钱，就用一本诗集去抵账，一般的代价约在三十先令到四十先令一部之间。有一次，布莱克为了急需一笔较大数目的款项（其实，诗人的经济情形是随时都在"急需"之中的）。向几位朋友每人借了二十镑，然后加工画了一部诗集送给大家作抵，每人一部，插画涂了彩色之外还描了金，这可说是布莱克作品最豪华的版本了。由于是手抄着色的，几乎每一个都是一本"原稿"，一本"真迹"。这些诗集在目前英国珍本书的市场上，至少要值两千镑一本。

除了装饰自己的诗集之外，布莱克又曾经为出版家作过其他书籍的插画，如当时出版的古希腊诗人维吉尔的《牧歌集》，但丁的《神曲》，都由他作过插画，这些插画有的是木刻，有的是水彩。他给《神曲》所作的那一套水彩插画原稿，共六十八幅。在一九一八年出现在古书拍卖市场时，就已经卖得七千六百六十五镑的惊人高价。现在又过了三十年，世人对于这位诗人画家的作品愈来愈重视，现在如果有人再拿出来拍卖，那售价一定要高得令人难以想象了。

在诗人气质上，布莱克最接近他本国的大诗人弥尔顿，他的绘画则是伟大的文艺复兴大师弥盖朗琪罗的缩影。布莱克的画很少是大幅作品，但他的想象的丰富，他所憧憬的那个未来新世界的面目，其伟大复杂决不下于弥盖朗琪罗的艺术世界。他的诗和他的绘画，虽然像是一只鸽子一样，翱翔在他的理想世界中，但他的生活却始终和当时伦敦的平民联结在一起，所以他留下来的那许多诗作，都是语言朴素，风格明朗，感情真挚；那些想象丰富的绘画，也都是形象写实，色彩和易悦目的。这正是布莱克最可爱的特质。然而诗人的这些成就是不为他的同时代人所理解和接受的。这一直要到十九世纪以后，布莱克的天才和难得的成就，才渐渐地被真正爱好艺术人士所看重。

布莱克死于一八二七年。由于他的墓上连一块墓碑也没有，因此至今谁也不知道他的坟墓所在。然而这位天才诗人画家却给世人留下了许多不朽的作品。

纪念布莱克诞生二百周年

世界和平理事会决定在今年要举行七位世界文化名人的纪念会。英国十八世纪著名诗人和画家威廉·布莱克,也是其中之一,因为今年是布莱克的诞生二百周年纪念。

布莱克是诗人,又是画家。我不懂诗,但是很喜欢他的画。布莱克的画,用我们中国惯用的绘画术语来说,可说是文人画,而且是一种抒情的文艺绘画,因为他所画的既非风景,也不是静物,更不是什么写生或人像,几乎全是为他自己的诗集以及别人的诗集所作的插画。此外虽有少数独幅的创作,但是也是他自己想象中的一种文艺境界或宗教境界的描写。

从我个人的爱好来说,尽管英国在过去曾产生过不少伟大的画家,但他们之中,只有三个人的作品为我特别所爱好,那便是比亚斯莱、罗赛蒂和布莱克。这三位画家的特点,都是一致的,都是插画家,都是所谓文艺的画家,而且其中有两个人都是诗人。

布莱克的诗很不易懂,这篇小文不想谈他的诗。他的那些预言诗,描绘他所想象的宗教境界,另有一种神秘的意境,另有一个天地。因此对于布莱克诗的研究,在近代英国几乎成为一种专门学问,出现了一批诠释布莱克作品的专家。这些专家所造成的围绕着他的作品四周的神秘,有时简直影响了一般人对于他的绘画的欣赏和理解。我以为作为一个艺术爱好者和欣赏者去看他的画,应该避免接触这些徒然耗费精神的难题,应该以一尘不染的头脑去接近他的作品。

这样,你所见到的将是一位诗人、一位画家、一位天才,怎样运用线条和色彩,很认真地向你叙说他的情感、他的梦想。当然,布莱克的画,像他的诗一样,有些画面显得很神秘。但这是诗人的情感和应有的神秘,我们只宜以旁观者的地位站在一旁予以欣赏,不必自寻烦恼去强作解人。

许多诗人都是画家,许多画家也是诗人,但很少人像威廉·布莱克这样,不仅在诗与画的风格上,甚至在这两者的生产和创作过程上,也几乎是分不开的。因为布莱克有一个梦想,一个艺术家的梦想:他将自己的诗用精美的字体抄好,再由自己加以装饰,然后用这底稿自己雕版制版,自己印刷,并且自行出版和发售。

威廉·布莱克生于一七五七年,逝世于一八二七年。不用说,这样的诗,这样的画,这样的天才,不会被他同时代的人所认识。他的生活,不仅困苦,而且寂寞。他当时亲手抄写、装饰和制版印刷的那些诗画合集,都是用预约方式卖给少数爱好他作品的亲友的。因了每一部都是亲手抄录再加上饰画的,由于时间和工作时的心情不同,这些诗画集每一部的字句装饰都有若干差异之处。当时亲友们都是抱了同情他周济他的心情来买的。可是这些在当时连一位淡泊的诗人也无法借此吃得饱的亲手绘制的诗画集,现在已经是藏书家和美术收藏家眼中的宝贝了。

道格拉斯·布利斯在他的《世界木刻史》里,论及布莱克的木刻给予近代英国木刻家的影响时说:"虽然威廉·布莱克在他所生存时代的艺术主流中，地位是孤立的，但是毫无疑问，他的影响几乎全然在他的身后。……因此，即使在这样的一部木刻史中，他的作品也必须与'近代派'一同研究，因为只有在今日艺术家的作品上，他的影响才可以充分地感觉到。"

在诗人气质上，布莱克最接近他本国的先辈诗人弥尔顿；在艺术上，他自承他的师承是弥盖朗琪罗。因此布莱克的作品，可说是弥尔顿与弥盖朗琪罗的汇合。他将自己的诗稿当作了西斯丁教堂[1]的墙壁和天花板，在这上面歌颂描绘着他自己意境中的天堂和地狱。正像一切大诗人和大艺术家一样，布莱克只是将宗教传说当作了象征，全然按照自己理想的境界去处理，所以他的诗和画，不是宗教，成了艺术。

寂寞的亨利·摩尔

亨利·摩尔的一座女体雕像，放在大会堂楼下的草地上，已经多日，好像并不曾引起应有的注意，显得有一点寂寞。这是正在举行的英国现代雕塑展览会陈列品的一部分。其余都陈列在楼上的展览室里。

---

[1] Cappela Sistina，现译为西斯廷教堂。——编注

亨利·摩尔是现代英国雕塑界的主帅,远在第二次大战以前就卓然成家。他在战时所画的那些伦敦市民在防空洞里的生活,虽然全是依照他自己独特的风格来画的,依然获得一般市民的爱好。

就以现在陈列在大会堂草地上的这座妇人像来说,庞然巨物,头部又显得特别小,几乎成了嘲弄的对象。可是,你若上到楼上去看看,将其他的雕刻家那些作品同他的比一比,他的作品就显得风格"保守",甚至是"古典"的了。

说亨利·摩尔的作品是古典的,也许有人要表示异议。其实这正是我对他所表示的一种敬意。若说他的作品仍是在形式摸索的过程中,仍是"新派"的作品,那才是对他的最大的不敬。

我说亨利·摩尔的雕刻是古典的作品,正如说毕加索的绘画是古典的作品一样,这是对于当代艺术家所能表示的最大的崇敬。我是执笔的,如果有人说我所写的某一部小说已经是文学上的古典作品,试想,这使我自己听了该多么引以为荣。

然而,尽管我说摩尔的作品已经进入了雕刻的古典殿堂,可是陈列在大会堂楼下的他的那件"妇人",在香港市民的眼中仍要引来窃笑。这种笑,当然是欣赏者的自由,我们无权加以非难的。在作者认为他已经把握了一个裸体妇人独坐在那里的特有姿势,强调了她的肢体的特征,觉得头颅,甚至乳房都处于次要的地位,所以将它们缩小了。可是在一般的观众眼中,他们的感觉却恰恰相反。觉得那个妇人的头部,小得到了令人要失笑的程度了。

这种艺术感受上的距离,一般浅见的批评家就用来作为艺术欣赏力、理解力的高低判断，这实在是错误的。这不过是习惯的差异，不是艺术水平的差异。香港一般市民对于欧洲现代雕刻作品实在太陌生了，我们若是随便选一座中国古代雕刻作品来陈列在这里，无论那形象是怎样地夸张或变形，你试听听那一派喜悦的赞叹声！

这就难怪摩尔的那位妇人，坐在草地上显得有点寂寞了。

欧洲木刻史序论

一直想读一读亚瑟·兴德的《木刻史序论》(Arthur M. Hind, *An Introduction to a History of Woodcut*)多年来都没有机会。直到最近才买到了一部重印的廉价品。

兴德的这部木刻史，是以欧洲为限的。他本是英国大英博物馆版画与素描部的主任，一向是研究版画的，本来打算写一部完整的欧洲木刻史。由于欧洲木刻的历史是从十五世纪才开始的，他就先从这时代着手起。不料仅仅是要摸清楚欧洲木刻发展的初期历史，就已经花费了他的许多年时间，结果使他没有勇气再这么仔细研究下去。只好将工作告一个段落，将已经写好的这一部分资料整理发表出来，这就是这部《木刻史序论》。

这一部序论，事实上就是一部欧洲十五世纪木刻史，同时也就是欧洲木刻起源史。因此虽说是"序论",印成书后,却是四百多面的两巨册,共八百多面,还附有将近五百幅插图,实在是一部皇皇巨著。难怪他写好这"序论"后,已经没有勇气再继续这么写下去了。

这一部欧洲十五世纪木刻史,作者自负对于现存的每一幅欧洲十五世纪木刻、木版印的宗教小册子,以及这些画家和刻版者的历史,都巨细不遗地给以介绍和说明,因此实在是一部很难得的著作。不过由于他所研究的只以欧洲十五世纪的木刻为限,而这些木刻作品,不论是单幅的或是书籍插图,都是宗教的居多,对于一般读者的兴趣就不大。可是你如果要想知道一下欧洲木刻的发展经过,这却是一部权威的而且仅有的著作了。

最早使用木刻为印刷工具的是我们中国。我们最迟在七世纪与八世纪之间就已经发明了木版印刷术,用木版雕刻图像和文字来印刷。这比起欧洲,要早了七八百年。因此兴德在这部《木刻史序论》里,虽然特别声明他研究的范围只以欧洲十五世纪为限,但当他谈到木刻传入欧洲的由来,以及木刻的起源,仍不能不提到我们中国,对在敦煌千佛洞和日本所发现的早期木刻佛经和佛像,作了扼要的叙述。

由于这本书是在一九三五年出版的,其中所使用的有关我国木刻起源历史的材料,在现在看来,自然不免有一点陈旧了。

本书还有一部分令我特别感到兴趣的,那就是欧洲自从在十五世纪开始有了活版印刷以后,当时流行很广的《十日谈》《伊索寓言》等书,就首先有了排印本,而且还附有木刻插图。本书对于这些插图本也有所介绍。

美国老画家肯特的壮举

美国老画家洛克威尔·肯特,愤慨美国国内有些地方杯葛他的作品,将他正在苏联巡回展览的全部作品,包括八百几十幅版画、油画风景,还有许多由他作插画的书籍,一起赠给了苏联人民。肯特今年已经七十八岁了,他的性情和他的作品一样,一向爽朗有血性,这次的举动可说是快人快事,真合得上我国俗语所说,姜愈老愈辣了。

这位当代美国最杰出的版画家,一八八二年生于纽约州,从小就爱好美术,在美术学校里学的是建筑绘图和装饰美术,离开学校后不愿寄人篱下作固定的雇佣工作,便靠了替定期刊物作饰画和代人绘制建筑图样来生活。由于他的画面明快美丽,很快地就建立了自己特有的风格,同时也奠定了他的版画家的地位。

从一九二〇年以后,肯特就不大给定期刊物作单幅插画和装饰画,而是根据自己的旅行经验写游记,自己作插画,这种"图文并茂"的作品,出版后很获好评,使他获得很大的成功。他所旅行的地点,都是海阔天空,富于自然乐趣,较少受到美国都市那种糜烂生活蹂躏的地点。他到过阿拉斯加、纽芬兰、火地岛、格陵兰等处。当地那些新鲜的景色，给了他极大的感动和兴奋。使他每一次画了不少画，又写下了游记。这些由他自己写作自己插画的游记，包括有《荒野》，是旅行阿拉斯加的；《海程》，是他航行麦哲伦海峡以南一段航程的日记；《沙那米拉》，是旅行格陵兰的游记；此外还有一部海上游记《自东往北》。这些游记都由他自己设计装帧，自己作插画，除了独幅插画以外，还有许多小饰画。在美国许多庸俗的出版物中，许多年以来是独放异彩的。仅凭了这几本书，世人已经认识了肯特是一位第一流的插画家和装帧设计家，又是一位能独创一格的游记作家。

肯特又曾写过两部自传性质的作品，一部是一九四〇年出版的《这就是我自己的》，附有他自己作的一百零五幅插画；另一部是一九五五年出版的《这就是我，啊，天啦》，书名是采自美国黑人民歌中的一句。这本书出版时，肯特已经七十三岁了，但是书中仍充满了蓬勃的朝气，流露着他那一贯对于生活和自然的热爱，一点也看不出衰老的气息。

肯特还为许多古典文学名著作过插画，如《十日谈》《坎特伯雷故事集》《浮士德》《白鲸记》等等。我国近年出版的《十日谈》中译本，其中有一部分插画就选自他的作品。

几年前，肯特曾将他的版画和风景画送到北京去开过一次展览会。说不定现在送给苏联人民的，就是这一批。

《喜玛拉亚山的呼声》

《喜玛拉亚山的呼声》是一部印度木刻集,作者是拉曼达拉纳斯·查克拉伏地(Ramendranath Chakravorty),一共有大小二十五幅木刻。

据作者在本书的序言里说:

> 一九二三年的夏天。桑地尼基坦(国际大学)的夏季,炎热总是逼人的。但是这一年更特别。太阳炙热的光线几乎使得一切都枯焦了,仅剩下大地在烘烤和干渴之中。灰沙的风暴给它盖了一片棕黄色的被单。白昼长而疲倦,夜晚更使人几乎不能忍受。
>
> 阿斯兰已完全荒凉了。但是古鲁特夫仍在这里,还有我们数人也留着未走。我们便在芒果树和婆罗树的阴翳下,闲谈遐想,消磨永昼。……

附近有一个市集,他们时常去观光。因了在烈日下往返跋涉的疲劳,他们忽然想起如果将这精力花费在另一用途上,利用暑期的闲暇到喜玛拉亚山去巡礼一次,对于身心那将是一件怎样有益的举动:

> 我们心想,从这平原的炎热中换转到那顶上蒙着积雪

阴凉清爽的高山上，那将是一种怎样清凉使人精神焕发的对照！我们感到我们的心灵中有了喜玛拉亚山的呼声。这是无法抵抗的。我们立时决定去作这巡礼。

于是查克拉伏地便同几位朋友向喜玛拉亚山中的巴特里拉斯旅行了一次。这本木刻集《喜玛拉亚山的呼声》，据作者自己说，便是这次旅行使他永世不能忘怀的许多收获之一。

《喜玛拉亚山的呼声》印得很少，流传到中国来的一本，是作者送给中国木刻研究会的，书上有作者一九四三年十二月九日的亲笔签名，是仅印二百本的签名限定版之一，所以十分珍贵。据木刻家王琦在《中国与英印木刻艺术之交流》(见《文联》第五期)一文里说，一九四二年，中国木刻家的作品参加在加尔各答举行的东方艺术展览会，唤起了印度艺术界的注意，次年春天，查克拉伏地便将这册专集赠给中国木刻研究会。后来中国木刻作品又于一九四四年七月在加尔各答的中国大厦展览，会后将全部作品赠给泰戈尔创办的国际大学作纪念，代表国际大学接受这项礼品的也是查克拉伏地。

现代印度木刻介绍到中国来的很少，所以这部《喜玛拉亚山的呼声》，虽是个人的集子，也值得大家仔细一看。查氏的木刻风格，是介于英、法两国之间的，但仍保持着东方艺术的朴拙厚重的优点。刀法的统一爽朗，更是作者的特色。

火炬竞走

火炬竞走是古代希腊人所举行的一种竞技运动,我们时常可以从希腊古瓶和钱币上见到描绘这种竞技的图像,一个健壮的男子手执火炬,徒步或骑在马背上疾走。由于这种竞技总是在黑夜举行的,令人想见当时景况的紧张和刺激。从前美国出版过一套很好的文艺丛书,就用了一幅这样的图像作商标,隐寓将智慧的火炬传递给别人之义。

现在正在澳洲举行的奥林匹克运动大会,本是承袭古代希腊人所举行的奥林匹克竞技精神的,因此在开幕之前也有传递火炬燃点圣火的仪式,而且这火炬是在希腊燃着后,一路由运动选手护持着,从陆路和空运一直到澳洲的。不过这次在运送途中,由于英法联军正在侵犯埃及,本来要飞越埃及领土的载有奥林匹克火炬的飞机,不得不改道飞行。关于这一点,可说有点违反了奥林匹克精神,因为古希腊人在举行奥林匹克竞技大会时,与会的各邦有一项神圣的盟约,就是在选手往来的途径上,遇有两国正在交战,也要暂时停止敌对行为,任由选手们自由通过的。

古代希腊人称火炬竞走为"朗巴地特洛米亚",是属于青年们特有的一种竞技,这竞技多数是在雅典举行的,路线是从郊外的普洛米修士的圣庙前出发,一直跑进雅典城内。由于普洛米修士是首先从天上将火种盗给世人,有功于人类的大神(他为了帮助人类的这项功绩,曾在天上受了给神鹰啄肉的酷刑,是希腊神话中最动人的部分之一），因此火炬竞走就以他的圣庙做出发点，青年选手们在黑夜里从普洛米修士的圣坛上点着了火炬，然后就一起手执熊熊的火炬，向雅典城跑去，首先能跑到城门口而火炬不熄的就是优胜者。

手持火炬的选手们，在夜风中疾走，又要跑得快，又要不使火炬熄灭，是除了身体矫捷之外，还需要相当头脑的。除此之外，古希腊的火炬竞走还有一个特点，那就是除了持有火炬的选手之外，还有许多空手的年轻人，他们也从后面追上来，若是能够追上了火炬选手，按照这竞技的规定，这时火炬就应该交给这个追上来的人，由他接了火炬继续跑下去，若是又有别人徒手将他追上了，他也应该将火炬传给这个人。因此这项竞技就成了一种竞争十分热烈而又公正有意义的锻炼。古希腊人的火炬竞走，一向成为一种传递智慧和光明的象征。《性心理研究》的著者英国霭理斯，在他这部大著的末卷跋文里，对雅典人火炬竞走所涵蓄的人生意义，曾这么加以赞扬道：

"在道德的世界上，我们自己就是光明的传递者，并且宇宙演进的程序就实现在我们的血肉之躯上。在短促的时间内，如果我们自己愿意，我们有权可以用光明去照耀包围我们四周路上的黑暗。正如古代的火炬竞走那样——这正是吕克莱地奥斯认为的一切生活的象征——我们手执火炬，沿了路线向前飞奔，不久从后面就有人追来，追上我们。我们所应具的技巧，便是如何将燃着的火炬传递到他的手中，光耀而且稳定，然后我们自己就隐没到黑暗中去。"

霜红室随笔

伽利略的胜利

我国古代传说说，仓颉造字，群鬼夜哭，为的是人类有了文字，便拥有了抉发造化隐秘，辨别光明和黑暗的工具，鬼类感到从此将无可遁形，无法作祟，所以绝望得啾啾夜哭了。西洋也有一个类似的传说：德国宗教改革家马丁·路德，闭门译述《圣经》，阐扬新的教义，不仅那些顽固守旧的教会分子反对他，就是魔鬼也觉得路德此举一旦完成，它也将无法存身，便在路德译述工作将完成之际，运用种种方法来阻扰他。路德将桌上的铅制墨水壶拿起来向魔鬼掷去，墨汁淋漓，这才将它吓退了。从此，据说鬼类见了墨水和写字之类的工具便害怕，因为知道这类东西是随时可以打击它们的。

不仅鬼类是这样，世间若有一种方法能完全消灭人类的文字，使人回复到浑浑噩噩的愚昧状态中去，我想不知道有多少统治者、宗教家和道德家，都愿意加以尝试的。可惜这样的方法至今还未有人发明，世界在战争与和平的交替之中仍是一天一天地向着光明走去，人类的文明仍是一年比一年更为进步。于是，积极地消灭人类智慧的方法既然没有，只好从消极方面入手。这就是从中世纪以来，书籍检查制度被许多人恃为唯一武器的原因，好像若是取消了这制度，便要寝食不安似的。仅就禁书一部门来说，我们只要翻阅一下中世纪罗马梵谛冈所公布的《禁书索引》，其中所记录的那些书名和作者姓名，在今日看起来，简直就是一部极完备的中世纪文化史的参考书目。许多在今天已经被认为是古典名作的东西，在当时却被教廷判定为"异端邪说"，加以焚毁禁止，连作者也要遭受酷刑的迫供，如果要苟延残喘保全自己的生命，就不得不当众自打嘴巴，撤销自己公布的学说或意见。伽利略的故事便是一个最好的例证。

伽利略是当时哥白尼的新天文学说的拥护者，主张太阳是宇宙的中心，地球本身不仅是一具能动的物体，而且一面自转一面绕太阳而行。这种主张在我们今天看起来固然毫不新奇，可是在十七世纪初年的当时，却是天文学上的革命主张。因为当时教廷认为地球才是宇宙的中心，而且是静止不动的，太阳不过绕了地球在旋转。统治宇宙万物的是神，而教廷则是神的代表，驻在这静止不动的宇宙中心的地球上，统治着世人。哥白尼的天文新学说可说完全推翻了教会一贯主张的天体系统理论，这不啻是向教廷的统治权挑战。这是梵谛冈认为怎样也不能容忍的叛逆主张。关于正式宣布哥白尼的天文新学说为"异端邪说"，将他的著作列入《禁书索引》，同时指责伽利略有散布哥白尼异端邪说的嫌疑，命令他亲自到罗马宗教裁判法庭来接受审问，否则便要将他逮捕。

据英国布莱在《思想自由史》上说，这时伽利略已经七十岁，既老且病，在十个红衣主教的面前，遭受多次的盘问，最后且用刑讯来威吓他，迫他必须放弃自己的主张，承认哥白尼的学说是邪说，并要承认地球是静止不动的，然后才放他回去。布莱说，面对着这样的法庭，一个人如果不想做自己学说的"殉道者"，便只有一条路可走，那就是忍辱推翻自己的主张。老病衰残的伽利略，他屈辱地采取了后一条路。于是在公开的宗教仪式之下，跪在神的面前，自打嘴巴，承认了自己学说的错误，撤销拥护哥白尼天文学说的主张。

据说伽利略跪在那里推翻了自己的主张，承认"地球是不动的"以后，巍颠颠地一面站起来，一面悄悄地自言自语地说："我虽然撤销了我的主张，但它仍是动的！"

对于伽利略的这两句话，有些考证家认为是好事者的附会妄传。但无论实有其事或是附会，这都是一样的，因为地球确是至今仍在动着。而当年顽固的梵谛冈，也终于不得不在一八三五年的新版《禁书索引》中，删除哥白尼的名字，承认了伽利略的主张。

丽丽斯的故事

丽丽斯的故事，是一个极美丽的故事。

一般受过西洋宗教教育的人，都相信人类的始祖是亚当和夏娃：上帝用泥土依照自己的形象创造了亚当，然后又趁亚当睡觉的时候抽出他的一根肋骨，创造了一个女人，给亚当做妻子，这个女人就是夏娃——《圣经》上这么记载着。

但是犹太人的古经上却有一点不同的记载。他们说：当初上帝创造亚当的时候，其实同时也创造了一个女人，这个女人名叫丽丽斯（Lilith），使她与亚当成为夫妇。可是丽丽斯因为自己是与亚当一样地同为上帝所手造，不肯服从亚当的支配，要与他取得平等的地位。上帝生了气，将丽丽斯逐出伊甸乐园，然后从亚当身上取了一根肋骨，为他创造了夏娃。因为夏娃是由亚当身上的肋骨造出来的，她自然服从丈夫，不致对他反抗了。

所以夏娃并不是人类始祖亚当的发妻，而是他的"填房"。但是因作为人类始祖"家公"的耶和华上帝，不喜欢他的第一个媳妇丽丽斯，将她逐出了家庭，《圣经》便讳言其事，因此世人从此只知道亚当和夏娃，不知道亚当还另有一个前妻丽丽斯了。

由于丽丽斯是耶和华所手造的，她具有不灭的灵性，被逐出乐园后，漫游宇宙，从此成为一切遇人不淑的女子和具有反抗性女性的保护神。因为她到底是女性，自然不免要"吃醋"。据说后来亚当和夏娃在乐园里受了蛇的诱惑，偷吃禁果，这条蛇便是受了丽丽斯指使的。

犹太人又有一种迷信，认为丽丽斯最忌妒新婚夫妇和孕妇。他们新婚时要在洞房里放四枚铜钱，其上写着亚当和夏娃的名字，再写上一句："Avaunt thee Lilith！"意即"滚你的，丽丽斯！"以作镇压。

许多诗人都曾经采用丽丽斯的故事作为题材。他们大都同情这位天上的"拉娜"[1]。英国十九世纪诗人罗赛蒂写过一首《伊甸花园》，就是描写丽丽斯如何劝说蛇为她向夏娃复仇。歌德在他有名的《浮士德》里，也提到了丽丽斯。在《浮士德》第一部《瓦

---

[1] 应为"娜拉"。——编注

普几司之夜》的一场里,丽丽斯曾出现过。浮士德问靡非斯特:"那个到底是谁?"靡非斯特回答道:

> 请看个仔细!她是李里堤。亚当的前妻。
> 你请注意她那美丽的头发,
> 注意她那唯一无二的装饰。
> 假如她把来勾引上了青年,
> 那她是不肯立地便放手的。(据郭沫若译文)

末一句是传说丽丽斯又是个喜欢勾引青年的女魔。这显是正教派人士故意污蔑她的。丽丽斯的故事实在是一个美丽的故事。

《圣经》的新译本

我是一个无神论者。但是在基督教的这个平安夜,许多教徒忙着去参加彻夜举行的狂欢舞会时,我一人在灯下读着一本新出的《圣经·新约》,这是一种新的英文译本,是去年才出版的。

我一向喜欢读基督教的《圣经》的《旧约》和《新约》,将它们当作故事书读,将它们当作文学作品读。这大约正是我虽然喜欢读《圣经》,却不想跨进礼拜堂的原因。从《新约》里所得到的耶稣的印象，他至少是一个很有自信力和正义感的好人。他若是在世，我虽然未必会成为他的门徒，但是至少愿意同这样的人做朋友。至于《旧约》里的"耶和华"，完全是一个"神"，喜怒无常，甚至还有一点专横，因此只能令人敬畏，无法令人亲近。

也许这正是从前著述《旧约》各书的那些长老的目的。他们就不希望世人有过分的可以亲近"神"的机会。因此像我今晚所读的这个《圣经》新译本，若是在早几百年出版，可能会兴大狱，不仅译的人有罪，就是读的人也会有罪。然而在近几十年以来，仅就以基督教为国教的英国来说，情形已经大不相同了，新的《圣经》翻译工作，在各教会联合努力之下，正在积极地进行，他们竭力要使《圣经》获得解放，恢复它的真面目。我放在手边的这部《新约》的英文新译本，就是这样的努力成果之一。

本来，英文《圣经》是另有一种敕定的官本的，一般人不能将自己的译本拿来作讲经传道引证之用。但是现在的这种新译本却不同，是由英国各教会携手来进行的，他们觉得已有三百多年历史的旧译文，不仅已经陈旧了，不适合现代人的需要，而且旧译文还有许多错误的地方，因此发愿着手重译。这项工作在一九四六年已着手进行，现在重译的工作已接近完成阶段，据说到一九六四年以后，就可以有新译的《新约》和《旧约》的定本问世了。

新译本有许多重大的改动。据现在所知道的，"耶和华"之名，将不再在《旧约》中出现，将用"主"来替代，因为"耶和华"这个名词根本就是无中生有的误译。还有，"处女怀孕"之说也不免要有改动。

由于英文《圣经》有了新的译文,中文《圣经》不免也要有新的译文了。这项工作,现在已经在开始进行。本来,现在所用的中文《圣经》,译文已经可说是上乘的,但是由于原文有了改动,自然必须重译。这是一项大的译述工作。百多年前,玛理逊博士所主持的《圣经》中译工作,就是在港澳两地进行的。现在新的《圣经》翻译工作,也在这里进行,这真是一种难得的巧合了。

关于"发光的经典"

前天我们的报,在第一版一则花边新闻里,显然摆了一个小小的"乌龙",报导伦敦拍卖市场卖了一批"发光的经典"。其中有一部被人以超过一百万元港币的巨价买去,成为全世界最珍贵的书之一。

这是一则翻译的电讯,问题就出在"发光的经典"这名词上。不用查看电讯的原稿,我就知道"发光"二字是译自"illuminated"。这个字当然可作"发光"解,但是用在与书籍有关的名词上,它就变成了书志学上的一个专门名词。以前有些翻译介绍西洋古本珍本书籍的文章,总是将这个字弄错了,这次已经不是第一次。

所谓"illuminated manuscript"者,乃是一种有金银彩绘的古本写经,因此该译作"彩绘古写经"或"金碧古写经"。它不是一种著作的"手稿",也不只是一种普通的抄本,而是欧洲中世纪僧侣的一种独有产物,是被当作一种功德来制作的。这都是写在八开羊皮纸上的基督教经典,多数是拉丁文的。不过与其说是"写",不如说是"绘"。因为经文本身固然是用大小变化多端的"花体字"写成,同时每一页都要加绘花纹复杂的边框,而在经文每一章每一节的开端,尤其是第一个字的第一个字母,都要写得特别大,有时一个字母就要占去了一整页的地位,在这个字母的四周和空隙处,绘上花纹图案、奇花异草、珍禽怪兽,还有小幅的圣徒以及与经文有关的插画。这一切不仅是用五彩绘成的,还要贴上金箔和银箔,有的更以金银作地,在上面再施彩绘,看起来极为绚烂夺目。一部这样金碧辉煌的写经的完成,常常就是一座僧院的全体僧侣一生精力所萃。他们将这当作一种莫大的功德,朝夕坐在光线暗淡的静室里,耐心地一笔不苟地绘上去,因此这种金碧古写经的华饰繁丽情形,决不是现代人所梦想得到的。

这种彩绘古写经,都是活版印刷未发明以前的欧洲中世纪产物,能够流传到现在的已经不多,尤其是彩绘特别漂亮的,更为少见。日前伦敦拍卖行所卖出的那一部,卖了一百万港币,实在并不算贵。意大利米兰的安勃罗西安藏书楼藏有欧洲最古的一部彩绘写经。美国财阀摩根拥有世上现存最完整美丽的一批彩绘写经,还有英国爱尔兰都伯林圣三一学院所藏的那部有名的古写本《克尔之书》,任何一种如果肯拿出来拍卖,它们的市价都可以远超过一百万港币。

到了欧洲十五世纪,活版印刷发明后,这种彩绘本的写经便渐渐地淘汰了。说来真有点令人不肯相信,德国格登堡最初采用活版来印《圣经》,他在印成之后还要用人工加绘若干彩饰,当作廉价本的彩绘写经来满足一般信徒的要求。可是到了今天,格登堡所印的《圣经》,已经被人当作欧洲的第一本活版书籍,价值连城,早已忘了他原来的动机乃是想模仿古写本了。

吸食鸦片的英国作家

英国的鸦片将中国人毒害了一百多年,其余毒至今才渐渐地肃清。他们没有想到害人者终害己,在十九世纪的年代,由于要在印度加紧搜刮,将大量物资和原料从印度捆载回国,其中自然也包括烟土在内,结果在英国本国吸食鸦片者也大有人在,而且成为一种时髦,像今日的英美青年吸食大麻和迷幻药一样。尤其在文人方面,认为吸食鸦片有助诗情文思,因此诗人、小说家有些也成了瘾君子。十九世纪的英国文坛,正是浪漫主义的鼎盛时代,有人说是鸦片刺激了这些英国作家的浪漫主义幻想,有人说是浪漫主义的幻想使得这些作家迷恋于鸦片。总之是,不论因果的关系如何,英国浪漫主义的许多作家诗人同鸦片结了不解缘,却是一个事实。

最近，我看了一本有关这问题的新书《鸦片与罗曼蒂克幻想》。原作者亥脱在导言上对他写作本书的环境特别发表了一些感慨，使我对他的这本书感到了更大的兴感。因为，说老实话，我对鸦片本身根本不感到什么兴趣，我对鸦片感到兴趣的原因是由于这东西与受殖民统治的香港的密切关系。既然它的"祖家"也曾经有人爱上这东西，而且还是诗人小说家居多，自然是值得较详细地去了解一下的。

同样，亥脱在他的这本书的导言上表示，说他在一九六七年着手想写这本书研究鸦片对于十九世纪作家想象力的影响时，兴趣不过集中在历史方面，认为现代读者对这个问题的兴趣一定不会大。哪知留心了一下报纸上的新闻，读者的投书，以及电视与广播的一些特别节目，忽然发现"吸毒"乃是英国当前社会的一个重大问题，各式各样的吸毒者，包括鸦片在内，此外还有海洛英和吗啡，那数量已经一天比一天多。英国的吸毒调查委员会在一九六一年发表报告，还乐观地说吸毒并没有明显的迹象能在英国构成任何危险，可是到了一九六五年，口气就大大地改变了。在一九五八年，英国有记录的吸食海洛英的毒犯仅有六十二人，可是一九六六年的数字已增至六百七十人，可靠的预测这数字到一九七二年便要增到一万一千人。而这里面，更有一项重大的变化：一九五九年的那些毒犯，没有一个年岁是在二十岁以下的；可是一九六五年的调查，二十岁以下的吸毒犯，已增至一百四十五人，其中还有许多是在十六岁以下的，一位医生的医案证明，有一个十二岁的少年，已经染上了海洛英的嗜好。

亥脱说，想不到一个历史课题，忽然变成了当前英国的热门课题。他担心谈论十九世纪英国作家如何爱好吸食鸦片，会给当前英国青年一种鼓励，几乎想放弃这本书的写作。

十九世纪的英国，差不多所有的作家都同鸦片发生了或多或少的关系。有的是将鸦片当作止痛剂镇静剂来服用，有的是真正地吃上了瘾，成了瘾君子。

亥脱在他的《鸦片与罗曼蒂克幻想》里，举出了英国十九世纪五个有名作家作为例子来研究，他们都是吸食鸦片有大瘾的瘾君子。这五个作家是：诗人克拉比、柯里列治、汤普逊，散文家特·昆西，小说家柯林斯。

除了这五个大瘾的瘾君子之外，英国浪漫主义三大诗人拜伦、雪莱、济慈，都吸食过鸦片。有名的历史小说家司各德、散文家兰勃、女诗人白朗宁夫人，甚至小说家狄根斯，也都吃过鸦片。

自然，英国最有名的吸食鸦片的十九世纪文人，是散文家汤玛斯·特·昆西。他的那部《一个英国鸦片吸食者的自白》，已经成了英国文学史上十九世纪散文杰作之一，同时也是歌颂鸦片能创造"人间天堂"，能丰富诗人文士"想象力"的最有名的作品。

他的这部《一个英国鸦片吸食者的自白》，同现代法国作家高克多的那部《鸦片——一个瘾君子的札记》，可说是西洋"鸦片文学"的两大代表作。

特·昆西曾在牛津大学念书，在学生时代就已经服食鸦片上瘾。为了参加毕业考试，他曾服食大量鸦片，考的是翻译，据说成绩非常好，使教授大感惊异，可是到了第二天，鸦片的副作用发生了，疲惫万分，无法应付这天的口试，只好逃到伦敦去，放弃了毕业学位的考试。

当时英国人服食鸦片，不是用烟枪烟灯，而是直接吞服鸦片烟膏。据特·昆西的传记所载，他后来的烟瘾极大，从一八一三年起，每天要服食三百二十喱，约合八千滴鸦片膏。朋友们说他吃鸦片膏像吃普通食物一样，在用餐的时候也从鼻烟盒里取出"鸦片丸"来吞下。

"鸦片吸食者的天堂""天上的乐趣""神妙享受的深渊"，这都是特·昆西最爱用的歌颂服食了鸦片以后，进入一种惝恍境界的词句。

乔治·克拉比是英国十九世纪有名的乡土诗人，他的正式职业是牧师。他开始服食鸦片，是因了消化不良的晕眩症，接受医生劝告，用鸦片作镇静剂而起。结果吃上了瘾，终身无法戒除。

克拉比是个道貌岸然的教士，几乎没有人知道他是个瘾君子，他的诗的风格也很朴实，直到他在一八三二年去世后，他的儿子才在文章里透露，克拉比服食鸦片已有四十年之久，是一个老瘾了。

英国十九世纪文人之中，另一个有鸦片瘾的瘾君子，是大诗人柯里列治。他的那首有名的《古舟子咏》，就在我国也很早就有人翻译过来了。柯里列治生于一七七二年，据说八岁的时候，由于在潮湿的田野中睡了一宵，感受风寒，医生曾用鸦片为他止痛，就与这种"药物"结了不解缘，同时因了受寒而来的风湿症也就成了他终身不治之症。他自己所记载的服食鸦片的证据，最早见于一七九一年写给朋友的一封信中,当时他还在剑桥大学念书,因了风湿症发作,不得不服食鸦片来止痛。以后每逢有什么病痛,或是心神不宁,他就用鸦片作止痛剂和镇静剂。直到一八〇〇年为止,他还是只将鸦片当作"药物"来服用,并没有"上瘾"。可是到了一八〇一年,他的风湿病严重起来,周身骨痛发肿,就接受医生和朋友的劝告,经常服用鸦片来医病,从此就正式上了瘾,每天非服食鸦片不可。他的瘾量逐渐增加,最初每天只服一百滴左右,后来烟瘾愈来愈大,到了一八一四年,曾有过一天服了两品脱,将近两万滴的骇人纪录。

柯里列治最初认为鸦片对他的病痛有益,而且自认不会上瘾,随时可以停止的。后来真的上了瘾,要停止已经不可能。他像许多吸食鸦片的"道友"一样,上了瘾以后,始知鸦片的毒害,想要戒除,可是这时的意志已经不能控制。他曾发誓要戒除,请了一位医生同他住在一起,每天控制他的服食量,以便逐渐减少,以至戒除。可是,正像许多吸上鸦片想戒除而终于无法自拔的瘾君子那样,他熬不过"吊瘾"的苦痛,一再瞒了医生去偷吸,以至终于无法戒除,后来就索性不戒了。

这位大诗人一生为鸦片所苦,是一个大悲剧,他的同时代的诗人作家都留下了有关这事的回忆,许多英国文学史上也有很详细的记载。

另一个吸食鸦片的英国十九世纪有名作家,是小说家威基·柯林斯,他的代表作是《白衣妇人》和《月光石》,是两部情节离奇曲折有趣而又有点神秘的小说。柯林斯的这种小说结构和描写方法，曾给后来有名的《福尔摩斯探案》的作者柯南·道尔一种启发，一向认为是近代侦探小说的先驱。

柯林斯的父亲是画家，曾为柯里列治画像，从小在家中就听过有关柯里列治吸食鸦片的故事，后来父亲患胃病，也曾用鸦片医病，因此柯林斯自幼就对鸦片并不陌生。一八六〇年，他自己染上了严重的风湿肿痛症，就开始吸食鸦片，从此上瘾，终身未除。他的烟瘾很大，所服的分量能使一个没有烟瘾的人致命，但他服了却无事。他不像柯里列治那样，以吸食鸦片为自愧，他经常在朋友面前夸耀自己的大瘾。

英国十九世纪末的颓废派诗人佛兰西斯·汤普逊，是个更大的鸦片瘾君子。他自幼就爱读特·昆西的《一个英国鸦片吸食者的自白》，又崇拜法国诗人波特莱尔和美国诗人爱伦·坡。他们都是爱吸鸦片的。因此汤普逊像特·昆西一样，是个典型的鸦片吸食者。他不仅吸鸦片吸上了大瘾，而且公然歌颂鸦片在精神上给予他的享受，造成种种"非人间"的乐趣。

汤普逊的父亲是医生，最初希望儿子成为教士，后来又希望儿子学医。两者都不成，汤普逊所好的是文学和浪漫生活，在家中偷食父亲药橱里所藏的鸦片烟膏，被父亲责问，发生口角，离家而去，从此过着一种流浪无固定职业的生活。一九〇七年去世，年仅四十八岁。他的鸦片嗜好终身未能戒除。

在十九世纪的英国，鸦片烟膏是被医生普遍使用的一种止痛剂和镇静剂，因此间接造成了很多"瘾君子"。大诗人拜伦就经常将鸦片烟膏当作镇静剂来服用，甚至埋怨效果不好。他在一八二一年的一则日记上说:"我现在已不似以往那样那么喜欢鸦片了。"他同妻子分居后,妻子清理他的日用杂物,在箱子里发现了黄色读物外,还发现了一筒鸦片烟膏。

诗人雪莱也有鸦片嗜好,自称是为了医治头痛。薄命诗人济慈也有吸食鸦片的习惯。不服用鸦片就精神不安定,无法执笔。他深为这种现象所苦,曾一再在信上向朋友谈起此事。

有名的小品文作家兰勃,他的吸食鸦片,乃是为了医治伤风。《撒克逊劫后英雄传》的作者司各德,由于经常胃痛,不得不服食鸦片。他自己表示不喜欢鸦片,但是为了要执笔写作,不得不服用鸦片使自己获得休息。

小说家狄根斯的情形也是如此,为了要获得睡眠,往往临睡时要服食鸦片。一八六七年到美国去旅行演讲,行箧里也携带了鸦片烟膏。

当时有名的女诗人白朗宁夫人,在未出嫁以前,在少女时代,就由医生给她服食过鸦片。后来嫁了白朗宁,仍未能戒除这习惯,以致嫉妒她的诗才的人为文指责她,说她的诗并非她的才华真正产物,而是靠了鸦片刺激所致,正如马匹竞赛以前被注射兴奋剂以便取胜一样。

当然,除了英国以外,这时其他外国作家也有吸食鸦片的。因为追求官能的享受正是十九世纪文坛的一种流行病态。在这方面,有恶魔诗人之称的法国波特莱尔、美国神秘诗人爱伦·坡,都是染上了鸦片瘾的有名作家。

高克多与《鸦片》

若望·高克多的那部《鸦片》，出版于一九三〇年。在这以前，在一九二六年出版的那部《给马利丹的书信集》里，其中也发表了他自己对于吸食鸦片的感想。

在西洋文学领域里，以吸食鸦片为题材的名作，一是英国十九世纪散文家特·昆西的《一个英国鸦片吸食者的自白》，另一本便该是高克多的这部《鸦片——一个瘾君子的札记》了。

鸦片的原产地并不是中国。不知怎样，他们写到鸦片，总不免要提到中国和中国人吸食鸦片的情形。尤其在高克多的这本书里，他曾对过去中国人吸食鸦片的方法和观念予以批判，并且与欧洲的鸦片吸食者所采用的方法加以比较。他在写给马利丹的那封信上说：

> 中国人吸（鸦片）得很少，活动得也很少。他们并不向这药物要求额外的服务。他们尊敬它，任它去自由发挥。

他又这么说：

> 中国人吸食鸦片，以便去接近他们的死亡。不可见的感觉来自一种静止不动的速率，这是速率的最纯粹的形

式。如果死亡能将他们的速率减少些许，一个可以会晤的地带便建立了。生与死之间的距离，恰如一枚钱币的正面与反面相隔那么远一般，但是鸦片却透过了钱币。

他接着又说：

> 中国人又用鸦片于比较不光明的用途。他们向他们准备下手的欧洲人，送上礼貌的烟枪，以便争取他们做生意的机会。

可是，高克多一面说鸦片不是麻醉剂，一面又说他们欧洲人不懂得吸食的方法，嫌中国式的吸食方法太轻微，他们便直接吞食生烟。

> 分量被增加了。如果醒了过来，便很苦痛，因此我们在清晨吸食；如果在家中吸食困难，我们便吞食鸦片。这使得我们距离目标愈来愈远了。
> 如果要获得一团生烟的效果，你要吸食十几筒鸦片才可相抵。因为当你吞食生烟，你将吗啡和其他质素也一同吸收了……

在那本《鸦片》里，高克多自己作了许多插画。据说这都是在他吸饱了鸦片，沉醉状态下画出来的。人的五官四肢全是用烟枪烟具所构成，那设想的恢奇，确是只有在瘾君子的幻想世界里才可以产生的。

不用说，高克多的吸食鸦片，是出于猎奇的追求，后来早已戒绝了。

英国人的同性恋

由于英外次的丑闻，英国人的同性恋问题已引起英国朝野和世人的注意，就是英国下议院也为了这个恼人的问题作了报告和讨论。有人说，近年英国在外交活动上处处做美国的应声虫，美国国务院的同性恋事件早已有口皆碑，难怪英国这位外交次长也不甘落后。其实，这还是记者先生们的论调，若是从我们这样有历史考据癖的人看来，同性恋问题在英国，实在是"古已有之"，不过是"于今为烈"而已。

有两部接触到英国人生活上这个问题的书籍，都是权威的著作，一部是鼎鼎大名的霭理斯的《性心理研究》，因为他自己是英国人，他在这部大著的第二卷《性的倒错》中，特别叙述分析了英国人的同性恋问题，尤其注重历史上的实例。另一部是德国人伊凡·布洛哈的《英国人性生活的过去和现在》，这书已有威廉·法斯顿的英译。因为是这个课题的专著，材料自然更丰富，所说的自然也更权威了。

所谓同性恋，事实上也有许多种。首先就有男女之别，有男子与男子的同性恋，女子与女子的同性恋，而在这种的关系上又有只是精神上的相恋，和彼此实行有性行为之别。此外还有主动和被动之分，因为有些人专门"追求"同性，有些人又自甘处于被动的地位，专门"勾引"同性的。除此之外，更有以老恋少，以少恋老，只恋同性不恋异性，或是像我们的墨子所提倡的那样，男女"兼爱"的。总之是，由于性的活动已经发生了变态倒错的现象，所以什么古怪的倾向都可能会发生。至于像英外次的行为，实在是男子同性恋行为中最低级的一种，专门术语称为"所多玛派"（Sodomite，这术语出于《圣经》上的一个典故），也就是我国所说的男色嗜好而已。

霭理斯在他的那本书中分析了英国若干有同性恋倾向的历史人物。最有趣的是莎士比亚也写过好几首献给一位"青年男友"的短诗，所幸者是他的这种嫌疑不很重；但与他同时代的两个文人，而且一向被人疑为是他的剧本"枪手"和替身的：玛尔洛与培根两人，则是有明显证据的同性恋爱好者。就近代文人来说，翻译波斯诗人俄默短诗的费兹吉尔特，研究文艺复兴史的权威西蒙斯，都是有名的同性恋倾向者。至于王尔德，那更不用说了。

布洛哈的那部大著，第十三章《同性恋》，所搜索的资料更是洋洋大观，除叙述了许多个人的例证外，更举出了在伦敦和外地设立的男妓院，男色同好者的俱乐部，街头巷尾和公厕里所设立的男色嗜好者的介绍会面地点，他们所用的暗号和术语等等。还有一种被称为"里斯波派"的俱乐部，则是专供女同性恋者相聚的场所了。

纪德的《哥莱东》

安得烈·纪德的《哥莱东》，第一次出版于一九一一年，这是隐名发行的，书面上没有作者和出版者的姓名，甚至没有书名，仅题了"C.R.D.N."四个字母。书是在比利时的布鲁日印刷的，按照法国出版法的最低限度，总算印出了这家承印者比利时印刷商人的店名。据纪德后来在他的日记里说，初版的《哥莱东》是非卖品，当时仅印了十二册，一直被紧紧地锁在抽屉里。

一九二〇年，纪德又将这小册子印了一次，仍是在比利时印刷的，这次印了二十一部，已经题上了《哥莱东》（Corydon）的书名，但是作者和出版者仍是隐名的。这一次所印的二十一册也是非卖品。

正式公开发卖的《哥莱东》，直到一九二四年才第一次由新法兰西评论社印行。初版印了精本五百五十册，普及本五千册。从这时起，直到作者去世时为止，别的版本不算，仅是这一种版本就再版了六十次以上。

《哥莱东》是由四篇对话构成的一本小小散文集。所以具有这样一段古怪的出版历史的原因，乃是因为纪德认为这是自己最重要的一部著作;四篇对话都是讨论男子同性恋的。

一九四九年,纪德获得了诺贝尔文学奖金[1]。他到瑞典领奖后正在旅邸里休息,有一个瑞典新闻记者来访问他,询问他对于自己已出版的各种著作,是否有认为不惬意拟予以销毁的?纪德见到这位记者满脸露着勉强的笑容,便明白他心目中所指的,不是那本引起许多进步人士唾骂的《从苏联回来》,便是这本被道学先生一致抨击的谈论同性恋的《哥莱东》,因此庄重地回答:他宁可放弃获得诺贝尔文学奖金,也不愿在任何环境下收回自己的任何一本著作。接着记者又问他认为哪一本著作最为重要,于是他就毫不迟疑地举出了《哥莱东》的名字。

对于讨论男子同性恋问题,纪德似乎一向是有特别兴趣的。除了本书以外,他在早年的《刚果旅行记》和自传《如果这粒种子不死》里面,就曾经对这课题一再发挥了他的独特的见解。

接吻的起源和变化

英国的动物心理学家比特奈尔,写过好几本很有趣的科学小品集,其中有一本是《接吻的起源及其他》,将这个小动作从民俗、

---

[1] 纪德获诺贝尔文学奖时间为一九四七年。——编注

心理和动物生活种种方面,加以分析和推究,写得渊博而又有趣,能够令人不吃力地一口气将它读完,像读一篇侦探故事一样。

古希腊诗人称赞接吻为"打开天堂大门的钥匙",这所指的怕是爱情的接吻,如浮士德在玛嘉丽的唇上所亲的那个吻,确是使他觉得仿佛已经走进了天堂。可是,如《圣经》上所载,犹大出卖了耶稣,向来捉耶稣的兵丁以接吻为暗号,向他们暗示要捉的是哪一个,这一吻却不曾使犹大进入天堂,在基督徒的眼中反而使他永远堕入地狱了。所以接吻是有多种的,不仅方式不同,而且动机和用意也不同。对于这个小动作的看法,我们东方人和西方人的距离很大。西方人有属于礼节上的接吻,我们则完全没有这一回事,除了大人偶然吻孩子表示亲切以外,根本没有示敬和礼节上的接吻。

在中外通商初期,英国派了使节团来访问清朝皇帝。为了觐见皇帝时的三跪九叩首问题,闹得不欢而散。因为英国使臣只肯屈一膝吻皇帝的手,不肯下跪磕头。因此有了"洋鬼子的脚是直的,不会磕头"的传说。可是后来当清廷派了使臣到伦敦去访问时,为了觐见维多利亚女王的礼节,也大伤脑筋。那位身为旗人的使臣宁可向女王三跪九叩首,却不肯屈膝吻女王的"御手"。这全是对于"吻"的习惯上的差异。

古罗马人曾将接吻分为三类,一是"奥斯克拉",这是吻在对方的颊上表示友谊。一是"巴西亚",吻在嘴上表示亲切。另一是"索费亚",则是两唇之间的热情的吻。

比特奈尔说,依据各民族的接吻风俗习惯来说,一般总是吻在额上表示尊敬,吻在颊上表示友谊和亲切,吻在手上表示尊敬,吻在脚上表示谦卑和服从，吻在嘴上表示爱情。

接吻的动机是和"触觉"有关联的，无论礼貌的接吻或爱情的接吻都是如此。因此没有礼貌接吻的地方便由磕头握手和拥抱来替代，这都是触觉另一方向的发展。一般动物则用鼻尖面颊或身体的其他部分来互相磨擦，表示亲切，这都是变相的接吻。

据比特奈尔的考证，今日世界各地的种种接吻风俗，大都源出于印度，因为在公元两千年以前，当时的古印度民族已经实行互相以鼻尖"嗅吻"了。这种方式，至今仍在许多民族中流行，也就是上海人所说的"香面孔"。

《性心理研究》作者霭理斯

一九五九年在人类文化史上，可说是一个富于有意义的纪念的年头，因为恰在一百年前，即在一八五九年，生物进化学说的创始人达尔文的代表著作《物种起源》出版了，而《性心理研究》著者霭理斯，也恰是在这一年出世，到一九五九年也恰好是他诞生一百周年纪念。霭理斯已在一九三九年去世，但他在生前常常以能够与达尔文的《物种起源》在同一年出世引为荣幸。

哈费洛克·霭理斯，将以他的那部大著《性心理研究》之中所含蓄的明彻的智慧，和对于人生正确冲和的指导，永远为世人所记忆和感激。他与野狐禅的金赛博士之流不同,从不贩卖"性"的野人头,而是以诗人的理解、医生的知识、人生哲学家的观点来研究并指示怎样处理男女两性问题。

他的七卷《性心理研究》大著,是他花费了三十年时间和精力写成的东西。这部书在我国虽然至今还没有译本,但知道他的人已经不少,而且他另有一种一卷本的《性心理研究》,在我国则早已有了潘光旦的译本,对他总算不陌生了。

霭理斯是英国人,这部大著的第一卷《性的错乱》,出版于一八九七年。他在这本书里所谈到的事情和对于这些事情所表示的意见,吓倒了当时的许多英国人。官方在这一年就控告了他,并且禁止他的著作出售。他的《性心理研究》从第二卷起,一直到最后的第七卷,都是送到美国去出版的。

霭理斯自己曾说,他对于自己的这部著作不能在英国出版,毫不埋怨本国政府。他甚至反而要感激他们,这样反而促成了这书的更大销路,使得德文和其他各国文字的译本提前出版。"那种要摧毁我的著作的努力,并不曾使这部著作因此而改动一个字。无论有没有帮助,我已经依照我自己的道路一直走到底。"霭理斯在他这部大著的最后尾跋里这么写道。

时移世变,英国近年的同性恋问题和色情犯罪的猖獗,已经使得议会也对这个"禁题"无法再缄默。专门为了研究性犯罪问题而组织的乌尔芬登委员会,他们所作的报告和提出的主张,事实上都是霭理斯早已在六十年前所出版的《性的错乱》里已经讲过的,然而他的著作在当时却被政府禁止了。因此霭理斯的罪过,不过是由于他走在时代的前面,是一位先知所惯受的罪过。

最近为了纪念他诞生一百周年,英国已经一连出版了两部关于他的传记,看来英国人要趁这机会向他们的这位先知悔罪了。

霭理斯的杂感集

霭理斯的著作,除了《性心理研究》以外,还有许多批评宗教、哲学、音乐、文艺的论文集,又有几辑日记体的杂感集,还有一部关于早年生活的自传。这些著作,倒是在英国可以自由出版的。他的杂感集一共出过三集,我很爱读,因为他用明澈的智慧,从日常琐事之中看出了往往被我们所忽略的真理,真不愧有"诗人"之称(霭理斯是医生出身,但是从来不自称,也不喜欢别人称他为"性学家")。现在趁这纪念他诞生一百周年的机会,选译了几则,介绍给读者。

四月十三日:在一首诗里,波特莱尔想象他同他的情人,坐在一家新的精致的咖啡店里,面前放着玻璃杯和酒器。他无意中发现这时外边有个穷汉举手抱着两个孩子,三个人这么样注视着这吸引人的店内。诗人被一种半是怜悯,半是惭愧的感情所激动,便掉头向着他的同伴那一对美丽的眼睛寻求同情。但是她只是冷淡地说:"我们不能设法将这种讨厌的家伙赶开吗?"

"人类的思想多么不容易沟通呀，"诗人沉思道，"甚至在两个彼此相爱的人之间。"

十一月十四日："像鸵鸟那样将它的头藏在沙里……"我真诧异除了这个景象之外，是否还有其他的比喻，更经常地被文明人用来形容他自己，或形容他的同类。凡是曾经踏上报章杂志疲乏的道路，或是其他日形低落的通俗文化的人，总会听到这个比喻的熟悉的声音，像敲着丧钟一样，几乎每隔几分钟便可以听到一声。

我们几乎直觉地明白，鸵鸟大概不会干出这种事情的。为了确实起见，我有一次曾去询问我的一位恰是研究鸵鸟生活习惯的专家朋友——因为在他有关鸵鸟的著作中，甚至不曾提起鸵鸟的这种习惯。他告诉我说，鸵鸟确是有一种习惯，可能被误认为类似对它所作的这种推测，就是鸵鸟将头俯低下来，确实可以减少被注意的目标。只有人类才是唯一真正的将头藏在沙里，紧闭眼睛不顾现实的两足动物。鸟类是决不肯这么干的。世界不会容许这样的生物可以生存下去。就是人类本来也不会这么干的，如果不是在他们的早年，他们曾经聪明地给自己筑好一座高大的保护的墙，使他们现在有恃无恐，可以躲在里面泰然耽溺于自己各种愚昧的遐想。

十二月二十一日：一个星期又一个星期，一个星期又一个星期，没有一点什么扰乱在这辽远角落的宁静生活秩序。在我面前总是海和它的大浪的深沉而继续的嘈语，不时为风势所驱，变成怒吼。有时，风的尖锐呼声也参加了这音乐。而在夜间，在后面的树丛中，有时又杂有猫头鹰的柔软的慰藉的鸣声。到了夜晚，坐在小小的走廊上，望着下面向海湾展开的山谷：那些疏落的村屋,当夜幕降下以后,从那幽暗的温和的,使人心安的灯塔之间,一家一家地从它们的窗口投出了柔和闪烁的灯光,而在后面右边的高处,在一英里以外,那真正的蜥蜴岬灯塔,缓缓地回旋着它那庞大的庄严的灯光,扫过天空,为了在这危险的途径上需要照耀的人们,仁慈地搜索着海面。

我从不曾住得这么邻近这灯光。但是在我的一生中,这蜥蜴灯塔的灯光,似乎已经成了我心中日常生活背景的一部分。在儿童时代,我知道它是美国南部最尖端,当你闯入那辽阔的大西洋时,你不得不忧郁地将它的灯光抛在背后。后来,年岁增加了,但是仍只是站在世界的门口,在那些充满了伟大可惊的日子里,从我在拉摩耳那寓所的屋顶小楼窗口,这在我的眼中正是庐骚所说的要用镀金栏杆围绕起来的神圣地方,我可以辽远地望见蜥蜴灯塔那可爱而启发我的灯光。现在,当我安慰自己说生活于我已经够了的时候,我终于第一次邻近地住到它的一旁。

灯塔可说是人类在陆地上最美丽的创造物之一,因此恰可与在任何地方看来都是最美丽的东西之一的船舶做伴。最低限度,它们有一时期曾经是这样。后来,人们似乎不再十分关心凡是美丽的东西应该使其看来确实美丽。当你见过现在新的蜥蜴灯塔之后,你似乎不再有要再看一眼的特别愿望。但是请看史密顿的古老的爱狄斯东灯塔,这是在朴列茅资[1]重建起来的,仍是城中美丽的名物之一。它那优雅的曲线和精致的灯窗,可说是一个结构精

---

[1] Plymouth,现译为普利茅斯。——编注

美的梦。

在今天,像它过去曾经是一个美丽的现实一样,灯塔仍是一个美丽的象征。它代表人类在地上所应负的崇高的任务,以及每一个人在他自己光圈的范围内所应负的任务,将爱的精神变成光辉,用来照耀在黑暗中走过生之黑夜的人们。——这是灯塔的任务,也是卑微的人们只要忠于自己便会本能这么做的任务。

这样,当我凝视下面山谷的那些小窗口闪亮起来,后面高处蜥蜴灯塔那庞大的灯光旋动的时候,我不禁轻轻地低诵着时常停留在我心上的柯里列治的诗句:

> 我已经不适合为大众服务,但是从我小窗口射出的烛光,仍照射到很远的地方。

四月十日:有时,我会感到有点惊异,发现人们怎样很普遍地当某一个人不能接受他们的意见时,总认为这个人必然对他们怀有敌意。这样,我记起了几年以前,弗洛伊德教授曾写信给我,说他如果能克服我对他的理论的敌意,那将使他如何地高兴。我当时曾经赶紧回答他,虽然他的理论不能使我全部加以接受,但我对他的理论并无敌意。如果我眼见一个人在攀登一条危险的山径,我不想老是跟着他走,我并非对他怀有敌意;相反地,我也许会唤起别人注意这位先驱者的冒险行为,佩服他的勇气和能耐,甚至对他努力的成就加以喝彩,最低限度也会重视鼓舞他的这种伟大理念。但是这样并不表示我跟着他走,更不表示我对他怀有敌意。

二月九日：在我的一本书里，我曾经提起过一件事情，这是别人告诉我的，意大利有一个妇人，当她所住的房屋着火时，她宁愿烧死，不愿不穿衣服逃出来，以免有伤廉耻。我时常在想，如果我有这能力，我一定要在这个妇人所住的世界下面，放一颗炸弹，以便将它一股脑儿轰光。今天（一九一八年），我又读到一条新闻，有一艘运兵船在地中海被鱼雷击中，未及泊岸就立时沉没。这时甲板上有一个女护士。她开始脱去身上的衣服，一面对四周的男子说："对不起，孩子们，我要救这址丘八。"她跃入水中四处游泳，救起了好些人。这个妇人才是属于我的世界的。我不时曾经遇见过这样的人，这种甜蜜而又富于女性的大胆的妇人，她们都做过像这样一类勇敢的事情，有些由于所做的事情更为复杂艰难，也就显得更为勇敢，因此我总是觉得我的一颗心像香炉一样地在她们面前摇晃着，散发出一种爱与崇敬的永远的馨香。

我梦想着能有一个这样的世界，在这世界上，妇女的精神是比火更强的烈焰，廉耻变成了勇气，但是仍继续是廉耻，在这个世界上，妇人比我所要摧毁的那个世界的妇人更为与男人不同，在这个世界上，妇人散发着一种自我启迪的可爱，像古老的传说中所说的那样迷人，但是这个世界在为人类服务的自我牺牲热情上，却超过了旧有的世界不知多少倍。从我开始有了梦想以来，我就一直梦想着一个这样的世界。

以上是我随手从霭理斯的杂感集里译出的几则，虽是一鳞半爪，我们已经可以看出，他的观察和见解，多么平易自然，可是同时又多么深刻明智。这是先知的慧观，同时也是诗人的憧憬。

求爱的巫术

罗伦特博士与拉果尔教授两人，在他们合著的《性的巫术》里说得好，性与巫术的关系，是不分古今或文明与野蛮的。为了要想受孕生子，有些妇人直接将男子生殖器的模仿物挂在身上，有些妇人则庄严地跪在教堂里祈祷。可知这事在实际上实没有文明与野蛮的分别，只有表现方式的不同而已。

东方人对于能使男女互相悦爱的巫术，似乎一向享有盛名。尤其是古代的阿拉伯、波斯、印度和我们中国，对于这种和占星、炼丹、草药有关的求爱巫术，可说比西方人懂得多了。但是对于这种巫术的态度更严肃更认真的，却是那些未开化或是较落后的民族。

马林洛斯基在《野蛮人的性生活》一书里说，特洛比利安群岛[1]的土人，认为施用求爱巫术，在男女相爱过程上是一种不可缺少的条件。他们对于用巫术来求爱这事从不保守秘密。相反地，那些懂得求爱巫术，或是曾经运用巫术求爱成功的人，常常受到

---

[1] Trobriand Islands，现译为特罗布里恩群岛。——编注

别人的敬重和羡慕。只有当一个人滥用这种巫术，促成不合法的恋爱事情，或是违反了大家应该遵守的性的"塔布"时，这时才受到干涉。他们对于这种巫术的灵验性是从来不怀疑的。

马林洛斯基说，南太平洋群岛土人所惯用的这类求爱巫术，共有四五种之多，分别施用于男女爱情发展的不同阶段上。巫术大都是使用某些海藻、植物的果实或枝叶，以及小动物的心脏血液等等，经过特殊的咒语和祷祝炼制而成。最简单的是将这种有巫术作用的药物施用在自己身上，借此来获得对方的垂青。更复杂的，则要施用到对方的身上，用来挑动或是改变对方的心意。

在各种求爱的巫术之中，最神秘、最灵验的，是名为"苏隆乌雅"（sulumwoya）的一种，这是用薄荷叶在椰子油中经过锻炼，再经过咒语祷祝而成。土人相信这种巫术的能力非常强大，是不宜轻易尝试的。因为用之不慎，就会酿成意外的事情。"苏隆乌雅"是液体的，只要洒在对方的屋上、门口，使他或她嗅到了它的气味，便会发生一种令人不可抵抗的效力。据土人传说，有一男子在自己的屋门口锻炼"苏隆乌雅"，无意之中滴了一滴在他妹妹的身上，巫术遂发生作用，兄妹两人遂无可遏止地发生了乱伦关系，结果互相拥抱死在海边。

马林洛斯基说，当他询问当地土人对于求爱巫术的信仰程度时，他们这么回答他说：

"如果有一个男子是漂亮的，又能跳舞又能唱歌，可是不懂求爱巫术；另一男子是丑陋的、残废的，但是他懂得求爱巫术。两人追求同一女子，前者会遭拒绝，而后者会成功。"

光荣的手

"光荣的手",这是民俗学上一个很有趣的名词。这名词在字面上很漂亮,"hand of glory",可是它的实质一个也不光荣,因为这是西洋民间传说中的盗贼潜入人家偷东西时所使用的一种"法宝",这是一只从绞死的死囚尸体上割下的手,经过邪术炼制之后,当盗贼用这只手作烛台插了蜡烛走入人家时,屋内人就会沉睡不醒。

英国著名民俗学家弗列采爵士,在他那部十二卷的大著《金枝》中,论到魔法妖术的所谓"感应作用"时,曾提及欧洲盗贼至今仍在迷信的这种骇人的"法宝"。他说:"以毒攻毒的感应黑魔术之中,有一繁盛的支派是借了死人来作法的。因为死了的人不能见不能听,也不会开口说话,你就可以利用死人的骨头或其他任何沾染死亡的东西,经过感应魔术的作用,令见到这东西的人,也会感应变得失明、耳聋或是暂时失去记忆的能力……在欧洲,相传'光荣的手'就具有这样的特性,这是用绞死的囚犯的手,经过风干炼制而成的。如果将一只同是用绞刑架上的死囚身上的脂肪制成的蜡烛,插在这只'光荣的手'的手掌中,将它当作烛台,则它可以使得见到这光亮的人一点也不能动弹,连一根手指也不能动,完全像死人一样。有时,他们又将死人的手当作蜡烛,甚至当作一束蜡烛,将所有枯干的手指都点着了火,也会发生同样作用。但是屋中如果有一个醒着未入睡,便有一根手指不会点着。

这种妖火是吹不熄的,只有用牛乳才可以扑熄。"

为了好奇,我去查阅拉德福特的《迷信百科全书》,找到了"光荣的手"的炼制方法是这样的:

先割下一只犯罪问吊的囚犯的手,用尸衣先将这只被割下来的手紧紧地缠着,以便榨出还残留在里面的血液。然后再将这只手放在瓦罐中,加入仔细捣成屑的硝盐和胡椒,由它在这里面腌渍两星期,直到完全干了,然后放在三伏天的大太阳下晒干。如果晒得还不够干,再放到用马鞭草和凤尾草作燃料的锅里去烘烤,直到它完全干透为止。然后,再用芝麻、处女蜂蜡,搀和死囚的脂肪制成的蜡烛,将这只手当作烛台来点燃这支蜡烛,这就是传说中的"光荣的手"。

据说,用这只手作烛台点起蜡烛潜入人家,屋内的人都沉睡不醒,不能动弹,直到蜡烛熄灭为止。更有一种传说手持这样的烛台走入人家,能隐形使人见不到自己。对于这种"光荣的手",欧洲盗贼非常迷信它所具的神秘魔力,至今不辍。

这种"光荣的手",传说虽多,但是要研究出实际使用的效果如何,颇不易找到可靠的例子,以下可说是唯一可信的一个实例,这是见诸日尔曼法院档案的。但它给予我们的答案是否定,这件传说中有名的法宝竟不曾发挥它历来所传说的那种法力。

一九三一年一月三日,有几个小偷走进德国劳克鲁市的尼泊尔先生家里想偷东西,他们便携带了"光荣的手"和人油的蜡烛。这几个小偷当然迷信这种东西的邪术法力,于是就点起来,希望使得屋内的人沉睡不醒,哪知一点也不灵验,尼泊尔先生被惊醒了，他便大声呼喊报警，惊醒屋内其他的人，吓得小偷们抛下"光荣的手"逃走了。后来这古怪的东西被拿上法庭存案作证。这是现代关于这有名的传说东西的唯一资料。

关于诺贝尔奖金

所谓"诺贝尔奖金"，它的由来，是由于瑞典人诺贝尔，以制造无烟炸药和开发巴库油田起家，发了大财，在一八九六年去世时，以相当于两百万英镑的资产，遗嘱交给一个公私合组的财团，用这笔资产每年所获得的利息，设立奖金，每年一次颁给在物理、化学、医药、文学、和平事业上有贡献的人。这就是诺贝尔奖金。它的特点是规定这五种奖金的候选人不分国籍和性别。但是决定每年谁是得奖人的那五个评选委员会，却不是国际性的，而是由瑞典人自己所包办。

我们无从知道诺贝尔在他临终时拨出这笔资产来设立奖金的真正用意何在。但想到他是杀人利器——无烟炸药的发明人，在规定的五项奖金之中又有一项是要奖给致力于和平事业的，必然多少有一点忏悔作用在里面吧？可是负责评选每年得奖人的那五个瑞典团体，有时显然未能体贴诺贝尔的原来用意，在遴选获奖人时往往存有一种偏见，尤其在近十几年以来，在文学奖金方面最令人失望。至于诺贝尔和平奖金的授予,这几年更几乎成了一种笑话。

以今年的文学奖金来说,得奖的法国老诗人列哲尔(他写诗的笔名是圣约翰·贝西),这位外交家出身的诗人,乃是所谓"诗人中的诗人",在法国本国的读者已经很少,更不用说在国外了。只有像英国艾里脱那样的神秘诗人,才特别赏识贝西的作品。艾里脱自己不仅译过贝西的诗,还在一九五五年就向瑞典的诺贝尔文学奖金评选委员会推荐贝西为候选人(艾里脱自己是一九四八年的诺贝尔文学奖金获奖者),但是那一年义学奖金后来颁给冰岛诗人拉克萨奈斯,贝西落了选。他在今年能够获选,说不定仍是出于艾里脱的推荐。

像这样读者稀少的诗人的获奖,实在不能令人对他的作品引起什么新兴趣的。

在过去,诺贝尔文学奖金的授予,有几次倒是深得人望的,如波兰的显克微支,比利时的梅特林克,印度的泰戈尔,法国的罗曼·罗兰、法朗士、纪德,挪威的哈姆生,英国的萧伯纳,都是值得令人喝彩的。可是像一九五三年的文学奖金竟授给英国的邱吉尔,却令人有点啼笑皆非了。

最惹人爱的是萧伯纳,诺贝尔文学奖金委员会在一九二五年发表他是当年的得奖人时,老萧却写了一张明信片给委员会,说他还不至穷得等候这笔钱用,请他们改给其他等着钱用的作家罢。

读书随笔 2

贝克特的作品和诺贝尔奖金

一九六九年的瑞典诺贝尔文学奖金,奖给了以法文写作的当代爱尔兰小说戏剧作者撒弥尔·贝克特。

这次的选择可说比前年的日本川端康成更令人感到意外。贝克特最有名,最"成功"的一台"荒谬剧",是他在一九五二年所发表的那部两幕剧《等待果陀》。这个剧本已经有了中译本,听说曾在台湾上演过。

请看《等待果陀》中的两个角色在舞台上的几句对话:

爱:我们上吊如何?

佛:上吊可以使我们的阴茎勃起。

爱:(大为兴奋)阴茎勃起!

佛:然后精液滴落的土地上会长出曼陀玲花,所以每次你拨它们的时候会发出尖锐的叫声来。你没听说过吗?

爱:那我们立刻上吊吧!(译文据刘大任、邱刚健两人合译的中译本)

贝克特在这里引用欧洲中世纪对于"人参"和绞刑犯受刑后生理会发生异状的传说,简直有点近于卖弄。他的这两个角色若是真的就这么上了吊,那倒也罢了。但是却不曾,在舞台上一直这么"胡闹鬼混"下去,演了一幕又演一幕,这才使得这个荒谬的《等待果陀》成了名,使得它的作者在去年被授给了诺贝尔文学奖金。

诺贝尔文学奖金,除了有顽固的宗教偏见之外,近年更成了玩弄政治手段的工具。在最近十年之内,他们一连两次将奖金授给了苏联作家。一次授给私将作品拿到国外出版的帕斯捷尔纳克(《日瓦哥医生》作者),是故意使苏联丢脸;一次授给萧洛霍夫(《静静的顿河》作者),却又是有意要讨好了。但是过去像高尔基那样优秀的作家,诺贝尔文学奖金委员会却连考虑也不曾考虑过,即此一端,其他就可想而知了。

而奖金委员会这次将文学奖金授给贝克特,更有自打嘴巴之嫌,因为贝克特久已坦白地告诉他的读者们,他在写作上有两个老师,在英文方面是他的同乡前辈詹姆斯·乔伊斯,在法文方面是马赛·普洛斯特。这两个人的作品,尽管对于现代欧洲文学,尤其是小说方面,所发生的影响很大,但是在过去的诺贝尔文学奖金委员会的眼中,他们的作品都是离经叛道的,都不是正统的,乔伊斯的小说《优力栖斯》更在英美一直被禁,直到近年才开禁,自然都不会被授予文学奖金,可是这一次却授予了两人的私淑弟子贝克特,岂不是自打嘴巴吗?

撒弥尔·贝克特的原籍是英国爱尔兰,一九〇〇[1]年在都伯林出世,今年已经七十一岁了。他写小说,也写剧本,近年更写电视广播剧。最初是用英文写作,后来改用法文。有时自己将自

---

[1] 贝克特出生时间为一九〇六年。——编注

己的英文作品译成法文,有时又由法文译成英文。近年已在法国定居下来,看来连他的爱尔兰原籍也要放弃了。

贝克特早年所发表的小说,如一九三八年的《玛尔菲》,一九五一年开始出版的三部曲《莫洛伊》《玛隆死了》和《不可名的东西》,都是出入于乔伊斯的《优力栖斯》和普洛斯特的《过去事情的回忆》那种风格的,主要的情节都是主人公的独白,以及心中的幻象和眼前的情景再加上对于过去的回忆、所交织而成的那种种现象,恰与我们独自一个人闷坐在那里,心中胡思乱想所想到的一切那样。所不同者,我们未必都是病人,未必都对人生绝望,而贝克特笔下的这些人物,总是生病濒死的,以及对人生绝望的。

普洛斯特的《过去事情的回忆》,以及乔伊斯的《优力栖斯》,这两部小说的篇幅极巨,在近代欧洲文学史上一向有了"影响很大,可是读者很少"的妙誉,看来贝克特的小说,在这一点上也可以追得上他的老师了。

贝克特的小说虽然读者不多,但是他在一九五二年所发表的那个两幕剧《等待果陀》,在英国上演之后,却使他获得广大的观众。从此他成了"现代荒谬剧"的祖师之一,其他的作品几乎被人遗忘了。贝克特笔下的人物,本来都是悲观、绝望,想尽一切无聊方法来排遣自己"有限的时间",在《等待果陀》这剧本里,可说更达到了最高峰(我们看前面所引用的那几句对话,就可以略见一斑)。在欧洲第二次战后的资本主义社会里,许多绝望悲观的观众都将像《等待果陀》这样的剧本当作大麻来服用,这就是"荒谬剧"的作者也被授予诺贝尔文学奖金的原因。

关于《日瓦哥医生》

今年的瑞典诺贝尔文学奖金,已经宣布授给苏联作家波里斯·帕斯捷尔纳克。他是苏联的优秀诗人和翻译家,但是这次据以得奖的,据瑞典诺贝尔文学奖金委员会的宣布,却是由于他的一本小说。这本小说,远在还不曾宣布谁是今年诺贝尔文学奖金得奖者以前,英美的刊物上就有不少书评文字加以推荐,说它"毫无疑问是最伟大的俄国小说之一,它唤起了过去五十年以来俄国所提供的经验"。可是自从发表了诺贝尔文学奖金授给他以后,苏联的舆论却表示帕斯捷尔纳克不愧是一个真正的诗人和优秀的翻译家,但是获得西方人士称赞的那本小说,却是一本坏小说。

帕斯捷尔纳克的这本小说,题名是《日瓦哥医生》(*Dr. Zhivago*),最近已经有了英译本,由柯林斯与哈费尔出版社联合出版,售价二十一先令。这本小说的篇幅虽然不少,可是故事却很简单。

尤莱·日瓦哥,是一个医生,同时又是诗人。小说的故事就是描写日瓦哥的一生,从孩童时代直到他在街车中的惨死。穿插在他生活中的还有两个女性,一个是他的妻子,另一个是他后来遇见的成为他情人的拉娜,还有一个重要人物是主人公的堂弟基尔希兹。故事的背景大都在乌拉尔区,因为日瓦哥在孩童时代,就跟随他的家人搬到荒僻的区域,躲避革命的动乱。故事的进展从一九〇五年的帝俄时代一直写到斯大林时代。书中出现的人物极多,每一个人物和每一件事情的细节,都不厌琐碎地写得十分详细。小说的末尾还附了一辑诗,作者说这是主人公日瓦哥的遗著。

日瓦哥一生有一个志愿,用作者的话说:"从学生时代以来,他就想写一部散文,一部对于生活的印象。也要在其中隐藏着所见所想的最惊人的事情,好像隐藏着炸药一样。他年纪太轻了,无法写成这样的一本书,因此只好写诗。他就像一位画家一样,为了要实现心目中想画的一幅杰作,终身不停地构着草图……"

英美的批评家,认为《日瓦哥医生》,事实上恰是这样的一部小说,帕斯捷尔纳克乃是借了书中人的口来"夫子自道",因此这部作品里可能隐藏着"炸药",能暴露所谓"苏联真相"的炸药。于是他们就期待殷殷,许之为可以与《战争与和平》媲美的杰作,现在更授之以"诺贝尔文学奖金"了。

(作者按:帕斯捷尔纳克已在一九六〇年五月去世。)

《罗丽妲》

最近又有一个俄国人所写的小说,像帕斯捷尔纳克的《日瓦哥医生》那样,在欧洲文坛引起了轩然大波。不过这次不是为了文学与政治的问题,而是为了文学与色情的问题。

这部引起问题的小说：是一个侨居美国的白俄作家所写，他名叫伏拉地密尔·拉波科夫。这部几年前写好了的小说，书名是《罗丽姐》(*Lolita*)，故事的中心是一个四十岁的男子和一个十二岁女子的私情事件。拉波科夫是学会了用英文写作的，他本来在美国已经出版过几本小说，也经常在几种流行刊物上发表短篇小说，但是《罗丽姐》脱稿后，却因了内容的色情关系，竟一时在美国找不到出版家。后来拿到巴黎，由一家"亚令配亚出版社"出版。本来，任何五花八门的著作，在别国不便出版的，拿到法国总有出版的机会，也自有它们的主顾。不知怎样，这本英文的《罗丽姐》在法国出版后，竟引起法国当局的注意，先是不许这书外销，接着就完全将它禁止。这一来，真是塞翁失马安知非福，《罗丽姐》的身价大起，本来不愿出版这本小说的美国出版家，看见已经有法国人替它做了"广告"，便也抢着出版。自然，有人谩骂，也有人捧场。但是不管怎样，它在美国出版后，竟成为畅销书之一。

英美两国虽是同文国家，但是它们的出版家却是各立门户，分成两个市场的。《罗丽姐》在美国出版，并且成为畅销书后，英国的一家书店便也接洽英国出版，并且决定要在今年春季出版。但是有一家英国销数最多的《星期日报》的编辑，得到这消息后，忽然发起一种运动，要阻止《罗丽姐》这书在英国出版。这位编辑先生本是《罗丽姐》的忠实读者，他早已买了一本巴黎版，可是看过以后，认为这是从来未曾见过的一本淫书，便下决心要阻止它在英国出版。

如果大家都赞成这位卫道的编辑先生的主张，自然就可能一举成功，至少也不致闹出争辩的风波。可是英国同时另有一批作家，其中有几个都是很开明的有地位的作家，都站起来反对这位编辑先生的主张，说他的态度太偏狭和独断，一部书的好坏应该由读者们大家去决定，不能凭他一己之见就肯定这是一本要不得的坏书，这样未免剥夺了读者的判断自由。

正如英国最近一期的《书与读书人》月刊所说，英国出版界和读书界对于这事论争的趋势，已经发展为不是《罗丽妲》这书的好坏问题，而是文学作品与色情文字的区别问题，以及什么人有资格来不许读者读这读那的问题。

禁书一束

拉波科夫的那部被认为黄色的被禁小说《罗丽妲》，在英国至今还不许入口，因此在报纸上时常可以读到关于这本书的新闻，因为它有美国版，还有法国巴黎版，在美、法两国都是随便可以买的，可是一携入英国境内就要被没收，但是邮递又不尽然，可以安全收到，因此时常发生争执。据说最近伦敦机场有一位自巴黎飞来的女客，携带了一本巴黎版的《罗丽妲》，在机场上就被海关职员没收，两人吵了一场。这位女客心有不甘，便向正在设法要出版《罗丽妲》英国版的一位出版家去投诉此事，出版家大约为息事宁人计，便顺手送了一本美国版的给她。

英国《书与读书人》月刊评论此事说：这就是我们的胡闹现象，一面不许你携带这本书进口，可是你一面在国内又可以随时读到从邮政寄来的美国版。

这位评论员似乎同他本国的海关人员有点过不去，他又举出一事为例。他说，不久以前，他的一位同行，是《影片与电影事业》的编者，从康城参加了电影节回国，为了要考验海关检查员对黄色书报的态度，便在入境检查时，公然向海关人员宣称，他的行箧里携有某某几本黄色小说，这类小说都是经常被海关人员不许进口，可是又没有明令禁止的。这位编者提醒海关检查员，他虽然携有这几本黄色小说，但他是新闻记者，知道这几本小说是没有明令禁止的，因此如果有谁没收了它们，他一定要在报纸上写文章大闹特闹，决不罢休。

据说海关检查员竟被他的这种"白老虎"所吓倒，畏事地挥手叫他快走，同时叮嘱他说："你自己肚里明白，这种书是委实不该带进口的。"

这位评论员调侃的话，以此为例，有些海关人员不仅有眼力可以决定什么书是黄色的，什么书不是黄色的，而且还有眼力可以决定什么人是可以通融的。

提到禁书，我们不能不想到美国阿拉巴玛公共图书馆拒绝出借加尔斯·威廉的《兔子的婚礼》。这是一本儿童读物，讲到一只白兔与黑兔结婚，触犯了种族条例，被迫在出借目录上取消了这本书。

还有,不说出来几乎没有人知道,法国大作家雨果(旧译嚣俄)的杰作《哀史》(《悲惨世界》),竟一直被梵谛冈列入天主教禁书目录中的。最近宣布将这书开禁,但是规定其中某些涉及教会的部分,要加上更正的小注。

更有趣的是当代英国老哲学家罗素的新著《我为什么不是一个基督徒》一书,书名虽然惊人,但是英国教会的出版物对此书颇有好评,可是到了东非洲,却被当地政府认为是"反基督教和提倡无神论",正式下令禁止了。

两部未读过的自传

有两部很有名的西洋近代自传作品,我很想读一下,许多年以来,一直因循未果。这两部自传,一是邓肯女士的,一是居礼夫人的。

说是"未读",事实上当然并非完全不曾读过。好多年以前,早已随手翻开来读过了一些。邓肯女士的自传,其中关于她同当时苏联诗人叶赛宁的恋爱部分,甚至在写文章时还引用过了。但是由于想要仔细地从头至尾读一遍,当时便将它们放在一边,等待找一个机会打开来从头读起。

世事就是这么很难说,读书之事也是如此,这一搁就搁了——我真不好意思说出那年数,总之是,如我前面所说的那样,我至今还不曾有机会读过这两部自传。

不仅如此。我当年的那部邓肯女士自传,早已失去了。这书已经有了中译本,我手边也没有。近年英美流行纸面廉价版的重印书,许多书都重印了,可是这部——自传至今还没有重印。我经常在留心出版广告,始终不曾见过这个书名出现在出版目录中。

我向自己解释说,我一直不曾读这本自传,就因为手边已经没有这书。这也许有几分是事实,因此最近我已经在查阅一本较详尽的出版目录,若是能找到有这部自传,无论是什么版本的,我已经决定立即去订购一部。

居礼夫人的自传,我相信我是仍有这本书的。我说"相信",是因为我自己确是曾经有过,可是多年前介绍给一个朋友去看,这位朋友看完后,好像已经还给我了,又好像未曾还。我有些书放得很乱,因此不敢肯定说是朋友不曾还给我,只好自认自己记不起放在什么地方。

这样一来,"只在此山中,云深不知处",我向自己安慰,我一直不曾读居礼夫人自传,实在是有理由的。

这两部自传虽然至今还不曾读成,但我自然早已读过了一些其他的自传,如有名的富兰克林自传,风流的差尼尼自传,还有那部古典的歌德自传:《诗与真实》。但是却一直在憧憬着这两部还未曾读过的自传的内容。天才舞蹈家邓肯,她的生活就像她自己所表现的舞蹈一样,完全是"古典艺术"的重现,而且是悲剧的。居礼夫人和她的丈夫,为了科学研究所作的忘我贡献,一向是我所钦佩的人物。这都是我至今仍想读一读这两部自传的原因。

字字珠玑的名家散文选

我始终觉得,一个人能够有时间坐下来静静地读几页书,不仅是赏心乐事,简直是一种幸福。可惜这样的幸福,我在近年已经不大容易享受得到了。因为现在虽然每天并不曾离开书,但是并非在读书,而是在翻书、查书、用书,就是不是读书。由于对了许多书不能好好地去读,因此我觉得读书乃是一种幸福。

今天傍晚,我总算享叉了一小时许久未享受过的幸福,因为我读了几页书。我知道为了这一点享受,在明天我要不免受到几个人的埋怨,说我耽误了他们的工作。但是为了幸福的享受,我也顾不得这许多了。

试想,你面对着纪伯伦、泰戈尔、波特莱尔,面对着屠格涅夫、蒙田、法布林、罗曼·罗兰,还有日本的厨川白村、鹤见祐辅、佐藤春夫,你说罢,你是愿意抓住这机会,享受一下欣赏他们作品的乐趣,还是为了提防被别人埋怨,放走这个机会呢?

不用说,我相信你一定是同意我的决定的,宁可明天被人埋怨,今天却要趁机享受一下读书的幸福。

于是我就在窗下展开了这本《世界著名作家散文选》,随手翻开一处,细心地读了起来。

如果是一部小说集,一部论文集,我不会说宁愿受人埋怨,也不肯放弃这机会的,而且也不会说读书乃是一种幸福的。可是这是一部散文小品集,又是选自那许多自古至今最擅长写这类作品的作家的,你随手翻开一处,只要读几行,你就会顿然觉得自己心里充实了许多。因为一点也不夸张的话,简直是字字珠玑。

试想,你随手翻开一处,这么读下去,小题是"我的祷辞":

  我并没有敌人。
  神啊,如果一定要给我一个人的话,
  请赐一个半斤八两的给我。
  以便我们彼此皆不能胜利,而获胜的只是真理。

你看,就是这么几行,可以使你读了心里不禁要澄澈了许多,这怎么不是珠玑,这怎么不是幸福的享受?

外国的新人新作品

最近英国的企鹅出版公司又设计出版了一套丛书,全是关于文艺作品的,想介绍各国新成名的一些新作家的作品。他们就用

"今日的写作"作为这一辑丛刊的题名。

已经出版的有:《今日德国的写作》《今日非洲的写作》《今日美国的写作》《今日意大利的写作》。已经预告的还有:《今日拉丁美洲的写作》《今日南非的写作》。他们准备一路出下去。

这些都是作品的选载,包括长篇小说的片断,剧本的一部,长诗的一节;此外就是完整的短篇,如短篇小说、散文、游记、诗,以及较短的独幕剧。用英文写的当然不需经过翻译,用英文以外的其他外国文字写的,都译成了英文。这套丛书既是以介绍各国最新作家的最近作品为目的,因此大部分都是从刊物上选出来的,尽量避免选用单行本的材料,已经译成英文的外国作品也避免选用,所译的全是未曾有人译过的新作品。

这可说是这套丛书最大的特色,使我们留意各国文坛新作家动态的人,有机会认识一下他们的作品究竟是怎样的面目。因为这比直接去阅读外国的文学刊物,要省时省事得多了。而且这些材料都是经过整理的,对于原作者的生平和作品的特点,多少都有一点介绍。

当然,对于这些作品的内容价值怎样,作者的倾向怎样,这是又当别论的一个问题。因为这里只是可供我们从这些作品上去看一看他们的文艺面貌,即使是片面的也好,总比完全不知道好得多了。

不用说,有些作品是全然莫名其妙的,有些甚至可以说是未成熟的,像那一册《今日美国的写作》中所选载的一些作品就是这样。这是一批文艺青年的作品。但是好处就是这些作品的年代很新。他们的努力是想跳过海明威、福克纳、史坦贝克等人所铸下的现代美国文学典型,另创一种全然反映今日美国年轻一代生活思想的文艺作品。

作品较成熟的自然是意大利新作家和德国新作家的作品。后者只有一部分是东德作家的,大部分是西德新作家作品的选译。

内容最丰富的,该是非洲的那一册了,这是从非洲所通用的英语、法语和葡语三种语文写成的作品中选译出来的,使我们有机会读到了冈比亚、几内亚、加纳、科特迪瓦、刚果(布)、刚果(利)等等国家新作家的新作品。

应译未译的几部书

昨天读着那部《世界著名作家散文选》,见到其中选译了淮德的《塞尔彭自然史》和法布耳《昆虫记》各一节,使我想起这两部有名的自然小品杰作,至今还不曾有中文译本,实在是一件憾事。

《塞尔彭自然史》虽是十八世纪的作品,而且所讲的是英国的乡下地方,但是读这部书信集(他是用书信体来写这部自然小品的)的人,从来不觉得时间和地域对他有什么限制,只觉得那些信好像是写给自己的,而且是不久以前才寄出的。他的语气不仅十分亲切,而且所讲的总是那么新鲜。

前天给一个不久就要创刊的文艺刊物写了一篇短文,是谈谈燕子的,我就曾经从架上取出它来引用了几句。因为我谈到燕子虽是候鸟,却也有一些并不一定在冬天迁到南方去,它们有时也曾冬眠。这种现象,淮德在他的这部《塞尔彭自然史》里就讲到了。

(这一封信,恰好就译载在《世界著名作家散文选》里,是喜欢读自然小品的诗人柳木下所译。他是参考日本文译本译的。)

可是,读是一回事,译又是一回事。要想将《塞尔彭自然史》译成中文,这可不是一件易事。想来这可能就是至今还没有中译本的原因。因为书中所讲到的那些禽鸟小动物,以及树木花草,有些我们根本没有,有些同名而异物。以鸟类来说,要想将习见的我国鸟类的名称同那些英国鸟类配合起来,使得俗名和学名都统一,这就不是一件易事。我想,若是一位翻译好手能找到一位学贯中外的自然学家来合作,也许可以尝试一下这件工作吧?我说要"学贯中外"的条件,这是重要的,否则像我们一般的英文字典的译文那样,全是"鸟类之一种""植物之一种",那就等于不译了。

我不知道日译本的《塞尔彭自然史》译得怎样,想必费了一番苦心的吧?

法布耳的《昆虫记》译起来应该比较容易。而且他是现代人,文章更流畅生动。不知怎样,只有人零星译过一点,却始终没有正式译过。不要说是那十多卷的全文了,就是单独的一卷也不曾有人译过。可是提起法布耳的名字,在我们的读者心目中却十分熟习，这也真是一种异数。

还有吉辛的那部小品集，被人称为《草堂杂记》的，从郁达夫的时代起，就说要翻译了，可是至今仍没有人真的动过手。从前人说"河清难俟"，现在黄河已经清了，这些应译未译的书却至今还未实现。

没有纯文艺这种东西

从一家报纸上偶然发现了两条小广告，一条广告是刊着一个女人的名字，询问她究竟是一个怎么样的女子；另一条广告也是采用询问口吻的，问旧情人何以会反目。

我看了一眼，起先还不知道这是什么性质的小广告，总以为若不是什么电影公司的噱头，就一定是小舞场或是卖什么药品的广告。哪知细看下去，完全不是那么一回事，这竟是与我们这一行有关的，乃是一家新出版的文艺刊物的广告。

这家文艺刊物，是以纯文艺来标榜的。我曾经买了一本来看过，刊在第一篇地位的，竟是去世已经多年的一位作家在三十年前早已发表了的作品。这是什么意思？他不可能是这个刊物的同人，刊物的性质又不像是文摘或是名著评选一类的东西。若是评论一篇作品就一定要将原作重登一次，将来有人批评《红楼梦》

《水浒传》，岂不是也要全书照刊？近来这里有好几种刊物都在采用这种手段。这是歪风，不是正道。分明是投机取巧，是变相的翻版，欺负原作者在版权问题上奈何你不得。

既是以纯文艺来标榜，这样"纯"法，实在一开始就令人觉得这道儿不很"纯"。我也是爱好文艺的，总有点"惺惺相惜"之意。及至看了那两则小广告，我才知道自己未免自作多情了，他们的"纯"，原来是这样的"纯"法。

本来，文艺就是文艺，根本就没有什么纯不纯的。标榜纯文艺，原是一种别有用心的说法，无非想诱人脱离现实的世界。没有想到离开现实世界，人的本身就已经不存在，哪里还有文艺？

文艺作品的生产也是一种劳动，是作家对于他所生活的世界，他所生活的那个社会的反映，他必然是有所依附，不会脚不踏地生活在空中的。请不要害怕"阶级"二字。大资产阶级有大资产阶级的文艺，中资产阶级有中资产阶级的文艺，小资产阶级有小资产阶级的文艺，无产阶级也有无产阶级的文艺。不归于"杨"，即归于"墨"，就是没有"纯文艺"，因为世上根本没有"纯"阶级。

世上是没有纯文艺这一种东西的，即使有人想用纯文艺来标榜，但是你只要一看他的"亮相"，就知道他是怎样的"纯"法。事实上他不仅不"纯"，而且还"杂"得很，"俗"得很哩。

奥·亨利与美国小市民

现在的美国文学，已经衰退得很厉害。但在过去，美国倒产生过几个很受人敬爱的好作家的，如《草叶集》的作者诗人华脱曼，诗人小说家爱伦·坡，这个奠定了现代侦探小说发展基础的天才；还有马克·吐温、杰克·伦敦，都是敢于面对现实生活，用他们的作品来表示讽刺和反抗的好作家。在今年，还有一个值得一提的美国作家，就是以写短篇小说著名的奥·亨利。他于一九一〇年逝世，今年(一九六〇年)正是他逝世的五十周年纪念。

奥·亨利的短篇当然比不上契诃夫和莫泊桑，但他的短篇小说在美国是拥有极广大的读者的，因为他的描写对象是美国的小市民，那些生活在商业资本主义重压下的善良市民，以他们的日常生活笑与泪为题材，因此最为美国的职业女性、家庭主妇和小店员所爱读。

他的小说还有一些特点是：故事性强，文字浅显，篇幅短，完全适合他的那些生活忙迫、阅读程度不高的读者的要求。奥·亨利在短篇小说的写作上虽然很成功，可是他自己的生活却充满了不幸。这可说是美国许多优秀作家所遭受的一贯遭遇。

奥·亨利是笔名，他的真姓名是威廉·雪地尼·鲍特，一八六二年出世。一生最大的惨遇，是他在一家银行工作期间，被控盗用公款。虽然奥·亨利一再表示他对这罪名是无辜的，但是经过长期的审讯，竟被判入狱五年；他在狱中尝试写作，出狱后就到纽约。因为喜欢读他的短篇的人愈来愈多，就以写作为生，可是由于监狱生活给他的屈辱,始终提不起精神做人。因此在他抵达纽约后的第八年便去世了,仅仅活了四十八岁。

奥·亨利的一个有名的短篇是《圣诞礼物》,最能传达小市民的笑与泪:一对相爱的小职员夫妇,在圣诞节之际,各人想买一件理想的礼物送给对方,使对方喜欢。丈夫知道妻子很珍视自己的一头秀发,决定买一套精致的梳具送给她,可是自己的钱不够,只好将心爱的一只袋表卖了。在这同时,妻子知道丈夫平时最心爱的是一只表,但是没有表链,决定买一条上等的表链送给他,可是自己没有钱,便剪了自己秀润的长头发卖给理发店,得钱买了表链拿回来。结果,各人满以为自己的礼物能使对方特别高兴,哪知妻子拿出表链时,丈夫已经没有了表,丈夫正拟解开自己送给妻子的梳具时,发觉妻子的长发已经被剪去了,两人只有相对苦笑。然而,就在这凄凉的苦笑之中,夫妻两人却获得了比圣诞礼物更好的礼物,那就是发觉了彼此体贴深刻的爱。这正是奥·亨利的小说能获得美国善良的小市民爱好的原故。

乔治·吉辛的故事

许多年以前,这还是在上海的事情,我曾经买到过一部乔治·吉辛的短篇小说集,是当时英国一家书店新出版的。

吉辛生前曾出版过不少长篇小说，这都是他的糊口之作，在金钱和声名方面都不曾使他有什么值得提起的收获，只是真正地勉强可以使他"糊口"而已。时间一过，这些小说读的人很少，连书名也被人遗忘了。倒是在晚年随便写下来的一部小品散文集，却使他获得了少数知己的读者。这些读者给他这部小品集在英国近代文学作品中的地位很高，这才使得乔治·吉辛的名字被现代文学爱好者记住，甚至还有了国外的声名。

这部小品集，就是当年郁达夫先生首先介绍过的《草堂杂记》，又有人译称《越氏私记》，因为原名是"亨利·越科洛福特氏的私人手记"。这书虽然曾经有人选译过一些在刊物上发表，但是一直未曾有过单行本出版。听说在抗战期间，内地曾有过一个译本出版，是用土纸印的，流传不广，因此见过的人也不多。近年台湾倒出版了一个译本，题为《四季随笔》，译者是品美。有人说这就是从前出版过的那个译本的翻版。我因为不曾见过从前的那个译本，不知确否。

至于他的短篇小说，则几乎不曾有人提起过，想来读过的人一定也很少。前面所说的那个短篇集，自然是在他死后才出版的，而且是由爱好他的作品的人，从报章杂志上零星汇集成书的。吉辛一生卖文为活，大约给书店定期写长篇单行本之外，一面也写点短篇到刊物上投稿，目的只是在取得稿费，发表后的批评怎样，甚至有没有读者，大约都不是他自己所关心的事了。

他的那些短篇，事实上只是在说一个故事，都是些人生的小故事，有一点像是后来的美国奥·亨利的风格，吸引力不大，也看不出有怎样的才华,显然不是第一流的短篇小说,这同莫泊桑、契诃夫、梅里美等人的作品比起来,自然相差很远了。

时候一久,这些短篇讲的是些什么故事,现在早已忘了,只记得其中有一个故事,是说一个作家,向某一个刊物投寄了许多篇小说,都被编者退了回来,后来他偶然将妻子所写的一篇用自己的名字寄去试试看,这在他看来认为是更不行的,不料竟获得编者的特别称赞,除了立时发表外,还写信来要求他多寄几篇。作家起初自然很高兴,日子一久,却对妻子起了妒意,终至失和,不再执笔写作了。

吉辛的婚姻生活,是非常不如意的,这个短篇故事可说是他的感情在这方面的一种反映。

王尔德所说的基督故事

王尔德恃才傲物,仗着他的机智的谈锋,睥睨当时英国文坛。世人称赞他的作品,可是他自己却说,他将全部天才放在生活中,文学写作不过是他的余事。因此平日早已得罪了不少人,再加上他的私生活又有失检之处,自然不免惹出是非了。以下是王尔德所讲的一个基督故事,这是他的杰作之一。我们可以从其中看出他的才智,同时也不难看出这个故事使当时英国教会中人读了怎

样地头痛:

当耶稣想到再回到他的故乡拿撒勒去看看时,他发现拿撒勒已经面目全非,使他无法再认得出这座昔日属于他的城市了。他昔日所住的拿撒勒,乃是充满了哀愁与眼泪的城市;今日的拿撒勒却满溢着欢笑与歌声。因此当基督走进城时,他正见到奴隶们肩负着鲜花跨上一座白大理石大厦的石阶。基督走进了这座大厦,在一间用碧玉装成的房间内,见到有一个人躺在华丽的卧榻上,披拂的头发用红玫瑰花环束着,嘴唇给醇酒染得鲜红。基督走近这人身旁,抚着他的肩头问道:"你为何要过这样的生活呢?"

那人回过头来,认得出是主耶稣,便这么回答道:"我从前是患大麻风的,是你给我治愈了,我为什么不过这样的生活呢?"

基督走出了这座大厦,看啦!他在街上又见到一个妇人。这妇人脸上涂脂抹粉,身穿锦绣,脚上穿了珠履。跟在她后面的有一个男子,身穿彩色的衣服,眼中充满着欲念。基督走近这人身旁,按了一下他的肩头,向他问道:"你为何要追踪这个妇人,而且如此欲念淫淫呢?"这人回过头来,认得出是主耶稣,回答他道:"我从前是个瞎子,是你使我得以重见天日的,我为何不这么享受我的目力呢?"

基督又走近那个妇人,向她说:"你所走的道路,乃是罪恶的道路,你为何要走这样的道路呢?"妇人认得出是主耶稣,便笑着回答他道:"我一向所走的都是这样令人逸乐愉快的道路,何况你以前已经饶恕了我的一切罪恶了,我为什么不继续走这样的路呢?"

耶稣见了这一切，心里充满忧郁，便想离开他的故乡。当他正在出城时，见到城墙边上坐着一个少年人，独自在那里哭泣。基督走过去，向他问道："我的朋友，你为什么哭泣？"少年人抬起头来，认出了主耶稣，便这么回答道："我本来已经死了，是你使我从死里复活的。我不这样又有什么值得我生活的呢？"

本来，医愈大麻风患者，使瞎子复明，使死人复活，是《圣经》里记载的耶稣所行的神迹，王尔德竟运用他的机智这样否定了这些行为的价值，怎能不惹祸上身呢？

美国邮局海关对艺术品的无知

据昨天报上发表的一条美国纽约电讯，美国邮务部的专员没收了印有西班牙名画家哥耶的代表作油画"裸体贵妇"的明信片二千张，认为它是淫猥的东西。

所谓哥耶的代表作"裸体贵妇"，想来就是哥耶那两幅有名的"玛耶"画像之一，这两幅画像，一幅题为《着衣的玛耶》，另一幅题为《裸体的玛耶》。被美国邮务专员认为淫猥要加以没收的，显然是指后一幅的复制品。

哥耶的这幅《裸体的玛耶》，在美国发生问题，这已经不是第一次了。远在三十年前，西班牙政府为了纪念这位大画家逝世一百周年（哥耶逝世于一八二八年），曾发行了一批纪念邮票，这种邮票是大型的，其中有一种就是印着这幅《裸体的玛耶》。当有人贴用这种邮票从西班牙寄信到美国时，三十年前的美国邮务部当局，就和现在一样，表示反对。可是按着国际邮务规则，他们是无权禁止西班牙人贴用这种邮票寄信到美国，并且不能拒绝按址代为投递的。于是只好采用消极的办法，用特殊的大邮戳将这种邮票盖销，使其模糊不清。

后来，到了一九三〇年，纽约有一个商人，开了一家专卖名画复制品的商店，橱窗里陈列了一些裸体画，这里面有伦勃兰的《巴斯希巴》，这是他的情妇浴后裸体像（现藏巴黎卢佛宫），也有哥耶的这幅《裸体的玛耶》，被美国"道德维持会"控告，说这家画店在橱窗里公然"陈列猥亵的图画"。后来这件控告案在初级法庭审讯时，"道德维持会"败诉了，画店的老板茂菲便反告了"道德维持会"的主持人索姆纳一状，说他"恶意毁谤"，要他赔偿十万元的名誉损失费。自然，这场官司后来也就不了了之。

美国的邮政局和海关，对于艺术品的"乌龙官司"，是有名的。一九三三年，有人从意大利将弥盖朗琪罗的有名壁画《最后审判》复制品，带到美国，在进口时，被纽约海关扣留了。文艺复兴大师弥盖朗琪罗的这幅壁画，是举世闻名的艺术杰作，而且是画在天主教的圣地梵谛冈城内的一座小教堂圣坛上的。就由于画上所画的耶稣、先知圣徒，以及下堕地狱的罪人，差不多全是裸体的，美国海关竟说它是"淫画"，在进口时加以扣留没收的处分，并且在扣留通知书上说明这是由弥盖朗琪罗画在西斯丁教堂壁上的。

旅客当然对这种荒唐的处分提出了抗议。报纸知道了这事，也纷纷著文嘲笑，就是教会也无法缄默，后来还是由海关自己赶紧撤销了扣留命令才了事，但是这个"乌龙"的笑话早已"不朽"了。

禁书的笑话

英国的亥特女士，在她的那本有趣的小书《被禁的书》里，列举了许多有名著作，在种种不同的可笑的理由下，在各国所遭受的厄运。她自然不曾忘记我们中国。她说起《爱丽斯漫游奇境记》的中译本，曾于一九三一年在湖南省被禁，理由是"书中鸟兽昆虫皆作人言，而且与人同群，杂处一室"。

一九三一年的湖南省，该是何键当权的时代，我虽然不曾在别的方面找到佐证，但想来这是极有可能的事情，因为"鸟兽不可与同群"，畜生居然也说人话，岂不侮辱了圣贤衣冠，自然有理由要禁止了。可惜亥特女士还不知道在那时的中国，为了要禁止马克思的著作译本，连马寅初的经济论文集和古老的研究中国文法的《马氏文通》也遭了殃，理由就因为"大家都姓马"。不仅如此，蒋光赤先生因为名字上有个"赤"字，老爷们便说他不是好人，无论他写的什么都要禁止。后来书店老板为了顾全血本起见，征求他的同意，将名字改为"光慈"，可是书报检查老爷一点也不

"慈悲",对他的作品仍一律禁止。

旧时代的书报检查制度本身就是个笑话,所以不论古今中外,只要经过这些老爷的手,自然就笑话百出。萧伯纳对这种制度所发表的意见最够幽默,也最痛快。那是当好莱坞的风化检查老爷禁止了由他的剧本改编成的电影以后,所说的几句话。他说:

> 无论他们的道德的或宗教的借口如何,在执行上总是先假定要求要有一位具有神的全能禀赋的人才,然后却用一份相当于铁路小站长的薪水,使这个可怜虫来执行神的全能的职务。如果这人愚蠢得或迫于生活需要接受了这职位时,他立刻会发觉除了在一些最简单的案件之外,判断简直是不可能的,于是他就为自己列下了一张什么字不可以用,什么事不可以提的表格。这样一来,虽然使得他的职务简单得即使一个听差的能力也能胜任,可是同时也就将这职务变为全然可笑的了。

最近美国海关不是禁止一本关于中国神话书籍的进口吗?他们在一九三三年曾闹了一个更有趣的笑话,那就是纽约海关将意大利文艺复兴大师弥盖朗琪罗在西斯丁教堂天花板上所作的壁画复制品,当作了"淫画"加以扣留。据恩斯特与林特莱两人在合著的《检查老爷的进军》一书里说,如果这幅艺术杰作的复制品没有说明文字,它的被扣留,也许可以诿之于海关人员不知道他们所处分的是什么性质的东西,因为他们一向对于人类的裸体是有敏感性的神经衰弱症的。但是,在这幅壁画的复制品上,却有关于原作的详细说明,被扣的通知书上也写明"猥亵摄影图籍:西斯丁教堂天花板,弥盖朗琪罗作,根据海关税则禁止入口"。这一来,这就成为不可原谅的笑话了。

《狗的默想》

左拉有一篇小说,题为《猫的天堂》。仅是这题目就已经不凡。阿拉托尔·法朗士也有一篇类似的东西,题为《狗的默想》,不过不是小说而是散文。这位以诡辩著名的文学大师,大约先经过自己一度默想之后,就这么有风趣地代表狗发表它们的默想道:

人、兽、石头,当我走近他们时,他们就愈来愈大,并且以巍然的姿态君临着我。我却不是这样。我无论走到何处,仍是同样地大。

当我的主人将准备放进他自己口中的食物,放到桌底下给我时,我知道他不过想试探我,我如果被诱惑了,他就可以责罚我。我不相信他会为了我的原故牺牲他自己。

狗的气味嗅到鼻孔里是甜蜜的。

当我躺在主人的椅后,他能使我温暖。这因为他是神。在壁炉之前有一块热的石头,这块石头也是了不起的东西。

我要说话就说话。从我主人的口中，也会发出类似的有意义的声音。不过他的声音所表示的意义，没有我的声音那么清晰。我所发出的每一个声音都有意义。从我主人口中所发出的却有不少是没有意义的。理解主人的思想，这件事情很困难，但却是必须的。

有东西吃是好的，能够吃到嘴里更好。因为环伺着要抢夺你食物的都是快而且有本领的。

我是一切事物的中心；人、兽、物件，友好的或不友好的，皆环我而立。

一个挨打的行为一定是坏行为，一个能因此获得拥抱或食物的行为乃是好行为。

一只狗如果对主人缺乏忠忱，对主人家中的爱物予以鄙视，便要过着一个可怜的流浪生活。

人们有开启一切门户的玄妙的本领。我自己仅能开启少数的门户。门是一种伟大的东西，它们并不随时服从狗的指挥。

你无法知道对于人们的态度是否适当。你唯有崇拜他们，不必劳神去理解他们。他们的智慧是神秘的。

有些车辆在街上给马匹拖着，它们很令我可怕。其他有些车辆能自己行走，大声地喘气和呼叫。它们也是可怕的。衣服褴褛的人很令我可厌。头上顶着篮子或面包筐的人也同样可厌。我不喜欢那些大声喊叫，互相奔跑，在街上迅速地互相追逐的孩子。世界是充满了敌意的以及可怕的东西的，我们随时都要警惕，在吃东西时，甚至在睡眠中。

白薇——我们的女将

在早期创造社出版物上发表过文章的女作家,共有两位,一位是淦女士,另一位便是白薇女士了。淦女士就是后来的冯沅君,写了几篇小说后,就专心致力于中国古典文学的研究,很少再有新文艺作品发表,并且一直住在北方,南边的人就不大知道她。白薇女士则不然,她从日本回国后,一直住在上海,并且到过广州,因此大家同她都很熟悉。

白薇姓黄,是湖南人。也正只有像湖南那样得风气之先的地方,在四五十年前,女孩儿家才有勇气单身一人,离乡背井到外地去求学。而且还可以外表看来那么柔顺,内心却刚毅坚定,对于自己不愿意做的事情决不屈服。白薇就是这样的一位女性。

我第一次见到她,是在创造社出版部成立不久,她从日本放假回来,我们当时那一批二十岁上下的文艺青年,各人都怀着好奇心情来接待我们的这位女作家。只觉得她还很年轻,态度非常温文娴雅,戴着相当深的近视眼镜,说话的声音低得使我们这一批嘻嘻哈哈的年轻人,也不得不放低了对她说话的声调,屏息静听。

她的旅行箱里带回了几篇新写成的作品,仿佛记得有一篇还是诗剧,都是用钢笔横写在日本稿纸上的。也正是在这时,我们开始注意到她的书法的特殊,每一个字的笔画都写得两头重、中间轻,两头有圆圆的两点,中间则细若游丝。后来大家戏呼她的这种字体为"蝌蚪体"。她一直保持着这种字体多年未变。只不知近年如何了？

白薇的爱人是杨骚，已经在大前年在广州去世了。他们两人开始同居，大约是一九二八年的事。当时两人住在上海北四川路底的恒丰里，我也住在附近的另一个弄堂里，因此时常有机会可以见到。这时她的身体很不好，时常生病，见到她时不是说这里不舒服，就是说准备要去看医生。后来多年没有作品发表，我想一定同她健康不好有关。

创造社的这位女将，近年仍在文艺岗位上工作，有一次曾从报上见到消息，见她参加了一个考察团的组织，到很远的地方去旅行考察，她近年的健康大概会比以前好得多了。

拜伦援助希腊独立书简

一八二三年春天，流亡国外，寄居在意大利热拿亚[1]的拜伦，接受了"英国援助希腊独立战争委员会"的邀请，决意以行动来援助两年前就开始了的挣脱土耳其人苛政的希腊独立解放战争。他经过一度考虑和布置之后，便匆匆罗掘了一点军火和现金，乘

---

[1] Genoa，现译为热那亚。——编注

了帆船"海克莱士"（Hercules）号向希腊塞法罗尼亚岛（Cephalonia）出发。七月二十四日舟次莱格项（Leghorn），他写了一封信给当时欧洲文坛祭酒歌德：

> 我无法恰当地向你表示我的青年友人斯特林先生寄给我的，你赠给我的那几行的谢忱（指歌德赠拜伦的诗，以及一封表示接受拜伦在《魏勒尔》上所题的献辞的信——译者）；而这将只是表示我的僭越，如果我竟向一位五十年以来，一致公认的欧洲文坛的领导者，俨然以诗歌答赠。因此，请你接受我以散文写的最深切的铭感——而且是匆促写成的散文；因为我目前又在第二次赴希腊的途中（拜伦曾在一八一〇年旅行希腊——译者），围绕着匆忙和紊乱，使我连表示感谢和崇敬的余裕也没有。
>
> 我在几天之前从热拿亚起帆，给一阵飓风驱回，重行起程，于今天到达这里，接待着几个为他们斗争中的祖国而来的希腊旅客。
>
> 是在这里，我接到了你的诗和斯特林先生的信；能获得歌德的一句话，而且是他的亲笔，我不能再有比这更好的吉兆，更可人的意外收获了。
>
> 我在重返希腊去，看看能否多少在那里有点助益；如果我能回来，我当到魏玛（歌德的住处，当时欧洲文坛的圣地——译者）来拜访，来呈献你的千百万崇拜者之一的虔诚的敬意。

前面已经说过，"英国援助希腊独立战争委员会"的代表们到意大利来拜访拜伦，还是这年春天的事。他们知道这位流亡在国外的诗人，不仅自幼就是希腊的崇拜者，缅怀雅典逝去的光华，同情当前的希腊义勇军的解放战争，而且知道如果能一旦获得诗人实际行动的援助，对于希腊义勇军的声势，对于取得英国人士的援助，都有极大的帮助，因此他们来拜访他时便请求他援助。拜伦在四月七日寄给他的剑桥时代同学约翰·荷布好斯（John Hobhouse）的信上，提及当时的经过：

亲爱的 H：

我在星期六见了布拉寇尔（英国援希会的代表——译者）和他会里的希腊同伴（指与布拉寇尔一同起程回希腊搜集抗战宣传资料的 Andreas Louriotis——译者）。当然，我十分认真地谈及他们此行的目的，甚至表示七月间我可以上利芬地去，如果希腊政府认为我可以有点用处的话。我并非贸然想在军事方面有何建树。我还没有爱费苏斯的那位哲学家那么狂妄，在汉尼巴尔的面前演讲战争艺术；我又认为一个孤掌的外国人也不能有多大作为，除了担任当地实际情况的报导，或者从事他们与他们西邻友人之间的通信工作，这样我也许有点用处；无论怎样，我将一试。布拉寇尔（他会写信给你）希望我列名在英国的委员会。我爽直地告诉他，我的名字，在目前不流行的情况下，也许要害多利少；可是对于这事，你可以自行决断，而且决不致开罪于我,因为我既不想以此招摇,也不想过于殷勤……

这是拜伦开始被请求参加援助希腊时所发生的踌躇。他认为因了自己过去在文艺上的叛逆行为,如果他参加,会招致国内贵族阶级和文艺界的不满,反而阻碍了援助工作的进行;同时他这时正在热恋着的吉曲丽夫人(Madame Guiccioli)恐怕也不肯放他离开身边。她早几年已经连英国也不让他回去,这一次当然不放他到希腊参加战争了。更有,他又知道对于希腊的援助不是空谈可以生效的,他在这同一封信上又说:

> 你该注意,不带钱去到一个那么需要钱的国家是不妥的;而我无论到什么地方去,我又不想成为一个累赘。现在我想知道是否在那里或者(如果这不能实现)这里,我有什么可做的,用通信或旁的方法,去传达希腊斗争同情者的物品。你可否将这意见告诉他们,并且希冀他们指示我,如果他们认为有什么可做的话,当然,我不能在这方面对于布拉寇尔有所妨碍,以免使他发生什么不快;以及对于任何人。我十分怀疑,并非由于我自己的见解,而是由于上述的种种情况(按:指国内对他舆论不佳,以及吉曲丽夫人反对他赴希腊等等——译者),我自己是否能够成行,虽然我心愿这样;不过布拉寇尔似乎认为甚至在这里,我也可以有些用处,虽然他并未说明是什么。如果

你那方面有任何要运送给希腊的东西——如外科药品、火药、枪炮等等,这一切他们所缺乏的——请记住我随时都在准备接受任何指示,并且更其乐意的,在费用方面加以捐助。……

拜伦在这封信后又附笔嘱荷布好斯转告援希委员会,他期待他们的任何指教。五月十二日,荷布好斯有了回信,并附来了委员会的公函。下面一封便是拜伦给英国援希委员会秘书约翰·鲍林(John Bowring)的复信,他的援助希腊行动愈来愈具体化了:

我十分高兴接到你的信,以及委员所加给我的荣誉:我将竭尽我的能力,以期不负他们所托。我的最大希望是想亲自上利芬地去,我在那里如果不能对整个事情有所助益,至少能取得委员会所想要得到的情报;而我过去在那地带的居住,我对于意大利语言的熟悉(这是那一带普遍通行的,至少是像法文在欧洲大陆比较开通地带那么地通行),以及我对于现代希腊语言的并不全然陌生,使我可以取得相当经验上的便利。关于这计划,唯一的反对者是属于家庭方面的,我将设法去克服它;——如果不能,我只好在我目前所在的地方尽力做去;可是这对于我将是无尽的抱憾,想到身临其地也许对于大局能有一点更多的帮助。

我们关于布拉寇尔最近的信息是来自安科拉的,他已经于上月十五日在那儿登舟顺风往科耳孚去；此刻也许已经到了目的地了。我私人方面接到他的最后一封信是发自罗马的；他曾经被拒绝发给通过奈勒尔斯区域的护照，又折回经过罗马格拉往安科拉：不过，由于这样耽搁的时日似乎很少。

希腊人所需要的主要物质似乎是，第一，一批野炮——轻便，适宜山地施用；第二，火药；第三，医院或药品设备。最捷便的运递方法是，我听到说，经爱特拉，寄给总长尼格利先生。我拟对这后二者捐赠一些——并不很多——不过足够一个私人表示希望希腊胜利的愿望而已，——但是又在踌躇，因为，如果我能够亲身去，我可以自己带去。我并不想使我自己的捐助仅限于这方面，而是十分情愿，如果自己能到希腊去，我将贡献我自己所能挪用的任何进款，用以推进大局。……

土耳其人是一种强顽的民族，过去的许多战争已经证实了他们是这样，他们在好多年之后还要继续来进犯，即使在被击败之后，而这正是我们所希望的。可是无论怎样，我们不能说委员会的工作将是徒劳的；因为即使希腊降伏了，被击溃了，那经费仍可用来救济并集合残余的人，以便帮助减轻他们的困难，使他们可以找到，或成立一个国家（正如许多别国的移民被迫所做的那样），这也可以"造福于受施者和施舍者双方"（引用《威尼斯商人》剧中语——译者），成为正义与仁爱的赠予。

霜红室随笔

关于组织一个联队的事，我拟提议——可是这仅是一种意见，这意见的构成与其说是根据在希腊的任何实地经验，不如说是根据参加哥伦比亚服务的联队的那不幸的经验——委员会的注意点似乎应该放在雇用有经验的军官方面，不必看重募集生疏的英国士兵，因为这后者很难就范，在异国人士的不规则的战术上不大可用。一小组优秀的军官，尤其是炮术方面；一位工程家，连同若干种（委员会所能征集者）布拉寇尔所指出的最需要的物品，我认为，将是用处最大的援助。更好的是曾经在地中海一带服役过的军官，因为相当的意大利文知识几乎是必需的。

他们同时最好还要注意到，他们此去并非"消磨在一块牛排和一樽葡萄酒上"，而是要知道希腊人——在近年，从不曾有十分丰富的食料可供军粮——在目前更是一个一切都拮据的国家。这意见也许是多余的；可是我是不能已于言的，由于眼见许多外国军官，意大利人、法国人，甚至德国人（可是后者较少），都厌弃地跑了回来，幻想他们到那儿去可以寻欢取乐，或者享受高额的薪俸，迅速的迁升，以及一种十分有限度的服务。他们又诉苦，说希腊政府和居民对他们的款待不佳；不过这些诉苦者只是一些冒险家，被指挥和掠夺的希望所吸引，而在这两方面都失望了。我所见到的希腊人对于说他们不尽地主之谊都竭力否认。表示已经将他们微薄的所有最后的一粒和外国投效者分享了。……

在这期间,拜伦竭力摆脱私人间的阻碍,决定亲赴希腊,并且一面筹募战费,纠合同志,这下面便是他决定行程后,六月十五日写给好友雪莱生前的同伴特利拉莱(John Trelawny)的一封短简:

> 你一定已经听到我要往希腊去了。你为什么不到我这里来呢?我需要你的协助,并且十分希望能见到你。请来罢,因为我终于决定去希腊了;这是我唯一认为满意的地方。我是严肃的,我过去并未曾向你提及这事,为的免你白走一趟。他们都说我去希腊可以发生作用。我不知道究竟怎样,他们怕也不知道。不过无论怎样,我们去了再说。

七月七日,在他决定了启程的日期后,拜伦又有一封信给伦敦援希会的秘书,报告希腊政府给他的答复,以及他在经济方面的布置:

> 我们在十二号启程往希腊——我已经接得布拉寇尔先生的一封信,太长了,此刻不便转录,可是回信令人十分满意。希腊政府希望我不耽搁地即刻前往。
> 根据布拉寇尔先生以及旁的在希腊的通信者的意见,

我献议，甚至仅仅"一万镑"（布先生如此表示）的捐款对于目前的希腊政府也有极大的帮助，不过这还有待于委员会的裁决。我还推荐去设法进行一笔借款，对于这事，在启程赴英途中的代表团可以提供十分可靠的保证。正在目前，我希望委员会能采取一点有效的措置。

至于我个人方面，我拟筹划，现金或信用贷款，八千以上或近九千镑之数，这数目我能以在意大利的现款和从英国得到的贷款凑足。在这款项中，我必须保留一部分为我自己和随员们的费用；余下的，我乐意用在对于大局最有助益的用途上——当然要有一种担保或允诺，不致被私人花费掉。

如果我能留在希腊，这要看我留在那边的所谓助益怎样，以及希腊人自己认为是否适当而定——一句话，如果他们欢迎我，我将在我的留住期内，继续运用我的进款，眼前的和将来的，以促进这目标——这就是说，我将捐助我一切所能省下来的。对于穷困，我可以，至少能忍受一次——我是习惯于撙节的——而对于劳顿，我也曾经是一个耐劳的旅行家。至于目前我能怎样，我还不能说——但是我将试试再说。

我等候委员会的指示——信件寄到热拿亚——无论我到了何处，信件会由我往来的银行家转递给我。如果我在启程之前能获得一点确切的指示，将是我所乐闻的。不过，这当然要看委员会的意见如何而定……

拜伦又在这信后加上附笔：

> 据说十分渴望能有印刷机、铅笔等件。我没有时间来准备这些，特在此提起委员会的注意。我以为，铅字至少有一部分该是希腊文；他们希望能出版报纸，或者刊物，大概用新希腊文，附以意大利语译文。

八月初旬，驾着帆船"海克莱士"号的拜伦，到了希腊领土塞德罗尼亚岛，因了土耳其人的封锁，他寄泊在英国势力保护下的米达萨达（Metaxata），等候希腊舰队的护送。这年的九月十一日，他写信给荷布好斯说：

> 八月初旬到达此地之后，我们发现对海为土耳其舰队所封锁。流传着各种谣言，关于希腊人内部的分裂——希腊舰队不出动（据我所知，至今确未出动）——布拉寇尔又回去了；至少已经在他的途中，摩利亚或旁的地方都没有消息给我。在这样的情况下，再加上船长司各德不愿（当然不愿）以他的船只在封锁者之中或他们的附近去冒险尝试，除非能有十足的保障，因此我只好决定等候一个有利的机会去穿过封锁；同时也借此收集，如果可能的话，一些肯定一点的情报……

接着，传来了更不利的消息，西部希腊义勇军的首领，拜伦所熟悉的玛夫洛科尔达多斯王子退职了,护送的希腊舰队终不见来到,也没有人来接受委员会运送捐输品的船只。拜伦出了重金,雇人乘小艇偷过封锁线去探听消息,自己仍在米达萨达守候。

玛夫洛科尔达多斯王子的复信来了,并且派了船只来迎接拜伦。十二月二十八日,拜伦携带了他私人的和伦敦援希会捐赠的金钱物品,从塞法罗尼亚启程往麦索朗沙会晤玛夫洛科尔达多斯王子。可是一八二三年的最后一天,这年的除夕,舟次麦索朗沙港外,土耳其舰队掳去了拜伦装载物品的"甘巴"号,希腊舰队不见出动,拜伦仅以身免。他在一八二四年的新年写信给亨利·茂尔医生(Dr. Henry Muir)报告当时的情形说:

……"甘巴"号和"邦巴尔特"号已经被一只土耳其巡洋舰带入巴特拉斯(这是有极充分的理由可以相信的),我们在三十一号的黎明曾眼见它追逐它们;夜间我们曾贴近它的船尾,以为它是一艘希腊船,近得只距一枪之遥,而竟在神灵的保佑下(我们的船长这么说)逃脱了,我也相信他的意见,因为我们自己确是无法逃脱的。……

破晓时我的船已经在海岸上,可是港内的风向不顺;——一艘顺风的大船泊在内海和我们之间,另一艘在十二里外追逐着"邦巴尔特"号。不久它们("邦巴尔特"号与土耳其巡洋舰)就显然是向巴特拉斯航去,于是岸上的一艘土人船只便用信号着我们走开,我们便乘势走开,驶入一道我相信是名叫斯克洛菲斯的小港,我在那儿使路加(拜伦携在身边的一个希腊男孩——译者)和旁的人登了岸(因了路加的生命是在极大的危险中),给了他们一些钱,一封给斯坦荷布的信,使他们上行到麦索朗沙去,他们在那里可以安全,因为我们目前的处境可以随时受到武装船只的攻击,而我们所有的武器都在"甘巴"号上,手边仅有两杆马枪、一杆猎枪和几支手枪。

不到一小时,敌舰已经迫近我们,于是我们又冲出去,将它丢在后面(我们的船驶得极好),在入夜之前到了我们目前置身的特拉哥米斯特利(Dragomestri)。但是希腊舰队在哪里呢?我不知道——你知道吗?我问我们的船长说,那两艘大船(除这以外没有旁的船)怕是希腊的。可是他回答,"它们太大了——它们为什么不挂国旗呢?"

我昨天又遣使到麦索朗沙夫请求护卫,可是还没有回信。我们在这儿(我船上的人)已经是第五天不脱衣服,在任何天气下睡在甲板上,可是大家都很好,而且兴致甚高。政府为了它本身着想,也该遣派护卫来,因为我船上有一万六千块钱,其中大部分都是供给他们的。我自己除开五千元左右的私人财物不计,有八千块硬币,委员会的物品还不计算在内;如果这块肉太好了,土耳其人是不肯放过的。……

因了偶然的机会(事后知道,"甘巴"号的船长曾经有一次救过这艘土耳其巡洋舰舰长的生命),"甘巴"号被土耳其人释放了，随着希腊的护卫舰也来了，于是拜伦经过一次风险后，便在希腊人的盛大欢迎中安抵麦索朗沙，他给银行家韩科克写信说（一八二四年一月十三日）：

……我的一只小舟在特拉哥米斯特利所遭遇的惊险还未完结：我们由几艘希腊炮舰护送出港，见到"利奥尼大"号在海上等着照应我们。可是大风起了，我们在斯克洛菲斯的海峡中两次被冲上岩石，那一笔钱又几乎险遭不幸。船上三分之二的水手从船头溜上岸去；岩石巉险，可是海水在近岸处很深，所以它经过几次挣扎之后，又侥幸脱险，携着仅有三分之一的水手走了，余下的都剩在一个荒岛上，如果不是有一艘炮舰去载了他们，现在恐怕仍要留在那儿，因为我们决不去顾他们了。……

一句话，我们所遇的风向总不是顺风，虽然也不是逆风；浑身潮湿地在甲板上大概睡了七八夜，而精神则愈来愈健（指我个人而言）——在本月四号，我甚至在海水中浴了一刻钟（杀除跳虱及其他等等），这一来就更好了。

我们在麦索朗沙被用一切的客气和荣誉接待着；舰队放炮致敬的情景等等，以及群众和各种的服装确实够热闹。我们打算不久就准备出征，我大约要受命偕同苏莱奥地土人参加军队。

目前一切都好。"甘巴"号已经抵达了，我们检点一切都完好无缺。纪念诸好友……

为了答谢土耳其人释放掳去船只的好意,拜伦运用"外交手腕",请求希腊政府也释放了一批土耳其俘虏,并且写了一封信给土耳其政府当局(一月二十三日):

> 有一艘船,船上有我的一位友人和几名家仆,几天以前被扣留,由于你阁下的命令释放了,我现在要在此向你致谢;不是为了释放我的船,我的船既然悬着中立国的旗帜,而且在英国保护之下,谁也没有权力可以扣留;而是因为当我的朋友们在你的手中时,你竟那么客气地款待他们。
>
> 因此,为了不辜负阁下的盛情,我请求当地(麦索朗沙——译者)的总督释放了四名土耳其俘虏,他慨然应允了。这样,我实时将他们送回,以便尽早答谢你上述事件的盛情。这些俘虏都是无条件释放的;不过,如果此类琐事还值得你的记忆,我大胆请求,请你以后也以仁道对待落入阁下手中的希腊俘虏;这尤其因了战争本身的恐怖已经够他们挨受多,即使没有双方无故的虐待。

拜伦正式参加希腊军务后,情形虽然使他很乐观,可是对于军费的担负已经使他不得不加紧罗掘自己的私财,同时,因了气候关系和过于操劳,他的本来不很健康的身体也开始一再被病魔侵袭,这情形从下面的一封信上可以看出(一八二四年二月二十一日,致道格拉斯·肯那尔德):

我已经接到你十一月二日的信。那笔钱是必须要付的，因为我已经取用了全部或更多的来帮助希腊。巴雷（William Parry，援希会所雇用的一位炮术军官——译者）在这儿，他与我彼此很好；从环境看来，目前的一切都很有希望。

今年将有点事情可做，因为土耳其人已经加强进攻；至于我个人，我必须贯彻我的主张。我不久将率领二千人进军（由于命令）进攻勒本托。我抵达此地已相当时日。经过几次侥幸地逃脱土耳其人之手，又逃过覆舟之险。我们曾经两次撞在岩石上；不过这一切，你一定已经或真或假地从旁的方面听到了，我也不想琐碎地再来麻烦你。

到目前为止，我已经成功地支持了西希腊政府，否则这早已要崩溃了。如果你已经收到那一万一千多镑，这笔钱，再加上我手边所有的，以及我今年的进款，不提其他费用的话，我可以，也许能够将军费应付裕如。如果援希会的代表们都是些忠诚的家伙，获得了借款，他们会根据协定归还我四千镑；不过就是这样，我能留下的也将极少，甚至少之又少，因为我差不多以我个人的力量在供养整个大局——至少在此地是这样。不过只要希腊能胜利，我自己也就不在乎了。

我曾经很厉害地生病（这月的十五日，拜伦曾经突然发作癫痫症。——译者），不过已渐好了，已经能骑马出外；因此在这方面请嘱朋友们释念……

次日,拜伦另有一封信给他的出版家约翰·茂莱,更详细地报告了他在希腊的情况:

> 你也许要渴望知道一些希腊这一部分(这是最易受侵犯的部分)的消息,可是你也许从旁的公共的或私人的来源中听够了。不过,我将报告你这一星期的事件,我个人的私事和公众的混杂一处;因为我们目前确是有一点儿公私不分了。
>
> 在星期日(我相信是十五号),我突然发作猛烈的突袭的痉挛病症,这虽然不曾使我动弹不得——因为好几个壮汉都不能捉住我,可是已经使我不能开口;但是这究竟是癫痫症、麻厥症、坏血症,还是中风症,还是其他旁的这类病症,医生也不能决定,这是痉挛性的还是神经性的也不知道;但是这十分难受,几乎将我带回了老家,到星期一,他们在我的太阳穴下施用吸血器,这并不难,可是血直到夜间十一时才停止(他们为了我的太阳穴的安全起见,使得太贴近太阳穴的脉管了)。用尽了千方百计,无论止血剂或灸药也不能封住创口。

在这同一封信上,拜伦对于希腊内部分裂的消息,很感到忧虑,而传来的消息的矛盾,尤使他不安,他说:

> 土耳其人在亚加拉尼亚占优势,可是你也不能依赖任

何情报。今天的报告在明天又被推翻。有极大的裂痕和困难存在着;如过去一样,有好几个外国人士因失望而鄙夷地走开了。这还是我目前的主意,只要我认为情势还对于大局有利,我仍愿留在此地或那里;但是我不能向你以及委员会隐瞒,希腊因她内部分裂所发生的危机,似乎比她敌人的进攻更大。有叛变的谣传,据说各种党派都在内;嫉妒外国人,除了金钱以外什么都不看重。一切战略上的改善都被他们谢绝,而且据说,对于外国军官等,在他们的服务上也不十分客气……

因了希腊内部不睦的消息,又因了当时认为是希腊义勇军的"华盛顿"的玛夫洛科尔达多斯王子被黜,拜伦停舟不进,于十一月三十日,从塞法罗尼亚直接写了一封信给希腊政府,指出内部不安的消息如何要影响到希腊独立解放战争的胜利以及外国援助的获得:

借款问题,对于希腊舰队到来的悠久的无望的期待,以及麦索朗沙(Messolonghi)仍在无防御状态中的危险,将我耽搁在此地,而这些情形如果不消除,我仍有被耽搁的可能。但是如果款项已经可以转给舰队,我就启程往摩利亚;不过,还不知道我的到来对于现状究竟有何助益。我们曾经听到新的内部分裂的谣言,不,简直是说已经有了内战。我衷心地但愿这些报导都是虚伪的或是夸大的,因为我想象不出还有比这更严重的耻辱;我坦白地直说,除非恢复统一和建立秩序,借款的希望是徒然的;而希腊所能从国外盼望的一切援助,也将中止或被打消;还有更坏的,欧洲的列强,其中并没有一个是希腊的敌人,谁都赞成她能建立一个独立的政权,也将因了希腊人自己的不能自治,而认为不得不由他们来替代你们恢复秩序,这便要吹熄了你们自己的以及你们朋友的最光辉的希望。

容我再说一遍——我希望希腊的昌盛,此外别无所图;我将尽我的能力使她获得这个;但是我不能容忍,决不能容忍,英国大众或个人,在希腊事态的真实情况方面受到蒙蔽。其余的事,诸君,全在诸位好自为之。你们已经作了光荣的战斗;对于你们的国人和世界已经履行了荣誉的行动……

拜伦给希腊政府的这封信,多少起了一点作用,因为当时希腊独立政府战费支绌,急于要获得外援,尤其是能耸动欧洲智识阶级听闻的像"英国大诗人拜伦爵士"这样义勇的援助。因此,隔了不久,拜伦便很乐观地写了一封信给他在伦敦的财产管理人,银行家道格拉斯·肯那尔德:

我将如你所嘱,珍重我的钱囊和身体;不过同时你也该知道这二者已经准备着适应任何的需要。

我遥想你已经与茂莱先生(John Murray,拜伦作品的出版家——译者）订立了关于《魏勒尔》的合同。虽然版税仅有二三百镑，我将告诉你这数目所能做的事情。有三百镑，我在希腊就能供给一百名武装的人，比希腊地方政府的全薪更多，包括口粮在内，三个月之久。你可以推想，当我向你说，我送给希腊政府的四千镑，至少可以使一队舰队和一支军队活动几个月。

有一艘希腊舰队的船只来到，要送我到麦索朗沙去，玛夫洛科尔达多斯在那里，而且已经恢复了指挥，所以我随时就要登舟启程，信件仍旧寄到塞法罗尼亚，由热拿亚的银行家转递；尽你的能力集中我的进款和借款，以便对付战事费用，因此"一不做，二不休"，我必须为这古国民族尽我的能力。

我在努力调和这些党派，现在正有一点成功的希望。他们的局势很顺利。土耳其人未经一仗就从亚加拉尼亚撤退，经过对于安拉都尼科几次无效的进攻之后，科林斯已经克复，希腊人在耶基拍拉哥也打了一次胜战。这里的舰队，也捕虏了一艘土耳其的巡洋舰，得了一些钱和货物。一句话，如果他们能成功一笔借款，我认为他们的独立将可以取得一种稳定有利的局面。

目前，我成了军需官以及其他等等；这真可以算得幸运，因了这个国家的性格和战备关系，甚至一个私人的资财也可以部分地暂时地给予了帮助。

斯丹荷布上校在麦索朗沙。也许我们下次将进攻巴特拉斯。苏莱奥地人（the Sulioes，阿尔巴尼亚人与希腊人混种的民族——译者），他们对我很友好，似乎很希望我能到他们那边去，玛夫洛科尔达多斯也是这样。如果我能够调和这两派（我已经在运用一切的力量），那将不是徒劳；如果不能，我们只好到摩利亚去参加西希腊军——因为他们是最勇敢的，目前也是最强的，已经击退了土耳其人……

直到这时为止，拜伦对于希腊的援助，仍是靠了个人的财力和个人的热情在支持。伦敦援希委员会是口惠而实不至，而且在有些意见上已经渐渐和拜伦分歧。这当然使拜伦很愤慨，再加上希腊内部的纠纷始终时辍时发，若不是诗人对于希腊民族深挚的崇拜和他爱自由的豪侠天性，他也许要喟然离开希腊了。从下面这封信上（三月三十日，给银行家道格拉斯·肯那尔德），可以看出拜伦怎样以他个人的私财支持希腊的抗战：

> 柴密先生，第三位希腊代表，将转呈此信。我并托他代表向你致候。旁的代表们，当他们到达时，他们会向你以及其他方面呈这介绍书。此信内并附有由他们所起草签署的文件抄本一份——关于我预支给希腊政府的四千镑，这将由（出于他们的自愿）他们偿还，如果他们能在伦敦获得国家的借款的话，但这似乎已经是完成了的。我并奉告你，我已经为玛夫洛科尔达多斯王子支付了五百五十

镑，这些票款都是向鲍林先生处支取，再转账给你的。

直到目前为止，希腊事件已经耗费了我的私财约三万西班牙银币，我私人种种额外的支出尚不计算在内。这是真的，如果我不这么做，麦索朗沙的一切便早要停顿了。这款项的一部分，尤其是那预借的四千镑，由希腊代表们所担保者，是理该偿还给我的。请注意此事，但我仍拟将此款用在大局上面，因为在我指挥之下的有好几百人，都要按期支薪，而他们又都很好。

我曾经很不舒服，但是似乎好了一些，同时几乎每一个人都生过病了——巴雷以及其他，虽然他是一位能吃苦的勇士。我们曾经遭遇了稀奇的天气和稀奇的意外事件——自然界的、精神上的、肉体上的、军事上和政治上的——我此时实无法细谈。我被邀请同玛夫洛科尔达多斯王子参加沙洛拉的会议，会晤优力栖斯和东部领袖们讨论政事与进攻事宜。结果如何，此刻还不能说。希腊政府托付我处理本省事务，或者到摩利亚与他们合作。只要有助益，我什么都愿意做。

我们本拟包围里本多，但是苏莱奥地人不愿这种"面墙而立"的工作，又和一些外国人起了冲突，使得双方都流了血，于是这计划只好中止了。巴雷在他的一部分已经用尽了力，并且还干了一些旁的，因为这里所有的事都是他一人做的，而且只有委员会和我的帮助，因为当地希腊政府一个钱也没有，而且据说还在借债。我有由我雇用的二百二十五名正规军以及游击军——后者有五百名，可是当他们自己互相争吵，而且想提高待遇时，我将他们都撵了；因了这处置的影响，达到了金钱所不能为力的感化，其余的便变得异常遵守秩序，正规军则从此行为良好，从全体上说——同任何地方的军队一样。这支炮兵补充队有炮六尊，是希腊唯一正常发饷的队伍。政府向来仅发口粮——而这也是很不爽快的：他们因了面包不好曾两次哗变，他们实情有可原，因为面包确是不堪入口；但是我们已经有了一位新军粮官，一名新来的面包师，替代那旧日供给面包的"砖头匠"——真的，就作为砖头也不是好货。昨天有一场审问一个窃案的军事法庭；德国军官主张鞭打，但我坚持制止任何这类举动：犯人被褫除军籍，公开的，然后示众通过城市送到警察局，按照民法定罪。同时，有一名军官向其他两人挑战；我将双方都拘禁，直到他们肯和平解决为止；如果再有同类挑衅行为，我将全体召出，将其中一半加以遣散。

不过，现状的进展不能说坏，希腊人既然取得了借款，我们希望他们能干得更好一点。也许能组织起来。

希腊人取得了英国的借款，战事也许可以有利地展开，但是军中杂务（调解人事纠纷，筹划自己担负的军费等）已经使拜伦的衰弱的病体支持不住了。就在写下面这封信的这一天，拜伦骑马出外，遇雨受惊，又发了热症，十天后（四月十九日），他便在

"前进罢,前进罢!勇敢……"的呓语中,不能瞑目地永别了他所崇拜而亲身来加以援助的希腊人。这最后一封信是写给拜伦在热拿亚的银行家查理·F. 巴利的(一八二四年四月九日)。

  到七月十一日为止的赊账,我存项下应有四零五四一热拿亚通货。此后我又有一封魏布公司的六万热拿亚通货的借款信,我已经加以支取;但是账上的情形究竟怎样,你并不曾提及。欠项将由我的伦敦方面代理人加以归还,这方面我将特别提出道格拉斯·肯那尔德先生,他是我的代理人和信托人,也是我的银行家,同时我们又是从大学以来的朋友——这在商业方面我相信是欢迎的,因为可以给予信用。

  我希望你从布莱辛顿处已经收得游艇的卖价;你必须切实向他说明,他该从速偿还这早应交付的,由于自己情愿购买的货款,否则我便要将这事使大家周知,采取双方都不便的步骤。你明白在整个事件上我已经怎样使他便宜了。

  除最好的东西(即绿色旅行车)之外,其他的都可脱手,而且快点最好,因为这可以使我们的账目早日解决。希腊人既然取得了借款,他们也许要归还我的,因为他们不再需用了,我请你寄一份合同的抄本给肯那尔德先生,托他为我向代表团请求此款。这对于他们当日在困难中是欢迎的,而且是有用的,因为他们那时正无法解决;但是在目前情形下,他们该有力归还,我还可以奉告,除"这"之外,他们用过我的钱已不止一次,我都为了他们很乐意地花了;更有,我仍将再将这笔钱用去,因为为了希腊政府,我在自己花钱雇用了好几百人。

关于他们在这里的一切近况、健康、政治、计划、行动等等——或好或坏,甘巴和旁人自会告诉你——不过或真或假,要看他们各人的习惯而已。

拜伦的死讯震动了在争取独立战斗中的希腊人,他们为他举行了最沉穆庄严的葬仪。一柄剑、一身军服、一架诗人的桂冠,放在他的棺上,他的葬仪缓缓地经过了麦索朗沙街市,四周沉寂,麦索朗沙炮台为他放了三十七响礼炮。他们将复活节宴会移后了三天。

歌德和《少年维特之烦恼》

西洋古典作家,令我发生特别浓厚感情的,乃是歌德。

我想产生这种感情的原因有二:一是时代的影响,一是个人的影响。前者是由于读了他的《少年维特之烦恼》,使我深受感动,后者乃是由于将歌德作品介绍给我们的,是郭沫若先生。

《少年维特之烦恼》这部小说,不过是一个中篇,情节和故事都很简单。由于是书信体的，许多情节都要靠读者自己用想象力去加以贯穿，然而它的叙述却充满了情感，文字具有一种魅力，使人读了对书中人物发生同情，甚至幻想自己就是维特，并且希望能有一个绿蒂。而且在私衷暗暗地决定，若是自己也遇到了这样的事情，毫无疑问也要采取维特所采取的方法。

这大约就是当时所说的那种"维特热"，也正是这部小说能迷人的原因。别的读者的反应怎样，我不知道，我只知道自己第一次读了郭老的中译本后，非常憧憬维特所遇到的那种爱情，自己也以"青衣黄裤少年"自命。如果这时恰巧有一位绿蒂姑娘，我又有方法弄到一柄手枪，我想我很有可能尝试一下中国维特的滋味的。

就凭了这一部小说，我从此对歌德发生了浓厚的感情。我开始注意别人所提到的关于他的逸话，读他的传记，读他的自传，读他的谈话录。

但是，我要坦白地说，我虽然读过《浮士德》，可是读得极为草率，而且读过一遍之后，就一直没有再读一遍的意念。对于《少年维特之烦恼》则不然，我每隔几年总要拿出来再读一遍，从不会感到陈旧，而且每次总有一点新的感受。郭老的《少年维特之烦恼》，初版是由上海泰东书局印行的。后来创造社出版部成立，便收回自己出版。创造社的《少年维特之烦恼》，是由我重行改排装帧的。当时对于这部小说的排印工作，曾花费了不少时间和心血，从内容的格式，以至纸张和封面，还有插图，我都精心去选择，刻意要发挥这部小说的特色。封面的墨色特地选用青黄二色，并且画了一幅小小的饰画，象征维特的青衣黄裤。书里面所用的几幅插图，还是特地向当时上海的一家德国书店去借来的。这家书店，开设在苏州河畔的四川路桥附近，主人是一位德国老太太，鲁迅所得的那些德国木刻，就是向她店中买来的。

郭老的《少年维特之烦恼》，在创造社出版部的业务停顿后，过了几年，第三次再印行时，仍是由我经手付印的。这一次的出版者，是现代书局，因此那版样和封面又是由我设计的。这一个新版本的封面，我采用了德国出版物的风格，在封面上印上了作者和书名的德文原文，并且采用了德文惯用的花体字母，以期产生装饰效果，墨色是红蓝两色，封面纸是米色的。因此若是拿开那两行中文，简直就像是一本德国书。

也许是我自己的年岁大了一点，"维特热"的热度已经略见减低，我自己觉得这一版的封面设计，远不及创造版。承郭老的好意，还在他的后序里对我夸奖了几句。

到了一九三二年三月，正是歌德逝世一百周年纪念，我手边恰巧有一些关于歌德的图片，便在《现代》三月号上编了一辑歌德逝世一百周年纪念图片特辑。这时郭老避难在日本，接到了这一期的《现代》，在信上说令他特别高兴。

来到香港以后，有一次我曾在摩罗街的旧书摊上买到一部德国出版的歌德图片集，共有图片几百幅之多，洋洋大观，关于歌德一生的人物、行踪和生活图片，可说应有尽有。我虽给乔冠华看过，他见了非常赞赏，劝我应该什袭而藏。后来郭老也到了香港，有一次我特地拿给他看，谈起一九四九年就要到了，正是歌德的诞生二百周年纪念，他说到时应该好好地利用一下这一册图片，最好编一本纪念画册出版，他愿意写序。可惜不久他就匆匆离港北上，这个计划不曾实现。到了一九四九年八月，只能从这部画册里选了十几幅图片，由我在一家报纸上编印了一个纪念特刊，可说真是大材小用了。

有一种附有插图的德文版《少年维特之烦恼》，求之多年，可惜一直还不曾得到。只知道其中最有名的一幅插图，是维特第一次与绿蒂相见的情形。他来到绿蒂家中，邀请她一起去参加一个舞会，却发现绿蒂正在家中，分面包和奶酪给弟妹们吃。这景象更使维特一见钟情，曾在信上详细告诉他的那位好友。

在创造版的《少年维特之烦恼》里，曾附有这一幅插图，很足以为译文生色。可惜这样的旧版本，现在要找一本已经不容易。新一代的文艺青年，也不像我们当年对这本书那么狂热。因此在这里所见到的当地翻印的《少年维特之烦恼》印得很草率，简直令我不堪回首了。

插图本的《塞尔彭自然史》

最近得到了一部插图本的《塞尔彭自然史》。

这部英国十八世纪出版的自然史，它的内容不知怎样具有一种迷人的力量，虽然它的作者所描写的只是英国一个小村镇的自然景物，但是直到今天，不仅仍有无数的英国本国读者爱读这本书，就是外国读者喜爱这本书的也大有人在。而且多数是像我一样，觉得书中所写的正是我们所喜欢知道的，同时有时也是自己想写的。当然，我们并不是研究自然科学的，然而这正好像这本书的作者吉尔伯·淮德一样，他也并不是专门研究自然科学的。他的职业是塞尔彭乡下的牧师。

这部好书在我国至今还没有译本，实在是一件憾事。然而这缺憾是可以原谅的，因为书中有那么多的鸟兽虫鱼之名，要一一译成中文，要译得真实而又通俗，实在不是一件易事。这一定要有一个丰富的自然科学知识而又有一枝好笔的翻译家，同时还要对这件工作有兴趣，这才可以愉快地胜任这件工作。

日本早已有了译本，而且听说还不止一种。不过，他们对于若干鸟兽之名，可以采用音译，再加注说明，自然也比较容易着手。我们不能这么做，难就难在这里。

启明老人一向喜欢这书，也曾试译过几节。诗人柳木下也是同好者，他在前几年也试译过其中的一封信（这书是用书信体写成的），是讲燕子的，后来收在《世界名家散文选》（上海书局版）里，译得很仔细。不知怎样不曾继续译下去。也许是由于健康的关系吧？（他最近因了精神不宁，已经入院疗养）

淮德用书信体写成的这本《塞尔彭自然史》，自初版在一七八九年出版以来，就受到读者的欢迎。时隔一百多年，到今天仍是英国一部古典作品畅销书，因此版本很多，共有一百多部，价钱高低不一，有六便士的廉价本，也有贵至五镑一部的插图本。

像《塞尔彭自然史》这样的书,自然最好是附有插图的。可是在十八世纪末年,摄影技术还未发明,因此即使有插图,也是依据剥制标本来绘成的。这比之今日用望远镜来观察鸟兽生活的自然科学所摄的照片,自然要逊色多了。

但是旧版的《塞尔彭自然史》的插图,也有不少精美的,尤其是由英国许多木刻家合作来插图的那一种,最为可爱。从前曾在这里见过一本,可惜价钱太贵,未曾实时买下来,转眼就被别人买了去,真是失之交臂了。

枕上书

一

小病经旬,由于并不曾惊动医生,所以也无所谓"毋药"。我是采用了"自然主义"的疗法,任听"病魔"自来自去。这看来有点"野蛮",其实岂不是更"文明"的疗法吗?

躺在床上,也并不曾得到怎样的休息,其一是这一颗心不会闲,其二是事务根本使我无法闲得下来。由于这一向晚上不曾写《霜崖随笔》,使我确是可以比平时睡得早一点了。可是一连早睡几晚,忽然觉得睡的滋味已经没有平时那么好,这才知道迟睡不仅有好处,而且还是一种福气,因为至少可以享受到睡的滋味。一旦睡足,便不再觉得黑甜乡是那么地可爱了。

鲁迅先生和郁达夫先生都曾经提到过小病的好处,我也竭力想趁此机会风雅一下,找两本适宜在病中看的书来看看。这真是"书到用时方恨少",虽然平时朋友们誉我"家藏万卷",这时要找两本适宜在病中,尤其在小病之际看的书看看,倒真是不容易。看来我若是认真地找起来,由此所费去的体力和精神,可能会使我不看书已经霍然痊愈,也有可能会从小病变成大病。因此我只好随手从桌上拿了一本。

这是一本新买回来的小书,是在大约半个月以前,同张千帆先生一起逛一家新开张不久的英文书店,随手买回来的。他当时曾经问我买的是什么书,我在这种场合上向来是十分坦白的,因此就把书名告诉了他。现在也是一样,我也要坦白将这书名告诉读者,虽然有些人见了不免要诧异,但这算什么呢,道学气是与我们无份的。这本英文小书的书名,译成中文是:

"文学中的色情"。

这大约是为了劳伦斯的《查泰莱夫人的情人》在英国已经开禁,应时而写的一本小书。书中除了讨论道德风化的尺度以外,还引经据典地谈到许多古今名著中的色情成分。这是很有趣的文学史话,也正是使我当时伸手买了它的原因。

在小病之际用这样的书来消磨时间,我认为倒也并无什么不适宜之处,不过大约也只有像我这样的人才觉得如此,因为正如曹聚仁先生所说,我已是读"杂书"成癖的人。杜诗可以疗疟,这样的书又为何不可消磨小病？不是吗，读着卜迦丘怎样在他的"魔鬼进地狱"的故事中嘲弄了那些修道士，使得梵谛冈面红耳赤地忙着要禁止这书，我不禁莞尔而笑，心情仿佛已经舒泰起来了。

二

前些时候夏衍过港，以影印《词人纳兰容若手简》一册见赠。当时翻了一翻，就搁在一边，要想找一个适当的机会来细看。这几天小病偷闲，该是欣赏这样精印的简册的最好时候了。

从前也曾喜欢过读《饮水侧帽词》。但这是少年时代的事，现在已久没有这种闲情。夏公以影印的容若手简见贻，未必是由于知道我的旧好。现在读了目录和后记，才知道这是另有原因的。原来这里影印的三十六幅纳兰性德的书信，其中有二十多封是他的藏品。大约出版者上海图书馆送了他几册，这才使他有机会可以分赠友好了。

这一辑手册简影印得极精。墨色、图章和信笺上的花纹，都是依照原色复印的。我想若是将它拆开来，改裱成手卷或册页，简直可以乱真。

除了纳兰自己的书翰以外，选附印了顾贞观、朱彝尊、秦松龄等人的题跋。这些题跋可说与原信同样地可贵。据说原来的题跋很多，这里仅选印了一小部分。

目录上给每一封信所加的小题，不知出自哪一位的手笔，读来很有风致，如《以寿山几方请平子刻章》《借日晷》《换日晷》

《索聚红盆及小照》《却借花马》《俟绿肥红瘦即幸北来》,仿佛像是读了杜诗的诗题。

纳兰是一个典型的贵公子人物,可是仅仅活了三十一岁便去世了。我们从前读他的词,看他所刻的那么大部头的《通志堂经解》,再想到他中过进士,官至一等侍卫,所交游的又是当时一些第一流的文士诗人,总以为他至少也是个四五十岁的人,才可以有这样的成就,哪里知道这些事情全是一个二十五六岁的青年人做的。这些成就,虽然许多人都说他"天姿英绝",但是他若不是出生在权贵之家,占了环境的便宜,大约也未必这么方便的。

我很喜欢纳兰读了顾贞观的《金缕曲》,决意设法去救充军的吴汉槎的故事。有一时期,我很想将这故事写成小说,后来听说有人已经试过了,便不曾再写。

倚在沙发上,读着清初这位大词人的手迹。想到这是一个二十几岁少年人写的东西,在现在看来,简直有点令人难以相信。如那封题为"再勖为亲民之官"的信,一开头便说:"朝来坐潋水亭,风花乱飞,烟柳如织,则正年时把酒分襟之处也,人生几何,堪此离别,湖南草绿,凄咽同之矣……"据考证他写这封信时年仅二十六岁,这是现代年轻人怎样也不会达到的成就,然而这已经是一种与我们的生活多么不同的成就。

三

书店里送来秦牧的散文集《花城》。这本来已经不是新书了,但是我在这里一直不曾买得到,只是从朋友的手上见过一部精装本的,匆匆翻阅了一下。直到今天,书店才将特地给我留下来的一本平装本送了来。

于是就躺着读了起来。

既是散文集,看了一看目录,我便挑选着自己喜欢的题目看起来。这时的选集,可说与作者要将哪一篇文章选入集内,哪一篇暂时抽在一边,几乎是一样的。这里面好像很有道理,有的又好像没有一定的道理,几乎是一种任性的选择。

当然,依照我看书的习惯,我在没有读正文之前,先读了后记。

> 我在这些文章中从来不回避流露自己的个性,总是酣畅淋漓地保持自己在生活中形成的语言习惯。我认为这样可以谈得亲切些。

这实在说得够恳切。仅凭了这一点表白,就知道作者写散文的手腕是高明的,同时文如其人,也够热情。

有些人喜欢在文章里谈自己所不懂的东西,有些人喜欢在文章里冒充懂得许多东西。这样的文章总是不会写得好的。若是能够在文章里做得到"知之为知之,不知为不知"这样坦白,就不愁不够亲切,不愁写不出可读的文章了。

《花城》里的散文,就已经达到了这样的水平。这正是许多人都喜欢读秦牧散文的原因。内容丰富充实,接触到的方面多,可是并不沉重。作者的态度诚恳,写得流畅,使读者读起来感到亲切,自然就喜欢它了。

我一口气读了《海滩拾贝》《南方几株著名的树》《说龟蛇》《古董》。这些都是自然小品,或者生活小品。我特别喜欢第二篇和第四篇。说是喜欢,不如说是羡慕。几时可以多有一点任随自己可以安排的时间,也让自己能够试一试呢?

不是吗,这十年以来,我家的门口有好几棵大树被人锯倒,可是渐渐地从树根处又有小小的枝丫再生出来,我觉这是很好的写一篇小品文的资料,可是一直没有充裕的时间和安闲的心情来写。又不愿随便写,糟踏了这样的材料,这样一拖,竟是好几年了。想到《花城》的作者所生活的环境,不觉有点羡慕起来了。

体倦,读了这几篇,又想到这种情形,我不觉微微叹了一口气,掩卷不曾再续读下去了。

吉辛小品集的中译本

读了约伯·科格的《乔治·吉辛评传》,才知道郁达夫先生一再提起的这个作家晚年所写的那部小品集,原来的题名并不是《亨利·越科洛福特的手记》,而是《一个退休中的作家》。

当时达夫先生大约因为原来的书名太长,便给它拟了一个《草堂杂记》的书名,因为作者自称这书是在乡下过着悠游自在的退休生活中写成的。达夫先生一直想译,始终未曾动笔,后来也有别人零星地译过一些,也不曾成书。直到战后,听说在上海才有一个正式的译本出版,改称《四季随笔》,我未见过。这书现在台湾已经有了翻印本,却将译者的名字删掉了,使人无法知道究竟是谁的译笔。

《四季随笔》这书名,对于原著倒很贴切。因为作者在原书中就说明,他将这些小品按照写作时的季节,分成了"春夏秋冬"四辑。

吉辛是用不到两个月的时间,就写成了这部小品集的,时间是在一九○○年的九月与十月之间。然后仔细地一再修改,一直搁在手边,直到一九○二年夏天才在一个刊物上发表,当时所用的题名就是《一个退休中的作家》。因为这一辑小品文,吉辛是借口一个不知名的穷作家,晚年意外地获得了一笔遗产,便搬到乡下过起舒服的退休生活。他因为一生卖文为活,要按照出版商人的要求去写作,肚里不免积了多少怨气。这时得了遗产,可以不愁生活了,决定要任随自己的爱好,随意写一部书。写下来的就是这部小品集。

吉辛假托一位朋友将这部原稿交给他看。他整理了一下,按照写作时的季节,分成"春夏秋冬"四辑,给它加上了《一个退休中的作家》的题名,便送给刊物去发表了。在刊物上发表后,极得好评,第二年就出版了单行本,并且改名为《亨利·越科洛福特的手记》。这就是假托写这部小品集的那个作家的姓名。

原书有一篇序文,这一些经过就是吉辛在序文里说出来的。自然,这一切都是假托。这部小品集是吉辛自己写的,可是他却不曾得过什么遗产,仍在过着"卖文为生"的生活。

不知怎样,吉辛的这篇序文,在现在所见的中文译本《四季随笔》里,却没有了。不知是原来没有译出来,还是给台湾的翻版书贾删掉了。

香港书录

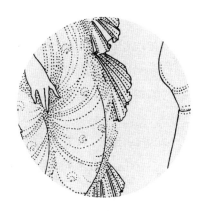

香港书志学

自香港受到英国殖民统治以来,这一百多年之中,有关香港的出版物,自当地政府编印的公报、小册子,以至一般作者以香港为题材写成的游记和小说。总算起来,那分量自然也相当可观。事实上,在香港受到殖民统治以前,即在一八四〇年以前,在鸦片战争以前,当时的那些到广州来贸易的外国商人,以及怀有野心的殖民主义者和传教士,他们留下来的书信、航海日记、游记和回忆录,其中都可以找到不少有关香港的资料。这些关于香港未经开辟,未曾受殖民统治以前情形的记载,从现在看来,不仅在史地资料上非常有价值,而且读来也非常有趣。

可惜的是,这些在一八四〇年以后出版的书籍,现在自然很难有机会可以直接读得到。我们只能从别人所写的有关香港初期的历史叙述中,偶尔读到辗转引用的一两节。因为这些早就绝版的书,已经都成了珍本,只有几处以收藏东方图书完备著名的图书馆才有了。

要查阅有关香港的各种著作书目,本来可以参考香港政府每年编印出版的英文本《香港政府年报》(*Hong Kong Government Annual Report*),卷末总附有一份很详细的有关香港书目,而且这份目录逐年都在扩充,增入新的资料。可是自一九六四年起,年报取消了所附的这个书目,另行编印了一本小册子,在一九六五年出版,就称为《香港书目,一九六五年》(*A Hong Kong*

Bibliography, 1965），由香港政府印务局印行，每册零售一元，是英文本。

这本《香港书目，一九六五年》是白乐贾（J. M. Braga）所编，他是久居香港的葡萄牙人，原本历年附在政府年报后面的那份书目，也是由他所编，不过现在重加整理，剔除若干无关重要的著作，又分门别类，印成了这本小册子。书目共分成十二部分，如行政、财政、教育、自然史与科学、历史与考古学、一般等等。所著录的书名约在四百种上下，一部分是政府公报之类的出版物，余下都是私人著作，而且都是在近年新出版的，只有少数是已经绝版的著作。

原本附在一九六三年政府年报卷末的那份书目，所著录的书名约有八百种，较之一九六五年出版的单行本书目为多。这是因为伦敦和香港政府历年出版的公报，以及一些以香港为背景的小说，或是一本书之中仅有一两章是涉及香港的，白乐贾在编印书目单行本时，都加以删除，因此在著录书名的总数上便大大地减少了。但也有少数是例外，如玛森的小说《苏茜黄的世界》，一九六三年的年报书目里自然著录，虽是小说，一九六五年单行本书目里仍加以保留。

这数百种有关香港的单行本和小册子，对于这个仅有一百年历史，却已经成为远东一个受英国殖民统治的重要经济据点，可说不算太多，却也不能说是太少了。不过，对一般人来说，对一个要想知道一下香港过去的和现在一般情况的读者来说，他若经过适当的选择，挑选十多种二十种来读一下，已经足够满足他要了解香港的基本知识的需要了。自然,他如果是对香港过去历史和发展经过特别有兴趣的,他应该多选择几本叙述鸦片战争和香港早年历史的著作来读。他如果是对香港自然史和地理环境特别感到兴趣的,他一定要读香乐思氏(G. A. C. Herklots)和戴维斯(S. G. Davis)等人那几本有关香港自然和地理的著作。他若是对香港政治社会和未来前途特别感到兴趣的,那么,无论是本地政府的报告书,或是伦敦出版的有关香港各种问题的公报,简直一种也不该放过了。

不用说,《香港书目,一九六五年》所著录的书,仅是以英文所写的为限,没有著录用其他文字所写的有关香港的著作。事实上,有关香港的中文出版物虽然不多,却也有它的重要性。尤其是史料和文件,由于香港和内地关系密切,自有它们的特殊价值。日本文有关香港的著作也不少,用其他文字写的自然也有。香港政府编印的有关香港书目,对英语以外的著作全未提及,可说是一个重大的缺点。《香港书目,一九六五年》的编纂者白乐贾在序文上说,他目前正在同香港大学图书馆的彭萨尔氏合作,编印一册较为完备的有关香港的书目,连香港早年的一些报刊文章也收入,希望能弥补上述的那种缺点。

香港书录

《中国书目提要》和香港

穆伦都尔夫的《中国书目提要》,在后来有名的亨利·柯尔狄尔的巨编《中国书目》未出版以前,乃是尝试将外人所写所译与中国有关的资料,汇集在一起的唯一的一本书目。有关香港的书目也包括在内。

保罗·乔治·穆伦都尔夫(Paul Georg von Möllendorff)是德国人,生于一八四八年。自一八六九年起,即来中国在清朝海关任职,一八六九年曾一度任德国驻天津领事。后来又任德国领事馆通译。在海关任职期间,曾经常往来在当时的那些通商口岸,如上海、九江等地。一九〇一年在宁波去世。

他编的这部《中国书目提要》(*Manual of Chinese Bibliography*),一八七六年出版,分别在上海、伦敦和德国哥尔利兹发行,比柯尔狄尔的那部大著早出了几年,所著录的有关中国著作(包括单行本和刊物上的文章)共四千六百三十九种。除英文外,还包括了德文、法文等其他外国语文的著作。他在序文上说,这本书目是在中国境内利用私人藏书和别人类似的资料编纂而成,工作地点主要是在九江和北京,如有遗漏或是错误,实是力所未逮云云。

所著录的书目是按各内容来分类的,共分成十七类。在第十四类中国与外国往还的关系书目内,有一项子目是著录有关香港书目的,编号自三三三三至三三六五,共三十三种,这些都是在一八七六年以前出版的有关香港的单行本或是刊物上的文章。

当然，除了书目分类第十四项下的"香港"一项所著录的这三十几种单篇论文和单行本以外，这本书目其他项内所著录的著作，仍有若干种是关于香港或是一部分与香港有关的。如关于当时各国屡次向清朝用武的"战争"项下所著录的一些著作，如一八四四年出版的柏纳德的《复仇神号航程及作战史》，其中就有几章是关于香港的。伦敦《泰晤士报》在第二次鸦片战争时期派到中国来写通信的科克，他在一八五八年出版的《中国，泰晤士报在一八五七年至五八年间来自中国的特别通信》，其中自然也有许多地方是与香港有关的，也收在"战争"项下的书目内。

还有，有名的班逊姆的《香港植物志》(M. G. Bentham, *Flora Hongkongensis*)，出版于一八六一年，是最早的也是唯一的一本外人所写的香港植物志，穆伦都尔夫也不是将它收在"香港"项下，而是收在十二"自然史"项下的书目内，编号为一七七一。类此的例子不胜枚举。

在"香港"项下所著录的那三十几种资料，单行本不多，主要的都是发表在刊物上的有关香港的论文，尤其是发表在当时有名的月刊《中国文库》(*Chinese Repository*)上的。穆伦都尔夫一共著录了十九种。

《中国文库》是当时专门译载有关清朝研究资料的英文月刊，创刊于一八三二年（清道光十二年），一八五一年停刊，一共出版了二十卷。最初是在广州出版的，在鸦片战争期中曾移到澳门出版。

兹将穆伦都尔夫所著录的《中国文库》历年刊载的有关香港

资料编目和提要,译述于下:

第三三三三号:英国接管香港岛的布告,载《中国文库》第十卷六十三页。

第三三三四号:英国官方的布告和公布的岛上地名,载《中国文库》第十二卷二六八页,以及十五卷二七八页。

第三三三五号:岛上的官地拍卖和法令,载第十卷三五〇页,十三卷四十八、一六四、二一七、三二七、六〇四各页,以及第十四卷五十七页。

第三三三六号:香港历史,载第十二卷三六二页。

第三三三七号:批准香港接受殖民统治的敕令以及法院规则,载第十二卷三八〇页。

第三三三八号:香港岛的形势和岛上的地名,载第十二卷四三五页。

第三三三九号:香港的慈善机关,载第十卷四三八页。

第三三四〇号:香港监狱的罪犯记录,载第十二卷五三四页,十三卷六五一页。

第三三四一号:香港地图和一般叙述,载第十四卷二九一页。

第三三四二号:香港的土地法令,载第十二卷四四五页,十四卷三九七页。

第三三四三号:戴维斯被任命为香港总督所负的使命,载第十三卷二六六页。

第三三四四号:香港疾病检讨,载第十卷一二四页。

第三三四五号:香港的房屋和税收,载第十五卷一三五页。

第三三四七号：军医关于一八四七年香港疾病与死亡的报告，载第十七卷三一三页。

这以上就是穆伦都尔夫所著录的，在二十卷《中国文库》之内，所刊载的十九篇有关香港的资料。事实上，《中国文库》内所刊载的有关香港的文章很多，决不只这十九篇。这只好留待以后再说了。

除了《中国文库》所刊载之外，穆伦都尔夫在他的《中国书目》这一子目内所著录的有关香港资料，还有编为第三三四六号的《域多利城的简短描写》。一八四八年香港出版，是单行本，作者是谁不详。

第三三四八号：香港风景画一辑，作画者是布鲁士，一八四九年伦敦印行。这一辑香港风景画，是着色的石版画，香港邋打的藏画内藏有一份，近年已经由香港大会堂博物馆选印了十二幅。

第三三四九号：香港年鉴，一八四九年香港出版。

第三三五〇号：香港政府法令摘要和索引，一八五〇年香港出版，编者是塔尔伦。

第三三五一号：一篇刊在俄国教会出版物上，用俄文所写的有关香港的介绍，作者是戈希克维支，一八五七年出版。

第三三五二号：有关香港政府官立学校和中国人教育的意见，作者是洛布什特，一八五九年香港出版。

第三三五三号：《香港的罪恶和治疗之道》，作者同上，一八七一年出版。

第三三五四号：一八六一年，伦敦医学机构所发表的关于香港气候和疾病的观察报告。

第三三五五号：德国柏林出版的一本刊物上关于香港域多利城的中国居民报告。

第三三五六号：《在香港的欧洲人生活》，一八六八年英文《中国杂志》所载。

第三三五七号：关于香港"快活谷"的情形，资料来源同上。

第三三五八号：《乘雏菊号环游香港记》，一八六八年《中国杂志》所载，见该刊第六十八至六十九页。

第三三五九号：《香港的成文法令》，载《记载与询问》第一号三十页及十九页。

第三三六〇号：《香港的龙船节》，作者利斯特，同上第二号一五六页。

第三三六一号：《香港的死刑执行》，同上第一六〇页。

第三三六二号：关于导致一八七二年八月二十八日香港市民医院医官杨氏及爱丁氏两人辞职原因的报告。一八七二年香港出版。

第三三六三号："香港"名称研究。《中国评论》双月刊第一号五十一页及二七一页。

第三三六四号：《在山峰下》。即兴诗集，在受殖民统治的香港长期居住之下写成者。一八六九年伦敦出版。

第三三六五号：一个曾在远东久居的侨民回忆演讲。作者莱基，载《中国评论》双月刊第一号一六三页至一七六页。

这以上就是穆伦都尔夫在他的《中国书目提要》内"香港"项目下所著录的全部资料。当然,前面已经说过,一八七六年以前所发表的有关香港著述,决不只他在这里所著录的这几十种。但在他的这本书目未出版以前,从未有人做过这件工作。这是最难能可贵之处。因此即使有遗漏,也似乎是可以原谅的了。

《香港的诞生、童年和成年》

沙雅的《香港的诞生、童年和成年》(G. R. Sayer, *Hong Kong, Birth, Adolescence and Coming of Age*),初版出版于一九三七年,牛津大学出版部印行。第二次世界大战后曾经再版,可是这几年在西书店的架上,已经很少再见到这本书了。

沙雅是曾经在香港政府任职的民政官员,他的这部关于香港早年历史的叙述,主要部分都是采集别人的著作资料,加以比较考证来写成的。正因为如此,虽然出版于一九三七年,却比他的前辈如艾特尔等人的香港史,写得更为材料丰富,可是笔下却较为轻松,因此读起来也更感趣味。

他的叙述,是到一八六二年,即罗便臣总督任内为止,比艾特尔的那一部所包括的时代更短。因为按照他的书名所示,一八六二年已是香港受英国殖民统治的第二十年,已到了他的书名所说的"成年"阶段了。

沙雅的笔下没有学究气,因此这部《香港的诞生、童年和成年》,读起来比较轻松。若是对香港初期历史感到兴趣的人,认为艾特尔的《在中国的欧洲》写得太古板,同时要找那本书也不容易,我看不如设法找一本沙雅的来读一下,一定不会失望。不过,要注意的是,他的那一枝笔有时写得过于浪漫,要当作历史来读,有些地方是该采取保留态度的。

沙雅的全书一共有十三章,可以分成三个部分。第一章至第三章是绪论部分,泛论他的这本书所涉及的地理、历史以及语文上的一些问题。如香港这座小岛,在未受英国殖民统治以前,曾经有哪一些外国航海家在他们的记录上提到过这个小岛,以及"香港"和"Hong Kong"的关系,究竟是先有那两个中文字的岛名,还是先有英文。是英文译自中文,还是中文译自英文。又,"香港"两字究作何解。沙雅都在他的绪论里旁征博引地加以讨论。虽然根据今天所得的证据看来,他的结论未足为据,但是读来引人入胜,这正是他的这部香港史的成功处。

从第四章到第八章,就到了他所说的香港受殖民统治的"诞生"部分。第九章起,直到最末一章,都是以每一个总督的任期为一章。最末一章所叙述的是香港第五任总督罗便臣任期内的事,他的任期是一八五九年至一八六一年,这时距香港正式受英国殖民统治的一八四一年,已经二十年,已到了他的书名所说的"成年"阶段,因此这部香港早年历史写到这里也就为止了。

除了正文十三章之外,本书还附有插图和地图数幅,以及附录十一篇。这十一篇附录，都是参考资料性质，有时简直令人觉得比正文更有可取之处。如附录一是义律在一八四一年二月二日的布告，宣布自己从清朝钦差大臣琦善手上取得香港岛，附录二是一八四一年五月十五日香港第一次宪报所公布的第一次人口调查数字。这些都是香港受殖民统治"初期"的最原始的材料。

《香港的序曲》

《香港的序曲》(A. Coates, *Prelude to Hong Kong*)，一九六六年出版。著者奥斯丁·高志，曾任职本港政府，在新界理民府任特别法庭的法官，又曾在马来亚、沙捞越等地任职，可说是个典型的英国殖民地官员，退休回英后曾出版过一部回忆录：《洋大人》。

这部《香港的序曲》正如书名所示，所写的并不是香港历史本身，而是导致香港受殖民统治的那些历史事件发展的经过，主要的自然是十九世纪英国对清朝的鸦片贸易，以及由中国严厉执行禁烟政策所引起的冲突，还有澳门和澳门葡萄牙人在当时这些事件中所扮演的重要角色。本书共分十四章，从第一章至十一章，就是叙述从英国商人想在中国打开贸易的门户，直到因了鸦片贸易一再冲突，终至酿成两国正式战争的经过。从第十二章起，香港才正式出现在这个历史舞台上。

本书的特点,诚如作者自己所说,他对于英国同清朝开始通商的初期,澳门在这方面所占的重要地位,特别看重,也写得特别详细。他对于澳门葡萄牙人对英国早期与清朝贸易的协助评价,是功过参半的,因为英国商人最初是通过澳门的关系,才可以进入广州去通商的,同时澳门也成了早期英国商人的暂时立脚点。但是,当林则徐雷厉风行执行他的禁烟法令时,澳门葡萄牙人却不敢庇护英国商人,甚至义律坦白地向葡人建议,万一林则徐迁怒澳门葡人,他可以用武力协助葡人防守澳门,也被澳门葡萄牙人婉辞谢绝了。

义律这才无可奈何地下令英国商人和妇孺全体自澳门撤退,乘船到香港海面来暂避。这是他对澳门难忘的怨恨,却不曾料到反而因此使他获得了香港岛。

本书对于香港早期历史舞台上的几个重要人物,如义律,渣甸的原始经营者渣甸和忽地臣,中国通老马礼逊,以及旅居澳门的英国画家秦纳利等等,都有一些个别有趣的叙述。这可说是本书的另一特色。

至于有关香港早期情形的三章,因为篇幅有限,所叙述的自然不很详尽。但是他对于义律向琦善取得香港岛之后,所遭受的种种困难,一面受英国商人的埋怨,一面又受首相帕玛斯敦谴责,不得不悄然卸任返国的吃力不讨好的苦况,却运用了当时的一些历史文献,写得很详尽。其实,义律本人当时不喜欢香港,他不过由于无法插手澳门,甚至想在澳门求葡萄牙人的庇护也不可得,而舟山和大屿山之类又大得难以咽下，这才勉强向琦善索取香港的。

《东印度公司对华贸易编年史》里的香港

摩斯的《东印度公司对华贸易编年史》(H. B. Morse, *The Chronicles of the East India Company Trading to China*)，英国牛津大学出版部出版，共五大卷。前四卷在一九二六年出版，后来在一九二九年又出版了第五卷补编。编年史所包括的年代，起自公元一六三五年，迄于一八三四年，即自我国明崇祯八年到清朝道光十四年。

英国驻华商务监督义律，根据他自己私下同清朝钦差大臣琦善两人擅自订立的《穿鼻草约》，派兵占领香港岛的年代，是一八四一年（即清道光二十一年）。摩斯的编年史结束年代是一八三四年，在时间上距离香港受殖民统治还有六七年，在常情上来讲，编年史里是不会涉及香港的。可是，在事实上，东印度公司的业务未结束以前，即公司的专利权未废除（一八三三年废除）以前，他们的商船曾经在香港岛水域内的汲水门、青山湾，以及香港与九龙之间的尖沙咀海面，经常停泊，早已同香港发生了关系。

摩斯根据东印度公司的旧档案，查出该公司最早的关于香港岛的记载，是一八一六年，即清嘉庆二十一年，当时英国派了大使阿美士德东来，想直接到北京去谒见清朝的大皇帝，建立正式邦交，打开直接贸易的门户。使节团里受委任的副使之一，就是当时东印度公司驻广州分公司的大班司当东。阿美士德在英国启程之前，就先期托人带信通知司当东等人，将来他们的大船队抵达广东海面之后，彼此将在什么停泊地点可以见面会合。当时阿美士德提出彼此可以会合的地点共有两个，其中一个便是香港岛西端（即今日的香港仔）与南丫岛之间的海面。摩斯在编年史的第七十三章里提到了这件事，这么记载道：

> "莱拉"号在七月八日见到了司当东等人，他们在七月十日就与使节团会合了。
>
> 我们在这里见到公司的档案里第一次正式提到了香港岛。正在启程回国的"汤麦斯·格里费尔"号，奉命在回航之前，先向东驶，向司当东爵士有所接洽。他是将在下列两个预定的会面地点之一可以见到的……
>
> 一：在香港与南丫岛北端的海峡内，香港大瀑布对面的瀑布湾内。
>
> 二：距离老万山群岛北面约二三英里之处。

这就是东印度公司档案里第一次提到了香港，时间是一八一六年。后来，"格里费尔"号果然在预定的第一个会合地点内找到了司当东等人当时所乘的"发现"号。

除了这一次之外,摩斯还在编年史的第一卷第七章里,引用了东印度公司在一六八九年派来广东的一艘商船的航程记录,认为其中有一句记载可能是指香港的。

载重七百三十一吨的商船"防卫"号,这是派到广州来装载砂糖及其他商品,转口到波斯去交易的。它在这年九月一日抵达广东海面。摩斯在编年史里说:

> 九月一日,它下锚在澳门东面十五海里之处。这地点可能使它已经进入香港岛的港内,或者在它的附近,也许是在汲水门。这些地点对于当时的季节风以及可能发生的飓风,都是很好的避风处……

一六八九年是清朝康熙二十八年。若是英国东印度公司的船只在这时就已经到过香港,当然是一个很重要的记录,可惜这只是摩斯个人的推测而已。

根据东印度公司所存档案的记载,比一六八九年更早,另有一艘公司船"加洛林拉"号,曾在一六八三年从澳门来到了烂头岛,在那里停泊了两个多月,直到这年的九月十七日,自群岛之间驶出,驶向浪白滘。

烂头岛即大屿山,"加洛林拉"号既然在大屿山停泊了两个多月,也可以说早已进到香港范围之内了。

但这些记载都不曾直接提到香港岛的名字。东印度公司的档案里直接提到他们的船只同香港岛发生了关系，是一八二九年的事。这时已是清道光九年了，摩斯在编年史的第八十七章里说，公司船只为了在西南季节风的时期内有较安全的停泊所，曾四处寻找，结果选中了香港岛附近一带的港湾。他说：

> 对汲水门内的青山湾停泊处曾给予特别注意。还有香港岛西北角的停泊处，从那里向东可以驶出鲤鱼门，这就是后来称为香港内港的地方。在这年的冬天，至少有三艘公司船只停泊在水域内的。这时忽然要在上述两个地点之外，另觅其他可以停泊的地点，不只是为了要避风，而是东印度公司驻广州分公司的负责人，认为这时广州的清朝官员对外商货船进口和抽税问题，有意留难，因此要找一个在他们权力之外的停泊地点，以便发生困难时可以暂时有一条退路。香港就这么被看上了。

东印度公司驻广州分公司的人员发现香港港湾的优良性以后，就决定大加利用。摩斯在编年史里的这一章里，继续这么说：

> 大部分的委员，在十二月初命令六艘商船去停泊在香港岛港内，并任命林德赛先生为船上的货物管理人，又命令两艘泊在汲水门，任命克拉卡先生为船上货物管理人。并命令他们有权可以购买船上所需各物，准备进口的货物也可以就地出售或是运送，如果有任何茶叶从上游运来也

可以收下。

从这一段记载上,就可以明白东印度公司的商船这时到香港来停泊,是有重大野心的。他们授权货船的负责人可以直接向陆上的村民采购日用必需品,又可以发售自己的货物,更可以收购所需要的中国货物。

这样的举动,在当时来说,不仅违反了清朝所规定的外商贸易规则,而且是分明逃税和走私的行为,结果自然难免发生更多的麻烦。东印度公司广州分公司的一部分人员,竭力反对此举,不主张将贸易范围扩张到黄埔和广州以外,可是不为其他当权者所接纳,因为这些人都主张要建立一个可供自己退步,甚或可以不受清朝官员管束的基地。后来香港开始受殖民统治,可说就是由这样的观念孕育而来。

这是一八二九年的事。到了次一年,由于清朝抽取夷商货物的税则又有了更改。东印度公司不同意,于是又采用同一战略。摩斯说:

> 在六月二十日,经过磋商之后,公司决定早来的船只在它们抵达之后,要暂时留在虎门外,停在香港的北面,即九龙方面,也就是停在香港的港内。未到九月尾之前,不许驶入黄埔。

从此以后,直到义律受到林则徐禁烟法令的压力,率领英国商民自广州和澳门撤退,他所选择的暂时避难地点也是香港岛。可知这座小岛的命运在东印度公司时代就已经被决定了。但这已是题外的话,这里不再多说了。

《"复仇神"号航程及作战史》

"复仇神"号,旧译作"纳米昔斯"号,是英国海军的一艘铁甲舰,在鸦片战争中曾参加对清朝作战,也在香港港内寄泊过,因此书中有不少关于当时英国军队未在香港岛登陆以前,以及占领香港初期的情况。本书的原名是 *Narrative of the Voyages and Services of the Nemesis*。编著者是贝拉德(W.D.Bernard),一八四四年伦敦出版,分上下两册。

有关香港的部分,是在本书的第二十四章至二十六章。这三章所记载的,全部都是关于香港的。

"复仇神"号是在印度建造的一艘铁甲轮船,排水量为六百三十吨。因为是一艘装铁甲的汽轮,吨数虽然不大,但当时海军战舰仍以多层的帆船为主,因此"复仇神"号被视作远端作战的利器,在鸦片战争中曾运载英国军队深入扬子江作战,一直抵达了南京。

本书编著者贝拉德曾随舰参战。本书的写成,系由"复仇神"

号舰长哈尔提供资料，将舰上的航程日志、公文档案，以及舰上的兵士的私人见闻记载供他采用。因此本书不仅包含了关于初期香港岛的一些难得的资料，同时也是研究鸦片战争的一份重要参考资料。

关于早期香港的叙述，作者在本书第二十四章里，引述了一八一六年英国所派的访问清朝的亲善大使阿美士德，乘船自英由海路赴天津，曾经过此地在香港海面停泊的记载。当时阿美士德所乘的战舰在老万山外洋洋面停泊，按照预定的计划，等候从澳门而来的司当东、老马礼逊等等一批中国通与他会合，作为使节团的随员和通译，以便同往天津。这记载里曾提起约定的双方会合地点，称为"香港水道"，并说附近有许多美丽而多山的小岛，其中主要的一座小岛称为"香港"云云。

这记载的年月是一八一六年七月十日。一八一六年是清朝嘉庆二十一年，距离鸦片战争发生还有二十多年，可是在英使航海的记录上已出现了香港之名，可知这时已经对香港岛加以注意了。

本书附有一幅一八四二年香港岛的全图，测绘者是英国海军测量官贝尔讫尔，他是最早占领香港岛的英国军官之一。这幅地图大约是他测量香港水道时所绘，因此成了英国人在占领香港岛以后所绘制的第一幅地图（在《南京条约》正式签订以前）。

据沙雅在他的《香港的诞生、童年和成年》一书里说，贝尔讫尔所测绘的这幅香港岛全图，是香港岛最早的一幅地图，图中已经有了维多利亚城，并且注出当时岛上若干重要建筑物的所在地点。岛上的几座山峰，也注出了它们的高度，不过这些数字在后来经过更准确的测量,证明并不完全正确。

这是一幅用影线绘成的单色地图,比例是一英寸一英里,有许多错误在今天看来特别令人感到兴趣。如黄泥涌的位置,在图上被放到今天扫秆埔附近,与黄泥涌的原有位置相差一英里之远。

又,今日的渣甸仓库一带,后来称为东角的,在这幅地图上则称为"忽地臣角"。香港仔还没有题上"鸭巴甸"这个英文名,因此在图上仍称为"石排湾",这是当地的一个古老名称。至于岛上大部分村庄和港湾名称的英文拼音,也与今日通用的拼法很有不同。

关于香港岛开辟初期的荒凉和气候不健康情形,本书编著者在有关香港的那三章之内,曾提供了一些少为人知的有趣资料。他说,当时大家认为这个小岛除了有深水的港湾可供船只停泊,以及港湾东西两端有便利出入的水道以外,其他便一无所长。因此当时有不少英国商人主张放弃香港岛而占用大屿山。可是又因了大屿山全岛的面积太大,万一有敌人来袭不易防守,而在气候、特产、淡水供应方面,它的缺点又与香港岛相似,但是香港岛却因了面积小而防守较易,这才决意继续将它占用下去。

关于岛上早年的自然状况,本书作者引用了比他更早(一八一六年)到过岛上游览的英国航海家的记载,说岛上缺少树木,山坡上的羊齿科植物却长得非常茂盛。又说黄泥涌一带有大量的水稻田。

"复仇神"号停泊在香港港内时,曾遭遇过一次飓风,舰长哈尔曾在航程日志和他私人日记里留下了很详细的记载,本书编著者贝拉德——加以引用了。

《复仇神号航程及作战史》,出版于一八四四年,距今已一百二十多年。不用说,现在要想一读这书,自然很不容易了。

《鸦片快船》

《鸦片快船》,著者是巴席尔·鲁布波克。著者和本书的原名是 Basil Lubbock 和 *The Opium Clippers*。一九三三年英国出版,书中附有地图、图解和插图共数十幅。

这本书是记载十九世纪初年,小汽船和大轮船未盛行以前,从欧洲和印度往来中国沿海从事贸易活动的商船历史的。这些商船都是以风帆行驶的大商船,运到中国来贩卖的货物又是以鸦片为主,因此称为"鸦片快船"。这种运载鸦片的快船,都是属于东印度公司旗下的,来到广东海面后,最初停泊在零丁老万山一带,后来就集中停泊在香港。因此本书虽然并非全部内容都与香港有关,但因了题材与香港有特殊关联,随处都可以发现所记叙的事都是直接或间接与香港有关的。其中的第五章叙述了鸦片战争期间这一带的鸦片走私情形。这时还未签订《南京条约》,香港岛还未正式割让给英国,但在事实上香港岛早已由英国驻华商务监督义律派兵占领,这里成了"鸦片快船"的停泊总站,沿海的鸦片走私贸易也以这里为中心。

著者鲁布波克除了本书外,还写有《中国海快船》《殖民地快船》等书,都是与《鸦片快船》相似的著作。对于本书,著者夸说曾花费了二十五年的时间去搜集资料,书中有些鸦片快船的图片,都是从私人的收藏品中征借来的,其中有几幅还可以使我们依稀见到初期香港海面的光景。

十九世纪《泰晤士报》的香港通信

一八五九年,英国伦敦《泰晤士报》出版了一部曾经发表在他们报纸上的中国通信集。执笔的记者是乔治·温果洛夫·科克(George Wingrove Cooke)。他是当时《泰晤士报》派到中国来的特派员。这部通信集就是将他所写的通信稿经过整理后印成的单行本,原名是《中国:〈泰晤士报〉在一八五七年至五八年间来自中国的特别通信》(*China: Being The Times Special Correspondence from China*)。共分三十三章,内容非常丰富,虽然并非全部都是同香港有关的,但所叙述的事情多数都牵涉到了香港。

一八五七年到一八五八年,清朝咸丰七年至八年,对当时清朝来说,正是多难的一年。英国商人为了广州入城问题,几次同广州的清朝官员发生争执和武装冲突。后来借口"亚罗"号事件,更正式向广东和沿海一带发动了战争,这就是所谓第二次鸦片战争。两广总督叶名琛就是在这次战争中被英国人掳去的。

这些事件,本书的作者科克都亲身参与了。当叶名琛被俘送往印度加尔各答囚禁时,科克是与他同船去的,后来亲自去采访,这些他都写成通信寄回《泰晤士报》发表。因此就材料方面来说,这本通信集的材料是非常丰富的,而且都是在中国自己方面所找不到的。

《泰晤士报》的这本中国通信集,第二章、第六章,以及第七章的一部分,都是报导当时香港情况和有关香港的描写。因为科克在第二次鸦片战争初期,除了随军到广州去采访外,其余的时间都留在香港。直到后来战争焦点北移,他才离开了香港。本书是附有索引的,要查阅其中所提及有关香港之处,只要翻阅一下卷末的索引"香港"项下就可以知道了。

科克这个新闻记者,在弥漫火药气氛中抵达了香港,他当然是拥护用炮舰来打开清朝门户这种武力殖民贸易政策的,因此他也同一般外国人一样,用一种成见和自以为是的心理来观察中国人的一切。但到底还是第一次到中国来,见到欧洲人在这里所做的一切,颇与他们在本国所做的不同,不仅感到诧异,而且感到一些不满。因此他到了香港后,对香港所得到的印象并不好。他在寄回去的通信上,对当时的香港依靠洋人吃饭的中国买办,以及对岸九龙过来谋生的"苦力",嘲弄了一番之后,对当时的外国商人也不放过,着实挖苦了几句,甚至对香港受殖民统治的建设管理情形,也表示了不满。

在本书第六章内，科克曾对当时香港一般生活和环境表示不满，他在通信上这么写道：

> 我对岛上的动物和植物无法作满意的报导。装饰树在人工种植和培养之下，倒长得很好。从一个辽远僻静的，邻近一座贫瘠的小村和污秽民居的叫作"快活谷"的地方，有一些花卉可以采集得到；可是野生的植物似乎仅是些粗糙的苔藓，连牲畜也不肯吃。
>
> 说到牲畜方面，我对耸立在我窗外的高山上，从不曾见过有一只牲畜在山上吃草。只有下雨的时候，我可以见到逐渐汇聚起来的山水。有时候，岛上可以见到一只水牛，可是它大都是在走向杀牛房的途中。但我从不曾见过一只母牛，然而这儿也有牛奶。不过这种牛奶，吃的人少，见了打寒颤的人多。牛奶从哪里来的，这是香港市场的最大秘密。唯一可能生产这"牛奶"的牲畜乃是母猪。因为岛上确是有不少的母猪。只是又有一种低声的叮嘱，斜了眼睛望着那牛奶罐说：中国管家婆她自己……好了，不必多说了。好在除了罐头牛奶以外，很少有人吃这种牛奶。
>
> 有翅的蟑螂繁殖和发展的情形，使得你整天可以见到它们，在最漂亮的客厅里，白昼在地板上和桌上乱跑，大得像小老鼠。夜晚则撞着灯罩，大得像一只雀子。蜘蛛大得那么可怕，使你要诧异它们既然养得那么肥大，但居然

还留剩着这么多的苍蝇。蚊虫攻袭你的纱帐堡垒的技巧,以及它们那么殷勤地吮吸你的血肉,使你用着一只阿比西尼亚老牛的心情欢迎着天明。

对于食物,科克曾对于中国菜恭维了几句,说中国菜虽然比不上法国菜,但比他们的英国菜要高明得多了。不过,当他提到岛上老鼠众多的情形,却说本地人喜欢吃老鼠。他说,监狱里一晚上可以捉到二百多只,中国犯人对之馋涎欲滴,甚至呈文给当局,要求赏给他们吃,以免暴殄天物云云。他不曾提到吃蛇和吃"三六"(狗),大约是时间不凑巧,未曾躬逢其盛。

科克笔下关于当时香港和中国人生活习惯的报导,我们现在读起来,自然不难辨别,哪些是真实,哪些是他笔下的夸张。但是作为在第二次鸦片战争中一个外国记者亲历其境的通信报导,尤其是关于广州、香港和叶名琛被俘后的生活情形,是值得一读的。

《在中国的欧洲》

这是英国人艾特尔所写的一部香港历史。他采用了这个古怪,可是很有用意的书名:《在中国的欧洲,香港自开始至一八八二年的历史》（E. J. Eitel, *Europe in China, the History of Hong Kong from the Beginning to the Year 1882*）。

本书出版于一八九五年，可以说是香港受殖民统治的第一部编年史，叙事至一八八二年止，用了五百多页篇幅叙述香港受英国殖民统治前后五十年间的发展经过和一切变迁，相当详细。作者当时是在香港任职的，关于香港早年行政设施，官官之间的人事纠纷，以及商场情况和街谈巷议的琐碎点滴，都是第一手的好资料。本书当时是由伦敦和香港同时分别出版的，香港的出版者是别发书店，可惜久未重印，现在已经绝版不易买到了。

作者艾特尔是当时英国所谓"中国通"之一，是伦敦传教会的人士，一八七九年奉派来港，担任教育视学官。虽是"中国通"，却不热心提倡中国文化，在视学官任期内竭力主张香港学校减少中文课程，增加英文课程钟点，同时又提倡采用津贴制度，鼓励教会开办学校，逐渐停办官立学校，减少教育经费开支。他自一八七九年开始任职教育视学官（当时视学官职权甚大，等于后来的教育司），至一八九七年才退休，先后任职达十八年之久。

艾特尔的著作，除了这部香港史以外，还有一部《香港教育史资料》（*Materials for a History of Education in Hong Kong*），一八九一年出版，此外他还编写了一部中国佛学辞典、一部广东话字典，以及一部研究中国"风水"问题的书。这些大约都是发挥他的"中国通"本色了。

要叙述香港受殖民统治的早期历史，自然无法不提到鸦片战争，更不能不谈到东印度公司为了独霸东方海上贸易权，同别的国家所引起的种种竞争和冲突,艾特尔的这部香港史《在中国的欧洲》,自然也无法例外,全书二十二章,前三章就是追叙这样的历史背景,可以说是导论性质。

《在中国的欧洲》第四章至第七章,叙述东印度公司贸易专利权废止后,英国对清朝贸易所产生的新形势,以及所引起的新冲突。英国适应两广总督卢坤的要求,派了律劳卑爵士(Lord Napier)来广州就任英国对华商务监督,接替东印度公司结束后,在广州留下的业务。由于"商务监督"是"官",东印度公司的"大班"虽然声势煊赫,身份到底仍是"商",这种区别,在当时清朝官吏的眼中是毫不考虑到的,因此律劳卑既从英国到了澳门,要定期到广州视事,他自以为自己是英国女王的钦命官员,投书两广总督要求约定会晤日期,不料两广总督认为不合体制,该信未采用"禀帖"形式,不经由"洋商买办"转呈。将原信掷回,使律劳卑碰了一个钉子,英国与清朝的贸易交涉从此枝节横生。于是使得英国商人渐渐形成了两个要求:一是为了要获得清朝的平等待遇和自由贸易权,最后不惜诉诸武力;另一是要像葡萄牙人在澳门一样,取得一个可以由自己统治的立脚点——这两项要求的意念蓄之既久,一场冲突和开启殖民统治之举,就势必无可避免了。这就是"鸦片战争"形成的远因,也就是当时大英帝国一是要在清帝国疆土范围内开启一地殖民统治的由来。

这样一来"香港受殖民统治",只是一个时间问题而已。

不过,在"香港"出现以前,还经过了一个选择阶段:舟山定海、大屿山、香港,这几个地方在当时是都有可能受到英国殖民统治的，但是后来熟悉香港和九龙形势的义律，终于决定选取香港，于是由非正式的"占有"进到正式获得"割让"，英国就正式开始对香港进行殖民统治了。本书从第四章到第九章，所叙述的就是这些微妙的经过。

本书的第十章，叙述了这座小岛和附近地方在未受英国殖民统治以前的历史，从第十一章以后，艾特尔就正式开始作为英国殖民地以后的香港史的叙述了。他的叙述开始于在义律治理之下的一八四一年。一直到一八八二年轩尼诗总督任内为止。从第一任总督砵甸乍算起，到轩尼诗到任，已经是第八任总督了。

香港这地方，本是由义律（他是当时英国驻广州的商务监督兼全权代表）一手包办，由清朝钦差大臣琦善手上取得的，因此香港的第一任最高行政长官是他。他本来应该被正式委任为这个新殖民地总督的，他自己大约也认为会如此，不料就由于他取得香港岛之际，事先未曾获得伦敦方面的授权，因此不仅未曾做得成香港第一任总督，反而受到申斥，连原有的商务监督官职也丢了。他在一八四一年八月十日奉命回国述职。就在这同一天，正式由伦敦委任的第一任香港总督砵甸乍爵士也抵达澳门，准备来港履新了。

艾特尔的这本《在中国的欧洲》，是用古老的写作历史方法来写的，叙事相当枯燥，但对于日期地点和人名力求详细，毫不含糊。因此要想知道香港受英国殖民统治后，最初几十年的大事沿革，这是一本很有用，看来也很可靠的参考书。当然，他的观点是纯粹以英国人的立场，从英国人的利益去看事物的，但他还算并不过于偏狭和武断。在叙述鸦片战争的酿成经过时,他虽然埋怨林则徐对英国商人操之过急,使得义律无法善后,不得不诉之武力,但他对于虎门水师提督关天培勇战殉职,也不能不予以赞扬。所以比起后来视整个中国都是欧洲人殖民地和推销市场的摩斯(H. B. Morse)等人,还算老实多了。

在香港开辟初期,英国海军陆军的感情不大好,民政官员又与军人的感情不大好,小官与大官之间又有派系的倾轧,大商人对于官员的政策自然有许多不满之处,甚至总督与大法官也有职权之争。艾特尔的这部香港史,在最初十年的历史内,就叙述了不少这类的磨擦和风波,直到香港第二任总督戴维斯运用他的特权,将伦敦直接派来的大法官晓吾停止职务,晓吾离港回国告御状,戴维斯被指责滥用职权,不得不引咎辞职,当时香港的这种官场人事职权纠纷可说已经达到了最高点。

此外还有风灾、火灾、热病、海盗以及盗贼横行,点缀在早期香港开辟建设的历史叙述中,颇不寂寞。

从第十三章起,艾特尔是以每一任总督的任期起讫时期为一章来叙述的,第八任总督轩尼诗的任满时间是一八八二年三月七日,《在中国的欧洲》最末一章叙到这里便告结束了。作者在序文上说,一八八二年以后,由于时间太近,许多事情尚不便纳入历史的范围内,只好留待异日了。

但是,作者在后来英文《中国评论》(*The China Review*)(双月刊,有一时期,艾特尔也是这刊物的编辑人)上又发表了一篇《香港历史的补充记载,自一八八二年至一八九〇年》,将他这部香港史的记载，伸延至德辅总督任期内，后面并附有统计表，记载香港的人口、税收、政费，船只出入吨数等等的历年数字，从一八四一年起，直到一八九五年为止。据这统计表的记载，一八四一年香港人口数字，包括驻军在内，是一万五千人（另据本书第十二章所记载，一八四一年五月香港举行第一次人口调查，当时岛上共有中国居民五千六百五十人，其中二千五百余人是村民和渔民，八百人是商人，二千人是艇家，另有三百人是来自九龙的劳工）。一八九五年的人口数字是二十五万三千五百一十四人。

前面已经说过，艾特尔的这部《在中国的欧洲》，是最早出版的一部香港史，所记载的虽然只到一八八二年为止，至今仍是叙述香港早年历史较详尽，也较可靠的一种。

《芬芳的港》

"芬芳的港"，是外国人对于"香港"两字的意译。有不少外国人，由于在十九世纪的三十年代，到广东来进行贸易的外国商船，习惯到香港岛西端近香港仔处的一条大瀑布入海处取淡水（至今这地方仍称为"瀑布湾"，瀑布却因上流水源被截断，已经枯竭了），遂误解了"香港"命名的来由，以为是由于水质甘美芬芳而起，遂译成"芬芳的港"。其实是误解了。香港的"香"，是由于当年东莞特产的"莞香"由石排湾出口而起，并非由于瀑布湾的水质芬芳。

安德科与兴顿两人合著的这本《芬芳的港》(G. B. Endacott and A. Hinton, *Fragrant Harbour*)是一部香港简史，本是准备作中学课本用的，篇幅并不多，可是由于编写的方法很别致，文字也简单明了，因此倒成了也适合一般人阅读的一本香港简史。

本书共分十二章，每章又分成若干小节，各有小题，每章并摘录有关文献一题，以见当时对于新涉及的这些事情的舆论和反应，更附以复习用的问题若干。这部香港简史初看起来好像近于零碎不连贯，其实它已经将香港受殖民统治的经过，香港的特征和发展情况，以及历年的一些重大事件，全都扼要地介绍给读者」。

本书附有若干插图，大都是采取新旧对照方式，表示了香港面貌的变化和发展。

卷末有附录三篇，一是澳门小史，一是香港的一些有趣味的地方，另一是历任总督的姓氏和任期。作者在本书卷末附了一篇澳门小史，这不仅因为港澳关系很密切，而是由于在鸦片战争的前夜，英国驻华商务监督义律，曾起意想占领澳门，取葡人的地位而代之，可是这意见不为伦敦所接受，这才退而求其次，向林则徐的继任者琦善索取香港，因此香港受殖民统治的形式，可说是由澳门促成的。

附录第二篇《香港的一些有趣味的地方》，可说是本书内容最有趣的一部分。作者以八十一个小题,叙述了香港、九龙、新界以及离岛上的一些古迹建筑和古老道路的遗迹等等,这些都是在其他外人所写的有关香港著作里很少读得到的资料。

作者在叙述香港一些街道命名掌故时,很替当时的英国商人为英国开启香港殖民统治的义律抱不平。因为许多早年次要的人物都在这里留下了他们的姓名作纪念,唯独取得香港岛的商务监督义律,却没有一座山、一条街道,或是一座建筑物是用他的名字来命名的。据说今日中环衔接云咸街,穿过坚道通往罗便臣道的"基利连拿"(俗称"铁岗"),本来命名为"义律谷",后来遭英国商人反对,遂改成了今名。其实,反对他的不仅有当时到中国来贸易的英商,就是维多利亚女王也对他擅自取得香港岛曾加以谴责,将他调遣回国,另派砵甸乍爵士来接替。义律可说吃力不讨好,难怪《芬芳的港》作者在百年之后要为他抱不平了。

《一个东方的转口港》

今日的香港虽然号称是"东方之珠",甚至自誉是"民主橱窗",但是自十九世纪以来,她的经济命脉都是依赖内地来维持的,因此她的地位始终是一个商业上的转口港。这正是本书命名的由来。

本书还有一个副题:"一辑说明香港历史的文献选集",编选人是安德科（G. B. Endacott, *An Eastern Entrepot, A Collection of Documents Illustrating the History of Hong Kong*）。他曾任香港大学讲师，写过好几本关于香港历史的书。本书是由英国伦敦皇家文书局出版的。

这本书的主要内容，全是有关香港的旧文献的辑录。起自一八一六年，讫于一八九八年，总共选录了文件五十一篇。最末一篇的年代，就是英国同清朝政府订立"拓展香港界址"条约，"租借新界"的那一年。至于第一篇文件的一八一六年，其时香港当然还不曾受到殖民统治，但是这时东印度公司已在广州设立分公司，英国已经派了阿美士德爵士为特使，东来试探向清朝打开贸易之门，对中国的市场已下了染指的决心，因此从这时起已属于香港受到殖民统治的胚胎时期了。

这五十一篇文件，不一定全是英国人自己的，也有清朝官厅给英国商行的公文的译文，以及英国商人所搜集的当时清朝官方关于管理"夷商"的条例的译文。这些文件的来源都是官方的档案库，那数量当然是非常庞大的，编选人的挑选目的，是选择与早年香港经济发展和英国贸易有关的一部分。由于材料太丰富了，编选人的这个目标虽然好像不能使一般人感到兴趣，其实内容仍非常充实而富于历史趣味，因为这些都是第一手的原始资料。有时当事人在当时偶然信手写下的一句话，使我们在百年后读来，往往能帮助解决了悬置许久的一个疑问。

所辑录的五十一篇文件，共分为八个部分。第一部分关于在广州所受的苦难以及香港的形成；第二部分关于香港和其他通商口岸;第三部分关于鸦片贸易;第四部分是对于香港贸易的早期失望;第五部分是关于转口贸易的发展;第六部分是货币和财政;第七部分是行政组织和商人的意见;第八部分是拓展界址。

编选人在卷首有一篇较长的序言,说明作为远东贸易转口港的香港,在自身商业发展失去前途后怎样成为一个远东重要商业转口港的经过历史。在每一部分之前,编选人另有一段简短的说明。

本书不是排印的,是用打字的原稿影印的。我不解为何要如此。有一些明显的错误都未能改正,如序文最末一面,文件第五十篇"割让九龙半岛"的条文签订年代该是一八六○年,但是书中两处地方都误成了"一九六○"年。

英格雷姆斯的《香港》

一九五二年,伦敦的皇家文书出版局,计划出版一套介绍各自治领和受殖民统治地的丛书,称为"花冠丛书"。第一本出版的就是《香港》,著者是哈罗德·英格雷姆斯(Harold Ingrams, *Hong Kong*)。他为了被派写这本《香港》,曾在一九五○年三月至五月间,到香港来视察了两个月。

这是一本介乎官方报告与游览志之间的书。立场是官方的,所叙述的则尽量从多方面，从细小处着手，以便吸引读者的兴趣。因此这不是一本香港史，也不是一本一般的游记，而是介乎两者之间的著作。

这本《香港》的内容是非常丰富的，共有三百页，分成四个部分，附有插图四十幅，其中近十幅是彩色的，此外还有一些插画和图表，并附有两幅单张地图，一幅是港九街道和人口密度分布图，另一幅是港九新界全图，都是彩色精印的。

如果当作香港史来读，这书会令人失望，可是如果当作一个英国官员所写的香港见闻来读，则到处会令人感到兴趣。因为正如所有到香港来视察的英国官员一样，他的口口声声都是说要亲自接近香港的一般中国居民，可是事实上无法不通过一些媒介，同时也无法摆脱自己的"优越感"。结果，英格雷姆斯的这本《香港》虽然并非为我们中国读者而写，却令我们读了，对于作者到处被人牵了走，听了一些不三不四的介绍，却还以为已经了解了香港中国居民生活和思想的真相，不禁要发出会心的微笑。

英格雷姆斯立意要将他的这本《香港》写得轻松一点，避免令人认为是官方宣传文字，尽量地叙述他个人与香港各阶层中国居民接触的情形。他的意念中的读者当然不是中国居民，可是我们读了却特别感到兴趣，因为借此可以领略到一个英国官员到了香港可以见到的是什么，以及中国居民，从爵绅、买办、英籍华人，以至中国渔民和街边的"苦力"，在他们的眼中和笔下是怎样。所以我说，若是从这个角度去读，英格雷姆斯的这本《香港》会使我们特别感到兴趣。

试举一个例为证：

英格雷姆斯抵达香港后，香港政府派了一位任职副华民政务司的钟某作为他的向导，以便他有机会可以观察香港各阶层中国居民的生活。这位副华民政务司当然懂得"洋大人"要看的是什么，于是首先带了他去逛摩罗街、荷李活道、大笪地，又介绍他与东华三院各当值总理会面，接受他们的欢宴，又领了他去玩西环的"私人俱乐部"，看盲妹和私娼侑酒，又到街边看"鸡"拉客。

在荷李活道，我们的这位副华民政务司介绍英格雷姆斯所参观的第一家中国商店，是任何人再也料不到的，用英格雷姆斯自己的话说：

> 他立即折入一家林立镶空树干的光线暗淡的商店。在店内的深处，有一盏红宝石似的小灯在神坛前闪耀。从这隐僻处，店主走出来用一种愁眉苦脸的态度来欢迎我们两人。（原书第二十九面）

原来这位副华民政务司引导"洋大人"参观的香港一家中国商店，乃是荷李活道的一家棺材店！

看了棺材店，接着又看出售"阴司纸"的纸扎店，然后再带了"洋大人"到大笪地算命看手相……用英格雷姆斯自己的话说，这位钟先生可谓眼光独到，他先介绍了中国人对于死后和未来世界的观念，然后再介绍他们的现世生活。

至于受殖民统治的香港在一般英国人自己的眼中又怎样

呢？英格雷姆斯也用了一个有趣的小故事来作说明（见原书第四十二面）：

一个香港大班不久以前回到英国，在伦敦邮局要寄一封信回香港，伦敦邮局的女职员竟不知道香港受英国殖民统治，要他按照外国邮资付钱，经他再三辩解，拿出确实证据后，她才相信，但是还有点不服气地说：

"也罢，原来如此，但是我相信这一定是新近的事情。"

香港受殖民统治的百年纪念邮票早已发行了，在伦敦的邮局内还有这样的女职员，难怪英国要计划出版这部《香港》了。

安德科的《香港史》

艾特尔的那部《在中国的欧洲》，出版于一八五九年。这是一部以受殖民统治时期的香港本身为叙述中心的香港史，包括的年代约自一八四一年至一八八二年止，叙事的经纬是以每一个总督的任期为起讫的。因此以商务监督的义律时代为起点，写到一八八二年五月，轩尼诗总督任满为止。

艾特尔的这部香港史的出版，已是一个世纪的四分之三以前的事了。他后来虽然也曾略作补充，但是在他以后，尽管有关香港的书籍出了不少，可是以受殖民统治的香港本身一切发展为叙述中心的香港史,却一直不曾有过,直到一九五八年安德科出版了他的这本《香港史》,这个空白才算填补了(G. B. Endacott, *A History of Hong Kong*)。

安德科曾任香港大学讲师,编著过好几本关于香港的著作。这部《香港史》的性质,颇有一点与艾特尔的相似,因为他叙事的经纬,也是以若干香港总督的任期为起讫的。但他所叙的年代则更长,从义律根据了与清朝钦差大臣琦善两人擅自订立的《穿鼻草约》(一八四一年一月)派兵占领了香港岛开始,一直叙述到香港沦陷在日本人手中三年零八个月,经过光复,曾向日本人投降的杨慕琦总督复任,再由葛量洪总督(任期为一九四七年到一九五七年)继任为止,都包括在他这部篇幅三百多页的香港史内。

安德科在序言里说明本书取材的来源,主要的全是伦敦所存的历年有关香港的档案文献,这包括香港历任总督寄回去的报告,以及给香港的公文指示,还有英国外交、海军、陆军各有关部门所贮存的有关香港的档案。安德科承认他这本香港史的取材以官方文献为主,观点则是综合英国官方和历任总督的。因此我们如果要研究一下,百多年以来,英国官方对香港的重要决策和统治措施是怎样,这本香港史是值得一读的。

安德科这本香港史的内容,还有两个特点,一是他指出香港自受殖民统治开始以来,它的命脉就建立在商业和经济上,二是它同中国内地关系的密切,因此一直有许多年,只是将这地方看作一个商业的据点,并不曾当作一个正式接受殖民统治的地方。

本书共分二十四章,最末一章叙述了第二次世界大战末期,日本投降之后,英国为了雅尔达会议[1],担心美、苏有谅解要将香港交回中国的事,因此当时对于光复初期的香港行政制度,陷于举棋不定的苦闷情形,这是在别的有关香港的著述中,很少写得这么详尽的。

《香港历史教材》

《香港历史教材》,史托克斯著(Gwenneth Stokes, *Hong Kong in History*)。这是作者在香港电台所作的叙述香港历史的广播稿,对象是香港的一般学童,共分二十四课。一九六五年出版,由香港政府印刷署印行。我不曾听过作者的广播,只见到作者为了方便他的听众所编的这本小册子。作者自己在序言上说,这本小册子的内容很简略,他的广播比这文字稿详细多了。

这二十四课香港历史教材,每一课以四页篇幅构成,第一页是内容大纲,第二页是年表或地图,第三页是图片,第四页是复习本课的课题。诚如自己所说,文字的叙述实在太简单,但是那些图片有时倒可以使读者感到兴趣。

---

[1] Yalta Conference,现译为雅尔塔会议。——编注

这二十四课的内容是：一、石器时代居民，约二千五百年以前的情形。二、汉朝时代。三、唐朝时代。四、大约一千年以前。五、宋朝时代。六、宋朝的末日。七、明朝初年。八、十六世纪。九、早年的澳门。十、明朝的末日。十一、清朝初年。十二、十八世纪的广州贸易。十三、一百五十年前后。十四、一八一六年。十五、一八四一年一月二十六日。十六、一八四一年至一八四三年六月二十六日。十七、一八七〇年前后。十八、华侨。十九、孙逸仙。二十、一九〇六年前后。二十一、第一次大战期间。二十二、一九三一年。二十三、一九三七年至一九四一年十二月。二十四、一九四一年十二月至一九四五年八月。

图片构成了本书主要的内容。这些图片，除了图表之外，大部分都是照片，有新有旧。另一部分是手绘的插图，这一部分的质量很差。画的固然不很高明，所表现的又不正确，倒是有几幅从旧出版物上复制出来的，反而比较可观。那些特地托人绘制的，实在太幼稚了。

第十五课《一八四一年一月二十六日》，所讲的是英军最初登陆香港岛的"历史"。作者在这一课中不曾提到那有名的《穿鼻草约》，只是简略地说在一八四一年一月间，英军占领了虎门的几座炮台之后，广州的清朝高级官员便通知义律，说英商人可以用香港岛去居住和做生意了。

事实上，凡是留意过鸦片战争初期历史的人，都知道当时的情形并不这么简单，作者未免说得太轻松了。义律为了要攫取香港岛，向清朝钦差大臣琦善软硬兼施，威迫利诱，两人终于私下订立了那一份极不名誉的《穿鼻草约》,这才有借口占领香港岛的。

也正因为如此,作者在下一课——第十六课上,就无法再抹煞历史的事实,只好承认地说:清朝皇帝对于将香港岛给予英国人之事,大为生气。同时,维多利亚女王也说:"香港岛是个无用的地方。"将经手这事的义律撤职,派了砵甸乍来替代他。香港受殖民统治是在这么双方都不讨好的情况下开始的,这才是当时的历史。

《香港历史与统计摘要》

《香港历史与统计摘要》是香港政府编印的。一九一一年初版,一九二二年第二版,一九三二年第三版。我所见到的是第三版,大事记和统计数字都到一九三〇年截止。以前的两版未曾见过。

这是一本查阅香港自开埠以来(到一九三〇年止)各项大事和行政、立法、建设概要以及人口、船只、税收等等数字的重要参考书。过去有一些《香港年鉴》一类的书,所附载的大事记和统计表,都是从本书翻译而来。

本书的历史纪事,是按年记载的,每年的项目分为重要事项、工商业、公共建设以及立法等四五类。早年的较简略,因为材料收集不易。自一九一〇年以后,逐年所记载的就愈来愈详尽。每一项记载都附有事件发生的日期，因此查阅起来非常方便。举例说，如有名的跑马场大火灾，是发生在一九一八年的，在这年的重要事项记载内一查，就知道这场灾祸发生在二月二十六日这一天。

本书所记载的几项早年重要事项特别值得一提的是：据一八四一年项下的记载，英国宣布占领香港岛的日期是这年的一月二十六日，义律在岛上张贴"安民布告"的日期是一月二十九日，而英国根据《南京条约》正式取得香港岛则是一八四二年八月二十九日。至于第一任香港总督砵甸乍正式接受委任，则是一八四三年六月二十六日的事了。

这以上的几项数字，都刊在本书第一页和第二页内，一查即得，若是要从别的历史叙述中去搜寻这类资料，就要大费气力了。

本书卷末所附的自一八四一年到一九三〇年各项统计数字的表格，有时可说比上述的文字记载更为有用。这些统计数字分为贸易、财政、人口、卫生、公教、公安等项。船只出入的吨数包括在"贸易"项下，税收、军费、建设费用等等都包括在"财政"项下，警察和犯人的数字则包括在"公安"项下。

最值得注意的是自一八四一年以来的人口统计数字。中国人和非中国人是分别计算的。英国人占领香港岛的第一年（一八四一年），岛上中国居民数字是五千六百五十人，非中国人没有统计。到了本书所记载的最末一年，即一九三〇年，中国居民的数字已经是八十一万九千四百人，非中国人是一万九千四百人，合共八十三万八千八百人。

读书随笔 2

《香港之初期发展》

《香港之初期发展》(从一八四二年到一九一二年),这是一本彩色画册,是香港亚细亚火油公司为了纪念他们经营五十周年(一九一三年)所编绘的一部香港历史画册,共有彩色印的图画十二幅,起于一八四二年,讫于一九一二年,即该公司在香港成立的前一年,共计七十年。

图画的绘制是采用综合构成方式的,即将时间相近的本港重要人物和重要建设,分成几个独立小部分绘在同一画面上,这样合成一幅图,这是用彩色印的,另外再加上一页附有中英文的简单说明。

这十二幅图概述了香港初期七十年发展的面貌,年代的划分是以总督任期为标准的,如第一任总督砵甸乍的任期是一八四三年到一八四四年,第一幅图所画就是香港这三年的建设发展情形。第二任总督爹核士的任期是一八四四年至一八四八年,所画的也就是这五年间的情形。最末一幅所画的是一九〇七年至一九一二年,这是总督卢押的任期。这时正是第一次世界大战前夜,香港的商业经济十分繁华,汽车已经从欧洲输入。这一幅画上画了香港大学的新校舍,以及毕打街口的邮政总局,这都是在这一年兴建的本港重要建筑物。

十二幅图都画得不算坏,虽然有不少美化夸张之处,但是多少可以使一般读者对初期的香港面貌获得一点印象。只是文字太简略，而且中英文对照起来细看一下，就可以发现有好几处地方互相矛盾，显然是编印方面的疏忽。

《早年香港人物略传》

《早年香港人物略传》，安德科著（G. B. Endacott, *A Biographical Sketch-Book of Early Hong Kong*）。

安德科曾在香港大学任教，编著过几部香港历来和早年史料，由香港大学和牛津大学出版部出版。但是本书的出版者，却是新加坡的东方大学出版部有限公司，一九六二年出版，在日本排印。

对于留意香港受殖民统治初期历史的人，本书是一本很可供参考的小书。书中所叙述的那些人物，他们的传记资料都散在各种记载内，只有少数人有个别的传记，现在经作者将他们的传记资料，尤其是有关香港部分的，集中在一处，为他们每人编写了一篇略传，在参考上很有用处。

所谓"早年香港"，作者在序言上说明他所限的年代，是英国占领香港岛以来最初二十五年，即从一八四一年到一八六五年。这二十五年间，香港岛由军事占领经过鸦片战争的《南京条约》，正式受英国殖民统治，从最初的统治者义律手上，经过第一任总督砵甸乍，以及继任的戴维斯、般含、宝灵，直到罗便臣。后者的去任年代是一八六五年,也就是作者在本书中所划定的年代的最末一年。

这本书所包含的人物略传,分成三个部分。第一部分是这时期的几个总督,包括义律在内,到罗便臣为止,一共六人。第二部分是早年的香港政府官员,包括了十个官员的单独略传,以及一篇,《其他的官员们》。

这一部分早年的香港政府官员之中,包括了庄士顿,他本是有资格做一任总督的,可是始终未能如愿。还有威廉·坚,更是早年香港的风云人物之一。此外还有因了贪污和勾结海盗,闹得当时满城风雨的高德威,以及被清朝官厅所痛恨的吉士笠。

第三部分的略传,是"几个香港人物"。这些人都不是政府官员,所以不列入第二部分。这部分所包括的人物,有状师必列啫士、新闻记者吐伦、翻译中国"四书"的莱基、画家秦纳利等人。

这一部分又包括了早年在香港活动的几个英国以外的外国人,以及几个大商行老板的事迹。此外还有两篇附录和几幅插图。插图都是早年几个重要人物的肖像。

安德科的这部《早年香港人物略传》,其中没有一个中国人。作者在序言里曾对这个问题有所解释,说在本港最早的那二十五年之内,中国人没有什么重要的贡献,又因搜集材料不易,所以叙述的范围以欧洲人为限。承他不弃,说在香港受殖民统治较后期的历史里,中国居民的地位和贡献开始逐渐重要了。其实,这解释是多余的。在以炮舰政策和鸦片贸易为重点的对香港殖民统治的早年活动之中,若是有一个中国人会特别被英国人瞧得起,这个中国人又将是一个怎样的人物呢?

"洋大人"的回忆录

本书是曾任香港新界裁判司法庭一位英国特别法官所写的回忆录,虽是用英文写的,却附有一个中文书名《洋大人》,并且作者自己也有一个中国化的姓名:"高志"。作者在本书的末尾说:在新界某处一座建桥纪念碑上,就留下了他的这个中国化的姓名。这座桥梁是他任内的功绩之一,因此任满离港回国之际,他在飞机上下瞰,使他感到满意的就是下面某处有这么一座桥梁和纪念碑上所留下的自己的名字。不过令他更有感慨的是,不认识不知道他的人,仅见了碑上"高志"二字,也许误会他是中国人。他觉得这是可以发人深省的,许多外国人到中国来的工作结果都是如此:他们本来要想将中国西方化,结果往往是自己被中国化了。

本书的英文书名是 *Myself a Mandarin*,译起中文来说该是《我自己也是老爷》。作者的原来姓名是:Austin Coates。

本书的篇幅并不多,是作者自述他在香港做官的经过。由于他是英国人,又是政府官员,职务是特别法官,管辖的地点又是新界,在他的日常公私生活上,自然有许多值得回忆的事情,因此本书的主要内容，全是以一些小故事连缀而成的。

不用说，我们只要看看作者自己所取的这个中文书名《洋大人》，就不难知道本书内容的一个特色："洋大人"总是公正和聪明的，"皇家法例"更是尊严不可侵犯的，而新界乡民照例是"头脑简单"，时常无事也要惹麻烦的。但是无论什么困难，只要经过"洋大人"的处理，不要说是人的麻烦，就是"牛"的麻烦，田地的麻烦，经过处理总是能够既合乎"洋大人"的法例，又合乎乡民的风俗习惯，结果彼此都"满意"，官民都"一团和气"。

本书就是充满了这极富于喜剧趣味的小故事，但有时也会有点意外的紧张，第九章所述的一宗官司：这是新界的佃户与地主之间的一项纷争。法庭应了原告地主所聘用的外国律师的要求，出动执达吏去铲除佃户的菜地，拆毁所建的猪栏。但是知道佃户态度很强硬，怕临时遭遇有力的抗拒，"洋大人"就定下妙计，调集四百名警察，埋伏在一座小山背后，派一个人站在山头上观察形势，手执雪茄烟，若是需要警察出来协助，就擦火柴燃吸雪茄为号。不料原告佃户的手段更强硬，他邀集了"九百"名乡民将田地团团围住，声言要与地主拼命。地主怕吃眼前亏，请法庭执达吏缓期执行，那四百名警察只好悄悄地撤退。这也许是一册能使外国读者读了比中国读者更感到兴趣的小书。

《香港沦陷记》

《香港沦陷记》的原名是 *The Fall of Hong Kong*,这个中文书名也是原有的。本书的作者是谛姆·加鲁(Tim Carew)。初版出版于一九六〇年,后来更出版了纸面的廉价版。

本书是关于一九四一年十二月八日起,日本军队进攻香港这一场战争的记载。这不是小说,但也不是战史,而是一种回忆和综合报导的叙述。

作者对当时的英国保卫香港力量的单薄,表示了很大的不满。可是对于自十二月八日以来直到圣诞节那天,港督杨慕琦亲到九龙半岛酒店日军司令部签署投降文书为止,在这十八天内与日军作战的香港防军,却给以大大的赞扬。尤其是对于英军杜米息联队的若干个人,简直称赞得近于过分了。

对于在这一场战争中的中国人,无论是居民或是参加义勇军的,作者几乎完全不曾提到。因此读了本书,使人觉得当年的这一场战争,好像只是英国兵与日本兵的战争。光荣全是属于英国兵的。结果,战胜的是日本兵,战败的是英国兵,总督只好投降了,香港就在一九四一年的圣诞节这天沦陷到日本人手上。这就是《香港沦陷记》的内容。

关于当年香港这一场绝望的保卫战的出版物很多,本书的唯一长处是对于当时英国自顾不暇,在香港的安全布置上,只好听天由命的那种薄情态度,给予了很大的嘲讽。

《勇敢的白旗》

《勇敢的白旗》(*The Brave White Flag*),是一部关于一九四一年香港沦陷到日军手中的战争小说,著者是詹姆斯·艾郎·福特。他自己是苏格兰联队的士兵,当时曾参加作战,香港投降后成为战俘。本书出版于一九六一年。出版后很获好评,第二个月就再版了。

以一九四一年冬天香港遭受日军进攻那一场绝望的防御战为题材的书,除了一般的回忆录和战史以外,写成小说的也不少,情节大同小异,不外描摹在大势绝望之中的个人英勇牺牲的故事。本书也不能例外。但它令人另眼相看的原因,是作者自己曾参加作战,有他自己的亲身经历作背景,其次是作者还有一个哥哥,也是属于苏格兰联队的,与他一同作战,也一同被俘,他名叫道格拉斯·福特。后来在九龙深水埗的战俘集中营内,道格拉斯因为与当时驻中国境内的英军情报人员秘密通信,计划集体越狱逃亡,被日本查悉,道格拉斯与其他两个同伴被捕,遭日军种种酷刑迫供,终不肯招出其他同志姓名,后来在大浪湾被杀。本书作者则被转押到日本横滨。日本投降后获释。

就因为这样,这本小说就获得许多人的好感,全书共分四卷,以河、风、山、鸟为题,每一卷又分若干章。两个主要人物都是军人,一个名叫摩理斯,另一个名叫克雷。

英国殖民统治时期的香港的标志

哈弥尔登的《香港的旗帜、徽章、印章和纹章》(G. C. Hamilton, *Flag, Badges, Seals, and Arms of Hong Kong*),一九六三年香港政府印刷署出版。虽是一册薄薄几十页的小书,却有关于香港官方的典制,而且富于历史趣味。

香港自开埠以来所用的官印,以及代表殖民统治香港的标志,其上除了文字以外,所采用的主要图像构成部分,就是一幅所谓"阿群带路图"。这幅图像,在香港政府的一切公用信封信笺,文告,以及旗帜、帽徽、臂章等等上面,自开埠以来,就一直使用,直到一九五九年。

从一九五九年起,作为代表殖民统治香港官方标志的,乃是新设计的一个纹章,其上绘着一狮一龙相对而立,捧着一面盾牌,牌上绘有两艘中国式的帆船。盾牌顶上立着戴了皇冠的"不列颠狮"。狮龙对立的地点是一座小山,下面有水纹,想是象征香港岛。这幅新的纹章,据说是一个香港政府官员在香港沦陷期间,在日本人的集中营里设计的。一九五九年伦敦宣布正式采用这幅新的图案为香港的官方标志,过去所用的那幅"阿群带路图"作废。当时王夫爱丁堡公爵来港,就带来了这幅新的设计图,官式交给总督启用。现在香港官方文件上的徽号和标志,早已普遍改用这幅新的设计了。

香港受殖民统治期间历年所使用的这些官印和标志,在哈弥尔登的这部《香港的旗帜、徽章、印章和纹章》里,都附有彩色图版。在香港岛还不曾正式被宣布受英国殖民统治之际,这就是说,在第一任总督砵甸乍还不曾莅任之际,义律是以"英国驻华商务监督"的身份统治香港的。据哈弥尔登这部小书的第一幅图版所载,当时所用的官印是椭圆形的,正中是狮与独角兽捧着皇冠盾牌的图像,上面有中文字,作"驻香港英国通商总领"九个楷书字,下面是英文。

据哈弥尔登说明,这颗官印从一八四一年一月二十六日开始使用,到一八四三年六月二十六日废止。盖有这颗官印的文件在香港已经绝迹,哈弥尔登书中那幅图版的来源,据他自己说是从伦敦官方的档案中找到的,这还是当年砵甸乍爵士用公文盖了这颗官印送交存案的,时间是一八四三年十二月二十二日。

这颗香港最早的官印,曾在一八四三年五月十九日失窃,被贼偷去。据艾特尔在他的那部香港史里说,砵甸乍爵士想尽方法,终于在这年的十一月间寻回来了。

正式的有维多利亚女王徽号的香港受殖民统治时的官印,是在一八四二年颁布的。这是香港第一颗正式官印,其上所采用的图像就是那幅所谓阿群带路图。其后历经乔治五世和乔治六世,虽然循例另颁新王徽号的官印,但是那幅阿群带路图都继续采用,一九五六年,伊利沙白女王二世颁给香港的官印,主要的图像也仍是如此。直到一九五九年,伦敦正式宣布废除作为香港受殖民统治时期标志的阿群带路图,另行颁布了新设计的那幅狮与龙捧着盾牌的图像作标志,因此伊利沙白女王二世在一九五六年颁给香港的那颗官印只好作废,在一九六二年另行颁发了一颗新的,其上改用了新的狮龙捧盾牌的纹章,替代了旧有的阿群带路图。

阿群带路图采用了一百多年,忽然被废除的原因,是因为最初的设计人,由于不明白香港的地理环境,图中以香港扯旗山为背景,近景岸边绘有作握手状的中国商民和英国商民,中间隔着大海。这样一来,通商的地点竟是九龙而不是香港岛。这与当时实际情形是完全不合的,因为那时的九龙仍是清朝帝国的领土。这个错误早已有人指出过,可是伦敦和香港双方都不想更改,就这么一直沿用了一百多年。

《香港的三合会》

《香港的三合会》,摩根著(W. P. Morgan, *Triad Societies in Hong Kong*)。一九六〇年香港政府出版署出版,著者摩根是香港警方负责调查黑社会组织的警官,在搜集材料和披露黑社会内幕组织方面,具有一般人所没有的方便,因此这虽是官方的出版物,却是一本资料性很强的书。尤其在图版方面,包括警方平时搜获的三合会各种文件器具,以及特别摄制的这类黑社会会员入会仪式,都是平时不容易有机会见到的。对于这个课题有兴趣的读者,在这里可以大开眼界。

本来，对于我国的秘密结社，我们自己在过去也早已有过几种较简单的著作出版。在英文方面，最有名的是华德与史特林两人合著的那部《洪门》(J. S. M. Ward and W. G. Stirling, *The Hung Society or the Society of Hearen and Earth*)，一共三大册，图版也极丰富。可惜这书绝版多年，现在已经不容易得到了。

对于三合会、天地会一类的秘密结社，在过去凡是有中国侨民居住的受殖民统治的地区，统治当局无不谈虎色变，认为在处理上是一个最棘手的问题。香港当然也不会例外。《香港的三合会》著者在警方所任的职务，就是专门调查香港三合会组织的。这本书的编著，是对外，同时也是对内供给一般研究资料的。材料的来源除了警方自己所掌握的以外，还获得了华民政务司署的协助。

关心香港社会组织的读者，对于本书的第四章：《三合会在香港一百年来的历史》，应该特别感到兴趣。在这一章内，叙述了香港自受英国殖民统治以来，三合会等等秘密结社在这里滋长、活动和衍变的过程。早在一八四五年，香港就已经颁布取缔三合会及其他秘密结社的法例了，可见香港当局对这个问题注意之早。

本书共分两部，第一部是历史部分。第二部是关于三合会的组织和繁复的入会仪式叙述，这一部分还附了许多特摄的彩色图片，好奇的读者可以大感满足。

卷末有两篇附录，一是中英文对照的有关三合会的种种名称和术语，另一是自一九四六年到一九五八年间的香港各种主要三合会名称和活动状况。其中有不少都是利用其他社团名义作掩护的。这两个附录都编得很有用处。

《香港植物志》

乔治·班逊姆的这部《香港植物志》(George Bentham, *Flora Hongkongensis*)。一八六一年伦敦出版,当时售价不详。本文四八二页,外加序文目录五十二页,穆伦都尔夫的《中国书目提要》著录,编号一七七一号。这部一百多年前出版的《香港植物志》,至今不仅是出版最早,同时仍是最详尽的一部。可惜绝版已久,就是一般的图书馆架上,也找不到这本书了。

本书共收香港所生长的花木名目一千零五十六种。按照种类分别编目,并且一一注明发现标本的处所,采集者的姓氏,以及本品与其他地区所发现的同类品目的比较。本书的编著目的似不是供一般人阅览的,所采用的全是拉丁学名,又没有插图,因此除了专门研究植物学的以外,一般人对于这本植物志是会感到非常枯燥的。

班逊姆在卷首有一篇长近二十页的序言,说明他这本植物志所根据的材料的来源,以及在他从事这本书编著以前,其他人对于中国各地和香港一带在植物学方面所作的贡献。他说,在香港岛未受英国殖民统治以前,欧洲来的航海家和旅行家在这一带所采集的植物标本,大都经由广州和澳门从海路带回本国。当时采集的范围,大约在大屿山和汲水门附近的岛屿,因为当时从欧洲来的船只,若不驶进黄埔,就寄泊在老万山群岛这一带,因此他们采集植物标本的范围,可能已经包括香港岛在内。

当然，这是一八四一年以前的情形。到了一八四一年年初，英国派遣到华南来保护贸易的海陆军，在驻华商务监督义律命令之下，正式占领了香港岛。在植物学方面来说，正式采集香港植物标本的工作，从这时也就开始了。当时派来运兵在香港岛登陆的英国海军测量船，船上有一名海军军医，名叫理查·兴斯，是一个业余的植物学家。他随同英国海陆军第一批人员在香港岛登陆，立即着手岛上植物标本的采集工作。因此他成了正式在岛上采集植物标本的第一个欧洲人。他在这年冬季在香港住了几星期，将已经采集到的香港植物标本付船带回去，共计一百四十种。

除了理查·兴斯以外，班逊姆说，早年以研究香港植物著名的欧洲人还有两个人，一个是张比安，另一个是汉斯。张比安是军人，他在一八四七年奉派到香港，驻扎了三年，利用余暇在岛上各处采集植物标本。到了一八五〇年被调回国时，他的行囊中所携带的香港植物标本，已有近六百种之多了。

亨利·汉斯是英国人，一八二七年出世，他在一八四四年就到香港来任职，当时年仅十七岁，是香港政府的一名文员，后来逐渐升任至英国驻华商务监督，在英国外交部指挥下工作，从一八六一年起改任驻黄埔港的英国副领事，担任这个职务达二十五年之久，其间曾屡次代理驻广州的英国领事职务。一八八六年被正式任命为驻厦门英领事，可是到任一个月就去世了。

汉斯的一生，可说都消磨在我国华南各地。他在香港和广州都住过，在黄埔住的时间更久，又曾往海南岛及广东境内各地旅行。他是业余的植物学家,有空就出外采集植物标本。他在黄埔任职期间,除了研究当地植物以外,还有在我国其他通商口岸的英国商民和教士等人,将自己采集到的植物标本寄给他,供他研究和鉴定。因此当他去世后,留下的那一份植物标本数量非常可观,共达两万两千四百三十七种之多。这些都捐给了伦敦的大英博物馆。有许多种第一次由汉斯在中国境内发现的植物标本,都用他的名字来命名。

汉斯所发表的植物学论文和报告很多。据布利希奈特的《欧洲人在中国所发现的植物小史》一书的统计,汉斯所写的论文报告共有二百二十二篇。在班逊姆的《香港植物志》未出版之前,他已经写过有关香港植物研究的论文。班逊姆在《香港植物志》的序文里说,他自己的这部植物志,就是根据汉斯和其他人所搜集的资料编著而成。

后来,在一八七一年,汉斯曾根据自己继续获得的资料,为班逊姆的《香港植物志》写了一篇补充,见穆伦都尔夫的《中国书目提要》,编号为一七九五号。

班逊姆在他的书中,曾将香港所产的植物与附近其他各区域所产者,一一作比较研究,并按照地域分布情况归纳为七大类。他说,香港岛的位置,从植物分类的分布线来说,一方面是中国大陆北方的终点,一方面又是南方热带的起点,因此可以搜集到植物种类范围很广。从北方西伯利亚南部,以至南方非洲、南美洲所生长的一些植物,都可以在香港找到它们的同类。至于较临近的印度、南洋各地和日本,这些地方在植物分布上同香港岛关系的密切,那更不用说了。

班逊姆这本《香港植物志》,已经是一百多年前出版的旧作了,但它不仅是第一本香港植物志,而且至今还不曾有别人写过规模相当的同类的著作。至于香港的植物标本采集工作,却一直有人在不断地进行。据一九六七年香港政府年报的一篇有关文章所载,香港园林署历年所汇存的植物标本,现在已有三万种之多了。

《香港的树》

《香港的树》,是香港市政事务署最近(一九六九年)编印的出版刊物之一,介绍了香港的花卉和果树一百二十种,每一种树附有一幅彩色照片,外加简单的英文介绍。印得很漂亮,定价也不贵,每册港币十元。按序文上说,他们还准备编印第二集。这倒是很有意义的一项出版计划。

彩色照片拍得出常漂亮,有些简直令人要说照得太漂亮了。作为花卉照片来欣赏,当然很可以令人满足,但是作为植物图志的插图来看,就不免觉得有点美中不足了。因为这些照片都是特写镜头,只能见到这一种植物的果实或是花与叶的一部分。不能见到它的全貌。除了常见的几种以外,若是较少见的树木,仅是凭花朵或果实的图片去辨认是很难认得出的,因此我以为除了这些特写的图片以外,每一种树木应该再附以一幅这种树木的全貌照片,那就可以满足较认真的读者的需要了。

事实上,本书对于有几种花树所附的图片,如凤凰木、细叶榕树、酸枣树、银合欢等等,可说已经做到这一点了。但是像洋紫荆、羊蹄甲之类,都是本港最美丽的花树,仅是用一幅花朵的特写照片来介绍,实在不易使人认识它们的真面目。尤其是洋紫荆,市政事务署在前几年已经选定它为香港的"市花",更应该特别介绍给市民认识。

本书的编著有一项值得称赞的特点,那就是每一种花树除了拉丁学名之外,还附有英文的普通名称,以及中文名称。这一项工作当然较为吃力,但是对于一本以一般读者为对象的植物图志,是应该如此的。

本书后面还附有英文俗名和中文俗名的索引,更方便了查阅。说明文字简单扼要。只是,我想再说一遍,仅凭了一幅特写的照片,如六十八面的那一幅杧果,摄影艺术是成功的,但是叫一个从未见过杧果树的读者,拿了这本书去"按图索骥",恐怕踏遍港九新界,也认不出一棵杧果树的。每一种树木实在应该有一幅全貌的图片,这是不能省略的。

关于本港植物最详尽的专著,自然仍要推一百多年前出版的那部班逊姆的《香港植物志》。当时他共著录了在香港生长的花木一千零五十六种。不过书中连一幅插图也没有,只是一些用专门术语的记载,对于一般读者实在太枯燥了。市政事务署的这本《香港的树》的出版,是适合一般人的需要,而且可以填补一下长久以来的这种空虚。希望在编印第二集时,能够使得内容比第一集更为完备。

《香港的鸟》

《香港的鸟》,香乐思著,一九五三年香港英文《南华早报》出版(G. A. C. Herklots, *Hong Kong Birds*)。

作者曾任香港大学生物学讲师,先后在这里居住达二十年之久。作者在留港期间,对于这里的草木虫鱼,花鸟自然,特别感到兴趣,作出了很大的贡献。特别值得提起的是他在一九三〇年几乎以个人的力量创办了英文《香港自然学家》季刊,年出四册或三册。直到一九四一年因了太平洋战争才停刊。这十卷《香港自然学家》刊载了极丰富的关于香港自然科学各方面和史地的研究资料。

这部《香港的鸟》,有一部分内容就是曾经在这个季刊上发表过的。在这本书出版以前,作者在一九四六年曾出版过一册《香港的鸟类野外观察手册》,不过篇幅较少。这册《香港的鸟》,却是二百多页的巨著,书中除了单色插图以外,还附有若干幅彩色插图。这些插图有一部分也是以前曾在《香港自然学家》季刊上发表过的。

在香港范围内可以见到的野鸟,包括栖息在这里,以及往来经过这里的候鸟,已经著录的在三百三十种以上。凡是在我国内地可以见到的野鸟,尤其是在福建、广东沿海一带常见的,在香港岛上和九龙、新界也几乎完全可以见到。香港自一九五七年以来就成立一个野鸟观察会,参加者多数是外籍人士,尤其是军人占多数。他们经常结伴携带望远镜到郊外去观察鸟类的生活,并作记录,特别留意未经前人著录过的新品种,每年并出版有会刊一册。可惜最近几年已不听见这个团体的活动了。

香乐思的这本《香港的鸟》,分类和著录编号,是根据拉都希那部有名的《中国东部鸟类手册》的,若是拉都希的手册上有著录,而这种鸟类从未在香港见过的,香乐思就略过不提。因此翻开他的《香港的鸟》,第一种被录的野鸟,是最常见的乌鸦,可是编号已是第三号,就是这个原故。本书最末所著录的一种水鸟,编号为七百五十号,读者若是以为香乐思在《香港的鸟》内所著录的香港野鸟有七百五十种之多,那就错了,因为他采用的是拉都希著录整个中国东部野鸟的编号。

香港最美丽的大型野鸟,是喜鹊的一种,称为"蓝鹊",嘴和腿都是朱红,黑白相间的尾巴可以长至十五英寸,在香港半山区以上的树林里经常可见,它们喜欢结队飞翔,非常壮观,性凶猛,以小鸟和蛇类为食料。它的著录编号是十一号。

《香港蝴蝶》图谱

香港的蝴蝶是很有名的。不仅种类多,而且大型的凤尾蝶很多,非常美丽。据最近著录的数字,已将近两百种,而英国本国所出产的蝴蝶,还不到七十种,这比英国多出了将近三倍,这在自然史上显得多么出色。

研究香港蝴蝶最权威最完备的一本参考书,过去自然是寇沙的那部《香港和东南中国的蝴蝶》(J. C. Kershaw, *Butterflies of Hong Kong and Southeast China*),一九〇五年本港出版,著录了当时所发现的蝴蝶一百四十多种,附有用三色版精印的彩色插图。可惜印数不多,而且售价也很贵,因此这部半个世纪以前出版的著作,绝版已久,现在已经重金难求了。

香港的或是外来的爱好自然的人,想在香港采集蝴蝶标本,一向苦于没有一本适当的参考书。因为寇沙的名作只是徒闻其名,很少人有机会见过。这个缺憾,直到近年才有人填补了,这便是马殊的这本《香港蝴蝶》图谱(Major J. C. S. Marsh, *Hong Kong Butterflies*)。

马殊的《香港蝴蝶》,出版于一九六〇年。同半个世纪以前出版的他的先辈寇沙的那本《香港和东南中国的蝴蝶》一书比较起来,可说是后来居上。首先是著录的蝴蝶种类增加了。寇沙著录的是一百四十二种,到了马殊手上,可以依据的标本,已经增加到一百八十四种。其次,大大地进步了。因此香港所著录的一百八十四种蝴蝶,除了其中有二十种没有适当的标本可供制版外,其余的一百六十四种,在马殊的《香港蝴蝶》里都有色彩准确,印刷极为精美的图版可供参阅。

马殊的《香港蝴蝶》的出版者,不是一般的书店,而是蚬壳(亚细亚)煤油公司的香港公司。这家大企业机构,大约有一笔从事文化研究的基金,支持了这个出版计划。因此马殊的这本《香港蝴蝶》,不仅是印刷精美,而且售价很廉,每本仅售港币二十元。若是由英美的一般书店出版,售价至少要在一倍以上。

本来,蚬壳油公司在出版这本《香港蝴蝶》以前,在过去数年,他们每年印赠客户的月历,每页的图画就已经采用彩印的香港蝴蝶标本。后来又将这些图版另印单幅,由布克哈略加说明,装成了一册薄薄的单行本发售。马殊的《香港蝴蝶》,其中一部分插图,就是利用这些现成的图版来重印的。

《香港的海洋鱼类》

《香港的海洋鱼类》(W. L. Chan, *Marine Fishes of Hong Kong*),一九六八年香港政府出版署印刷出版,农林渔业署编纂。这是第一集。据说香港渔船可以网获的海洋鱼类共约四百种,将分六集全部加以介绍。

第一集一共介绍了咸水鱼七十一种,主要的是石斑鱼和鲡鱼。包括石斑鱼之中最少见,市价最贵的所谓"老鼠斑"在内。据介绍说,这种鱼自菲律宾以西至非洲以东,包括澳洲和日本在内,都有出产,并不稀少,很难网获,因此很少人有机会见到一条活的"老鼠斑"。

《香港的海洋鱼类》是一部编写得很完善,印刷很精美的出版物,可供专家参考,也可供一般人阅读。每一种鱼都附有一幅彩色插图。鱼的名称除了学名之外,有普通的英文名和中文名。每一种鱼都介绍了它的形状特点、色彩、出产分布区域以及一般情况。插图的绘制者,是过去的木刻家唐英伟。

本书还有两种很难得的附录,一是由卫生署供稿的,关于香港有毒鱼类和食鱼中毒情形的概述,另一种是关于香港渔民所使用的各种型式渔船的摄影,共十九幅,并附有中文名称。按图对照,可以增加了我们对于香港渔船的认识。

《香港食用鱼类图志》

这是一本关于香港所出产的可供食用的鱼类难得的好书。如书名所示,所著录的鱼都是咸水鱼,都是在香港街市鱼台上所经常买得到,也就是本地人所说的"海鲜",可供食用的。本书介绍了其中五十种，每一种都附以很通俗同时又很正确的说明。更难得的是，每一种都附有一图，说明文字是中英对照的，鱼名除了学名之外，还有普通英文名称，以及附有广东话发音的中文俗名。

更有一项特色是，书后附有若干种中国的鱼类食谱和烹调方法，以及西式的鱼类食谱和烹调方法。

此外，对于某一种鱼约在每年的什么时候上市，以及它们的滋味如何，也有所介绍。

这当然不是一部专门的香港海产鱼类图谱，但是如书名所示，作为提供香港一般市民对"海鲜"的基本常识，可说应有尽有了。

本书的编著者，是对香港自然科学素有兴趣和研究的香乐思，同他合作的还有战前在香港渔业研究所工作的林书颜。本书在一九四〇年就已经出版，战后又经修改增订，在一九六二年出版了第三版的增订版。发行者是香港英文《南华早报》。

附带要一提的是，本书的插图作者是唐英伟。他本是我国早期的木刻家之一，近年在香港农林渔业管理局工作，专绘鱼类标本，对于木刻工作放弃已久了。

《香港的郊野》

《香港的郊野》，是《香港的鸟》作者香乐思的另一部关于香港自然的著作（G. A. C. Herklots, *The Hong Kong Countryside*），一九五一年香港英文《南华早报》出版。

《香港的郊野》内容很丰富，富于自然科学知识和趣味，可说是一部很好的科学小品集。诚如作者自己所说，这是一个自然爱好者，在这小岛上消磨了二十年岁月，平时留意观察，耳闻目睹，随手作札记的收获。全书共分成两个部分，第一个部分是采用岁时记的体裁，按照一年四季的时序，从一月到十二月，按月记载香港草木虫鱼花鸟的情况。材料的来源都是他自己平时见闻观察所作的札记，读起来很轻松有趣。

第二部分则是由若干篇各自独立的短文所构成。这又分成三辑，第一辑的文章包括关于香港哺乳类动物、爬虫、水中生物以及昆虫之类；第二辑的文章则是介绍香港的植物生活，以及过去若干从事研究香港植物的植物学家的著作和成就；第三辑是关于九龙和四周各小岛的自然风景，以及爬山旅行的记载。书中附有若干幅花木的彩色和单色插图，另外还有一些小插画。内容有一部分曾经在他自己主编的《香港自然学家》季刊上发表过的。

香乐思关于香港的著作，除了《香港的鸟》和这部《香港的郊野》之外，还有篇幅较少的《香港的有花灌木》和《香港的兰花》等等小册子。他又曾与林书颜合编过一册《香港食用鱼类图志》，记载香港常见的那些海产鱼类，说明它们的种类和学名俗名，以及按季节上市的时期，书中附有这些鱼类的插图，还附有简单的中西烹调方法。这书是在第二次大战前出版的。

太平洋战争爆发时，香乐思仍在香港，香港沦陷到日本人手里后，他被关进战俘集中营，在赤柱度过了三年零八个月的羁留生活。他在集中营里仍继续他的自然研究生活，观察鸟类动态，研究一些可供食用的植物种植工作。他在一九四六年出版的《香港的鸟类：野外观察手册》，大部分就是在集中营里完成的。

太平洋战争结束后，香乐思不再在香港大学任讲师，改任香港政府当时新设立的拓展署署长，从事植林和渔产、粮食、蔬菜的增产工作，应付战后食物供应不足的补救问题。任职三年，已在一九四九年退休回英国去了。

香乐思给香港自然科学爱好者留下的最大贡献，是他以个人力量所创办的《香港自然学家》季刊。一九三〇年创刊，直到一九四一年因了战争才停刊，一共出了十卷。

《香港漫游》

《香港漫游》，亥乌德著，一九三八年香港《南华早报》出版（G. S. P. Heywood, *Rambles in Hong Kong*）。

这本三十多年前出版的小书，本是供喜欢爬山和郊游人士作为参考的，但是由于这几十年以来，香港新界自然面貌变化很大，本书所叙述的一些情况，不仅不合实际情形，而且有些环境早已改变得不可辨认，甚至根本不存在了。但也正因为如此，本书在现在读起来,将今昔作一个比较,反而令人感到趣味盎然。因为这本《香港漫游》并非真的是游览指南那一类的书,而是作者当年由于自己个人的爱好,将他平日郊游和爬山的经验,附以所见沿途自然风景,以及花木鸟兽的描写,写成若干篇游记的短文,构成这本书的。他在文中所叙述的,在当时当然是实际的情形,但是我们在几十年后读起来,反而另有一种今昔之感,产生一种历史趣味了。

本书是由十二篇短文合成的。一、散步的礼赞,二、港九自然面貌概况,三、大帽山,四、九龙群山和沙田,五、马鞍山,六、东至马士湾,七、吐露港与噪林鸟小港,八、梧桐山与边境,九、林村、八乡和屏山,十、大帽山西麓,十一、香港,十二、大屿山。

书中并附有地图一幅和插图若干幅。

前面已经说过,由于今昔情况的不同,本书在游览实际参考方面,虽然已经丧失了作用,但同时却增加了一种历史趣味。如第八章所介绍的,便是从沙头角进入深圳界内,攀登梧桐山的经验。梧桐山在香港边界以外,可是在三十多年前,游人越过沙头角边界线,进入内地往游梧桐山,是不会遭遇什么困难的。但在今天,边界刁斗森严,香港居民连沙头角也不能随便去,遑论越过边界去游梧桐山了。

又,本书第二章内,附有港九各山峰的高度表,如最高的大帽山,高三千一百三十英尺,第二是大屿山的凤凰岭,高三千零六十五英尺,第三是马鞍山,高二千二百六十一英尺,都是很有用的参考资料。香港岛上最有名的维多利亚峰,则仅有一千七百七十英尺高,屈居第十一位。

《新安县志》和香港

今日香港岛和周围的岛屿,以及对岸的九龙,未割让给英国以前,在清代原本是属于广东广州府新安县的,新安就是今日的宝安,宝安没有县志,因此要研究香港九龙过去的史地资料,只有求之于《新安县志》了。

《新安县志》在内地很少见。据朱士嘉编的《中国地方志综录》所著录,清修的《新安县志》共有两种,一系康熙二十七年靳文谟修纂的,共十三卷;一系嘉庆二十四年阮元、舒懋官修纂的,共二十四卷。前者仅北京图书馆及美国国会图书馆各藏有完全者一部,北京故宫博物院图书馆藏有第七至十一卷残本一部;嘉庆修的仅东方图书馆及广东省立图书馆各藏一部,但东方图书馆的藏书早已在"一·二八"之役毁于日军炮火,广东省立图书馆所藏者是见诸著录的唯一的一部了。

不过,《中国地方志综录》编纂时对于小规模的公私图书馆及私人所藏的方志调查是不完备的,如嘉庆修的《新安县志》,现在香港冯平山图书馆就藏有一部抄本,已故香港大学教授拜尔福也藏有一部,听说战前香港华民政务司也藏有一部,就是我也有一部，这是早几年无意中获得的。据此推测，此外一定还有。

这部嘉庆《新安县志》是嘉庆二十四年修的，共二十四卷，另有卷首一卷。主修者是当时新安县知县舒懋官，江西靖安县人，总纂是候选直隶州州判王崇熙，也是江西人。当时的两广总督是阮元，所以书前有他的序言，《中国地方志综录》将他的名字也列为纂修人之一，这是错误的，我所藏的这部《新安县志》，阮芸台的序文仅存一页，至少有一页佚失了。

王崇熙的自序里说："猥蒙制府阮芸台先生，观察卢西津先生许可，且赐弁言。"似乎应该还有卢氏的序言，本书也不见了。此外另有一篇序言是舒懋官的。

新安县在秦汉时代属南海郡博罗县，六朝置宝安县属东官郡，梁改东官为东莞，隋唐置东莞县后改属南海郡和广州都督府，宋元仍为东莞县，明万历五年分置新安县，属广州府，清康熙五年并入东莞县。八年又复置，以后沿称新安，现在改称宝安。

县志沿革，据嘉庆修志的王崇熙序文说："新安自明万历元年置县，此后或并或析，且有迁界之举。旧志纂自康熙戊辰岁，其时邑地初复，运会方新，故其书多缺而不备，而词句既欠剪裁，体例亦未完善，即如县治沿革，莫辨源流，四至八到，悉皆舛错，且南头一寨，论形势者以为全广门户，而海防之事不详，此固不能不重加编辑也。"康熙戊辰修志的是靳文谟，也是本县的知县。王序虽说旧志纂自康熙戊辰岁，但是据嘉庆志卷首凡例所载，"旧志自康熙戊辰年续修后，迄今百数十载"。既曰续修，则康熙戊辰前必另有《新安县志》。我未见过康熙戊辰《新安县志》，这疑问只有等待将来有机会才可以解决了。康熙《新安县志》仅十三卷，嘉庆重修的竟增至二十四卷，几乎增加了一倍。

重修《新安县志》二十四卷的目录是：卷一沿革志，卷二、卷三舆地略，卷四山水略，卷五、卷六职官志，卷七建置略，卷八至十一经政略，卷十二海防略，卷十三防省志，卷十四宦绩略，卷十五至十七选举表，卷十八胜迹略，卷十九至二十一人物志，卷二十二至二十四艺文志，此外还有卷首训典。

舆图方面，有县治四至图及沿岸岛屿海防形势图，县署及孔庙文武庙平面图。又有所谓《新安八景图》，是陈棠绘的。八景是：赤湾胜概、梧岭天池、杯渡禅踪、参山乔木、庐山桃李、玉勒汤湖、鳌洋甘瀑和龙穴楼台。这八景有些在今日的香港境内，有些已湮没不可考，如"杯渡禅踪"就在青山，"鳌洋甘瀑"原说系在"七都大洋中，有石高十丈，四面咸潮，中有甘泉飞瀑，若自天而下"。据我们现在推测，这甘瀑的地点若不在香港岛便在大屿山境内。

"龙穴楼台"也在邑西北海中，"龙穴洲在城西，有蜃气，多蒸为楼观城堞人物车盖往来之状，正月常见之"。这地点似乎也在今日香港岛和大屿山一带的海面上。

香港岛和九龙一带，在昔日隶属新安县时代，都是归官富巡检司管辖的，据本志卷二《舆地略·都里》栏所载，官富司范围内的村庄名目，至今还有许多是香港岛和九龙、新界沿用着的，如香港村、黄泥涌、薄凫（扶）林、扫管（杆）莆、赤磡村、罗湖村、尖沙头（咀）、长沙湾、土瓜湾、九龙寨（城）、屏山村、锦田村等等。就是当年官富司所属的客籍村庄内，也有九龙塘、梅林、城门、沙田、吉澳等名称，仍为我们今日所沿用。

官富司巡检署，据本志所载，"在赤尾村离县治三十余里，原署在县治东南八十里，为官富寨。洪武三年与福永同改为巡司，衙宇久坏，莅任者多僦居民舍，康熙十年，巡检蒋振之捐俸买赤尾村民地，建造今署"。

官富司署的遗址在何处，今日已不可考。至于在中英一八九八年租借新界条约内被声明保留治权的九龙寨城，在当时是属大鹏营守备节制范围内的。这一座小小的寨城，在嘉庆二十四年也许还未修筑，因此嘉庆《新安县志》中一点没有提起。

香港岛本身，《新安县志》中也始终不见提起。舆图栏县治沿海岛屿形势图内，有仰船洲、赤柱、红香炉诸名称，但不见香港岛一名。赤柱与红香炉皆在今日香港岛上，但图中所注的这两个地名则分列在两座岛上。仰船洲即今日的昂船洲，图中仰船洲附近绘有一岛，按照位置该是香港岛最适合的位置了，可是岛上竟留出空白地位一块没有填上地名。这是最令人疑惑不解的事。

香港岛的名称虽没有，但岛上至今仍在沿用着的地名，则有许多可以在县志上找得到。前面已经提起过，如黄泥涌、香港村、薄凫林、扫管莆等，在当时都是官富司辖下的村庄，可见香港岛当年必是属于官富司管辖的。这些村庄现在大都仍旧存在，至少那名称仍在原来的地点被沿用着。

此外，在卷十一《经政略》内，在大鹏所防守营的营泛项下，我们又可以见到红香炉泛一名，这营泛必然得名于红香炉峰，它的防泛地点就在今日香港的铜锣湾天后庙一带。又在卷八的官租项下，我们也可以见到记载叶贵长、吴亚晚等人所领的耕地，土名"石排湾"。这石排湾就是今日的香港仔。凡此种种，可以使我们间接明白两件事：第一，香港岛在当年必定没有一个总名称，因此志书上仅可以见到局部的地名，从不提起这座岛本身叫什么名字。第二，岛上有一个村庄名叫"香港村"，这正是后来外国商船停泊在这里从一座大瀑布汲取淡水时将这座岛取名为"香港岛"的根据。这座大瀑布，据遗留下来的当时外人记载，系从香港村附近流出海面，说不定就是志书上所载新安八景之一的"鳌洋甘瀑"。

九龙、新界一带的地名，至今沿用未改的更多，尤其是新界的地名，如志书上所载的锦田村、屏山村、上水村等等，至今仍保存着当年的旧名。九龙方面的地名，志书所载而在今日为人熟知的，则有深水莆（埗）、九龙寨、牛池湾、尖沙头（咀）、衙前村、长沙湾、土瓜湾、二黄店村等等。

二黄店村必定是二王殿村的俗称，这乃是纪念宋末二王的。

二王即益王昰与卫王昺。益王即宋端宗，当年避元兵曾在官富场停留过，这就是九龙宋王台等古迹的由来。宋末二王流亡这里的经过，据明钱士升修的《南宋书》说："景炎二年二月，帝舟次梅蔚，四月次官富场，九月次浅湾。"既然在这里住了六个月，虽是流亡的小朝廷，当然也不免有若干建设。据《大清一统志》说，南方沿海一带，宋行宫三十余所，可考者四。官富场的宋王台便是其中之一。

关于南宋二王在九龙遗留下来的古迹，《新安县志》记载者有三项，见卷十八《古迹门》：

景炎行宫：在梅蔚山，宋景炎二年，帝舟抵此，作行宫居焉。

　　官富驻跸：宋行朝录，丁丑年四月，帝舟次于此，即其地营宫殿，基址柱石犹存，今土人将其址改建北帝庙。

　　宋王台，在官富之东，有磐石方平数丈，昔帝昺驻跸于此，台侧巨石旧有宋王台三字。

我们要留意的是，这里说驻跸者为帝昺，实在是《新安县志》记载错了。当年驻跸官富场的实在是宋端宗，即益王昰，他乃是卫王昺的哥哥。卫王昺是在端宗逝世后始继帝位的，其时已从官富场流亡到碙州去了。这位帝昺就是后来陆秀夫在厓门负之投海的小皇帝，当帝昰驻跸官富场时，他还是襁褓小儿，修《新安县志》的人不知怎样对这一点史实竟记载错了。

南宋二王在九龙遗留下来的古迹，除上述者外，还有金夫人墓及杨侯王庙。据《新安县志》载，金夫人墓在官富山耿迎禄墓侧，相传慈元后女晋国公主溺死，铸金身以葬，镕铁锢之，碑高五六尺，大篆宛然。

据陈伯陶氏考证，金夫人为宋杨太妃女，因铸金以葬讹传为金夫人云云。侯王庙则在宋王台西北，至今犹存，志书不载，据陈伯陶氏说，侯王即杨太妃弟杨亮节也。[1]

志书上所说的宋行宫改建的北帝庙，早二十余年犹存庙址，

---

[1] 侯王应为杨太妃之兄杨亮节。——编注

现在则已经辟为市廛,遗迹荡然无存了。

嘉庆《新安县志》第二十三卷艺文二记序门,录有旧志的序文六篇,可以从其中探索到一点《新安县志》历年修纂的沿革。据修纂嘉庆志的王崇熙序文说,旧志纂自康熙戊辰,戊辰为康熙二十七年,这次的修志,其实已经是续修,因为艺文栏所录存的当时参加修志的邑令靳文谟的序言,就说明是《重修新安县志序》,他并在序文里说:"迨壬子岁,前县李可成会奉明诏,曾续修之,迄于今不过十有六年……"

壬子为康熙十一年,李可成的《重修新安县志序》也载在艺文栏内。新安县是在康熙八年由东莞县复置的,李氏所修的《新安县志》,在清朝该是第一次了。

新安正式置县,是在明隆庆末年与万历元年之间。新安有志,根据嘉庆志所录存的旧志序言,似始于万历十五年知县邱体干所修,因为他的序题是《初修新安志序》,其后崇祯八年又由知县李元重修一次,其时距邱氏的初修已五十余年了。再后,至崇祯十六年,又由知县周希曜再修一次。李元和周希曜的序文都载在嘉庆修的志内。

根据以上的资料,我们可以知道,《新安县志》的版本,除《中国地方志综录》所著录的康熙戊辰修的和嘉庆己卯年修的两种外,在清朝应还有康熙十一年(壬子)修的一种。而明修的《新安县志》,更应有万历十五年、崇祯八年,和十六年的三种。在康熙戊辰和嘉庆己卯《新安县志》已成为珍本的今日,如果有一天忽然有明修《新安县志》的发现,对于研究史地的人,那才真是一个惊人的消息哩。

关于《澳门纪略》

葡萄牙人是很早就乘船从海上到我国浙江和广东来的殖民主义者之一。他们在明嘉靖十四年（一五三五年）就贿赂了当时广东边境的官吏，在今日澳门的海边租得一角土地作"修船晒货"之用。当时明人称之为"佛朗机"，与西班牙人混而为一。后来他们自称"大西洋国"，因此至今广东人还称葡萄牙人为"西洋人"。葡萄牙驻香港的领事馆也称为"大西洋领事馆"，他们的俱乐部也称为"大西洋总会"。

澳门虽是最早就被人占据去了的沿海土地之一，但是我们关于记载这地方的书籍一向就极少，除了一部《澳门纪略》之外，就只有一些游览指南一类的东西。这书刊印于清乾隆十六年（一七五一年），距今已二百多年了。

《澳门纪略》一书流传不广，原刊的初印本很少见，今日常见的只是排印本和若干丛书本。十年前我曾在英国巴克塞少校处见过一部（他是以研究葡萄牙人和东方诸国历史关系著名的，曾用英文写过一部《历史的澳门》。他的太太就是曾在我国旅居过多年的美国女作家项美丽），书品很白净，以丝线瓷青纸装订得很精致，比香港大学冯平山图书馆所藏的一部要好得多。我久想买一部，一直买不到，直到最近才买到一本影抄本，虽不是原刊，但比起那种铅印的小字本，已经好得多了。一部在乾隆年间刊印的方志书，现在已经这样难买，怪不得美国人不惜用重价来搜购我国各省各县的方志了。

《澳门纪略》的著者是印光任和张汝霖。两人都是在清朝乾隆年间先后作过驻扎前山寨的澳门海防同知的。印光任是江苏宝山人，张汝霖是安徽宣城人。《香山县志》有印光任的传记，对于他在澳门任内抚夷的政绩颇致赞许。《澳门纪略》曾编入《四库全书》史部地理志。《四库全书》总目提要云：

> 澳门纪略二卷，国朝印光任、张汝霖同撰。光任字黻昌，宝山人，官至太平府知府；汝霖字芸墅，宣城人，由拔贡生官至澳门同知。考濠镜澳之名见于明史，其南有四山离立，海水交贯成十字，曰十字门，今称澳门，属香山县。乾隆九年始置澳门同知，光任、汝霖相继为此职。光任初作此书未竟，至汝霖乃踵成之。凡为三编，首形势，次官守，次澳蕃。形势编为图十二，澳蕃编为图六。考明史地理志，只戴南头、屯门、鸡栖、佛堂门、十字门、冷水角、老万山、零丁洋澳诸名，与虎头山关之类，其他未记其详。此书于山海之险要，防御之得失，言之最悉。盖史举大纲，志详细目，笔者各有体裁耳。

据印、张两人在本书的序跋所载，这本书是由印光任起草，再由张汝霖整理付刊的。编纂的经过，印氏在跋语里言之甚详，其中且甚多曲折。跋云：

……雍正八年，设香山县丞，专司民夷交错之事。乾隆八年，大府又议设同知一员，辖兵弁镇压之，擢余领其事。余不才，念事属创始，爰历海岛，访民蕃，搜卷帙，就所见闻者记之，冀万一补志乘之缺。而考之未备，辞之不文，必俟诸博雅君子，此记略之所由来也。乾隆十一年春，余奉文引见，代余者张子，谅而有文，因以稿本相属，期共成之。张子曰，余簿领劳形，恐不逮。粤秀山长徐鸿泉，余同年友且与君契，盍以正之。余曰善，将稿属鸿泉而去。比引见后，以病暂回故里，遣人索前稿，徐以卧病，未几卒，原本遂失。兹余复至粤，辛未四月，权潮郡篆，张子亦以摄蕉司至，公余聚首及此，辄感慨久之。余因搜觅遗纸，零落辏集，旬日间得其八九。张子乃定其体划而大加增损焉，视原稿之粗枝大叶迥不侔矣。嗟夫，此书仅两帙耳，初非篇章繁杂，必迟之岁月者，乃草自乾隆十年，粗得其稿，而失于徐子之手，历五六年而残楮剩墨，弃置敝篚中不为蠹鱼所蚀，至今日而犹得搜集成编，此非张子不能成，更非同官凤城亦不能。无多卷帙，几经聚散，不致终废其成也，殆亦有数存其间耶……

不用说，《澳门纪略》所记葡萄牙人的种种，自不免有误解失实，甚至幼稚可笑的地方，如描写"蕃僧"的私生活，竟说他们可以"往来蕃人家，其人他出，径入室，见其妇，以所携藤杖或雨伞置户外，其人归，见而避之……"，未免荒唐不经了。

书鱼闲话

书籍式样的进化

我们今日一提到书,脑中所想到的书籍的形式,若不是线装书,必然是铅印书或石印书。这些书籍,不论是中文或外国文,不论是线装书或洋装书,它们所代表的,其实不过是书籍式样进化过程中的现阶段式样而已。若以为只有这样将文字印在纸上,再装订成一册一册的东西才是书,那就错误了。再过几世纪,世上书籍的式样会有什么改变,我们现在固然一时无从推测,但想到有许多规模大的图书馆,已经将卷帙过多的书刊报纸和文献档案,以及十分珍贵的孤本书,用小型影片缩摄成一卷一卷的影片,需用查阅参考时就用放映机放大了来读阅,我们就不难想象将来书籍的可能式样。这种摄成影片的书籍,可以存真,可以翻印,平时收藏不占地方,复印手续经济便利,阅读起来也与原书丝毫无异。虽然我们看惯了今日的书,认为一卷一卷的"影片书",未免不像"书"。从今日爱书家藏书家的立场看来未免觉得有点煞风景,但这种"影片书"必然日益发展而流行起来,则是可以预料的事。

其实,我们今日所见惯的书籍式样,哪里又是"书籍"的原来式样呢?敦煌石室所发现的唐人抄本书,尽是如今日画家所用的手卷那样的卷子。就是所谓宋版书,最初的式样也不似我们今日所见的线装书,而是像裱好了的碑帖或册页那样,这在版本学上称为蝴蝶装、推篷式或旋风式。但这还是纸张发明了以后的书籍。在后汉宦官蔡伦发明（？）造纸以前，我们祖先所看的书，乃是用漆写在木片或竹片上，再用草绳或牛皮索穿在一起，这就是所谓木简或竹简。孔子修《易经》，"韦编三绝"，就是将穿书的绳子读断了三次，恰如我们今日将一本书的装订线弄断了一般。不仅著书读书是用这东西，就是日常写信记账也是如此。早几年在西北甘肃一带的古戍卒碉堡遗址中发现的许多汉朝木简，除了军中公文簿录档案以外，有许多都是戍卒的家书，就是很好的证明。

可是我们今日在一般商店的神坛上所常见的关公画像，握在关公手里的那一卷《春秋》，其式样竟与我们今日所读的线装书一样。关公是三国时人，他即是不看竹简，最低限度也该看"卷子"，画家竟使他看木版或铅印本的《春秋》，真是对于我国书籍形式进化历史开了一个大玩笑。就是欧洲的书籍，在我国造纸术和活版印刷术不曾传入欧洲以前，他们所有的书籍也都全是手抄本，而且是抄在炼制过的羊皮和牛皮上的，那式样也恰如我们古代书籍一样，是卷成一卷一卷的卷轴。古代埃及人的书，也是一卷一卷的手抄本，不过他们不大用羊皮纸，而是用尼罗河两岸特产的一种纸草。印度的古经，是写在一种晒干了的树叶上的，那是贝多罗树的树叶，形状很像笋壳或是剪破了的芭蕉扇，然后再一叶一叶用绳穿起来，像我们古时的竹简木简一样，这就是所谓"贝叶"经。我国许多大寺院里至今仍有收藏这种古经的。

不久以前，有人在古城尼尼微的遗址中掘出了大批泥砖，有的仅有一寸长，有的有一尺多长，上面刻有楔形文字，一共发现有一万余方之多。后来证实这些都是古代阿述人的书籍，其中有些还是他们的本国史。这些"砖式书"，已有二千五百年的历史，同我国的漆书竹简，埃及的纸草书，都是世上最古的书籍式样。

不过，无论是泥砖还是竹简，无论是卷轴还是穿绳，书籍到底总是书籍。只有历史上传说的有名的亚历山大大帝国图书馆，馆中所藏的书籍式样才是有点出人意外的。当然，在亚历山大时代，一般的书籍式样仍在羊皮纸抄本的卷轴阶段。这样的书籍翻阅起来当然很不方便，于是亚历山大大帝便命令他手下的奴隶，每人要读熟一部书，然后用号码将全体奴隶编成一部书目，他如果想到要看什么书，只消按照目录号码喊一声，自然就有一个奴隶走过来，将他要读的那本书的某一章节背诵给他听。这就是历史上著名的活图书馆。亚历山大大帝颇以此自豪，不过，今日的藏书家大约谁也不想收藏这样一种古怪版本的书籍吧？

中国雕版始源

中国书籍的原始形式，是用竹片贯穿成叠的简册，和用纸帛装裱成卷轴的卷子，所以一本书称为一册或一卷。后来印刷术发明了，才有刻本。刻本是将每一页书用整块木版刻好，然后再加以印刷的，所以最初不称为印书而称为刻书。刻书时在木版上刻字的程序称为雕版。

雕版印刷技术，是中国人发明的，这和造纸火药指南针三者，是中国在世界文化史上对于人类最有贡献的四大发明物。中国的雕版印刷物，目前可以见到的最早的实物，是一卷《金刚经》刻本，是由英国考古家斯坦因氏于一九〇七年在我国甘肃著名的敦煌石室中发现的，现藏英国伦敦大英博物院中。这一卷雕版的《金刚经》还保持着中国书籍的原始形式——卷子的形式，卷首附有佛像，也是木刻的。所以这一卷《金刚经》不仅是现存的世界最古雕版书籍，同时在世界艺术史上，也是现存最古的一幅木刻。

这一卷《金刚经》刻本之所以可贵，是因为它的刊刻年代在卷末被明白地记载着："咸通九年四月十五日王玠为二亲敬造普施。"咸通是唐懿宗的年号，咸通九年为八六八年。在全世界现存的雕版印刷物中，其有明确年月记载的，没有比这更早的了，所以尽管这卷《金刚经》的雕版技术已甚精美，可以间接证明在它刊印以前，雕版技术必然已经经过若干时间的实验进化阶段；而其他的考古家，也曾在新疆吐鲁番的若干古代遗址中发掘出过一些在式样上可能比这卷《金刚经》更古的佛教印刷物，但因为其上没有明确的年代记载，所以我们至今仍不能不认定这卷唐咸通九年刊刻的《金刚经》，是现存的中国最早雕版书籍，同时也是全世界现存最早的雕版书籍。

毫无疑问，在这卷《金刚经》刊刻以前，中国早已有雕版书籍了，而且一定已经流行了相当时间。我们今天虽然还不曾有机会再见过那些实物，但从前人的著作中，却可以从文字上得到明确的证据。我不想在这里来尝试断定中国书籍雕版,始于何时,因为这断定是不可能的。像雕版印刷这样的文化产物,必然经过多时和多次的试验和改革,而其本身又必含有其他事物的影响,它的渊源和长成必然是很复杂悠久而且缓慢的,决不是一朝一夕,或者突然由某一个人在某一天发明的。我们能相信中国文字果真是仓颉创造的吗?我们能相信中国造纸方法果真是宦官蔡伦独自发明的吗?因此要想考证中国的雕版发明人是谁,和在什么时候发明的,那是不可能的事,而且那尝试也将是一种愚蠢的尝试。

我现在所要做的,乃是想从前人著作中,看一看中国雕版书籍最初被记载的情形是怎样。本来,关于中国雕版书籍出现的时代,一般本有三种不同的说法,一说始于五代的冯道刊印《九经》,一说始于柳玭《家训》和《猗觉寮杂记》等书所记载的唐末益州墨本,另一说则更早,说是始于隋初。其实,这三个不同而又恰巧互相衔接的时代,可能实际上恰是中国书籍雕版逐渐长成的过程,恰如胡应麟在他的《少室山房笔谈》[1]所说:

雕本肇自隋时,行于唐世,扩于五代,精于宋人。

雕本始于隋时的根据,是陆深的《河汾燕闲录》,其言曰:"隋文帝开皇十三年十二月,勅废像遗经悉令雕板。"

孙毓修氏的《中国雕板源流考》即据此说,认为雕版肇于隋时。

---

[1] 应为《少室山房笔丛》。——编注

可是叶德辉的《书林清话》和美国汤麦斯·卡德氏的《中国印刷术源流史》（已有刘麟生的中译本）皆否认此说。卡德氏谓欧洲载籍，谓中国雕版印刷始于五九三年（即隋开皇十三年），"其谬误盖由于误用中国参考书"。卡德氏的话是根据《书林清话》而来的，据叶氏在《书林清话》卷一《书有刻板之始》中说：

> 近日本岛田翰撰《雕板渊源考》（所撰《古文旧书考》之一），据颜氏《家训》称江南书本，谓书本之为言，乃对墨板而言之。又据陆深《河汾燕闲录》，引隋开皇十三年十二月八日，敕废像遗经悉令雕板之语，谓雕板兴于六朝。然陆氏此语本隋费长房《三宝记》，其文本曰，废像遗经悉令雕撰，意谓废像则重雕，遗经则重撰耳。阮吾山《茶余客话》，亦误以雕像为雕板。而岛田翰必欲傅会陆说，遂谓陆氏明人，逮见旧本，必以雕撰为雕板。不思经可雕板，废像亦可雕板乎。

费长房《三宝记》即《历代三宝记》，我未见过旧本，不知究竟应作雕撰还是雕版。但据《历史佛祖通载》[1]所载，开皇十年文帝下诏复教，访人翻译梵经，置翻经馆，大建伽蓝，故有整顿废像遗经之举。《三宝记》的原文如果是"雕板"，则雕镂宗教图像正是印刷雕版的必然起源，叶德辉所诧异的"废像亦可雕板乎"，盖

---

[1] 应为《佛祖历代通载》。——编注

不知佛像除了可以雕塑以外，也可以雕成石版木版来印刷。至今所发现的中国最古印刷物，差不多都是宗教图像，就是很好的证据。

又，《河汾燕闲录》所引用的《三宝记》中的这几句话，今人多在"敕废像"三字下断句，而不读作"敕废像遗经，悉令雕？"（《中国雕板源流考》及查猛济等的《中国书史》等皆如此）这样一来，将在这里本来该是形容词的"废"字，变成了动词，好像是隋文帝敕令整理。这实在是一个错误。因为隋文帝既然下诏复教，决不会又"敕废像"的。

作为隋朝已有雕版的另一根据，是与上述的《金刚经》同时在敦煌石室发现的另一部佛教典经。罗振玉氏的《敦煌石室书录》上说："大隋永陀罗尼本经上面，左有施主李和顺一行，右有王文治雕板一行。宋太平兴国五年，翻雕隋本。"

叶德辉的《书林清话》亦引此说。永陀罗尼经原本今藏伦敦大英博物院，据复制的复印件看来（见道格拉斯·麦克茂特莱氏的《书——印书和制书的故事》第九十七页插图），这实在是一张雕版印刷的单页经咒，既非书本，也非卷子。经咒是梵文，作一大圆形居中，四周是佛像和莲花宝鼎的装饰，右上角有"施主李和顺"五字，左上角有"王文治雕技"五字。圆形梵文经咒的下面，有文字二十一行，在一长方形框内，前作"大隋永陀罗尼"六字，中十六行系解说受持此咒所获得的各种功德，末四行云，"若有人受持供养，切宜护净。太平兴国五年六月二十五日，雕板毕手记"。

据此，这张宋朝雕版的陀罗尼咒，虽是根据隋本的，但并未说明是"翻雕",我们无法确定原来隋本的经咒是写本还是刻本,因此罗振玉的"翻雕隋本"的结论未免有点不可靠。

作为隋朝已有雕版的证据,这张经咒的力量实在抵不上费长房《三宝记》中的那几句话。

因此关于雕版肇自隋时的说法,我们只可以假定中国隋时已有雕版,用来印刷佛教图像或经文,但是至今还没有发现遗物或充分的文献可作确证。

唐朝有雕版书籍的问题,因了我们已假定隋朝已用雕版印刷佛教图像,又加之已有敦煌所发现的咸通九年《金刚经》刻本,所以根本不成问题。只是唐朝自开国至咸通九年,已历二百五十年,在这两世纪半的悠长时间内,必然用雕版印刷过许多单页图像符咒,甚至成册的经典或其他著作,可是我们现在除了咸通九年的这卷《金刚经》以外,还不曾发现过更早的其他唐朝雕本,这实在是件憾事。《中国雕板源流考》的作者虽然说,"近有江陵杨氏藏开元杂报七叶,云是唐人雕本,叶十三行,每行十五字,字大如钱,有边线界栏,而无中缝,犹唐人写本款式,作蝴蝶装,墨影漫漶,不甚可辨……",可是我们未曾目睹此物,它是否真的存在,以及是真是伪,都成问题,所以我们仍然只好认为咸通九年的《金刚经》刻本是现在所能见到的中国最早雕版书籍。

其他见诸宋人著作中的有关唐时雕本记载,这在以前是唯一可据的中国雕版始源资料,但自从咸通雕版的《金刚经》发现以后,这些资料都成为次要的了。这些记载之中,最详细的是叶梦得在《石林燕语》中所引用的唐柳玭的《家训》序,其言:

> 中和三年癸卯夏,銮舆在蜀之三年也,予与中书舍人旬休,阅书于重城之东南。其书多阴阳杂记占梦相宅九宫五纬之流,又有字书小学,率雕板,印纸浸染不可晓。

中和三年是八八三年,较咸通九年后十余年。这是前人著作中关于雕版的最早记载。这记载使我们知道四川是中国最早用雕版印刷书籍的地方,而且所印的都是当时实用术科书籍。可是以前的文人对这记载都不甚重视,因为所印的是杂流书籍而非经史,但是我们知道,文化和艺术都是起源于劳动和实用,有了雕版以后,最先印行的都是宗教书和实用书,正是必然的现象。

另一则有关唐人雕本的记载,见朱翌的《猗觉寮杂记》。他说:

> 雕印文字,唐以前无之。唐末,益州始有墨板。

益州就是四川。他所记载的年代虽然较晚,但同样证明了四川是中国最先有雕版的地方。

既然四川是中国最先采用雕版印刷书籍的地方,我们简直可以假定,敦煌石室中所发现的唐咸通九年《金刚经》刻本,多数是从中国内地流传去的,可能就是从四川带去的,决不是当地的刻本,因为以当时中国西北部文化情形而论,甘肃还不会有雕版印刷。

至于以中国雕版始于五代的说法,那是因了冯道奏请刊刻五经,遂以中国官家雕印书籍之始,误为有雕版之始,前人早已辨正,已不必多赘了。

中西爱书趣味之异同

中国的竹简木简,西洋的泥板砖刻,都是书籍的原始式样。这些虽是书籍,但已入于古董文物之列,藏书家很少将它们当作书籍来收藏的。就是唐人写经,敦煌卷子,以及埃及波斯的绘卷,印度的贝叶经,这些虽也是刻本书籍的前身,但与其当作书籍来收藏,不如当作艺术品来玩赏,或是当作校勘考证资料更为适当。

书的生命是寄托在阅读上的。爱书趣味的真正对象,该是那些可读可玩,具备了书的必要条件的书籍;这就是说,一本书的内容、印刷、纸张、装帧各方面都值得爱好,或至少有一点值得爱好,这才成为爱书家收藏搜集的对象。

中国藏书家特别爱好宋版书,西洋藏书家特别珍贵十五世纪的初期印本书籍,就因为这些书除了当作古物之外,它们在内容印刷纸张装帧上还具有特长,值得爱书家的珍重。

中国书和西洋书,在内容和形式上虽有很大的差别,但中西爱书家的趣味趋向,他们的搜集范围,有些地方却不谋而合,殊途同归,这真是一个很有趣的现象。中国藏书家对于一本纸墨精良,字大如钱的宋椠精本摩挲不忍释手的醉心神往情形,恰如西洋藏书家对着格登堡的四十二行本《圣经》,反复数着行数,用鼻嗅着羊皮纸的古香气一再点头赞叹的情形一般。文化本是没有国界的,中西爱书家的趣味相同正不是偶然的事。

我已经一再说过,讲求书籍趣味并不是一件奢侈浪费的事。

读书家必然就是爱书家,而坐拥万卷的藏书家却未必一定是一位读书家,更未必是懂得爱书三昧的爱书家。那么,即使仅有一本书也罢,只要我们能理解拥有一本书的益处和趣味,我们的收藏是决不会比别人贫弱的。

我们且看看中西爱书家所喜欢搜集的品目,它们在版本学上的名称,以及所具有的特点和趣味。

一、中西的古写经

这是书籍从手抄进化到刻印期间的产物。最为藏书家所注意的,在中国是敦煌石窟中所发现的唐代和五代的抄本,在西洋是欧洲中世纪僧院中所收藏的金碧彩绘抄本。一般被称为敦煌卷子的唐人抄本,所抄的大都是佛经,这与西洋中世纪的彩绘抄本也都是宗教书籍这件事,实在是很有趣的对照。唐人写经的版式,大都是卷子式,开端的扉页偶尔也绘有佛像,但西洋中世纪的写经则是书本式,而且装饰得极为绚烂辉煌。这东西一般被称为"illuminated manuscript"以示与一般的手抄本不同。这名词译起来可称为"金碧彩绘古抄本",因为除了本文系用红黑两色墨水抄录之外,四周和每句每行有空隙的地方都补上五彩的装饰花纹,而开端第一字的字母,必定绘得特别大,有时要占到半面或全面书页的地位,字母四周除用五彩绘成花纹装饰以及人物鸟兽虫鱼之外,在主要地方更涂上泥金或贴上金箔和银箔,非常绚烂夺目,因此被称为"金碧彩绘抄本"。第一个字母的空隙和四周所绘的金银彩绘,大都是与这本经典有关的故事和人物:时常是天主圣母或先知殉道者的圣迹图,有时也会是施主的画像。因为这类抄本的工料非常昂贵,只有当时的帝王和贵族才有财力制作。他们时常请人绘制了供私人礼拜之用,或者施舍给他们所赞助的寺院中。

唐人写经的出现年代和西洋彩绘抄本的出现年代,先后极为接近,都是八世纪到九世纪的产物。不过中国方面,书籍到了宋朝已盛行刻本,手抄本便退居次要地位,写经更成为一种特殊的虔敬工作。但在西洋,则欧洲直到十五世纪还盛行这种金碧彩绘的抄本,而且格登堡第一次用活版印行的《圣经》,竟是想当作廉价的手抄本来出售。因此他还特地每本加上手绘的彩画,用来模仿当时还在流行的金银彩绘抄本《圣经》。

二、"英科纳布拉"

我们知道,欧洲发明活版印刷,是在十五世纪的五十年代,通常是以德国的约翰·格登堡为欧洲活版印刷发明人,他所排印的四十二行本的《圣经》为欧洲第一本用活版印刷的书籍,这就是著名的《格登堡圣经》。从十五世纪的五十年代至十五世纪末,是欧洲印刷术的摇篮时代,这时间所出版的书籍,都是属于欧洲活版印刷的初期产物。

欧洲的版本学家,对于这时期所出版的书籍,题了一个专门名辞,称之为"英科纳布拉"(incunabula)。这是一个拉丁字,包括摇篮和襁褓之义。他们因了十五世纪在欧洲是印刷术的摇篮时代，因此凡是从格登堡出版《圣经》以后，以至一五〇〇年止所出版的排印本书籍，都是活版印刷术摇篮时代的产儿，统统名之曰"英科纳布拉"。

当然，根据这字的本义，我们若是发现毕昇用胶泥活字排印的书籍，我们也可以名之曰中国的"英科纳布拉"。但一般地说来，所谓英科纳布拉者，乃是专指十五世纪欧洲初期活版印刷书籍而言。

将英科纳布拉与今日的书籍比较起来，其排印技术当然没有现代技术精美；就是将英科纳布拉与金银彩绘的中世纪古写经比较起来，也远不及古抄本的华贵美丽，然而因了它是印刷术摇篮时代的产儿，具有历史的意义和趣味，因此遂为藏书家所特别爱好。

"英科纳布拉"正像我们的宋版书一样，能历劫不损流传至今的已经不多，而且由于兵燹和水火之厄，正在一天少似一天，因此它的市价也贵得惊人，不是一般爱书家的财力所能搜集的。据德国版本学家的统计，目前见诸公私收藏著录的英科纳布拉约有三万八千部左右，其中有多种是孤本。不用说，最贵的乃是格登堡的《圣经》，可以值到美金五十万元以上。而在事实上，这些珍贵的英科纳布拉大都已为各国博物院大学藏书楼以及富豪所收藏，轻易不会再在古书市场上出现的。

三、《格登堡圣经》

格登堡的《圣经》，是西洋古本书籍中最珍贵的一本书。因了所流传下来的寥寥几十部已经全部收藏在公家图书馆和富豪的私人藏书楼中，现在即使财力能够胜任，要想搜集一部《格登堡圣经》，纵然并非不可能之事，至少也是一件很费心机和时间的事。因此一般的藏书家和爱书家，有机会的，可以到伦敦大英博物院或美国纽约摩根氏的藏书楼中一饱自己的眼福，看一看这部价值连城的古本书的真面目，否则只有从复制的印刷品上暂时满足自己的渴慕了。

关于德国十五世纪这位印刷家和他所印行的《圣经》，其实至今还有许多争论，尤其是荷兰人与德国人之间，为了争执谁是欧洲活版印刷术的发明者，双方的历史学家和版本学家不知费了多少笔墨。凡是十五世纪遗留下来的文献，无论片纸只字之微，都被他们当作直接或间接考证这问题的资料。关于欧洲的活版印刷术，是先在荷兰出现抑先在德国出现，第一个使用活版排印书籍的印刷家，究竟是德国的约翰·格登堡氏，还是荷兰的科斯托氏这问题，根据双方所提出的证据，实在公说公有理，婆说婆有理，不是一两句话所能说尽的事，而且这问题又与本文无关，我们还是暂时搁起，留待以后有机会再说。尤其对于我们中国人，无论欧洲的活版印刷是首先出现在荷兰也好，出现在德国也好，必然是从中国间接或直接流传过去的，则是任何人也不能推翻的事实。因为远在欧洲十五世纪有活版印刷出现之前，在十一世纪中叶，中国已经有极可靠的文献，记载着毕昇发明用胶泥活字印刷书籍了。

不过，在这争论未解决以前，一般地说来，多数人仍是承认约翰·格登堡是欧洲活版印刷术的发明人,他用这方法排印的《圣经》是欧洲第一本用活版印刷的书籍。

对于这位印刷家的传记的研究,德国学者的著作可说够得上汗牛充栋。而在实际上说来,关于他的可靠的传记资料实在少得可怜。我们至今仅能知道,他大约出生于一三九八年或一四〇〇年,死于一四六八年。死的地点是玛因兹[1]城,至于生在德国什么地方,至今尚在争论之中,大概也是玛因兹城。他的从事印刷业,并没有直接有关的文献遗留下来,而是从他向别人借钱的借据上知道的。这就是我们所能知道关于格登堡生活资料的全部。至于那些汗牛充栋的有关格登堡生活的著作,大都是枝节的研究。有些作为论据的文献甚至已经被证实是后人伪造的。为了争取欧洲文化史上这一项光荣的记录,德国人与荷兰人的笔墨官司固然打之不休,就在德国本国,为了他的诞生地点以及印刷所的地点,德国的历史家们,自己也在互相争执,有些甚至不惜用赝造的文献来作证据。

其实,连那一幅认为是格登堡画像的肖像画,也没有充分证据可以证明确是格登堡本人的肖像。

被认为由格登堡用活版所排印的书籍,一共有三种,一种是不甚重要的祈祷用书,其余两种都是《圣经》,两种的版本略有不同。欧洲的版本专家根据两书每页的行数将它们加以区别,一种称为"三十六行本",一种称为"四十二行本"。

这几种书被认为是格登堡排印的,其实也没有直接的文献证

---

[1] Mainz,现译为美因茨。——编注

据，因为书上并没有印刷出版地点和印刷人的姓名，而只是从同时人的记载以及间接的文献上被推测可能是格登堡的工作。

所谓三十六行本与四十二行本的区别，是根据每页的行数来区别的。其实，四十二行本的版框，虽是大小一律的，但是开始的九面，每面只排了四十行，第十面则是四十一行，从第十面以后方是四十二行。格登堡研究专家认为这是印刷者在试验究竟若干行始最适宜，经过两次更正，最后始决定用四十二行。行数虽分三种，但是版框大小始终如一，专家认为这正是格登堡和他的助手们在实验活字的好证据。

至于这两种版本孰先孰后的问题，据德国的那些版本专家细心逐页逐字校勘比较的结果，认为三十六行本是较后印的，因为它承继了四十二行本在排印上的一切错误，显然是用这版本作底本的。

四十二行本的《格登堡圣经》，有时又有人称之为"玛萨宁圣经"，这是因为这种版本的《圣经》是首先在巴黎的玛萨宁主教的藏书楼中无意发现的。从这以后，它才成了赫赫有名的欧洲第一本用活版排印的书籍。

四十二行本的《格登堡圣经》共有两种，一种是纸印的，另一种是小牛皮印的。从印刷技术上说，纸印的成绩比牛皮印的好得多。文字是拉丁文，开本是对开大本，共有六百四十余页，一千二百余面，大都装订为上下二册。根据现存各本上所留下的当时人手迹，有一四五三年及一四五六年八月二十四日的记载，都是说明购买这书的经过，可见它的出版时期必接近这年代。

关于一共印了多少本的问题，最权威的意见说是一共印了二百一十本，纸本一百八十，皮本三十。但也有些专家认为一共只印过四十五本。

残存至今的格登堡四十二行本《圣经》，各家著录的部数也有出入。最权威的数字是三十二本，都是完整的。包括残本在内，则纸本共有四十四部，皮本共有十八部。三十六行本残存者更少，据说仅在八本至十二本之间。但因为较后于四十二行本，反而价值低了许多。

美国富豪摩根氏的著名私人藏书楼中，藏有完整无缺的四十二行本两部，一部是纸的，一部是皮的。纸本的一部，据说是全世界现存的四十二行本之中最精美的一部。

摩根所收藏的这部被认为最美的四十二行纸本《格登堡圣经》，在未入摩根手之前，曾经过英国著名古书商人寇里特赫氏之手，他于一八八六年二月二十日，在这书的扉页上手志道：

> 这是我或任何人所曾经见过的《玛萨宁圣经》之中最精美的一本。

寇里特赫是英国古书店的世阀，世代以买卖善本珍本为业，在国际古书市场中非常有名，他的后人至今仍在伦敦继续旧业，他对于这本《圣经》竟如此称赞，其精美可知了。

四十二行本的《格登堡圣经》，为美国人所收藏者，连摩根的两部在内，共有九部。一部在耶鲁大学。耶鲁大学所收藏的一部，是于一九二六年由某夫人以十二万元的高价自古市场买来，为了纪念其故夫,捐赠给耶鲁大学的。

对于这样一部有名的珍本书,爱书家梦寐难忘者当然大有人在。不久以前,伦敦有残本一部在市场出现,为纽约的一位古书商人购得。他为了满足许多向隅的爱书家的愿望起见,特将这部残本拆开来零售,以一章或一页为单位,加上适当的封面或皮套,居然立时就被抢购一空,可见爱书家对于这部欧洲的第一本活版印刷书籍是如何地爱慕了。

说来真有点幽默,格登堡这部被后人尊为欧洲活版印刷之祖的四十二行本《圣经》,他当初排印设计的动机,却是蓄意想冒充手抄本来出售的。因此除了本文用墨印以外,每章开始的第一个字母都留出空位,以便用红墨或五彩金银来装饰。因此流传至今的四十二行本《圣经》,有些每页四周都有金银彩绘的花边装饰,初看之下,令人误以为是一部中世纪的手抄本。

读书与版本

无论是读书家或藏书家,一定该注重版本,注重版本并不是不好的事,更未必一定是一件奢侈浪费的事。藏书家固然要注重版本,就是一般的读书人,也应该注重版本。

中国旧时有一些藏书家,专门爱好宋版书。凡是宋朝刻印的书籍，不论内容和刻印的技术如何，他们一律视如拱璧。宋朝以后的书籍，即使内容或刻印纸张都比宋朝的更好，也不在他们的眼中。这种偏嗜，就是所谓"佞宋"，实在是最狭义的讲求版本，够不上称为一个爱书家，更谈不上读书家了。即从将书籍当作古董艺术品来说，这种人也是一个坐井观天的鉴赏家，他的欣赏能力和趣味都太偏狭了。

读书家和藏书家应该注重版本，是因为从爱书的立场说，即使是同一本书，不同的版本便有不同的趣味；从读书家的立场说，不同的版本便有不同的内容。一个错字的改正，多一点补充资料，多一篇序文，都可以使我们对于一本书或一个问题的理解获得若干帮助。这就是注重版本有益和有趣的地方。这种趣味和益处，决不是那些"佞宋"的藏书家所能领略的。

切不要以为自己仅有几本书，够不上称为一个藏书家，就无意去注重版本。要知道藏书家固然应该注重版本，就是仅有一本书的人，只要他是一个懂得爱书，理解书的趣味，能够从书中去获得学问和乐趣的人，他就有注重版本的必要。何况每一本书，无论它是一本怎样寻常不足重视的书，我们只要加以仔细研究，就可以发现许多属于版本方面的趣味。这正如对于任何一个寻常的人，除非我们对于自己以外的任何人皆无关心，否则总是值得我们研究的。

无论是为了学问或是为了娱乐去读书，我们若是对于握在手中的这本书的本身，毫不加以重视，对它毫无感情和珍爱，我们怎么能够期待从那里面获得乐处和益处呢？

藏书印的风趣

中国藏书家钤在书上的藏书印，其作用与西洋藏书家贴在书上的藏书票相同。所不同者，西洋式的藏书票乃是专为自己的藏书而设计的，除此之外，不作别用，也不能作别用。但中国的藏书家有时则将自己通常用的姓名印章钤在书上，或将一般的书画鉴赏图章钤在书上，当作藏书印来使用；不过，真正的藏书家和爱书家，必然喜欢为自己的藏书特地镌一两方印章，这些印章上的词句都是不能作第二种用途的，这才是真正的藏书印。

中国的藏书家谁最先使用藏书印？这问题没有人能回答，实在也不必回答。在书籍还是抄本卷轴的时代，书的实用性与它的艺术性几乎是不可分的，因此书籍、书法、绘画，三者每每同样成为爱好艺术的收藏家的搜集对象。他如果要想在他的收藏品上钤一方印记，"某某鉴藏图书之印""某某珍藏""某某秘玩""某某珍藏金石书画之印"，任何一方都可以钤在画轴上，钤在法帖墨迹上，也同样可以钤在所藏的书籍上。他若不是一个特殊爱好书籍的收藏家，实没有另行镌一方藏书印的必要。因此如果要追溯中国藏书印的始源，我们不妨说，一般收藏家的鉴赏印章乃是它的前身。

不用说，中国的历代书画古物收藏，自以皇帝内府为第一，因此最先使用鉴藏图书的，也是官家的内府。朱象贤的《印典》上说，图书鉴赏印记始于宋内府图书之印。但在赵宋以前，如唐太宗的"贞观"二字连珠印,玄宗"开元"二字连珠印,皆曾用在御府图书之上,虽然没有鉴赏珍藏等字眼,这实在是鉴赏图章的滥觞,也间接就是最早的藏书印。其后,如南唐李后主的建业文房之印,宋太祖的秘阁图章之印,徽宗的宣和御印,都是著名的官家收藏印鉴。私人方面最早的,如苏东坡的"赵郡苏轼图籍"印、王晋卿的"晋卿珍秘",虽是一般的书画鉴藏印,必然同时也就是他们的藏书印。

专为藏书而镌刻的藏书印,按照中国印章发展的过程看来,自必与斋馆别号的印章以及所谓吉颂风趣的闲章同时,从一般的图书鉴赏印章上面衍变出来的。这大约开始于宋代,经过元朝,到了酷爱风雅的明朝士大夫手中,便特别发展盛行起来了。

自明朝以来渐渐有了定型的中国藏书印格式,其文字大都作某某藏书、某某读书、某某手校;也有不用姓氏而用斋馆别号的,如某某楼某某斋藏书;这类印章多是方形或长方形的,字句多一点的,则作某氏某某楼藏书印记。若有特别著名的藏书家,往往仅用他的藏书斋馆名号的图章钤在书上,便足以表示是他的藏书,如明末钱牧斋的著名绛云楼,近人常熟瞿氏的铁琴铜剑楼,他们的藏书印仅作"绛云楼"和"铁琴铜剑楼"数字,没有姓名,也不用藏书字样。这是因为他们原是以藏书著名的,一见到这印章,就知道是他们的藏书了。

有些藏书家,除了普通的藏书印之外,更喜欢在他们所藏的善本孤本或宋本书籍上,钤上"善本""甲本""天壤孤本""宋本"等圆朱文的小印,如毛氏汲古阁、陆氏皕宋楼、聊城杨氏海源阁,我们至今仍可以从他们旧藏的善本宋本书籍上见到这样的小印。

清代中叶,以拜经楼藏书著名的海昌吴槎客,有一方藏书印,更特别有趣。据"拜经楼藏书题跋记"载,槎客每遇善本,倾囊购之勿惜。后得宋本咸淳《临安志》九十一卷,《乾道志》三卷,《淳祐志》六卷,遂刻一印曰"临安志百卷人家"。海宁陈仲鱼曾为此事题诗赠之曰:

> 输钱吴市得书夸,道是西施入馆娃。宋室江山存梗概,江乡风物见繁华。关心志乘亡全帙,屈指收藏又一家。况有会稽嘉泰本,赏奇差足慰生涯。

吴槎客的"临安志百卷人家"小印,虽未必一定是钤在书上的,然而从印章上发挥自己的爱书趣味,正是藏书印的别一格式。中国的藏书家,借了印章来表示自己志趣的人很多,可惜都是叮嘱子孙如何保存遗书,不许变卖;或是表示自己买书辛苦不愿借人之类的迂话,很少能有"临安志百卷人家"这种风趣的。

叶德辉的《书林清话》卷十《藏书家印记之语》,辑录古今藏书印记文字颇详。他首先引唐杜暹题其藏书卷末的诗句:"清俸写来手自校,子孙读之知圣教,鬻及借人为不孝。"按此事见宋周辉《清波杂志》,既说题在卷末,当是手写而非印记。又,赵孟頫的藏书,卷末有题记云:"吾家业儒,辛勤置书,以遗子孙,其志何如;后人不读,将至于鬻,颓其家声,不如禽犊;苟归他室,当念斯言,取非其有,毋宁舍旃。"陈登原的《古今典籍聚散考》引《曝书杂记》，误以为是赵文敏的藏书印记，其实当也是手题的。倒是汲古阁的毛子晋，曾借用赵氏这几句话，上面加上一句"赵文敏公书卷末云"，共五十六字，刻成一方藏书印，汲古阁所藏《梅屋第四稿》卷末即有此朱文方印。蒋光煦的《东湖杂记》及钱警石的《曝书杂记》所记，皆指毛氏以赵氏的题记刻为印章，并非赵氏自己有这印章也。

前记吴骞"拜经楼"所珍藏的那部九十一卷的宋咸淳《临安志》，吴氏曾因此刻了"临安志百卷人家"印章以示矜贵的，后来归于钱唐丁氏八千卷楼。据丁氏《善本书室藏书志》所记，这书的上面有一方吴氏拜经楼的藏书印，其文句云：

> 寒无可衣，饥无可食，至于书不可一日失，此昔人治欲之名言，是为拜经楼藏书之雅则。

可见吴氏对于书的珍爱。至于与他为爱书同志而互相赠诗唱和的海宁陈仲鱼，有藏书楼在紫薇山麓。据《东湖杂记》载，陈氏有藏书印，文曰："得此书，费辛苦，后之人，其鉴我！"其爱书如命的程度，也与吴氏不相上下。

其他见诸记载的各藏书家藏书印用语，大都仍以叮嘱子孙要读书，不可卖书不可借书，借者应予归还之类的话居多，如钱谷的藏书印云："百计寻书志亦迂，爱护不异隋侯珠，有假不还遭神诛，子孙不读真其愚。"居然出之咒诅，未免太过。明人祁承㸁澹生堂的藏书印云："澹生堂中储经籍，主人手校无朝夕，读之欣然忘饮食。典衣市书恒不给,后人但念阿翁癖,子孙益之守毋失。"祁氏的藏书,订有澹生堂藏书约,许亲友借观,但不得携出室外,因此他的藏书印中便没有禁止借人的话了。

蒋光煦《东湖杂记》,记青浦王昶的藏书印记,其措辞则较钱谷的更为严厉,竟有犬豕非人及屏出族外的话,文云:

> 二万卷,书可贵;一千通,金石备,购且藏,极劳勋,愿后人,勤讲肄;敷文章,明义理;习典故,兼游艺;时整齐,毋废堕;如不材,敢弃置;是非人,犬豕类;屏出族,加鞭捶。述庵传诫。

严酷如此,实在令人见而生畏,根本谈不上什么爱书的风趣了。与这相类的,还有万竹山房唐尧臣的藏书印,他是不肯借书给人的,印文曰:"借书不孝",见范声山的《吴兴藏书录》;这倒不如《藏书纪要》的著者孙庆增所用的藏书印:"得者宝之",还不失爱书家的本色。

其实,一定要勉强子孙读书或永远保存先人的藏书,实在是一件非常迂拙的愿望。

《清波杂志》的著者周辉,曾记少卿陈亚家中藏书千余卷,名画一千余幅,晚年又得华亭双鹤及怪石异花,唯恐子孙不能守,作诗戒之曰:"满室图书杂典坟,华亭仙客岱云根。他年若不和花卖,便是吾家好子孙。"结果少卿死后,全部仍归他人。可见古人早已有非难这种思想的了。这倒不如查初白《人海记》所称道的杨循吉,他因见故家藏书,多有为不肖子孙变卖或供人为薪者,既老,便将所藏分赠亲故曰:"令荡子爨妇,无复着手,亦一道也。"倒达观痛快多了。

日本人的爱书趣味,无论表现在西洋方式的藏书票上面,或是中国方式的藏书印上面,似乎都比较中国的藏书家更有人情味,更有风趣。三村清三郎选辑的《藏书印谱》和《续藏书印谱》,小野则秋氏的《日本藏书印考》,著录日本古今藏书印的式样,研究日本藏书家印记的渊源和变迁,极为可观,材料和趣味都极丰富。

日本最古的藏书印,大都发现在古寺院的藏经上,如"法隆寺一切经"六字,高山寺的则仅作长方形的朱文"高山寺"三字,法界寺的则作"法界寺文库"五字,亦系朱文长方形,这就是后来著名的长方形"金泽文库"藏书印的前身。日本人称书为"本",因此古皇室的藏书,在一般印章之外,间有钤上"御本"二字的,表示是官家的藏书。又如红叶山文库的藏书印,就作"红叶山本"四字。

表现在藏书印上的日本藏书家的书籍趣味,也有如我们中国的藏书家一般,不喜借人和叮嘱子孙保存毋卖的。就是寺院的藏经,为了提防失散,也有在藏书印上刊着"门外不出"的字样。

但大都比较我们更有风趣。如铃木白藤的书印作"节缩百费,日月积之",市河米庵的"市河米庵捐衣食所聚",朝川善庵的"善庵三十年精力所聚"。更有对于自己所有的孤本和珍本特别看重的,如小岛尚质的珍本书印,作"葆素堂惊人秘册",寺田望南的"天下无双",内藤湖南的"天壤间孤本",岩崎灌园的"宇宙一本,岩崎必究","森川竹窗的"此书不换妓",都是很有风趣的爱书心理流露。

印章文字多一点的,如青柳馆文库的朱文方印,共十八字,文曰"勿折角,勿卷脑,勿以墨污,勿令鼠咬,勿唾揭幅",这是针对旧时翻阅线装书的一切陋习而发的,显然受了中国藏书家的影响。大阪的一位儒士松井罗州的藏书印,则叮嘱得更仔细,文字也更多了。这是一方大型的朱文方印,共有文字九行,文曰:"赵子昂云,吁,聚书藏书,良非易事。善观书者,涤手焚香,拂尘净几,勿卷脑,勿折角,勿以爪侵字,勿以唾揭幅,勿以作枕,勿以夹刺,随损随修,随开随掩,后之得吾书者,并奉赠此法。"他另有一方藏书印,所刻的是日本式的中国七言诗四句,诗曰:"著书始识著书难,字字写来心血干。禁锢尘堆媚贫蠹,不如典卖供人观。"

我最喜欢的倒是细井广泽的一方,也是朱文的大方印,文曰:

> 友人求假余书画摹本,余未曾啬焉。然至乎淹滞不还,则大负老境之乐意,故作俚诗自刻印于其首,以奉告诸友:斯翁努力知何事,为乐残生为遗儿。君子求假奚足惜,荷恩还璧莫迟迟。壬寅秋,广泽钓徒书,时六十又五。

诗虽不大高明,然而那风趣颇有点近于郑板桥的自题润格。

从《日本藏书印考》中所见到的其他有风趣的藏书印,还有小岛尚质的"父子灯前共读书",泷泽马琴的"不行万里路,即读万卷书",市野迷庵的"子孙换酒亦可",大槻磐溪的"得其人传,不必子孙",都有一点风流的潇洒趣味。

从日本藏书家的藏书印上所见到的身后保存藏书观念,则与中国的藏书家差不多,都是希望子孙能永远保存,毋卖毋弃。如新川鹿岛清兵卫的一颗:"子孙永保",诗人竹添井井的"井井居士鉴赏子孙永保",关场忠武的"子孙保之",都是这一类藏书印的典型式样。至于略有变化的,则如姓名失传的某氏的一颗:"自写且校,纸鱼宜防,不鬻不焚,子孙永藏",河野铁兜的"衣粗食菲,辛苦所存,不能永保,非我子孙",颇与中国若干藏书家"后人但念阿翁癖,子孙益之守毋失"的观念如出一辙。但达观的也并非没有,如村田清风的"长门国三隅庄村田氏文库章,隼散任天然,永为四海宝",大槻磐溪的"得其人传,不必子孙",市野迷庵的"子孙换酒亦可",都是挂念自己的身后藏书,但却不一定希望子孙为之保存的。

至于从藏书印上所见到的方正耿介性格,可以代表的该是关场忠武的一方,中间朱文作"关场氏所藏"五字,左右白文两行,右曰"忠孝吾家之宝",左曰"经史吾家之田"。但我以为这未免太正经了,倒不如丁氏八千卷楼藏书志所载的某氏的一方:"布衣暖,菜根香,读书滋味长",颇有中国儒家所提倡的淡泊风趣。

最后,我想顺便谈一谈藏书印的钤盖方法。

西洋的藏书票是贴在书封面的里面,即封面的反面,以一张为限,大都贴在正中,但也有人贴在左上角的。

至于我们的藏书印，则因了一本线装书可以钤印的地方很多，而一个藏书家的藏书印又往往不只一方，于是钤印的地位就值得考虑了。从前皇帝的内府图书藏书印，照例是钤在每一卷的第一面书框上面正中的，如我们从影印的四部丛刊上常见到的"乾隆御览之宝""嘉庆御览之宝""天禄琳琅"等等，都是这样。这是皇帝的排场，是不足取法的。正当的钤盖藏书印的方法，最主要的一方，我以为是该盖在一部书正文第一面的下方，即著者或编纂者的姓氏的下面，以贴近书的边框为宜。再其次，则每一册的最后一页的下角，也应该钤一方压卷。若再有其他的藏书印，则不妨分别钤在序文前后和里封面版框的空白处，地位总以贴近下角为宜。无论是线装本或是铅印的平装本，我以为总不宜在封面上盖上印章。

若是这本书已经经过别家收藏，第一页已有若干印章的，则自己的藏书印宜顺序钤在最上的一方之上，以示收藏流传的先后次序。若是下角仍是空白的，则仍以钤在下角为宜。

主要的藏书印应该钤在本文第一页的用意，是因为这地方是一部书的真正开始，又不似题笺序文目录等容易损坏或脱落，所以应该钤在这里。又，如果书边特别阔大，书框特别小的，则不必一定钤在框内，也可以钤在框外。

藏书印当然可以不止一方，但钤在一本书的主要所在的应该用主要的一方，其次要的则不妨分别钤在卷末和其他适宜的地方。即使自己有很多的印章，也不宜一齐钤在一本书上。无论是书籍或是碑帖书画，印章钤得过多，不仅有损美观，而且也产生一种伧俗气。只有书贾和古董商人才故意累累地乱钤伪造的藏家印章来炫惑人。姜绍书在《韵石斋笔谈》中曾讥笑明朝收藏家项墨林喜欢在收藏品上乱钤图章，他说得好：

> 每得名迹，以印钤之，累累满幅，亦是书画一厄。譬如石卫尉，以明珠精镠，聘得丽人，而虞其他适，则黥面记之，抑且遍黥其体，使无完肤，较蒙不洁之西子，更为酷烈矣。

他虽是说书画收藏家的，但藏书家也应以此为戒。

借书与不借书

> 诗狂书更逸，近岁不胜多，大半落天下，未还安乐窝。

这首诗是宋朝的邵康节怀念他的那些借出未还的书的。安乐窝是他的读书处。他本是一位道学先生，但这首诗却有点风流意味，因此每想起自己给别人一借不还的那许多书，总喜欢低诵着这几句诗。

我自己不大向别人借书,但是从来不拒绝借书给别人。我不大向别人借书的原因,并不是不喜欢借书,而是自己另有一个买书的习惯。凡是自己要用要看的,甚或明知不甚有用或是自己不会去看的书,只要有机会,总喜欢自己去买了来。因了这样,可以买到的书,自己大都买了;买不到的书,大都也借不到,因此就不大有机会向别人借书。但是别人向我借书的却常有。有时为了借书人的个性,或是所借的一本书自己早晚恰巧要用,或也会踌躇一下,但仅是踌躇而已,结果仍是借的。毅然拒绝将一本书借给别人,这是我从来不曾有过的事。

我的书桌抽屉里有一张纸,每逢借出一本书时,我便随意地简略地在那上面记下借出的书名和借书者的姓氏。这并非正式的登记,而是只供不时提醒自己之用的一种备忘录。那上面的字迹,简略潦草得只有我自己才看得懂,有时甚至连我自己也看不懂的。根据这样的一张书目,有时偶然将这些借出的书检点一下,便发现借去了未还的书,实在占多数。这些未归还的书,有的可说是至今尚未还来,有的则看来大概永无归还的希望了。而这些不会还的书,大都就是那些在借的时候我就已经踌躇过,仿佛已经预料到借的人决不会归还,但是仍是借给了他的。

本来,自己的书应不应借给他人,这是一个看来很简单而实在很微妙的问题。这一来要看自己的性格和对于书的观念,二来要看借书的人是个怎样的人,三来要看所借的是怎样的书。将书籍当作珍物来玩赏的人,当然不肯轻易借给别人,但即使是将书籍当作是学术研究工具的人,为了自己可能随时需用它,也是不愿随意借给别人的。

只有自己爱书而又能理解不能获得自己所需要的书时那种精神上的不安和空虚的人，才能推己及人，不肯轻易拒绝别人向你借一本他所需要而恰又为你所有的书。不过，这样借书给人的心情，决不是"我已经看完了，你拿去吧"那种对于一本书的有无毫无动于衷的薄情汉所能理解的。这样的借书给人，好像是将自己的一部分借给了别人，在沙漠的旅途上将自己的水壶慷慨地授给同路者。他所希望的乃是获得一个伴侣和同好者，能够共享自己所已经感受到的满足和愉快，决不是施舍，也不是希望使对方成为一个欠了自己一笔债的负债者。

当然，借书给人当然希望，而且相信别人一定会归还的。自己向别人借书，也很少一开始就蓄意不拟归还的，这样的人不是没有，不过是少数的少数。大部分的人，借书时是一再表示必定归还，而且事实上本是准备看完了或用完了就实时归还的，但结果往往适得其反。

借出的书不能归还的原因虽多，但最大的原因还是那不成原因的原因。这就是说，由于疏懒，提不起精神去履行这一个义务。这样的借口很多：不顺手，时间不凑巧，本来预备来还的——临时忘记带来了。有时又觉得仅仅为了归还一本书去走一遭未免不值得，而时候愈久，便愈觉得没有亟亟归还的必要。这恰如一笔旧债一般，债主没有特别的理由固然不便启齿提起，而欠债人虽然不时记起这一笔债，但是如果没有特别原因，也就懒得去还了。

是的，就这样，"大半落天下，未还安乐窝"，借出去的书，就因了这样不成原因的原因,多数不曾归还。至于真正因了遗失或彼此失去联络而无从归还的,那不过是少数中的少数。

我自己虽然不常向别人借书,但偶尔也会借一两本的。在我的书堆中,我清晰地记得,就有向一个朋友毫无必要地借来的两本书,至今已隔两年,固然不曾看,他也不来讨,我也至今提不起精神去归还。

中国旧时的藏书家,大都不喜欢将自己的书借给别人。这是因为他们既不将书籍当作求学问的工具,也不当作应该公诸大众,至少应该公诸同好的可以陶养性情的艺术品,而是将书籍当作私人的秘玩。这全然是过分的佞好古版和古本所致。有些旧时癖好宋版和孤本的藏书家,他们固然不肯将自己的秘藏借给人或拿出来给人看,甚至自己有一些什么书也不愿给别人知道。西洋有一些怪癖的嗜好收藏孤本的藏书家,他们如果发现自己所藏的孤本在别人的手中又发现了第二本时,他们必定千方百计设法将那另一本买了来、骗了来,甚至盗了来,然后再将它销毁,务使自己所收藏的这一本"孤本"成为真正的孤本。如果这一切都办不到,他们宁可将自己的这一本摒诸自己的收藏之外。

这样怪癖的藏书家,他已经不将一本书视作一本书,当然更谈不上借书给别人了。

旧时中国的藏书家,有些人甚至告诫子孙,以借书给人为不孝。如范声山《吴兴藏书录》引《湖录》云:"唐尧臣,武康人,为开建尹,有别业万竹山房,构楼五间,藏书万卷,书上有印曰:借书不孝。"宋周辉《清波杂志》,记唐杜暹聚书万卷,每卷末题诗其上曰:"清俸写来手自校,子孙读之知圣教,鬻及借人为不孝。"唐朝印书未流行,书籍还是抄本居多,以自己薪俸去辛苦抄来的书,当然应该珍惜,告诫子孙不应随便卖给人固然很应该,但连借给人也认为不孝,那就未免不近人情了。

书是应该借给人的,但有些人借了书专门不还,却也是令爱书家感到棘手的事。如赵令畤在他的《侯鲭录》中所记的那个专门借书不还的士人,就令人头痛了:

> 比来士大夫借人之书,不录不读不还,便为己有,又欲使人之无本。颖川一士子,九经各有数十部,皆有题记。是为借人书不还者,每炫本多,余未尝不戒儿曹也。

赵令畤并不戒儿曹不可借书给人,而是戒他们不可像那个士人一样,借了别人的书,"不读不录又不还",这实在是很明达的见解。本来,与其劝人借书给人,不如劝人借了书应该归还。因为有人借了书不肯还,才有人吝啬不肯将自己的书借给别人。

中国旧时的藏书家,并不都是珍秘于枕函而不肯借给人的。有些认为与其藏之笥箧,供鼠啮虫巢,或留待不能读书守书的不肖子孙去变卖,不如慷慨地借给别人抄读。钱牧斋跋南村《草莽私乘》,谓当时有李如一者,好古嗜书。收买书籍,尽减先人之产。尝曰:"天下好书,当与天下读书人共之。古人以匹夫怀璧为有罪,况书之为宝,尤重于尺璧,敢怀之以贾罪乎?"李如一的藏书,在中国藏书史上虽没有名,然而这几句话却是中国许多有名的藏书家所不肯说的。就如钱牧斋,他虽然"未尝不叹此达言,以为美谈",可是他自己以收藏宋元精刻坲于内府的"绛云楼",却"片楮不肯借出",以致一场火灾,全部孤本秘钞都变成灰烬了。

不借书固然不应该,但借了书不还或是随意污损也是不该的。北齐的颜之推在《颜氏家训》中谈借书的道德说:

> 借人典籍,皆须爱护。先有缺坏,就为补治,此亦士大夫百行之一也。济阳江禄,读书未竟,虽有急速,必待卷帙整齐,然后得起,故无损败,人不厌其求假焉。或有狼藉几案,分散部帙,多为童稚婢妾之所点污,风雨虫鼠之所毁伤,实为累德。

颜氏的说理,每多平易明达,这里所主张的借书道德,也是古今不易的标准。因为借书的人如果能将借得的书加以爱惜,定期归还,取得爱书家的信任,则他们自然不会吝啬不肯借了。

在从前书籍刻本不多,流传不广,购买不易的时代,如果要读书,既没有公共图书馆,自己又买不到或买不起,唯一的方法只有向别人去借阅或借抄了。因了借书困难,甚至有人不惜到有藏书的人家去做工,以便取得读书的机会,如《西京杂记》所记的匡衡,勤学而不能得书,"邑人大姓,又不识字,家富多书,乃与客作,不求其价。主人怪而问之,衡曰,愿得主人书遍读之"。

对于藏书家珍秘其所藏,不肯轻易示人,以致要读书的人无书可读,要参考校勘的学者望洋兴叹,而一遇兵燹水火的意外事件,所藏孤本秘籍往往一扫而空,因此引起有见识的爱书家的慨叹,如吴恺《读书十六观》[1]引《鸿胪寺野谈》云:"关中非无积书之家,往往束之庋阁,以饱蠹鱼,既不假人,又不触目,至畀诸灶下,以代蒸薪,余每恨蠹鱼之不若也。"

秀水曹溶氏所拟的《流通古书约》,也指责藏书家的这种怪癖之可恶:

> 书入常人手,犹有传观之望,一归藏书家,书无不缔锦为衣,梅檀作室,扃钥以为常有问焉,则答无有。举世曾不得寓目……使单行之本,寄箧笥为命;稍不致慎,形踪永绝,只以空名挂目录中。自非与古人深仇重怨,不应若尔。

所谓《流通古书约》,便是曹氏鉴于有些藏书家秘其所藏,不肯示人,特地拟了这公约,呼吁有心的藏书家,出各所藏,有无互易,互相抄借的。他对于有些人借了书不肯还,以致藏书家不愿出借的原因,也不曾忽略。他说:

> 不当专罪各不借者,时贤解借书,不解还书,改一瓻为一痴,见之往记。即不乏忠信自秉,然诺不欺之流,书既出门,舟车道路,遥遥莫定,或童仆狼藉,或水火告

---

[1] 吴恺所撰为《读书十六观补》。——编注

灾，时出意料之外，不借未可尽非。

不过，曹氏的《流通古书约》，其范围仍以藏书家间互相有无抄借为原则，他的用意和南京丁氏所组织的《古欢社约》差不多，只是以"彼藏我缺，或彼缺我藏，互相质证，当有发明，此天下最快心事"为目的，并不是提倡一般性质的借书。

但是，大部分的著名藏书家，连藏家之间的互相抄借也不愿做，于是遂发生了设计偷抄别人秘籍的事，这事发生在清初著名的藏书家钱遵王与著名词人朱彝尊身上，可说是反映中国藏书家吝啬怪癖的最有趣的逸话。钱遵王是钱牧斋的族孙，曾收得牧斋绛云楼烬余的藏书。据钱氏《读书敏求记》的吴焯跋语云：

> 绛云未烬之先，藏书至三千九百余种。钱遵王撰读书敏求记，凡六百一种，皆记宋版元钞，及书之次第完缺，古今不同，依类载之，秘之枕中。康熙二十四年，彝尊典试江左，与遵王会于白下，求一见之，终不肯出。乃置酒，召诸名士高宴，遵王与焉。私以黄金及青鼠裘，予其侍吏，启箧得之，雇藩署廊吏数十，于密室半宵写毕，并录得绝妙好词一卷。词既刻，遵王渐知之，彝尊设誓以谢曰，不流传于外人。

此外，还有一个同学之间不肯借书，给别人戏弄的故事，对于有书而不借的吝啬者的惩罚，可谓痛快。事见明人周镳《逊国忠记》卷三《景清传》：

> 洪武中，游太学，同舍生有秘书，清求观，不与。固请，约明旦即还。明旦往索，清曰，吾不知何书，亦未尝假书于汝。生愤，讼之祭酒，清即持所假书往见曰，此清素所业书。即背诵彻卷。及同舍生，生不能对一辞。祭酒叱生退，清出，即以书还生曰，吾以子珍秘太甚，故相戏耳。

这里所说的景清借了书不肯还，固然是有意开玩笑，但在事实上，借出的书不易获得归还，却也是事实。我自己就已经在两方面都有过经验：许多借出的书，至今未蒙归还，而我的书堆中也有一些借了来至今未还的书，不过我想双方都是由于疏懒与疏忽，决不是存心不还，或是一种有意的惩罚举动。写到这里，使我想起一位西洋藏书家在藏书票上所写的铭句了，他也许痛惜借出去的书不回来的太多了，因此祷祝道：

> 迷途的猫虽然走失了许久，
> 终于有一天会回来。
> 唉，但愿此书借出后能具有猫的性格，
> 采取最捷的直径归回家来。

借书与痴

中国宋朝的藏书家,对于借书和还书的问题,有一种有趣的理论。他们有些人主张不借书给人,同时又主张借了书不应归还。他们认为,借书给人是一件痴事;还书给人更是一件痴事。这理论甚至成了俗谚,有人推而广之,认为向人借书,已经一痴;有书居然肯借给人,更是二痴;借出之后又向人家索还,可谓三痴;借了书又还给人,是乃四痴。这借书四痴的理论,在北宋藏书家之间颇为盛行,宋人著述中记载这故事者甚多,而且在字句之间各家还有不同的见解,是中国藏书家关于借书问题的一段有趣的逸话。

吕希哲为吕公著子,徽宗时以党祸罢官,所著《吕氏杂记》有云:"余幼时,有教学老人谓余曰:人借书而与之,借人书而归之,二者皆痴也。闻之便不喜其语。"

王楙《野客丛书》卷十一云:"李正文《资暇集》曰:借书集俗谓借一痴,与二痴,索三痴,还四痴。又杜元凯遗其子书曰:书勿借人。古谚云:借书一嗤,还书一嗤,后人生其词至三四,识为痴。或曰:痴甚无谓,当作甀。仆观广韵注张孟押韵,所载甀字,皆曰借书盛酒器也。故曾文清公还郑侍郎通鉴诗曰:借我以一鉴,饷公无两甀。又观鲁直诗曰:愿公借我藏书目,时送一鸱开锁鱼。苏养直诗曰:休言贫病惟三箧,已办借书无一鸱。又曰:去止书三箧,归亡酒一鸱。曰:惭无安世书三箧,滥得扬雄酒一鸱，乃作鸱夷之鸱。近见渔隐后集，亦引黄诗为证。"

王氏在这里先否定了古谚所谓借书还书为痴或嗤的一般见解，而认为应该作瓻，谓古人的礼节，借书还书皆以瓻盛酒为伴。接着又引了黄山谷、苏养直两人关于借书的诗句，说他们都用鸱夷之鸱。一句话竟有四个不同的字，可谓有趣。

痴与嗤的用意相近，都是对借书和还书加以讥笑的意思。至于瓻字，《说文》和《广韵》都是酒器。注云：大者一石，小者五斗，古借书盛酒瓶也。

古人借书还书都要用酒通殷勤，虽是古谚，可惜我们对于这风俗找不出什么可靠的根据。因为除了韵书在瓻字下的小注以外，不再有其他关于这借书古俗的记载。至于苏黄等人所用的鸱字，则因为鸱也是一种盛酒器。《游宦纪闻》云：

> 借书一痴，还书一痴，或作嗤字，此鄙俗无状语。前辈谓借书还书，皆以一瓻。礼部韵云，瓻盛酒器也。山谷以诗借书目于胡朝请，末联云，愿公借我藏书目，时送一鸱开锁鱼。坡公《和陶诗》云，不持两鸱酒，肯借一车书。吴王取伍子胥尸，盛以鸱夷革，浮之水中。应劭曰，取马革为鸱夷，榼形。范蠡号鸱夷子皮。师古曰，若盛酒之鸱夷。扬子云《酒箴》：鸱夷滑稽，腹大如壶。师古云，鸱夷，革囊以盛酒也。苏黄用鸱字本此。

作为盛酒器的鸱夷，根据诸家的考证，乃是用牛马等兽类皮革制成的皮囊,那形状当如欧洲中世纪乡间盛酒的猪皮囊,或者像渡黄河所用的牛皮筏。至于所以名为"鸱"的原因,据谓是象形的,象征鸱的腹大如瓠能容多物,所以范蠡逃亡后自号"鸱夷子皮",便是表示自己胸怀能忍耐容纳之意。日本有一种盛酒的陶器,形状像是一只猫头鹰,挺着腹部,颇有扬子云所说的"鸱夷滑稽,腹大如壶"之意,也许是中国古鸱夷的遗制吧。

说借书还书为一痴或一嗤,未免刻薄不近人情,但借书还书要用酒,又未免太过郑重。古人虽有以《汉书》下酒的故事,但藏书家恐怕未必个个都是酒徒吧?我以为借书一痴还书一痴者,必是俗谚嘲笑藏书家的书痴气,而古人因了得书不易,空手向人借书不好意思,必然随身带一点敬仪,也许偶然有携一瓶酒的。若说借书还书必须用酒,而且如《广韵》等书所注释的那样,借书还书还有专用的盛酒器,则我就有点不敢轻信了。

书斋之成长

日本的爱书家斋藤昌三,著《纸鱼繁昌记》,其中有一篇《书斋杂谈》,有一节论书斋的生命,谓书斋为有机体,应新陈代谢,而非书的坟墓,颇有见地。斋藤氏云:

书斋是生长着的。书斋本来是一个有机体,不断地新陈代谢,万古常新,故会有生气。当丧失了这种新陈代谢,机能衰老时,成长即告停顿了。成长已停止了的书斋,则纵有藏书数万卷也不过是书斋的坟墓罢了。

图书馆常常被人比作书籍的坟墓。图书馆除了某种特殊的专门图书馆而外,大抵因以广大的公众做对手,势必以搜罗丰富为主,顾不到精选慎择,竟至要收容到没有永远价值的东西。说它是坟墓,虽不免过于奇矫,然而至少也令人感到没有一家图书馆不是书籍的养老院。不过,私人书斋却因根据个人自己的方针(其中虽也有没定方针的随便搜集,然而大抵却是有系统的收罗),自然而然地形成一个有生命的有组织的大系统了。所谓书籍是有机体,就是这个道理。架上的书籍不特一本一本地跟收藏人息息相关,而且收藏人的生命流贯其中,连成一体。

因此,这个书斋的有机作用,不消说是全靠书斋主人的爱书欲和研究欲不断增加,使书斋不断地新陈代谢,一路成长。当书斋主人的兴趣已尽,或跟他断绝关系时,便会立即停止成长,同时又失落了生气和光彩。无论是怎么样的学者的书籍,当主人公没兴趣时,那么其遗迹就活像无人荒寺的大殿一般了。无论怎么样的大法师的名作,当五彩生光的佛器佛幡失掉了光彩时,只有日益荒废而已。

书斋的成长是靠一个好学的学徒或靠真心爱好的趣味来哺养的,不过,书斋健全成长不是单靠藏书的增多的,也不是靠搜集家的共通心理所做的随手乱收乱藏，也不是靠爱书家的锐眼猎获珍本罕书。坚实的书斋主人为书斋的成长打算，是靠不绝地搜购新出好书，使书斋的空气常常新鲜，使书斋的机能活泼，使书斋的能率提高的。仅知增加藏书的数量，或仅知以珍本罕书骄人，不过是把书斋变成书籍贮藏室，或变成博物院的陈列处，完全不会使书籍有了生气。

书斋虽一面是休息室，然而所谓休息室并非是说隐居室或避世处。既不是逃避尘世，享受风月的房间，也不是忘掉生活之苦超脱现世的地方。

说起来虽不免带点说法气味，然而现代实要人刻刻存心，不忘奋斗，直至一息尚存，不容稍懈其志，不至失其元气。故书籍不能不是个常养其志，鼓舞其元气的地方。即使在享受休息之时，也不宜忘其志，丧失元气的。因此，为提防不至堕落到以藏书的丰富和古版的珍贵自满那样的空虚的爱书癖者，必须把书斋的空气弄得常常清新预防爱书癖的病菌发生。

历史家、考古学家、古典学者之珍重发霉的古本，因事属专门，实为当然。不过，世上却有唯对古版盲从附和，根本轻视新版新书的只讲价钱的读书家。特别是所谓爱书家之流常有古版之书千金犹贱，新出之书十钱犹贵的倾向。古典之值得尊敬，固不必说。古版之值得爱玩，亦不必多说。然而为什么对于新作新刊的书看作不值一顾的拙著俗书呢？

当然，每天应接不暇的陆续出版的新书，固不容易一一过目，这是时间有限办不妥的一种商量。然而人各有自己的专门，又自觉有趣的问题，所以不必读破所有的新书，其实令人看得不忍释手的书，原是少得出奇。侧重古典古版，不顾新作新刊，实在是一个读书人的既不健全又不聪明的办法。世人相信最好读书法是绝对不看出版未到十年的书。不消说，书籍的真价至少不过十年不能懂得，而坏书过了十年大抵会被驱走的，但反之，任何一种名著过了十年又会失掉其新鲜味呢。因为时代香气已失，故十年前的旧书就不能跟时代接触沐浴在新鲜空气中。新书即使没有任何永久价值，连那些早上出版，晚上葬身废物店里生命如蜉蝣的劣拙小书，也一样带着时代的香气。这种新鲜味道比由古典里尝到的太牢滋味更多营养成分。

世上又有一种读书法，以为与其博览，不若专攻，反复精研一册古典，得益将会更多云。此说是颇有真理的。漫不经心地如蜻蜓点水一般，只在皮相上泛读，终归得不到什么益处。不过，除了学者的考证检核之外，只知死守一本《论语》或《圣经》，那就跟和尚的朝夕念经一般，称不得是读书家。然，读书乃攻学唯一之道乎？读书足以修养乎？读书乃最高之享乐乎？读书万能，是耶非耶？根本的读书说，姑置别论，唯既已明白读书趣味，又好埋头在书斋里的人，则必须提防书斋空气的沉淀，避免头脑的化石，以期书斋的成长。第二，不要忘记，常购入新书放入书斋里，是使书斋空气常保存清新的一个办法。

《书斋随步》

《书斋随步》,少雨庄主人的第六书物随笔集,是最近才出版的新书。案头能有这一册书放着,在今日的香港,即使连日本人也包括在内,我怕是唯一的一人吧?这不能不说是一种幸福。

前些时候,从日本杂志上读到第一书房的悲壮的废业启事,心里有一种说不出的凄凉。在中国方面,旁的人我不知道,在我以及平素往还较密切的几个朋友之间,日本第一书房的出版物对于我们的影响是很大的。就从我个人来说,我就很钦佩第一书房的经营者长谷川氏。十多年来,始终想经营一间这样为了读者和作家打算,同时也不抹煞出版者的利益的文艺书店。可惜这梦想至今还不曾有机会给我实现。

因了第一书房的废业,使我联想到,像斋藤先生所主持的书物展望社,在目前的时局下,在经营上怕也难免要遭遇相当困难吧。接着,从杂志的启事上,果然读到说是因了纸张限制和物资节约的关系,有几部预告要出版的书怕要延迟出版的话。预告了许久的《书斋随步》正是其中之一。我想,要见到这部书,怕是不可能的了。但出人意外地,日前即从小川先生手中收到著者转寄来的一册。虽是与预告的出版期延迟了一年多,而且经过了艰难的旅程,连书角也有一点卷折了,但我的喜悦是不难想象的。

《书斋随步》一共包含了近八十篇随笔和小论文,计分《书痴篇》《装帧篇》《藏票篇》《苦乐篇》《自画篇》五部。匆匆翻阅一遍，使我特别感到兴趣的是几篇关于书籍装帧的文章。日本出版物的装帧艺术是极发达的。连我自己在内，国内几个寥寥可数的注重书籍装帧的人，可说都受过日本装帧艺术的影响。在国内，最大的权威出版家根本不知道装帧为何物，一般人也不过以为装帧只是给一本书画一张封面，甚或是"洋装烫金"。要想找一个能够理解书籍的内容和形式应该怎样调和，装帧艺术并不一定限于"豪华"，一部文学史和一部创作诗的装帧应该需要怎样个别的处理等等问题的人，我觉得简直是置身在沙漠中一样。在这情形之下，对着日本出版物的装帧艺术的成就，实在使人羡慕。

正是从其中的一篇文章里，使我无意知道在名画家藤田嗣治的书架中，藏有日本唯一的一册出自墨西哥某酉长的赠馈，以人皮装帧的书籍的有趣逸话。

《书斋随步》的装帧系出自画家池田之手。在战时的出版界，这册书能够出版已是幸事，因此在装帧上当然有许多地方不免受到牵掣，但仍朴素雅致得恰合它应有的身份。尤其是包书纸内页的《少雨庄见取图》，与衬页前后的书斋素描对照看起来，实在使人神往。池田君所特别注明的放在书架前面的那两箱藏书票，更使我羡慕。

遥想着神交十年，始终未见过面的斋藤先生，在少雨庄的书斋内，坐在大书案前，面对着窗外的修竹，静耽于他的书斋王国的乐趣的情形，我仿佛觉得自己也曾经置身其间了。

《纸鱼繁昌记》

这次小川先生从日本归来,带来少雨庄主人惠赠的藏书票十八种以及一册新版《纸鱼繁昌记》,使我十分高兴。我失去这书已经七年,好久就希望能够再得到一本,这次竟如愿以偿,实在是一件快事。虽然新版的《纸鱼繁昌记》,封面十分朴素,远及不上旧日的蠹鱼蚀纸装,而且还略去了原有的几幅插画,但在战时居然能有再得到这书的幸福,实在不敢再作其他非分的想望了。

事变第二年的春天,我离开上海到广州,随身曾带了几册书,《纸鱼繁昌记》便是其中之一。其余的是:罗逊·巴哈博士的回忆录:《猎书家的假日》,爱利克·克莱格的《英国的禁书》,克利爱顿的《书与斗争》,爱德华·纽顿的《藏书快语》和《藏书之道》,以及克利斯托夫·穆莱的《书志学讲义》。广州发生战事的前几天,我只身来到香港,这几册书都被留在官禄路的宿舍里,和我的衣物一同失散了。因了这几册书都是所谓"关于书的书",是谈论书物版本掌故的,在战时可说是奢侈品,本应该束之高阁,但我当时悄悄地将它们带在身边的目的,不过想在灯下或临睡之前的一刻,随意翻阅几页,用来调剂一下一天的疲劳而已。因了这几本书的性质和当时的工作环境实在太不相称,朋友们曾屡次说我"积习难除",我总付之一笑,私心反而因这可骄傲的习性而感到自慰,却不料偶一疏忽,便永远失去它们了。

来到香港后,忘不掉这几册书,我曾将它们写在《忘忧草》里。

后来，找出了这几本书的出版处，我试着辗转设法去补购。几年以来，失去的七本书之中，我曾先后买得了《藏书快语》《英国的禁书》《书与斗争》三种。其余的四种，《藏书之道》早绝版了。《猎书家的假日》虽然出版不久，但写信给美国的原出版家，始终没有回信。穆莱的《书志学讲义》，本是一家大学出版部印行的，我的一本，是无意从日本丸善寄来的洋书目录上见到，写信去买来的，当然无从再得到。而内田鲁庵的《纸鱼繁昌记》呢？早几年就说已经绝版了，当然更买不到。

这回，偶然从最近期《书物展望》月刊的广告上，见到《纸鱼繁昌记》改版出版的预告，不觉喜出望外。想到同中国一样是经过了七八年战争的日本，出版界居然还有重刊这书的余裕，实在使人羡慕。而更使我高兴的是，书物展望社主人斋藤昌三先生，居然至今还不曾忘记十多年前曾经"热衷"搜集日本藏书票的这个中国友人，特地将他许多年以来新制的藏书票惠赠了一份给我。

七年的炮火，曾经毁灭了许多生命和城市，当然更毁灭了不少可珍贵的典籍，但远隔重洋，知道怎样从每一册书上去寻找人生乐趣的同好者，凭了这相同的爱好而建筑在薄薄的一层纸上的友情，却怎样也不为炮火所动摇，实在是可发深省的事。

爱书家的小说

法朗士的《波纳尔之罪》，是我爱的小说之一。这书已经被译成中文多年，可是它的读者似乎并不多，这恰好说明像这样一部气息淳厚的作品正不易获得一般人的爱好，而这也正是我爱读《波纳尔之罪》的原因。

包围在古色古香书卷氛围中的波纳尔，他的爱书趣味，不染尘埃的再生的爱，只有从小就熏陶在爱书环境中的法朗士才写得出。

以爱书家为主人公的小说，除法朗士的这部《波纳尔之罪》以外，近年使我读了不忍释手的，是斯谛芬·支魏格的几个短篇。

写下了《一个不相识妇人的情书》，写下了《杀人狂》的支魏格，即使放过他的作家论不提，仅是在小说方面的成就，已经够值得倾佩了，而在这一切之外，他竟又写了能深深把握爱书三昧的许多短篇，这才干不仅使我佩服，简直使我嫉妒了。

我不大熟悉支魏格的生活。但是我确信，他自己如果不是一个爱书家，决不能写出这样深得其中三昧的作品。

几年以前，支魏格作品的英译，将他这样的几篇短篇，再加上两篇关于书籍趣味的短文，编印了一本小册，书名是《旧书贩及其他，给爱书家的故事》。书的篇幅并不多，但印得极精致，我托李乾记书庄辗转设法从海外买了来，读了又读，差不多爱不忍释。

支魏格的这几篇短篇,似乎是在第一次欧战结束了不久以后所写,书中处处表现着在当时战后经济破产的德国,藏书家以及艺术收藏家受着怎样比一般人更惨痛的厄运。其中有一篇名《看不见的收藏》,更使人读了怎么也不会忘记。

一位版画贩卖商人,因为要搜罗一些日渐缺少的版画名作,想起在他许多老主顾之中,有一个住在偏僻城市中的某氏。这人曾从他手中买过不少版画,现在社会不景气,这人也许有意会将他的收藏出让。商人便特地去加以访问。哪知因了不景气,为了维持日常面包所需,某氏宝贵的收藏早已暗中被他的妻女零星卖光了。双目失明的某氏,每天捧着全是白纸的画册,依然视同珍宝似的抚弄着。因此当版画商人来访问时,几乎将这一幕悲剧揭穿,幸亏那母女及时加以说明,于是商人也只好硬着心肠欺骗这盲人,称赞他的收藏如何丰富,然后怀着感伤的心情走开了。

许久就想将这短篇翻译出来,可是始终没有机会使我动笔。前些年,在香港战事爆发的前半月,经了我的推荐,戈宝权兄从我的书架上将这册小书借去了,战后不曾再见过他,他似乎离开得很早。即使是只身从炮火下离开这里的也好,我希望这一册小书能幸运地恰巧被他带在身边。

蠹鱼和书的敌人

英国威廉·布列地斯所著的《书的敌人》,出版于十九世纪,篇幅虽然不多,却是每一个爱书家所爱读的一本小书。因为它以那么同情和解事的态度,谈论爱书家的喜悦、忧虑和愤怒,无不曲曲中肯。

布列地斯在他的书中所列举的书的敌人,除了火、水、蠹鱼之外,还有灰尘、遗忘、仆役、小孩、钉书匠人,甚至包括藏书家自身在内。其中关于蠹鱼的一章,是他的这本小书里面最长的一章。他旁征博引,从生物科学谈到诗歌,对于这个小动物作了极详尽而有趣的探讨。据许多人的意见,这乃是《书的敌人》最精彩的一章。美中不足的是,据我这个中国读者看来,我们这个东方文明古国有关蠹鱼的一切记载,都被遗漏了不曾采取。如我国古代用芸香辟蠹,民间相传春画可以辟火辟蠹,因此书橱里往往要藏一叠春画。还有,我们还有关于蠹鱼的有趣的神话。如相传蠹鱼蚀书,如果恰巧蚀食到"神仙"两字,一连蚀食了三次,它就化为"脉望",这是像用头发制成的圆圈一样的东西,读书人若是从书中发现了这东西,夜晚拿了它向天对着星斗祈祷,立刻就有仙人下降,带你飞升成仙。从前有个书生曾经遇见过这东西,可是他的学问不够渊博(这是他不读杂书的害处,因为这类知识是在四书五经上找不到的),不识这东西就是"脉望",将它烧掉抛弃,以致白白错过了成仙的机会。——这类有趣的关于蠹鱼的小故事，可惜布列地斯先生不曾知道。

《书的敌人》第一章开端，引用了一位多拉斯顿所作的咏蠹鱼的小诗，写得够幽默，而且道出了对付蠹鱼的唯一真理。试译如下：

> 有一种最忙碌的小虫，
> 能够损坏最精美的书，
> 将它们咬成许多小洞，
> 它们洞穿每一页，
> 但是丝毫不知其中的价值，
> 也从不顾念及此。

> 它们毫无识别能力的牙齿，
> 撕毁玷污了诗人、爱书家、圣贤和圣徒；
> 甚至对幽默和学问也不留情。
> 如果你愿意知道它们为何如此，
> 我可以提供的最好理由是：
> 这乃是这些可怜小虫的面包。

> 对于胡椒粉、鼻烟、淡芭菰，
> 它们付之一笑。
> 是的，对于这类科学的产物，
> 这些孱弱的小爬虫何必害怕呢？

因为只有将你的书常加翻阅,

乃是对于这些小虫的有效打击。

脉　望

凡是见过清末上海所流行的石印书的人,大约总记得除了著名的同文石印局以外,还有一家名叫"脉望山房"的。"脉望"两字很生疏,不仅今日的"束发小生"不会知道这是名词还是动词,就是有些曾在格物致知方面下过功夫的"通儒"也未必一定能知道这两个字的出典。其实,说穿了毫不偏僻,脉望就是蠹鱼,就是我们在旧书或衣橱中常见的那种银白色有长尾的小虫。但是,为什么称为"脉望"呢?

出典是段成式的《酉阳杂俎》,他说:

> 建中末,书生何讽,常买得黄纸古书一卷读之,卷中得发卷规四寸,如环无端。何因绝之,断处两头滴水升余,烧之作发气。讽尝言于道者,吁曰君固俗骨,遇此不能羽化,命也。据仙经曰,蠹鱼三食神仙字,则化为此物,名曰脉望,夜以规映当天中星,星使立降,可求还丹,取此水和而服之,实时换骨上宾。因取古书阅之,数

处蠹漏,寻义读之,皆神仙字。讽方哭伏。

能化为脉望的蠹鱼,我们惯称之谓"书鱼"或"衣鱼",学名是 lepisma saccharina。《尔雅》释虫称之为"蟫",白鱼。注释说,衣书中虫也,始则黄色,既老则身有粉,视之如银,其形稍似鱼,其尾又分二歧,故得鱼名。这种蠹鱼在南方虽也常见,但为害似乎并不如另一种小黑壳虫的幼蛹为大。因为将线装书或洋装书蛀成"玲珑板"的,并不是这种能化为脉望的家伙也。

因了能使人白日飞升的脉望是蠹鱼吃了书中的神仙字化成的,遂有急于想得道成仙的蠢材特地写了神仙字来喂蠹鱼,希望它早日变成脉望。结果化不成神仙,自己却先得了神经病,这真是天大的笑话。事见宋人著的《北梦琐言》。唐尚书张裼之子,少年闻说壁鱼入道经函中,因蠹食神仙字,身有五色,人能取壁鱼吞之,以致神仙而上升。张子惑之,乃书神仙字碎剪,实于瓶中,捉壁鱼以投之,冀其蠹食,亦欲吞之,遂成心疾。

本来,书中自有黄金屋,书中自有颜如玉,已经够书呆子一生做梦了,现在再加上有机会能够白日飞升,自然除了变成神经病之外,没有其他途径可选择了。

焚毁、销毁和遗失的原稿

对一个作家来说，不用说，最宝贵的东西，该是他正在写作中的，或是刚写完的原稿。可是，我们从作家的传记、回忆录、日记书翰，以及文学史的记载上，可以经常知道作家最宝贵的原稿，时常如何被焚毁，被无意中销毁，或遗失被盗窃。有的幸而被寻获，或是经过重写，失而复得，但是大部分却一去不返，造成了重大的损失。文学作品所遭遇的这样的不幸，是很多的。

英国史学家卡莱尔的《法国革命史》，可说是一部世界名著。不要说是出自英国人之笔，就是法国人自己写的法国革命史，也没有一部在叙事、论断，以及文笔的才华上比得上卡莱尔的这一部。可是卡莱尔倾注全副精神从事这部著作时，生活很穷，又还未曾成名。可是他的全部人生希望所寄托的这部毕生大著《法国革命史》，第一卷几经辛苦脱稿后，交给他的好友约翰米尔去校阅，不料竟被焚毁了。这对卡莱尔来说，是一个怎样重大的打击，简直难以想象。约翰米尔也知道自己闯了大祸，但又无法不坦白告诉卡莱尔。因为当他亲自到卡莱尔家中，向他披露这个不幸的消息时，简直面无人色。卡莱尔自己后来曾经回忆当时的情形道：

> 我还清晰记得那一晚，当他亲自前来将这消息告诉我们的情形。他的面色惨白如赫克脱的鬼魂，说我的不幸的原稿第一卷，已经被焚毁了。这对我们来说，等于宣布了

我们的半死刑。由于他所表示的恐惶过甚，我们唯有故作镇静……他逗留了三小时才走，这三小时之内，我们双方都活活地受罪；直到他走了，我们才松下一口气。

卡莱尔的这一卷《法国革命史》原稿，是未经装订卷成一卷的，放在约翰米尔的家里，被他家里的使女见到，以为是废纸，抛到火炉里烧掉了。后来约翰米尔为了表示歉意，送了二百镑给卡莱尔，贴补他重写这第一卷的生活费用。事实上，不要说是精神上的损失，就是物质方面，重写这一卷所耗费的时间，也不是二百镑所能补偿的。但是卡莱尔当时曾答应他妻子，一定努力重写，后来果然写好。可是，脱稿时叹口气说："这是我一生之中从未干过的如此吃重的工作。"

因为，对一位作家来说，将一篇已写成的旧稿重新写一遍，往往比另起炉灶写一篇新稿更为吃力。

还有，英国的理查·褒顿爵士，他是英国派驻中东各国的外交官，同时又是更有名的《天方夜谭》的翻译者，他的译本不仅最完整，而且还附有极为渊博有趣的注解。褒顿除了翻译之外，更喜欢研究阿拉伯人的民俗和性生活，译了不少他们的房中术经典著作。这工作深为褒顿太太所不满。爵士在世时，奈何不得。后来褒顿爵士去世，褒顿太太就借口不欲影响丈夫身后的名誉，将他遗留下来的这些未发表过的译文和研究论文，全付之一炬。许多人至今尚为了这事惋惜，认为褒顿太太不该如此任性，应该将丈夫的这些遗著交托给大英博物院藏书室保管，要供研究，不该随便焚毁，白费了丈夫的心血。

英国大诗人拜伦，热情豪放，私生活不免有点浪漫，曾经同妻子闹离婚，又据说同自己的堂妹有过恋爱关系，人言籍籍。据说这些秘密都由他自己坦白地写在回忆录中。这一份原稿，曾经交给他的好友诗人托马斯·摩尔保管。拜伦去世后，摩尔将这份回忆录以两千镑的代价卖给出版家约翰·麦莱。麦莱准备印行出版，不料给拜伦夫人和堂妹的家族知道了这事，恐怕其中的记忆会影响有关人士的名誉，便向麦莱施用压力，不许出版，否则将来要控告他毁谤。麦莱不想惹祸，只好将原稿退回给摩尔，索回两千镑了事。

后来，据曾经读过拜伦这部回忆录原稿的人透露，回忆录里面虽有些地方涉及诗人的男女之私，但是并不如传闻之甚。要想从回忆录中寻觅这类资料的人士，将不免感到失望云。

近代捷克有名诗人小说家佛朗兹·卡夫卡，活了不到四十岁便死去，可是对现代欧洲文学留下了巨大的影响。卡夫卡在精神上对一切都感到不安和不满，因此他当时染上了流行性感冒不治时，曾决意要将自己未发表过的一切作品，包括日记书简以及未写完的原稿等等，全部加以毁灭。幸亏他的好友麦克斯·布洛特已预料及此，预先加以防范，这才救回了大部分。我们今日能有机会读到由布洛特整理出版的《卡夫卡日记》，可说就是拜他小心之赐。

英国拉斐尔前派画家罗赛蒂，同时也是一位有名的诗人。他的诗稿曾经有过一次令人听来毛发悚然的遭遇。当一八六二年，诗人的爱妻丽沙去世时，诗人一时哀感逾恒，写了一卷诗，就将原稿放到她的棺内殉葬。这样过了几年，罗赛蒂忽然又想到自己的这一件作品，就向当局申请，开棺取出殉葬的诗稿。由于入土已经七年，这一卷用牛犊皮作封面精装的诗稿，据诗人自己记载说："早已不成模样了。"

法国小说家《红与黑》的著作者司汤达，同时也是有名的美术评论家。他曾经从军，拿破仑远征俄国时，他是在远征军中。当时，拿破仑威名正盛，战无不克，司汤达也像当时法国其他军人一样，认为拿破仑这次以大军进攻老朽的莫斯科沙皇军队，不啻以石击卵，一攻即下，行军一定多暇，因此司汤达携带了他的新著《意大利绘画史》原稿在行囊中，准备在行军途中抽暇修改。不料路远天寒，法军粮秣不继，又不谙道路，被沙皇的哥萨克骑兵埋伏拦腰截击，溃不成军，仓皇撤退，司汤达的这部十二卷的《意大利绘画史》原稿，也在乱军中丧失了。

海明威年轻未成名时，在巴黎为记者，卖文为生，写了不少短篇小说，一时未有发表处，交给他的妻子保管。有一次，海明威从别处旅行回到巴黎，约定与他妻子在巴黎某处车站相见。妻子一时大意，下车不久就被歹徒偷去了衣箱，箱内所藏的海明威许多未发表过的原稿，也一同丧失了。

还有，以写海洋小说著名的康拉德，他本是波兰人，却以英文写作，后来还入了英国籍。有一次，他有一个长篇在英国文学杂志《布莱克伍德》月刊上连载，有一期的续稿，已经写好了，正待交稿，放在自己的桌上，不料所用的煤油灯爆炸，将这一份原稿烧毁了。可是刊物的截稿期已近，康拉德手不停挥，连续工作了七十二小时，才补写完竣，不致耽误刊物的出版期。

还有，小说家加奈特，有一次自驾汽车同了妻子在法国旅行，这时他有一部小说刚写了一半，还未完成。他怕这份原稿会在旅途中遗失，特别小心，不料紧张过分，反而出了事，忽然发现自己遗失了一件衣箱，自己的原稿恰巧就藏在这只箱内。他立时中途停止旅行，临时租了一个住处，然后向沿途所经过的每一个处所，仔细逐处去询查，终于找回了失去的那只衣箱。可是开箱一看，原稿并不在箱内。他再仔细想了一下，这才想起，原来他当初提防原稿会遗失，特地藏在自己车上司机座位的底下。上车揭开一看，果然好好在那里。结果庸人自扰，虚惊一场。

英国小说家查尔斯·摩根，他的小说《枪房》初稿，是在第一次大战中作战被俘，关在荷兰俘虏营中所写，释放时自然带不出来。第二次再写，所乘的船在海中遇到水雷沉没，原稿又损失了。摩根并不气馁，第三次写，才在一九一九年有了出版的机会。

英国诗人丹尼逊，他的长诗《有所忆》，是写在一册又长又薄的抄簿上的，诗人说这本抄簿有点像肉食店老板的账簿。他将这本抄簿藏在壁橱里，后来搬家，竟忘记收拾。幸亏这事被他的朋友柏地摩尔知道了，赶到他原住处去寻找。新住客已经搬了进来，正在打扫地方，正拟将这本旧抄簿弃去。柏地摩尔赶到，及时救了回来。

有名的俄国小说《死魂灵》，它的作者果戈理，写完了第一部后，续写第二部，可是写来写去认为不满意，花费了十年的时间才写成，可是自己看了仍觉得不满，一气之下竟抛到壁炉里烧掉了。

在我国生长的美国女小说家赛珍珠，她是在教会工作的。据说在对日抗战初期，美国侨民奉命从中国撤退，她有一部未写完的小说稿，提防途中遭日军检查发生麻烦，就藏在住处的墙洞里。日军撤退后，她后来重返旧宅，竟发现藏在墙洞里的那部原稿，完整无恙。

梵谛冈的《禁书索引》

在中世纪的欧洲禁书史上，有一件极为重要的文献，便是当"宗教裁判"权力最盛时代，罗马梵谛冈教皇克莱孟八世所颁布的《禁书索引》(*Index Librorum Prohibitorum*)。这一批禁书目录的公布，从宗教的立场上说虽是在防止异端邪说的传布，但实际上等于对一般思想言论出版自由的统制。

发源于西班牙的"宗教裁判"势力，在十三世纪就伸张到了意大利，在威尼斯立下了脚跟。这黑暗的宗教特务组织，具有超越当时政治力量以上的特殊权力，运用这种种酷刑和恐怖手段，在各处残杀犹太人和天主教以外的异教徒。到了十六世纪，他们便更进一步，在思想言论出版方面，也运用起"宗教裁判"的恐怖政策。本来，在罹受"宗教裁判"灾难最甚的西班牙，受难的只是一般民众，但一旦传到了意大利，因了"文艺复兴"运动已经萌芽，当时的意大利正是欧洲新思潮新文明的摇篮，于是文化方面便遭受了极大的残害。

教皇克莱孟八世的《禁书索引》，颁布于一五九六年。据约翰·亚丁顿·西蒙地斯在他的《意大利文艺复兴史》上说，当时的威尼斯正是欧洲文化出版的中心，自这禁书目录颁布以后，据当时官方的报告，仅仅在几个月短促的时间内，威尼斯的出版家便从一百二十五家锐减至四十家。印刷商对于新旧书籍都不敢承印，于是出版业也因了无书可出而萎缩。威尼斯所受的影响是这样，其他意大利的城市可想而知。西蒙地斯说，十七世纪初叶许多意大利的天才的作品，只好避难到巴黎去找他们的出版家。

本来，在中世纪的黑暗时代，对于一切认为是"异端邪说"的著作，向来都是随意加以焚毁的。主教、大学院，以及"宗教裁判"的法官们，都有这种特权。在印刷术还未发明，书籍还在原稿抄本的时代，一部原稿的焚毁便等于这部著作生命的终结。有时整座藏书楼都在这样的罪名之下被毁灭。如历史上著名的"宗教裁判"大总裁托尔卡玛达，便用"妖术"的罪名，于一四九〇年在西班牙的色拉曼加城，将一座藏书六千卷的藏书楼焚毁了。但自从十五世纪中叶有了格登堡发明的活版印刷术以后，书籍有了印本，焚毁政策的效用便减低了许多。同时，新教徒和异教徒的著作也借了这新发明获得许多便利。于是教皇席斯都四世便第一次订下出版统制法令，凡是没有教会当局许可证的书籍，一律不得出版。一五〇一年,更由教皇亚历山大六世用敕令承认这种措施,并指定主教和"宗教裁判"负责执行书籍检阅工作。

第一部类似禁书目录的东西,是于一五四六年由查理四世命令鲁文大学[1]编纂的,这完全是为了执行检阅工作的便利,以便可以根据这目录,决定什么书应该全部禁止,什么书应该部分加以删节。一五五一年,西班牙的"宗教裁判"总部又根据这书目加以扩充,补充了一些他们自己拟定的西班牙文和拉丁文著作,从新发表了一批书目。

这些书目,后来得到教皇庇护四世的承认,于一五六四年第一次正式公布,也就成了克莱孟八世所编纂的著名的《禁书索引》的底本。

在一五五九年保罗四世所公布的目录上,有六十一家出版家受处分,他们的全部出版物,一本不剩地全被禁止;此外,凡是曾经出版过一册异端著作的出版家,今后他出版的任何出版物也要同样加以禁止。时人沙尔比说得好:"一本剩下来可读的书都没有了!"

克莱孟八世在一五九六年所公布的最详尽的《禁书索引》,除了书目之外,并附带公布了一些禁书条例。这些条例,和今日许多号称民主自由国家的检阅书报条例比较起来并不减色。这也可以说,今日的许多检阅老爷,他们的见解并不比中世纪黑暗时代的"宗教裁判"法官们更为开明。

---

[1] 此处指 Université catholique de Louvain,鲁汶大学。——编注

这些条例，完全是对付马丁路德、支温格利、卡尔芬等宗教改革派和新教徒的著作的。查理五世早就在一五三九年明令规定，在他的辖境内，凡是私藏或阅读路德著作的都要处死刑。现在在这目录上更重申这样的禁令，严厉警告各宗教组织以及学院和私人，凡是私藏或阅读这类书籍的，无论是教士或一般人，不论地位如何，都有被"宗教裁判"指控为异端者的可能。书籍商、出版家，一般运售货物的商人和关税税吏，都特别受到警告，若是他们包庇或私运这类书籍，都要同样受严厉处分。

条例的第一项，规定凡是业已被指定为新教异端的著作，如路德、支温格利等人的，无论是原文或译文，都绝对毫无保留地一律加以禁止。第二项规定，除了公布为合法的《圣经》经文以外，其他个人自行翻译的，无论一章一句，必须获得主教的许可，始可供学术研究之用，但无论何时都不许将这种译文当作正式经文。

关于异教徒所编纂的字典辞书之类，也要经过检阅官的删节修改之后，始可以不受禁止；讨论天主教与新教的文字，也适用这条禁例。再其次，凡是内容淫秽猥亵的著作，也一律要严厉地禁止，但对于某一些古典名著，因在文章上的价值，可以宽容，但必须不能给青年读阅；其他关于方士炼金术、魔术、巫术、预言、通神术等等著作，都在禁止之列。但关于农业、航海、医药等书，如对于人类有实用者，可在例外。

以上是属于绝对禁止范围之内的，至于其他一般的著作，如内容有涉及异端或迷信倾向者，都要经过"宗教裁判"所指定的天主教神学专家的审查。审查范围包括正文、序跋以至注释引证在内。凡是在罗马印刷的书籍，必须事先送呈教皇的代表审查，在外省的则由各教区的主教，会同"宗教裁判"法官负责。各书在付印之前必须审查，未经审查许可而印刷的便是非法著作。"宗教裁判"执行者随时巡查各印刷所和书店，以便进行搜查销毁这类不法书籍。国外入境的书商、遗产项内有书籍的承继人，以及私人藏书家、编辑人、一般书商，都同样受这项法例管理，必须随时具备书目以及被允许发卖、运输、收藏、保管这些书籍的文件。

关于书籍内容的删除和修改，是由主教和"宗教裁判"法官们主持。他们委派三位检阅官，审查各书内容，决定必需的修改或删除。根据检阅官的报告，经过主教和"宗教裁判"法官们认为处理满意之后，然后始颁发出版许可证。法例上规定，检阅官应注意的不仅是正文，凡是注释、眉批、提要、序文、献辞以及索引，都在仔细肃清之列，以防有毒害的思想潜藏其间。凡是倾向同情异端思想，怀疑天主教任何法规礼仪，以及行文诡异，造句新奇，曲解经文，断章取义地截取经典字句作不正当解释，提倡迷信及巫术，讨论命运及未来事件，嘲弄宗教仪式和教士个人尊严，反对既成法律，或是措辞秽亵，图画淫猥者，这一切必须全部删除或加以修改，否则禁止出版。

法例上又规定，书籍的第一页上，必须印出作者的真名和他的国籍。若是这部著作物有充分理由一定要隐名出版，则第一页上要印出审查通过读书出版的检阅官姓名。出版家必须严格注意所排印的文字要完全与审查通过的原稿吻合，而且要注意是否业已完成一切有关手续。检阅官的批示、主教及"宗教裁判"法官们的许可证,必须印在每一本书前页。出版家为了这事,须在主教或"宗教裁判"法官之前宣誓,甘愿遵守《禁书索引》上的一切规律。

更有,凡是一个曾经被禁过的作家的著作,虽经删改修正后可以出版,但在第一页作者姓名下仍须注明关于他过去的禁令,以便表示仅是这部著作经过修正后可以出版,作者本身仍是一个不合法的作者。他们举了一个这样的实例:

> 图书馆学,康拉特·吉斯尼尔著,此人曾因思想不妥被罚,本书前出版时曾被禁止,现经删改,由当局准予出版。

《禁书索引》所附的审查条例既是这样的严酷繁琐,再加上委任的检阅官都是顽固成性或根本就是不学无术之辈,要获得一张出版许可证真不知要经过几许困难,因此许多被认为合法的思想正统的作家,他们的著作都要经过无限的耽搁,遑论其他有问题的作家或需要删除修改的著作了。据西蒙地斯说,当时有一位天主教士曾写信向红衣主教赛尔立都诉苦,说是有一部曾经出版过的著作,业已检阅三次,先在罗马受检,后来又送到威尼斯,最后又再送到罗马,并且已经获得教皇的许可,可是再版的许可证始终不见发下。

这些检阅官都是义务职,工作又繁琐,责任又重大,而且有些被委任的根本对这职务就不适合。因此教廷本身也有人表示不满,如菲利浦二世的御教士巴托洛密奥·特·伐尔费地,曾在一封私信上对这情形表示不满:

> 不熟悉文学,他们便将自己所看不懂的东西悉加禁止,作为执行职务的方法。没有希腊文和希伯来文的知识,对于一切作家又具有一种偏见的敌意,他们便采取简易的办法,凡是自己没有能力判断的东西都加以禁止。这样,许多圣贤的著作,以及犹太人所作的于圣教有益的注疏,都这么被禁止了。

有些深奥的专门著作,经过删改后都变成不合逻辑或充满鄙俗的字句,使得这些作家拒绝将他们的原稿付印,或是从书上撤销他们的名字,不再承认是自己的著作。这些作家本来都是拥护梵谛冈的,他们并不反对《禁书索引》和检阅制度,可是那些检阅官的糊涂和他们所采用的方法,终使他们不得不抗议了。

在这制度之下,更出现了新的令人伤心的事,那就是有些不学无术的检阅官和不守清规的教士,每每借了检阅的机会,向着作家勒索或挟仇告密。一般不为教廷所赞许的作家不用说了,就是若干著名的天主教作家,受着梵谛冈特别保护和补助的,也时常受到秘密的阻挠。西蒙地斯在《意大利文艺复兴史》里,论及"宗教裁判"和书籍审查给予意大利文艺运动的迫害,引用了当时名作家拉地尼从罗马写给马爱斯的信。信上说:

> 你不曾听到这种威胁书籍存在的危机吗?你究竟在作怎样的梦想呢?在这一切出版的书籍都要受禁的今天,你还打算著作新的吗?这儿,依我看来,在最近几年之间,大约谁都不敢写什么,除了用于商业或写给远方的朋友之外。已经有一批书目公布,谁都不许收藏这些书籍,否则便有被教会除名的可能。它们的数量是如此地大,剩下可以给我们看的几乎没有什么了,尤其是那些德国出版的。大约也将使你那里的书籍生产停止,使编辑人提高警戒。我的好朋友,请坐下来看看你的书柜,但切不要开门,并提防种种响声会招惹那被禁的智慧之果的毒素射到你的身上。

这样严厉查禁一切书籍的另一种恶影响,便是使当时有些宗教学者根本无法继续研究工作,异教徒的著作很难到手,收藏这类著作又不时有意外危险。但是没有这些人的著作,尤其是伊拉斯莫斯等人的,《圣经》研究工作根本不能进行。各大学院都竭力要求,最低限度,异教徒的有价值而不违碍的著作,也应经过删改后准予出版。但是这类删改工作,包括改正他们的论据,削除作者的姓名,涂抹有关异教者的赞许,更换所引用的词句,这样从头到尾地改造一遍,要花费极多的时间,因此这种要求也无法满足。

边境关卡的严厉搜索,使外国出版物无法进口。同时,为了"宗教裁判"的威胁,一般商人都束手不敢偷运书籍。据说,当时新教徒的出版物,本是夹在棉花包或其他货物中,经过阿尔卑斯山偷运来的。在沙尔比氏的通信中,他曾忠告他的朋友们,不可再将这类书籍夹在商品中偷运,认为一定会在税关上被发觉。

公共图书馆不时要受搜查,私人藏书也不能幸免。直到今天,有许多文艺复兴时期流传下来的古书,其中有些地方被用油墨涂去,有些地方被用不透明的纸张贴住,都是当年"宗教裁判"的检阅官们所留下的政绩。偶然来访的一位宾客,当他离开你的住宅时,你可能就被告发为一个禁书私藏者。而一个有书柜的人家,一定要向"宗教裁判"缴呈一份书目,载明柜内的所有。书店和钉书作也随时准备受检。西蒙地斯说,至今罗马还存有一位时人写给红衣主教赛尔立都的信,报告他在某处钉书作见到一册费奈尔讫氏的禁书,要求他履行职务,加以禁止。

好笑的是,这位红衣主教去世后,他的藏书公开举行拍卖,好事家可加以窥探,发现所藏的抄本和印本的希腊文拉丁文书籍中,竟有二十九种是在《禁书索引》上有名的。好心肠的人士解释说,主教保存这些书,是为了便于审查。

《禁书索引》所附的条例,虽然也包括了关于猥亵淫秽的书籍的禁例,但实际上,这条例的实行是有限制的。第一,有许多当时流传很广的讽嘲世态的作品在文艺的掩护下被宽恕了;第二,教廷所注意的是对于主教、教士等人的私德的嘲弄,关于贵族宫闱以及一般人士的秽行描写,倒并不十分注意。有许多猥亵的小说,都将其中所叙述的人物,如淫僧、淫尼等,由僧侣、女尼改为一般商人妇女,便可以仍旧通行。当时流传最广的卜迦丘的《十日谈》其中充满了对于僧侣的私德的嘲弄,虽然列为禁书,但于一五七三年由格里哥里十三世勅令加以删改,便由"宗教裁判"

准许出版。删改之后的卜迦丘的《十日谈》，其中同情新教义的文字都被删除，嘲弄僧侣教士的字句，以及牵涉到的圣者的尊号，如魔鬼地狱的比喻，都不见了；所有书中的"坏人"，凡是与教会有关的，都一律改成了一般的商民、学生等。这书后来又经过几次删改，但其中无关宗教的猥亵部分始终被保存，所注意的只是与宗教有关的部分而已。

梵谛冈的这一切努力，颁布《禁书索引》和检阅条例，目的全在维持本身的绝对统治地位，不仅在事权上，就是在思想上，也不许第二种新势力侵入。为了对付宗教改革运动，他们展开"反常的改革运动"。加紧地毁灭新教和异教徒的著作，便是想阻止当时文艺复兴运动的自由呼声。因为只有阻碍新教义的生长，才可以护庇保守的旧的教义，才可以巩固自身的优越地位，才可以取得"反改革运动"的胜利。为了支持这政策，他们便竭力反对复兴运动。支撑这政策的，不仅有庞大的在"宗教裁判"操纵下的政治力量，还有各地小诸侯的封建势力，因为他们也感到新兴的复兴运动对他们是一种威胁。

在各学院和学术讲坛上，独立的见解都被严厉地排斥。新的教育方法和教科书也被禁止了。只有《禁书索引》上认可的古典著作才可以在讲坛上使用。希腊古典被禁止讲授，甚至柏拉图也不许研究。

学术研究工作既这样被宗教所牵制，学生对于他们所学习的科目自然毫不重视了。有一位罗马的教授说，在他讲学的时候，他的学生在教室内四处乱走。他们有时又在打盹。这位教授很幽默地表示，他并不反对他们睡觉，只要他们不发鼾声就是，可惜连这一点也办不到。他说他早已不将他工作的地方当作一座学府。他认为自己只是上磨坊的驴子而已。

在政治思想方面，梵谛冈也不容许忽视宗教超越地位的理论存在，举例说，提倡"霸术"的马基亚费利的著作，早已列名于一五五九年公布的《禁书索引》中，一六一〇年，北萨有一位市民的藏书中被发现有他的著作，这人因此遭受"宗教裁判"的酷刑拷问，梵谛冈后来要将删改过的马基亚费利的著作隐名出版，但是给他的后人很聪明地拒绝了。

十六世纪出版的《禁书索引》共分上下二册，一册是被禁的书名，一册是应删改修正的书名，注出其中应删除或修正的部分。为了新书不断地增加，这索引曾再三修正扩大，据杜尔倍非里在《西班牙的宗教裁判》一书里说，从一六一二年至一七九〇年曾出过六版，最后出的一版全是应禁的书名，没有那些需要删节的著作。

译文附录

《书的礼赞》

斯蒂芬·支魏格

当我试着要将书籍和文化,在知识上,在经验上,在使我能超越我一己范围的能力上,所给予我的一切除去时,它便立时溶解消失了。无论我的思想转向何处,每一种物件,每一种环境,都与和书籍有关的回忆和经验联系在一起,而每一句话也涉及和我所读过的所知道的无数有关事件。举例说,当我念及我是在赴阿尔及尔和突尼斯的途中,立时有几百种有关联的事情从我心上闪过,明澈得像水晶一样,不自主地联系阿尔及尔这个字——迦太基、拜火教、萨朗坡、利夫的作品中所描写的迦太基人,罗马人互相在柴玛的战斗,同时又是格里尔巴齐尔戏剧断片中的场面:这上面又再加上一帧特拉克洛作品的色彩,一篇福楼拜的自然描写。在查理五世,在阿尔及尔的进攻中,塞万提斯的受伤,以及其他千百种事情,都古怪地重现在我的眼前,当我说及或仅是想到阿尔及尔和突尼斯这简短的名字时,两千年的战争和中世纪的历史,以及无数其他的事件从我记忆的深处涌了出来。想到一个没有书的人的世界将是如何地狭隘,我真禁不住惊异。更有,我能具有这种思想,能够为了奇奥凡里缺少来自一个广阔世界的知识这件事而深深地感动——我的这种能为了一个陌生人偶然的命运而深深地感动的能力,不就是出于我所读阅的想象的作品之所赐吗？因为当我们读书时，我们除了在生活旁人的生活，用他们的眼睛观察，用他们脑筋思索以外，还有旁的什么呢？从这生动的可感谢的一刻起，在愈加生动和更大的感激之下，我记起了无数次的从书籍中所领受的赐予。像天上的星群一样，一件一件地出现了，我记起了将我从愚昧的狭隘界限中引导出，将新的价值显示给我，虽是在童骏时代，能给予我扩大我的存在的感情和经验的那些确定的时刻。书籍给予我关于这广阔的无垠的世界的最初的景象，以及想要浸润其中的意念。我愈想到这些事情，我愈加了解一个人的思索世界包括千百万单纯的印象元素，这其中仅有少数是他本人观察和经验的结果：其余的一切——那紧要的综合的群体——都来自书本，来自他所读阅的、间接的学习。

任何地方，不仅在我们这时代，书籍正是一切知识的泉源，各种科学的开端。一个人和书籍接触得愈亲密，他便愈加深刻地感到生活的统一，因为他的人格复化了：他不仅用他自己的眼睛观察，而是运用着无数心灵的眼睛，由于他们这种崇高的帮助，他将怀着挚爱的同情踏遍整个的世界。

世上的一切进步大都依靠了由于人类聪明的两种发明。车轮的发明，带着炫目的变革随了它的轴心向前辗进，使得我们可以到处移动。写作艺术的发明，激动了我们的想象力，给予我们思想以表达的机会。那位第一个不知名的人，在某一时代某一地方，将坚硬的木材沿着车辐围绕起来，教导人类克服了隔离地域和民众的距离。随着第一辆车辆的出现，交通立刻成为可能的了；货物可以运输，人民也可以旅行增广见闻，它结束了自然所设立的界限，这原先曾将某一些果类、金属、石料和旁的产物，各限制于其自己狭隘的产地的。国家不再是依靠自己，而是依靠和整个世界的关系而存在，东方和西方、南方和北方，由于车辆的发明而联合在一起了。正如车辆的各种不同的用途，成为机关车、自动机、推进机的一部分，战胜自然界的吸引力一样，写作艺术也正是这样，它的发展早已远离手写的卷轴时代，从单页进化到整本的书籍，克服了萦绕在个人身上的那种生活和经验的悲剧的限制。有了书籍，谁也不再有闭关自守，缩在自己狭隘的樊笼里的必要，而能感受世界一切已经或正在发生过程中的事情，他能共有整个人类的思想和感觉。在思想世界所发生的几乎每一件事情，今日都要依靠着书籍，而这种生活形式，充满着智慧，超越于物质关系之上，我们所谓文化者，没有书籍也无从存在。书籍的这种扩大灵魂建造新世界的力量，活动在我们个人的私生活中，除了在特别重要的时机之外，很少使它自己现身在我们意识中引起我们的注意。书籍已经成为我们日常生活的一部分，这历史的悠久已经使我们不能在每次运用它们时合理注意到它们稀有的特性，每一次呼吸，我们吸进氧气，由于这看不见的营养物，我们使得我们的血液起一种神秘的化学上的滋养，可是正如我们对这种事实从不注意一样，我们也很少意识到我们读书的时候，我们从眼中不停地摄取心灵的食粮，这样给我们精神以滋养或疲劳。因为我们已是几千年写作生活的后裔，读阅几乎已经成了一种生理的本能，几乎是自动的。

自从我们开始进学校捧了书本在我们手中的时候起，我们和它们相处的熟悉，当我们拈起一册书时，不经意得好像我们拿起一件外衣、一副手套、一支卷烟，或是其他为了供应我们日常生活所需而大量生产的任何物件一样。熟悉孕蓄了轻视，于是只有在真正的创造、沉思、生活的冥想的时刻，我们才见到我们所习惯了的东西的真实的神异。只有在这种潜思冥想的时刻，我们才虔敬地意识到从书籍上所给予我们的能打动心灵的魔术的力量。而这种力量在我们生活中所占的重要性，使我们无法想象，在这二十世纪，如果没有它们这神迹似的存在，我们内心生活将变化成怎样。

. . .

我正在乘船旅行中——是一只意大利船——在地中海上，从热那亚到奈不勒斯[1]，从奈不勒斯到突尼斯，从那里再往阿尔及尔。旅程要费好几天，而船上的乘客又很少。因此我便弄得和水手之一的一个意大利青年常谈天。

然后，突然，一夜之间，有了一道看不见的墙壁隔离了我们。我们到了奈不勒斯，轮船装上了煤斤、旅客、食粮和邮件，每到一个港口的照例的货物，又开始启碇，高贵的波西利波山看来像是小丘，维苏威火山上的流云似乎是烟卷的苍白的烟圈，这时他突然向我走来，明朗地笑着，带着骄傲给我看一封他才收到的信，要求我读给他听。

---

[1] Naples，现译为那不勒斯。——编注

起初我还不明白他的来意，我以为他，奇奥凡里，接到了一封外国文的来信，法文或是德文，显然是一个女子的——我知道女子们一定爱慕像他这样的一个青年——现在他不过请我将她的来信翻成意大利文。可是并不，这封信是意大利文的。那么，他要我做的是什么呢？看看这封信吗？不，他说，几乎是不耐烦的，他要我将这封信读给他听，高声地念给他听。于是我立刻恍然了。这个青年人，像画中人一般漂亮的，聪明，具有天真的伶俐和真纯的娴雅的，乃是属于他本国人口中的那根据统计说来是百分之七或八的不识字的人之一。他是个文盲。

这就是全部事情的经过，我发生下述感想的全部根由。但是我真正的经验不过才开始。我躺在床上的一张椅子上，遥望着船外温柔的夜色。这奇特的遭遇使我不安。这是我第一次遇见一个文盲。一个欧洲人。一个我认为是聪明，而且当作朋友交谈过的人。我烦恼，甚至痛苦，不明白在他这样人的脑中，与一切书写的东西隔绝，世界的情形会是怎样。我试着去设身处地为他这种人着想。他拿起一张报纸，不能了解。他拿起一本书，书在他的手里，只是一件比木头或铁较轻的物件，方方四角，五光十色，一件全然无用的东西；他将它放在一旁，不知道怎样去对付它。他立在一家书店的前面，而这些漂亮的、黄的、绿的、红的、白的、长方形的东西，背脊上装饰着金色，对于他只是一种画出来的果物，或是瓶口紧封无法嗅到它的香气的香水。他听到歌德、但丁、雪莱、悲多汶等人神圣的名字。而这对于他毫无意义；他们都是无生命的字音，一种空虚的没有感情的声音。

译文附录

《书的敌人》

威廉·布列地斯

一、蠹鱼

蠹鱼曾经是书的最有破坏性的敌人。我说"曾经",乃是因为很幸运的,在最近五十年来,它的蹂躏行为在一切文明国家已经大大地被限制了。这一部分由于普遍发展起来的对于古物尊敬之增加——更大的原因乃是由于贪财的动机,古书所有者对于年复一年增加价值的卷帙予以重视——还有,在某种限度上,由于可吃的书籍产量之减少。

中世纪的所谓黑暗时代,书的主要制作者以及保管人,乃是寺院的僧侣,可是他们对于蠹鱼并无所惧,因为蠹鱼虽以贪食著名,它们却不爱好羊皮纸,而当时还没有纸张。至于在更早的时代,它们是否也袭击草纸,埃及人所用的纸张,我则不知道——也许它们会攻进的,因为那是用纯粹植物性的原料制成的;如果是这样,那就很有可能,今日的蠹鱼,在我们之间这么声名狼藉的,乃是那些贪食祖先的直系后裔,它们曾经在约瑟的法老王时代,就磨折过祭司,摧毁过他们的史书记录和科学书籍。

在活版印刷未发明时代,抄本书籍乃是一种稀有的珍贵的东西,因此被保存得很好,但是当印刷发明以后,纸本的印版书籍就充塞世间；当图书馆大量增加，读者众多以后，习见更产生了轻视；于是书籍就被堆集到无人注意的地方，被人遗忘了，于是那个时常被人提起，可是很少有人亲自见过的蠹鱼，就成为藏书楼的合法住客，同时也就成了爱书家的死对头。

对于这个小害虫，差不多曾经用过欧洲古今各种语言的咒语来咒诅，就是过去的古典学者，也用了他们的长诗短句向它投掷。比尔·伯第氏，在一六八三年就用了一首拉丁长诗表示他的谴责，而巴尔奈耳氏的可爱的短歌更是有名的。

不过，好像一部传记之前必须有一幅肖像一般，好奇的读者们也许想知道这个那么激怒了我们温和派的小动物模样是怎样。这儿，从一开始，就有一种很严重的变化莫测的困难存在，因为这些蠹鱼，如果根据它们的工作来判断，它们的形状和大小差别之多，几乎恰如我们这些目击者。

赛尔伐斯特在他的《诗歌的律法》中，以不甚有风趣的词句，将它形容为"一种渺小的生物，蠕动于渊博的篇幅之间，当被人发现时，就僵硬得像一团灰尘一般"。

最早的记载是在 R. 荷基氏的《显微画集》中，对开大本，一六六五年伦敦出版。这部著作，是由伦敦皇家协会出资印行的，乃是著者用显微镜考察许多种事物的记述，最有趣的是，著者的观察有时非常正确，有时又非常荒唐。

他的关于蠹鱼的记载，写得相当长而且十分详细，不过非常荒唐。他称它为"一种小小的白色闪银光的小虫或蛾类，我时常在书籍和纸张堆中发现，料想那些将书页和封面咬烂穿洞必是它们。它的头部大而且钝,它的身体从头至尾逐渐缩小,愈缩愈小,样子几乎像一根胡萝卜……它头前有两只长角,向前挺直,逐渐向尖端缩小,全部是环节状,并且毛刺蓬松,颇像那种名为'马尾'的沼地芦苇。……尾部末端也有三根尖尾,各种特征极与生在头上的两只角相似。腿上有鳞也有毛。这动物大概以书籍的纸张和封面为食料,在其中钻出许多小圆洞,也许从古纸在制造过程上必须再三加以洗涤锤炼的那些大麻和亚麻的纤维中获得一种有益的营养"。

> 真的,当我想到这小动物(这乃是时间的牙齿之一)将多少木屑或碎片搬入它的腹中,我真不禁忆及并且钦佩自然的机智,在这动物的内部安置这样的火力,经常不断地由搬入它的胃中的那些物质所补充,并且由它的肺部风箱来鼓动。

伴随这描写的插画或"想象",也值得我们一看。一定的,R. 荷基先生,这位皇家协会的会员,在这里所画的多少有一点凭着他的幻想,显然乃是根据他的内在意识来构成这篇描写和插画的。

(原注:未必!有好几位读者写信促我注意,荷基氏所述写的显然是衣鱼类,这东西虽无大害,却时常可以在旧屋的温暖处所发现,尤其是略无潮湿的地方。他误将这东西当作蠹鱼了。)

昆虫学家甚至对这"小虫"的生活史从未给予重大的注意。基尔拜氏,提到这东西时,他说:"Crambus pinguinalis 的幼虫能编织它的长袍,并用自己的排泄物来掩盖,所造的损害颇不小。"他又说,"我时常见到有一种小飞蛾的幼毛虫,置身于潮湿的古书堆中,在那儿大肆蹂躏,使得许多黑体字的珍本书,在这今日爱书狂的眼中是与黄金同价的,被这些破坏家攫走了"等等。

已经引用过的多拉斯顿的描写,也颇模糊。在他的笔下,这东西在一首诗中是"一种忙碌的小虫",在另一首诗中又是"孱弱的破坏小爬虫"。汉奈特氏,在他关于书籍装帧的著作中,说它的真实名字该是"aglosra pinguinalis",而格第夫人在她的比喻中又锡以"hypothe emus erudituo"之名。

F. T. 哈菲格尔神父,在赫利佛的教堂藏书楼中,多年以前曾与蠹鱼发生过很多麻烦,说它们乃是一种报死虫,具有"硬的外壳,棕黑色",另有一种"全身白色,头部有棕色斑点"。

荷尔姆氏在一八七〇年的"解释与询问"中,曾揞及"anobium puncatatum"对于布克哈特氏从开罗带回来的阿拉伯原稿,给予了相当损害,这些原稿现藏剑桥大学藏书楼中。别的作家又说:"anobium pertinax"或"acarus erudituo"乃是它们的正确科学名称。

从个人经验说,我见过的标本并不多;不过,根据藏书管理人告诉我的话,再依据推论来判断,我认为以下该是这问题的真相:

在书中吃书的毛虫和蛆状幼虫一共有好几种。那些有脚的乃是一种飞蛾的幼虫;那些没有脚的,其实是脚退化了的,乃是将来会化成甲虫的蛆状幼虫。

现在还不知道,是否有任何一种的毛虫或幼虫能够一代复一代地仅以书为食粮,不过我们已经知道,有好几种钻木孔的虫,以及其他以草木废物为食料的虫,它们会吃纸,尤其是一开始被封面的木版所吸引,而这种木版,正是旧日的书籍装订者用来作封面的。为了这问题,有些乡下的藏书管理人不愿打开藏书楼的窗户,以防这敌人会从邻近的树林中飞进来,飞在书上下卵。这是真的,任何人凡是见过榛树上的小洞,以及被干蛀所洞穿的木块的人,他就会从这些昆虫敌人所钻的窟窿上辨出相类的形状:——

一、anobium 类。这种甲虫,有这样数种:"A. cruditus""A. pertinax"以及"A. paniceum"。在幼虫状态时,它们形状如蛆,如在一般干果中所表现者;在这阶段,各种不同的幼虫很难区别。它们以旧而干燥的木头为食料,时常蹂躏书箱和书架。它们又吃古书的封面木版,因此就一直穿入书中,能贯穿浑圆的长洞,有时向倾斜的方向穿去,则所穿的洞便是椭圆形的。

它们会这么样继续贯穿过许多卷书,而佩基纳特氏,那位有名的版本学家,曾经发现过有二十七部书给一只小虫这么贯穿了一个直洞,这真是饕餮界的一件奇迹,不过这故事在我方面,却不敢尽信。经过相当时日之后,幼虫做成了茧,然后就变成一只小小的褐色甲虫。

二、oecophora 类。这种幼虫与 anobium 的同样大小,但是因了有脚,一见即可分别。它乃是一只小毛虫,胸中有六只脚,身上有八只吸盘似的隆起物,像蚕一般。它后来变成蛹,然后达到它的完整形态,化成一只小小的棕色蛾。吃书的一种乃是

oecophora pseudospretella。它喜欢潮湿和温暖，嗜食任何纤维物质。这种毛虫与属于庭园类者完全不同，除了有脚之外，外表和大小与 anobium 相似。它大约有半寸长，生着有角的头和坚强的牙床。它对于印书的油墨和写字的墨水并不十分不喜欢，不过我推测它如果不十分强壮，油墨对于它的健康便不很适合，因为我发现在有字的地方所穿的洞，它的长度似乎不能提供足够的食料以供幼虫发展变化之需。不过，墨水对它们虽不适宜，但是我仍发觉有不少幼虫继续健存，在静默和黑暗之中，完成它们的任务，日以继夜地吃下去，依据它们体格的强弱，在书中留下或长或短的洞。

一八七九年的十二月，保德萨尔先生，北安普敦的一位著名书籍装订家，非常好意地邮寄了一只肥壮的小书虫给我，乃是由他的一个工人在所装订的一本古书中发现的。它在旅途中似乎很安适，放出来时还非常灵活。我将它放在一只小盒中，使其温暖安静，给了它一些卡克斯顿所印的《波地奥斯》碎纸片，以及一页十七世纪所印的古书。

它将书页吃了一小片，不过不知是否由于新鲜空气太多，还是不习惯这样的自由，还是因为食物改变了的原故，它渐渐地衰弱起来，终于在三个星期之后死了。我很舍不得失掉它，因为我正想在完善的状态下确定它的名字。大英博物院昆虫部的华脱好施先生，在它死后很好心地将它加以检查，认为它乃是 oecophora pseudospretella。

一八八二年七月，大英博物院的嘉奈脱博士，送给我两只书虫，乃是新近从雅典寄来的一部古希伯来经典注释中发现的。它们显然在旅途中震动过甚，有一个到我手中时已濒垂危，几天之后就追随它的已故同类去了。另一只似乎很健强，在我处几乎生活了十八个月，我竭尽我的能力照料它；将它放在一只小盒中，选择三种旧纸给它吃，很少去惊动它。它显然不愿过这样幽禁的生活，吃得很少，活动得很少，甚至死了以后的样子也改变得很少。这只希腊的书虫，腹中充满了希伯来经典，有许多地方与我所见过的书虫大不相同。它比任何一个英国同类都更长、更细，看来更精巧。它是透明的，像一片薄象牙一般，身上有一条黑线，我猜想这大约是它的肠子。它非常缓慢地丧失了它的生命，这使得它的看护者十分伤心，因为他久已准备观察它的最后发展状态了。

这类蠹鱼的幼虫之难于饲养，也许是由于它们的身体构造状态。在自然状态之下，它们能将它们的身体倚了洞边伸缩前进，用它们的牙齿紧贴了前面的纸堆去咬。但是一旦解除这种束缚之后，而这正是它们的正常生活，即使周围堆满了食料，它们也无法吃到，因为它们没有脚可以支撑，于是自然的效能便丧失了。

以大英博物院收藏古书之多，而他们的藏书楼竟很少有蠹鱼之祸，莱伊先生，印本书部门的主任，曾写信给我这样说：

> 在我任职期间，曾经发现过两三只，不过它们都是很衰弱的家伙。我记得，有一只送往博物部，由亚当·德特先生加以监护，据他表示这乃是 amobium pertinax，不过

以后情形如何不再知道了。

读者们，不曾有机会视察过古藏书楼的，不能想象这种害物可能造成的可怕损害情形。

我眼前就有一部精美的对开大本古书，用未漂白过的极佳的纸张所印，厚得像强韧的弹药纸一般，一四七七年由德国曼因兹市的彼得·叔费尔印刷的。不幸的是，经过相当的遗忘时期，很严重地受过书鱼损害之后，大约五十年之前，又有人认为这值得换个新的封面，于是这一次在订书匠的手中又再严重地受了一次损害。因为这样，原来封面木版的情况已经无从知悉了，但是书页所受的损害却可以准确地加以叙述。

书虫曾经在书前书后都蹂躏过。在第一页上，有二百一十二个清晰的洞，洞的大小不一，从一只小针眼以至一只粗的织物针所戳的那么大的洞，这就是说，从一英寸的十六分之一至一英寸的二十三分之一。这些洞大部分都是与封面构成或大或小的直角，仅有极少数是沿了纸面构成的蛀槽，仅影响三四页纸。这些小害虫的不同能力可以从下列情况看出：

第一页	二百一十二洞
第十一页	五十七洞
第二十一页	四十八洞
第三十一页	三十一洞
第四十一页	十八洞
第五十一页	六洞

译文附录

第六十一页　　　四洞
第七十一页　　　二洞
第八十一页　　　二洞
第八十七页　　　一洞
第九十页　　　　无

这九十页的纸质很厚,一共大约有一英寸厚。全本书共有二百五十页,将书翻到末尾,我们发现最后一页共有八十一个洞,这是由另一群比较不贪婪的书虫造成的。

情形是这样:

倒数第一页　　　八十一洞
倒数第十一页　　四十洞
倒数第六十六页　一洞
倒数第六十九页　无

你如果注意一下这些小洞,在开始是迅速的,然后愈来愈慢的消失情形,真使你十分惊异。你一页一页地追从同一个洞,直到它的直径在某一页上突然减小了一半,经过仔细检查之后,你会发觉在下一页,如果继续下去就应该有洞的地点,纸质有一点剥蚀。在我现在所提及的这本书上,那情形简直就好似竞走一般。在最初的十页上,较弱的虫都被抛落在后面了;在第二个十页上,参加的还有四十八名,而这数目在第三个十页上就仅剩下三十一名,到第四个十页上则仅有十八名了。在第五十一页上,能继续支持的仅有六只虫。在未到第六十一页之前,乃是两个坚强的饕餮家所作的各不相让的竞赛,各人都钻了一个相当大的洞,其中一个乃是腰圆形的。到了七十一页，它们紧张竞争的情形还是一样，第八十一页也是如此，在第八十一页上，腰圆的一个放弃了，圆的一个则再多吃了三页，在第四页上离开了。于是这以后的书页都是完整的，直到从后倒数过来的第六十九页上有一个虫洞。从这以后，它们逐步增多以至卷末。

我举出这本书为例，是因为它恰巧在我的手边，但是有许多书虫所吃的洞，比这本书中的任何一个都更长；我见过有几个洞穿了两三本书，从封面以至底面。舍费尔书中的洞，大概是 amobium pertinax 的工作成绩，因为它仅从前后两边进攻，书中部是完整的。这书的原来封面，必是用真木版的，书虫的攻击必从那里开始，贯穿前后木版之后，然后穿入书中。

我还记得我第一次参观牛津的鲍德莱安藏书楼[1]，那是一八五八年，邦特奈尔博士正是当时的馆长。他十分好意，给予我一切便利，任我研究那收藏非常丰富的"卡克斯顿"版，因为这正是我的参观目标。当我翻阅一包黑体字版本的碎片时，这曾经放在一只抽斗里已经很久了，我发现一只小小的蛆状幼虫，我毫不思索地拈起来抛到地上，用脚去践踏。不久之后，我又发现一只，是一个肥胖的发亮的家伙，大约有三分长，我于是仔细地将它保存在一只纸盒里，准备观察它的生活习惯和发展情形。看见邦特奈尔博士走近来了，我便招呼他来参观我的猎获品。可是，当我刚将这曲扭着的小东西放到皮面的书案上时，博士大拇指的

---

[1] 指博德莱安图书馆。——编注

大指甲就降临到它的身上,于是案上一缕湿痕就成了我的全部希望的坟墓,而这位著名的版本学家,一面将手指在衣袖揩拭着,一面这样说:"哦,是的!它们有时是黑头的。"这倒是一件值得留意的事——昆虫学家的新资料;因为我这小东西的头部是又硬又白而且发亮,我始终不曾听见过有过黑头的蠹鱼。也许鲍德莱安藏书楼的大批黑体字版本同这异品有若干关系。不过,我所见的一只乃是 anobium。

我曾经很无情地被嘲笑过这可笑的意念,将一只吃纸的虫藏在一只纸盒中。哦,这班批评家!你们还不知道这种书虫乃是一种懒惰的害羞的家伙,一旦"被禁"之后,要经过一两天始能恢复食欲。更有,它颇有自尊心,它决不肯吃这种将它监禁的有光的劣质的抄写纸。

至于我已经提起过的那部卡克斯顿的《我们圣母的生活》,其中不仅有无数的小洞,在书页的底下更有几条很大的蛀槽。这是很少见的现象,也许是:dermestes vulpinus 的幼虫,一种庭园甲虫的成绩,因为这家伙是非常贪食的;要吃任何干燥的木质废物。

我已经谈起过,可吃的书,现在是愈来愈少了。现代纸张采用复杂质料搀杂的结果之一,乃是书虫不愿再触及它。它的本能制止它去吃那些陶土、漂白粉、石膏粉、硫酸盐,那些用来搀和纤维的各种物质,于是,古文学的智慧的篇章,与现代废物在时间上的对抗竞走,便大大地占了便宜,由于今日一般对于古书的普遍注意,蠹鱼确是遭遇了艰苦时代,那种作为它们生存必需的对于古书的全然疏忽很少再有机会遇到了,正为了这原故,我以为应该有几位耐性的昆虫学家,在时机未消失之前,对于小生物的生活史作一番研究,好似约翰·鲁布波克爵士研究蚂蚁一般。

我眼前有几页某一本书的零页,这是我们很经济的第一位印刷家卡克斯顿先生用来废物利用,将它们粘在一起作纸版的。不知是由于那古老糨糊的引诱,还是由于其他原因,书虫在这上面所采取的吃的方式,不似一般那样一直钻入书的中心,而是采平面的方式,沿着书页吃成了许多深沟,可是始终不越出封面的范围。而这几张零碎的书页仅那么沟槽交错,以致如果要拿起来,便要碎成粉碎了。

这当然已经很不好,但是我们仍应十分感激,在这温带的气候内,我们还没有像在非常炎热地带所发现的那样敌人,在一夜之间,整座的藏书楼,包括书籍、书架、桌椅,会给无数的蚁群所摧毁。

我们在美国的兄弟们,他们在许多事情上面都是幸运的,在这件事情上似乎更非常幸运——他们的藏书从未被蠹鱼所袭击——最低限度,美国作家们如是说。当然地,他们所有的黑体字版古书都是买自欧洲,花了他们很多的钱,他们照料得很仔细;但是他们同时另有万千的十七世纪书籍,用罗马字排印的,在美国用真实优美的纸张所印,而那些书虫,至少在我们这国内是如此,如果纸质好,它们决不会因了字体不同遂不吃的。

也许正因为如此,我们古藏书楼的保管人,对于书虫的见解就与我们迥不相同,而这种见解反映在莱因瓦特氏所编印的《美国印刷辞书》中(非拉得尔非亚城出版),读起来就更加有趣。据莱因瓦特氏说，蠹鱼在他们那里乃是一位生客，他们许多人都不知道有这东西，因此它的最轻微的蹂躏痕迹都被当作稀奇少见的事情。莱因瓦特引用狄布丁的著作之后，又依据自己的想象略加渲染，接着说：

> 吃纸的飞蛾据说乃是由于荷兰的猪皮装帧传入英国的。

他的结语，对于任何一个曾经目睹几百本给蠹鱼摧残过的书籍的人，真觉得单纯天真可爱。"目前"，他说，显然是当作一种极稀奇的事情加以引述的，"在非拉得尔非亚城的某氏私人藏书楼中，有一部曾经被这昆虫咬过洞的书"。

哦，幸运的非拉得尔非亚市民呀！你们虽拥有美国最古的藏书楼，可是为了要观光全城唯一的一个给蠹鱼所咬的小洞，却不得不向一位私人藏书家请求！

二、蠹鱼以外的害虫

除了书鱼之外，我认为不再有任何其他值得描写的书的害虫。屋内的黑甲虫或蟑螂，在我国还是一种很近代的输入物，还不足酿成若何重大损害，虽然它们如果停留在地板上，有时会咬书的封面。

不过，我们的美国兄弟们却没有这么幸运，因为在一八七九年九月份的《图书馆杂志》上，威斯顿先生曾记叙有一种可怕的小害虫，对于纽约图书馆藏书的布面装订给予了极大的损害。这乃是一种小的黑甲虫或油虫，被科学家称为"blatta germanica"，被一般人称为"茶婆虫"的。不像我们的屋内害虫，它们的巢穴在厨房，而且它们的畏怯性格使它们喜爱秘密和黑夜，但是这种发育不良的平扁的变种，要两只才抵得上一只普通英国种的，它的大胆却可以抵消它的形状细小，因为它既不怕光亮也不怕声响，不怕人也不怕兽。一五五一年的古本英国《圣经》上，我们可以在《诗篇》第九十一章第五节读到："你不必害怕黑夜的任何害虫。"这一节诗将使西方的图书馆管理人充耳不闻，因为他们不分昼夜受着这害虫的惊扰，它们在光天化日之下爬到一切东西上面，玷染并且破坏它们占为巢穴的书架每一角落每一缝隙。有一种杀虫剂的药粉可以对付，不过这对于书架和书非常不适宜。但是，这种药粉对于这种害虫非常有效，并且还有可堪告慰者，这种害虫略为呈现有疾病征象时，它即刻就被它的贪婪同伙愉快地加以吞食，好似它是新鲜糨糊制成的一般。

还有一种小小的银色小虫（lepisma），我时常在无人照料的书籍上背见到，不过它的损害并无若何重要。

我们也不便认为蠹鱼对于文艺乃是非常危险的东西，除非这条鱼恰是信奉天主教的，像那条 ichthyobibliophage（请恕我这么写，奥温教授）那样，它在一六二六年，吞食了那位新教殉教者约翰·弗利兹的三篇清教论文。当然，吃了这一餐之后，它不久就被捉住了，并且在文学记录上享了盛名。以下就是为了这事而出版的那本小书的书名：

译文附录

鱼之声，一名腹中藏有三篇宗教论文的书鱼，一六二六年夏至节前夜，在剑桥市场上一条蠹鱼腹中所发现。

劳恩地斯说，"因为这书的出版，真使剑桥惊骇非常"。

不过，家鼠和野鼠，有时对于书的损害性也非常大，如下述逸事所示：两世纪之前，威斯敏斯特牧师会的藏书楼乃是附设在牧师会所内的，有一次，这建筑物需要进行修理，于是在屋内建立了木架，书籍则任其留存在书架上。因了支撑这些木架，墙上凿了若干小洞，其中有一个洞为一对老鼠选作了它们的家。它们在这儿从书架上撕去了若干书的书页，为它们的孩子建立了一个窝。这个小家庭确是安稳而且舒适，直到有一天，建筑工人的工作完成了，木架被拆去，于是——这对于老鼠真太糟了！——那些小洞被用砖石和水泥填塞起来。活活地被埋在里面，这一对老鼠父母，连同它们的五六个孩子，很快就全死了。这样直到不几年之前，这牧师会所又要修理了，为了建立木架，这座老鼠坟墓又被打开，它们的尸骸和它们的家始被人发现。这些骨骸和巢中的碎纸，现在可以在牧师会所中的一只玻璃罩内见到，有些碎纸据传是卡克斯顿的残页。这传说未必可靠，不过其中有若干确是非常早期的黑体字版的残页，为现在的威斯敏斯特大寺藏书楼所无者，如其中有一些乃是那有名的伊利沙白皇后祈祷书的残页，附有木刻，一五六八年出版者。

一位朋友寄给我如下的逸事：

好几年以前，有几只野鼠在我宅外四周的树上做窝；它们从那里跳上我家屋顶的平坦处，于是假道烟囱进入我存放书籍的一间房间。其中有一些皮脊的书，完全被它们摧毁了，此外还有五六册全部以羊皮纸装订的书。

另一位朋友告诉我，在多汶与爱克赛特学院的博物史陈列馆中，另有一种小害虫，专吃以牛皮和羊皮装订的书面。它的科学名称是 niptus hololencus。

他又说："你可知道，另有一种与这相类的可怕的东西，名为 tomicus typographus，十七世纪时曾在德国大肆蹂躏，在那里的辞典中，曾在《土耳其人》的俗名下被正式著录。"（见基尔拜与史班斯合编的第七版，一八五八年出版，第一二三页）

这很古怪，我全然不知道有这回事，虽然我很知道 tomicus typographus 乃是一切好书的敌人。不过，关于我们课题的这一部分，我还是不涉及为妙。

以下乃是寄自剑桥的韦斯特布洛克博士，他所提及的损害，乃是我未曾亲自见过的：

> 亲爱的布列地斯，我寄给你一个作为敌人的普通苍蝇的遗迹样品。这东西躲在纸后，吐出若干腐蚀性的流质，然后就撒下这生活而去。我曾经时常在这样的洞中捉住它们。
>
> 这损害乃是一个长圆形的洞，有一层白色的多毛的光

滑物质（菌状物？）围绕着，很难用木刻来表现。这儿所示的大小恰如原状。（译者按：原书在此处附有木刻插图一幅，表示纸上的那个长圆形的破洞，此处从略。）

三、收藏家

还有，两条腿的破坏者，他们应该是更懂事一点的，对于藏书所干的真正的损害，也许并不亚于任何其他的敌人。我所指的并不是盗贼，他们对于物主虽有损害，但是对于书籍本身，不过是从这一列书架转移到另一列书架而已，可说并无若何损害。我也不是说某一些读者，他们时常光顾公共读书馆，为了减省抄录的麻烦，时常从杂志或百科全书中将整篇文章剪去。这类的破坏不常见，而且只是发生在那些容易补充的书籍上，因此仅值得偶然地提起而已；但是当上天产生了像约翰·白格福那样狡狯的老书籍破坏家，这位古董学会的发起人之一，那就是一件严重的事了，因为这人在上一世纪的初期，到外地各处旅行，从这一座藏书楼光顾到另一座藏书楼，从各种版本的古书上撕下其中的扉页。他将这根据国别和城市加以分类，再加上其他许多传单报贴、札记的原稿，以及其他各种杂类的搜集品，构成了一百多册巨帙，目前都保存在大英博物院中。将它们作为构成一部印刷史的资料之一，其用处当然不便抹煞，但他的直接损害却是许多珍本书籍的被破坏，而版本家从它们上面所获得的益处也远不能抵偿这损失。当你从这些巨帙之中不时发现有些书名的书现在业已全部失传，或是已经极为稀睹；当你见到从一本少见的十五世纪古本书上剪下的卷末印刷题记，或是卷首的印刷家商标，同其他许多这类东西贴在一起，价值参差不一，你就无法祝福这个鞋匠出身的古董家约翰·白格福。他的半身画像，是霍华特画的，曾由费尔丢镌版，后来又为了《版本家的十日谈》再镌一次。

不好的榜样时常不缺乏模仿者，于是每季总有一两种这类搜集品出现在市场上，为那些爱书狂者所搜集。他们这种人，虽自称是爱书家，其实应该归入书的最恶劣的敌人之列。

下文是从一家旧书店目录上抄下来的，日期是一八八〇年四月，可以使我们获得这些毫无心肝的破坏家所作所为的概念：

弥撒书的金碧彩绘字母

五十种绘在羊皮纸上的各式大写字母；全部五彩，金碧辉煌。若干种大至三寸见方；花纹装饰美丽非凡，年代从十二世纪至十五世纪。衬贴在厚长纸板上。完整无损。售价六镑六先令。

（此种美丽字母皆从珍贵的手抄本上剪下者，作为古代艺术模板，非常有价值。其中有多种每个单独市价值十五先令。）

普洛伊米先生在伦敦古书业是为人熟知的一个人。他非常富有，为了满足他的版本学上的癖好，从不计较金钱，他的癖好乃是古书扉页的搜集。他毫不顾惜地将这些东西撕下，时常将那些被斩去首级的书籍遗骸抛在一旁，不再过问。并不像另一个破坏家白格福那样，他是没有什么有用的目标的，全然依据一种毫无意义的分类。举例说：有一辑册页所包括的全是铜版镌刻的扉页，凡是十七世纪那些庄严的荷兰古本大版书——经他的手可算倒了大霉。另一本所贴的全是古怪的粗俗的书名扉页，这倒确实可以借此表示有些作家是如何地愚鲁与荒唐。你在这里可以见到一六五〇年西布博士的《各种说教的开膛破肚》，与那伪托的加尔芬教派教徒亨丁顿的论文《死而受罪》并列在一起，以及许多粗俗得不便提起的书名。诗人泰洛所采用作为诗题的各种古怪题名，占了满满的数页，真使人对于那些书籍本身不仅垂涎三尺。第三次所贴的全是附有印刷家商标的扉页。如果撇开这些收藏家所造成的损害不谈，对于这些搜集品，你也许可以获得若干乐趣，因为有许多扉页确是非常美丽，但是这样的搜集实在无用，而且也不得鼓励。

慢慢地，无可避免的结局来了，接着就是收藏品的散佚，于是那些在他们搜集时也许每次要花费二百镑，这时就给商人以十镑购得，终于流入南堪辛顿图书馆或其他公众博物馆，被当作一种版本学上的猎奇品陈列着。下列的东西正由沙斯拜·威铿逊·霍特基联合公司经手售出（一八八〇年七月）。系邓·嘉丁奈氏的收藏品之一，号码为一五九二号：

扉页与扉画

> 八百种以上的雕版扉页和扉画，包括英国及外国者（有几种非常精致及奇特），皆自古画中取下，整洁贴于厚纸版上，共分三册，半皮面，金边，对开大本。

唯一使我感到无上快慰的扉页集乃是一部美丽的对开巨册，一八七七年由安地卫勃的普朗丁博物院委员会所出版，恰在他们收购了这座惊人的版本大宝库之后。它的名称是 *Titels en Portretten Gesneden naar P. P. Rubens Voor de Plantijnsche Drukkerij*，其中搜罗三十五张宏丽的扉页，全是依据十七世纪的雕版原本翻印，这些都是由当时大画家鲁本斯亲自执笔，于一六一二年至一八四〇年之间，为有名的普朗丁印刷所出版的各种出版物设计的。在这同一博物院内，还保存着鲁本斯为一张扉页构图所开的账单，其下还附有他亲笔收款的签字。

我眼前有一册精美的 *Conclusiones Siue Decisiones Antique Dominorum auditorum De Rota*，系格登堡的合伙者希奥费尔于一四七七年所印。这书除了它的最紧要部分，即书尾题记残缺之外，全部完美无疵，而这题记正是被某一位野蛮的"收藏家"剪去了，这题记的文字该是："Pridie noris Jamearii Mdcecclxxvij, in Civitate Moguntina, Impressarie Petruo Schoyffer de Gernsheym"，接着该是他的著名商标，两只盾牌。

在这世纪的初头，又有一种类似的狂热发生，要搜集五彩金碧描绘的字母，这些都是从古抄本上取下来的，按照字母的顺序贴到一本空白簿上。我们若干大教堂的藏书楼就曾经严重地遭遇过这样的损害。在林肯郡大教堂，在这世纪的初年，唱诗班的孩子们总喜欢在歌唱班座席附近的藏书室中换他们的长袍。这里藏有无数的古抄本，其中还有八本十本少见的卡克斯顿初印本。当他们在那里等候信号进入座席时，这些唱诗班的孩子时常用小刀割取那些绿绘的字母和饰画来取乐，并且带到歌唱班的座席上去互相传观。当时的牧师们也未见得好过这些孩子，因为他们曾经任由地布丁博士将全部的卡克斯顿珍本随便拿去。他曾将这编了一份小目录，名为"林肯的花束"。后来这些东西都并入了亚尔索勃的收藏。

业已去世的嘉斯巴里先生乃是一位书的"毁灭者"。他所收藏的早期木刻珍品，一八七七年为了纪念卡克斯顿曾举行展览的，就时常为了增加他的收藏，购入有插绘的古本，再将图版从其中拆下，贴在精细的布里斯托纸版上。他有一次曾经给我看一部精美的《地威丹克》残本，是他已经撕过图版的，我眼前还有他赠给我的其中几页，从镌刻的优美以及排版的巧妙上说，可说压倒了我所见过的任何印本书。这是十六世纪德国纽伦堡的汉斯·萧斯佩基尔氏为墨克萨麦伦皇帝排印的，为了使其精美无比，所有的字模都是特地刻制的，每一字母的字体都有七八种变化之多，再加上在每一行字上下两面所增加的装饰笔画，使得具有经验的印刷家见了这书，也不肯相信他是排印而成的。但是，它确是全用铸成的活字排印的。一本完善无缺者现在要值到五十镑。

好多年以前，我从苏斯拜公司买得一批羊皮纸的古抄本散页，有些是一本书的一部分，但是大部分是单张的。其中有许多因为剪去第一个彩绘大写字母，变得毫无价值，但是那些第一个字母没有装饰，或者根本没有的，就仍旧很有用处，于是当我整理分类之后，我发觉我拥有近于二十种的古抄本大部分，可以表示十五世纪的拉丁文、法文、荷兰文以及德文的十二种不同书法。我将每一种个别装订，它们现在构成了一组很有趣的收藏品。

肖像收藏家，为了增加他们的宝藏，从古书上撕去第一面的扉画，这样就摧残了许多本书，而一本书当它一经略有残缺之后，它就很快地趋向全书毁灭。这就是为什么像耶地铿斯的《印刷的始源和长成》那样的书，一六六四年出版者，现在会变得无处可购。耶地铿斯的这小册子当初出版时，书里曾附有一页精美的扉画，系罗根所作，其中有查理二世的肖像，旁侍立者并有大主教舍尔顿，亚尔贝玛尔公爵，以及克拉朗敦伯爵。因了这些名人的肖像非常少见（当然，皇帝的肖像不在其内），于是收藏家每逢市场上有耶地铿斯的小册子出现，就立即收购，将那幅扉画撕下来充实他们的收藏。正是为了这样的缘故，你拿起一册古书拍卖目录，不时可以见到这样的说明，"缺扉页""缺插绘二页"，或者"缺最末一页"。

在古抄本之中，尤其是十五世纪的，不论是纸本或是羊皮本的，时常发现书页的空白处被人裁去，有时从底下撕去，这破坏的情形令我惶惑不解了好几年。现在我明白了，这是由于古时纸张不易获得，因此每逢要传递一个重要的信息，而家中仆人的迟钝记忆力又不甚可靠时，于是那位先生或教士便走入藏书楼中，因了无纸可用，便从书架上取下一本旧书，从它宽阔的空白边缘上随手裁下一两条以供急需。

我很想将那些爱书狂者和护持过甚的藏书家也归入"敌人"之列，他们这种人，为了无法将他们的宝藏带入另一个世界，便竭力在这个世界上阻碍它的被人应用。要想取得允许进入那位著名日记作家撒弥尔·泼佩斯的古怪藏书室，该是一件怎样困难的事。这批藏书在剑桥玛格大伦学院，锁在泼佩斯自己设计的那同一式样的书橱中；但是除非有学院的两位同僚作伴，任何人都不许单独入内，并且规定如果遗失了一本书，则全部藏书即移赠另一学院。无论这两位同僚是怎样情愿地陪伴你，为了你一个人阅书要连带花费他们二人的时间，这是任何人也不愿做的事，即使这两位同僚很有耐性陪伴你。哈尔伦的泰勒里安博物院也有同样类似的限制，许多宝藏都被判处了终身监禁。

几世纪以前，有一批宝贵的藏书捐赠给吉尔特福捐款设立的文法学校。规定该校校长对于每一本书的安全要负全责，如果遗失，他要负责赔偿。有人告诉我，有一位校长，为了竭力减轻他所负的责任，便采取了如下的野蛮处置——当他一接任之后，他就将学校课室的地板全部掘起，小心地将全部藏书都藏到地板架内，然后再将地板钉回原样。他丝毫不管有多少大小老鼠会在这里做窝；迟早有一天他要负责检点每一册藏书。他认为除了这样积极的监禁之外，没有更安全的办法。

密特赫尔的故汤麦斯·菲力浦爵士，乃是患有埋书狂的一个很好的例证。他收购珍本书籍,全然为了要将它们埋藏。他的宅第中塞满了书;他收购别人整座藏书楼的书,可是连所买的是什么,他也从不寓目。在他所购进的书之中,有一册是用英文排印的第一本书,《特洛威历史汇编》,系威廉·卡克斯顿为布根地公爵夫人所译印,她乃是我们爱德华四世的姊妹。这确是真事,可是几乎令人难以置信,汤麦斯爵士竟不能找出这本书,虽然这本书确是在他的藏书堆中。这也难怪,因为当他逝世时,二十年以前买来的书,还搁在那里始终未曾开箱,而他对于箱里所藏为何物的唯一凭借,乃是拍卖行的目录或书商的发货单而已。

四、火与书籍的灾难

可以损害书籍的自然力量很多;但是其中没有一种,它的摧毁力可以抵得上火一半的。仅是将那些运用不同的方法被火神护为己有的无数的图书馆和文献宝藏列一张名单,已经书不胜书。偶然的火灾,疯狂的纵火狂行为,法庭所宣告的火刑,甚至家庭中的炉灶,都不时减削着过去所遗下的宝藏,同时也减削了过去所堆集的废物,以至直到今天,现存的过去的书籍恐怕千分之一也不够了。不过,这样的毁坏,不能一致认为是一种损失;因为如果不是这种"清洁的火"从我们之间移去山积的废物,仅是为了无法容纳这么多的卷帙,我们也将被迫不得不采取强有力的毁灭措施。

在印刷术发明以前,书籍是相当稀少的;根据我们自己的经验，在动力印刷已经运用半世纪以后，要收集五十万册以上的图书，仍是一件怎样艰难的工作，我们对于古代作家所描摹的古图书馆的丰富的收藏，不能不保持极度的怀疑。

历史家吉本，对于其他许多事情不肯轻信，却毫不置疑地接受了关于这部门的传说。不用说，古埃及王族托勒密氏累代相承的写本图书馆，因了日积月累，当然成为那时空前未有的最丰富的收藏；同时也因了它们装帧的奢侈和人所未知的内容的重要，驰名全世。这些图书馆有两座在亚历山大里亚城，其中更大的一座是在布鲁讫姆区。这些书籍，正如古代那时的一切写本一样，都是写在成张的羊皮上的，两端各有一根木轴，使得读者每次只要卷开一点就可以。在公元前四十八年凯撒大帝的亚历山大战争中，这较大的收藏为火所毁，而在六四〇年，又为萨拉森人火烧一次。因此人类便蒙受了一种浩大的损失；但是当我们读到被毁的图书有七十万卷或五十万卷之巨时，我们便不由得感到，这样的数字一定是很大的夸张。同样地，关于几世纪以后，迦太基战争中所焚去的五十万册以及其他类似的叙述，我们也同样地不能置信。

关于最早的大量焚毁书籍的记录，其中有一件是由使徒路加所述。那是，当使徒保罗说教之后，许多以弗所人，"平常行邪术的，也有许多把书拿来，堆积在众人面前焚烧。他们算计书价，便知道共合五万块钱"（译者注：见《圣经·新约·使徒行传》第十九章十九节。此处所引，是中国圣经公会官话译文）。当然，这些崇拜偶像的占卜炼丹书籍、鬼怪妖术书籍，由那些曾经在精神上蒙受其损害的人们所焚烧，原是不错的；同时，即使它们逃过了当时的火厄,它们之中也没有一本可以流传至今天,因为现存的那时代的稿本一册也没有。

不过,当我们想到价值五万块古罗马银币的书籍——大略估计,折合时值该是一万八千七百五十镑——突然变成了灰烬,老实说,我的心中无法不感到相当地惋惜与不安。试想,这些书中该包含多少有关古代异端邪教的恢奇的图像,如魔鬼崇拜、太阳崇拜、拜蛇,以及其他古代宗教形式;以及传自古埃及、波斯、希腊的古天文化学学说;以及多么丰富的关于迷信的视察以及我们今日所谓民俗学;对于语言研究者,这些书中所包含的资料又将是怎样地丰富,而在今日,如果有一座图书馆能拥有其中的二三册,又将是如何地可以博得盛名。

以弗所城的废墟,有确凿的证据,证明这城市曾经非常广阔而且拥有华美的建筑。那是当时的自由城市之一,实行自治。他们关于神龛和神像的贸易十分茂盛,曾经远及两地。这地方的魔术十分盛行,虽然经过初期基督教徒的屡次改宗运动,他们那种书写着魔术咒语的小经卷,直到第四世纪仍是一种重要的商业。这些文书都当作符箓之用,用来防御"凶眼毒视",一般又用作防备一切邪恶的辟邪物。他们都将这东西带在身边,因此当使徒保罗的听众们,被他热烈的言词说服他们的迷信时,一定有整千的这东西从身上解下来投入火中。

试想那情景,一座广场,邻近月神狄爱娜的大庙,四周环绕着精美的建筑物。那说教的使徒,站在略为高出群众之上,以极大的精诚和说服力量宣说废除迷信,将聚集起来的群众紧紧地把握着。在群众的外围有无数的火堆,犹太人和非犹太人都将一束一束的经卷向火中抛去,一旁站着一位罗马殖民地的长官和他的警察们,用着自古至今全世界警察们传统的木然态度监视着这一切。这一定是一个很动人的景象,可惜皇家画院的墙上却选择了其他更恶劣的题材。

在那远古时代的书籍,不论是正统派的或异教徒的,似乎都有一种朝不保暮的危机。在异教徒每一次爆发新的检举风潮时,他们便将一切可能见到的基督教文字加以焚毁,而当基督教徒占得上风时,他们也热烈地采用同样手段对付异教文学,莫罕默德教徒所持的销毁书籍的理由是:"如果它们的内容是《可兰经》所具有的,它们便是多余的;如果它们的内容有什么与《可兰经》不合的,它们便是不道德的",可变则变,似乎是一切蹂躏者的共同法则。

印刷术发明后,书籍传布区域的广大和迅速,使得要将任何一个作家的著作全部加以毁灭成为一件更困难的工作。在另一方面,书籍虽日渐增加,毁灭和生产也在同时并进,于是印本书籍不久也遭受同样的火刑,这在那时期以前,仅是用来对付稿本的。

一九六九年,在克里莫那[1],仅是因了文学关系,一万二千册用希伯来文印的书籍被当作异端邪说,公开加以焚毁;红衣大主教塞米尼斯,占领格拉那达之后,曾用同样方法对付五千册的《可兰经》。

英国在宗教改革时期,曾发生大规模毁灭书籍的事。

---

[1] Cremona,现译为克雷莫纳。——编注

古董家贝尔曾在一五八七年这样说起那时僧院藏书楼所遭遇的可羞的命运：

> 大部分购得那些僧院的人，将那些藏书，有些用作厕所之用，有些用来擦烛台，有些用来擦靴。他们有些卖给杂货商，有些卖给海外的书籍装订家，并非少数的，有时是整船地被运到外国。但是这地方的大学校也不能卸脱这种可憎恶的事实。我认识一位商人，我不拟在这里说出他的姓名，用四十先令的代价买了两座可贵的藏书楼的藏书；这真是提起来都害羞的事。他用这东西来喂的炉灶，已经继续了十年以上，而他存下的还可以支持更多的时日。僧侣们任它们埋藏在灰尘中，头脑蠢笨的教士们不过问它们，它们后来的主人又尽量地糟蹋它们，而牟利的商人又将它们卖到国外去赚钱。（译者注：原文系十六世纪古文，这里仅译出其大意）

这真使人想象起来都吃惊，科克斯顿的奥维德《变形》的译文，以及其他许多我们第一家印刷所印出的书籍（译者注：此处系指英国，科克斯顿为英国十五世纪最早的出版家），我们现在一点都没有保存的，在当时不知有多少曾用作烤饼之用。

一六六六年的伦敦大火，书籍被毁的数量也是庞大的，不仅私人住宅，公家团体和教会藏书楼的无价宝藏都成了火灰，更有一大批存书，为了安全起见，由出版登记处从 Paternoster Row 移存到圣彼得大教堂的,也烧成了灰烬。

谈到时代稍近的事,我们对于科敦藏书楼之得以保全,该表示如何地感激。一七三一年,威斯敏斯特的亚希贝姆罕大厦的火灾消息,曾经使得文艺界感到极大的恐慌,因为科敦的古写本那时正贮藏在那里。费了极大的辛苦,火势终于被控制了,但是有许多古写本已经被毁,更有不少也受了损害。将这种焦灼得几乎不能辨认的东西加以整理复原,是曾经用了不少心机的;它们先要一页一页地揭开,浸在一种化学液体中,然后夹在透明的纸页中压平。有一堆烧焦的书页,毫未经过任何整理手续的,看来简直像一只庞大的黄蜂巢,现在正陈列在英国博物院的古写本室任人参观,表示其他若干稿本所遭遇的类似的情形。

一百多年以前,群众在白金汉的骚动事件中,焚毁了普列斯莱博士宝贵的藏书,后来又在戈登的骚动事件中焚毁了曼斯菲尔爵士文艺的及其他的收藏,这位著名的老法官,他正是第一个敢于大胆的决定,凡是踏上英国土地的奴隶,从此即可享受自由解放的人。曼斯菲尔爵士藏书的损失,曾引起诗人科勃写过两首短短的不很高明的诗。诗人先哀悼这些可贵的印本书籍的被毁灭,然后便提及爵士的原稿及其他当代文献的被焚,对于历史是一种无可挽回的损失:

> 卷帙凌乱,被焚被毁,
> 这损失虽是他个人的;
> 但是在今后未来的岁月中

人们也将哀悼他自己的损失。

第二首诗则以如下不很高明的句子开始：

> 当机智与天才在烈焰中
> 遭逢了他们的灾难，
> 他们不啻将罗马的命运告诉我们
> 叫我们也提防这个。

普列斯莱博士的更好更丰富的藏书，却不曾受这位正统派诗人的注意，也不曾引起他的哀悼，他也许因了这藏书的主人是一位一神派的教士，对于这一批异教书籍的被毁，私衷或许感到一种宽慰的满足呢。

斯特拉兹堡的壮丽的藏书楼，于一八七〇年为德国军队的炮火所焚毁。于是，随同其他若干难再得的文献，格登堡和他的合作者诉讼案的记录文献也从此永远丧失了，而这文献正是可以证明格登堡是否是印刷术发明人的唯一可靠的依据。那火焰从高墙之间冒出，咆哮得比一座通红的熔铁炉更大。战神和死神的祭坛上，很少有人呈献这样一笔精致的牺牲品的；因为在战争中的嘈杂中，在那吃人的大炮的怒吼中，有史第一次的印本《圣经》以及其他许多无价的古本，被烧得飞扬天空，它们的灰烬在灼热的空气中随风飘荡，飘到好多里以外，给惊异的居民第一次带来了他们首都被毁的消息。

译文附录

当俄佛尔的藏书,由威灵顿街著名的拍卖商沙斯拜·威铿逊公司经手拍卖时,已经拍卖了三天之后,邻近的房屋突然失慎,火灾延及拍卖陈列室,于是陈列中的孤本《彭杨诗集》以及其他珍本书都立刻一扫而空。我被允许在第二天去参观那灾场,我借了梯子爬上去,匍匐进入那还有多少楼板残留着的陈列室。那依然陈列在书架上的烧焦了的成列的书籍,真是一种可怕的景象:使人看来觉得奇怪的是,火焰烧去了书脊以后,似乎又绕到架后,再将矗立在架上的书籍的前边加以攻击,结果使得大部分剩下的都是一块完整的椭圆形的白纸和清晰的字迹,而周围则是一团糟的黑炭。这种残余物后来用很低的价钱一笔就卖去了,而那购买者,费了很久的整理、补缀和装订工作以后,大约获得一千册书籍,在第二年交给勃狄克·辛浦森公司去拍卖。

同样地,藏在奥古斯丁托钵僧派的荷兰教堂的走廊上的那些古藏书,当一八六二年的火灾焚毁了这教堂时,这些古籍也几乎被毁,虽然幸免于难,可是已经损害得很惨。不久以前,我曾在那儿花费了几小时的时间,搜寻英国十五世纪古籍,我将永远忘记不掉我离开时的那满身灰尘的情形。没有任何人去照顾,这些书放在那儿,几十年都没有人去摸它——潮湿的尘埃,堆在上面已经有半寸多厚,接着就来了火灾,当屋顶烈焰飞腾的时候,滚热的水流,就像洪水一样从上面泻下来。可怪的是,经过这样的情形,它们居然还不曾完成一堆泥潭。一切过去之后,这全部的藏书,因了在立法上不能拆散分送,于是便长期永远借给伦敦市政会。又焦又湿,这一堆火后烬余物来到那大无畏的图书馆专家阿伐拉尔先生手里。在一间租得来的顶楼里,他将这些书籍像衣服一样地挂在绳索上晾干。于是一个星期又一个星期,这种斑驳的曲扭的书本,有时是没有封面的,有时是仅有一张单页,被小心地料理烘干。洗涤、补缀、夹压、装订,产生了奇迹,于是今天来到市政会藏书楼那吸引人的小厅时,见到那成列的书写漂亮的书脊时,决不会想到在不久以前,本市的这一批最特殊的藏书,它们所处的状态,使你觉得花五镑钱去整批买下来也不值得。

五、水与书籍的灾难

除了火之外,我们便要将两种形态的水,流质的与蒸发的,列为书的最大的毁灭者了。整千整万的卷帙,曾经实际上沉溺在海里,连同照管它们的那些水手,不再为人所知道。狄斯拉里曾提起,一七○○年左右,有一位胡特先生,是荷兰密特堡格的有钱的绅士,曾经化装为中国官员,在中国纵横旅行了二十年。每到一处,他便搜集书籍,后来,他的丰富的文艺宝藏终于装船准备运往欧洲了,可是,这是他的祖国无可挽回的损失,这些东西从来不曾抵达它的目的地,因为这艘船在风暴中沉没了。

一七八五年,著名的麦菲·比内里氏去世了,他的藏书是举世闻名的。这是经过比内里氏家族累世搜罗而成的,包括大批的希腊、拉丁以及意大利著作,许多都是初版珍本,有美丽的描金装饰,以及许多从十一世纪至十六世纪的手稿。全部藏书由遗嘱执行人卖给了巴尔玛尔的书籍商爱德华先生,他将这些书分装了三大船，准备由威尼斯运往伦敦。在地中海为海盗所追，其中一艘被掠了，强盗怨恨船上不再有其他任何珍宝，便将所有的书都抛入海中。其余两艘幸而脱险，能够安全地卸了它们的货物，后来在一八八九年至一九九〇年，这些曾经濒于毁灭的书，在康都特街的大拍卖室拍卖，卖了九千镑以上。

这些强盗，比起莫罕默德二世起来，就值得原谅多了。他于十五世纪攻占君士但丁堡之后，除将这圣城任由他部下放纵的兵士掳掠外，又下令将所有各教堂的藏书，以及君士但丁大帝的伟大藏书楼所藏的稿本十二万卷，全部抛入海中。

在雨水的形式下，水时常要造成无可补救的损害。幸亏直接的水湿很少在藏书楼发生，但是如果不幸发生了，那损害就非常厉害，而且如果时日长久，纸张的质料抵不住这有害的侵袭，逐渐糜烂，终于一切纤维都消失了，纸张变成了一堆枯白的朽块，一触之下便碎成粉末。

目前英国的一些古藏书楼，很少再像三十年前那样荒废无人照料了。那时，我们许多学校和教堂藏书楼的情形，简直令人心寒。我可以举出许多例子，尤其其中之一，有一扇窗扉破裂了许久，始终无人过问，以至常春藤攀了进来，缠绕在一列书上，而这些书每一册都是在价值几百镑以上的。到了雨天，雨水便像经过水管的引导一样，从这些书的顶上，浸湿全部。

在另一处较少的藏书中，雨水从天窗直接漏到书架上，不断地淋湿着书架顶层，这上面有卡克斯顿和其他英国古版书，其中的一册，虽然烂湿了，后来获得慈善委员会的许可仍卖得了二百镑。

德国，这欧洲印刷术的诞生地，似乎也任随这类损害发生而不加防止，如果下面发表在《学院》（一八七九年）这刊物上的这封信，内容可靠的话……

> 在过去相当的期间内，瓦芬布台尔的藏书楼的情形，是最令人难堪的。建筑物的不安全的程度，到了一部分墙壁和屋顶已经坍毁的程度，其中所藏的书籍和原稿，有许多已经暴露在潮湿和霉烂中。已经有呼吁书发出，要求不要为了经费缺乏的问题，任随这宝贵的收藏归于毁灭，又指出因了瓦芬布台尔目前已不是知识中心，应该将这收藏移到布鲁斯魏克去。不该为了虚伪的感情问题，为了纪念这藏书楼的创立者莱辛，妨碍这计划的实现。莱辛本人就会是第一个主张首先要顾及这藏书楼本身和它的功能的人。

瓦芬布台尔的藏书是名贵非凡的，我只希望这以上的报导是夸张的。如果只是为了缺乏一点小钱去修理屋顶而使这收藏受损，这将是这国家的永久的耻辱。德国有那么多的真正爱书家，会酿成这类的一种罪行，几乎是令人不肯置信的。（原注：此文作于一八七九年，后来已经另建了一座新建筑。）

在水蒸气形式的水，是书的大敌之一，那潮湿同时侵袭着书的外面和内面。在外面，它促成生长一种白霉或白菌，蔓生在书页的边缘，以及书脊装订的合缝处。这虽然很容易抹去，但是在那白霉发生的地方，会始终留下一块显明的痕迹。在显微镜观察之下，你可以发现每一块白斑都是一座锥形的森林，那些可爱的小树，都长着美丽的白色树叶，树根都深入书皮，摧毁了它的纤维。

在书里面，潮湿又能滋长那种丑恶的黄斑，这时常损坏了插图和精印的书籍。这种黄斑，尤其喜欢侵袭十九世纪初叶印行的书籍，那时制纸商刚刚发现了破布漂白的方法，能制出洁白的纸张。这种纸张，因了漂白关系，它本身已经蕴藏着一些腐烂的种子，一旦暴露在潮湿之下，立刻就发生变化有了黄斑。狄布丁博士的有关目录学的著作大部分都受到这样的损害；虽然他的目录并不正确，但是印刷插图那么美丽而且充满了逸话和琐闻，所以见到他的这些超越的作品充满了黄斑，实在使人心酸。

在一座全然干燥温暖的藏书楼中，这些斑点也许不致继续发展，但是许多公家的或私人的藏书楼，都不是每天有人应用，因此便时常受到一种误解的损害，以为只要大气保持干燥，严霜和长期的酷寒对于藏书并无损害。而事实上却是，藏书绝不应使其真正地长期受冷，因为一旦融雪天气来到，气候转成和暖，那种充满潮湿的空气，便会钻入最隐僻的处所，侵入书与书，甚至书页与书页之间，而在它们寒冷面上留下潮湿。最好的预防方法，是该在严霜天气下保持藏书楼气候的温暖。那种在严寒之后的突然加热是无用的。

我们最坏的敌人有时会是我们真正的朋友，因此最好使藏书楼免于潮湿的方法,乃是使我们的敌人化为热水,在楼板下装设水管通达全楼。目前,从屋外烧热这些水管的设备既如此简而易举,消费又相当低微,而它能直接排除潮湿的收获又如此可靠,因此只要不十分困难可以办成这件事,我以为总是值得办的。

同时,任何取暖的设备,不宜越出有格壁炉之外,因为它所供给的流动的温度,对于书有益,对于人也有益。煤火是有许多该反对的理由的。它既危险,又污秽又多灰尘。从另一方面说,一座石棉的火炉,它的火块是排列得疏密适宜的,可以供给一座普通火炉所具有的温暖,但是却免除了它们所有的任何缺点,而对于一个不喜欢依赖仆人的人,可以深信即使自己拥书而睡如何沉熟,他的炉火也不致熄灭,一具石棉火炉实在是太有用了。

这也是一种错误的幻想,以为将装帧最好的书放在有玻璃门的书橱内,就可以获得保障了。潮湿的空气一定能渗进去的,而橱内没有通气的地方,恰恰帮助了霉菌的滋长,这些书所遭受的损害会比放在敞开的书架上更坏。即使为了书籍安全,也应该排除玻璃,以装饰的钢制网格来替代。正如那些古老的烹饪书籍的作者,在有些特别的食谱上加以个人亲身实验的证据那样,我也要说,这方法是"业已试验有效"(probatum est)。

六、尘埃与荒废

书上有了尘埃便是荒废的表示,而荒废便是或多或少的缓慢的毁败。

译文附录

书顶上烙制适当的金边,对于尘埃的损害是一个很大的防止设备,而任随书边毛乱不加防护,一定会产生斑点和污秽的边缘。

在旧时,常很少人拥有私人藏书的时候,学院或公家的藏书楼对于学子的功用是很大的。那时的藏书楼管理员的职务决非清闲,而尘埃也很少有机会能在书上找到休息的地方。十九世纪以及动力印刷术促成了一个新的时代。渐渐地,无人照顾的古藏书楼落伍了,结果便堕入荒废。不再有新书加入。而那些无用的旧书便弃置一旁,无人照料,无人光顾。我曾见过许多藏书楼,它们的大门一个星期又一个星期地关闭着;你在那里面可以嗅到纸张霉烂的气息,每拿动一册书就不免要打喷嚏;其中有许多旧箱箧,充满了古文献,都被当作蠹鱼的贮藏室,连一个秋季大扫除减低它们繁殖的措置都没有。有时,我指三十年以前的情形,这些古藏书楼被利用作最不堪的用途,如果我们的祖先能预知它们这样的命运,真要惊震得不知所措。

我清晰地记得,许多年以前,一个明朗的秋天清晨,为了寻找科克斯顿的古版,我走进我们某著名大学的某一个富有的学院的内庭。周围的建筑物,在灰暗的色调和阴暗的角落下显得十分可爱。它们都具有高贵的历史,而它们饱学的子孙都是承受得起这种光荣传统的承继者。太阳温暖地照着,大部分的室门都敞开着。有的传出一阵板烟的气息;有的传出嗡嗡的谈话声;有的又传出钢琴的节奏。有一对高年级的学生在阴蔽处散步,手挽着手,身穿敝袍,头戴破帽——这就要毕业的可骄傲的标志。灰色的石墙上布满了常春藤,仅露着那刻有古拉丁铭文的日晷,记录着太阳的影子。一面是教堂,这仅从它的窗户的形式上才可以分辨出,似乎在监视这学府的德行,恰如它对面的膳堂,从里面走出了一个白围裙的厨师,正在留意它的世俗的兴盛。当你踏着那平坦的石板路时,你便走过一些舒适的房间,窗上挂着丝织的窗帘,椅上蒙着椅套,银制的饼干箱和高脚的玻璃酒器调节着这艰苦的攻读。你可以见到在金色的书架或桌上有金脊的书籍,而当你将目光从这奢华的室内转注到修剪平坦的庭院草地时,那古典的喷泉上面也洒着太阳的金光,你的心目中便会感到这一切都分明表示是"奢华与渊博的结合"。

我心想,除了这地方不会再有别的地方了,古文学必然正受着非常的重视和爱护;因此,带着那一种和周围一切调和的愉快的气氛,我询问藏书管理人住在什么地方。似乎没有一个人能确知他的姓名是什么,或是担任这职衔的究竟是谁。他这职务,是又高贵又清闲的,似乎照例仅由低年级生去担任。谁也不稀罕这职位,因此那办公室的钥匙和锁的见面机会也就很少。终于我终获得成功了,有礼貌的可是却哑默的,为那藏书管理人所领导,走向他那尘埃和沉默的王国去。

旧时捐款人暗黑的画像,从他们古老灰尘的画框中,用朦胧的眼光惊异地注视着我们走过,显然在诧异我们究竟预备做些什么;霉烂的书味——这种笼罩在某些藏书楼的特殊气味——充满在空气中,地板上满是尘埃,使得阳光在我们经过时飞舞着尘屑;书架上也是灰尘,楼中的书案也堆满了厚厚的灰尘,穹形长窗下的古老的皮面书桌,以及两旁的圈椅,都是十分灰尘。经我询问之下，我的引导者认为什么地方曾经有过一本手抄的这藏书楼的目录，不过，他又认为，从那上面不容易找出什么书，而且目前更不知道从什么地方去找这本目录。这藏书楼，他说，现在的用处很少，因为研究员都自己有书，且又很少会需要十七世纪十八世纪的版本，而且这藏书楼很久就不曾添置新书了。

我们走下几步，又进入一间藏书的内室，在那里，地上正堆弃着整叠的大版古书。在一张古老的乌木桌下，有两只长长的雕花的橡木箱。我揭开一只的箱盖，上面有一件曾经是白色的法衣，铺满灰尘，下面是一堆小册子——未曾装订的共和政治时代的四开小册子——全然是书鱼与霉烂的巢穴。一切都荒废了。这间藏书室的外门，这时正敞开着，几乎与庭院成了平行。外套、裤子、皮靴，都放在乌木桌上，这时正有一个校役站在门内刷着这些东西。如果是雨天，他便完全在藏书室内干这件工作——他全然不知道自己这种行为的不妥，正如我的那位领导员一般。

所幸者，现在的情形已经改变了，现在的学院已经不再存有这类荒废的笑话，让我们希望，在尊崇古学的观念又复兴了的今天，不再有什么学院的藏书楼有这同样的惨状。

不过，并非英国人独有这类过错，对于他们的版本宝藏有这种毫无怜惜的待遇。下文是自巴黎新出版的一册有趣的书里翻译出来的（戴罗米著，《书的浪费》，一八七九年出版），表示即使在当前，在法兰西的文艺活动中心，书籍在遭逢着怎样的命运。

戴罗米先生说：

现在让我们走进外省有些大城镇的公共藏书楼看看。它们的内部都有一种可悲的模样；尘埃和凌乱将那里当作了家。它们都有一位管理员，可是他的待遇只不过是一个看门人，他仅每星期一次去看看委托他照顾的书籍情形；它们的情形都不好，成堆地堆栈在角落里，因了没有照应，不曾装订，正在霉烂中。就在目前，巴黎有不少公立图书馆每年要收到几千册书籍，可是因了不曾装订，在五十年左右便会消失不见；有许多珍本书，是无法再得第二本的，因了缺乏注意，都烂成碎片；这就是说，因了弃置不加装订，成了尘埃和蠹鱼的牺牲，一触手就要碎成粉碎。

所有的历史都显示这样的荒废并非仅属于某一特殊时代或某一国家的。我自爱德蒙·魏尔兑的《法国书史》（一八五一年出版）中引述下列的故事：

诗人卜迦丘，在阿布里亚旅行的时候，渴望去观光那有名的嘉辛修道院，尤其想看看它的藏书楼，因为他闻名已久了。他向一位容貌引起他注意的僧人问讯，极有礼貌地，请他带去参观藏书楼。"你自己去看罢，"那僧人说，粗鲁地，指着一座古老的石阶，已经因年代湮久而残破了。卜迦丘因了对于当前的版本学上的盛筵的憧憬，极愉悦地赶快跨上那石级。他不久就走进了室内，并不见有锁

译文附录

甚或门来保护这宝藏。试想他的惊愕情形,窗上生长的野草竟遮黑了室内,所有的书本和座位都积有一寸多厚的灰尘。在极度惊异之下,他拿起一本又一本的书。全是极古的手抄稿本,可是全都残破得很可怕。有些整辑都给人粗暴地撕去了,有许多羊皮纸空白的边缘也给人割了去。一句话糟踏得极为彻底。

因了眼见这么多的伟人的智慧和著作,竟落在这样不称职的保管者的手里,卜迦丘感到心酸,噙着眼泪走下石阶。在僧寮内,他遇见另一个僧人,问起这些古稿本怎样被糟踏成这样的?"哎,"他回答,"你该明白,我们不得不设法赚点小钱贴补我们的零用,因此我们只得将那些古稿本的空白边缘截下,写成许多小本经卷和祈祷书,卖给有些妇女和儿童。"

作为上述故事的附录,伯明罕[1]的替明斯先生告诉我,嘉辛修道院藏书楼的现状,已经比卜迦丘的时代好得多了,那值得敬重的主持,非常宝贵他的这些名贵的古稿本,很高兴捧出来给人看。

这大约是许多读者很乐意知道的,目前在这僧院的一间广厦中正有一所完备的印刷所,包括石印和排印,正在积极活动,那绝妙的但丁原稿已经重印出来了,其他影印本也正在进行中。

---

[1] Birmingham,现译为伯明翰。——编注

《爱书狂的病征》

汤麦斯·弗洛奈尔·狄布丁

一八〇九年,汤麦斯·弗洛奈尔·狄布丁氏,曾在伦敦出版过一册关于爱书狂的小书,以轻松幽默的笔调,谈论这"毛病"的征候和治疗方法。这书目前已不易得,兹从威廉·塔尔格氏选辑的《爱书家的游乐轮》中选译若干节于下。

· · ·

机智的佩格纳氏,在他的《目录学辞典》第一卷第五十一页,曾将爱书狂诠释为"一种占有书籍的狂热;欲从其中获得教训的程度,还不如玩赏它们满足自己的眼福。染上这癖病的人,他们仅知道书的书名和出版年月,并且不是为它的内容而是为它的外表所吸引"。这定义,也许过于广泛和含糊,对于这癖病的理解和预防恐不能有多大益处。是以,让我们更确定更明白地将它来描摹一下吧。

这"毛病"常见的征候有对于下列各项的狂热:一、精印本;二、未裁本;三、插绘本;四、孤本;五、皮纸精印本;六、初版本;七、特殊版本;八、黑体字本。

我们且更详细地将这些病征描摹一下。

译文附录

一、精印本,有一些书,除了寻常版本外,另有若干套或限定的部数,在油墨及印刷方面都特别精致,开本较大,而且纸质较好。这种书的价值将随它们的美观程度以及是否稀觏而定。

在目前,爱书狂的这一病征已经很普遍而且猛烈,而且还有蔓延更广的趋势。就是现代出版物也逃不脱它的可怕的影响;当书贾密勒先生告诉我,精印本的《瓦论地亚旅行记》的预约是如何地热烈;伊文斯又向我揭露,他的新版《褒勒特的自身时代史》每一部都已脱手时,我真忍不住仰眼向天,高举双手,借以哀怜爱书狂这一病征的流行!

二、未裁本,爱书狂的一切病征之中,这可说是最古怪的一种。这可以诠释为一种狂热,要求获得边缘从不曾为装订者的工具所裁剪过的书籍。我环顾我自己群书罗列的书架,我止不住感到这种错乱的病征已蔓延到我自己的门口;但是当我想到只是有一些有关版本学的著作,留下了书边未裁剪,全然不过为了取悦于我的朋友们(因了一个人必须有时研究一下他们的趣味和胃口,正如研究自己的一般),我深信我自己的这征候还不至产生什么十分严重的后果。至于这种未裁过的书本,虽然有其不便利和残缺之处(试想,一本未裁开过的字典!),而且一个有理性的人所要求者必然是一本装订完善的书,但是因了既有这一种要搜集它们的古怪狂热存在,我敢说,如果有一部未裁的初版莎士比亚或是未裁的初版荷马出现,一定能带来一笔好收入!

三、插绘本,对于附有无数的版画作插绘或装饰,表现书中所提及的人物或环境的那种书的狂热,乃是爱书狂的一种非常普遍和猛烈的病征。这是在最近半世纪特别流行起来的。这病征的起源或第一次的出现，有些人曾追溯到格朗吉尔的《英国传记史》的出版；但是若是有人读一下这本书的序言，他将发觉格朗吉尔曾经使他自己躲在艾费林、阿希摩尔及其他等等的权威荫庇之下；对于发生搜集版画这狂热的产生，认为不应由他个人单独负责。不过，格朗吉尔乃是第一位以第一篇论文的形式将这狂热加以介绍的人，而且这论文的发表时间又显然十分"不吉"——虽然这位作者本人可说并无"预谋"之罪。他的这部英国历史似乎吹起了对于古版书的一种广泛的搜索和屠杀的号角：许多可尊敬的哲学家和息影已久的英雄们，他们既已无惊无扰地安息在记录他们嘉言懿行的那些豪华巨帙之中，立刻就被从他们安谧的寓所中拖曳出来，与那些纨绔的现代版画并列一起，排在一部插绘本的格朗吉尔中！

疯狂的程度不止于此。插绘成了一时的流行；莎士比亚和克拉郎顿成了它的第二攻击目标。从这里，它再斜出侧击其他的各方面，装饰其他次要一些的东西；而这种狂热，即爱书狂的这一病征，尚继续亢奋不衰。不过，如果公正地论断，在一切病征之中，这一种可说是为恶最少的一种。能拥有一辑制作精好的某有名人物的画像，包括他的一生各个时代，从含苞的幼年以至恬澹的老年，确是堪以赏心悦目；但是如要搜集所有的画像，不论其优劣好恶，便表示这病征已经危险惊人，到了几乎不可救药的地步！

还有另一方式的插绘本，也是属于爱书狂这一种病征范围的；它乃是从各种不同的作品中（用剪刀或是采用誊写的方式），将有关这人物或这一课题的每一章每一节收集到一起。这是对于自己心爱作家的一种有趣的和有用的诠释方式；这样的作品，如果出于熟练精巧之手，是值得收藏到公共文库中的。我对于用这方式诠释的诗人蔡特顿集几乎想予以嘲弄，直到我目睹了哈斯里乌德氏的一部，共有二十一卷，竟吸引我坐在椅子上不能起身了！

四、孤本，对于一本具有任何一种特点的书的爱好，如前述的两种方式的插绘本，或是这本书在开本、美观或其他情形方面有值得注意之点——都是爱好孤本的显示，这毫无疑问也是爱书狂最流行的病征之一。是以让我在这里提醒每一个清醒谨慎的藏书家，切不要为"稀觏罕见"这类名词所诱惑；这类名词，用斜体字很仔细地注明在书贾的目录中的，很容易令人不在意走入了歧途。

五、皮纸精印本，对于这样精印本的欲望，也是爱书狂的一种很强烈而普遍的病征；不过因了近代印本很少是这样的，藏书家便不得不仰求于三百年以前，亚尔都德、费拉耳特以及琼代伊等等所印刷出版的这种版本了。

虽然巴黎国立图书馆，以及在土鲁斯的马卡第伯爵藏书楼，据说收藏最多以羊皮纸精印的书籍，但是那些有眼福曾经见过英国皇家藏书楼，玛波洛公爵、斯班寨伯爵、琼斯先生，以及业已去世的克雷讫洛特先生（现藏大英博物院中）诸人所藏的这种书籍时，他们便无须一定要跋涉到欧洲大陆始能目验它们那种异常的精美和富丽了。爱德华先生所藏的用羊皮纸印的初版《利未记》孤本（他一定能原谅这形容字），它本身就抵得上一座藏书楼，以及新近发现的乌尔德用羊皮纸印的《朱丽亚拉·巴尼斯之书》的再版本，全书没有丝毫缺点，已经可以确实表示在我们的祖父时代，这种爱书狂的病征已经流行；因此这就未必如有些人所断定，这是最近半世纪始出现的事了。

六、初版本，从安赛隆到亚斯寇的时代，就已经显示出有一种极强烈的欲望，要购求一本书的原版或初版，因为原版和初版大都是由作者亲自监督印刷和校正的；并且，恰如版画的初印本一般，也被认为更有价值。任何人凡是具有搜集这种版本的狂热者，毫无问题可说是具有爱书狂的这种病征；但是这种病征并不是不可医治的，并且也不值得给予严厉的处理和非难。所有的版木学家都看重这种版本的重要，为了它们可以同以后的版本对勘，并且时常可以查核出后来的编辑者所显示的疏忽。初版本的莎士比亚曾被人认为那么重要，于是一部影印的复制本的出版居然获得了成功。关于希腊拉丁古典作品方面，一部初版本的获得，对于那些要出版定本古典作品的编辑家乃是第一重要的事。我相信，韦克费特氏曾始终认为是一件憾事，他不曾及早见到鲁克利地奥斯的初版本。当他着手编辑时，这部初版本还不曾收入斯班赛伯爵的藏书楼中——这一座一切精美稀觏的古典文艺作品的宝库！

不过，不应忘记的是，虽然初版本在有些方面非常重要，但是有许多时候都是多余的，对于一位藏书家的书架乃是一种累赘；因为后继编辑家的努力，已经纠正它们的错误，并且由于所增加的资料，它们已失掉再予以参考的必要。

七、特殊版本，有时，某一部书的若干本，因了其中的错误，被剔除放在一边。虽然这些错误并无任何足供推荐的意义或美丽（其实都是缺点而已！），但是这样的一种版本却为某一些藏书家所热烈地搜寻着！这种特殊的追求也许可以列为另一种病征，爱书狂的病征之七。

八、黑体字本，爱书狂的一切病征之中，这一病征在目前乃是最有力最流行的一种。是否由舍尔荷姆氏的好事（他是一位关于珍本和古本书的著名作家），这病征始由荷兰传入英国，实值得精密地考虑。不过，无论它的来源如何，有一件事已是确定的，即黑体字的印本，目前正以前一世纪的藏书家所未曾有过的热忱被人搜求着。如果威斯特、拉克里夫·法玛尔与勃朗等人的精灵，从那"从无旅行者回来过的地方"能够彼此相互交谈，前三人对于后一位所说的他的藏书之中的某一些书的价值，将要感到怎样的吃惊！

但是爱书狂的这种特征，并非不能医治，而且也并非完全没有好处。在适当的变换之下，它对于推动英国文学，已经履行了若干重要的服务。它激起了对于法玛尔和斯蒂芬斯的研究，并且能够使得他们在所钟爱的莎士比亚额上缠着了许多美丽的花枝。

总之，虽是爱书狂的一种很强烈和普遍的病征，但是如果小心谨慎处理，还不致产生有害的结果。不过，如果以不择好恶的贪婪的胃口，吞食任何以黑体字印刷的东西，那就使得患者纵不致死亡，也要染上了无可救药的病征！

《有名的藏书家》

欧文·布洛温

《有名的藏书家》是一篇短文,原作者欧文·布洛温的身世不详,兹从威廉·塔尔格所选辑的《爱书家的游乐轮》中译出。布洛温在这里所说的有名藏书家,并非以藏书著名的藏书家,而是那些具有藏书癖的名人,从希腊罗马的皇帝、哲人、作家,以至贵妇人。

. . .

搜集书籍的狂热并非一种近代的病征,而是可能自有书籍可聚以来即已存在的,并且曾经传染了历史上许多最智慧最有权势的人物。希腊诗人欧立比地曾经被亚理斯多芬在《群娃》中嘲笑他的藏书癖。罗马帝王之中,戈尔地安,这位在第三世纪兴起的人物(也许非未兴起吧,因为他即位三十六天之后就被杀了),吉本氏曾说道,"二十二名姬妾与六万卷的藏书,显示了他的癖好的多方面"。这种好内癖与文艺趣味的结合,似乎又寄托在稍后时期的另一位帝王身上——亨利第八——他在三年之间,为了购置珠宝花费了一万零八百镑,可是在同一时期购买书籍和装订费用却仅有一百镑,这两笔支出相差如此的原因,据解释,乃是由于他的藏书楼的收藏大都拜掠夺僧院之赐。亨利曾经用羊皮纸将他反对路德的著作印了几部。

罗马的西赛禄，在他的吐斯寇伦别墅中拥有一座优秀的藏书楼，尤其富于希腊著作，曾经这么描摹他的心爱收藏道："增加青年智慧的书，取悦老年的书，装饰兴旺，在苦难不幸之中荫庇安慰我们的书，将享受带到家中，出外又与我们作伴的书，同我们消磨夜晚，同我们旅行，又同我们一起到乡下的书。"

诗人佩特拉克，他搜集书籍，不仅为了满足自己的爱好，而是心想成为威尼斯的一座永远图书馆创立人，将他的藏书捐给了圣玛可教堂，可是大部分因了保存疏忽损失了，仅有一小部分幸存。

《十日谈》的作者卜迦丘，预料到自己的早死，曾将他的藏书托付给他亲爱的友人比特拉克，要他依据自己的条件，保障藏书的完整，这诗人曾允应如果他比卜迦丘后死，他一定照顾这收藏；但是卜迦丘却比比特拉克更长命，于是他便将他的藏书遗命捐给佛罗伦萨的奥古斯丁教派僧院，这些藏书的一部分至今仍可以给游客在劳伦地里藏书楼见到。根据卜迦丘自己对于他的藏书的叙述，我们必须相信他的藏书对于僧院的藏书楼必定非常不适合，而好心的僧人也许早已将它们大部分付之裁判异教徒的火刑，恰如《堂吉诃德》中那些游侠的故事集所遭遇的一般。也许这些玩世的小说家蓄意将他的赠予当作一种暗中的讽刺。

旧日曾经容纳散文家蒙田藏书的那间房间的墙壁，至今仍展览给巡礼者的，木梁和橡柱上由这位怪癖的可爱的小品文家用烙铁烙满了铭句。

《撒克逊劫后英雄传》的著者司各德，以整套精致的胄甲装饰他华丽的藏书楼,又充盈以妖怪学与巫术著作。酷爱讽刺的《格里佛游记》的著者史惠夫特,则有诠注他的书籍的习惯,喜欢在扉页写下他对于著者评价的概略的意见,无论他所有的是一些什么书,他似乎没有莎士比亚,在史惠夫特十九卷的著作中也找不出任何提及他的地方。

军人对于书籍似乎总有一种热情。且不说凯撒大帝的文学修辞趣味,那位"古今第一人"的菲特烈大帝,在桑苏讫、波茨坦、柏林,都有藏书楼,他将藏书按照类别排列,不论开本大小。过厚的书,他拆开来分订成数册,以便翻阅便利,他特别钟爱的法国作家作品,有时要依据他的口味重印成细字本。

法国的孔地将军从他父亲手上承袭得一座有价值的藏书楼,他非常爱惜并加以扩充。英国的马尔巴罗将军有二十五部羊皮纸精印的书,都是一四九六年以前的珍本。

骁勇善战的拿破伦麾下大将军朱诺将军,有一批羊皮纸本的藏书,在伦敦卖了一千四百镑。而他的伟大的主子,虽然一面忙着要征服欧洲,一面不仅未忘记从他自己的永久藏书,以及出征时随时携带的书籍之中获得慰藉。他更计划,并且业已开始实行印行一套行军用的丛书,都是十二开小本,废除书边空白,极薄的封面,一共要有三千册左右,他计划雇用一百二十名排字工人,二十五名编辑,以六年时间完成,费用大约要十六万三千镑。圣海伦拉岛[1]的放逐摧毁了这计划。说来真古怪,拿破伦竭力诋毁伏

---

[1] Saint Helena,现译为圣赫勒拿岛。——编注

尔德，恰如菲特烈大帝那么诚心崇拜他一般，但是却使费尔丁和拉·萨基侪于他的旅行伴侣之列。而他的爱书癖，却可以从他给他藏书管理人的指示上看得出：

> 我要精致的版本和美丽的装订，我的财富已经足够应付这要求。

唯一使得人们对于他的文学趣味的正确性予以信赖的事，乃是他对于爱尔兰三世纪古传说诗人奥塞安的爱好。

朱理安·凯撒也选集了一套四十四册袖珍本的旅途藏书，收藏在一只皮面的橡木小箱内，十六寸长，十一寸阔，三寸高。各书用白犊皮装订，包括拉丁文和希腊文的历史、哲学、神学著作和诗歌。这批藏书的收藏者是英国的朱理安·凯撒爵士，现在这一批精致无两的收藏已在伦敦大英博物院中。各书都是印于一五九一年至一六一六年之间的。

十八世纪英国桂冠诗人萨克搜集了一万四千册藏书，诚如他自己所说，这是直到他那时为止，任何一个以笔耕为生的人所能搜集的最有价值的一批藏书。

时间限制我不能谈论伊拉斯默斯、特·梭·格洛地奥斯、歌德，以及鲍特莱；还有汉斯·史罗姆，他的五万卷的私人藏书乃是大英博物院藏书的起点，还有科而罗密欧主教，以四万卷藏书成立了米兰的安勃罗西藏书楼，以及其他许多够得上称为爱书狂的有名人物。

我们也不可忘记理查·威丁顿爵士，他是以奸诈著名的，曾捐赠四百镑成立伦敦基督医院的图书馆。还有女性，不论是好女人和坏女人；杰出的可以举出格雷夫人、密地希的凯赛琳，以及狄爱娜·特·波爱地尔。

现在剩下来要谈的该是那位伟大的鸦片烟瘾君子了（译者按，此指《一个英国鸦片吸食者的自白》著者，即下文所说的英国十八世纪散文家汤玛斯·特·昆西），他简直是一种文艺上的偷食鬼，以借了书从不归还著名，因此他的藏书乃是全部强迫朋友捐赠而构成的——是的，因为有谁胆敢拒绝不借一本书给汤玛斯·特·昆西呢？但是这位伟大的汤玛斯对于书的使用却是非常疏忽不经心；约翰·褒顿氏，在他的《猎书家》一书中，曾经告诉我们，"他有一次曾经将一本原稿写在一部狭长的八开本 *Somnum Scipionis* 边缘上，因了他根本不曾将书上的文字涂去，以至排字工人弄得莫名其妙，结果他将书上本来印就的拉丁文与他手写的英文混合起来排成了一篇糊涂账"。

一点不开玩笑，我认为文雅的伊利亚（译者按，此指英国著名的小品文家查理斯·兰勃）应该归入他一类，因为他曾经说："读来最称心满意的该是自己的书，这种在我们手中业已年深日久的书，我们已经清晰书中的斑点和折角，能够追溯其中污迹的由来，以便在喝茶时同了牛油松饼一同读，或是对了一袋烟来读，而这我则认为该是最大的限度了。"

不过，对于查理斯·兰勃，有相当的疏懒可以原谅，因为根据莱·亨脱所说，他有一次曾经拿起一部古老的大段《荷马》来接吻，当人们问起他怎样能够分别这一本书与那一本书时,因了没有一本是有标志的,他回答道:"牧人又怎样能够分辨他的羊群呢?"

荒淫的亨利第八与刚愎的朱诺将军对于书籍所表示的爱好,并未必胜过那位贪口腹的和奢侈的罗马将军卢库卢斯,对于这人,使我们想起另一位将军彭佩,当他在病中被医生吩咐他吃一只鸫鸟作午餐,他从仆人口中知道夏季无处可以获得鸫,除了从卢库卢斯的肥美禽栏时,他便拒绝因了一顿午餐而领别人的情,曾经表示道:"那么如果卢库卢斯不是一个口腹家,彭佩也就活不了。"

关于他,信实的传记家波卢塔克曾说道:

> 无论如何,他对于供给一座藏书楼,是值得称赞和记录的,因为他搜集了许多精选的手抄本,而对于它们运用之美妙,更甚于他的购买,因为这藏书楼常年是开放的,它的阅览室和甬道对于一切的希腊人都是出入自由的,他们最高兴的事,就是抛下他们的工作,赶快来到这里,好似来到文学女神的宫殿一般。

关于哲人苏格拉底搜集书籍的事,并无记录——他的太太也许反对这事——但是我们却从他的口中知道他爱好书籍。他并不喜欢乡村,而唯一能吸引他到那里去的东西乃是一本书。他曾经向费艾特鲁斯承认这事说:

> 非常真确的,我的好朋友,我希望当你知道这原因以

后，你可以原谅我，因为我是一个知识爱好者，而住在城中的人都是我的先生，并非那些乡间的树木。不过我确实相信你可以寻找一种方法，勾引我从城中来到乡下，好似用一根树枝或是一串水果引诱一匹饿牛一般。因为你只要用同样方法拿一本书放在我的眼前，你就可以牵了我走遍整个亚地加，甚至走遍全世界。而一旦到了之后，我就希望能够躺下来，并且选择一个最适宜看书的姿势。

《书的护持和糟踏》

赫利·亚尔地斯

这是赫利·亚尔地斯的《印本书》（*The Printed Book*）最后一章，也就是全书的第十章。这本小书本是剑桥大学出版的科学与文学小册子之一，初版出版于一九一六年，篇幅虽少，但因为作者叙述得简洁扼要，三十余年来始终为读书人所爱读，因为他是为内行人写的，同时也是为外行人写的。前年又由约翰·卡德与克鲁讫莱二人就原书略加增订，删除陈旧过时的部分，增入若干新资料，使亚尔地斯的原作又注入了新生命。我的译文所据的底本，就是一九四七年出版的增订本。

译文附录

* * *

书籍可能招致的毁灭的危机,最可怕的无过于火,无论是暴力的,如一八七〇年史特拉斯堡[1]藏书楼的遭遇,以及一九一四年鲁文大学藏书楼的遭遇,或是破坏力并不减轻的偶然意外的火灾。后者可举的例子很多,从一六六六年伦敦大火灾的大规模焚毁书籍,一七三一年科顿手抄本的无可补偿地被毁,以至一九〇四年吐林藏书楼部分的损失,以及一九一一年亚尔巴莱的纽约州立图书馆的被焚。但是书籍这东西,乃是火神不容易扫荡干净的一种物质。教会和官厅方面,当他们以公开的篝火来销毁异教徒的著作时,就已经明白了这事,于是恰如约翰·赫尔·褒顿氏所说,"到后来,他们发觉焚烧异教徒自身比焚烧他们的书籍来得更容易更省钱了"。不过,火所不曾完成的摧毁工作,往往可以由它的孪生敌人——水来完成,因为这已经并非一件未经验过的事,当书籍发生火灾时,救火的水所造成的损害往往比火的本身更巨。

水,当它以更稀薄的狡狯的潮湿形式来出现时,对于书的损害可能变成一种更有效的家伙。以巧妙的方式,潮湿能迟早将一本书腐烂至那种地步,它可以破碎得化成粉末;霉菌的损坏程度虽然轻一点,但也可以毁坏封面装订,使得书页发生不可救药的斑点;而轻微的潮湿,便已经足够扶助蠹鱼的摧残。

这些害虫,它们的痕迹比它们本身更容易为人发现,平时不

---

[1] Strasbourg,现译为斯特拉斯堡。——编注

常见到，除非在那些遭受潮湿空气以及不常翻动的书中。它们乃是一种属于 anobium 类的小甲虫的幼蛹，形状如白色的蛆虫，长约一英寸的十五六分之一，棕黑色的头。在它们悄无声息的行程中，有一些在一本书中向四方八面钻了许多洞，有些则将它们的活动限定在书封面的木版上，将它们咬成粉碎。它们对于纸张显示有一种鉴别的能力，因为它们的注意点大都集中在十五、十六世纪的古本上；它们很少使它们的消化力忍受冒险，去攻击那些现代称之为"纸"的东西。当它们的存在一旦被发觉之后，可以先将书打开随意翻动书页，将躲在甬洞中的它们加以扰乱，借以灭杀它们的活动。然后将这本书用石脑油或福尔马林来涂抹，再放在小箱中封闭数日，然后始取出来吹干，放回书架。

当一本书的封面装订受了潮湿，发生微斑时，它们应该用柔软的毛刷仔细地加以揩擦——更不应忘记将书打开，揩拭书面的外面、里面和边缘——并且放在通风地方，彻底地经过风吹之后，然后始放回原处。书架也应该用石炭酸或其他消毒杀菌剂加以清理。空气流通乃是最好的防止潮湿办法，为了便利空气有充分的地位可以流动，书架每层木板的里边和书架后背最好应该留有半寸的空位。至于书架本身，因了尖锐的角度最容易损坏书的边底，而木板的那些棱角——这些锐利平削的边端正是每一个木匠自负的手艺——应该在前方毫不容情地将其刨圆。至于书架用对开玻璃门的问题，这一来要看个人的趣味，但重要的还是看环境如何。

在乡间，可以用到玻璃门的地方实在很少，如果它们是左右拉动的，它们时常会夹住；如果它们是向外打开的，它们将是一件长期的烦恼，即使不是一件实际的危险。在城市中，灰尘既重，煤烟又多，也许可以说，如果为了流通空气和便利，便任其长期暴露在不断的灰尘以及因了每日拂拭而不可避免的损伤之下，那未免代价太大了。更有，书籍放在架上不宜挤得过紧，以免不易取出而损伤了它的装订；但是也不宜放得过松，使其张开来，任令灰尘落到书页之间。

对于书的护持的另一些敌人，其一乃是煤气，最容易看出的乃是书架近天花板的一层，时间久了，能使得皮面的装订化为灰尘；其次是热水管，它夺取了空气中的自然滋润成分；还有强烈的日光，它不仅使得书面干燥，同时也蹂躏了它的色彩。最后，还有春季大扫除，为害也不少，他们有意将书用力地拍打，使得书脊破裂，书面分家，以便那懂事的灰尘能自动地向敞开的窗口飞出去（他们确是这么相信）；而他们事后还向爱书家保证，这些书业已放回原处，"丝毫无损"。

一本时常用的皮装书籍的皮面，较之空闲的放在架上者更能保持它们的优美。这是由于空气流通，时常抚弄，以及抚弄时给予的薄薄一层油润。如果皮面任其枯干，它就要丧失了它的韧力，变得脆弱，很容易破裂，尤其在接口处，皮面便要剥落了。如要使得皮面保持良好状态，它们应该偶尔用油加以涂抹。

为了这目的最好的混合物，乃是两成蓖麻子油与一成石脑蜡或石脑油膏。马鞍肥皂、羊毛脂、凡士林，以及一般擦家具用的油膏，都可以做这用途。前三者用来都相当令人满意，唯是后者的刺鼻臭味，使人想到其中必有若干不妥的原料，最好加以避免。

从架上拿一本书,最不宜用食指捺住书顶这么提出来,因为由于一再反复地这样举动,顶端的束带便要破了,书卷的上半部便被撕开,这东西不久就松开,落下来,终于不见了。在从前的时候,当书的外口向外放置时,它们的遭遇也不见得好;书扣和丝带,当要抽出一本书时,它们往往成为最顺手的签条,结果有许多书都失去了这种事实上是累赘的附属物。比较好的方法,是用食指紧紧地捺住书上口近一寸的地方,然后推向前去,以便能够用大拇指和其余的手指将书取出来。或者,在这本书的左右两本书之间,用大拇指和其他手指用力插进去,以便不触及书顶就可以将一本书取出来。

由于机械广泛的运用,切书刀虽然早已成为装订的普通工具,但是有些出版家仍喜欢保持不切书边的癖好。对于那些被注定要纠正这遗漏的读者(时常并非减少,而是要多花额外的代价头这样的书),最值得推荐的工具是一柄象牙刀;并且似乎必须在这里说明,手指或是发针都不是适宜的替代工具。在动手裁书时,刀应该向下用力,而不宜向前推去,否则书边便要裁得很粗糙;并且,未裁之前,先将刀在头发上略加拂拭二三次,使其略受油润,则使用起来一定更加平滑。裁开书上面的书页时,应该特别注意一直要裁到书脊;留下四分之一寸未裁,然后当书摊开时便被撕破,这真是一种太常见的现象。

另有一点,实应该较寻常给予更大的注意者,乃是关于翻开一本新书的方法。如果要一本书能够很舒适地打开,书页可以自由地翻动,书脊部分,当一本书合起时是圆形的,打开时便应该保持一种凹圆形。不过，新书的书脊是用胶水胶硬的，如果将任何一部分用力地揭开，书页又被大拇指和手指捏紧，书脊的这一部分便可能会裂开，形成一个难看的角度，还有，因了书脊事后不再能恢复它那本来的柔顺自然的半圆形，这本书便会老是容易在这一部分翻开。为了避免这个，一本新书在未读之前，应该小心地前后翻开一遍。最好的方法是从前后两端轮流向中心翻来，每一次从印书时每一段的页数中部翻起。这位置很容易从将每一个号码或标志（这在印书时每一段第一页的下角）的页数数一半获得，或更简单地从书角的订口一望便知。举例说，如果是一部通常的八开本书，这位置必然在第八面、第二十四面、第四十面等等。

　　书外的包书纸，这很容易玷污和破烂的，应该即刻除去。这是为了书籍未达到读者手中之前，将它加以保护，以及为了供书店橱窗中陈列之用的；将这东西加以保存，不过是贪多的图书馆员，以及搜集现代初版本的藏书家的好事行为而已。

　　一本书，经过仔细地裁开，适当地翻开，再除去它的临时外衣之后，还有一些应该注意的事。在读的时候，不应过于贴近火，否则封面就会弓起；为了同一原因，也不应放置在太阳下。此外，还有读书时用各种的方法在书页上作记号的问题。有人任它打开俯覆在桌上——这是最常见的疏忽——或将书页折起一角，或是，如某一位小学生的方法，每翻过一页就在书角上用手指划一条痕迹。有些人甚至读完一页之后，就顺手撕下来抛出窗外。其实，一张小纸片，乃是这一切野蛮行为的最简单最不花钱的替代物。

《不能忘记的损失—— 一些原稿遗失的故事》

克里浦·鲍台尔

失去一部书的原稿，有些像失去一个孩子一般。这种损失似乎是无可补偿的。为了构成一个意念，使它成型可以传之后代，有时要花费几个月，甚至几年的细心工作。然后打击来了——有时由于意外，有时由于疏忽，或者全然属于厄运——那原稿被毁了，于是全部创造工作必须再开始一次。几乎每个人都听见过托马斯·卡莱尔的《法国革命史》第一卷的悲剧的命运。但是卡莱尔忍受了这打击，站身起来，再写一遍，并且由此获得名誉与成功。而且《法国革命史》并非是初稿遗失之后重新再写一遍的唯一的一本名著。

为了明白起见，我们不妨再回顾一次这熟知的意外事件。卡莱尔写完第一卷之后（据汤森·斯寇德所写的这位史学家太太的传记《绛妮·威尔布·卡莱尔》），就将它送给约翰米尔去校阅，希望他能指出修辞上的小疵。那是一八三五年三月六日下午的喝茶时分，米尔突然到讫利街五号去拜访卡莱尔，向他揭露了心痛的消息：米尔家中的一个仆人将这本原稿当作是一堆废纸，将它用来生火，仅剩下了一两页。

"这真是一件从来不曾有过的事情。"米尔呻吟着。

"有过的，"卡莱尔回答道，"牛顿和他的爱犬金刚钻。"

译文附录

卡莱尔并没有记札记,但是他毫不停留地就去着手他这时正拟从事的第二卷的第一章,不久再回头来补写前面的材料。他写得很困苦,但是他发誓说,虽然有这样的挫折,这书将不失是一本好书——果然如此。

卡莱尔所提起的伊撒克·牛顿爵士的事,是关于另一件有名的但是也许是传闻的损失。据一般传说,牛顿爵士将他暮年生活记录的原稿,放在桌上的蜡烛台旁边。他的爱犬金刚钻,在桌旁跳跃嬉戏,一不小心将烛台打翻,将原稿烧了起来。达观的牛顿爵士,对之只是摇头叹息。

"唉,金刚钻,金刚钻,"他向它说,"你真不明白你闯了怎样的祸!"

历史并未记叙是否有人设法灭火,或是牛顿又再写一次的话。

著名的戏剧家莫里哀,在一次类似的情况下,曾使自己怒不可遏。他翻译路克里地奥斯的作品已近完成,他的一个仆人却擅自将一部分的原稿用作莫里哀假发的卷纸。在一怒之下,这位戏剧家竟将剩下的原稿全部抛入火中。

也许,一切的哲学家到了年老之后都变得有点马虎,或者他们对于家庭管理天生是一个可怜的判断者。卡莱尔与牛顿事件,可说正是哲学家阜明·亚保济特,现在已被人遗忘的牛顿的友人和同时代者,所遭遇的事情的重演。

用当时流行的语言来说,"一个头脑简单的乡下的女仆",心想"将他的东西收拾一番",将他书桌上的全部纸张都抛入火中。这包括着他四十年辛苦工作的成果。但是亚保济特先生却冷静地又从头去做。

当你想到史惠夫特的雄辩的《浴桶的故事》,于一七〇四年出版后所引起的骚动,你也许忍不住要惊异这位作者曾经使他的原稿经过怎样的危险。严酷的史惠夫特,对于早年所出版的一切讽刺作品,从不使自己直接和书商——出版家办交涉。对于《浴桶的故事》,他为了要竭力保持自己的匿名,竟从一辆行动的马车中将这原稿抛到书商的门口,甚至不及等待察看是否为他所期待的人拾起。

史惠夫特决意与命运试行赌博,紧紧地靠在他的马车发霉的座垫上,但是那危机并不如初时预料那样的大。如果原稿真的遗失了,由于他对于当代的迷信和状况所感到的那种无尽的愤慨的刺激,他会毫无问题地加以重写。他的这种冲动,正是那种为了要说话,并且不惜克服任何困难务使自己的意见传达给读者的那种作家的特点。

那是在一八三六年,恰在卡莱尔损失原稿之后的一年,理查·亨利·达拉完成他绕道和伦角到加利福尼亚州的历史的旅程之后,回到波士顿上岸了。用他儿子在较后的某一版的《桅前二年记》的序文中的话来说:

> 在海程中,他几乎每天用他的怀中记录册作记录,然后在闲暇时再详细地去写。这份他的旅程的完备的记叙,连同他的一箱衣物纪念品以及为家人朋友所准备的礼物,由于在码头上为他管理物件的一位亲戚的疏忽,竟遗失了。

译文附录

这一份原稿如果仍在人间,有一天被寻到,那将是一件大发现。今日已成名著《桅前二年记》的文章,乃是达拉回到哈佛法学院以后根据他的笔记重写的。很幸运,他不曾将他的笔记交给那位不知名的旅伴去照管。但是几乎已经要费去四年的时间,使得达拉重写一遍,并由威廉·寇尔伦·布莱恩特将这海洋生活的写实名著整理出版,这部影响着百年以来一切目睹报导的著作。

这种几百万的损失了的文字的踪迹,现在又将我们领到旧金山,那著名的鲍德温旅馆和剧场,由那"幸运的"鲍德温所建筑的,这位赌徒和计划家——"这个唯一的从未有过的在赌博中翻一张牌就赢了二十万元的人"。

威廉·吉列地氏,演员和编剧家,于一八九八年十一月二十三日正住在鲍德温旅馆。随了"秘密情报"作巡回公演,他曾经集中下台后的每一分钟的余暇从事柯南·道尔的《福尔摩斯探案》的改编,这时已经完成了。

我们不难想象,这位演员将他的原稿最后一页作了最后的修正后,看一看钟点,算定在上戏院之前,还勉强有时间可以匆匆吃一顿饭。于是将完成的原稿放在他的跑江湖的衣箱的顶上。他拿起帽子,走下楼,穿过华丽的客厅就向街上走去了。

吃完饭之后,吉列地走出餐馆,转身走回旅馆去。天上有一派红光,人们都从他身旁跑过。再走过几间屋,全部悲剧就突然迸现在他眼前。鲍德温旅馆已在烈焰中。火势已不可收拾,后来一连续烧了好多天。

但是威廉·吉列地从一开始就下了决心,于是一年之后,他开始第一次扮演歇洛克·福尔摩斯的角色,并且由此成名,他继续演这角色几乎一直演至一九三七年去世。这份重写的原稿现在是纽约某珍本书商的珍藏。那上面每一笔红墨水的修改,每一个墨团、每一处给舞台监督的图解,都是他从打击之下全然恢复的无言的佐证。而且重写的也许是一个更好的剧本。

至于波士·塔铿顿,则由于命运的离奇的曲折,得了一次比威廉·吉列地较佳的运道。巴顿·寇莱,当时的《妇女家庭》杂志编者,到印地安纳波里[1]城来拜访他,向他取一篇特约写的短篇小说原稿。

寇莱先生将小说稿放入他簇新的小英国猪皮旅行夹中,这里面已经有好几篇他准备携回费拉得尔菲亚的原稿。塔铿顿先生准备给他送行,当他们赴车站的途中,他们在大学俱乐部停下来。那天正是一个严寒的天气,塔铿顿的黑人汽车伕也下车走进俱乐部的边门去取暖。

五分钟之后,他走出道房,竟发觉汽车和车中的一切已经被人偷走。巴顿·寇莱只好放弃旅行夹赶上火车,夹里还有睡衣和其他的私人物件。我们还是让波士·塔铿顿自己来叙述这故事的下文罢:

"警署被通知了,"塔铿顿先生说,"第二天的报纸上并刊了一条悬赏广告,汽车也发现了——被抛弃在城外——在我们的早餐时候。当警察以及发现汽车者携同车辆来到之前,有一个大胆的

---

[1] Indianapolis,现译为印第安纳波利斯。——编注

青年人，借了一个工人的铝质餐盒，走来向我们说，他就是发现汽车的人，领了赏格很快地就走开了。后来我们知道他是前一天才从潘德顿的惩治监狱里释放出来的。但是拿了我们很高兴付给他的这笔钱，他就启程到无人知道的地方去了。

"当警察携同汽车以及它的发现者来到以后，我们只好又付一笔赏格；但是寇莱先生的猪皮夹以及其中的原稿却永不曾寻获——除了一篇。这一篇就是我的小说。那窃贼显然曾将皮夹的内容检视一遍，决定将它和其中的所有物保存下来，除了其中的一篇，他将它抛在车厢里；他的口味多么不高妙呀。"

但是，如果塔铿顿是幸运的，劳伦斯上校就不是了。《智慧的七柱》的初稿，就被作者自己于一九一九年圣诞节时在利丁车站换车中遗失了，并且永远不曾再寻到。

这部伟大著作的各种不同版本的书志学，恐怕比我们这时代的任何一本书都更复杂。但是虽不必去作详细的叙述，我们不妨将后来构成《智慧的七柱》的主要故事的成长经过总括一下。

全书的原来十卷稿本，除了序文以及第九卷、第十卷的草稿之外，全都在车站遗失了。一两个月之后，劳伦斯向人表示，他已经开始凭着记忆将初稿记出二十五万字左右了。在三个月不到的时间内，他又完成了一部十卷四十万言的原稿。"当然，"他说，"文章是很草率的。"他将这底稿时写时辍，直到一九二一年，这时他又着手起草第三次的底稿，写到一九二二年二月间完成。到了这时，他便将第二次的底稿全部焚去，仅留下一页。

第三次的底稿，就是后来据以印成第一次非公开本的所谓牛津版本,这个后来又再加修改成为以后其他的版本。最初的原稿的遗失,在当时似乎曾经使劳伦斯很难过,但是当第三次重写之后,由他亲自将第二次稿加以销毁,可以显示这是在文学史上很少见的一种追求完善的举动。

正如劳伦斯自己所说,"文学上的初学者,总喜欢将他们所拟描写的东西的轮廓用一些形容词随意乱凑;但是到了一九二四年,我已经学习了写作上的第一课,已经时常能够将一九二一年所写的两句三句拼成一句"。

当然,在他的散文中,劳伦斯仍保持他的诗人气质——每一个音韵都不肯放松的斫轮老手。对于一个诗人和历史家,一篇原稿的丧失也许是最大的悲剧。但是一个诗人如果注定必须重写,他也可以重写。请看埃达娜·芬桑·密莱的《午夜的谈话》的全部初稿偶然被毁的故事。

一九三六年五月某一日的下午,埃达娜·芬桑·密莱,同了她的丈夫尤金·波赛芬,来到佛洛里达海岸沙尼贝尔岛[1]上的巴姆斯旅馆。他们随身带着的,除了准备长期勾留的行李之外,还有他业已写作两年之久的一首长诗唯一的全部草稿。

这一部原稿包括好几本笔记簿,以及褐色的包裹纸碎片,还有背后有随手记下断片的旧信封。这正是密莱女士的计划,她准备在未来的数星期内用手提打字机亲自将原稿打一份。

吩咐将他们的旅行袋、箱夹打字机,以及原稿送来寓所之后,

---

[1] Sanibel,现译为萨尼贝尔,位于佛罗里达州。——编注

他们便启程向海滨走去。大约走了还不到半里路,偶然回头一看,他们看见旅馆已在烈焰中(威廉·吉列地氏遭遇的重演)。火舌似乎就从他们寄寓的窗中进出。他们赶紧跑回来,但是已经无法挽救任何东西。所幸者,他们还保全了从燃烧的建筑物旁推开的汽车。

坐上汽车,穿上现在是他们唯一衣服的污秽的白浴衣,他们开始驶过一座桥到邻近的克浦地伐岛去。到了那里,那个小旅馆的老板倒证实是一位聪明人。当他知道密莱女士已经将她的新著原稿全部遗失之后,他立即自动地探取行动。他捧了一叠纸张和一架打字机来到他们的房里。于是密莱女士就立刻坐下来凭着记忆打着她已丧失的诗稿。

用她丈夫的话来概括这个故事:"设若不是由于旅馆老板的好意和他的想象力,真不能确定她是否能够记出她的诗稿。但是因了立刻就开始,还在她有时间被她眼前这艰苦的工作所吓倒之前,她因此倒有能力记得起一切,除了仅有几处短短的语句,以及因了她心中还不能决定两三个字之中谁是更好一点的,她现在正为了这在继续工作。"

洛伯特·赛尔夫·亨利的《复兴故事》起首十六章的原稿以及全书其余部分的札记,也遭遇了如塔铿顿的短篇小说相同的命运,可是从不曾再寻到。他将它们放在一辆未锁的汽车的后座的衣箱中,自己走进奈希费尔去拜访几个朋友。当他走出来时,一切都不见了。

赏格、报纸封面上的新闻,以及当地的无线电广播,结果都毫无所获。亨利先生只是从草稿做起,又花了三年的时间,他的著作始能出版。

他的初稿并没有副本,所涉及的注释,有许多又是剪报等容易失散之物,使他无法再搜集第二次。但是自己也不相信这样的耽搁果真影响了他的著作。这其中可说包含着一个教训。

今日所出版的书,大多数如果加以重写,也许会更好。一个作家的心思,一旦在纸上构出一个意念之后,他便会有意识地与无意识地继续工作不休。如果要求脱稿的惯性不那么大,许多原稿会由作者加以修正和改善。可是,事实却不是这样,逐字钉饤的苦役,再加上时间、金钱,以及一个强人所难的编辑的种种原因,使得作家不得不赶着以便他们的单行本、文章和小说去付印。

原稿的遗失也许是一种变相的福气。谁能知道本文内所提及的各书,其获得今日的声誉,有些地方不是由于它们恰是重写过的原故呢?

《赝造的艺术》

芬桑·史塔勒特

文学作品中最逗人的关于赝造的叙述——这是艺术之中最卑鄙最危险的一种——乃是歇洛克·福尔摩斯先生在《六个拿破伦》

最后数页所提到的。老行家应该记得那段插话的当时环境，使得著名的波尔齐的黑珍珠得以寻获的……

"华生，将珍珠放入保险箱中，"那侦探说，当一切完毕之后，"并将关于康克-辛格东赝造案的文件拿出来。再见，李斯特拉。如果你发现任何小问题，只要我能力所及，我十分高兴在解答上贡献你一些意见。"

但是这就是我们所能知道的关于康克-辛格东赝造案的一切。这真可惜，我们对于麦克费尔逊与威廉·亨利·爱尔兰，知得比康克-辛格东更多，我们不知道他究竟是何许人，所赝造的是什么东西。我们甚至不明白他究竟是一个人还是两个人。他的名字倒有点像是一位莎士比亚作品注释家。老朋友华生！在他那未整理出来的笔记堆中，不知有多少这类案件使我们永远失之交臂了。我们还是为了已经知道的向他致谢罢。

但是我们不难明白歇洛克·福尔摩斯对于收藏在他保险箱中的这些文件所感到的兴趣。一个赝造品的问题其中含有一种错误的魔力；这真可惜，他不曾有机会视察一下，许多年以来震动了文学世界安静的一些惊人的欺诈行为。仅是关于莎士比亚这一部门的研究，就要使他忙碌数十年。关于版本方面的研讨会害得他发狂。

现代文学赝造案之中最吸引人的，乃是一九三四年由卡德-波拉特二人所揭露的那些；这回大暴露的回声，依旧还可以在任何关于藏书的谈话中得到反映。对于约翰·卡德与格莱窄·波拉特二人的工作，福尔摩斯也要表示他的钦佩。他们的著作，

《关于某些十九世纪小册子的性格的探讨》,可说是世上有名的侦探故事之一。在那些引人入胜的篇幅中,有三十多种小册子,都是在藏书家之中被认为稀觏的初版本而且售价高昂的,被指出都是由一个赝造家的巨擘所经手赝造问世的。这一批初版本的书目,许多都是文学上的名著,包括白朗宁夫人的《葡萄牙短歌》,拉斯金的《芝麻与百合》的一部分,丹尼逊的《亚述王之死》,斯蒂芬逊的《论森林的温度影响》,狄根斯的《黄昏的读物》,以及史文朋、华斯华兹、爱略亚特女士、摩里思、罗赛蒂等人的各种次要作品。除这之外,还有二十多种其他的小册子也有很大的可疑之点。不过,我们该记住,这些作品的本身并无问题;所赝造的乃是那些所谓"初版本"。

被分析的册子共有五十四种,都是用一种极费时间和精力的检验手续,并且对于制造的细节,如字形和纸张等,特别予以极缜密的注意。研究者的探索方法——对于制造原料的精密研究——其新颖之处好似将那个巧妙的赝造家所用的方法摆在他们眼前似的;于是就产生了我们这时代少见的一本书。可惜的是,它不曾提出那个赝造家的姓名;但是看来那两位作者心目中已知道这人是谁,并且使得本书的读者读了之后,对于所推测的对象也毋庸怀疑。

但是我们要记住,这些赝造品都是异常精巧的。它们都是在一个显然对于书志学科学训练有素的人指导之下制造的;一个有修养的人,一个学者。他们的侦查工作,需要在各方面与赝造者相等的耐心和学识。但是并非所有的文艺赝造品都是如此的。再没有像费拉恩·路加斯对于那位天真的法国数学家，密歇尔·车司里斯所施行的欺诈行为那么大胆的了。这个赝造家的全名该是费拉恩－邓尼斯·路加斯，他是一个受教育不多，但是非常大胆和有自信力的人。他的牺牲者是当时著名的几何学家之一。差不多继续有十年之久，在一八六一年至一八七〇年之间，路加斯伪造了许多已死的名人的书信，当作真的卖给车司里斯。据统计，这位学者在那许多年代之中，曾先后收购了从这同一多才的笔尖下产生的文献达两万七千件之多，并且耗资至少十五万法郎。

这些书信都是——说得和缓一点——非常稀奇的。其中有二十七封是莎士比亚写给若干友人的，又有几百封拉布莱和巴斯加的信；但是这些还是这批收藏之中次要的东西。那真正的宝贝，据车司里斯向他的友人所示，包括有使徒路加与凯撒大帝的通信，以及莎孚、维吉尔、柏拉图、普林尼等人的书信，亚历山大大帝与庞比伊的通信。但这两位的信件的光彩，却给更出奇的克莱奥巴特娜写给凯撒大帝，谈论他们的孩子西赛里安的一封信，拿撒勒写给使徒彼得的一张便条，玛丽·玛嘉达莲写给布根地皇帝谈闲天的信所掩没了。这一切的信都是用现代法文写的，这对于它们的购藏者也许显得更加动人。真的，这至少使他，读起来更为容易。

我猜想路加斯正拟将耶稣登山宝训的原稿——用法文写的——或类此的荒诞东西卖给车司里斯，但是恰在这时被揭穿了。可是那位着迷的数学家至死都在辩护他的宝藏不是赝造品。与费拉恩·路加斯相类的是亚历山大·哈兰·史密斯，被称作"古董史密斯"的,他曾经使苏格兰市场充满了赝造的诗人彭斯的原稿;后来却因了他的聪明误用而忍受了十二个月的苦工监。

这里似乎应该顺便提到一个大不为人知道的故事,而且是另一种性质的。这牵涉到一个名叫茂莱甘的爱尔兰人——康杜克的詹姆斯·茂莱甘,曾经任过美国驻萨摩亚岛的总领事,他的任期恰与洛伯·路易斯·斯蒂芬逊在该岛住的时期同时。因了是这位苏格兰小说家的友人和崇拜者,茂莱甘曾经吞没了杰克·布克朗的一本书,这人就是《破船贼》里面的"汤眉·哈顿"的本人。这本书经过作者亲笔签字,恰恰是布克朗藏书室所有藏书的一半;总领事将这书借去,始终打不定主意将它归还。几个月之后,它的所有者要求他归还,以便转给一个偶然认识的友人。

这故事的下文由茂莱甘自己说罢。"他使得我寝食不安,"总领事叙述这段插话,"我表示我已经将它遗失了。可是他不肯相信我的表示,后来竟坚持非还不可。这时,幸亏他的情人,一个漂亮的半沦落的名叫丽赛·庄士敦的姑娘,正热衷于名人墨迹的搜集,表示她想要克里夫郎总统的十二张亲笔签名;杰克提议,如果我能够供给这些签名,他可以放弃索回这本书,并且由我保有。"当然,茂莱甘结束这叙述,"我便将签名给了他"。

将这有趣的逸话加以注释,未免有点煞风景:我希望,这事的关键已足够令人一目了然,除了卡德-波拉特的揭发之外,近年被人最广泛谈论着的赝造案,怕是那些和程·东姆夫人名字有关的了,这些人物简直就像活生生地从巴尔札克书中走出来似的。

译文附录

一年多的时间，这个有名的案件激动着爱书家，终于在一九二六年十二月闹上了英国法庭。被牵涉的作品是一个剧本，《为了皇帝的爱》，由英国书店缪塞姆所出版，据说是奥斯卡·王尔德作的，但是这假定却为王尔德作品研究专家克里斯多夫·密拉特氏所竭力否认。这书所根据的原稿来自程·东姆夫人处，她本是一位缅甸律师的孀妇，据她说这剧本是这位爱尔兰戏剧家于一八九四年特地为她写的。这位奇特的人物，本来名叫玛贝·科丝格罗芙，在诉讼时却被称为乌德好斯·比尔斯夫人，她自称有一时期曾与王尔德的大哥"威廉"订过婚，并且多年前与王尔德在爱尔兰的家人相识。当她与程·东姆结婚之后，有一时间曾在缅甸住过；据她自己的自白，正是由于她寄给王尔德的这些"本地风光"，这才驱使他写了这部缅甸的童话剧《为了皇帝的爱》。

程·东姆夫人的仪表，恰和她的经历一样令人惊异。她是都伯林、伦敦、巴黎文艺圈中一个著名的人物，她的颀长的身材，穿了一件博大的黑色长袍，颈后翘起高高的黑领，每到一处就立刻吸引人家的注意。为了更使别人对她注意，每逢出外时，她总要携带一只灿烂的翠绿色的鹦鹉停在她的肩上或弯曲的手臂上。这只出色的鸟，据说能够以使人吃惊的熟练英语和法语交谈；在巴黎，程·东姆夫人曾被人称为"鹦鹉夫人"。她的态度随时都是令人同情的，她的风致和智慧也值得令人注意，她有很多的朋友和熟人。

这剧本是经过英美杂志发表后，于一九二二年十月由缪赛姆书店出版的。王尔德研究专家密拉特，他以笔名司徒·马逊为人所熟知,于一九二五年夏天卷入了这案件。程·东姆夫人这时正被人称作乌德好斯·比尔斯夫人,正企图将六封"十分有趣的王尔德书信"以廉价售给密拉特。这些书信,经过检视之后,密拉特表示都是赝造的;并且为了怀疑《为了皇帝的爱》也是相类的东西,他与这书的出版家接洽,请求允许他检验一下这书的原稿。结果发现原稿乃是由打字机打的稿本,附有据说是王尔德亲笔的修正;但是密拉特宣布这部作品全部都是赝造品。他更指斥那些修正之处乃是乌德好斯·比尔斯夫人的手笔。后来,他为了这问题写了许多通信给好几家伦敦的报纸,可是这些报纸都拒绝发表,他后来又将这些信件收集起来印了一本小册子散布。在这一切经过之中,他都是很仔细地表示他的信任,认为出版家的行为是无疵的,不过是上了当而已。但是后来在他分送给各书店的招贴上,其中有些不幸的词句惹出了是非,使得缪赛姆书店以毁谤名誉罪向他起诉。在证人台上,小说家 F. V. 路加斯供述他曾经为书店审阅过这部原稿,他至今仍相信这是真的作品。

另一个原告的证人回忆程·东姆夫人第一次拿原稿来的情形说,"她似乎有点怪癖",他承认,"她的肩上有一只鹦鹉"。原告的律师向密拉特恭维了一阵,承认他作为王尔德专家方面的盛誉,但是坚持他一再反对这剧本实是一种偏见,并且并无佐证足以证实这是赝品。最后,法庭判原告得直,密拉特以言行鲁莽被判罚款。这事不久之后,他便逝世了,精神潦倒,他的朋友们都认为是由于这次判决结果所致。

那个一再被指责赝造罪的妇人,却始终不曾向密拉特采取什么行动。在密拉特的指斥以及其后毁谤名誉案的高潮中,有人设法寻找她这个人,好久不曾寻到;后来被发觉她正在监狱中,因了偷窃罪被判监禁。

有两件属于赝造文艺作品的古典的例子,一篇关于这题目的文章漏了它们便不能算完全者,乃是查特顿与帕撒玛拉沙尔(Psalmanazaar);后一位先生的大名有许多不同的拼法,但是因了这根本就不是他的真名,因此多一个 a 或少一个 a 实没有什么区别。查特顿的案子是很凄恻动人的,关于这已经有很多文章写过了。感情冲动者说他是一个"杰出的孩子",从他的诗中寻出天才的证据——这确实是可能有的——但是也许由于他青年自杀,使得他在人们的眼中看来比他实际上更加动人了。

汤麦斯·查特顿是一个不幸的贫困的学校教师的不幸遗腹子,在十四岁时就开始了他的可怜生涯,企图用赝造文件来证实布列斯托的某一个锡匠是贵族出身。他用彩色墨水和一些古羊皮纸完成了这件工作;他所赝造的门阀纹章谱牒使得那锡匠非常高兴,竟送了他五先令作酬报。这时正是一七六六年。这事稍后,在当地一位律师处学徒,他又偷暇杜撰一些惊人的文献,假托是有关古代布列斯托历史的,竟使英国这一部分的考古家受了欺骗。于是,从此以后,他又不时拿出一些诗歌,都是用古文写的,假托是一个名叫汤麦斯·洛莱,一位中世纪牧师的作品;这些写在古羊皮纸上的原稿,他表示是在一只教堂用的古柜里发现的,这只柜子放在教堂楼上一间小房里久已被人忘记了。在那些一时被这发现欺蒙了的人之中,还有那著名的荷拉斯·华尔波耳;但是结果这"杰出的孩子"终于丧失了信用。他到伦敦去,尝试文学写作生活,但是不曾成功,最后——潦倒、绝望、饿着肚子——便在从一位安琪尔夫人家租来的房间内服毒自杀。他这时还未满十八岁。

对于汤麦斯·查特顿,实在只应该寄予同情。虽然直到最后,他还坚持表示他并非"洛莱"诗歌的作者,但这事实在已经不必再怀疑了。据说:他本来的用意,乃是想当世人对这些诗歌一致赞扬时,他就走出来除下那用来吸引人注意的面具,这也许是真的。但是华尔波耳的谴责使得这冒险行为无法继续,使他不得不回复自己的面目,并且获得悲剧的下场。他写给他母亲和姊姊的那些愉快勇敢和说谎的书信,当他自己在伦敦连面包都没有的时候还寄礼物给她们,实在都是文学上最动人的文献。吊然是他指出了赝造,但是华尔波耳在这次事件中并不怎么得人拥护;而他后来对于自己处置这诗人所作的辩护——其中细节至今还不明白——也不曾使他有何收获。他未免过于苛刻,说查特顿"对于文体以及手技的模仿的技巧。我相信,可能引诱他趋向伪造更简易的散文,钱财票据"。这些话未免过分,因为说这话的人他自己就是那著名的《奥特兰托兰古堡》的著者,在序文上曾说明这作品乃是发现自"英格兰北部一家古老的天主教家庭的藏书楼中,于一五二九年在奈不勒斯用黑体字所印"。

乔治·帕撒玛拉沙尔,一般都这样称呼他,至今还是一个神秘的文人。他的一本书,《台湾的历史与地理的叙述,一个臣服于日本皇帝的海岛》,于一七〇四年在伦敦出版,使他引起人们相当的注意。接着他又出版了《一个日本人与一个台湾人的对话录》；而在他一七六三年逝世时，这时已届八十四岁高龄，他更留下一部回忆录，这书可说与他以前所写的东西同样荒唐。如果以此书为根据，他该出生于法国南部某处，约在一六七九年左右，曾在一座多密立克教派的僧院中受过教育，因了不守规则，后来从其中逃了出来。

为了继续做一个匿名的欧洲人，既麻烦同时又不安全，那回忆录说，因此这才异想天开，使他最后出版了他那全然捏造的台湾历史。

看来一个名叫威廉·殷尼斯的人，这人乃是军中牧师和出名的流氓，似乎同这发展有关。至少，乃是由于殷尼斯的劝说，帕撒玛拉沙尔才领受洗礼，并且被引诱自称是一个归化的台湾人，而且也是由于殷尼斯的协助，他才到了伦敦，得以将他的聪明继续大显身手，为了完成他的冒险行为，这骗子竟真的造了一种台湾方言，并附了文法规则和二十个字母。为了将他的岛国文字加以运用，他竟印了所谓台湾文的《公祷文》《使徒信经》以及《十诫》，不过都是用拉丁字母拼音的。他甚至还出版了一本小小的词汇，以供那些有意去观光这个神秘海岛的人们参考之用。

这全部都是胡诌；但是由于他的支持者的好奇心以及他的反对者的怀疑向他所作的严厉的盘诘，使他自己不得不记住这一切。他时常要回答一些换一个心灵稍为迟钝的人便要被难倒的问题。

这本书的插画也相当出色；这其中包括着祭坛和烤架，根据书中所说明，要在这上面烧烤儿童的心脏，在一年的祭礼中要需用一万八千名；还有太阳、月亮、星宿的各种祭坛；水上的村庄、葬礼行列、皇室用的服饰；以及全部钱币，这对于帕撒玛拉沙尔倒很方便，因为这时很少人知道这区域的钱币是怎样。这书中的历史和地理部分，有不少抄自别的著作；但是大部分乃是纯粹的杜撰，而且时常杜撰得非常出色。还可以附带一说的，乃是帕撒玛拉沙尔又捏造了一些全新的宇宙志。

这是一种几乎令人难以置信的情形，而且这个赝造家的天才，以及他的记忆力，一定有些时候会受到很严重的考验。但是他居然能混过了一些时。甚至有人在发起一种为他募款的运动；由康普登主教以及其他教会中人出资，他在牛津大学消磨了六个月，向一些有志去传教的学生教授"台湾语文"。当然，到了最后，他终于被揭穿了，而且有一时期成了被嘲弄的箭垛。

后来，他默默无闻地隐居起来，似乎就写了那部身后出版的回忆录。在他的暮年，约翰逊博士总是在老街的一家麦酒店里，同他坐在一起谈天；派奥基夫人在她的《逸话》中曾经叙着："他对于一种麻烦的疾病所表示的顺从和忍受，完成一个足资榜样的死，使他品性所造成的深刻的印象得以加强"在博士的心上。他对于当时文坛所作的最后的贡献，其书名可说谦逊已极：《我的最后意见和嘱咐，一个被一般唤作乔治·帕撒玛拉沙尔的可怜而毫不足道的人物》。书中供述了他的赝造案——"那个卑劣的欺骗行为"——并请求上帝和世人厚宥他写下了这个。其实，世人对于他的裁判倒并不怎样苛刻。

这位伟大的博士对于另一个欺诈者的意见，就没有这么宽恕。

译文附录

关于麦克费尔逊以及奥赛安欺骗案,已经有了很多文章;但是其中最能引人入胜的,恐怕无过于博士对于詹姆斯·麦克费尔逊的见解了。

那是在一七六一年——帕撒玛拉沙尔模范的死之前的两年——出版了一篇题名《芬格尔》的史诗,引起了比台湾的谎话更猛烈的争辩。这篇诗之后又出版了别的,据称都是自古代诗人奥赛安的赛尔特语原文译出,由一个名叫詹姆斯·麦克费尔逊所译。出版之后就引起很大的怀疑,在许多人的眼中,都认为这些诗是很浅显的疏忽的赝造品。当时的麦克费尔逊,一个很自负的自我主义者,便大为发怒,威吓他的批评家,但是因了拒绝拿出原文,只有愈加证实了一般人的怀疑。事实上,他始终不曾拿出原文过;于是这种争辩就从十八世纪的末年,很酷烈地一直继续至十九世纪。也许这问题将永不能圆满地使得每一个人都满意地解决;但是一般的见解倾向,在今日恰如在当年一般,是对于麦克费尔逊不利的。一般的意见是,他也许偶然获得若干零星的原文,他就以此为根据赝造了那些公之于世的欺人东西。

约翰逊,他对于要说的话从来不肯吞吐其辞的,公开指责麦克费尔逊向人欺诈,于是就即刻从这个好战的诗人那里获得挑战的回答。但是这一场决斗始终不曾实行。约翰逊只是买了一根粗大的橡木手杖以防万一,并且对于这邀请回了一封至今尚为人引用的信:

詹姆斯·麦克费尔逊先生：

我收到了你的愚蠢而鲁莽的信件。凡是投给我的侮辱，不论如何，我必尽力回报，我自己无能为力者，法律亦必为我尽力。我决不会对一个恶汉的恐吓而有所惧畏，因而中止我对于一件我认为欺骗行为的侦查。

你要我撤销。我有什么可以撤销呢？我自一开始就认定你的著作是一种欺骗。我仔细思索，愈加肯定它是一个欺骗。为了这个原故，我将我所知道的公之大众，我想你决不至反驳。

不过，无论我怎样鄙视你，我仍尊敬真理。如果你能够证明你的作品是真的，我可以接受。我藐视你的愤怒。至于你的能力，因了你的作品并不怎样令人钦佩，以及我所听到的关于你的品行，使我将不顾你要说的是什么，只注意你能证明的是什么而已。

如果你高兴，你可以将这发表。

撒弥耳·约翰逊

这封信，据约翰逊在给鲍斯威尔的一封信里说，"结束了我们的书信往还"，这也许是一种可以理解的发展。

后来迟至一八一〇年，始有一篇报告出版，披露苏格兰协会为了研究所谓奥赛安诗歌的来源和真实性所作的调查的结果；这时有一些据称是原文的片断出现了。但是委员会所能作的最好的解说，乃是麦克费尔逊将一些古旧的歌谣和故事，加以自己铺张的穿插，构成一种集锦———一种东拼西凑的东西。从今日看来，为了这个老混蛋，双方所花费的笔墨可说已经太多了，而奇怪之至，这个家伙躺在威斯敏斯特大寺里，竟以指斥他为恐吓的那位著名的辞家相距只有数尺之遥。

与莎士比亚的伟大的名字有关赝造案是相当多的；要谈论他们，几乎需要一大本书，而且事实上，为了那些好奇的人士，这样的一本书业已存在——真的，一共有好几种。不过，在那些出色的伪托的莎士比亚作品之中，显得最大胆的乃是那两位爱尔兰氏，父亲和儿子，以及约翰·派尼·柯利尔的出产。说来凑巧，爱尔兰氏施行欺骗的时代，也恰是我们发现查特顿、帕撒玛拉沙尔，以及麦克费尔逊诸人赝造品的那个同一丰收的时代；这就是说，十八世纪的下半个世纪，是一个适合大小混蛋的丰腴时代。

那是一七九六年，撒弥耳·威廉·亨利·爱尔兰氏出版了一册，据说与莎士比亚生活有关的赝造文献；但是在这画出版以前，他们已经为这些东西热闹了一阵。事实上是，在一七九〇年，它们就已经露面，到了一七九四年，它们更层出不穷——契据、信件、签名、折字体的诗句、爱情诗、合同——使得它们在诺尔弗克街的展览会，获得不可思议的成功。群众蜂拥着去参观这一大批珍异的收藏品，当代有声望的考古家都签署证件，表示他们承认这些文献都是真的。在一张证书上签名的人之中，鲍斯威尔也签了他的名字，他在未签名之前，曾经跪下来感谢上帝使他能目睹这样的发现，"我现在可以瞑目了"，在狂欢之下，他这么喊道。

但是玛隆,当代著名的莎士比亚研究权威,他的关于莎士比亚的著作和原稿的存在理论,多少曾有助于爱尔兰氏的赝造计划,当那些收藏品印成书之后,便揭发其欺诈;后来,年轻的爱尔兰氏终于自己承认了。在他的自白中,他竭力想开脱他的父亲,他是这书的编辑人,曾经同谋骗人。不过,在大家哗然声中,这赝造品却不曾影响生意,于是一部很坏的剧本,《伏尔地根姆》,据爱尔兰氏说是莎士比亚写的,竟由希莱顿与克姆贝二人在丢威郎上演。

约翰·派尼·柯里尔的赝造案,就更为精巧,使得莎士比亚学者也更为惶惑,因为柯里尔是一位有才干和权威的伊利沙白时代的学者。

他的产品——自一八三五年延至一八四九年,其中包括写在一册第二版的莎士作品上面的原稿修改——由于他的煊赫的声誉的支持,非常值得喝彩。如果他高兴将这些东西当作他自己从谬误的版本中所得的推论和结论,看来其中有不少将为人所接纳,并且将成为标准的注释,但他不曾这么做,因此他的名誉受了很大的损害,而这个插话的影响,使人对他许多重要的作品也不再信任。

勒威斯·西奥鲍特与乔治·斯谛芬斯二人,也是那个冗长的莎士比亚专家名单榜上有名的人物,这些人都是因了对于自己的任务过分热衷,曾经使得他们越过一切危险的信号,最低限度走近了犯罪的幻想主义边缘。

很显然地,文艺赝造案的动机,有时太复杂,不容易理解;但是从柯里尔的案件,以及其他几个失足的著名学者的情形看来,

译文附录

似乎有一种变态的忠忱——最低限度是崇拜——应该为他们这种行径负责。当然,再加上相当的利己主义。有时,纯粹的狡猾也有份;或者甚至是陷害,因为学者们向来彼此之间就没有同情的。不过,有许多例子,其动机并不难获得。

这种解说似乎可信,就是,年轻的爱尔兰氏——一个十九岁的孩子,才能不及查特顿一半——在一种讽嘲性质的戏弄精神之下开始他的活动,他要试看为了寻求古物,冒昧的轻信态度可以发展至如何限度;而查特顿的案子更明显可见:他希望有人能注意他那若是当作自己的东西发表便无人过问的诗歌。从一般说来,贪婪不免是大部分文艺欺骗行为最基本的动机,正如其他一切赝造案一般。

不过,忠忱的动机也不应加以忽视;这可以从一些早期的文件记录的赝造品上看出它的最好的例子:如为了教会、宗派或教条的原故而缜密制造的赝造品。

那些真伪难分的"记事书""福音书"《使徒行传》《启示录》,以及《新约》中的各篇书信,乃是一批惊人的重要的文献;但是在最后分析之下,它们都是赝造品;这里无法详细地叙述;关于研究这问题的书籍已经汗牛充栋。但是我们至少要将那些书信之中的一封加以引用。一般的经文读者,也许现在是第一次读到它。将要惋惜不得不将这些可爱的章句归入假见证的地狱中。下引的一节据说是一部古稿本的一部分的译文,是一封信,是当基督教降生传道的初期,由耶路撒冷的总督普比利奥斯·郎吐鲁斯写给罗马议会的:

在近来这些时候,这里出现了,并且还继续存在,一个名叫耶稣基督的有大能力的人,一般民众都称他作真理的先知,但是他的门徒们却又称他作上帝的儿子,能够使死人复生,医治疾病,这人身材中等,仪表端正,具有一种能令人敬畏的容貌,使得望见他的人对他又爱又惧;头发的色泽是一种未熟的榛实色,直到耳畔都是平直的,但是从耳下就弯曲成鬈,并且色泽更黑更光亮,披拂到他的肩上;发式按照拿撒勒人的方式,在头顶中部分开;眉宇光鲜宁静,一张丝毫没有皱纹或瑕疵的脸,略略一点色彩(红色)就使他十分美丽;鼻子和嘴也无丝毫缺陷可寻;具有同他头发色泽相同的络腮胡须,不过不很长,在下颌处略有分歧;表情简单热谙,眼睛灰色,闪闪有光而澄澈;斥责时使人生畏,训诫时则又慈祥可爱,愉快但是保持庄严;他有时会哭,但是从来不笑,身材颀长修直,手和手臂都美柔可爱;说话时严肃,含蓄而且谦逊(是以他很正确地为先知们所称道),比人们的孩子还更柔美可爱。

还有其他几种现存的这类经文,彼此虽有相当的差异,但是都显然是根据一般相传的耶稣容貌而写的。"不用怀疑,"M. R.詹姆斯博士说,"一定是面对着一帧这样的画像写成的。"詹姆斯博士断定这种虔诚的杜撰出于十三世纪,并且认为是在意大利编造的。沙尔美尔博士,一位更早一点的专家,说这赝造品该由一个法国拉伐尔人名叫胡亚特者负责。

译文附录

其他真伪难分的信徒书翰之中,这些都是为学者们所熟知,并为他们所指责的,还有那些据称是耶稣和他的一些同时代人的往来文件,以及西尼加与使徒扫罗的通信。在更广阔的关于历史上和政治上的欺骗行为领域中,那些赝造的信件和文献,以及相类的用来欺骗某一个人或一个国家,时常就是他的后代的文字,是无法统计并且不胜揭发的。在这广大的欺骗部门中,纯粹的属于文艺的赝造品仅占极小的一个角落。不过,有时这两者会合而为一,于是在收藏家的书架上,就会增加一本如那著名的《伊康·巴西奈基》之类的作品,这是由保皇党所散布,用来引起民众对于英国查理一世惋惜的。(译者附注:《伊康·巴西奈基》〔*Eikon Basilike*〕意译为"皇帝的影像",是高丹博士于查理一世被杀后所出版,据说是查理在狱中所作的感想录。出版后颇为当时民众所信仰,曾出至四十七版,以至国会不得不撰文对这伪书加以驳斥。)

很少文艺事件曾经引起过这么多的讨论和争辩的。皇上系在一六四九年一月三十日受刑,但是在次日——是极端秘密的——这本书就出现在国人之前。它宣称系出自查理一世本人亲笔,是他对于自己统治期内重要事件的感想的忠实表现,以及在拘禁期间由回忆所引起的虔敬的思想。这书的流传目的是想构成一种对于这位尊贵受难者的同情,它果然获得了这效果。这书在第一年就印了五十版!并且被译成多种文字,包括拉丁文在内,人们对了这书下泪,到处都被人热切地读着,辩论着。这书究竟是谁写的,至今还议论未定,虽然在"王政复古"之后,有一位萨赛克斯郡[1]波金地方的牧师，名叫约翰高丹的，曾出面自承是他的手笔。不过，他的要求是在相当秘密之下提出的，后来为了作为使他继续保持秘密的代价，他得了爱克斯特区的主教职。其后，他埋怨这区域过于清贫，又被调到更富足的瓦尔士打区。但是说高丹是《伊康·巴西奈基》的作者，实在没有什么充足的理由；相反地，若说他不是这书的作者，理由倒很充分。也许，这位机警的上帝的牧人，听到机会来到他的门前，并且听到它的叩门声，他的要求酬报可说本身就是一种欺诈。更有可能者，这书确如它的内容所示，是查理一世本人写的，但是弥尔顿及其他等人都不赞同这见解。

不过，无论从哪一方面说，这里面一定牵涉着一宗值得注意的欺骗行为。

在一大群骗子的名单中，还应该提到费特波的安尼奥斯的名字，他是多密立派的僧人，是亚历山大六世的神宫的主管人，他出版了十七册的古物研究，捏造发现了桑诃尼安拉、玛力梭、比洛斯奥斯等失传的作品；还有约翰·费拉，那个西西里的冒险家，他在十八世纪末年，宣称拥有失传的《利未记》共十七卷，系用阿拉伯文写的。在这一双例子上，"十七"这数字，似乎是一个用得很妙的数目。结果这两个人到底都被揭穿了，可惜安尼奥斯在不曾有机会自白之前便已逝世。至于那大胆的费拉，开始是满身荣誉，然后为自己的破绽所泄露，终于受到监禁的处分。

但是赝造家的名单是写不完的。只有一位伟大的古典文艺学

---

[1] Séaxe，现译为萨塞克斯郡。——编注

者，才有资格叙述关于古代文艺欺诈行为的复杂的历史。似乎不少古时有名的名字都曾经先后蒙上过云翳。荷马曾被人指为是一个妇人，是一种集体写作，是一部选集。《安拉贝塞斯》究竟是塞诺芬的作品，还是狄米斯托奇尼斯的作品呢？耶稣基督的历史的真实性，有一部分全依靠约瑟夫的一行书；但是这一行却有人认为是加添进去的赝造品。还有，究竟谁是《伊索寓言》的作者呢？

要检查赝造的原稿、赝造的著作，以及过去著名作品中的赝造的章节和赝造的添注，是一种专门学术的工作；而这种搜寻工作的历史，可说是我们这时代的伟大侦探故事之一。也许一切都是可疑的。但是有一点却十分清晰。文学中的赝造行为，几乎同文学本身同样地古老。也许它们彼此之间仅有一小时的距离。在创造的脚跟之后，紧接着就出现了模仿，然后便是赝造。而每一个莎士比亚都有他的捉刀人。

《人皮装帧》

荷尔布洛克·杰克逊

许多爱好书籍装帧的好事家都十分怪癖，只有别人一般无法获得的东西，才足以使他们见了高兴。如果大家时髦用小牛皮或摩洛哥皮装订书面,他们便去搜求海豹皮或鲨鱼皮;他们用大蟒蛇皮和眼镜蛇皮来对付羊皮和猪皮的流行;牛皮纸的象牙似的洁白可爱也被染成各种奇怪颜色,借以变化它的单调;他们之中有少数人渴望至少能有一本书是用人皮装帧的,他们放肆地将这东西捧得高出一切之上。这趣味对于一个有洁癖的肠胃是不值一顾的,但是对于有一些人,那些从反常的意念和古怪异国的经验上感到满足的人,可以提供一种奇特的甚至亵渎神圣的喜悦。现代心理学研究者,将这趣味归于变态心理之列,而伊凡·布洛哈博士等人,则说这是属于性欲变态的拜物狂。他举例说,女性的乳房,对于男性是一种自然的生理学上的崇拜对象,但是除开这种正常的爱好之外,另有一种值得注意的乳房崇拜狂者存在,他们使用割离人体的乳房作书籍装帧之用;他引述魏特诃斯基的著作,说有些爱书狂和色情狂的人,他们使用自妇人乳房部分取下的皮装订书籍,使得乳头在封面上形成一个特殊的隆起部分。有些人怀疑有这样装帧的书籍存在,他们将这类故事当作钓鱼家的逸闻,水手们的大话以及老妇人的琐谈一样付之一笑。我认为,这类故事是否可信是一件事,但是却有不少可靠的目睹者证实确有用人皮装帧的书籍存在。不过,未谈到这些事实之前,让我们先谈谈那些传说,以免它与那些真的事情相混。

在一切过分兴奋紧张的期间,如战争、革命、饥荒、瘟疫之时,谣言的成分在新闻散布中占了主要部分,曾经身历世界大战的危险和焦灼滋味的我们知道得更清楚。在一九一四年的那个悲剧的秋天,许多人都相信,曾经有大批俄罗斯军队自俄国阿堪遮城调到苏格兰北部，然后用铁路运到英国南部，再用船送往法国，用来替代在德国人紧迫之下，可能一败不可收拾的我们的疲乏的军队。后来，又有人传说，我们在比利时蒙斯前线的军队，曾经得到成群天使的庇护，有许多兵士都亲眼见过；更后来，我们的新闻纸又说，这正是求之不得的，由于脂肪和油类的缺乏，德国业已组织一座大工厂，将他们自己的以及敌人的尸体提炼成那些生活必需物。这类故事成了那些苦难时代的流行物，而且那么密切地掺杂在一切记录中，以致使人简直分不出哪些是真哪些是假的。如果有几位可靠的权威人士表示真假都是一样，那也毫不足怪。

人皮曾经在古代和现代被炼制作皮革，这是早已被证实了的事。它正如其他任何动物的皮革一样，适宜于一切制革过程，但是皮与皮的质地各有不同，有些摸起来坚硬粗糙，有些柔软润滑；本文的有些读者也许听了会感到惊异，有些人皮的厚薄有时会相差一英寸六分之一至一英寸七分之一（原注：见费隆著《制革工业》）。硝皮的作用能使薄皮加厚，能使粗糙的皮肤变成坚致的软皮。在外观上，达凡鲍特说，它颇似小牛皮，但是很难拔光汗毛。

另一位权威说，人皮更似羊皮，有细密坚致的组织，触手柔软，适宜于高度的擦光；另一位则说它似猪皮的松浮多孔。我本人支持后者的意见，根据我自己目睹的一块人皮制成的皮革，这是大约三十年以前在伦敦所制，现在为萨姆斯多夫所有。这块皮颇似柔软的猪皮，它几乎有八分之一英寸厚，可是爱德温·萨姆斯多夫先生却说它的纹理颇似摩洛哥皮，不似猪皮。硝制人皮供用,必须先要浸在浓厚的白矾、硫酸铁、食盐的溶液中数日,然后取出阴干,再按照普通制革程序鞣炼。

我所能找到的最早涉及人皮制革的参考资料,是玛尔斯雅斯的传说,他不自量力地向阿坡罗挑战作音乐比赛,失败之后,便如约忍受活生生的剥皮处分。有人说他的皮被制成水泡或足球,又有人相信,是制成了一只皮瓶:如斯特斯普斯所说(原注,见柏拉图的对话),他们可以活剥我的皮,只要我的皮不似玛尔斯雅斯那样制成了一只皮瓶,而是化成一片美德。另一个是法国大革命时代的工业界的传说,说是贵族的尸体怎样被送到茂顿的一间硝皮厂,他们的皮被制成皮革,用作书籍装帧及其他用途。这些故事中最使人不能忘记的一个,乃是关于某一位法国人有一副皮短裤,系用他的犯窃处刑的侍女的皮制成。这位杰出的道德家从不厌倦地指责他的侍女,而每当发表一篇洋洋大论之后,他便十分满意地拍着他的臀部,叽咕着:"但是她仍在这儿,这家伙,她仍在这儿!"

一六八四年,罗伯·芬里尔男爵,这位忠忱的伦敦郡长,捐给鲍特莱图书馆"一张硝制过的人皮,以及一副骷髅,一具风干的黑人儿童尸体"。威廉·哈费也捐给医师学院一张硝制的人皮,此外,巴塞尔大学以及凡尔塞的里赛生理学博物馆也有人皮标本。在美国的百年博览会里,有一副人皮制的扑克牌陈列。费隆在他的《制革工业》里说,在十八世纪,美国马萨诸塞州的丢克斯贝莱,以贫民的皮制造小儿靴鞋,后来颁布一条法令,凡是买卖人皮者要处罚监禁五年,这风尚才被遏止。可是关于人皮的最浪漫的故事,怕是波希米亚的约翰·齐斯迦将军的了,他吩咐身死之后,以他的皮制成一面鼓,因为他认为这面鼓的声音足以吓退他的敌人,正如他活着时候的名声一样。

这么证实人皮确是曾经有人硝制,制成皮革确是堪用之后,那就无须怎样的才智便会扩大它的用途,同时,恰如律师们所说,既然书籍与人类和他的行动等等有密切关系,我认为将这种皮革用在书籍方面,可说是一种合乎逻辑的、虽然很可怕的尝试。这种用途的发展,在法国更受到经济上的以及临时环境上的鼓励。有一位作家说,在那革命的风暴中,装帧艺术消失了,书籍便用人皮来装订;另一位权威记录着,法国大革命的另一种恐怖的副产品,乃是这种可怕的玩笑,以人皮来装订书籍;谁都记得《克劳地奥斯博士》中所引用的卡莱尔的话,"法国贵族嘲笑庐骚的学说,可是他们的皮却被用来装订他的著作的第二版"。我还可以举列许多这类的叙述,可是够了,因了这些话并无事实可证,而若干可信赖的权威,包括大刽子手桑逊在内,已经在他的日记中指斥过这些传闻了。所以不妨说,这些故事所以流传不坠的原因,乃是因为多数人宁信传闻,不信历史;他们只是相信他们喜爱相信的东西。

用人皮装帧的书籍,公家以及私人的藏书中都有不少实物可以见到。在巴黎的迦拉伐勒博物院里,塞里尔·达凡鲍特曾见过一本一七九三年的宪法,用一个革命党人的皮装订;布丁在著名的藏书家阿斯寇博士的藏书中见过一本,可是他忘了书名;另一位历史家说,玛波罗大厦中有一本书,系用玛丽·卜特曼的皮装帧,她是约克郡的一个女巫。潘西·费兹格拉特曾举列若干实例:诃尔特的受审问和行刑的报告书,他是谋杀玛丽·马丁的凶手,这报告书便用凶手的皮装订,这皮是由圣爱德孟斯的一位外科医生特地炼制的。他又提到有一位俄国诗人的诗集,用自己的腿皮装帧,这是因了行猎的意外伤害而割去的,这本诗集是《献给他心上的女士》;最后,他又提及有一位藏书家怎样在英国布列斯托由一位书店老板给他看过几本书,都是由布列斯托法律图书馆送来托他修补的。它们都是用人皮装帧的,这些皮都是定制的,来自当地死刑犯的身上,行刑后自身上剥下。法国龚果尔兄弟的日记中也提到"有一位英国古董家用人皮装订他的书籍"。

可是并非仅是我们(译者按,指作者的本国人,即英国人)有这嗜好。法国的天文学著作家,加密列·弗拉马列昂,有一次曾向一位肩膀美丽的漂亮伯爵夫人,称赞她的皮肤的可爱。当她死时,她便吩咐死后可将她的肩上及背上的皮制成皮革,送给弗拉马列昂,作为他对于它的最近所有者的赞词的纪念。这位天文学家便用它的一部分装订了他的最有名的一部著作:《天与地》。另一个记载,叙述几年之前,巴黎医学院的一位医官,将一个被处刑的暗杀犯康比的皮,装订他的死后尸体剖验的报告文件。安得烈·莱洛设法获得诗人德莱尔的一小块皮。他用来嵌饰一册装帧豪华的维吉尔田园诗译本(德莱尔所译)。别的法国作家,包括缪塞在内,都有爱好这种皮革的表示,因此我相信在其他许多国家,一定也可以寻出人皮装帧的爱好;但是我并非在写这个题目的专论,因此我便以我所能找到的最近的一个实例结束本文。在

译文附录

一八九一年,有一位医生委托萨姆斯多夫用一块女人的皮装订一本荷尔拜因的《死的跳舞》。这块人皮,我在前面已经提起过,系由沙弗斯贝里街的斯威丁所硝制,为这本书包书面和烫字的工人至今还活着。书脊两端的丝制顶带,也用人发来替代。此书的现在下落不明,但相信大概在美国。(译自荷尔布洛克·杰克逊著《爱书狂的解剖》)

．．．

译者附志:日本斋藤昌三氏曾有一篇短文,记他所见到的画家藤田嗣治自南美洲带回来的一册人皮装帧书籍,兹附录于后(据藏园先生译文):

用人皮来作装帧的这种野蛮趣味,我虽然在书本上常常见人说到,可是从来没有梦想过会把实物放到自己手上来细看的。

然而最近因为决定要替画家藤田嗣治出随笔集,跟他闲谈四方山的野蛮逸事,忽而记起别人,说过藤田先生确实爱藏人皮装的书籍,便把谈锋转到这个问题来,他随手从座右的书架上抽出一册书递给我,那是一册十六开,似乎用猪皮做面的小书,样子仿佛是由一个外行人装订成书的。

在未亲见到时总以为用了人皮装帧一定使人感到心情恶劣,但当他随便递给我时,我就忘掉恐怖拿来放在掌上,大概是因为熟皮的关系,触手很柔软,到底不是猪皮或羊皮所能比得上的。皮色带黄,但总觉得是白皑皑的,不知道到底是人身上哪一个部分的皮，皮下还粘连了一些肌肉。

据藤田先生说，这是他到南美厄瓜多尔旅行时酋长的儿子非常诚意地送给他的，书的内文是西班牙文的宗教书。书扉上印明一七一一年出版，显然是二百多年前的了，可是外装的人皮似乎是后来才加上去的。

不过这张做书面的皮到底是白人的还是土人的？根据皮色看来我以为大概是白种人的。总之，我得见此珍贵之物使多年的愿望如愿以偿了。

附录:译名对照表[1]

一、人名

文中写法	通译	外文原名
卜迦丘	薄伽丘	Giovanni Boccaccio
马谛斯	马蒂斯	Henri Matisse
马可孛罗	马可·波罗	Marco Polo
马林洛斯基	马林诺斯基	Bronislaw Malinowski
马基亚费利	马基亚维利	Niccolò Machiavelli
比亚斯莱	比亚兹莱	Aubrey Beardsley
巴尔札克	巴尔扎克	Honoré de Balzac
支魏格	茨威格	Stefan Zweig
韦克里夫	威克里夫	Wycliffe
艾里脱	艾略特	Eliot
史坦贝克	斯坦贝克	Steinbeck
史惠夫特	斯威夫特	Jonathan Swift
史坦恩	斯坦因	Ausel Stein
弗列采	弗雷泽	James George Frazer
司各德	司各特	Walter Scott
布莱	伯里	J. B. Bury

---

[1] 本对照表以笔画为序排列。

续表

文中写法	通译	外文原名
白朗宁夫人	勃朗宁夫人	Elizabeth Barrett Browning
圣约翰·贝西	圣琼·佩斯	Saint-John Perse
卢库卢斯	卢库鲁斯	Lucius Licinius Lucullus
卢押	卢吉	Lugard
丹钦诃	丹钦科	Danehenko
丹奈尔·狄福	丹尼尔·笛福	Daniel Defoe
兰勃	兰姆	Charles Lamb
安特逊	安特生	J. Gunnar Andersson
伏拉地密尔·拉波科夫	弗拉基米尔·纳博科夫	Vladimir Vladimiro vich Nabokov
亥脱/亥特	海特	Alethea Hayter
朵斯朵益夫斯基	陀思妥耶夫斯基	Fyodor Dostoyevsky
托玛斯·曼	托马斯·曼	Paul Thomas Mann
托尔卡玛达	扎尔克马达	Torquemada
亚里斯多芬尼斯	阿里斯托芬	Aristophanes
亚理斯多芬	阿里斯托芬	Aristophanes
华脱曼	惠特曼	Walt Whitman
华尔波耳	华尔浦尔	Horace Walpole
华斯华兹	华兹华斯	Wordsworth
伦勃兰	伦勃朗	Rembrandt Harmenszoon van Rijn
西赛禄	西塞罗	Cicero
伊拉斯默斯	伊拉斯谟	Erasmus
伊凡·布洛哈	伊万·布洛赫	Iwan Bloch
约翰·威廉·第希宾	约翰·威廉·蒂施拜因	Johann Wilhelm Tischbein
约翰·李德	约翰·里德	John Silas Reed
约翰·亚丁顿·西蒙地斯	约翰·阿丁顿·西蒙兹	John Addington Symonds

附录：译名对照表

续表

文中写法	通译	外文原名
达文西	达芬奇	Leonardo da Vinci
吉百龄	吉卜林	Rudyord Kipling
乔治·摩亚	乔治·爱德华·摩尔	G. E. Moore
希特拉	希特勒	Adolf Hitler
但尼逊	丁尼生	Tennyson
佛郎索娃·吉纳	弗朗索瓦·吉洛	Marie Françoise Gilot
佛兰西斯·汤普逊	法兰西斯·汤普森	Francis Thompson
佛郎西斯·培根	弗朗西斯·培根	Francis Bacon
狄根斯	狄更斯	Charles Dickens
玛森	梅臣	Richard Mason
玛耶诃夫斯基	马雅可夫斯基	Vladimir Mayakovsky
玛丽·华脱	玛丽·泰蕾兹·沃尔特	Marie Therese Walter
玛理逊	马礼逊	Morrison
麦克斯·布洛特	马克斯·勃罗德	Max Brod
麦克斯比尔·波姆	马克斯·比尔博姆	Max Beerohm
阿坡罗	阿波罗	Apollō
庐骚	卢梭	Jean-Jacques Rousseau
克里夫郎	克利夫兰	Cleveland
汤麦斯·查特顿	托马斯·查特顿	Thomas Chatterton
拉地克莱菲·哈尔	拉德克利夫·霍尔	Radclyffe Hall
拉克萨奈斯	拉克司奈斯	Halldór Kiljan Laxness
法布耳	法布尔	Fabre
波特莱尔	波德莱尔	Baudelaire
邱吉尔	丘吉尔	Churchill
居礼夫人	居里夫人	Marie Curie
罗逊·巴哈	罗森·巴哈	A. S. W. Rosenbach
罗赛蒂	罗塞蒂	Dante Gabriel Rossetti

续表

文中写法	通译	外文原名
帕马斯敦	帕默斯顿	Palmerston
弥盖朗琪罗	米开朗基罗	Michelangelo
费尔丁	菲尔丁	Fielding
费尔伦	魏尔伦	Verlaine
费兹吉尔特	爱德华·菲茨杰拉德	Edward Fitz Gerald
费艾特鲁斯	费德鲁斯	Phaedrus
洛尔伽	洛尔迦	Federico Garcia Lorca
哈姆莱脱	哈姆雷特	Hamlet
威廉·乌尔夫	威廉·沃尔弗	Wolff Wilhelm
威廉·布列地斯	威廉·布莱兹	William Blades
威廉·吉列地	威廉·吉列特	William Gillette
柯里列治	柯勒律治	Samuel Taylor Coleridge
显克微支	轩克维奇	Henryk Sienkiewicz
保尔·果庚	保罗·高更	Paul Gauguin
俄默	奥马尔·海亚姆	Omar Khayyam
格登堡	古登堡	Gutenberg
格里哥里十三世	格里高利十三世	Pope Gregory XIII
索伏克里斯	索福克勒斯	Sophocles
汤玛斯·特·昆西	汤玛斯·德·昆西	Thomas Penson De Quincey
爹核士	戴维斯	Davis
拿破伦	拿破仑	Napoléon Bonaparte
哥耶	戈雅	Francisco de Goya
爱略亚特	乔治·艾略特	George Eliot
萧洛霍夫	肖洛霍夫	Михаил А Шолохов
萧邦	肖邦	Fryderyk Franciszek Chopin
龚果尔	龚古尔	Goncourt
梵乐希	瓦雷里	Paul Valery

附录：译名对照表

续表

文中写法	通译	外文原名
梵·谷诃	梵高	Vincent Willem van Gogh
维纳丝	维纳斯	Venus
淮德	怀特	Gilbert White
悲多汶	贝多芬	Ludwig van Beethoven
斯坦达尔	司汤达	Stendhal
斯蒂芬逊	史蒂文森	Robert Stevenson
普利伏斯	普莱沃	Abbé Prévost
普洛米修士	普罗米修斯	Prometheus
普洛斯特	普鲁斯特	Marcel Proust
奥地普斯	俄狄浦斯	Oedipus
奥·亨利	欧·亨利	O. Henry
彭佩	庞培	Pompey
塞诺芬	色诺芬	Ξενοφῶν
褒顿	伯顿	Richard Francis Burton
撒米耳·郎荷·克莱孟斯	萨缪尔·兰亨·克莱门	Samuel Langhorne Clemens
撒弥尔·波佩斯	塞缪尔·佩皮斯	Samuel Pepys
摩里思	莫里斯	William Morris
穆伦都尔夫	穆麟德	Paul Georg von Möllendorff
霭理斯	霭理士	Henry Havelock Eills

二、作品名

文中写法	通译	外文原名
《一个不相识妇人的情书》	《一个陌生女人的来信》	"Letter from an Unknown Woman"
《一个作家的札记簿》/《小说家札记》	《作家笔记》	*A Writer's Notebook*

续表

文中写法	通译	外文原名
《一个英国鸦片吸食者的自白》	《一个鸦片吸食者的忏悔录》	*Confessions of an English Opium Eater*
《马可孛罗游记》	《马可·波罗游记》	*Livre dis Merveilles du Monde*
《天方夜谭》	《一千零一夜》	*One Thousand and One Nights*
《不可名的东西》	《无法称呼的人》	*The Unnameable*
《日瓦哥医生》	《日瓦戈医生》	*Doctor Zhivago*
《巴斯希巴》	《芭思希芭》	*Bathsheba*
《天堂与地狱的结婚》	《天堂与地狱的婚姻》	*Marriage of Heaven and Hell*
《圣诞礼物》	《麦琪的礼物》	"*The Gift of the Magi*"
《安地果妮》	《安提戈涅》	*Antigone*
《刚果旅行记》	《刚果旅行》	*Voyage Au Congo*
《如果这粒种子不死》	《如果种子不死》	*Si le grain ne meurt*
《约翰·克里斯多夫》	《约翰·克利斯朵夫》	*Jean-Christophe*
《过去事情的回忆》	《追忆似水年华》	*In Search of Lost Time*
《优力栖斯》	《尤利西斯》	*Ulysses*
《克尔之书》	《凯尔斯书》	*Book of Kells*
《克里姆·桑姆金》	《克里姆·桑姆金的一生》	*The Life of Klima Samgina*
《汤姆叔叔的茅屋》	《汤姆叔叔的小屋》	*Uncle Tom's Cabin*
《汤姆沙雅的奇遇》	《汤姆·索亚历险记》	*The Adventures of Tom Sawyer*
《玛隆死了》	《马龙之死》	*Malone meurt*
《玛尔菲》	《莫菲》	*Murphy*
《阿里奥巴奇地卡》	《论出版自由》	"*Areopagitica*"
《性心理研究》	《性心理学》	*Psychology of Sex: A Manual for Students*

附录：译名对照表

续表

文中写法	通译	外文原名
《变形》	《变形记》	Metamorphoses
《罗丽妲》	《洛丽塔》	Lolita
《法国革命史》	《法国大革命：一部历史》	The French Revolution: A History
《果树园》	《果园》	
《狱中之歌》	《瑞丁监狱之歌》	The Ballad of Reading Gaol
《哈姆莱脱王子》	《哈姆雷特》	Hamlet
《威廉·弥斯特》	《威廉·迈斯特的学习时代》	Wilhelm Meister's Apprenticeship
《被禁的书》	《古今禁书》	Banned Books
《钟楼驼侠》	《巴黎圣母院》	The Hunchback of Notre-Dame
《莱西斯特娜妲》	《吕西斯忒拉忒》	Lysisirata
《脂肪球》	《羊脂球》	"Moule de Suif"
《格登堡圣经》	《古登堡圣经》	Gutenberg Bible
《格里佛游记》	《格列佛游记》	Gulliver's Travels
《爱丽丝漫游奇境记》	《爱丽丝梦游仙境》	Alice's Adventures in Wonderland
《验尸所街谋杀案》	《摩格街谋杀案》	"The Murders in the Rue Morgue"
《寂寞的井》	《孤寂深渊》	The Well of Loneliness
《莫洛伊》	《莫洛瓦》	Melloy
《着衣的玛耶》	《着衣的玛哈》	clothed Maja
《盒子里的人》	《装在套子里的人》	"Uenoßek в футляре"
《曼侬摄实戈》	《曼侬·莱斯戈》	Manon Lescaut
《越氏私记》	《四季随笔》	The Private Papers of H. Ryecroft

文中写法	通译	外文原名
《黑奴吁天录》	《汤姆叔叔的小屋》	*Uncle Tom's Cabin; or, Life Among the Lowly*
《等待果陀》	《等待戈多》	*Waiting for Godot*
《奥地普斯王》	《俄狄浦斯王》	*Oedipus Rex*
《奥狄浦斯在科罗鲁斯》	《俄狄浦斯在柯隆纳斯》	*Oedipus at Colonus*
《奥特兰托兰古堡》	《奥特兰托堡》	*Castle of Otranto*
《鲁贡·马尔加家传》	《卢贡·马卡尔家族》	*Les Rougon-Macquart*
《裸体的玛耶》	《裸体的玛哈》	*The naked Maja*
《塞尔彭自然史》	《塞耳彭自然史》	*The Natural History of Selborne*
《摩尔·佛兰德丝》	《摩尔·弗兰德斯》/《荡妇自传》	*Moll Flanders*
《震撼世界的十日》	《震撼世界的十天》	*The Days that Shook the World*
《赝币犯》	《伪币制造者》	*Les Faux-Monnayeurs*
《镜前的女子》	《镜前的少女》	*Girl in front of mirror*